CW00348038

LE RIRE DU CYCLOPE

Bernard Werber

LE RIRE DU CYCLOPE

ROMAN

Albin Michel

Pour Isabelle

« Le rire est le propre de l'homme. »

François Rabelais

« Je trouve que la télévision est très favorable à la culture. Chaque fois que quelqu'un l'allume chez moi, je vais dans la pièce d'à côté et je lis un livre. »

Groucho Marx

« On peut rire de tout, mais pas avec n'importe qui. »

Pierre Desproges

« Nous ne sommes pas des êtres humains ayant une expérience spirituelle.
Nous sommes des êtres spirituels ayant une expérience humaine. »

Pierre Teilhard de Chardin

ACTE I

« Surtout ne lisez pas »

1.

Pourquoi rions-nous ?

2.

– … Et alors il lut la phrase, éclata de rire, et il mourut !

Aussitôt la vaste salle parisienne de l'Olympia est parcourue d'un irrépressible frisson. Un temps, puis se déclenche la liesse générale.

Le flot d'hilarité collective monte, ample et rond comme une bulle de champagne géante, puis explose en pluie d'applaudissements.

L'humoriste Darius salue la foule.

C'est un homme de petite taille, à l'œil bleu clair, l'autre masqué par un bandeau noir de pirate, aux cheveux blonds frisottés, en smoking rose agrémenté d'un nœud papillon de la même couleur sur une chemise blanche à jabot de dentelle.

Il esquisse un petit sourire modeste, effectue une révérence, recule d'un pas. Le public de la salle mythique se dresse pour lui faire une ovation plus vive encore.

L'artiste soulève son bandeau oculaire noir et révèle, niché dans la cavité de son œil absent, un petit cœur lumineux en plastique dont l'ampoule clignote.

Aussitôt de la main droite les spectateurs masquent leur œil droit : c'est le signe de reconnaissance des fans du comique.

Darius replace son bandeau oculaire et recule lentement sur la scène en effectuant un autre petit salut suivi d'une révérence

La salle hurle et scande son nom :

– DA-RIUS ! DA-RIUS !

Mais déjà les lourds rideaux de velours pourpre coulissent doucement et se referment.

Les projecteurs qui illuminent la scène s'éteignent, cependant que la salle s'éclaire à nouveau peu à peu.

Du public, des cris fusent encore :

– UNE AUTRE ! UNE AUTRE ! UNE AUTRE !

En sueur, le comique file déjà dans les travées des coulisses. La salle n'est toujours pas calmée et scande :

– LE CYCLOPE ! LE CYCLOPE ! UNE AUTRE ! UNE AUTRE !

Devant la loge de Darius, une foule d'admirateurs qui ont pris les devants se masse et obstrue le corridor.

La vedette serre les mains tendues comme des fleurs à cueillir. Il échange quelques mots. Il prend les cadeaux. Il remercie.

Des frissons de nervosité parcourent son dos. Il s'essuie le front, il salue encore et encore. Il traverse avec peine la masse dense de ses fans en émoi. Puis, ayant enfin rejoint sa loge, il demande à son garde du corps de veiller à ce qu'on ne le dérange plus.

Il ferme la porte où s'affichent son nom et son portrait. Il tourne le verrou de sécurité à double tour.

Quelques minutes passent.

Le garde du corps est parvenu à repousser la foule, il discute avec le pompier de service lorsque, soudain, ils entendent un grand éclat de rire en provenance de la loge de Darius, puis un bruit de chute, suivi d'un long silence.

3.

« La fin d'une légende »

« Le Clown Rose a tiré sa révérence. »

« LE FRANÇAIS LE PLUS AIMÉ DES FRANÇAIS DÉCÈDE À L'OLYMPIA D'UNE CRISE CARDIAQUE. »

« ADIEU DARIUS, TU ÉTAIS LE MEILLEUR. »

Ce sont les titres des quotidiens du lendemain matin.

Aux actualités le sujet fait l'ouverture du journal de 13 heures.

– « La nouvelle est tombée hier soir à 23 h 30. Le célèbre humoriste Darius, dit le "Grand Darius", dit aussi "Le Cyclope", de son vrai nom Darius Miroslav Wozniak, a été foudroyé par une crise cardiaque à la fin de sa représentation à l'Olympia. L'événement terrible a bouleversé la France entière. C'est une lumineuse carrière qui s'interrompt brutalement au summum de la gloire. Mais rejoignons tout de suite notre envoyé spécial sur les lieux du drame. »

Une longue file de silhouettes en imperméable apparaît à l'écran et s'étire sous un toit de parapluies. Elles attendent sous l'averse devant le guichet du prestigieux music-hall. Un journaliste apparaît, brandissant un micro dans le champ de la caméra.

– « Eh bien oui Jérôme, c'est ici qu'est mort hier soir le Grand Darius, à la surprise générale. Mais c'est aussi ici que se déroulera le grand spectacle d'"hommage au Cyclope" qui a été annoncé dès ce matin. Ce sera un show historique où tous ses amis humoristes viendront déguisés en clown rose pour interpréter ses sketches. Et comme vous le voyez, à peine la nouvelle a-t-elle été annoncée qu'une multitude d'admirateurs ont accouru pour réserver leurs places. »

Le présentateur remercie et reprend l'antenne.

– « Le président de la République a envoyé le message suivant à la famille de Darius :

"Le décès du Cyclope est une perte non seulement pour le monde du spectacle, mais pour toute la nation. Je perds avec Darius non seulement l'un de mes concitoyens les plus drôles, mais un ami qui m'a apporté, comme à beaucoup de Français, des instants de gaieté dans les situations parfois les plus difficiles." »

Puis le présentateur pose la dépêche et joint les mains.

– « Les obsèques de Darius Wozniak auront lieu en toute intimité jeudi à 11 heures au cimetière de Montmartre. »

4.

« Moi si je pouvais choisir, je voudrais mourir tranquillement dans mon sommeil, comme mon grand-père. Et surtout pas en hurlant de terreur, au paroxysme de la panique, comme les 369 passagers de l'avion Boeing qu'il pilotait quelques secondes avant son décès. »

Extrait du sketch *Après moi le déluge,*
de Darius WOZNIAK

5.

Mardi 11 heures. C'est l'heure de la grande réunion du service Société du magazine *Le Guetteur Moderne.* Elle se tient dans une sorte de gigantesque aquarium qui est le bureau de la chef de service Christiane Thénardier.

Celle-ci étend ses jambes gainées de bottes sur la table de marbre.

Une quinzaine de journalistes sont vautrés sur les grands divans en cuir. Afin de se donner une contenance, ils manipulent des journaux, des calepins, des stylos ou des ordinateurs portables.

– Voilà ce que veulent trouver nos lecteurs dans notre prochain magazine, alors on s'y met tous à fond, à fond, à fond. Allez, on ne pinaille pas. On s'engouffre dans la brèche béante. On fait un numéro spécial « Mort du Cyclope ».

Une rumeur d'approbation parcourt la petite assistance.

– La presse quotidienne ayant déjà ratissé tous les recoins du sujet, il va falloir trouver des reportages inattendus. Du neuf ! De l'Extraordinaire ! De l'Exclusif ! Alors on commence la tournée des suggestions fulgurantes. Maxime, c'est quoi ton idée ?

Elle désigne du menton le journaliste le plus près du radiateur sur sa droite

– « Darius et la politique », propose-t-il.

– Trop banal. Tout le monde sait qu'il était courtisé par tous les partis. Et il a fait semblant de tous les soutenir sans en soutenir aucun.

– On peut développer. Il représentait le Français moyen. La France d'en bas. Les pauvres se reconnaissaient enfin un représentant officiel. C'est pour ça qu'il a été élu le « Français le plus aimé des Français ». On pourrait trouver un angle. Répondre à la question : « Pourquoi le peuple l'aimait-il autant ? »

– Précisément ; on risque de faire trop « populiste ». Pas de démagogie. Suivant. Alain ?

– « Darius et le sexe ». On pourrait effectuer la liste de ses conquêtes. Il a quand même eu pas mal de célébrités dans son lit. Et quelques-unes étaient plutôt photogéniques toutes nues. Ça pourrait donner un côté « excitant » à nos pages.

– Trop vulgaire. Ce n'est pas l'image de notre journal, nous ne sommes pas un magazine people. Et surtout les photos de paparazzis coûtent trop cher. Suivant.

Florent Pellegrini, le grand reporter des Affaires criminelles, lève son beau visage buriné par quarante ans de carrière et d'alcoolisme. Il articule tranquillement :

– « Darius et l'argent ». Je connais Stéphane Krausz, son ancien producteur, il se fera un plaisir de me raconter l'étendue de son empire économique. Darius possédait un vrai château en banlieue parisienne. Il avait développé des départements de Cyclop Production à l'étranger. Il gérait avec ses frères tous les produits dérivés et commençait à accumuler des revenus considérables. Je peux vous garantir que le cœur dans l'œil est un logo qui rapporte.

– Trop matérialiste. Autre idée ? Francis ?

– Les secrets de sa jeunesse difficile, comment s'est produit l'accident qui lui a fait perdre son œil droit. Et comment il a utilisé ce handicap pour en faire son symbole de reconnaissance. J'ai même un titre « La revanche du Cyclope ».

– Trop mièvre. En plus le côté « nostalgique, enfant malheureux handicapé qui a lutté pour se faire une place au soleil », ça fait « presse qui fait pleurer dans les chaumières ». Sans parler du fait que c'est vu et revu partout. Allez, donnez-vous du mal, l'enjeu est de taille. Creusez-vous la tête. Suivante. Clothilde ? Une idée ?

La journaliste se lève, en bonne élève.

– « Darius et l'écologie » ? Il a soutenu la lutte contre la pollution. Il a même défilé dans les manifestations contre les centrales nucléaires.

– Trop mièvre. Toutes les stars se disent écologistes de nos jours, c'est à la mode. Quelle idée médiocre. Je vous reconnais bien là, tiens.

– Mais madame...

– Non, il n'y a pas de « mais madame ». Ma pauvre Clothilde, vous avez toujours des idées nulles ou hors sujet. Vous perdez votre temps à vouloir être journaliste, vous seriez tellement mieux en... trayeuse de biques.

Quelques petits rires fusent, à peine retenus. Regard outré de l'intéressée piquée au vif.

– Vous... vous... vous êtes une...

– Quoi ? Je suis quoi ? Une salope ? Une chienne ? Une pute ? Je vous en prie trouvez l'expression exacte. Et puis si vous n'avez pas de meilleure idée que cette stupidité de « Darius et l'écologie » taisez-vous et arrêtez de nous faire perdre notre temps.

Clothilde Plancoët se lève d'un coup et s'en va en claquant la porte.

– Ah ! et en plus elle va aller chialer aux toilettes. Quel manque de nerfs. Et ça se veut grand reporter. Suivant. Autre idée fulgurante ?

– « Darius et les jeunes ». Il avait monté une école du rire et un théâtre pour mettre en valeur les jeunes talents comiques. C'étaient des entreprises à but non lucratif. Tous les bénéfices étaient réinvestis dans le soutien aux humoristes débutants.

– Trop facile. Il me faudrait quelque chose de plus piquant qui nous démarque des autres journaux. Quelque chose de vraiment surprenant que tout le monde ignore. Allez ! creusez-vous un peu la cervelle !

Les journalistes se regardent sans trouver une inspiration intéressante.

– Et si la mort de Darius… c'était un crime ?

La chef de rubrique Société Christiane Thénardier se retourne vers celle qui a prononcé cette phrase. C'est Lucrèce Nemrod, la jeune journaliste scientifique.

– Quelle idée débile. Sujet suivant.

– Attendez, Christiane, laissez-la développer son idée, suggère Florent Pellegrini.

– C'est complètement stupide. Darius assassiné ? Et pourquoi pas un suicide tant qu'on y est !

– J'ai un début de piste, annonce Lucrèce d'un ton neutre.

– Et c'est quoi votre « début de piste », mademoiselle Nemrod ?

Elle attend un peu, puis :

– Le pompier de l'Olympia qui était devant la loge au moment du décès de Darius. Cet homme déclare qu'il l'a entendu éclater de rire quelques secondes avant de s'effondrer.

– Et alors ?

– Selon lui, Darius aurait ri vraiment très fort, puis se serait écroulé d'un coup comme une masse.

– Ma pauvre Lucrèce, vous voulez faire de la concurrence à Clothilde dans le domaine des suggestions niaiseuses ?

Quelques journalistes chuchotent.

Maxime Vaugirard, toujours empressé à soutenir sa chef, rajoute :

– Un crime c'est impossible, Darius était dans une loge fermée à clef de l'intérieur, avec ses gardes du corps plantés devant la porte, ceux qu'on appelle les « Costards roses » et qui sont de vraies armoires à glace. Et s'il restait un doute, il n'y a pas la moindre blessure sur son cadavre.

La jeune journaliste ne se laisse pas décontenancer :

– Le fait que Darius ait éclaté de rire si fort quelques secondes avant sa mort… moi je trouve cela très bizarre.

– Et pourquoi donc, mademoiselle Nemrod ? Allez au bout de votre idée, s'il vous plaît.

– Parce qu'un comique rit rarement, répond du tac au tac la jeune femme.

La chef de service fouille dans son sac à main. Elle en sort une guillotine miniature. Puis elle extirpe un petit étui en cuir, en extrait un cigare, le renifle et le place sous la guillotine pour en décapiter l'extrémité.

Florent Pellegrini griffonne quelque chose sur un papier, comme s'il notait une idée.

La jeune journaliste scientifique prend son temps pour développer son argument.

– Les fabricants en général ne consomment pas les produits qu'ils fabriquent. Précisément parce qu'ils savent ce qu'ils contiennent. Les médecins sont les derniers à se soigner. Victor Hugo, pour expliquer qu'il ne lisait pas les autres romanciers, avait déclaré que « les vaches ne boivent pas de lait ».

Quelques collègues approuvent. Lucrèce Nemrod reprend confiance et poursuit :

– Les stylistes de mode sont souvent mal habillés. Et les journalistes... ne croient pas ce qui est publié dans les journaux.

Un nouveau murmure traverse la petite assistance, indiquant qu'elle a touché juste. Discrètement, Florent Pellegrini lui glisse le papier qu'il vient de griffonner. La jeune journaliste y prête à peine attention et poursuit :

– Parce que étant de la profession nous savons comment les informations sont manipulées, déformées, inexactes, alors on s'en méfie. Je pense que les comiques savent eux aussi comment les blagues sont élaborées et du coup il en faut beaucoup pour les faire vraiment rire.

Les deux femmes se défient du regard en silence.

D'un côté, Christiane Thénardier, chef de la rubrique Société du *Guetteur Moderne* : tailleur Chanel, chemisier Chanel, montre Chanel, parfum Chanel, cheveux teints en roux, œil noir recouvert de lentilles bleu clair. Vingt-trois ans de rédaction sur 52 ans d'âge. Beaucoup certifient qu'elle s'est élevée jusqu'à ce poste convoité grâce à son talent d'entremetteuse de couloirs. En effet, sans jamais avoir écrit un article, et pas davantage effectué la moindre enquête sur le terrain, elle n'a cessé de grimper. Certains chuchotent que c'est en couchant avec les directeurs de l'étage du dessus, mais vu son physique, la chose semble peu probable.

De l'autre, Lucrèce Nemrod, jeune reporter de 28 ans. Elle figure parmi les dernières arrivées au service Société, avec un statut de « pigiste permanente », spécialiste des thèmes scientifiques. Elle n'est pas titularisée. Elle a pourtant à son actif six années d'enquêtes sur le terrain et une centaine de reportages. La jeune femme est rousse elle aussi. Mais contrairement à sa supérieure hiérarchique, sa teinte est naturelle, en attestent les taches de rousseur qui criblent ses pommettes. Ses yeux en amande jouent avec le vert de l'émeraude. Quant à son visage au petit nez pointu, il évoque le museau d'une musaraigne, posé par un cou gracile sur un corps musclé et nerveux mis en valeur par une veste chinoise noire, brodée d'un dragon rouge transpercé d'une épée. Seules restent nues ses épaules rondes.

Christiane Thénardier allume son cigare et pompe en silence, signe chez elle d'intense réflexion.

– Le Cyclope assassiné, ce serait un sacré scoop, non ? reconnaît Florent Pellegrini. Et là on pourrait damer le pion aux quotidiens.

La chef de rubrique lâche enfin une longue volute de fumée.

– ... Ou perdre toute crédibilité et devenir la risée de tout Paris.

Elle fixe la jeune journaliste qui ne baisse pas les yeux. Et dans cet échange muet passe la même animosité qui meut depuis toujours les prétendants au pouvoir en place : Alexandre le Grand défiant son père Philippe II de Macédoine, Brutus fixant César avant de le poignarder, Daniel Cohn-Bendit toisant le CRS en 1968. Et l'idée, toujours la même, habite l'esprit du plus jeune : « Dégage, vieux croûton, tu as fait ton temps, c'est moi qui représente le futur. »

Christiane Thénardier le sait. Elle est assez intelligente pour savoir comment se terminent ces joutes : rarement à l'avantage du plus âgé. Lucrèce aussi le sait.

L'éducation, pense-t-elle, *puis la hiérarchie au sein de l'entreprise ne servent finalement peut-être qu'à ça : forcer les jeunes à la patience d'attendre que les vieux incompétents aient terminé de jouir du pouvoir avant de piquer leur place.*

– La mort du Cyclope… un crime ? répète la Thénardier, songeuse.

Déjà les journalistes se murmurent des quolibets à l'oreille. Le ton est à la moquerie. Il faut savoir montrer allégeance aux tenants du pouvoir.

La chef de rubrique se redresse et écrase d'un coup son cigare.

– Très bien, mademoiselle Nemrod, je vous autorise à enquêter. Deux recommandations cependant. Tout d'abord je veux du sérieux, des preuves, de vrais témoignages crédibles, des photos, des faits qui se recoupent et sont avérés.

Hochements de tête des journalistes qui apprécient l'autorité naturelle du chef.

– Seconde règle : « Surprenez-moi ! »

6.

« Quand le corps humain fut créé, toutes ses parties voulaient être le chef.
LE CERVEAU disait : Puisque je contrôle tout le système nerveux je devrais être le chef.
LES PIEDS disaient : Puisque nous maintenons tout le corps debout nous devrions être les chefs.
LES MAINS disaient : Puisque nous faisons tout le travail et gagnons de l'argent pour nourrir le corps, nous devrions être les chefs.
LES YEUX disaient : Puisque c'est nous qui apportons l'essentiel des informations sur le monde extérieur, nous devrions être les chefs.
LA BOUCHE disait : Puisque c'est moi qui nourris tout le monde, je devrais être le chef.
Et ainsi de suite pour le CŒUR, les OREILLES et les POUMONS.
Enfin LE TROU DU CUL se fit entendre et demanda à être le chef. Les autres parties du corps se moquèrent à l'idée qu'un simple TROU DU CUL puisse les diriger.
Alors le TROU DU CUL se mit en colère : il se referma sur lui-même et refusa de fonctionner. Bientôt le CERVEAU devint fiévreux, les YEUX devinrent vitreux, les PIEDS trop faibles pour marcher, les MAINS pendaient sans force et le CŒUR et les POUMONS luttaient pour survivre.
Ainsi tous supplièrent le CERVEAU de céder et de permettre au TROU DU CUL d'être le chef.
Ainsi fut fait. Toutes les parties du corps purent dès lors reprendre leur activité tandis que le TROU DU CUL dirigeait tout le monde et s'occupait

principalement de la gestion des “emmerdements” comme tout chef digne de ce nom.
Moralité : il n’est nullement nécessaire d’être un cerveau pour devenir chef, un simple TROU DU CUL a nettement plus de chances d’y réussir. »

Extrait du sketch *Les Trous du cul ont de l’avenir,*
de Darius WOZNIAK.

7.

L’œil de Lucrèce Nemrod ayant lu cette fable moderne du « cerveau et du trou du cul », sa bouche sourit. Sa main froisse le papier que lui a discrètement transmis Florent Pellegrini durant la réunion de rédaction.

Une simple blague au bon moment peut apporter beaucoup de réconfort, songe-t-elle.

Le grand reporter spécialiste des affaires criminelles la rejoint après la réunion. Il s’assoit sur le bureau qu’il occupe juste en face d’elle.

– Tu es devenue folle, Lucrèce ? Qu’est-ce qui t’a pris de te lancer dans cette histoire abracadabrante d’« assassinat de Darius » ! Tu t’es mise dans une sacrée gadoue. Tu sais pourtant que la Thénardier t’a dans le collimateur. Toi qui espérais une titularisation avant la fin de l’année, tu prends plutôt ton ticket direct pour le chômage.

La jeune femme aux grands yeux vert émeraude masse ses épaules avec une grimace.

– J’aime les énigmes de meurtres en pièce fermée. C’est un vrai défi à la Gaston Leroux.

Il émet un rire narquois.

– Sans blessure, sans indice, sans témoin, sans mobile, et en fait sans la moindre possibilité d’exécution ?

Lucrèce Nemrod remarque du coin de l’œil le tas de courrier qui s’est accumulé sur son bureau. Elle décide de l’ignorer.

– J’aime quand le reportage est un vrai challenge.

– Mais quand même tu te rends compte que tu vas au casse-pipe ?

– J'aimais bien le Cyclope.

Il la regarde d'un air de sincère pitié.

– Ce n'est pas moi que tu arriveras à convaincre avec tes trucs de « Victor Hugo qui disait que les vaches ne boivent pas de lait ».

Le vieux journaliste grimace, elle sait que c'est son foie qui le tenaille. Il boit trop. Il a déjà subi plusieurs cures de désintoxication. Il décide de soulager sa douleur en sortant son anesthésiant : un verre et une bouteille de whisky. Puis, après une hésitation, il boit directement au goulot.

Je ne finirai pas ma vie comme Florent, dans la peur des chefs, dans l'envie de plaire à tout le monde, dans les compromis permanents avec ma conscience.

Il boit une longue goulée, grimace plus fort, puis reprend :

– Fais attention, Lucrèce, tu ne te rends pas compte qu'au *Guetteur Moderne* tu es sur le fil du rasoir. Personne ne t'aidera si tu chutes. Pas même moi. Et ton idée d'enquête sur la mort de Darius me semble tout simplement délirante.

Il lui tend la bouteille. Elle hésite puis secoue la tête.

Et s'il avait raison ? si j'avais fait une grosse erreur de « choix de sujet » ? De toute façon il est trop tard maintenant. Quand on a commencé à tuer le canard, il faut l'achever.

Elle regarde le papier contenant la blague, le froisse et en fait une boulette qu'elle lance en direction de la petite corbeille du vieux journaliste alcoolique. Elle la rate de quelques millimètres.

Alors Florent Pellegrini ramasse le projectile d'une main tremblante, le lance à son tour… et fait mouche.

8.

Haut dans le ciel, il vole. D'autres tournoient autour de lui. Enfin un corbeau aux ailes d'anthracite luisant atterrit en croassant sur une pierre tombale fendillée. Des congénères le rejoignent et reprennent son cri pour composer un chant aigre qu'eux seuls apprécient.

L'enterrement du Cyclope au cimetière de Montmartre est l'événement du jour.

La procession avance lentement derrière le corbillard équipé de petits drapeaux roses frappés du symbole de l'œil contenant un cœur.

Dans la longue file, on distingue les membres de la famille de Darius, les amis, et surtout la fine fleur de la rigolade, de la gaudriole, de la farce et du jeu de mots.

Tous ont l'air contrit et se congratulent, appréciant que la pluie ait momentanément cessé.

À l'arrière : des politiciens, des acteurs et des chanteurs.

Et presque autant de photographes sur les flancs que de personnes dans le cortège. Une foule d'anonymes est retenue à l'extérieur du cimetière par des CRS et des Costards roses, les membres de la sécurité privée de Cyclop Production.

Enfin la tête du long cortège sombre s'arrête devant un caveau ouvert. Sur le marbre rose de la pierre tombale est gravé en lettres dorées : J'AURAIS PRÉFÉRÉ QUE CE SOIT VOUS DANS CE CERCUEIL PLUTÔT QUE MOI.

Un prêtre monte sur une estrade et après avoir vérifié la qualité du micro annonce :

– Cette épitaphe gravée dans le marbre sera son dernier pied de nez au monde.

Peu à peu, chaque arrivant trouve sa place dans le cercle qui s'est spontanément créé autour du prêtre.

– Darius m'avait fait promettre d'inscrire cette phrase sur sa pierre, car il savait qu'à n'importe quel moment le Seigneur pouvait le rappeler à lui. « J'aurais préféré que ce soit vous dans ce cercueil plutôt que moi. » Quelle ironie et pourtant quelle sincérité. Darius m'avait confié qu'au-delà de toute hypocrisie, c'est ce que dirait n'importe quel défunt s'il le pouvait lors de ses obsèques.

Petits rires contenus, au milieu des reniflements. Une femme, le visage voilé de dentelle noire, est seule à pleurer bruyamment. Un monsieur âgé rit plus fort et des gens se tournent vers lui, réprobateurs.

– Ne soyez pas gênés, intervient le prêtre. Vous pouvez rire. Darius riait de tout. Il aurait ri de son enterrement s'il avait pu y assister. Il riait de tout avec bonté. Avec générosité. Avec humilité. On l'ignore souvent mais le Cyclope était croyant. Darius allait à la messe tous les dimanches, presque en cachette. Il disait : « Pour un comique c'est mal vu d'aller à l'église. »

À nouveau quelques rires viennent se mêler au silence.

– Darius était aussi mon ami. Il m'a confié ses troubles, ses doutes, son désir de s'améliorer, et c'est pour cela que mieux que quiconque je peux vous le révéler : Darius était à sa manière un saint homme. Il a été non seulement un pourvoyeur de bonheur pour son entourage et pour le public, mais en plus il a encouragé les jeunes talents avec son École du Rire, son émission télévisée et son théâtre privé.

La femme à la voilette sanglote de plus belle.

– Jésus a dit « Dieu est amour », mais on pourrait ajouter... « Dieu est humour ».

Quelques moues d'approbation détendent les visages.

– Et tous nous devrions en permanence vérifier non seulement notre sens de l'amour du prochain, mais aussi notre sens de... l'humour.

On renifle dans les mouchoirs, et une personne qu'on entend pleurer sous un grand chapeau semble vouloir soutenir la femme à la voilette.

– Voilà, Darius, adorable Cyclope aimé de tous, tu nous as quittés et tu nous laisses orphelins et tristes. Désolé : ta dernière blague ne nous a pas fait rire...

Cette fois les larmes dominent. Les rires se sont tus.

Quant à la pleureuse solitaire elle se lance dans un solo bruyant et aigu.

– Poussière, tu retournes à la poussière, cendre, tu retournes à la cendre. Vous pouvez approcher pour la dernière bénédiction. Et tout d'abord madame Anna Magdalena Wozniak, la mère du défunt.

L'homme d'Église tend alors une petite pelle de terre à la femme qui pleurait. Elle soulève sa voilette de dentelle et jette la terre sur le cercueil, sur la célèbre photo de Darius hilare soulevant son bandeau pour révéler le cœur au fond de son œil droit.

Lucrèce s'est rapprochée. Elle sonde et mémorise tous les visages.

9.

« – Docteur, je suis très inquiet. Votre diagnostic n'est pas le même que celui de votre confrère.
– Je sais. Ce n'est pas la première fois que cela arrive. Mais l'autopsie prouvera que j'avais raison. »

Extrait du sketch *Ayez confiance en la médecine, elle vous le rendra*, de Darius WOZNIAK.

10.

Le vent se lève. Les arbres se courbent. Les buissons frissonnent. Les chapeaux noirs et les voilettes s'agitent, retenus parfois de justesse par des mains gantées.

Lucrèce Nemrod, après avoir longtemps attendu dans une longue file, a jeté sa petite pelletée de terre sur le cercueil. Elle scrute le cortège et aussi la foule des admirateurs qui attendent dehors.

Darius n'est plus. Même ceux que je considère comme étant de ma famille spirituelle s'en vont. Ils m'abandonnent.

Cyclope, tu m'as abandonnée.

Comme mes parents m'ont abandonnée.

Comme tous ces gens qui m'approchent et qui finissent par m'abandonner. J'ai l'impression que là-haut un dieu farceur nous fait le cadeau de la rencontre avec certains êtres merveilleux pour voir notre mine déconfite lorsque ensuite il nous les enlève.

Lucrèce Nemrod s'éloigne, et s'assoit sur la tombe d'un poète maudit. Le vent fait voler les feuilles en volutes.

Elle a un frisson.

Moi, à ma mort, il n'y aura personne. Pas de famille, pas d'amis, et j'espère que mes amants n'auront pas la stupide idée de se retrouver au-dessus de mon cadavre.

Elle crache par terre. Le curé continue de parler au loin devant quelques personnes attentives. Le jeune femme perçoit des bribes de phrases.

– … Darius Wozniak était un phare dans la nuit, éclairant le monde triste de ses mots d'humour.

Un phare dans la nuit…

Il a surtout été le phare, un jour, de mes ténèbres personnelles. Et c'est pour cela que je vais essayer d'éclairer les circonstances de sa mort, si je ne suis pas arrivée à le rencontrer pour éclairer sa vie.

La journaliste scientifique du *Guetteur Moderne* prend quelques photos de loin puis remonte sur son side-car Moto Guzzi 1 200 cm^3.

Elle branche sur son BlackBerry *Fear of the Dark* – « Peur de l'Obscurité » –, du groupe de hard rock anglais Iron Maiden et elle roule pour rejoindre le périphérique. Dépassant de son casque, ses cheveux roux volent au vent.

Elle tourne la manette des gaz pour faire grimper l'aiguille jusqu'à 130 kilomètres-heure.

Je serai seule à l'hôpital le jour précédant ma mort.

Je serai seule au moment de ma mort.

Et je serai seule au moment où l'on mettra mon corps en terre.

Et après, comme les clochards, comme jadis les acteurs, on me jettera dans la fosse commune parce que personne ne voudra payer mon cercueil et que les curés considéreront que j'ai trop péché pour mériter d'être enterrée dans un lieu consacré.

Personne ne me regrettera.

Et après on m'oubliera. Il ne restera que mes articles dans les archives du Guetteur Moderne. *Du moins les rares que la Thénardier m'a autorisée à signer de mon nom.*

Ce sera la seule trace de mon passage sur terre.

11.

« C'est un fou qui grimpe sur le mur d'enceinte de l'hôpital psychiatrique, il observe, curieux, les gens qui passent, puis apostrophe un homme et questionne :
– Dites, vous êtes nombreux là-dedans ? »

Extrait du sketch *Point de vue exotique*,
de Darius WOZNIAK.

12.

Lucrèce Nemrod rentre chez elle, contemple l'homme qui dort dans son lit et ses affaires pliées proprement sur une chaise. Elle ouvre la fenêtre. La silhouette commence à s'agiter dans les draps, un visage apparaît entre deux plis de tissu blanc et soulève une paupière.

– Ah Lulu ! T'es rentrée ?

Lucrèce ramasse la veste du jeune homme et la jette par la fenêtre. Ce geste provoque instantanément l'ouverture de la seconde paupière.

– Mais qu'est-ce que tu fais, ma Lulu ! T'es folle ! Je rêve ou t'as vraiment balancé ma veste par la fenêtre ! On est au 4e étage !

La jeune femme aux cheveux roux ne répond pas. Les chaussettes suivent le même chemin. Puis elle attrape la sacoche en cuir posée sur la chaise et la tient au-dessus du vide.

– Non, pas ça, ma Lulu ! Il y a mon ordinateur portable à l'intérieur ! C'est fragile !

Lucrèce Nemrod lâche la sacoche et on entend un bruit de plastique et de verre brisés.

– Dégage, profère-t-elle calmement.

– Mais qu'est-ce qui te prend ? Ça va pas la tête, pourquoi tu fais ça ma Lulu ?!

– Trois raisons. 1) Je t'ai assez vu. 2) Je suis lassée. 3) Tu ne m'amuses plus. Et puis aussi : 4) Tu m'énerves. 5) Tu as une haleine de poney le matin. 6) Dans la nuit tu fais des petits bruits avec les dents, comme si tu grinçais, je déteste ça. 7) Je n'aime pas qu'on m'appelle par des diminutifs genre « Lulu », diminutifs qui à mon avis sont là précisément pour diminuer ceux qui en sont affublés.

Elle prend sa chemise et la jette par la fenêtre.

– Mais ma choupinette...

– 8) J'aime encore moins ce genre de noms ridicules qui servent pour n'importe quelle fille ou n'importe quel caniche.

Elle prend son caleçon et le lance.

– Mais qu'est-ce qui te prend, ma Lulu adorée, je t'aime.

– Moi je ne t'aime plus. D'ailleurs je ne t'ai jamais aimé. Et je ne suis pas « ta », je ne t'appartiens pas. Mon nom est Lucrèce, Lucrèce Nemrod. Pas Lulu. Ni choupinette. Allez dehors. Ouste.

Elle prend le pantalon et s'apprête à le jeter par la fenêtre mais il bondit pour le lui arracher et l'enfile rapidement.

– Je peux savoir ma Lu... enfin choup... enfin Lucrèce ?

Elle lui laisse ses chaussures qu'il enfile sur le pas de la porte.

– Bien sûr. J'ai déjà vérifié ton sens de l'amour, maintenant je veux vérifier ton sens de... l'humour. Et comme je vois que tu as l'air plus attaché à tes affaires qu'à moi, va donc les rejoindre en bas sur le trottoir. Vite, avant qu'on ne te les vole.

– Mais je te jure que je t'aime, Lucrèce, tu es tout pour moi !

– « Tout » ça ne suffit pas. Je te l'ai déjà dit : tu ne m'amuses plus.

– Mais je peux te faire rire !

Elle change un instant de physionomie.

– Très bien, je te laisse une dernière chance : vas-y, essaye de me faire rire. Si tu y arrives tu peux rester.

– Heu...

Elle baisse les paupières, en signe de déception.

– C'est mal parti.

– Ça y est j'en ai une. Hum c'est dans une galère romaine, le batteur de tambour dit : « J'ai une bonne et une mauvaise nouvelle. La bonne c'est que vous aurez ce soir double ration de soupe. À ce moment tous les galériens poussent un hourra de joie. Et la mauvaise : c'est que le capitaine veut essayer de faire du ski nautique. »

La jeune journaliste ne bronche pas.

– Moi aussi j'ai une bonne et une mauvaise nouvelle. La bonne c'est que tu vas pouvoir aller faire du ski nautique. La mauvaise : c'est sans moi. Allez, dehors.

– Mais...

Elle lui jette son tee-shirt et veut fermer la porte.

– Non, tu vas quand même pas...

Elle repousse le battant mais il le bloque avec sa chaussure. Elle prend de l'élan et lui écrase le pied, ce qui provoque aussitôt chez le jeune homme une grimace de douleur. Il lâche sa position, elle le pousse dehors puis claque la porte.

Il tambourine des deux poings et sonne.

– Lucrèce ! Ne me laisse pas comme ça !

Elle rouvre la porte.

– T'as oublié ça.

Elle jette son casque de moto qui dégringole et rebondit sur les marches de l'escalier.

Déjà elle a mis très fort *Eruption* du groupe de hard rock Van Hallen, s'est installée sur le bureau, a étalé les journaux et allumé son ordinateur.

Le portrait du Cyclope s'affiche.

« Ce qu'il me prend ? » J'ai besoin d'avoir l'esprit clair. Et un type encore au lit à 14 h 30, pas rasé et qui sent le bouquetin des Alpes me semble incompatible avec une enquête qui s'annonce difficile et sur laquelle je joue ma peau.

Ce qu'il me faut ce n'est pas un boulet mais un moteur de fusée.

De toute façon, celui-là ne pourra jamais le comprendre, alors ne perdons plus de temps.

Agir d'abord, philosopher ensuite.

13.

« Pourquoi Dieu a-t-il créé l'homme en premier et la femme ensuite ? Parce qu'il avait besoin d'un brouillon avant d'accomplir son chef-d'œuvre. »

Extrait du sketch *La Guerre des sexes comme si vous y étiez*, de Darius WOZNIAK.

14.

L'allumette craque. La flamme jaillit. La main approche le feu au contact de la cigarette roulée. Quelques poils de la moustache frisent d'un coup. La bouche souffle lentement la fumée à la manière de rubans de Möbius.

Le pompier de l'Olympia, Franck Tempesti, est affublé d'un vieux casque chromé et d'une épaisse veste en cuir noir élimé à galons dorés.

Son œil se ferme sous le picotement de la fumée.

Lucrèce Nemrod se dit qu'elle aurait pu ajouter cela au paradoxe des artisans qui ne consomment pas leurs propres produits : « les pompiers qui jouent avec le feu ».

– J'ai déjà tout dit à vos collègues, vous n'avez qu'à lire les journaux.

Toi mon petit gars, je crois que tu ne sais pas à qui tu as affaire.

Dans l'esprit de Lucrèce Nemrod apparaît un passe-partout avec une vingtaine de grosses clefs. Elle sait qu'elle va devoir trouver la bonne pour ouvrir cet esprit retors.

Elle propose un billet de 10 euros.

Commençons par la clef numéro un qui permet d'ouvrir le plus de portes : l'argent.

– Pour qui me prenez-vous ? s'offusque-t-il.

Elle propose deux billets.

– Ce n'est pas la peine d'insister, annonce l'homme aux moustaches en se tournant ostensiblement pour montrer qu'il préfère fumer que discuter avec elle.

Elle en propose trois.

Ces derniers disparaissent si vite de ses doigts qu'elle croit les avoir rêvés.

– C'était le grand retour de Darius après quatre ans d'absence de la scène. Il y avait tout le gratin. Et même des ministres. Le ministre de la Culture je crois et celui des Anciens Combattants et celui des Transports. À la fin c'était le succès total. Le Cyclope a salué la foule. Il n'a pas fait de rappel. Il a filé dans les coulisses. Il devait être 23 h 25 ou 26. Je ne sais plus exactement. Darius était en sueur. On voyait qu'il épuisé après deux heures de one man show. Il m'a fait un petit salut automatique sans me regarder. Il a vu les fans agglutinés devant sa loge. Il a signé des autographes, il a un peu discuté et il a pris les fleurs et les cadeaux. Le truc habituel, quoi. Avant de rentrer dans sa loge il a demandé à son garde du corps de ne le déranger sous aucun prétexte. Et puis il s'est enfermé au verrou.

– Et ensuite ? demande Lucrèce, impatiente.

Il aspire et grille d'un coup la moitié de sa cigarette.

– Moi, je suis resté dans la coursive devant la loge pour vérifier qu'aucun gamin ne vienne fumer en douce et contrevenir aux règles de sécurité, dit-il en lâchant une énorme bouffée bleue. Et d'un seul coup, avec le garde du corps, nous avons entendu que Darius riait dans sa loge. Je me suis dit qu'il devait être en train de lire des sketches qu'on lui avait écrits pour son prochain spectacle. Il s'est mis à rire de plus en plus fort, et tout s'est arrêté d'un coup. On a entendu un choc, comme s'il était tombé.

La jeune journaliste aux cheveux roux note tous les détails.

– Il riait, dites-vous ? Comment était ce rire ?

– Très fort. Vraiment très fort. Avec des hoquets.

– Pendant longtemps ?

– Non. Dix ou quinze secondes, vingt maximum.

– Et ensuite ?

– Comme je vous dis : un choc puis plus rien. Le silence complet. J'ai voulu entrer, mais son garde du corps avait reçu des consignes strictes. Alors je suis allé chercher Tadeusz Wozniak.

– Le frère de Darius ?

– Oui, il est aussi son producteur. Il m'a autorisé à utiliser le passe pour libérer le verrou et on est entrés. Et Darius était là, étendu par terre. On a appelé le SAMU. Les médecins ont tenté un massage cardiaque, mais c'était fini.

Le pompier écrase son moignon de cigarette, puis appuie sur un bouton pour remettre en fonction le système d'alarme-fumée.

– Puis-je entrer dans sa loge ?

– Interdit. Ou alors il vous faudrait un mandat de perquisition.

– Ça tombe bien j'en ai un.

Lucrèce Nemrod sort un nouveau billet de 10 euros.

Il le regarde, dubitatif, comme une poule hésitant à picorer un ver.

– Ça ne ressemble pas à un mandat signé par le procureur.

– Excusez-moi, j'avais oublié la signature de l'autorité judiciaire. Suis-je distraite.

La jeune journaliste ajoute un autre billet.

Cette fois le pompier récupère prestement les deux images, sort son passe et la laisse pénétrer dans la loge.

Sur le sol, l'emplacement du corps est tracé à la craie.

Lucrèce Nemrod examine la position du cadavre, prend une photo avec son appareil reflex Nikon équipé de flash.

– C'est la veste rose qu'il portait durant le show ?

– Oui, personne n'a touché à rien, affirme le pompier.

Elle fouille les poches et trouve une liste de sketches numérotés de son dernier spectacle.

Sans doute pour se rappeler les enchaînements.

Elle scrute le sol, se met à quatre pattes et aperçoit sous la table de maquillage un petit coffret de la taille d'un plumier, en bois épais laqué bleu, décoré de petite ferronnerie.

Ça, ce n'est ni un étui à lunettes, ni un coffret à bijoux. Et sans poussière dessus. Il a dû tomber récemment.

Sur le couvercle sont tracées trois lettres majuscules à l'encre dorée :

« BQT. »

Et juste au-dessous, en lettres italiques plus petites une simple phrase :

« *Surtout ne lisez pas.* »

Le pompier Franck Tempesti est intrigué.

– C'est quoi ?

– L'arme du crime, peut-être.

Le pompier se demande si elle se moque de lui, mais dans le doute se contente de hocher la tête d'un air emprunté.

– À moins de se l'enfoncer dans le gosier, je ne vois pas comment on peut se faire grand mal avec ça !

Lucrèce Nemrod photographie l'objet. Elle l'examine sous tous les angles, puis l'ouvre. L'intérieur est tendu de velours bleu à peine plus clair que le couvercle, creusé d'un espace en forme de tube.

– Un étui à stylo ? propose le pompier.

– Un stylo ou un papier roulé. Et comme ce qui est inscrit sur la boîte n'est pas « surtout n'écrivez pas » mais « surtout ne lisez pas » je penche plutôt pour la seconde option.

– Un papier roulé ?

– Après le « revolver », cherchons la douille de la « balle » qui a tué, annonce la jeune journaliste scientifique.

Elle ramasse une feuille de papier sur la tablette, la déchire à la taille de l'espace intérieur de la boîte bleue, la roule puis la déplie.

– Cela devait ressembler à peu près à ça...

Elle place ses pieds là où elle estime que se trouvaient les pieds de Darius Wozniak en fonction de la silhouette tracée au sol, puis ses mains à hauteur de celles d'un homme en train de lire. Elle lâche le rectangle de papier.

La feuille plane en zigzaguant puis glisse sous les franges d'un fauteuil.

La journaliste se met à plat ventre pour en suivre la trajectoire.

Elle retrouve son papier, à côté d'un autre visiblement roulé puis déroulé. Il est épais, noir d'un côté et blanc de l'autre.

– … Et voilà la douille, annonce-t-elle, victorieuse.

– C'est quoi ?

Lucrèce Nemrod se relève en tenant du bout des ongles son trophée.

– Un papier photosensible.

Franck Tempesti entreprend de se rouler une nouvelle cigarette.

– Ah, vous êtes marrante, vous alors. Vous êtes meilleure que les flics. Où vous avez appris à faire tout ça ?

– Un ami journaliste chevronné m'a entraînée à examiner une scène de crime. Et un indice. Vu les dimensions de la boîte bleue et l'épaisseur de l'écrin intérieur, tout ce qu'on pouvait y mettre c'était une feuille de papier roulé.

Lucrèce Nemrod observe encore la boîte laquée de bleu et le papier photo, puis se tourne vers le pompier.

– Bon, personne n'y tenait, donc je confisque tout ça, signale-t-elle en tendant un billet que l'autre empoche. Vous rappelez-vous qui lui a donné cette boîte bleue ?

– Non, mais je connais un moyen de le savoir. Il faudrait rejoindre la salle de contrôle vidéo et examiner les disques à mémoire.

– Parfait, allons-y.

Le pompier la retient d'une main sans lâcher sa cigarette de l'autre.

– Cette fois un mandat de perquisition ne suffira pas.

Elle sort trois billets de 10 euros.

– C'est-à-dire que là, si on le sait, je joue ma place, mademoiselle. Déontologiquement c'est donc impossible à envisager.

Après avoir rouvert son portefeuille et constaté qu'il ne contenait presque plus de billets, Lucrèce Nemrod s'impatiente.

Tant pis, utilisons la « clef numéro 2 ».

Avant que le pompier n'ait eu le temps de réagir elle lui saisit le poignet, le retourne et le tord jusqu'à déclencher la douleur au niveau de l'articulation. Il en lâche sa cigarette et pousse un vilain grognement.

– Nous avions bien commencé, tous les deux, susurre-t-elle. Dans quelques minutes vous aurez le choix : ou bien vous gardez un bon souvenir de ma visite…

Elle lui met un dernier billet sous le nez.

– … Ou bien je vous en laisse un mauvais. C'est vous qui décidez.

Il esquisse une grimace.

– Évidemment, si c'est contre ma volonté, je n'ai plus de problème de déontologie.

Lucrèce Nemrod desserre son étreinte, laissant négligemment tomber le billet que le pompier s'empresse de faire disparaître dans sa poche.

En haussant les épaules, beau joueur, il ramasse sa cigarette, puis guide Lucrèce vers une salle fermée. Il s'assied devant un écran, copie un fichier vidéo sur un disque laser qu'il grave. Puis il se lisse les moustaches et tend le disque à la journaliste scientifique.

– Disons que vous l'avez ramassé dans une poubelle, nous sommes bien d'accord ?

15.

« Quelle différence entre un politicien et une femme ?
Si un politicien dit oui cela veut dire… peut-être.
Si un politicien dit peut-être cela veut dire… non.
Si un politicien dit non, tout le monde le traite de salaud.
Alors que si une femme dit non cela veut dire… peut-être.
Si une femme dit peut-être cela veut dire… oui.
Si une femme dit oui tout le monde la traite de salope. »

Extrait du sketch *La Guerre des sexes comme si vous y étiez*,
de Darius WOZNIAK.

16.

La main insère le disque optique puis lance un programme de lecture vidéo.

Quelle énigme contenait donc cette boîte bleue ?

Apparaissent sur l'écran scindé en quatre les prises de vues des caméras de contrôle placées au plafond des coulisses de l'Olympia.

À l'aide du compteur time code au bas de l'écran elle fonce directement aux minutes précédant le décès.

23 h 23 mn 15 s.

Elle voit les fans en groupe compact devant la loge, tenant des fleurs et des cadeaux. Certains portent des masques ou sont maquillés en clowns.

Le grand reporter Florent Pellegrini, son voisin de bureau, vient la rejoindre, intrigué.

– C'est quoi tous ces clowns en tenue rose ?

– En référence à « Je ne suis qu'un clown », de Darius. Même aux premiers rangs les spectateurs ont en général le maquillage, le costume rose et le bandeau noir sur l'œil droit.

23 h 24 mn 18 s.

Vu d'en haut Darius apparaît soudain dans le corridor.

23 h 25 mn 21 s : il se dirige vers la loge.

Les deux journalistes observent le film au ralenti. Plusieurs personnes lui tendent des paquets que Darius saisit nonchalamment. À un moment, il s'arrête et parle à quelqu'un qui lui remet un petit objet.

23 h 26 mn 09 s au time code.

Elle fixe l'image, et zoome sur le personnage.

L'image est floue mais on voit que l'individu grimé en clown tend la boîte laquée bleu marine. Il a un gros nez rouge, un chapeau rond qui dissimule ses cheveux.

Lucrèce zoome encore et le maquillage lui apparaît soudain différent des autres. Au lieu de sourire la bouche dessine une grimace triste, une larme occupe la joue droite.

– J'avais une sœur sourde et muette, je sais lire sur les lèvres. Je peux peut-être t'aider, propose Florent Pellegrini.

La jeune journaliste fait un gros plan sur la bouche, puis passe le film au ralenti, séquence de phrase par séquence de phrase.

Pellegrini se rapproche :

– Il lui dit : « Voilà... ce que... tu... as toujours... voulu... savoir. »

Lucrèce Nemrod revient en arrière, cherche l'image la plus nette du clown triste, puis la recadre et l'agrandit.

Elle lance l'imprimante pour obtenir un tirage papier.

Florent Pellegrini approche la boîte bleue de ses yeux et abaisse ses lunettes.

– Et tu l'as tripotée sans gants, en mélangeant tes empreintes aux autres ?

Je n'y ai même pas songé une seconde. Comment ai-je pu être aussi bête !

Le reporter rapproche encore l'objet de ses yeux.

– « B.Q.T. », trois initiales qui pourraient signifier quoi ? Bon Quotient de Travail ?

– Voyons sur Internet.

Il lance le moteur de recherche Google et regarde ce qui tombe.

– Bœuf Qui Tourne ? c'est une marque de barbecue.

– Belle Queue Tordue, c'est un site porno.

– Et en anglais ? propose Florent Pellegrini.

– Boston Qualifiying Time.

– Be QuieT.

– Big Quiz Thing.

Florent Pellegrini passe le doigt sur les lettres dorées du couvercle puis sur l'inscription « Surtout ne lisez pas ».

– Et à l'intérieur il y avait ça, ajoute-t-elle.

Il saisit délicatement la page noire d'un côté et blanche de l'autre.

– C'est du papier photographique Kodak à obscurcissement lent. À mon avis, il devait y avoir un texte. Darius l'a lu et puis... le papier a noirci, et le texte est devenu illisible pour ceux qui le découvriraient ensuite. Dans ce cas, trois questions se posent :

1) Quel texte figurait sur le papier photographique ?

2) Comment Darius est-il mort ?

3) Qui avait envie de le voir disparaître ?

Lucrèce Nemrod relève ses longs cheveux roux d'un geste pensif.

– Et s'il était mort… de rire.

Le grand reporter a une moue dégoûtée.

– Mourir de rire ? Quelle mort atroce !

– Je ne sais pas. C'est peut-être agréable.

– Oh non, tu n'imagines pas à quel point ça peut faire mal ! Tu as déjà eu un fou rire non maîtrisable ? Ça te bloque les côtes, le ventre, la gorge, on a l'impression d'avoir la tête en feu et de s'étouffer. Mourir de rire ? Quelle horreur !

La jeune femme essaie de se rappeler son dernier fou rire.

– En tout cas, ajoute le reporter, elle démarre bien ton enquête. La Thénardier voulait du surprenant, ça s'annonce pas mal. Le « texte qui tue », c'est déjà neuf, mais « Le texte qui tue… de rire », c'est de l'exclusif. Au début je n'y croyais pas trop à ton histoire de meurtre, mais je dois reconnaître que tu commences à avoir des biscuits. Bravo, petite.

– Ne m'appelle pas « petite », lance-t-elle aussitôt.

Florent Pellegrini sourit, puis cherche son regard.

– Pourquoi tu t'intéresses à cette affaire, Lucrèce ? Dis-moi la vérité. Ce n'est pas seulement professionnel, hein ? Tu y mets trop d'énergie. Je sais reconnaître la différence entre la simple curiosité et la passion obsessionnelle.

La jeune femme va fouiller dans le tiroir de son collègue et en sort une bouteille de whisky et deux verres. Elle se sert une belle rasade. Son regard part dans le vague.

– Un jour, il y a très longtemps… j'étais… comment dire ? « un peu déprimée », et l'un des sketches du Cyclope qui passait à la radio est arrivé pile au bon moment pour me redonner le moral. Alors, sans le savoir, Darius est un peu devenu de ma famille.

– Je comprends.

– C'est comme si j'avais perdu un « vieil oncle farceur ». Tu sais celui qui à la fin des repas sort les blagues quand tous les sujets ont été épuisés.

Elle avale d'un trait la boisson ambrée.

– Et maintenant tu veux venger ton « vieil oncle farceur » ?

Lucrèce Nemrod hausse les épaules.

– Faire rire c'est un acte de générosité. En tout cas, un jour de ma jeunesse, un jour important, j'ai reçu ce cadeau, et il m'a fait énormément de bien. C'est au nom de cette journée que je veux « éclairer sa mort » comme il a éclairé ma vie.

– Attention, tu commences à devenir poète, c'est le premier pas vers l'alcoolisme.

Florent Pellegrini empoigne à son tour la bouteille, se sert un grand verre et trinque avec elle. Elle a envie de l'arrêter, mais il lui fait signe qu'il assume son geste et les risques qui en découlent. Il boit et grimace.

– Cette affaire est trop compliquée pour toi, Lucrèce. Et si tu ne ramènes rien, la Thénardier ne te ratera pas. Si elle t'a laissée sur ce reportage ce n'est pas pour te faire plaisir. Mais pour montrer que tu n'es pas capable d'assumer tes choix de sujets. C'était un piège.

– Je sais.

– Elle ne t'aime pas, Lucrèce.

– Pourquoi ?

– Elle n'aime pas les femmes en général. Pour elles ce sont avant tout des rivales. Tu es belle et jeune et elle est vieille et moche.

– Ouais je sais, j'ai déjà lu ça dans *Blanche-Neige*. « Miroir, dis-moi, qui est la plus belle ? »

– Je ne plaisante pas, Lucrèce. La Thénardier attend le prétexte pour te virer de la liste des « pigistes réguliers ». Comme tu l'as défiée devant toute la rédaction, maintenant tu joues ta place sur cette affaire.

La jeune journaliste reste songeuse, de plus en plus préoccupée. Elle se sert une autre rasade de whisky.

– Qu'est-ce que tu me conseilles, Florent ?

– Fais-toi aider. Tu n'y arriveras jamais seule. Regarde, tu as déjà oublié de protéger les empreintes digitales.

Il a raison, comment ai-je pu être à ce point étourdie !

– Et tu serais prêt à enquêter avec moi ?

– Non. Moi, tu le sais, j'arrive à peine à tenir debout. L'alcool est le refuge des journalistes qui ont vu trop de vérités cachées. Surtout au *Guetteur Moderne.* Passé un certain âge, sans alcool, notre conscience nous empêche de dormir. J'ai vu tellement de choses dégueulasses dans cette rédaction, et dans l'indifférence générale. J'ai vu tellement de stupidités et de mensonges sous le couvert d'« enquêtes exclusives »...

Florent Pellegrini se sert à nouveau mais sa main tremble trop et il doit s'y reprendre à plusieurs fois. Lucrèce lui soutient le poignet.

– Le seul qui puisse t'aider, sur une enquête comme celle-ci, c'est « qui tu sais ».

La jeune journaliste et le reporter aux cheveux blancs se regardent, complices.

– T'en fais pas, Florent, j'ai tout de suite pensé à lui.

– Je m'en doute. En fait tu rêves d'enquêter à nouveau avec lui, et tu as choisi cette affaire parce que c'est exactement le genre d'histoire qui pourrait l'intéresser. N'est-ce pas ?

Lucrèce Nemrod s'abstient de répondre.

Le vieux journaliste lui adresse un clin d'œil.

– Allez, va le voir dans son château. Je suis certain qu'il sera d'accord.

17.

« Un alpiniste grimpe vers le sommet d'une montagne particulièrement vertigineuse.

À un moment son pied glisse, il décroche et chute.

Ses piquets lâchent les uns après les autres jusqu'au dernier, mais il parvient à s'accrocher à un rocher auquel il ne tient plus que par une main alors que son corps pend au-dessus du vide.

Au comble de la panique, l'alpiniste hurle :

– Au secours ! Au secours ! Y a-t-il quelqu'un pour me venir en aide ?
À ce moment Dieu apparaît et lui dit :
– Oui, je suis là. Tu peux lâcher, je vais réceptionner ta chute, aie confiance, je te sauverai.
Alors le type hésite, puis hurle encore plus fort :
– Y a-t-il quelqu'un d'autre pour me venir en aide ?! »

Extrait du sketch *Après moi le déluge,*
de Darius WOZNIAK

18.

– C'est hors de question. Même pas en rêve.

– Mais…

– Désolé. Je ne vous aiderai pas à enquêter. Je suis désormais un journaliste scientifique à la retraite, j'ai tout arrêté et je ne suis pas près de recommencer. Je veux seulement qu'on me foute la paix.

Isidore Katzenberg est en chemise hawaïenne à fleurs sur un maillot de bain bermuda jaune à rayures violettes, lunettes de soleil Ray-Ban œil de mouche sur le nez et tongs brésiliennes aux pieds.

Lucrèce Nemrod est surprise qu'il la vouvoie à nouveau, mais étant donné le temps écoulé depuis leur dernière enquête, six longs mois, elle en déduit qu'il veut ainsi lui signaler qu'elle est devenue une étrangère.

Elle soupire, examine le refuge du journaliste-ermite, ancien prodige de sa profession. C'est un château, mais un château un peu spécial, un château d'eau, une ancienne tour-citerne en bordure de Paris, porte de Pantin, en plein milieu d'un terrain vague.

Isidore Katzenberg l'a aménagé pour le transformer en appartement. On y pénètre par un escalier central qui mène à une sorte d'îlot de deux mètres de diamètre avec deux palmiers au milieu et du sable blanc. Autour, une piscine circulaire de cinquante mètres de diamètre et cinq mètres de profondeur.

En empruntant le ponton de bois et de lianes on rejoint ensuite les berges où sont installés quelques meubles qui donnent au château un aspect plus conventionnel. Un lit à baldaquin en bois sert de chambre, une table couverte d'ordinateurs sert de bureau, un coin-kitchenette sert de cuisine, un coin-évier fait office de salle d'eau, un large divan avec une table basse et un téléviseur plat délimitent le salon.

L'eau turquoise de la citerne est arrêtée par un petit rebord où les clapotis viennent se briser.

Le toit est transparent, si bien que de tout point de cet appartement circulaire on peut voir le soleil, la lune ou les étoiles.

Une île quelque part au beau milieu de l'océan Indien. En pleine ville.

– Pourquoi refuses-tu… enfin refusez-« vous » de m'aider ?

– Je n'aimais pas Darius.

– Vous n'aimiez pas Darius ? C'était LE Cyclope. C'était le Français le plus aimé des Français. Tout le monde aimait Darius.

– Eh bien je ne suis pas tout le monde. Ce n'est pas parce qu'ils sont nombreux à avoir tort qu'ils ont raison.

Encore cette phrase…

– Darius ne m'a jamais fait rire. J'ai toujours trouvé son humour lourd et vulgaire. Il était méprisant vis-à-vis des femmes, des étrangers, des malades. Sous prétexte de rire de tout, il ne respectait rien.

– N'est-ce pas la fonction même de l'humour ?

– Dans ce cas je pose la question : « Pourquoi l'humour ? » Je n'ai que dédain pour ces gens qui se sentent obligés d'avoir des spasmes du diaphragme parce qu'un pauvre type glisse sur une peau de banane ou se prend sur la tête un seau d'eau posé par un malveillant.

– Mais…

– N'insistez pas. Je trouve que se moquer des gens malchanceux, faibles ou différents n'est pas une activité honorable pour un être évolué. Or l'essentiel de l'humour c'est l'invitation à dénigrer au hasard les cocus, les ivrognes, les estropiés, les gros, les petits, les blondes, les Belges, les femmes, les prêtres, et j'en passe. Il n'y a rien d'estimable dans ce défoulement collectif et discriminatoire. La mort de Darius Wozniak est une aubaine pour le monde de l'intelligence et du bon goût.

– Mais...

– En plus il n'était même pas l'auteur de ses sketches. Il les volait aux autres ou récupérait des blagues anonymes pour les signer de son nom. Et personne n'y trouvait rien à redire.

Lucrèce Nemrod secoue sa longue crinière rousse.

– Mais... le début de l'enquête que je vous ai racontée...

– Quoi ? L'arme du crime qui serait une boîte bleue marquée « BQT » et « Surtout ne lisez pas » ? Un papier photo qui aurait noirci ? Une vidéo avec un clown triste ? Vous appelez ça un « début d'enquête » ! J'espère que vous plaisantez, mademoiselle Nemrod ?

Il m'énerve. Il m'énerve.

Elle l'observe. L'ancien journaliste scientifique d'élite a beaucoup maigri depuis leur dernière rencontre. Mais son visage poupin, ses lèvres épaisses, sa calvitie, ses oreilles rondes finement ourlées et sa voix un peu trop aiguë pour son gabarit de plus d'1,80 mètre participent toujours de cette impression de grand bébé.

– Je n'ai plus de temps à vous consacrer. Désolé, j'ai rendez-vous avec des amis.

Des amis ? Je croyais qu'il n'avait pas d'amis.

Il enlève son bermuda à rayures et révèle un maillot-short à fleurs rouges et vertes. Il dépose ses Ray-Ban, enfile des petites lunettes aquatiques et serre le cordon de son maillot de bain.

Il se dirige vers sa piscine intérieure et s'élance en un plongeon parfait qui ne provoque pas la moindre vague.

Aussitôt deux dauphins bondissent hors de l'eau à la verticale comme pour le saluer.

Ce n'est pas de l'eau douce, mais de l'eau de mer !

Elle avait déjà pu admirer les dauphins lors de sa première venue dans cette demeure étrange, dont la piscine avait été conçue pour accueillir des cétacés.

Que c'est beau.

Que c'est surprenant.

Que c'est exotique.

Quel dommage qu'il ne m'apprécie pas.

Isidore Katzenberg nage et elle s'assied, patiente.

Soudain elle hurle.

– ATTENTION ! IL Y A UN...

Elle désigne un aileron triangulaire qui affleure et se déplace à grande vitesse.

Le journaliste scientifique sort la tête et recrache un petit jet d'eau à l'arrondi parfait.

– ATTENTION ! UN REQUIN ! hurle-t-elle.

L'aileron fend l'eau et approche de l'homme immergé qui ne bronche pas.

Au moment du choc avec les terribles mâchoires Isidore Katzenberg avance la main et caresse le flanc de l'animal.

– Ah, vous parlez de George ? Je l'ai récupéré alors qu'il se débattait dans des filets dérivants au large de Cuba.

Il nage vers elle puis pose les coudes sur le bord de la piscine.

– George avait mordu à un hameçon et il était en train de se faire remonter par des pêcheurs cubains. Ils allaient lui couper les ailerons pour fournir les soupes chinoises censées être aphrodisiaques. Ensuite les marins les rejettent vivants dans l'eau. Les requins pourrissent et agonisent dans d'atroces souffrances au fond des océans. Qui parlera de la douleur des requins sacrifiés pour les érections des Chinois ? Un copain de Greenpeace a pu aborder le bateau cubain et le récupérer. Mais le pauvre requin avait déjà reçu des coups de harpon, il a fallu le soigner. Et surtout le rassurer.

Qu'est-ce qu'il me raconte ? Il parle de « rassurer un requin » ?

– Je l'ai baptisé George pour qu'il ne soit plus un requin anonyme. George avait très peur des hommes. Il pensait qu'on était tous « dangereux ». Il était... comment dire ? « Humanophobe ».

Elle observe l'aileron qui s'éloigne.

– En plus George a une tendance paranoïaque. Il fallait aussi le mettre au calme, loin de cet océan rempli de dangers.

Ce type est devenu fou.

– Je me suis proposé pour l'adopter. Au début j'ai eu peur qu'il ait des difficultés d'adaptation, mais ça s'est arrangé. George s'entend très bien avec John, Ringo et Paul, mes trois dauphins. George est un requin blanc. Celui qu'on appelle à tort « le mangeur d'hommes ». C'est une créature d'un passé lointain. Les requins existaient déjà au temps des dinosaures. Ils n'ont physiologiquement connu aucune évolution. Ils n'en avaient pas besoin, c'est une espèce apparue directement au summum de sa complexité. Une espèce parfaite. Le film *Jaws* de Spielberg lui a causé beaucoup de tort, alors je tente de la réhabiliter.

Isidore Katzenberg nage longtemps, il veut s'accrocher à la nageoire du requin pour que celui-ci le tracte, mais l'animal, timide, s'enfuit. Alors l'ancien journaliste scientifique le poursuit, d'un crawl impeccable. Quand le requin se terre au fond de la piscine, il plonge pour le retrouver, le caresser, mais, n'obtenant aucun résultat, il remonte.

– Je le connais. George a peur. C'est parce que vous êtes là, mademoiselle Nemrod. Ça le rend nerveux. Il sait que moi je ne lui veux pas de mal, mais pour vous il a un doute. Du coup il refuse mon contact tant que je ne vous ai pas foutue dehors. La passerelle est derrière vous, vous connaissez le chemin du retour, n'est-ce pas ?

Déjà Isidore a replongé pour retrouver son ami.

Lucrèce Nemrod reste un moment immobile, à le contempler : il nage sous l'eau avec beaucoup de grâce.

Il sort la tête et enlève ses lunettes de piscine.

– Vous êtes encore là ? Je crois vous avoir signalé que vous pouviez partir. Merci. Au revoir, mademoiselle Nemrod.

Le ton est plus sec.

Elle cherche mentalement une clef capable d'ouvrir cet esprit fermé.

– Je crois que vous aimez le jeu et les défis, Isidore. Je propose de jouer votre aide dans cette enquête au jeu des trois cailloux.

Il marque un instant de surprise.

– Ah, tiens, vous vous rappelez les règles ?

– Bien sûr. Rien de plus simple. On prend chacun trois allumettes. On en met zéro, une, deux ou trois dans sa main droite on tend le poing fermé et on propose à tour de rôle le chiffre du contenu des deux mains additionnées.

Un dauphin saute hors de l'eau, elle ne se laisse pas distraire et poursuit :

– Donc, un chiffre entre zéro et six. Si l'un des deux trouve le bon chiffre, il se débarrasse d'une allumette. Et on recommence. Le premier qui s'est débarrassé de ses trois allumettes, parce qu'il a gagné trois fois, a remporté le match.

Isidore Katzenberg hésite, puis sort de sa piscine géante et s'essuie avec une serviette qu'il noue autour de sa taille.

Il la sonde au fond de ses yeux verts semblables à deux éclats d'émeraude.

– Pourquoi pas après tout ? J'accepte de jouer mon aide dans « votre enquête » au tournoi des trois cailloux. Mais si vous perdez, je vous interdis de revenir me déranger, sous quelque prétexte que ce soit.

Ils prennent chacun trois allumettes qu'ils dissimulent dans leur dos, puis ils tendent leur poing fermé.

– À vous l'honneur, mademoiselle Nemrod.

– Je pense qu'il y a en tout dans nos deux mains, hum... quatre allumettes.

– ... Trois, répond-il.

Ils ouvrent leurs mains. Deux allumettes dans la paume de Lucrèce et une dans celle d'Isidore.

Le journaliste pose donc délicatement une première allumette devant lui.

Ils recommencent. Cette fois le chiffre à trouver se situe entre zéro et cinq.

Comme Isidore a gagné, c'est lui qui parle le premier.

– Cinq.

– Quatre, répond-elle.

Ils ouvrent les mains. C'est cinq.

Isidore dépose encore une allumette et ils recommencent.

– ... Zéro, lance-t-il.

– Une, dit-elle.

Ils ouvrent les mains. Et les deux paumes sont vides.

Elle regarde, perplexe, les deux mains nues.

– Vous avez gagné trois fois de suite sans même que je puisse gagner une seule fois. Comment faites-vous ?

– À la fin, comme vous aviez mis le maximum, je me suis dit qu'au coup suivant, pour alterner, vous mettriez le minimum. Simple question de psychologie de base.

– Pour le dernier coup. Mais pour ceux d'avant ?

– Vous aviez peur de perdre donc vous étiez prévisible.

Il m'énerve. Il m'énerve. Il m'énerve.

Déjà il s'est servi un cocktail de jus de légumes et a placé une petite ombrelle sur le verre.

– Adieu Lucrèce.

Elle reste face à la passerelle.

– J'ai besoin de vous, Isidore...

– Je ne suis pas votre père, Lucrèce. Vous n'avez besoin de personne.

Elle s'approche de lui, sort la boîte de sa poche et l'approche de son visage.

– Donnez-moi au moins un conseil pour démarrer l'enquête dans la bonne direction. S'il vous plaît.

Il réfléchit, observe la boîte où s'inscrivent les trois initiales « B.Q.T. » et le message « Surtout ne lisez pas ».

– Hum... tout d'abord l'inscription. C'est le fameux principe de « conditionnement inversé » cher au psychologue Milton Erickson. Ce thérapeute américain a construit sa légende sur une anecdote de son enfance. Son père, un paysan, essayait de faire rentrer une vache dans une étable en la tirant avec une corde. Mais l'animal résistait. Le petit Erickson, âgé de 9 ans, s'était moqué de son père. Le père aurait dit : « Puisque tu es si malin essaie de faire mieux. » L'enfant avait alors eu l'idée, au lieu de tirer la corde en avant, de tirer la queue... en arrière. Aussitôt par réaction la vache avait tiré en avant, et du coup était rentrée dans l'étable.

– Quel rapport entre Erickson et le Cyclope ?

– Celui qui a inscrit cette phrase sur la boîte voulait inciter Darius à lire. Ce qu'il n'aurait peut-être pas fait naturellement. Si on avait écrit « Lisez-moi », cela aurait aussitôt entraîné la méfiance.

– Arrêtez d'étaler votre science et aidez-moi, bon sang, j'ai besoin de vous, Isidore !

Il la jauge, sourit, hésite puis lâche nonchalamment :

– Eh bien, selon le peu que vous m'en avez dit, j'ai l'intuition que cette histoire de mort bizarre trouve sa source au-delà des personnes qui en sont les acteurs.

– C'est-à-dire ? Arrêtez de faire l'énigmatique !

Il prend son temps avant de répondre.

– Pour moi, la première vraie question que vous devriez vous poser pour résoudre cette enquête est : « Pourquoi l'humour est-il apparu un jour sur terre » ?

19.

321 255 ans avant Jésus-Christ.

Quelque part en Afrique de l'Est, dans une région qui correspondra plus tard au Kenya.

Les deux tribus d'hominidés s'étaient repérées de loin. D'habitude, les petits troupeaux d'humains migrants se croisaient et s'évitaient. Mais cette fois, peut-être à cause du beau temps, ils décidèrent de s'affronter pour se voler les femelles.

Ce fut la grande mêlée, chacun frappant le plus fort et le plus vite possible avec ses bâtons et ses pierres taillées pour faire le maximum de dégâts dans le camp adverse.

Au centre du champ de bataille les deux chefs ennemis s'étaient reconnus et se défiaient du regard.

Celui de la tribu du Nord était petit avec de grands pieds. Celui de la tribu du Sud était grand et large d'épaules.

Ils avancèrent délibérément l'un vers l'autre.

Ce qui créa aussitôt une diversion. La foule des belligérants se calma et s'installa en deux demi-cercles pour assister au choc des champions.

Ils se dévisagèrent, encouragés par les cris de leurs supporters respectifs.

Ils se lancèrent des grognements et des mimiques d'intimidation. Ils se défièrent en martelant le sol de leurs pieds et en roulant des yeux furibonds.

Tous sentaient que c'était le grand duel qui allait décider de la survie de l'une des deux tribus.
C'est alors que dans un beuglement rauque le chef de la tribu du Sud jeta une poignée de sable dans les yeux de son adversaire et le renversa d'une ruade alors que l'autre se frottait les yeux. Puis le Sudiste ramassa un gros rocher et le leva très haut dans l'intention de lui éclater la tête comme une noix.
Derrière lui, sa tribu en transe scandait des onomatopées qui signifiaient « Tue-le ! Tue-le ! » Alors que ceux de la tribu adverse clamaient : « Lève-toi ! Lève-toi ! »
Le chef du Sud visa, comme s'il voulait être sûr de trouver le meilleur angle pour éclater le crâne du Nordiste.
Un instant, les souffles se suspendirent, la nature elle-même se fit silencieuse.
Et ce fut précisément à cet instant qu'une fiente de vautour tomba du ciel, large et visqueuse, pile dans les yeux de l'homme qui brandissait son rocher.
De surprise le Sudiste soudain aveuglé lâcha la pierre qui chut directement sur ses orteils.
Il émit un couinement aigu qui signifiait « Aïe » et se mit aussitôt à sautiller sur place en se tenant le pied à deux mains.
Pour l'homme à terre, tout se déroula au ralenti. Il y eut tout d'abord une sorte de déclic dans sa tête. La fin brutale de la peur. Puis quelque chose de nouveau. Un chatouillis, une sorte de chaleur dans sa gorge.
Après le cerveau et la gorge, cette chaleur gagna simultanément sa bouche et son ventre. Le diaphragme se contracta, alors que l'air s'échappait de ses lèvres avec un hoquet.
L'ensemble du phénomène ne dura que quelques dixièmes de seconde, mais une fois que le processus physiologique fut enclenché, rien ne parvint plus à l'arrêter.
Le chef nordiste éructait par saccades bruyantes.
Il pouffait.
Aussitôt, comme pris de contagion, tous les autres membres de la tribu nordiste se mirent à hoqueter, de soulagement et de surprise devant ce dénouement incongru venu du ciel.
Ceux de la tribu sudiste, après une hésitation, furent gagnés aussi par ce spasme libérateur.
Ce n'était pas la première fois que cela se produisait, mais jusque-là le rire avait été plutôt une expérience individuelle, ou tout au plus familiale.
Cette fois, plusieurs dizaines de personnes réunies riaient presque en chœur devant le même événement.

Le chef sudiste, après avoir essuyé la fiente de vautour, fut tenté de poursuivre ce qu'il avait si bien commencé, mais voyant sa propre tribu hilare, il sentit que ce n'était pas vraiment le comportement à adopter. Alors, pour faire comme tout le monde, il se mit à rire à son tour. Tuer ? Plus personne n'y songeait dans les deux camps. Quelque chose avait modifié leur état d'esprit.
Au point que les deux tribus décidèrent de s'allier pour n'en former qu'une.
L'histoire de la fiente de vautour tombée du ciel au moment fatidique fut transmise de génération en génération. Elle fut magnifiée, mimée, jouée, enrichie de détails. Mais chaque fois, ceux qui l'écoutaient s'esclaffaient comme s'ils revivaient en direct la scène surprenante.
Ainsi naquit la première blague de la mémoire collective de l'humour.
Bien plus tard, les historiens signaleront que, précisément à cette époque, l'espèce humaine franchissait un stade d'évolution.

Grand Livre d'Histoire de l'Humour. (Source GLH.)

20.

Les corbeaux se battent sur le cadavre d'une petite souris aux entrailles fumantes.

Lucrèce Nemrod est revenue au cimetière de Montmartre, et après avoir dépassé la tombe de la chanteuse Dalida, elle a retrouvé celle du comique Darius.

« J'aurais préféré que ce soit vous dans ce cercueil plutôt que moi. »

Il aurait pu aussi bien déposer un miroir à la place de sa photo.

« Regardez-vous bien, après moi, ce sera votre tour de vous faire dévorer par les vers. » Je suis sûre que c'est le genre d'idée qui l'aurait amusé.

Elle reste songeuse, face à la tombe du comique.

Je n'arrêterai pas l'enquête.

Je trouverai ton assassin, Darius.

Qu'est-ce qu'Isidore m'a conseillé ? Remonter l'histoire. Trouver l'origine de la première blague de l'humanité. Qu'est-ce qui a pu faire rire la toute première fois nos ancêtres ?

À nouveau une bourrasque agite les feuillages des arbres.

Je ne vois vraiment pas l'intérêt d'une telle information, et encore moins où je pourrais la trouver. De toute façon qui était là pour en rendre compte ? Qui a vu ? Qui a entendu ? Qui a raconté aux autres ? Personne. Forcément personne.

Le vent pousse les nuages qui filent comme s'ils répondaient à une urgence secrète.

Et moi, qu'est-ce qui m'a fait rire la toute première fois ?

Elle se souvient alors d'un des premiers moments de sa vie.

Sa naissance.

Dans un cimetière.

Déjà une très bonne blague.

Elle plonge la main dans son sac, en sort un paquet de cigarettes, tente d'en allumer une mais le vent souffle chaque fois la flamme de son briquet. Elle se penche, et doit protéger la petite lueur avec sa paume. Elle réussit enfin, aspire longuement la fumée, les yeux fermés.

Ses parents l'avaient déposée sur une tombe dans un couffin. C'étaient les fossoyeurs qui l'avaient découverte, puis amenée à l'hôpital.

Commencer là où tout est censé se terminer, ce n'est pas déjà une excellente plaisanterie du destin ?

À partir de là elle avait été placée dans un orphelinat pour jeunes filles catholiques, Notre-Dame-de-la-Sauvegarde.

La pression de la morale religieuse avait créé chez elle et ses camarades le fameux « conditionnement inversé éricksonien » qu'évoquait Isidore.

Si ce n'est qu'au lieu de leur dire « Surtout ne lisez pas » on leur disait « Surtout pas de sexualité », « Surtout pas de plaisir », « Surtout pas de jouissance ».

Et plus on leur inculquait la vertu, plus les filles avaient envie de connaître le péché.

Le lieu lui-même semblait propice à la perversion. L'orphelinat pour jeunes filles Notre-Dame-de-la-Sauvegarde ressemblait en tout point à l'idée que la jeune Lucrèce se faisait du château de Barbe-Bleue : des murs en pierres à l'odeur de salpêtre, des caves humides, des portails en chêne grinçants et des petits couloirs sombres.

À 15 ans, sous prétexte d'examens médicaux (on la trouvait « en retard »), elle avait été tripotée par un homme venu en « visite » à l'orphelinat. Le propre frère de la mère supérieure, qui était prêtre et dirigeait lui aussi un orphelinat religieux pour garçons. Plus tard, Lucrèce Nemrod avait découvert qu'il avait quitté les ordres et était devenu... président d'un concours de beauté interrégional.

Au moins il a fini par trouver un métier en accord avec ses vices.

Après cet « incident », elle avait ressenti une profonde et double aversion pour :

1) Les hommes.

2) Son propre corps.

D'ailleurs, dans son esprit d'adolescente, les deux étaient liés.

Comme elle n'aimait pas les hommes elle était naturellement allée vers... les femmes.

Comme elle n'aimait pas son corps elle était naturellement allée vers... le masochisme.

Dès l'année suivante, elle avait rencontré une amante extraordinaire.

Marie-Ange Giacometti. C'était une grande brune filiforme à la longue chevelure sombre jusqu'aux reins et au parfum capiteux.

Un grand sourire illuminait toujours son visage, et son rire franc et fort montait en puissance comme une sirène.

Dès que Lucrèce avait vu cette fille elle en était « tombée amoureuse ».

« Tomber amoureuse », c'est une drôle d'expression. Pourquoi ne dit-on pas « s'élever amoureuse » ? Probablement parce qu'on est conscient qu'il s'agit d'une chute, d'une perte. Un amour « profond » est un amour dans lequel on se perd.

Au-dessus de sa tête les nuages se fracassent en éclats cristallins.

Le visage de son ancienne amante se fait plus net dans ses souvenirs.

Marie-Ange riait de tout, plaisantait de tout, imperméable à la morosité. Marie-Ange aux yeux noirs comme des puits... au parfum opiacé inoubliable.

Après la mésaventure avec le frère de la mère supérieure, Lucrèce s'était imposé des scarifications. Ce corps qui avait été la cause de son tourment, il fallait le punir. Elle s'enfonçait des aiguilles ou se blessait avec des lames pour « ressentir des douleurs qu'elle pouvait contrôler ».

Un jour Marie-Ange la surprit en train de se perforer avec la pointe d'un compas façon machine à coudre. Elle lui avait glissé avec douceur : « Si tu veux je peux t'aider. »

Elle l'avait guidée vers sa chambre, avait fermé la porte au verrou. Et là elle l'avait déshabillée. Elle l'avait attachée, puis caressée, puis léchée, puis mordillée, puis mordue jusqu'au sang dans le cou.

Cette première séance de morsure avait laissé une sensation d'« agréable transgression » à Lucrèce.

Les deux jeunes filles s'étaient ensuite souvent retrouvées dans cette chambre. Et plus Lucrèce s'abandonnait aux jeux pervers de Marie-Ange, plus elle reprenait confiance en elle. En sa vie. Elle ne se faisait plus de scarifications. Elle s'était fait poser un piercing à la langue et un autre au sein. Elle avait enfin l'impression de pouvoir décider de ses souffrances. Elle avait choisi son bourreau, elle avait choisi ses supplices, et dès lors personne ne pourrait lui faire aussi mal que son amante.

Peu à peu, Lucrèce Nemrod gagnait en charisme, en force. Ses notes devenaient meilleures. Les accès de déprime et d'angoisse disparaissaient. La jeune fille aux yeux vert émeraude s'était mise à maigrir, à faire du sport. Ce corps, elle le voulait maintenant parfait, musclé, sculpté.

Prêt à servir. Pour jouer.

Dans le rituel qu'elles avaient établi, Marie-Ange verrouillait la porte de la chambre, allumait des bougies, puis mettait une musique pour couvrir les gémissements, en général le « Lacrimosa » du *Requiem* de Mozart.

Après les morsures, vinrent le martinet et la cravache. Tout était progressif, mais de chaque étape franchie Lucrèce tirait une sorte de fierté. Celle d'affronter le dragon et d'en sortir meurtrie mais vainqueur, de maîtriser sa peur, de faire confiance à son bourreau, de transgresser la morale et de choquer tous les gens qui pourraient les voir.

Enfin quelqu'un aimait son corps et s'occupait d'elle. Elle savait que si elle jouait la « dominée », c'était elle qui en réalité décidait de tout, elle qui choisissait l'intensité des marques, et l'intensité de leur amour. Jamais l'expression « se soumettre pour dominer » ne lui avait semblé plus adaptée à leurs jeux.

Et puis était survenu l'« incident ».

La deuxième grande blague de ma vie, après ma naissance dans un cimetière.

C'était un samedi soir.

Le ciel s'obscurcit et des éclairs jaillissent au loin. Le grondement suit, mais il ne pleut pas encore.

Lucrèce Nemrod inspire à fond l'air tiède, puis souffle lentement. Elle ferme les paupières.

Un samedi soir à 22 heures.

Comme à leur habitude les deux pensionnaires s'étaient donné rendez-vous dans la chambre de Marie-Ange. Comme à leur habitude, elles s'étaient déshabillées.

Cette fois son amante l'avait entravée aux quatre coins du lit. Elle était étendue sur le dos, entièrement nue. Elle lui avait posé un bandeau sur les yeux, et enfoncé un bâillon dans la bouche.

Et puis étaient venus, dans l'ordre : les caresses, les baisers, les morsures, les coups de martinet.

Lucrèce avait senti le plaisir interdit monter de chacun de ses nerfs, de chaque centimètre de sa peau. Elle gémissait dans son bâillon alors que le « Lacrimosa » de Mozart montait dans la chambre.

Et soudain les baisers avaient cessé.

Lucrèce avait attendu, à la fois inquiète et impatiente. La première sensation d'étrangeté avait été ce courant d'air frais qui avait effleuré son ventre. Elle avait songé « Marie-Ange a oublié de fermer la porte ».

Mais très vite s'y étaient ajoutés des bruits, des glissements.

Et bientôt des « chut » bruyants.

Quand enfin Marie-Ange lui avait brusquement ôté le bandeau elle avait compris.

Une trentaine de filles étaient là, réunies autour d'elle et armées d'appareils photo et de téléphones portables.

Cependant que Lucrèce se sentait mourir d'humiliation, Marie-Ange avait prononcé deux mots terribles :

– « POISSON D'AVRIL ! »

C'était le samedi 1er avril.

Et avec un marqueur l'amie lui avait dessiné un poisson entre les seins. Son rire avait été le plus abominable qui ait jamais résonné dans la tête de Lucrèce.

Elle avait non seulement été trahie, mais son grand amour l'avait livrée en pâture à toutes les filles de l'étage au nom de la « Journée des bonnes blagues ».

Maudit 1er avril.

Après quoi, Marie-Ange avait passé son marqueur à toutes celles qui voulaient dessiner des « poissons d'avril » sur la peau de sa victime.

Un banc d'une vingtaine de poissons était ainsi venu s'ajouter au premier.

Et elles riaient, elles riaient de la bonne blague.

Maudit poisson d'avril.

Quand les filles furent parties. Marie-Ange l'avait détachée en lui caressant les cheveux.

– Tu as bien compris que c'était juste pour rire, hein ?

Lucrèce se rhabillait en silence. Marie-Ange avait ajouté :

– Ah, je suis contente que tu le prennes bien. J'ai eu peur que tu fasses la gueule, il y a tellement de gens qui n'ont pas de deuxième degré. Or la clef de l'humour, c'est de surprendre. Joyeux poisson d'avril, Lucrèce.

Et elle lui avait pincé affectueusement la joue avant de déposer un petit baiser sur son nez.

À nouveau le ciel se fracasse en une gerbe fluorescente. Lucrèce Nemrod se souvient de chacune des secondes qui ont suivi ce mémorable 1er avril.

Ravalant ses larmes, elle était d'abord retournée dans sa chambre. Puis avait filé dans les douches avec son nécessaire de toilette. Et là, elle avait frotté et frotté sa peau au gant de crin, jusqu'au sang, pour effacer ces maudits poissons qui souillaient son torse, son ventre et ses membres. Mais l'encre avait en partie résisté. Lucrèce avait dû abandonner et s'en remettre à contrecœur au lent travail du temps. Aux semaines et aux mois à venir, à la desquamation naturelle qui seule lui rendrait l'intégrité de sa peau.

Enroulée dans sa petite serviette, l'épiderme et le cœur à vif, elle avait regagné sa chambre, s'était jetée sur son lit, et là elle avait laissé ruisseler son chagrin en un flot de larmes qu'elle n'essayait plus de retenir.

D'un geste mécanique, elle avait allumé le petit transistor posé sur son chevet. Une voix se mit à crachouiller, à laquelle elle ne prêta aucune attention, fascinée par l'examen de sa peau où, l'inflammation s'atténuant, les poissons semblaient remonter à la surface par effet de contraste sur sa peau de rousse. Ce qui eut raison de son dernier scrupule.

La jeune Lucrèce sortit un rasoir, posa la lame sur son poignet au niveau des poissons, cependant qu'un écho répétait dans sa tête « Poisson d'avril »... « C'était pour rire ».

Elle se souvient nettement du contact glacé de la lame contre sa peau. Une goutte de sang perlait déjà.

– Attends, ne fais pas ça !

Elle s'était figée, en écoutant la suite :

– « ... Ne fais pas ça, répéta la voix.

Ça ne sert à rien. Il n'y a pas de poisson ici.

Alors l'Esquimau, inquiet, abandonne et va un peu plus loin. À nouveau il scie la glace pour enfoncer son fil de pêche terminé par un hameçon et un appât. Il attend, assis devant le trou, lorsque la voix résonne à nouveau :

– Il n'y a pas de poisson ici non plus.

L'homme se retourne, cherche qui a parlé et ne voit personne. Alors, pensant être victime d'une hallucination, il va plus loin creuser un autre

trou dans la glace. Il plonge son fil de pêche et attend. Une nouvelle fois, la voix retentit, grave et agacée :
– Puisque je te dis qu'il n'y a pas de poisson, ici !
Alors l'homme se dresse, lève son poing vers le ciel et crie :
– Qui me parle ? Est-ce Dieu ?
Et la voix grave répond :
– Non, c'est le directeur de la patinoire. »

Les rires avaient fusé du transistor.

Quant à Lucrèce, un petit gloussement lui avait échappé, un filet vivifiant venait de se mêler à sa pulsion mortifère.

Comme il est difficile de rire et de se suicider en même temps, ses muscles s'étaient décrispés, sa main avait posé le rasoir sans qu'elle s'en rende compte, pour monter le son. Elle s'était alors couchée en chien de fusil, soudain accrochée à cette voix qui lui parlait, et chaque éclat de rire que ce Darius lui arrachait était une part de vie qu'il lui offrait. Lorsqu'elle avait fini par s'endormir, les larmes ne coulaient plus. Elle avait un nouvel ami dont elle ne connaissait pas le visage, seulement la voix, mais que le sort avait placé au bon endroit, au bon moment.

Ce comique de la Providence, c'était l'homme allongé sous cette dalle de marbre, Darius Wozniak. Pas encore surnommé Le Cyclope, pas encore célèbre, émergeant tout juste de l'anonymat.

Et sans le savoir, sans même la connaître, en la faisant rire, il lui avait sauvé la vie.

Au cours des années qui avaient suivi, Lucrèce n'avait cessé de chercher à en savoir davantage sur le comique. Elle avait assisté à ses spectacles chaque fois que ça lui avait été possible. Le fait de l'avoir sous les yeux, sur scène, de respirer le même oxygène que lui et de rire au souffle d'humour qu'il envoyait au public ressuscitait en elle la précieuse sensation de soulagement et de bien-être qu'elle avait ressentie la première fois, alors qu'elle tentait de faire couler son sang. Même sans qu'elle le connaisse, Darius était devenu pour elle un membre de la famille qu'elle pouvait se constituer en toute liberté, elle qui n'en avait aucune.

– J'ai une dette envers toi, Darius, murmure-t-elle en direction de la pierre tombale.

– J'aurais préféré que ce soit moi dans ce cercueil plutôt que toi, Darius.

Lucrèce Nemrod a quitté le cimetière.

Maudit poisson d'avril.

Elle marche dans les rues de Montmartre, remonte la rue Saint-Vincent.

Elle apprécie le charme désuet de ce quartier, véritable village, témoin d'une époque révolue.

Une bourrasque humide fait claquer les contrevents des maisons de brique.

Parvenue devant la basilique du Sacré-Cœur, elle s'assoit sur les marches du grand escalier de pierre et observe le panorama qui s'offre à elle. La capitale joue de ses mille lueurs, de ses fumées, de ses lumières rouges et blanches en mouvement.

Une fluorescence fugace dans le ciel, un bruit lointain, et soudain le nuage le plus noir s'ouvre et il se met à pleuvoir. Autour d'elle, les gens, pour la plupart des touristes, courent pour trouver des abris.

Avec un frisson, Lucrèce Nemrod rentre la tête dans les épaules, allume avec difficulté une nouvelle cigarette et ferme les yeux.

La lumière décroît, et elle reste seule, trempée et grelottante sur les marches du Sacré-Cœur, à peine éclairée par la lueur douce d'un réverbère.

21.

« Gilbert va rendre visite à son voisin japonais qui a eu un grave accident de voiture.
En arrivant dans sa chambre d'hôpital, il trouve son voisin avec plein de tuyaux, plâtré, bref, une momie complète. Le Japonais ne peut pas bouger, seuls ses yeux sont visibles et il semble dormir. Gilbert reste en silence à côté du lit en observant l'état de son voisin. D'un seul coup, le Japonais ouvre des yeux exorbités et crie :
– SAKARO AOTA NAKAMY ANYOBA !!!
Sur ce, le Japonais lâche un dernier soupir et meurt.

Le jour de l'enterrement, Gilbert s'approche de la veuve et de la mère du Japonais :
– Toutes mes condoléances...
Il les embrasse toutes les deux et leur dit :
– Vous savez, quelques instants avant de mourir, il m'avait confié ces dernières paroles : *Sakaro aota nakamy anyoba.*
Savez-vous ce qu'elles veulent dire ?
La mère tombe dans les pommes et la veuve, très en colère, le regarde fixement.
Gilbert insiste :
– Mais... que voulait-il dire ?
Et la veuve traduit :
– TU MARCHES SUR MON TUYAU D'OXYGÈNE, IMBÉCILE !!! »

Extrait du sketch *Les Premiers seront les derniers,*
de Darius WOZNIAK.

22.

Le soleil surgit, prenant des teintes ocre, orange, puis s'élève au-dessus de l'horizon pour former un rond jaune parfait.

Lucrèce Nemrod n'a pas dormi de la nuit, elle est restée dehors sous la pluie à réfléchir et à fumer avant de s'assoupir.

Elle tousse.

Je devrais peut-être m'arrêter de fumer sinon je vais finir par ressembler à la Thénardier ou au pompier de l'Olympia. Des êtres « vieux », à la peau ridée et au cœur noirci.

Elle écrase du talon sa cigarette.

Comme il est 9 heures du matin, elle s'achemine vers la morgue municipale qui ouvre ses portes.

Le bâtiment sent le formol et la graisse en décomposition.

Elle s'enfonce dans le labyrinthe de couloirs.

Là où finissent les cadavres les plus anonymes ou les plus célèbres.

Le médecin légiste qui la reçoit est un bel homme souriant et élancé, au badge marqué : DR P. BAUWEN.

– Désolé, si vous n'êtes pas de la famille, il m'est impossible de vous transmettre des informations, mademoiselle.

Pourquoi les gens font toujours obstruction à ceux qui veulent aller de l'avant ?

Elle fouille dans sa mémoire et passe en revue les différentes clefs capables d'ouvrir les esprits.

Elle tend un billet de cinquante euros.

– Corruption de fonctionnaire ? C'est un délit pénal, mademoiselle.

La jeune journaliste scientifique hésite à en sortir d'autres. Elle se souvient alors de la liste des motivations découvertes au cours de sa dernière enquête :

1) La douleur.

2) La peur.

3) Le confort matériel.

4) La sexualité.

Elle se dit que ce n° 4 est peut-être la bonne clef pour agir sur un être humain de sexe masculin.

Négligemment, faisant mine d'avoir chaud, elle dégrafe deux boutons de sa veste chinoise en soie noire, brodée d'un dragon rouge transpercé par une épée. Elle dévoile ainsi la vallée de ses seins libres de soutien-gorge.

– Il ne s'agit que de quelques questions.

Le médecin légiste hésite, les yeux sur sa poitrine. Il hausse les épaules puis se dirige vers une armoire à dossiers.

– Qu'est-ce que vous voulez savoir exactement sur Darius Wozniak ?

– De quoi est-il mort ?

– Arrêt cardiaque.

Lucrèce Nemrod déclenche le magnétophone de son BlackBerry, mais, par sécurité, sort son calepin et prend des notes.

– Toutes les morts sont des arrêts cardiaques, non ? même une morsure de serpent ou une pendaison. Je reformule ma question : Qu'est-ce qui a provoqué cet arrêt cardiaque ?

– À mon avis, le surmenage. Après son spectacle il devait être épuisé. On ne se rend pas compte, mais c'est très éprouvant pour un artiste de faire rire pendant deux heures. Cela demande une tension nerveuse énorme.

– Que signifient pour vous les trois lettres « BQT » ?

Le médecin légiste montre des instruments en inox.

– Ce sont les initiales de ces objets : Basic Quality Tools. Des bistouris que j'achète en promotion par dix. On prononce en anglais Bi Quiou Ti. Comme Bigoudi. Pour les cadavres, on ne va pas acheter des bistouris en argent massif.

Fausse piste. Il faut que je le garde sous tension, sinon il va saisir le moindre prétexte pour s'éclipser. Tout d'abord je lui fais mon regard langoureux 24 bis, *mon demi-sourire 18 ter, et vas-y, je le maintiens tiède.*

– Est-il possible que Darius soit mort… de rire ? demande-t-elle.

Le médecin marque la surprise.

– Non, on ne peut pas mourir de rire. Le rire soigne. Le rire ne fait que du bien. Il existe même un yoga du rire, les gens se forcent à rire pour doper leur système immunitaire et mieux dormir.

– Qu'est-ce qui aurait donc pu causer sa mort dans une pièce close alors que juste avant de décéder il s'esclaffait ?

Le Dr Patrick Bauwen referme délicatement le dossier et le glisse dans son emplacement.

– Il devait avoir un problème de santé. Le fait qu'il ait ri avant de s'éteindre n'est qu'une pure coïncidence. Il aurait très bien pu jouer du piano ou faire du vélo. Ça n'aurait pas signifié qu'il y avait un « piano qui tue » ou un « vélo qui tue ». Disons que c'était son activité au moment où son cœur a lâché. Sans plus.

Il saisit un bocal de formol dans lequel tournoie un cœur humain.

– Je suis certain que si vous questionnez la famille, on vous confirmera qu'il avait déjà connu des alertes cardiaques avant cet incident fatal.

23.

45 000 ans avant Jésus-Christ.

Quelque part en Afrique de l'Est, dans une région qui correspond à l'Éthiopie.

La pluie tombait dru.
La horde était composée d'hommes qu'on appellera plus tard « Cro-Magnon ». Ils aperçurent une caverne. Ils voulurent s'y abriter.
Mais les premiers à entrer se firent aussitôt dévorer par une famille de lions paranoïaques.
Les autres hésitèrent.
Le ciel leur apporta la solution en enflammant une branche toute proche.
Un des Cro-Magnon s'en saisit.
Grâce au feu ils parvinrent à déloger la famille de lions pourtant récalcitrants en ne perdant que deux autres des leurs.
À peine installée dans la caverne, la tribu réunit des feuilles sèches et des branches mortes pour entretenir un grand feu protecteur. Tous s'installèrent autour du foyer et bénéficièrent de sa lumière et de sa chaleur.
À ce moment, un groupe de silhouettes humanoïdes apparut à l'entrée de la caverne.
Ces nouveaux venus étaient presque semblables à eux mais pas exactement.
Ils étaient un peu plus petits, plus trapus, ils avaient le front plus large et plus étroit, les arcades sourcilières plus proéminentes, les peaux de bêtes dont ils étaient vêtus avaient plus de coutures.
Les Cro-Magnon ne le savaient pas, mais les visiteurs qui venaient d'apparaître seraient un jour baptisés : « hommes de Neandertal ».
Alors que la pluie redoublait, les deux tribus, les Cro-Magnon et les Neandertal, se jaugeaient mutuellement. Ils étaient trop épuisés pour se chercher querelle.
« C'est déjà assez dur de subir les caprices de mère Nature, il ne manquerait plus qu'on y ajoute la violence entre congénères », songeaient la plupart d'entre eux.
Les arrivants furent donc autorisés à s'installer eux aussi autour du feu revigorant.
Ils se blottirent par familles. Pour se donner une contenance, ils se grattèrent et se cherchèrent les poux.
Alors que les éclairs illuminaient la caverne par intermittence, les mères serraient les plus jeunes enfants contre elles pour les rassurer.
Un Cro-Magnon plus curieux que les autres se leva, s'avança vers la tribu étrangère et grogna quelque chose qui signifiait :
– La météo n'est pas terrible aujourd'hui, ne trouvez-vous pas ?
Ce à quoi l'un des hommes de Neandertal répondit par un autre grognement qu'on pourrait traduire par :
– Qu'est-ce que vous dites ?
Un début de dialogue s'instaura alors.

– Vous pouvez répéter s'il vous plaît ? Je ne comprends pas ce que vous dites.
Grimaces de son vis-à-vis qui se mit à dodeliner de la tête.
– Je ne sais toujours pas ce que vous me racontez mais pour ma part je note que nous n'arriverons pas à nous comprendre car nous ne parlons pas du tout la même langue.
Alors un autre homme de Cro-Magnon s'approcha et demanda :
– Qu'est-ce qu'il te raconte celui-là ?
– Je ne sais pas mais, pour ma part, je lui signalais que l'on risquait d'avoir des difficultés à communiquer, de toute évidence nous nous exprimons dans des langues différentes.
Finalement, agacé, le Neandertal se leva, ramassa un morceau de bois calciné et se mit à dessiner sur la paroi de la caverne un éclair symbolisé par un trait en zigzag.
Ce à quoi le Cro-Magnon, après avoir incliné la tête pour décrypter le message, répondit en ramassant à son tour un bout de charbon et en dessinant à côté du zigzag un homme debout, la bouche ouverte en signe d'étonnement.
Il voulait dire : « Je ne comprends rien. »
Satisfait d'avoir créé un début de dialogue par l'image, plus efficace que le borborygme, le Neandertal dessina un rond au-dessus du zigzag. Un gros nuage rond, d'où sortait l'éclair.
L'homme de Cro-Magnon se demanda si l'autre ne faisait pas allusion à un fruit avec sa tige. Il lui fit un signe désignant sa bouche, ce qui signifiait pour lui : « Vous avez bien dessiné de la nourriture n'est-ce pas, vous avez faim ? »
Comme l'autre semblait dubitatif, le Cro-Magnon dessina alors un homme plus grand qui ouvrait la bouche pour manger le fruit.
À chaque échange, ceux de la tribu commentaient et approuvaient.
Finalement, énervé de ne pas être compris, le Neandertal sortit de la grotte et d'un doigt tendu bien haut désigna le nuage sombre.
À cet instant, la foudre fusa en zigzag du nuage et frappa le doigt mouillé transformé en paratonnerre. L'hominien s'écroula pour le compte.
L'événement fut tellement inattendu qu'il créa une réaction de total hébétement dans la tribu de Neandertal.
Cro-Magnon, lui, fut visité par une idée : « Ah ! en fait ce n'était pas un fruit dont il parlait mais du nuage d'orage !… »
Le constat de sa confusion lui causa alors un effet bizarre. Il sentit une tension chatouiller son ventre et il éclata de rire.
L'effet fut aussitôt communicatif.

Tous les Cro-Magnon se mirent à pouffer, alors que ceux de Neandertal, encore sous le choc de la perte du plus disert d'entre eux, décidèrent de ne pas le manger, de ne pas l'abandonner non plus, mais de l'enterrer au fond de la caverne.
Là encore, grâce à l'humour, l'humanité venait de franchir un cap important de son évolution. Désormais les Neandertaliens enterrèrent leurs morts, et les Cro-Magnon se mirent à tracer des formes sur les parois des cavernes. On y voyait souvent un rond d'où sortait un zigzag, l'homme à la bouche ouverte n'était plus placé à côté mais au-dessous. Comme l'exigeait la vérité.
Et chaque fois qu'un Cro-Magnon dessinait le nuage rond, l'éclair en zigzag et l'homme debout bouche ouverte, sa tribu s'esclaffait.
Le Cro-Magnon venait d'inventer le gag graphique. Et la bulle de la future bande dessinée.
On considère que l'*Homo sapiens* se transforma précisément à cette époque en *Homo sapiens sapiens*, c'est-à-dire en homme moderne.
Quant aux Neandertaliens, n'ayant pas découvert l'humour au deuxième degré, ils disparurent.

Grand Livre d'Histoire de l'Humour. Source GLH.

24.

L'homme a le front fuyant, les épaules larges, le menton carré, et semble ne pouvoir s'exprimer que par borborygmes. Seul un costume rose taillé à angles droits lui enlève son allure de gorille déguisé en homme.

La jeune journaliste Lucrèce Nemrod exhibe sa carte de presse, et après avoir appelé son supérieur qui lui-même a appelé une autorité de référence, le garde du corps en costard rose l'autorise à pénétrer dans le parc de la propriété privée.

Au fur et à mesure qu'elle s'avance avec son side-car, Lucrèce Nemrod découvre la richesse du lieu.

Darius Wozniak n'avait pas fait que bâtir une villa, il avait construit un château de Versailles en réduction, avec les mêmes allées de gravier, les mêmes jardins à la française, les mêmes fontaines, les mêmes sculptures.

Le château de Darius, en forme de U, s'ouvre sur une cour où s'alignent des voitures de luxe.

Une statue du comique en train de saluer trône au milieu de la cour, en lieu et place de la statue de Louis XIV.

Des mâts arborant le drapeau rose au symbole de l'œil contenant un cœur flottant au vent.

À peine la jeune journaliste a-t-elle garé son side-car près d'une voiture de maintenance informatique, qu'un valet en livrée d'époque s'empresse vers elle, armé d'un parapluie.

La mère de Darius, Anna Magdalena Wozniak, est une vieille dame de 78 ans un peu tassée, vêtue d'une robe noire au décolleté et aux manches bordés de dentelle noire. Un épais collier de perles masque son cou. Une couche de fard comble ses rides. Une mise en plis compliquée donne à ses cheveux gris rosé quelque chose de suranné.

– Darius, un problème cardiaque ? Alors là, sûrement pas ! Vous voulez que je vous dise, mademoiselle : au contraire, bien au contraire même ! Mon Darius avait une santé de fer. Il faisait beaucoup de gymnastique. Même des sports d'endurance. Et sans la moindre difficulté. Il avait un cœur solide et musclé, ce qu'on a tous dans la famille d'ailleurs. Nous avons un champion de marathon dans ma lignée. Quant à son grand-père paternel, il était champion olympique de natation.

– Parlez-moi de son enfance, s'il vous plaît, madame Wozniak.

La vieille femme s'installe dans un immense fauteuil tapissé de toile brodée, et tout en parlant saisit une pelote et se met à tricoter, poursuivant l'allongement de ce qui semble être soit un cache-nez pour nain, soit une chaussette pour géant.

– Vous voulez que je vous dise la vérité, ma petite demoiselle ? Eh bien la vérité c'est que nous étions très pauvres. Nous étions une famille d'émigrés polonais arrivés en France après la Première Guerre mondiale, pour travailler dans les mines du Nord. Mais quand les mines ont fermé mes parents se sont retrouvés au chômage. Nous avons bougé dans les années 70. Nous vivions dans la banlieue nord de Paris. C'est là que j'ai rencontré mon mari, dans un mariage de cousins. Il était polonais lui aussi. Il travaillait comme mécano dans un garage. Mais il était alcoolique. Il est décédé dans un accident en percutant un platane. C'est devenu difficile pour moi. Je n'avais plus d'argent et quatre enfants à charge.

– Darius avait des frères et sœurs ?

– J'ai eu trois garçons et une fille : Tadeusz l'aîné, Leocadia la deuxième, Darius le troisième, et Pawel le benjamin.

Lucrèce note sur son petit calepin sans lever le nez.

– Autant Darius, que j'appelle Dario, était charismatique, autant Pawel a toujours été timide. Leocadia, elle, était déterminée. Tadeusz était peut-être le seul vrai dur, mais dans l'admiration de son cadet. De manière étonnante Pawel ressemble beaucoup à Darius.

Lucrèce s'efforce de mettre la vieille dame à l'aise. Elle se dit que la politesse et le sourire sont aussi des techniques pour pêcher des informations.

– Dario, comment était-il dans sa jeunesse ?

– Il a montré un talent d'humoriste très tôt. Vous voulez que je vous dise, mademoiselle ? Il arrivait à digérer le malheur par le rire. À la mort de son père il a imaginé un sketch sur « Le platane qui n'a pas vu venir papa ». Il racontait l'histoire de l'accident du point de vue de l'arbre. C'était dérangeant, mais, il faut bien le dire… c'était fort drôle.

À cette évocation, le regard d'Anna Magdalena se perd dans le ciel, et elle sourit timidement.

– C'était son truc de prendre la vérité terrible, crue, effrayante, et de la retourner pour l'assumer et en faire un gag qui nous permettait de relâcher la pression.

– Je dois le reconnaître, rire de la mort de son propre père en prenant le point de vue du platane qui l'a tué, il fallait oser.

Lucrèce Nemrod examine attentivement le décor du salon. Là encore l'inspiration vient du château voisin. Le plafond est orné de moulures dorées, la pièce envahie de meubles lourds, de miroirs et de sculptures antiques. Au sol, les tapis dessinent des motifs fleuris et compliqués. Seul détail hors époque : dans des cadres dorés s'alignent des photos de dictateurs, d'explosions atomiques ou de drames, et il est inscrit dessous : « Et vous trouvez ça drôle ? » avec la signature de Darius. Comme s'il avait voulu apporter son regard personnel décalé sur ces tragédies.

La vieille dame sert le thé en levant le petit doigt.

– Puis, quand ma fille Leocadia est morte d'un cancer du pancréas, Darius en a fait aussi un sketch : « Ma sœur était pressée ».

– Et après la mort de votre mari et de votre fille, que s'est-il passé pour vous ?

– J'étais dans la misère avec trois enfants à charge. Une amie dans la même situation m'a proposé un job « alimentaire ». Serveuse dans un bar le soir. Au début j'ai dit non. Après j'ai accepté. Puis l'amie m'a proposé de gagner plus. Elle m'a emmenée dans un bar où il fallait se déshabiller. Au début j'ai dit non. Et après j'ai accepté. Et puis cette amie m'a proposé de travailler dans une maison de passe.

– Vous avez refusé ?

– Là j'ai gagné plus.

– Vous savez, je ne vous demande pas de tout me confier.

La vieille dame remet en place sa coiffure laquée. Elle secoue ses bijoux.

– Vous voulez que je vous dise ? Je n'ai pas peur de mon passé, mademoiselle. Je l'assume. Et si vous voulez comprendre qui était Darius il faut que vous compreniez qui j'étais, moi, sa mère.

– Bien sûr. Excusez-moi. Je vous écoute.

Ce mot la rassure.

– J'ai donc travaillé dans un bordel de la banlieue parisienne. Voilà, c'est dit.

Lucrèce Nemrod fait semblant de noter.

– C'était moins difficile que je ne l'imaginais. Les hommes sont des enfants. Les clients pour la plupart avaient envie de parler, d'être écoutés par une femme qui ne leur faisait pas de reproches. Pas comme leur épouse, quoi.

– Bien sûr.

Bon sang, elle va me raconter chaque client dans les moindres détails. Au secours. Tenir bon. Sourire.

– Je les déguisais en filles, en chevaliers, en voyous, en bébés. Ce qui marchait le mieux, c'était quand je leur mettais des couches ou que je leur talquais les cuisses, ou quand je leur donnais des fessées. En fait on est des « psychanalystes » moins chères, plus attentives et surtout qui n'ont pas peur de les toucher. Et ils ont tellement envie qu'on les touche. Voilà ce qui tue nos sociétés modernes : le manque de contact entre les peaux.

Elle saisit en même temps la main de la journaliste et la serre fort.

– Certes.

– Parmi mes clients, il y avait un clown. Son nom de scène était Momo. Un grand maigre, avec une perruque, une allure de fouine, mais il me faisait rire. Du coup je lui avais dit « chaque fois que tu me feras rire je ferai l'amour gratuitement ». C'était pour le motiver à se surpasser.

– Assurément.

Lucrèce se dit qu'elle va épuiser son stock d'encouragements.

– Et Momo y arrivait. Et cela me permettait de supporter mon quotidien hors du bordel. Car depuis la mort de ma fille, mes trois fils me donnaient du fil à retordre. Darius s'était fait exclure de l'école pour avoir mis de la glu sur le siège de son professeur. La mauvaise blague de trop, si vous voyez ce que je veux dire. Je l'avais à la maison à rien faire ou à traîner dans les rues.

– J'imagine.

– Et puis, quand il a lancé un gros pétard qui a détruit une vitrine de magasin et gravement blessé un passant et qu'il a fait trois jours de prison, je me suis dit qu'il fallait l'orienter vers un métier honnête avant que ça n'empire. Alors je me suis rappelé la phrase de ma mère : « Mieux vaut fortifier ses points forts que combler ses points faibles. » S'il avait été plus grand je me serais débrouillée pour le faire embaucher dans un magasin, mais à 17 ans… il fallait trouver autre chose. C'est alors que j'ai eu l'idée d'utiliser mon client préféré, le clown Momo. Je me suis dit : « Un homme qui fait rire est forcément bon », enfin vous voyez ce que je veux dire.

– Certainement.

– J'ai dit à Momo : « Mon fils est un génie de l'humour, son grand truc est de dire la vérité comme s'il s'agissait d'une blague ! Mais son énergie humoristique est mal canalisée. »

– Je vois.

– Momo n'était pas vraiment un comique célèbre, mais il avait un vrai public à chacun de ses spectacles, assez pour arriver à vivre de son métier. Je lui ai présenté mon Dario, qui lui a joué un sketch : « Maman a enfin trouvé un métier », dans lequel il se moquait de moi, qui passais de serveuse à prostituée. Vous dire s'il avait le talent de foncer là où ça faisait mal. Momo est aussitôt tombé sous le charme.

– Forcément.

Lucrèce note maintenant toutes les informations.

– Momo m'a dit : « Il a un talent inné, mais ça ne suffit pas. Je vais l'éduquer. Mais il faudra du respect. S'il ne doit respecter qu'une chose c'est bien l'humour. » Eh oui, c'est cela le paradoxe… l'humour c'est sérieux, insiste la femme.

– Indubitablement.

– Ça allait loin, le « sérieux de l'humour ». Momo a demandé que mon Dario l'appelle « Mon maître » et lui l'appelait « Mon disciple ». Les cours se passaient dans une usine désaffectée parce que Momo disait qu'il fallait s'entraîner sans que personne puisse les voir. Il lui a enseigné le noble art d'« être un clown ». Il lui a appris à jongler, à jouer de la trompette, à cracher du feu, et même à roter et à péter « de manière drôle ». Parce qu'il disait que « cela faisait partie aussi des outils d'un comique si le reste ne marche pas ».

– Vraiment ?

– Un jour, alors que Momo et Dario répétaient dans cette vieille usine à l'abandon, une rambarde de fer s'est effondrée sur eux. Momo est mort, et mon fils a été grièvement blessé.

– C'est là que Darius a perdu son œil ?

– Dans la chute de cette rambarde une pointe de métal le lui a perforé. Ç'a été très dur pour lui. Mais à peine remis il a digéré cette catastrophe en créant son fameux sketch « Au pays des bons voyants les borgnes sont rois », vous vous souvenez : « … Un œil suffit, deux c'est trop, surtout durant les phases d'allergie au pollen… »

La mère du comique lâche un long soupir à l'évocation du drame.

– Mais Momo avait formé Dario. Je savais que mon petit était au point et qu'il serait un jour le meilleur et reconnu comme tel. Je le savais et il le savait. Je l'ai encouragé à poursuivre dans cette voie. Dario a contacté le producteur de spectacles de Momo, vous savez le célèbre Stéphane Krausz, et il lui a demandé de le prendre.

– Ah ? tente Lucrèce, fatiguée.

– L'autre lui a dit : « Allez-y, faites-moi rire. » Et il a renversé un sablier « Vous avez trois minutes ».

– Trois minutes pour faire rire quelqu'un qu'on ne connaît pas ?

– Mais c'était mon Dario. Et il a réussi. Dès lors Stéphane Krausz l'a pris en charge et il lui a donné les moyens d'être la vedette que l'on sait.

La vieille dame se tait soudain, une barre de contrariété entre les sourcils. Derrière le dos de Lucrèce, quelque chose semble l'inquiéter.

La jeune journaliste se retourne et aperçoit derrière la fenêtre une Rolls Royce rose suivie d'un motard en Harley Davidson rose qui se garent sur le gravier de la cour.

Deux silhouettes courtes sortent de la Rolls Royce, accompagnées d'une autre large et haute.

Les trois gravissent les marches et apparaissent dans le salon.

– Ah, Tadeusz, Pawel. Justement je parlais de vous.

D'un mouvement dédaigneux du menton, le plus âgé désigne Lucrèce.

– C'est quoi « ça » ? demande-t-il.

La vieille dame verse du thé.

– Calme-toi, Tadou. C'est une journaliste du grand hebdomadaire *Le Guetteur Moderne*. Elle vient pour m'interviewer personnellement sur Dario.

Lucrèce remarque que le plus jeune, probablement Pawel, le frère cadet, ressemble à Darius mais en plus malingre et plus timide. À ses côtés, le troisième individu, en costard rose, a une tête de chien pitbull.

– Maman ! On a déjà tout raconté à tous les journalistes de la planète. Combien de temps ça va durer cette foire ? Stop ! Il y a un moment où il faut savoir parler, et un moment où il faut savoir se taire. Maman tu es trop bavarde, tu ne te rends pas compte.

– Je ne lui ai dit que le principal.

– ... En plus tu n'as aucune pudeur. J'espère que tu ne lui as pas parlé de ton passé ?

Cette fois la vieille dame pose sa tasse de thé.

– Par moments je me demande si tu n'as pas honte de moi, Tadou.

– Mais Maman... Les journalistes ne sont que des hyènes qui se nourrissent de cadavres. Tu ne vois pas qu'ils viennent renifler la tombe encore tiède de notre frère pour essayer d'en faire sortir du jus ? Cette fille n'est qu'une mercenaire, elle agit pour le fric. Et comment elle va l'obtenir, ce fric ? En exhibant ce qu'il y a de plus croustillant et de plus gênant pour nous. Quand tu lui racontes ta vie tu lui fais un cadeau, et en retour elle te répondra par un crachat.

– C'est vrai, mademoiselle Nemrod ? Vous êtes comme ça ?

La vieille dame affiche un air navré.

Tadeusz intime à l'homme à tête de chien :

– Débarrasse-moi de « ça ».

Lucrèce s'est levée et recule pour se mettre hors de portée du colosse en costume rose.

– Je ne fais pas qu'enquêter sur la vie de Darius. J'enquête sur sa mort. J'ai une hypothèse précise que personne n'a évoquée nulle part.

Tadeusz Wozniak retient d'un geste son garde du corps.

– Dites toujours.

– Selon moi, la mort de Darius ne serait pas un accident cardiaque mais un... assassinat.

Un silence tombe. Les membres de la famille, surpris, s'interrogent du regard.

– Je n'y crois pas, tranche Tadeusz.

– Selon le pompier il aurait ri très fort quelques secondes avant de chuter.

Le frère aîné affiche une moue dubitative.

– Et puis j'ai trouvé cela, ajoute la jeune journaliste.

Elle exhibe la boîte bleue avec l'inscription « BQT » et « Surtout ne lisez pas ».

Cette fois Tadeusz ne peut réprimer un haussement de sourcils.

– C'était sous le fauteuil, dans sa loge.

Tadeusz prend l'objet, l'examine avec attention, puis le restitue à la jeune femme.

– J'ai ça aussi, ajoute-t-elle en lui tendant la photo très floue du clown triste, avec son gros nez rouge et sa larme à l'œil.

Il observe longuement le cliché, secoue la tête, puis le lui restitue.

– En tout cas, si vous vous posez la question : « À qui profite le crime ? » j'ai un nom précis à vous donner. S'il y a quelqu'un qui avait un grand intérêt à ce que mon frère meure, c'est bien cet individu.

25.

« Dans une lointaine forêt du Canada, un trappeur commence à couper du bois en prévision des grands froids.
Au bout d'une heure, il fait une pause et s'interroge : "Aurai-je assez de bois pour tenir tout l'hiver ?"
À ce moment passe un vieux sorcier indien iroquois. Le trappeur l'interpelle :
– Dis-moi, toi qui es sage, l'hiver sera-t-il rude ?
L'Indien le dévisage et, après quelques minutes de réflexion, répond :
– Oui, homme blanc, hiver rude.
Le trappeur se dit qu'il faut qu'il coupe encore du bois et se remet à l'ouvrage.
Une heure après, il se demande à nouveau s'il aura maintenant assez de bois.
Le sorcier iroquois repasse, le trappeur lui redemande :
– Toi qui vis depuis longtemps ici, l'hiver sera-t-il vraiment rude ?

L'Indien le dévisage et lui répond :
– Oui. Hiver très rude.
Le trappeur, inquiet, recoupe un stère de bois supplémentaire.
L'Indien qui repasse par là une heure plus tard est interpellé à nouveau et lui prédit :
– Hiver extrêmement rude.
Le trappeur, interloqué, s'arrête et demande au sage indien :
– Mais comment arrivez-vous à prévoir la météo ?
Et le vieux sorcier répond :
– Nous avons un vieux proverbe : "Plus homme blanc couper bois, plus hiver être rude." »

Extrait du sketch : *Étranges Étrangers,*
de Darius WOZNIAK.

26.

L'air glacé se faufile dans les rues sinueuses.

Dire qu'on est en mars, et on se croirait en plein hiver.

Sur le chemin du retour, Lucrèce Nemrod s'arrête dans une animalerie et achète un poisson rouge, plus précisément une carpe impériale du Siam. Elle complète cette acquisition par un aquarium, du gravier, un pot de daphnies, une lampe fluo, une pompe à bulles et un décor d'algues et d'objets en plastique.

Arrivée chez elle, elle dépose ses trophées sur la table près de son ordinateur.

Elle installe le gravier coloré, la pompe, la décoration plastique, remplit l'aquarium d'eau, allume le tube fluorescent et la pompe. Aussitôt un chapelet de bulles s'élève.

Parfait.

Lucrèce fait glisser le poisson dans son nouvel appartement.

Bon, je ne suis peut-être pas aussi douée pour les enquêtes qu'Isidore, mais j'ai mon poisson. Il va falloir commencer par te trouver un nom. Quelque chose de costaud, un truc mieux que John, Paul, Ringo ou George. Tiens, un nom de baleine effrayante. Léviathan. Ça sonne légendaire.

La jeune journaliste regarde le petit poisson puis avance son doigt vers la vitre arrondie.

– Ah, Léviathan, je sens que tu vas m'inspirer.

Elle lui donne une grosse pincée de daphnies.

– Et n'hésite pas à devenir obèse ! Si tu grossis bien, je te mettrai dans un aquarium plus grand, et peut-être même qu'un jour je te présenterai aux poissons d'Isidore. Tu verras, ils ont l'air un peu frimeurs comme ça, mais ils sont plutôt sympas. Sauf le requin qui est névrosé, mais c'est mieux pour toi.

La carpe émet quelques bulles, il se demande ce qu'est cette forme effrayante qui apparaît derrière la paroi.

Puis, en agitant la voilure orangée de sa queue avec beaucoup de distinction, il effectue un tour complet du bocal, découvre le rocher, le bateau de pirates miniature qui fait des bulles, les algues, et finalement, comprenant qu'il est coincé dans une prison de verre, décide de se cacher derrière le rocher pour y faire le bilan de ses cinquante jours d'existence.

– Petit poisson deviendra grand, dit-elle. Et ce n'est pas parce que nous on a l'air plus petits que les autres qu'on ne va pas leur en foutre plein la gueule, hein « Léviathan » ?

Elle fait des grimaces. Et le poisson se dit : « *Tant que la présence hostile est proche de moi, je reste caché derrière le rocher. Dès qu'elle sera partie, j'irai me faire masser le ventre sous les bulles.* »

Il attend. « *Bah, il ne faut pas paniquer. Tout ici me semble menaçant et angoissant mais il doit y avoir un sens à cette situation. Où est ma mère ? Où sont mes frères ? Où sont mes amis ? Où est passée la Nature ? Je suis un poisson libre, je ne suis pas un numéro ! Tiens, de la nourriture. Manger me semble la meilleure manière de lutter contre le stress. Mais ce sont des cadavres secs !* »

Elle voit avec plaisir que le poisson dévore les daphnies lyophilisées.

– Toi, mon petit Léviathan, je suis sûre que nous allons faire de grandes choses ensemble.

Lucrèce Nemrod décide de prendre une douche avec pour objectif de se laver les cheveux.

Elle reste longtemps sous l'eau brûlante.

Puis ressort les cheveux trempés. À cet instant elle aurait aimé aller chez le coiffeur, qui est pour elle la meilleure thérapie. Elle a toujours estimé que dans l'ordre des gens capables d'entendre les malheurs de leurs congénères, on pouvait classer :

1) Les coiffeurs.

2) Les cartomanciennes.

3) Les psychanalystes.

Avec une nette préférence pour les coiffeurs, eux au moins vous massent le cuir chevelu en vous écoutant.

Cependant, ses finances étant au plus bas, elle est obligée de reconnaître que des trois professions les coiffeurs sont les « écouteurs » les plus chers. Surtout que le sien s'est octroyé le titre d'« architecte paysagiste en capilliculture ». Ce qui du coup augmente sérieusement le tarif de sa consultation.

– Tant pis, dit-elle.

Et elle décide de se consacrer à ce qui lui semble indispensable en cette période de crise : 10 minutes d'autoshampooinage, 5 minutes pour se passer le baume revitalisant du cheveu à la gelée royale, 15 minutes de séchage, tirage, défrisage avec son super-sèche-cheveux professionnel Samsung 2 000 watts, le top des sèche-cheveux à la mode et son plus grand objet de luxe. La pluie avait commencé à friser ses cheveux fins autour des oreilles et elle détestait ça.

Au fur et à mesure qu'elle se sèche les cheveux, elle songe à sa fragilité. Elle a établi des systèmes de survie censés empêcher toute nouvelle envie de suicide :

1) La consommation de Nutella à dose massive (elle caresse cependant le secret espoir de voir apparaître un Nutella à 0 % de matière grasse. Mais cela fait partie des miracles qu'elle sait peu probables) ;

2) Le rongement des ongles (elle a cessé de s'adonner à cette ivresse depuis cinq semaines, mais elle sait qu'elle peut replonger à la moindre baisse de moral.

3) Le coiffeur, Alessandro, qui en plus lui a transmis sa passion pour, dans l'ordre : le musicien Elton John, la princesse Diana, le film *Priscilla, folle du désert*, les vélos de course Raleigh et la

cuisine grecque à l'huile d'olive. Mais ces temps-ci il vit un drame sentimental qui le rend taciturne) ;

4) Les anxiolytiques mélangés au whisky écossais 15 ans d'âge pur malt (inconvénient notable : lui donnent des aigreurs d'estomac) ;

5) Ficher dehors ses amants (mais elle vient de le faire et ce n'est pas un vrai défoulement).

En sixième position je pourrais ajouter : 6) Avoir un véritable ami.

Les cheveux séchés, elle revient voir son poisson.

Léviathan, veux-tu être mon ami ?

– Toi, je sens que tu ne me décevras pas comme tous les mâles qui ont séjourné ici.

Puis, après avoir embrassé la paroi, elle fait tomber cette fois la boîte de daphnies par terre et doit les ramasser à la petite cuillère.

Peut-être suis-je trop nerveuse ?

Elle procède ensuite à ce qui est pour elle, non un plaisir, mais une réduction de l'angoisse : 7) « L'éradication des herbes rouges ». Les poils de son corps.

Elle choisit ses vêtements après mille hésitations, se dit qu'il lui en manque.

J'avais oublié cette source de détente : 8) Le shopping. Quelle femme osera révéler à un homme que le vrai point G est celui qui se trouve à la fin du mot shopping ?

Elle sourit. Cette blague est tirée d'un sketch de Darius. Elle décide aussitôt de reprendre ses éléments d'enquête sur la mort de cet autre « ami perdu ».

Elle repasse une vidéo avec une sélection des sketches les plus célèbres du Grand Darius. « Nos amis les animaux ».

Qu'est-ce qu'a dit Isidore ? que Darius volait les blagues des autres ou bien récupérait les blagues anonymes pour les signer. Peut-être, mais il avait au moins le mérite de savoir les mettre en scène.

Elle revoit le petit homme blond avec son costume rose, son bandeau noir et son nez rouge.

Quelle énergie. Quel talent de mime, de mise en scène, quel charisme. Tout semble fluide et facile dans son jeu.

Maintenant qu'elle connaît une partie de son passé, les sketches sur la mort du père, la mort de sa sœur Leocadia ou la prostitution de sa mère lui semblent d'une honnêteté et d'un courage inouïs.

À sa manière il faisait sa psychanalyse en utilisant des millions de personnes comme témoins de ses tourments. L'humour comme moyen de digérer le malheur.

Lucrèce Nemrod arrête la vidéo de Darius et allume une cigarette.

Digérer le malheur.

Elle se souvient des « jours d'après l'incident avec Marie-Ange ».

Il y avait d'abord eu une semaine de prostration dans sa chambre.

Pas de coiffeur. Pas de Nutella. Pas d'anxiolytiques au whisky. Pas de poisson rouge. Pas d'amant à virer. Simplement les ongles à ronger jusqu'au sang.

Évidemment, tout le monde à l'orphelinat Notre-Dame-de-la-Sauvegarde était au courant de l'« incident du 1er avril ». Du coup on ne lui parlait plus. Comme on évite d'approcher les grands brûlés. Parce qu'on a peur que leur malheur soit contagieux.

La jeune Lucrèce Nemrod ne venait plus en cours et on ne lui en faisait même pas le reproche.

Personne ne la dérangeait. Une femme de la cantine lui apportait les plateaux de nourriture.

Elle s'était mise à grossir. Elle dormait beaucoup. Elle ne voulait plus voir les autres.

Un jour une fille avait insisté pour lui parler malgré tout. Elle avait dit que ce qu'avait fait Marie-Ange n'était « pas correct », que les pensionnaires en avaient parlé et qu'elles avaient détruit toutes les photos.

La jeune Lucrèce avait répondu avec morgue :

– Dommage, je suis sûre que certaines étaient très réussies.

Elle avait récupéré le sketch de Darius « L'esquimau et les poissons ». L'avait réécouté, comme si elle cherchait dans cette blague un sens caché.

Il n'y a pas de poisson ici… C'est le directeur de la patinoire.

Elle en avait déduit qu'elle aussi se trompait de problème, d'objectif et de colère. Il fallait renoncer à la pêche pour passer au patinage qui était l'activité du lieu. Il fallait changer.

Une blague l'avait tuée.

Une blague l'avait sauvée.

Une blague allait la faire renaître.

Mais tout d'abord il fallait prendre des décisions douloureuses.

Durant la mue le serpent est aveugle.

Elle avait récupéré dans la cuisine un grand couteau à viande. Et elle était partie pour crever Marie-Ange.

… *Ainsi s'achèvent les bonnes blagues*, songeait-elle en serrant le manche du couteau. Elle s'entendait déjà prononcer la phrase au moment de lui enfoncer la lame dans le cœur : « Poisson d'avril ! »

Il avait suffi d'un coup de pied pour faire sauter la serrure de sa chambre. Mais Marie-Ange n'était pas là.

Renseignements pris, son bourreau était parti. Elle avait cependant laissé un mot pour elle : « Sans rancune, Lucrèce. Ce n'était qu'une blague. Je t'aime et je t'aimerai toujours. Ton Ange, Marie. »

Et, scotchée juste à côté : la photo du 1er avril.

En plus elle se paie ma tête.

La jeune fille avait déchiré la photo. Avec la sensation terrible qu'on lui avait volé sa vengeance.

Une phrase s'était imposée dans son esprit : « Plus jamais je ne serai une victime. »

Dès lors elle s'était mise à pratiquer de manière intensive les arts martiaux. Elle avait découvert dans le taekwondo coréen le degré de violence et d'efficacité au combat qui lui convenait. Elle avait trouvé le kung-fu chinois trop « dansé », et le karaté japonais trop « primaire ». Le taekwondo qu'elle avait mêlé de krav maga israélien lui semblait le bon moyen de se sortir physiquement de toutes les situations périlleuses. Ce métissage, elle l'avait appelé l'« Orphelinat-kwondo » puis le « Lucrèce-kwondo » et tous les coups étaient permis. Les pires étaient conseillés.

Pour vérifier l'efficacité de son art, elle était devenue ce qu'on peut appeler une « grosse brute ». Elle adorait les conflits. Elle les cherchait, elle frappait avant de discuter.

Le moindre geste était prétexte à colère.

Et comme il existe une véritable fascination des faibles pour la violence des forts, surtout si elle est injustifiée, Lucrèce s'était fait de plus en plus d'amies. Jusqu'à devenir chef de bande.

Désormais c'était elle qui faisait régner sa loi dans les dortoirs de Notre-Dame-de-la-Sauvegarde.

Des coups répétés à la porte la tirent de ses réflexions.

Retour au présent.

Elle regarde par l'œilleton et découvre le visage de l'amant qu'elle a viré la veille.

– Excuse-moi, c'est ma faute ! Je regrette ! entend-elle.

Lucrèce le laisse sonner une fois, deux et trois fois. Puis elle ouvre la porte. Et sans un mot lui assène un coup de tête. Le choc d'une noix de coco qui rencontre un marteau. Le type part en arrière, titube quelques secondes, l'arcade sourcilière en sang.

– Je sais, ça a l'air gratuit, mais j'ai bientôt l'intention de m'arrêter de fumer et ça me rend nerveuse par avance.

Puis elle claque la porte et rallume une cigarette.

Elle attend, il ne revient pas.

Elle retourne s'asseoir et repasse un sketch de Darius, le dernier, celui qui se termine par : « ... Et alors il lut la dernière phrase, éclata de rire, et il mourut. »

La phrase la trouble.

Comme si Darius savait ce qui allait lui arriver. Ou comme s'il avait envie que cela se produise. Dans ce cas ce ne serait pas un simple sketch prémonitoire, mais un appel à son tueur.

Elle regarde Léviathan, amusée par ce nouveau colocataire.

– Et toi, qu'est-ce qui te fait rire ?

La carpe s'approche de la paroi de verre et, faisant face à la masse qui l'inquiète, elle lâche une bulle.

27.

« Un locataire discute avec son propriétaire.
– Je vous affirme qu'il y a des souris dans mon appartement.
– C'est impossible, répond le propriétaire, cet appartement est impeccable.
Le locataire pose un petit morceau de fromage par terre et une souris traverse la pièce si vite qu'ils ont du mal à la voir passer.
– Ce n'est pas concluant, marmonne le propriétaire.
Le locataire jette plusieurs petits morceaux de fromage. Arrivent alors une, deux, trois souris, un poisson rouge et encore une quatrième souris.
– C'est bon, vous l'avez vue, là ?
– Oui, j'ai vu. Mais j'ai aussi vu un poisson rouge. Qu'est-ce que ça signifie ?
Le locataire passablement énervé lâche alors :
– Réglons d'abord le problème des souris, ensuite nous parlerons du problème d'humidité. »

Extrait du sketch *Nos amis les animaux,*
de Darius.

28.

La Motoguzzi fumante et pétaradante stoppe devant le porche qui annonce sur une plaque de cuivre et en grosses lettres gravées : S.K.P. puis au-dessous : STÉPHANE KRAUSZ PRODUCTION.

C'est un immeuble haussmannien situé dans le 16e arrondissement de Paris. Dans le hall d'entrée, la moquette est verte et épaisse.

Une hôtesse-standardiste lui indique une salle d'attente, où patientent déjà plusieurs personnes. Toutes semblent inquiètes, comme chez un dentiste qu'elles sauraient brutal.

Personne ne parle, personne ne lève les yeux. Une fille se lime les ongles. Un jeune homme apprend un texte par cœur. Un autre plus âgé lit un magazine people datant de plusieurs mois avec un couple princier en couverture.

Au mur des posters annoncent des spectacles de Darius mais aussi d'artistes moins célèbres.

Une porte s'ouvre et un homme apparaît, complètement décomposé.

Une voix clame de l'intérieur :

– … Et ne revenez plus ! Pas de temps à perdre avec l'humour ringard des années… 2000 !

L'homme s'éloigne, tête baissée, alors qu'un autre prend déjà sa place… Et ressort tout aussi dépité que le précédent.

– … On vous rappellera. Merci. Au suivant ! émet le même organe vocal.

Celui qui vient de se faire chasser adresse aux autres un signe qui signifie « je vous souhaite bien du plaisir ».

Enfin arrive le tour de Lucrèce Nemrod.

Elle entre dans un bureau où trônent les photos grand format de Stéphane Krausz serrant la main, ou tenant l'épaule de stars du monde de la musique, du cinéma et de la politique.

L'homme lui-même a une tête allongée, des lunettes fines, une barbe de deux jours. Il porte une veste en cuir noir, un jean de marque. Enfoncé dans un fauteuil en peau de zèbre, il pianote sur son ordinateur portable. Lucrèce aperçoit sous le bureau ses pieds chaussés de santiags.

Elle attend. Au début elle pense qu'il note des rendez-vous, mais bien vite constate qu'il est branché sur un réseau social internet en train de communiquer avec plusieurs personnes en même temps. Enfin il consent à articuler sans la regarder :

– Allez-y, faites-moi rire.

Et d'un geste machinal, sans même lui dire bonjour, il renverse un sablier.

– Vous avez trois minutes.

La jeune femme se tait.

Il lui accorde un bref regard.

– Vous êtes en train de perdre du temps, mademoiselle.

Le sable arrive à son terme et lorsque le dernier grain est tombé, l'homme retourne à son ordinateur.

– Perdu.

Il appuie sur son bouton d'interphone et annonce :

– Karine, combien de fois je dois te répéter de ne plus laisser entrer des gens qui n'ont rien à foutre ici et qui me font perdre mon temps. Au suivant !

Mais Lucrèce Nemrod ne quitte pas son siège.

– Je ne suis pas venue pour vous faire rire, articule-t-elle.

Il se frotte le visage, harassé.

– Vous êtes actrice ?

– Même pas.

– J'aurais dû m'en douter, vous n'avez pas l'air hystérique. Laissez-moi deviner… dans ce cas vous êtes contrôleuse des impôts ? J'ai déjà eu deux contrôles fiscaux depuis le début de l'année, vous abusez.

– Non plus.

Déjà une autre personne pointe le nez derrière la porte pour remplacer Lucrèce.

– Qui vous a appelé ? Vous voyez bien que je n'ai pas fini avec mademoiselle !

Le nouveau venu paraît soulagé de remettre à plus tard son épreuve d'oral. Il referme la porte délicatement en s'excusant.

– Bon, on continue la devinette, pas comique, pas actrice, pas le fisc. Si vous êtes un enfant que j'aurais eu avec une de mes maîtresses, sachez que je ne céderai pas au chantage et que je ne vous reconnaîtrai pas comme héritière sans tests médicaux dans un centre de mon choix.

– Non plus.

– Vous venez me vendre une assurance ? Des cuisines, des portes-fenêtres ?

– Non.

Il pose ses mains sur ses bretelles.

– Je donne ma langue au chat.

Elle lui tend une carte de visite.

– Journaliste. Lucrèce Nemrod. Je travaille pour *Le Guetteur Moderne*.

– Vous ne venez pas me faire parler de Darius, j'espère.

Il fronce les sourcils. Vite le passe-partout défile dans la tête de Lucrèce.

Quelle clef pour celui-là ?

La clef de l'ego. Comme toute personne vivant sur le talent des autres il rêve qu'on parle de son talent à lui.

– En fait on s'intéresse à Darius, mais ce que tout le monde ignore c'est qu'il ne serait rien sans vous. C'est l'angle que nous voudrions défendre dans le journal, un grand article sur « le vrai créateur du phénomène Darius ».

Elle se demande si une clef aussi grosse peut vraiment fonctionner.

Il se penche vers l'interphone et dit :

– Karine ? Cinq minutes, tu ne me passes plus de coups de fil, et tu ne fais entrer personne.

Puis il se tourne vers la jeune journaliste.

– Je veux relire l'article avant parution, nous sommes bien d'accord ? Vous avez droit à cinq questions.

– Pourquoi juste cinq ?

– Parce que c'est comme ça. Plus que quatre.

Elle ne se laisse pas décontenancer.

– Tadeusz Wozniak m'a signalé que vous étiez en procès avec Darius. Il voulait récupérer les droits sur ses premiers albums. Est-ce vrai ?

– La réponse est « Oui ». Plus que trois questions.

– Vous étiez sur le point de perdre ce procès au nom des « droits moraux de l'artiste sur son œuvre », qui sont inaliénables en France. Le jugement devait être rendu la semaine prochaine. Son décès repousse évidemment le verdict et vous permet d'exploiter les droits. C'est là encore Tadeusz qui m'a raconté ça. Vous confirmez ?

– La réponse est « Oui ». Plus que deux questions. Mais dites donc, vous êtes sûre que vous voulez rédiger un article élogieux sur moi ?

– Donc, cette disparition à quelques jours du verdict du tribunal vous est très profitable. Non seulement ce décès vous sauve mais il fait votre fortune. Vous remettez en place les albums du début, les préférés du public, vous produisez des best of et vous organisez le gala d'hommage de l'Olympia, plus ses droits de retranscription et le DVD de la captation. Pour vous c'est le jackpot au moment où vous alliez tout perdre. C'est bien cela ?

– Oui. Plus qu'une question.

– Avez-vous assassiné Darius ?

– Non.

Le producteur étire un large sourire.

– Vous m'avez bien eu. Mais je n'ai plus de temps à perdre. Merci, au revoir mademoiselle. Et j'exige de relire l'article avant publication ou je vous envoie mon avocat. Il est au pourcentage, donc très motivé. En plus il déteste la presse pour des raisons personnelles.

Lucrèce Nemrod le fixe et tente le tout pour le tout :

– Je crois que vous mentez. Vous avez tué le Cyclope.

En silence, Stéphane Krausz examine sa collection de porte-clefs : des personnages en caoutchouc dont le ventre est équipé d'un bouton-poussoir. Il en saisit un et appuie. Aussitôt un éclat de rire s'échappe du micro placé dans la petite figurine.

– Vous connaissez ? Ce sont des « machines à rire ». Quand je n'ai même pas envie de me forcer à rigoler je déclenche l'un de ces petits jouets. Très pratique dans ma profession. Ça épargne mes muscles zygomatiques et évite la formation des rides. Allez, vu que vous m'êtes sympathique je vous en offre un. Choisissez. Celui-ci par exemple, c'est un « rire de paysan ».

Il prend un porte-clef, le presse, et on entend un rire guttural.

– Ce n'est pas une réponse, monsieur Krausz.

Il repose le porte-clef et hausse les épaules.

– Peut-être préférez-vous celui-ci, dit-il en saisissant une figurine en forme de pin-up. « Rire de jeune vierge effarouchée ».

Il appuie, le rire plus aigu est ponctué de petits hoquets qui montent puis culminent dans une sorte d'orgasme.

– Je vous l'offre. Non, ne me dites pas merci. Je les fais fabriquer en Chine comme objets promotionnels.

Elle remarque en effet que sous l'illustration est inscrit SKP. Elle accepte l'étrange jouet.

– Alors, vous répondez quoi ? demande-t-elle, imperturbable.

– Votre accusation est tellement ridicule qu'elle ne mérite que cela : un rire mécanique. Vous croyez quoi ? Que j'ai traversé les murs ou que j'ai utilisé un passage secret pour entrer dans la loge de Darius et l'étrangler alors que son garde du corps était devant la porte ?

Il presse un porte-clef sur lequel est inscrit « rire de vieil obsédé ».

Stéphane Krausz cesse de sourire.

– Vous comprenez, mademoiselle : se fâcher, ce n'est pas professionnel. Dans ce métier tout tourne, tout bouge, les amis d'un jour sont les ennemis du lendemain, mais peuvent à nouveau devenir les alliés du surlendemain. Alors on se fait des procès, on échange des coups de gueule, des menaces, on parle fort, mais on se réconcilie. Le showbiz est avant tout une grande famille, turbulente, mais malgré ce qu'en pensent les gens extérieurs, c'est une famille unie. Celle des saltimbanques, celle des amuseurs du peuple, celle des artisans de la détente. Nous avons une fonction sociale tout autant que les médecins. Que dis-je, avant les médecins puisque nous sommes là pour permettre aux gens de supporter leurs collègues de travail, leurs chefs, leurs subordonnés, leur femme, leurs enfants, leurs maîtresses, leur mari, leur percepteur, leurs maladies.

– Vous ne répondez toujours pas à ma question.

– C'est pourtant ma réponse.

Il soupire.

– Oui, j'ai été déçu par Darius. Je lui en ai voulu de m'avoir abandonné, que dis-je, trahi, oui je lui ai fait un procès. Et j'allais le perdre. C'est vrai. Mais avec ce spectacle-hommage à l'Olympia, je vais faire vivre son souvenir pour l'éternité. Et ce n'est pas l'argent, quoi que vous en pensiez, qui est ma principale motivation. S'il me regarde depuis le Paradis à cette seconde, je sais que tout ce qu'il a envie de me dire c'est « Merci Stéphane ».

Le producteur pose la main sur son cœur et laisse dériver son regard au-delà de l'horizon qu'on distingue par la fenêtre. Puis il presse un porte-clef qui égrène un rire pointu.

– Et où étiez-vous au moment exact de son décès ? demande-t-elle.

– Dans la salle, en train d'applaudir un Darius que j'avais sorti de l'anonymat et qui était arrivé au sommet de son art. Et j'avais comme voisin le ministre de la Culture, qui pourra en témoigner. Comme alibi, cela devrait être suffisant, non ?

Lucrèce appuie sur le bouton du porte-clef en forme de pin-up et le rire artificiel résonne.

– Parlons sérieusement. À qui la mort de Darius profite-t-elle en dehors de vous ?

– À Tadeusz, son frère. C'est lui qui jouit vraiment de l'héritage. C'est lui désormais le principal dirigeant de Cyclop Production.

– Et si ce n'était pas Tadeusz, qui aurait pu vouloir l'éliminer ?

– Si la motivation n'est pas l'argent, c'est la gloire. Dans ce cas je répondrais que si c'est un crime, il profite évidemment à son principal rival, celui qui devient le nouveau numéro 1 de l'humour.

Il tripote une figurine en forme de clown.

– Et comme par hasard, il est sous contrat exclusif chez Cyclop Production.

29.

4803 ans avant Jésus-Christ.

Entre les fleuves Tigre et Euphrate, dans une région qui correspond de nos jours à l'Irak.

À force d'errer, les tribus humaines avaient fini par trouver des terres suffisamment fertiles pour qu'ils aient envie de se sédentariser.

De chasseurs-cueilleurs les hommes sont peu à peu devenus des paysans. Des communautés humaines créèrent les premiers villages avec des maisons en briques de terre cuite, construites pour durer. Pour se nourrir ils commencèrent à planter des graines et attendirent les récoltes, notamment d'épeautre et de blé. Des animaux se sont risqués aux abords de

ces villages pour se nourrir des déchets, c'étaient des chèvres et des moutons, des vaches. Ils furent apprivoisés, installés dans des enclos, et c'est ainsi qu'apparut l'élevage.
Siècle après siècle, les champs et les cheptels s'agrandirent. Les villages devinrent des cités. Les cités s'élargirent à leur tour et finirent par devenir de vastes villes comprenant plusieurs centaines, puis plusieurs milliers d'habitants.
Ces premières mégapoles, apparues 6 000 ans avant Jésus-Christ, avaient pour noms : Uruk, Eridu, Lagash, Umma, Ur.
Elles formaient la première civilisation proprement dite, la civilisation sumérienne.
La cité d'Ur était l'une des plus puissantes et des plus modernes.
Or, il advint en cette belle année – 4803, que la cité sumérienne d'Ur entra en guerre contre la cité de Kish, de la civilisation concurrente, celle des Akkadiens.
La guerre entre Sumériens et Akkadiens dura longtemps, épuisant les deux camps.
Jusqu'au jour où le royaume de Kish remporta une bataille importante, mais pas vraiment décisive. Le roi akkadien, nommé Enbi-Ishtar, proposa alors au roi sumérien, nommé Enshakushana, de signer un traité de paix.
Les troupes des deux adversaires se réunirent dans une vallée située en terrain neutre.
Les deux rois s'assirent face à face, leurs traducteurs entre eux.
– Alors, prononça en sumérien le roi Enshakushana, que propose-t-il ?
Le traducteur transmit la question.
Autour d'eux, les ministres suivaient la scène, attentifs.
Enfin la réponse d'Enbi-Ishtar fut traduite :
– Il dit qu'il veut la paix.
– Très bien. Réponds-lui que nous voulons la paix nous aussi, nous sommes épuisés par cette guerre.
Le traducteur officia. En face, le roi akkadien Enbi-Ishtar discuta avec ses ministres, puis avec le traducteur. Le message repartit dans l'autre sens.
– Que dit-il ? demanda le roi sumérien.
– Il dit que comme il a gagné la dernière bataille, il a gagné la guerre, et donc il veut, pour ne pas détruire la cité d'Ur, cinq ans d'impôts, toutes les réserves de céréales, 5 000 esclaves hommes et 3 000 esclaves femmes, que lui et ses généraux choisiront.
Le roi sumérien Enshakushana marqua une pause.
Le traducteur s'impatienta :
– Que dois-je lui dire ? Ils attendent la réponse, Majesté.

Alors le roi sumérien s'avança vers le roi akkadien, puis effectua une grimace étrange. Il ouvrit la bouche comme s'il allait prononcer une phrase mais au lieu de parler par son orifice buccal il émit un son grave et ronflant par son orifice anal.
Ce fut un pet grave, qu'il fit sonner comme une trompette. C'était la réponse du roi Enshakushana au roi Enbi-Ishtar.
L'effet fut immédiat, tous les ministres sumériens éclatèrent de rire.
Le roi akkadien, lui, ne rit pas. Il devint écarlate.
Il roula des yeux de colère sous l'affront. Puis il ordonna quelque chose qui ne fut pas traduit et ses généraux quittèrent la tente.
Quand le roi sumérien Enshakushana et ses troupes se retrouvèrent seuls, tous éclatèrent de rire.
Le roi signala alors à son scribe :
– Il faut que personne n'oublie cet événement. Et que tout le monde rie comme nous-mêmes nous avons ri.
Le scribe s'appelait Sîn-Leqe-Uninni. Il hocha la tête en signe d'assentiment mais se retrouva fort gêné. Comment retranscrire un pet en dessin ? Comment exprimer le comique de la situation avec des glyphes ?
Il réfléchit toute la soirée pour découvrir comment restituer l'humour de la scène. Et le lendemain, et tous les jours qui suivirent.
Deux mois plus tard, le roi sumérien Enshakushana remporta la seconde bataille contre le roi Enbi-Ishtar. Cette bataille fut décisive. Les Sumériens envahirent la cité de Kish et la loi d'Ur se mit à régner sur la cité akkadienne vaincue.
Alors qu'il défilait, triomphant, dans les rues de la cité de Kish, il se souvint de l'événement du traité de paix raté et demanda à son scribe Sîn-Leqe-Uninni où il en était de la retranscription. Le scribe resta dans le vague.
Mais, quelque temps plus tard, Sîn-Leqe-Uninni eut une idée audacieuse : renoncer au dessin qui montrait ce qu'on voyait, et utiliser des syllabes. Réunies elles formeraient des mots qui pourraient traduire non seulement des « choses qu'on voit » mais des choses invisibles, et même des idées abstraites, voire des émotions.
Et au lieu de graver à la pointe un dessin dans l'argile humide, Sîn-Leqe-Uninni se mit à tracer des traits en forme de clous.
Puis il décida d'associer, à chaque combinaison de traits verticaux ou horizontaux, des syllabes.
L'écriture cunéiforme venait de naître.
Le scribe Sîn-Leqe-Uninni nota scrupuleusement la rencontre de son roi avec le roi ennemi et comment il avait clos le débat de manière inattendue.

Sîn-Leqe-Uninni venait non seulement d'inventer l'écriture non figurative, mais prenait note de la première blague écrite de l'humanité.

Grand Livre d'Histoire de l'Humour. Source GLH.

30.

– Je te fais une couleur ?

Lucrèce Nemrod est chez son coiffeur Alessandro qui vient de lui enduire le crâne d'un produit plus ou moins liquide, verdâtre et visqueux.

– Autour de l'acajou.

– On quitte le carotte ?

– Entre le carotte et l'acajou. Et puis il faudrait peut-être rattraper un peu la longueur. Tu ne veux pas que je te les fasse aux ciseaux ? Juste couper ce qui dépasse. Crois-moi, Lucrèce, on gagne toujours à couper.

– Non merci. Ça ira, je préfère les garder longs.

L'homme commence à lui masser le cuir chevelu avec allégresse. Des parfums étranges sortent de plusieurs fioles qu'il ouvre et renifle.

– Tu veux que je t'en raconte une bien bonne ?

– Non, merci Alessandro, ces temps-ci je suis un peu... comment dire... en « indigestion de blagues ».

Alessandro s'enfonce dans un mutisme que ne trouble pas sa cliente.

Je sais que cette séance est une folie, mais j'en avais trop besoin. Cette enquête me rend nerveuse. J'ai l'impression que j'ai quelque chose d'important à comprendre et je ne voudrais pas passer à côté. Peut-on assassiner quelqu'un en le faisant rire ?

Et qui pouvait détester l'homme le plus aimé des Français ?

B... Q... T...

Bienheureux celui Qui se Tait ?

Et que penser de Stéphane Krausz. Tadeusz Wozniak a raison, c'est lui le grand bénéficiaire. Et bien sûr, selon Krausz, c'est Tadeusz.

– Tu en pensais quoi, Alessandro, du comique Darius ?

– Je l'A-DO-RAIS. Ce type était un génie. J'ai été très affecté par sa disparition. C'est bien simple j'en ai eu l'appétit coupé pendant trois heures. Je n'ai dîné qu'avec des chips.

– Qu'est-ce qui te plaisait chez lui ?

– Tout ! Il était tellement drôle. Et puis on le sentait généreux. Un type qui ne se prenait pas au sérieux et qui aimait les gens. Tu sais, Lucrèce, ici quand il est mort les clients ont beaucoup parlé. Il paraît même que ce serait les services secrets du gouvernement qui l'auraient assassiné. Comme pour Lady Di

– Pourquoi ?

– Parce qu'il en savait trop sur des politiciens importants. Tu comprends, il les connaissait tous. Et entre deux blagues ils ont dû se confier. Après ils ont regretté. Pareil pour Marilyn Monroe et Coluche. Les politiciens envoient des tueurs et après ils maquillent en accident. Tu parles. On n'est pas dupes.

– Un crime des services secrets ? D'où tu tiens ça, Alessandro ?

– C'est sur Internet. En fait publié le soir même. Un type disait qu'il détenait des informations secrètes et qu'il travaillait dans les services de la Défense nationale, il ne pouvait pas donner son nom mais il pouvait faire des révélations. Je te fais les racines et les pointes de la même couleur ? Si tu veux on peut essayer des mèches blondes, ça te dit ?

– Et ils l'auraient tué comment notre cher Darius ?

– Selon ce type qui se fait appeler « Gorge profonde », ce serait la CIA. Ils auraient mis au point une mouche, ou un moustique, ou une fourmi, un truc minuscule, quoi, qu'ils auraient envoyé, qui se serait infiltré par le système d'aération et qui aurait ensuite enfoncé une miniseringue empoisonnée qui n'aurait même pas laissé de trace.

– Hum, j'ai déjà lu ça dans un roman de science-fiction, *Le Jour des fourmis*, je crois.

– Mais là c'est vrai. Et puis il y a le mobile…

– Ah bon ? Lequel ?

J'avais oublié… Chez le coiffeur on a non seulement la psychothérapie mais aussi les informations qu'on ne trouve nulle part ailleurs.

– Ne me dis pas que tu n'as pas compris ?

Il lui chuchote à l'oreille :

– Parce qu'il comptait se présenter comme président de la République. Comme Coluche. C'est évident. Et il aurait été élu ! Forcément ! C'était le type le plus aimé des gens !

– Hmm, je vois. Quel rapport avec la CIA ?

Il se penche à nouveau :

– Notre président actuel est déjà un agent de la CIA, alors ils ne veulent pas qu'il y ait concurrence, ben tiens.

Alessandro pose le doigt sur sa bouche en affichant un air entendu.

– Alors, mademoiselle Nemrod, je vous fais aussi les racines ou on garde cela pour la prochaine fois ? clame-t-il à la cantonade pour ne pas intriguer l'entourage.

– Ça coûte combien ?

– Oh, pour les bonnes clientes comme toi, Lucrèce, aujourd'hui ce sera moitié prix. Et en plus si tu veux je demande à Louise de te faire les ongles. On vient juste d'en recevoir des nouveaux, des ongles américains, en plastique renforcé avec des motifs représentant des biches dans la forêt sur un coucher de soleil. Sur chaque ongle, tu t'imagines, les biches et le coucher de soleil. Même ceux des pieds si tu veux.

Une trompette couvre le son de sa réponse. Dans la rue éclate soudain un vacarme.

Un défilé de carnaval ? À quelques jours du 1er avril ? Encore un effet pervers du réchauffement climatique.

Une troupe de gens déguisés défile en jouant de la trompette, de la clarinette et du saxophone.

D'où vient ce besoin permanent de se forcer à faire la fête et de rire à date fixe, puis de redevenir triste pour la Toussaint ? Comme si nous devions tous éprouver les mêmes émotions au même moment.

Lucrèce Nemrod ne peut s'empêcher d'observer dans le miroir la procession qui n'en finit pas de bloquer la rue. Soudain un détail la fait tressaillir.

Dans la masse des joyeux fêtards, assis sur une figurine géante posée sur un char, se trouve un clown avec un gros nez rouge, une bouche souriant à l'envers et une larme sur la joue.

Bon sang c'est LE CLOWN TRISTE !

Déjà elle bondit dans la rue.

– Hep ! Vous !

Le clown l'aperçoit, saute à bas du char et se met à courir. Les cheveux recouverts de produit Lucrèce s'élance à sa poursuite. Il utilise la foule pour essayer de la distancer.

Mais elle grimpe sur un char et de là-haut voit où il se dirige.

Au lieu de le poursuivre elle prend par le côté, contourne le défilé, et bondit devant lui. Elle le plaque au sol et du coude coince sa pomme d'Adam pour l'étouffer.

Elle le laisse suffoquer quelques secondes, puis relâche la pression.

Elle frotte ses joues avec la blouse de coiffeur, et sous le maquillage découvre un jeune homme d'à peine 16 ans.

– Pourquoi t'es-tu enfui ?

– Je vous jure, ce n'est pas moi qui ai volé les téléphones portables. C'est à cause des autres !

Elle le libère et il déguerpit à toutes jambes. Les gens qui circulent autour d'elle la regardent avec étonnement. Le liquide visqueux menace de dégouliner dans ses yeux.

Je croyais quoi ? Tomber par hasard sur l'assassin ?

Et si toute l'affaire du Cyclope était aussi imaginaire que les complots d'Alessandro ?

Un crime crapuleux ? Peu probable.

Une rivalité artistique ? La mort était trop sophistiquée.

Krausz ? Un producteur avide ? Il n'a pas l'air à ce point machiavélique.

Tadeusz ? Un frère impatient de récupérer l'héritage ? Ça ne tient pas.

Il reste la boîte bleue... Je n'ai que ça. Une boîte bleue et trois lettres : BQT.

Ça ne fait pas un article.

Et si la Thénardier avait raison ? Je suis peut-être aussi nulle que Clothilde. Je ne réfléchis pas assez.

Florent Pellegrini m'a donné le bon conseil : il faut que je me fasse aider par Isidore, lui est un enquêteur expérimenté, seule je n'y arriverai jamais.

Mais ce gros prétentieux refuse de m'aider.

Et si je renonçais ? « Désolée Christiane, vous aviez raison c'était une crise cardiaque, je me suis trompée avec cette histoire de crime. Je voulais juste faire mon intéressante. »

Impossible. Question de fierté désormais. Tant pis, je ne veux pas laisser tomber. Je veux continuer l'enquête à n'importe quel prix. Je suis allée trop loin pour reculer.

Elle rejoint le salon de coiffure.

– Eh bien, eh bien, Lucrèce, tu as vu passer l'homme de ta vie ? demande Alessandro, ironique.

– Je l'ai cru, en effet. Mais je me suis trompée, ce n'était pas lui, répond-elle avec sérieux en se rasseyant.

Elle ne remarque pas l'homme, au fond du salon, qui l'observe avec beaucoup d'attention, derrière son journal.

31.

« À 2 ans, le succès est de ne pas faire dans sa culotte.
À 3 ans, le succès est d'avoir des dents.
À 12 ans, le succès est d'avoir des amis.
À 18 ans, le succès est d'avoir son permis de conduire.
À 20 ans, le succès est de bien faire l'amour.
À 35 ans, le succès est d'avoir de l'argent.
À 50 ans, le succès est d'avoir de l'argent.
À 60 ans, le succès est de bien faire l'amour.
À 70 ans, le succès est d'avoir un permis de conduire.
À 75 ans, le succès est d'avoir des amis.
À 80 ans, le succès est d'avoir des dents.
À 85 ans, le succès est de ne pas faire dans sa culotte. »

Extrait du sketch *Quand on aime on a toujours 20 ans*,
de Darius WOZNIAK.

32.

L'angoisse est à son comble. Le comique Félix Chattam transpire tellement qu'il est obligé de s'essuyer avec une serviette. Ses mains sont agitées de spasmes.

Dans les coulisses de l'Olympia, Lucrèce Nemrod l'observe de loin. C'est la séance de warm-up avant l'ouverture des rideaux, la répétition finale d'urgence.

Félix Chattam est en train de régler les derniers détails de son spectacle avec un assistant.

Celui-ci envoie les répliques en cliquant sur son chronomètre.

– Là, à « … charmante compagnie », tu dois avoir les rires, tu leur laisses 4 secondes, pas plus, tu respires et tu reprends. Il doit te rester des applaudissements. Donc : ton texte.

Félix Chattam récite :

– « … Peut-être mais ce serait trop facile vu la situation. »

– Parfait, tu roules les yeux, et petit coup de menton sec à trente-cinq degrés. Tu effectues trois pas côté droit, tu te retournes à moitié, là il y a un projo jaune qui t'éclaire trois quarts profil. Tu lances la réplique suivante avec la petite grimace en coin. Le sourire numéro 32 *bis*. Vas-y.

Le haut-parleur annonce :

– La salle ne peut plus attendre. Ça hurle, il faut y aller maintenant !

On entend en effet des cris :

– FÉ-LIX ! FÉ-LIX !

Le comique commence à afficher des signes de panique.

L'assistant le prend aux épaules.

– Non. Ne te laisse pas déconcentrer. Ton texte.

– Très bien, j'y vais : « Encore faudrait-il qu'ils soient au courant. Car si je ne m'abuse vous n'êtes pas tous dans ce cas. »

– Articule mieux, tu savonnes ta liaison soient-o-courant. Répète.

– Soient-ttto-courant. Ça va, là ?

– C'est mieux. Bon, on s'en contentera. Hop, là à nouveau il doit y avoir quelques rires. Tu attends. S'il y a un rire plus fort dans la salle, tu relèves aussitôt : « Ah vous, ma petite dame, je crois que vous êtes la première concernée. » Dans le genre, d'accord ? Sinon tu comptes jusqu'à cinq. Puis tu prends un air dépité et tu places la réplique suivante.

– « D'accord, mais pour les tenir au courant, encore faudrait-il qu'on le sache. »

– Là normalement tu es à 1 minute et 20 secondes depuis le début du sketch. Fais gaffe, ne perds pas le rythme. Là, petit sourire 63 *ter*. Celui que tu réussis bien et qui te creuse une fossette. Et tu t'assois. Tu respires et c'est la longue tirade, attention à bien articuler, ne mange pas tes mots et surtout ne glisse pas sur tes deux accidents habituels « statistiques » et « turpitudes ».

Lucrèce Nemrod se dit que la répétition ressemble à un rallye avec le copilote qui indique les virages, les obstacles, les accélérations, et les vitesses à passer.

Au moment où elle veut s'avancer une main se pose sur son avant-bras.

– Ne les dérangez surtout pas maintenant.

C'est Frank Tempesti, le pompier fumeur.

– Vous pourriez tout faire effondrer comme un soufflé. Vous ne vous rendez pas compte de la tension et du travail qu'il y a derrière un spectacle d'humour. Tout est minuté, à la seconde près.

Elle entend la salle qui hurle de plus en plus fort.

– FÉ-LIX ! FÉ-LIX !

Et dans le haut-parleur une voix résonne :

– Vingt minutes de retard ! Dites donc les gars, ils vont tout casser si ça continue. Il faut y aller maintenant !

Félix Chattam présente à nouveau des signes de panique.

L'assistant entoure les épaules de son poulain et lui intime de rester calme et de terminer la séance de chauffe. Ils sont rejoints par un homme vêtu de sombre.

– C'est qui l'autre ? chuchote-t-elle.

– Bob, son puncheur.

– Puncheur ? C'est quoi un puncheur ?

– C'est un technicien spécialiste en humour qui arrive en fin de mise au point du spectacle pour virer tout ce qui n'est pas indispensable, serrer les boulons, régler les effets, souligner les points d'intonation précis et même les jeux de regards. Faire rire c'est de l'horlogerie fine. Et comme tout ce qui est fin, c'est fragile et délicat.

Les deux hommes sont tellement concentrés qu'ils n'ont pas pris conscience de sa présence. Soudain Félix Chattam écarquille les yeux.

– Ça y est, j'ai une extinction de voix ! Bob, ça recommence, je n'arrive plus à parler. Je suis foutu. Vite, appelle un médecin.

À nouveau le haut-parleur crachote.

– On ne peut plus les tenir. On a déjà 25 minutes de retard.

Et la foule scande, cette fois en tapant des pieds :

– FÉ-LIX ! FÉ-LIX !

L'artiste commence à transpirer de détresse.

– Impossible. C'est la catastrophe. J'ai une extinction de voix. Je renonce. Remboursez tout le monde.

– Qu'on lui donne du miel ! intervient le puncheur.

Le pompier Tempesti court chercher un grand pot beige. Félix en avale une cuillère, puis deux, puis trois. Il essaie de parler mais ne peut qu'émettre un son rauque de rossignol enroué.

Il dévore le contenu du pot, puis, après une hésitation, risque un raclement de gorge qui se termine en quinte de toux.

– Il faut rembourser ! reprend l'humoriste, rouge de stress.

– Bon, on va utiliser les grands moyens, j'appelle le toubib ! dit le dénommé Bob.

Lucrèce Nemrod, effarée, assiste à l'instant délicat.

– Remboursez les spectateurs ! J'annule tout, je ne peux plus parler, j'ai une extinction de voix ! répète Félix, affolé.

– Le médecin arrive tout de suite, annonce Bob, rassurant.

Le pompier Frank Tempesti chuchote à l'oreille de Lucrèce :

– Ne vous inquiétez pas. C'est tous les soirs comme ça. C'est le trac. Il a les cordes vocales tétanisées.

– Ils vont vraiment annuler et rembourser ?

– Mais non. C'est psychologique. Il n'y a pas plus angoissé que les comiques. La plupart sont des boules de nerfs en souffrance et en plainte perpétuelles. Mais même si c'est que dans la tête, il faut quand même un médecin pour libérer le blocage.

– Qu'est-ce qu'il fout le toubib ! tonne Bob.

Enfin un vieux bonhomme arrive avec une grosse sacoche.

– Comme hier, docteur. Comme hier.

Le médecin semble gêné.

– Vous savez que c'est interdit. Tous les jours ça peut être dangereux. Et créer une accoutumance. La cortisone ce n'est pas anodin.

La salle hurle.

– FÉ-LIX ! FÉ-LIX !

– On n'a plus le choix, docteur, allez-y.

Alors le médecin sort une seringue, la remplit lentement dans une ampoule, puis l'enfonce dans le cou de Félix au niveau des cordes vocales.

Il tamponne le petit point rouge avec un coton.

– A. E. I. O. U. Les chaussettes de l'archiduchesse sont sèches et archisèches. Ba be bi bo bu, le papa papou est l'époux du pape à poux, articule le comique rasséréné.

La salle continue de scander son nom. Le haut-parleur se déclenche :

– On peut éteindre la salle ? On y va, les gars ?

La jeune journaliste reste dans les coulisses et observe à distance.

La scène s'allume, les rideaux de velours pourpre glissent sur leurs tringles sous les acclamations du public. Félix Chattam, le nouveau comique n° 1 depuis la mort de Darius Wozniak, entame son premier sketch.

– Eh bien, public, vous en avez mis du temps ! J'ai failli attendre !

Il a imité la voix du président de la République. Rires de la salle.

– Alors écoutez les gars, j'ai une bonne et une mauvaise nouvelle. La bonne c'est que le spectacle vient de commencer. La mauvaise c'est que vous allez devoir me supporter pendant une heure trente. Mais une heure trente c'est mieux qu'un quinquennat.

La salle éclate de rire.

Le puncheur Bob pousse un soupir de soulagement, les deux premières vagues de rire ont été obtenues, le plus dur est fait, la symphonie va se dérouler selon la partition.

Il suit le texte chronomètre en main.

Le pompier Franck Tempesti s'approche de Lucrèce.

– Personnellement je n'aime pas les imitateurs. Ce sont pour la plupart des gens qui, dans le privé, n'ont aucune personnalité. Alors ils prennent la voix des autres.

Le pompier semble avoir envie de faire partager son expérience.

– Les comiques de mon époque, je les ai connus parce qu'ils ont joué ici : Darius c'était un peu Coluche, et Félix c'est plutôt Thierry le Luron. Les deux s'étaient d'ailleurs mariés sous le patronage de leur agent Ledermann.

Elle écoute le sketch, mais le pompier poursuit, imperturbable :

– Être imitateur c'est une forme de maladie. Ce sont des gens à personnalités multiples, mais au lieu de se traiter en hôpital psychiatrique… ils se font payer pour exhiber leur pathologie.

Lucrèce s'amuse de cette remarque, et se dit qu'il n'a peut-être pas tort.

Dans la salle les rires forment une vague qui part et revient comme un ressac d'océan frappant une falaise. Et les vagues ne cessent de s'amplifier.

À la fin, la dernière submerge tout. La salle de l'Olympia semble se soulever, et c'est la standing ovation.

– Une autre ! Une autre ! FÉ-LIX ! FÉ-LIX !

Le comique jette un coup d'œil à Bob qui lui fait signe qu'ils sont dans les temps. Il ne se fait pas prier. Il joue encore deux autres sketches où il incarne dans l'ordre le pape et le président des États-Unis.

Le succès devient triomphe.

Le mot de la fin arrive. En saluant, Félix dédie son spectacle à Darius, et précise qu'il sera présent pour le grand hommage qui lui sera rendu ici même à l'Olympia.

Puis les rideaux pourpres se referment. L'artiste recule, traverse à grand-peine une marée d'admirateurs réclamant des autographes, et parvient enfin à rejoindre sa loge.

Le service d'ordre fait refluer les fans vers la sortie du théâtre où on leur promet que Félix viendra les rejoindre.

Quand tout le monde semble évacué, Lucrèce Nemrod se présente, et demande à Bob qui se tient devant la porte de la loge une interview de Félix pour *Le Guetteur Moderne*.

– Félix est fatigué. Il ne faut pas le déranger, voyez ça demain avec son attachée de presse.

Elle saisit le poignet de Bob, le tord, et fait irruption dans la loge.

– Qu'est-ce qui vous prend ? s'exclame Félix en train de se démaquiller.

– Je suis journaliste. Je voudrais vous poser quelques questions.

– Vraiment pas le temps. Pas le moment.

Déjà Bob est revenu, menaçant, prêt à faire intervenir la sécurité.

À toute vitesse, elle fait défiler dans son esprit le passe-partout providentiel.

Quelle clef pour lui ?

Pas l'argent.

Pas la séduction.

Pas la gloire.

Pas l'écoute.

Il paniquait tout à l'heure. Cet homme vit dans la peur. La peur est une excellente clef.

Elle se tourne vers le comique.

– Je suis venue pour vous sauver la vie. Darius a été tué ici. Mais ce n'était pas un accident, c'était un crime, et si vous ne m'aidez pas vous mourrez vous aussi.

Il la regarde avec intensité, puis il éclate de rire et se tourne vers Bob, qui n'a toujours pas le sourire.

– Excellente blague !

Je crois que j'ai trouvé, sa clef c'est l'humour. Ce qui prouve que je me trompais, il existe des humoristes qui aiment rire.

– Allez, vu que vous avez l'air comique, je vous autorise à m'interviewer mais à une seule condition : vous devez essayer de me faire rire une deuxième fois.

Lucrèce se dit que les hommes sont d'éternels enfants et que pour les manipuler il suffit de les inviter à jouer. Isidore cède aux trois cailloux et celui-ci au jeu de la meilleure blague.

Mais elle n'a droit qu'à un seul essai. Il faut frapper fort.

– Comment un parachutiste aveugle sait-il qu'il va bientôt toucher le sol ?

D'un signe du menton, il l'invite à poursuivre.

– … Quand il y a du mou dans la laisse de son chien.

Félix ne rit pas.

– Elle est de Darius celle-là. Je l'avais oubliée. Je vais vous surprendre, mais à part mes propres sketches je n'ai que peu de mémoire des blagues… OK, posez vos questions pendant que je me démaquille, concède-t-il.

– Quels étaient vos rapports avec Darius ?

– Le Cyclope était mon maître, mon ami, mon frère de cœur. C'est lui qui m'a tout appris. C'est lui qui m'a pris sous contrat dans sa boîte de production et c'est lui qui m'a porté jusqu'à la gloire. Je lui dois tout.

– Sa disparition vous a beaucoup affecté ?

– Vous n'imaginez pas à quel point. C'est tellement injuste. Et puis il était jeune, 42 ans. Pour un comique de cette trempe c'est comme s'il avait été abattu en plein élan. À mon avis il aurait pu monter encore plus haut. Son dernier show était époustouflant de maîtrise et d'innovation. C'est ce qui a dû l'épuiser.

J'ai vu l'artiste au sommet de son art, et je connais toutes les douleurs et tous les sacrifices qu'il y a derrière ce qui nous semble un spectacle de comique léger.

La jeune journaliste approuve et prend des notes, lisse d'un geste distrait sa nouvelle coiffure, puis, d'un ton détaché :

– Tout à l'heure je ne plaisantais pas, je pense qu'il s'agit vraiment d'un crime. Dans ce cas, qui selon vous aurait eu intérêt à se débarrasser de lui ?

Cette fois il cesse de se démaquiller, jette le coton et la regarde différemment.

– Personne. Tout le monde aimait le Cyclope. Cet homme faisait l'unanimité.

– Je me doute que lorsqu'on atteint ce niveau de célébrité on crée forcément des envieux, des jaloux. Être le n° 1 suscite des convoitises.

– Je vous vois venir. Si vous pensez que j'aurais pu l'assassiner vous vous trompez, mademoiselle. J'étais dans la salle le jour de son décès. Je suis resté avec mes amis jusqu'à l'ouverture des portes du théâtre, sans les quitter une seconde. Pour nous, comiques, c'est important de sentir la salle.

– Alors, dans l'hypothèse où ce serait un crime, qui aurait pu vouloir le tuer ?

– En cherchant bien...

Félix se retourne et prend un air mystérieux tout en imitant la voix d'un célèbre détective de la télévision.

– Si on veut chercher qui pourrait être intéressé par la mort de Darius, ce n'est pas le nouveau numéro un qu'il faut aller voir, mais plutôt... le numéro zéro.

– Qui est le numéro zéro ?

Il s'essuie les mains et jette le coton.

– Celui que Darius a tué « professionnellement » et qui est maintenant au plus bas de l'échelle par sa faute. Lui, il avait de vraies raisons de lui en vouloir. A fortiori de vouloir l'éliminer, reprend-il avec sa voix typiquement télévisuelle.

Félix Chattam se débarrasse des dernières traces de maquillage comme des peintures d'une guerre gagnée de justesse.

– Si vous aimez les devinettes, j'en connais une dont je me souviens et que je pourrais vous soumettre en retour.

– Je vous écoute.

– « Un homme est à la recherche d'un trésor. Il arrive à un carrefour d'où partent deux routes. Il sait que l'une mène au trésor et l'autre à affronter un dragon, et donc à la mort. Face à chaque route, un chevalier est là, qui peut le renseigner, mais l'un ment systématiquement et l'autre dit toujours la vérité. Il ne peut poser qu'une seule question. Auquel des deux doit-il s'adresser et que doit-il lui demander ? »

Lucrèce réfléchit, puis :

– Désolée, je n'ai jamais été très bonne en logique. Et ce genre de devinette… en fait j'y suis un peu fermée, si vous voyez ce que je veux dire ? Mais je propose de vous rappeler si je trouve. Puis-je avoir votre numéro de téléphone ?

Lorsqu'elle sort du théâtre, il pleut.

Zut, pourvu que mes cheveux ne se mettent pas à friser. Avec ce que m'a coûté le coiffeur…

Elle regarde de loin l'Olympia brillant de tous ses feux.

Je ne me rendais pas compte à quel point ce métier était éprouvant. Ce qu'a fait Darius et ce que fait encore Félix est extrêmement pénible et difficile.

Maintenant que je sais ce qu'ils vivent, je ne supporterais jamais de devoir faire rire pour gagner ma vie.

Et si jamais le public ne riait pas, ou trop peu, je crois que ça me rendrait dingue.

Elle allume une cigarette, et souffle une longue bouffée, pour se détendre.

33.

« Plusieurs amis sont spécialistes en humour. Ils connaissent tellement bien les blagues qu'ils n'ont même plus besoin de les raconter, il leur suffit d'en citer le numéro. Le premier dit :

– La 24 !

Aussitôt tout le monde s'esclaffe.

– À moi, à moi ! dit un autre. Allez, la 73 !

À nouveau tout le monde éclate de rire.
Puis un troisième lève la main.
– À moi ! La 57 !
À ce moment, personne ne rit.
– Hé ! Qu'est-ce qu'il se passe ? Vous ne l'aimez pas la 57 ? demande-t-il un peu dépité.
– Si, répond l'un des membres du club. C'est seulement que tu ne la racontes pas bien. »

Extrait du sketch *L'École du Rire,*
de Darius WOZNIAK.

34.

Ses doigts courent sur les étoffes. Lucrèce Nemrod choisit dans sa garde-robe une tunique en satin couleur prune, et dans son réfrigérateur un pot de Nutella dans lequel elle trempe son petit doigt pour ramener la substance moelleuse et sucrée. Elle s'installe devant son ordinateur et tout en tapant de ses neuf autres doigts, elle commence à étudier les profils des comiques à la mode.

En dehors de Darius Wozniak et Félix Chattam, ils sont une vingtaine à occuper l'Olympe de ce métier.

Il existe une cote officielle des humoristes. Basée sur le cachet de chaque représentation. Darius était à 100 000 euros par soirée. Félix n'est qu'à 60 000 euros.

La jeune journaliste s'aperçoit que le métier d'amuseur public peut rapporter des fortunes colossales et que personne ne songe même à les jalouser, contrairement aux industriels ou aux politiciens.

C'est quand même un job parfait.

Elle note sur son carnet l'énigme de Félix Chattam.

Ça, ce n'est pas une blague. Il faut chercher dans les raisonnements philosophiques.

Soudain un détail attire son attention, son poisson rouge paraît nerveux. Il tourne de manière rapide dans son aquarium, avec des huit au lieu des cercles tranquilles habituels.

Léviathan veut me dire quelque chose.

Elle s'approche et l'observe longtemps. Soudain elle se retourne et examine son armoire.

Des dossiers ne sont plus exactement au même endroit.

Et d'autres affaires ont été déplacées.

Quelqu'un est entré ici et a fouillé !

Le visiteur a laissé très peu de traces, elle en déduit qu'il est expérimenté.

Pas un cambrioleur. Plutôt un détective privé.

Je crois qu'à force de remuer le problème, je commence à inquiéter quelqu'un. Ou à intéresser quelqu'un. Peut-être l'assassin ?

Elle revient vers l'aquarium, la carpe impériale du Siam se cache dans la longue algue bercée par les bulles du vaisseau pirate en plastique.

– Tu en penses quoi, Léviathan ? À l'avenir je te demanderai de surveiller cette pièce. Et si quelqu'un entre tu t'exprimes de manière plus claire, tu fais comme les dauphins, tu sautes hors de l'eau.

C'est alors que Léviathan prend son élan et jaillit au-dessus de l'eau.

Lucrèce n'a que le temps de voir un reflet sur le bocal. Cachée derrière le rideau, une ombre vient de se glisser et s'évapore par la porte d'entrée.

La jeune femme bondit.

L'individu dévale l'escalier, elle le suit.

Il était encore là ! Et c'est ça que Léviathan essayait de me dire !

Elle court mais son visiteur a de la puissance dans les jambes et gagne de la vitesse.

Qu'est-ce qu'il pouvait bien chercher chez moi ?

Elle ne distingue rien de son visage caché sous une capuche d'anorak. Il s'engouffre dans une station de métro, elle le poursuit, il franchit un portillon, arrive sur le quai. Elle déboule juste à temps pour bondir dans le métro qui démarre… et là elle aperçoit la capuche dans un couloir de sortie. Elle comprend qu'il a fait mine de monter mais déjà le train s'en va.

Tant pis, aux grands maux les grands remèdes. Il faut que je sache.

Elle tire le signal d'alarme. Aussitôt la rame de métro freine dans un grincement assourdissant. Une sonnerie se met à retentir. Déjà elle force les portes et repart en direction de la capuche.

Au loin elle voit la silhouette se fondre dans la foule.

Faut pas le laisser filer.

Elle décide de prendre un raccourci par les couloirs latéraux moins encombrés. Elle court, le regard au loin, et en oublie de regarder ses pieds. Qui glissent sur une substance jaune et lisse. Une fraction de seconde, son corps n'est plus en contact avec sa planète.

Non, pas le gag de la peau de banane ! Pas ça ! Pas maintenant !

Elle retombe lourdement sur les fesses.

Un mendiant assis là avec son singe déguisé en petite fille à tutu s'esclaffe.

35.

« Un aveugle entre dans un bar rempli de blondes. Il réussit à se rendre au comptoir où il s'installe et commande une bière. Après un moment, il crie à la serveuse :

– Hé ! Tu aimerais entendre une blague sur les blondes ?

Le bar devient soudain silencieux. Puis, d'une grosse voix profonde, la femme assise près de lui répond :

– Mon petit monsieur, avant que tu ne commences, laisse-moi t'apprendre quelque chose que tu n'as pu remarquer : 1. La serveuse est blonde. 2. La videuse est blonde. 3. Je mesure 1,80 mètre, je pèse 85 kilos, je suis ceinture noire de karaté... et blonde. 4. La femme assise à côté de moi est blonde aussi et c'est une pro de la lutte gréco-romaine. 5. La femme de l'autre côté du bar est championne de poids et haltères et blonde. Et on est toutes plutôt susceptibles sur le sujet. Maintenant, réfléchis bien, mon petit monsieur, tu veux toujours la raconter ta blague ?

Alors l'aveugle répond :

– Non, finalement ce serait trop compliqué de devoir l'expliquer cinq fois. »

Extrait du sketch *Nos amis les animaux*,
de Darius WOZNIAK.

36.

Les spectateurs de la salle du Trou du Monde ne rient pas.

L'artiste sous les projecteurs ne récite que des blagues sur le thème des bègues. Certaines personnes se lèvent pour rejoindre la sortie, alors que le comique enchaîne sur le sketch suivant.

Au premier rang quelqu'un dort et ronfle bruyamment, même pas dérangé par la voix du comique qui pourtant ponctue sa performance de rires forcés.

– … Et vous connaissez la devise de l'association des bègues ? « Laissez-nous terminer nos phhh pphhhra… Nos phrases ! »

À la fin les applaudissements sont rares. Quelques personnes sifflent et huent. Le comique salue malgré tout comme s'il recevait une ovation.

Les spectateurs tournent le dos rapidement, certains déplorant sans même baisser le ton que « ç'ait été nul ».

Le comique reste seul sur scène, dépité.

Il voit alors approcher une superbe jeune femme avec des talons hauts, une taille de guêpe, et de grands yeux verts.

– Cela vous a plu ? demande-t-il.

Déjà il sort un stylo pour signer un autographe.

Lucrèce Nemrod se souvient de la phrase de Félix :

« Celui qui veut descendre le numéro un c'est forcément le numéro zéro. »

Elle se présente. Le mot « journaliste » entraîne aussitôt le sourire des beaux jours. Elle pose une question mais l'autre affiche un air navré.

– Ah, non, Seb ce n'est pas moi. Seb c'est dans la plus petite salle qui est au-dessus. Celle qu'on appelle « le bout » du Trou du Monde. Allez-y vite ça va commencer. Heu, vous l'avez trouvé comment mon spectacle ? Juste pour savoir.

– Très bien, c'était vraiment très bien, affirme-t-elle, et elle court déjà pour rejoindre la petite salle au niveau supérieur.

Le rideau s'ouvre et le comique Sébastien Dollin, dit Seb, commence son premier sketch par une acrobatie sur une chaise. Mais tout en démarrant il a eu le temps de jeter un coup d'œil au public.

La salle qui peut contenir 50 personnes n'en compte que 5.

Il s'arrête net.

– Écoutez, dit-il, comme il n'y a pas assez de monde mais que je ne veux pas renoncer, je vais vous inventer un spectacle sur mesure. Je vais vous mimer, vous : le public.

Et Seb se met à composer sur le vif une caricature de chacun des cinq spectateurs. Le premier, étonné de ce show improvisé. Le second, dubitatif, style « voyons si tu vas arriver à me faire rire ». Le troisième qui rit de n'importe quoi pour rentabiliser le prix de son billet. Le quatrième qui est fatigué et s'apprête à dormir, et enfin le cinquième, complètement étonné de ce revirement.

Puis l'humoriste demande aux cinq spectateurs de s'approcher et de s'asseoir au premier rang, et là encore il improvise des sketches à partir de l'actualité du matin et des événements du monde.

De cet instant étrange, improvisé, émane quelque chose d'émouvant et d'intrigant.

Qui est cet homme ? Pourquoi Chattam me l'a-t-il cité ?

Sébastien Dollin dégage un charisme qui touche Lucrèce. Il se montre capable d'improviser dans n'importe quelles circonstances avec une aisance inégalée. Les gags fusent. Les cinq spectateurs sont ravis. Ils rient. Ils applaudissent à tout rompre. À la fin, Seb distribue des places gratuites pour faire connaître le spectacle.

Quand la petite assistance se disperse, elle est réjouie.

Lucrèce Nemrod, dernière arrivée, reste au fond et, dans l'ombre, attend de voir la suite.

Le directeur retrouve Seb Dollin sur scène :

– Tu étais très bien, ce que tu as fait était excellent.

– Ah ? Vraiment ? Vous trouvez ?

– Le problème, c'est qu'il n'y avait pas grand monde. On ne va pas pouvoir continuer.

– Laissez-moi encore du temps pour que le bouche-à-oreille puisse s'installer. Je suis prêt à vous laisser 60 % des recettes, plaide le comique. Vous le savez, il faut du temps pour qu'un show s'installe.

– 60 % de 3 entrées payantes et 2 entrées gratuites, ça ne fait pas grand-chose, Seb.

– Mais ils ont ri ! Vous les avez entendus, ils étaient aux anges. Bon : 70 % pour vous.

Le directeur de la salle affiche un air navré.

– Tu es fini, Sébastien. À un moment, il faut savoir ranger ses gants et prendre sa retraite.

– J'ai 37 ans !

– Pour un humoriste ça peut être beaucoup. Tu as démarré jeune, à 20 ans. Tu as déjà plus de 17 ans de carrière. Tu es déjà un vieil humoriste, d'une génération qui a eu son heure de gloire mais qui est dépassée.

– OK, 80 % des recettes pour vous et 20 % pour moi. Vous savez que je fais de la qualité. Le public le sait aussi.

– Laisse tomber, Sébastien. Il te faudrait un peu plus que tes places gratuites pour faire venir les foules. Je ne t'apprends rien : de nos jours il faut être bon à la télévision.

– Mais la qualité de mon…

– D'abord la télé, après la qualité.

Sébastien Dollin est un très bel homme à la dégaine sportive et au menton volontaire. Face à lui, le directeur du Trou du monde est un gros homme aux allures de technocrate, portant costume gris, cravate jaune et montre de marque. Il parle en regardant ses chaussures bien cirées.

– 90 % pour vous, propose l'humoriste.

– Un théâtre c'est comme une boulangerie. Il faut vendre ses produits pour que ça tourne. Tu as beau avoir les meilleurs croissants, si les gens n'entrent pas dans le magasin tu n'as plus qu'à mettre la clef sous la porte. Comprends-moi, Seb, j'adore ton travail, là n'est pas la question. Je suis ton plus grand fan. Mais je ne suis pas un mécène, je ne suis pas le ministère de la Culture, je suis un type qui a utilisé ses économies pour acheter une salle, qui s'est endetté auprès des banques. J'ai déjà le spectacle de l'autre crétin en dessous qui me plombe, je ne peux pas me permettre de prendre des risques.

– Mettez-moi à sa place.

– Non, lui il fait venir 90 personnes qui sont déçues. Toi tu fais venir cinq personnes enthousiastes. La loi du nombre joue en sa faveur. En tout cas à la caisse. Et pour moi c'est quand même le meilleur indicateur. Toi tu es probablement le type le plus drôle et le plus talentueux venu jouer dans ce théâtre, mais les gens ne le savent pas. Parce que tu n'as pas les médias. Et le bouche-à-oreille, désolé, c'est trop long à lancer. Alors comprends-moi. Je vais prendre le comique Belgado.

– Alain Belgado ? Mais il ne fait que des blagues sur le thème des coups de pied aux couilles.

– Peut-être, mais lui au moins il plaît aux jeunes et il passe sur les grandes chaînes. Peut-être parce que les coups de pied aux couilles c'est un thème « transgressif ». Tu devrais prendre exemple et tenter toi aussi un humour plus transgressif.

– La nécrophilie ? Les gens qui baisent les cadavres c'est suffisamment « transgressif » pour vous ?

– Eh bien pourquoi pas. Je suis sérieux, Seb, il faut se démarquer, oser le scandale, ne pas avoir peur de choquer. L'humour se doit d'être dérangeant. Les coups de pied aux couilles, c'est simple mais fallait y penser. Et c'est Alain qui occupe le terrain.

Seb inspire profondément.

– C'est bon, si vous me gardez et me laissez jouer je vous abandonne 100 % des recettes.

Le directeur lui pose une main sur l'épaule, affectueusement.

– Ce n'est pas professionnel. Tu es dans la misère. Je ne vais quand même pas te laisser travailler pour rien. Tu n'es pas un chien !

– C'est mon choix. J'aime trop la scène pour abandonner ce métier.

– Oui, mais moi j'ai une conscience. Ruiner les pauvres comiques talentueux ça me ferait mal.

– Du coup vous préférez faire travailler les riches comiques nuls qui eux n'en ont pas besoin ! Vous le savez, Alain Belgado est le fils d'un producteur de betterave sucrière. Il fait du one man show pour ne pas rester oisif. Et c'est par les réseaux de son père, qui achète des publicités partout, qu'il passe à la télévision.

– Ça y est tu deviens aigri. Tout de suite des paroles désagréables sur les collègues. Tu oublies une chose, quand toi tu passes à la télé, je ne veux pas t'insulter, mais tu as l'air d'un type... « normal ».

L'humoriste grimace sous l'insulte la plus terrible pour quelqu'un de sa profession.

– Allez, laisse tomber, Seb, prends ça pour un conseil d'ami : vouloir poursuivre une carrière dans ton cas c'est de l'acharnement thérapeutique.

Tapie dans l'ombre et enfoncée dans un fauteuil des derniers rangs, Lucrèce Nemrod n'a pas bougé un cil et surtout n'a rien manqué de cet échange.

Sébastien Dollin hésite à répliquer, ouvre la bouche, puis renonce et s'en va d'un pas lourd.

Lucrèce se lève discrètement pour le suivre.

Sébastien Dollin se dirige vers le café le plus proche, pousse la porte, salue quelques visages connus puis s'installe au zinc et commande une vodka.

Le patron du café le salue chaleureusement :

– Désolé Sébastien, je ne peux plus te servir. Tu me dois déjà plus de 1 000 euros.

Il désigne la pancarte au-dessus des bouteilles : POUR GARDER SES AMIS LA MAISON NE FAIT PLUS DE CRÉDIT.

– J'ai eu une dure journée, seulement un verre, je te donnerai des places gratuites pour mon prochain one man show.

– J'y suis déjà allé avec mon fils à ton one man show et ça ne lui a pas plu.

– Il a trois ans ! Et il a pleuré tout le temps. Il a d'ailleurs perturbé le spectacle.

Le patron du café reste impassible.

– Ouais, ben précisément, un spectacle comique ce n'est pas fait pour faire pleurer les gosses. C'est peut-être toi qui devrais te remettre en question, Seb.

Le patron du café le regarde puis, saisi d'un scrupule, sort la bouteille de vodka et lui emplit un verre à ras bord.

– C'est la dernière fois.

Une heure plus tard, Sébastien Dollin sort en titubant du bistrot qui est en train de fermer. Le patron du café n'a pas tenu sa promesse.

Le comique s'accroche à un panneau puis finit par choir. Personne ne l'aide à se relever, il s'effondre, et reste sur le sol tel un invertébré.

Un jeune homme à casquette s'avance, fait mine de vouloir l'aider et glisse une main dans sa poche pour lui subtiliser son portefeuille.

Lucrèce Nemrod voit la scène de loin et poursuit le voleur. Elle le rattrape, lui propulse un direct au foie. Tandis qu'il se tord au sol en cherchant à retrouver son souffle, elle récupère délicatement le portefeuille. Puis le restitue à son propriétaire, toujours accroché au réverbère.

Sébastien Dollin ouvre un œil, et en guise de merci articule avec ironie :

– De toute façon il était vide.

Elle l'aide à marcher. Il s'appuie sur son épaule, château branlant.

– J'ai vu votre spectacle et j'ai entendu votre discussion avec le directeur de la salle. Je suis journaliste et…

D'un geste brusque il la repousse, paraît sur le point de s'effondrer mais retrouve assez d'énergie pour tenir vaguement debout.

– De quoi vous vous mêlez ! Fichez-moi la paix ! Je n'ai pas besoin de votre pitié !

Lucrèce se dit que la clef « reconnaissance » ne marche pas.

Il faut inventer une nouvelle clef pour passer la barrière de protection de cet oiseau tombé du nid. Accompagnons-le dans le sens de la pente.

– Puis-je vous inviter à prendre un verre pour vous remettre de vos émotions ?

Il veut refuser, mais s'en révèle incapable.

Ils marchent ensemble.

– J'ai faim aussi, dit-elle.

Finalement elle finit par trouver un restaurant indien, un des rares encore ouverts à cette heure tardive. Il s'effondre sur une chaise et elle commande aussitôt une bouteille de vin.

13,7 degrés, ça devrait suffire à lui délier la langue.

À peine servi, il siffle son verre d'un trait.

– Je n'ai besoin de l'aide de personne, marmonne Sébastien Dollin. Et encore moins des journalistes. Hips. Ils ne m'ont jamais aidé. Ils ont toujours ignoré ou méprisé mon travail. Ils auraient pu me sauver et ils se sont abstenus. Alors qu'ils me fichent la paix maintenant. C'est trop tard.

– Dites-moi, monsieur Seb, vous n'avez pas mangé depuis combien de jours ?

Ses pommettes saillantes, son allure longiligne révèlent son abstinence forcée. Elle commande une assiette de poulet tandoori et des cheese-nans.

– Je n'ai pas faim.

Elle lui sert une rasade de bordeaux.

– Qu'est-ce que vous me voulez ?

– Je fais un reportage sur la mort de Darius.

– J'en ai marre qu'on parle de ce type. Parlez-moi de moi, il n'y a que ça qui m'intéresse.

– Quand même, sa mort a dû vous toucher.

– Ah, pour me toucher, ça m'a touché !

Il émet un ricanement.

– Je suis sacrément content que cette enflure soit crevée, bouffée par les vers, en train de pourrir ! J'irais bien pisser sur sa tombe, tiens.

Joignant le geste à la parole, il se lève pour aller éliminer dans les toilettes une partie des liquides qu'il a ingurgités. Puis il revient en refermant sa braguette.

– Vous l'avez rencontré ? demande Lucrèce.

– Ah ça oui. Il était venu à mon premier spectacle. Je lui ai offert une place assise au premier rang. Je l'ai fait applaudir. « Ce soir nous avons la chance d'avoir dans la salle le meilleur d'entre nous, le Cyclope, le Grand Darius en personne ! » Et il s'est levé, et tous mes spectateurs, mes spectateurs « à moi », l'ont applaudi chaudement. À l'époque je remplissais des salles de 150 à 200 personnes. À la fin du show, il est venu et il m'a dit, je me souviens exactement de chaque mot : « Il y a trois de tes sketches qui me plaisent beaucoup, je vais les jouer. » Sur le moment j'ai cru mal comprendre. J'ai demandé : « Vous voulez me les acheter ? » Il a dit : « Non, les idées appartiennent à tout le monde, je te les prends, c'est tout. » J'ai répondu : « Mais c'est moi qui ai écrit ces sketches, je suis leur père. » Il m'a pris par l'épaule : « Les idées n'appartiennent pas à ceux qui les créent mais à ceux qui ont les moyens de les diffuser. Si tes sketches étaient vivants et qu'ils devaient choisir un père pour les défendre ils me choisiraient assurément moi, le comique célèbre, plutôt que toi, Seb, le petit comique inconnu. Alors ne sois pas égoïste, pense à tes sketches comme à des enfants libres qui ont envie de changer de famille pour mieux s'épanouir. »

Sébastien Dollin semble revivre la scène en direct.

Un homme en turban et babouches lui apporte le poulet tandoori qu'il mange avec appétit.

– Je me rappelle exactement ce qu'il a ajouté ensuite : « Considère-moi plutôt comme un généreux père adoptif. Tes enfants, je les éduquerai, je les couvrirai de cadeaux, je les ferai connaître au monde entier. » Je lui ai répondu : « Eh bien, en tant que père biologique de mes sketches-enfants je ne les laisserai pas se faire kidnapper. » Alors il a changé complètement de ton, il a pris un air menaçant et m'a déclaré : « Je crois que tu ne te rends pas compte à qui tu parles. Très bien, comme tu voudras, Seb. J'aurais préféré que cela se passe gentiment mais comme tu n'es pas fair-play, je vais de toute façon te piquer ce qui m'intéresse et si ça ne te plaît pas, si tu cherches à te mettre en travers de ma route je te briserai les reins et tu ne t'en remettras jamais. »

– Nous parlons bien de Darius Wozniak ? demande Lucrèce, dubitative.

– Vous croyez quoi ? Que j'ai inventé une scène aussi précise ? Je parle du Cyclope. L'homme au cœur lumineux dans l'œil. L'idole des foules.

Elle le jauge en silence.

– J'ai du mal à le croire, mais je vous écoute. Ensuite, que s'est-il passé ? demande Lucrèce Nemrod en prenant des notes pour lui montrer qu'elle veut conserver cette information.

– Comme il l'a dit, Darius s'est mis à jouer presque mot pour mot trois des sketches de mon spectacle. Mais cette fois, c'est vrai, dans des salles de plus d'un millier de personnes. Ah l'enflure. Il avait prémédité son coup et il avait probablement déclenché la fonction « enregistrer » de son téléphone portable durant mon spectacle. Trois de mes meilleurs sketches ! C'est comme s'il était venu dans mon magasin de tableaux pour me voler les trois plus prestigieux et les revendre. Du pillage pur et simple.

Seb en jette sa fourchette par terre. Puis, devant les regards réprobateurs des autres dîneurs, il décide de la ramasser et de l'essuyer dans sa serviette.

Pour faire diversion Lucrèce sort son porte-clef-machine à rire que lui a offert Stéphane Krausz et le presse. Le petit rire enregistré crée aussitôt une détente dans la salle.

Sébastien Dollin continue son récit.

– Vous vous rendez compte, il se faisait applaudir par des foules entières grâce à mes gags, mes enchaînements, mes personnages. Il m'avait même piqué mes mimiques et mes effets de regard.

Elle lui ressert du vin. Cette fois, plus pour l'apaiser que pour le faire parler.

– J'ai porté plainte, et il y a eu procès. Mais vous connaissez l'adage : « Le bon avocat connaît la loi. Le très bon avocat connaît le juge. »

Il rit tout seul de la formule.

– Darius avait un défenseur de ce genre. Un avocat très cher qui connaît tout le monde et qui a la réputation de ne jamais perdre un procès. Il a gagné facilement contre moi. Mais je n'avais pas encore vu le pire. Non seulement la sentence a tourné en sa faveur, lui laissant le droit d'exploiter mes sketches à sa guise, mais j'étais condamné à lui rembourser « SES » frais de justice pour « Procédure abusive visant à porter préjudice à l'image d'une personne publique ». J'ai dû le rembourser et payer !

Sa fourchette est sur le point de valser de nouveau, mais Lucrèce s'empresse d'emplir son verre pour faire diversion. Elle tente l'apaisement :

– Comme disait La Fontaine, « La raison du plus fort est toujours la meilleure. »

– La raison du plus fourbe, oui. Mais ce n'était pas encore terminé. À la fin mon propre avocat, après m'avoir fait une petite grimace, genre « désolé c'est pas de chance mais vu les arguments de l'adversaire, nous ne pouvions pas réussir », est allé demander un autographe à Darius. Ah ! ça, je ne lui pardonnerai jamais. Et si ce n'était que lui. Mais aussi le juge, avec un « ce n'est pas pour moi, c'est pour mon fils qui est un de vos fans ». Et pratiquement toute la salle du tribunal s'est mise en file pour obtenir des autographes comme si le procès était aussi un spectacle de Darius : « Guignol mettant à genoux Gnaffron ». Et le méchant Gnaffron c'était moi.

Sébastien Dollin émet un rire aigre et déchire à pleines dents un cheese-nan.

Il continue la bouche pleine.

– Mais sa hargne à mon égard n'était toujours pas éteinte. Ça ne lui suffisait pas de me voler mon spectacle, de me ruiner et de m'humilier au tribunal, Darius a voulu aussi me « briser les reins » comme il me l'avait promis. Il m'a black-listé sur toutes les émissions de télé.

Un homme entre avec des bouquets de jasmin saturés de parfum artificiel et les leur tend, les prenant pour des amoureux. Lucrèce fait non de la tête mais l'autre insiste.

– Désolée, ce n'est plus nécessaire on a déjà baisé, assène-t-elle pour se débarrasser du trublion.

L'homme recule et s'empresse d'aller proposer ses merveilles végétales à un autre couple.

– Comment un comique peut-il faire black-lister un autre comique ? reprend-elle, troublée.

– Tout simplement en lançant une petite phrase anodine du genre « Si Seb vient dans votre émission moi je n'y viendrai plus. » Prononcée une seule fois avec un seul journaliste, elle fait traînée de poudre, il n'a même pas besoin de répéter la menace, tout le monde la colporte et en tient compte.

– Vous le détestiez ?

– La mot est faible pour décrire le sentiment de dégoût que m'inspirait cet individu.

– Sa mort vous a fait plaisir ?

– J'ai fêté ça au champagne. Et j'ai dansé tout seul chez moi face à la télévision qui diffusait les images de son enterrement.

– Vous l'avez tué ?

Il a un ricanement nerveux.

– Non. Je suis trop lâche pour ça. Mais je le regrette. Si je l'avais fait, je pourrais me regarder dans la glace, c'est sûr.

– Alors, dans l'hypothèse d'un meurtre, qui aurait pu avoir « ce courage » selon vous ?

Il réfléchit.

Le serveur indien apporte la carte des desserts.

Lucrèce choisit un plat au nom qui lui paraît incompréhensible. Gulab Jamun. Des boulettes de semoule safranées trempées dans du miel.

Sébastien Dollin mange avec appétit, sans y penser, mais avec de grands mouvements de mâchoires, comme s'il cherchait à briser l'échine de quelque ennemi invisible.

Il fait un geste évasif.

– Tous les comiques. Je crois qu'en dehors de sa bande de copains il faisait l'unanimité contre lui. Enfin, je parle de ceux qui savaient qui il était vraiment.

Pour détendre l'atmosphère elle sort à nouveau la machine à rire. Le son mécanique résonne. Seb observe, intrigué, le porte-clef « vierge effarouchée » posé près d'elle.

– Le pire, c'est que mon procès a eu un impact destructeur. Repris par la presse, il a servi d'avertissement pour les autres. Si bien que les comiques ont eu peur. Et du coup, ils se sont laissé piller sans réagir.

– J'ai du mal à voir Darius comme vous le dites, mais j'ai aussi du mal à imaginer que vous ayez inventé tous ces détails.

Il veut emplir son verre qui n'était pas vide. Du vin coule sur la nappe.

– Darius était un voleur. Le pilleur des vrais inventeurs de gags. Et un récupérateur de toutes les blagues non signées qu'il ne se gênait pas pour s'approprier.

Ainsi, Isidore pourrait avoir raison.

– Quand tous les autres comiques ont compris quel voleur il était, ils ont décidé d'adopter une attitude neutre : arrêter le spectacle quand il venait. C'était la seule manière de marquer leur réprobation pour ses manières douteuses.

– Mais il aidait les jeunes, il avait monté une école du rire, il faisait la promotion des nouveaux talents, il me semble. C'était de la bienfaisance pour ses concurrents.

– C'est peut-être ça le pire. S'il vous reste encore un doute, je vous conseille d'aller voir sa soi-disant « grande œuvre de bienfaisance », son soi-disant « Théâtre de Darius révélateur des jeunes talents comiques ». Regardez bien. C'est là que vous aurez la réponse à la question : « Qui était vraiment Darius ? »

Lucrèce Nemrod ne sait plus quoi penser.

Elle observe Sébastien Dollin complètement saoul qui boit, et boit encore.

Derrière lui, un tableau représentant un palais d'or et d'argent étale sa magnificence

37.

3212 ans avant Jésus-Christ.

Inde. Cité d'Harappa.

La fille dansait jusqu'au bout des doigts, alors que trois musiciens, l'un au tambourin, l'autre à la flûte et le dernier à la harpe, l'accompagnaient d'une mélopée langoureuse.

Les humains, après avoir surmonté leurs problèmes de nourriture, de sécurité, d'architecture, d'organisation sociale, de politique, d'hygiène,

commençaient à disposer de temps libre pour développer des activités qui a priori n'étaient pas d'une flagrante urgence. Comme la religion, la peinture, la musique, la danse, le jeu, la littérature.
Après le spectacle, le jeune prince vint retrouver la danseuse. Il exhiba un papyrus sur lequel son scribe avait dessiné plusieurs positions sexuelles. Il en indiqua une qui était marquée du nombre indien 83.
La jeune danseuse tourna et retourna le dessin et comprit ce que le prince lui proposait.
Elle accepta et ils montèrent dans sa chambre où trônait un lit immense recouvert de coussins rouges.
Elle se plaça à quatre pattes et il arriva pour s'emboîter comme sur le dessin. Puis ils déplacèrent les pieds.
Puis les mains. Puis la bouche. Puis leurs deux corps commencèrent à onduler de manière très lascive. Le prince dansait aussi bien que la jeune fille. Près d'eux, l'encens fumait.
Les délices durèrent longtemps.
La peau de la jeune fille sentait la fleur de magnolia.
Enfin, l'homme éructa, la femme lâcha un long gémissement.
Ils voulurent se redresser mais leurs sexes restaient emboîtés, leurs corps ne parvenaient plus à se séparer.
Au début, la chose les amusa, mais la difficulté menaçait de durer, elle finit par les contrarier. Le prince se décida alors à appeler ses serviteurs.
Ces derniers arrivèrent et découvrirent les deux corps soudés l'un à l'autre. Ils ne purent s'empêcher d'éclater de rire.
Le contraste entre l'heureux moment et le difficile « dénouement » imposé à leur maître était irrésistible.
Ils se transmirent l'anecdote qui donna lieu à un texte et un dessin.
C'était au quatrième millénaire avant Jésus-Christ, et ils venaient d'inventer la première blague sexuelle.
Prebod, l'un des domestiques, qui pratiquait le yoga, en profita pour inventer le yoga du rire, qui consistait à se soigner en se forçant à rire le plus longtemps possible.

Grand Livre d'Histoire de l'Humour. Source GLH.

38.

De l'extérieur, le Petit Théâtre de Darius a l'air d'un cirque. Des ampoules multicolores clignotent autour d'affiches et d'inscriptions en néons roses.

Le drapeau frappé du symbole de Darius flotte au-dessus de chaque porte comme les armes d'une nation. Un crêpe noir rappelle que le fondateur est récemment décédé.

Lucrèce Nemrod prend sa place dans la longue file d'attente des spectateurs. Parvenue enfin à la caisse, elle présente sa carte de presse pour obtenir un tarif préférentiel mais le caissier lui fait comprendre que seuls les journalistes invités par la production ont droit à des places gratuites, et que le tarif réduit ne concerne que les handicapés, les étudiants, les chômeurs et les veuves de guerre.

– C'est le problème de la France, se croit obligé de préciser le caissier qui a un fort accent slave. Les Français sont contre les inégalités… mais pour le maintien des privilèges.

Il paraît très satisfait de son bon mot, qu'il a dû emprunter à l'une des têtes d'affiche du théâtre.

Elle paye et passe les contrôles.

À l'intérieur, la salle peut contenir plus de 400 personnes. Autour d'une scène centrale, des sièges confortables sont disposés sur quatre côtés. En fait c'est un ring de boxe cerné de cordages, éclairé par des projecteurs très puissants.

La foule s'assoit et attend. Enfin, sous la musique tonitruante du film *Rocky*, apparaissent deux équipes, les bleus et les rouges, chacune formée de 6 challengers.

Lucrèce Nemrod reconnaît des élèves de la Ligue d'improvisation qui ont déjà été présentés à la télévision. Des jeunes comiques sortis de la toute nouvelle École du Rire.

Encore un organisme fondé et présidé par Darius.

La salle applaudit ceux que les projecteurs inondent de lumière. Ils lèvent les mains tels des boxeurs et vont occuper les deux coins du ring.

La musique monte et un nouveau personnage rejoint le centre de la scène.

L'homme en costard rose, chemise rose clair, cravate rose foncé et qui joue ce soir les Monsieur Loyal est Tadeusz Wozniak, le propre frère de Darius.

Il salue et attend que la foule cesse de l'applaudir pour prendre le micro.

– Mesdames et messieurs, aujourd'hui est un jour spécial. Le Grand Darius n'est plus.

À cet instant une gigantesque photo sur toile se déroule à partir du plafond. Le portrait de Darius soulevant son bandeau pour dévoiler son œil au cœur lumineux.

– Darius n'aurait pas aimé vous voir tristes, continue Tadeusz. Je sais que s'il était là avec nous ce soir, il considérerait que le meilleur hommage serait un grand fou rire.

Certains applaudissent ou se forcent à rire.

– Darius disait : « Les hommes meurent, les blagues restent. » Aussi je vous propose qu'aujourd'hui, le combat d'improvisation soit réalisé avec l'esprit de Darius planant au-dessus de ce ring.

La salle répond par des applaudissements nourris.

– Pour ceux qui viennent pour la première fois je vous rappelle le principe des tournois d'improvisation. En tant qu'arbitre je vais tirer de mon chapeau un papier désignant un thème. Puis chacune des équipes devra présenter ses champions pour s'affronter sur ce thème.

La salle siffle pour signaler qu'elle connaît déjà cette règle. Mais Tadeusz poursuit, imperturbable :

– Le combat peut avoir lieu à 1 contre 1, 2 contre 2, jusqu'à 6 contre 6. Certains combats verront même s'affronter 1 adversaire contre 2, ou 2 contre 4, ou encore 1 contre 6. C'est le capitaine de chaque équipe qui choisit le nombre de challengers qu'il veut lancer dans la bagarre. À la fin de chaque manche, ce sont vos applaudissements, mesurés à l'applaudimètre, qui définiront l'équipe que vous trouvez la plus drôle. Il y a en tout 12 matches. Dans l'équipe gagnante les 6 challengers, vous seront présentés, et vos applaudissements désigneront le grand gagnant.

Nouvelle approbation générale.

– Le vainqueur recevra le droit de venir présenter un sketch à l'émission de télévision le « Darius Show ».

Lucrèce prend des notes.

Tadeusz présente les 12 challengers. Ils ôtent leur cape et dévoilent short et tee-shirt à leurs couleurs, un gros chiffre placardé sur la poitrine et dans le dos, à la manière d'une équipe de hockey. L'équipe bleue contre l'équipe rouge.

Lucrèce se souvient que l'idée de ces tournois d'improvisation d'humour est née au Québec, et qu'elle a eu beaucoup de succès chez les « cousins » de Montréal avant d'être importée en France.

Les douze challengers se serrent la main.

Puis Tadeusz Wozniak appelle les deux capitaines. Ils tirent au sort la couleur qui va ouvrir le match.

Le capitaine des rouges plonge ensuite la main dans le chapeau de Tadeusz et déplie un petit papier qu'il lit à haute voix :

– « Votre mère découvre que vous êtes un tueur à gages. Inventez le dialogue. »

Les deux capitaines consultent leurs équipes respectives. Les bleus proposent comme challenger une Asiatique au short et au tee-shirt marqués du chiffre 4. Du coup, les rouges proposent un jeune homme un peu taciturne d'origine africaine pour faire contraste et jouer le fils qui va donner la réplique.

Les deux adversaires sont encouragés par leurs coéquipiers qui leur murmurent des suggestions à l'oreille. Les capitaines dispensent leurs ultimes conseils.

Puis les deux jeunes gens se placent face à face et entament le dialogue.

Dès la troisième réplique un cri fuse derrière Lucrèce :

– SOIS DRÔLE OU SOIS DEHORS !

La salle reprend le slogan qui semble doper les challengers.

La fille de l'équipe bleue qui joue la mère prend l'avantage alors que le jeune homme de l'équipe rouge joue de plus en plus en défense. Ce qui pour un tueur à gages n'est pas bon signe.

La salle reprend le slogan :

– SOIS DRÔLE OU SOIS DEHORS !

Quelques rires, quelques fous rires, le ton monte, les grimaces se font plus nettes, l'inquiétude des deux comiques est palpable. La salle est très jeune, très réactive, très excitée. Les spectateurs sifflent, applaudissent, lancent des éponges.

Et le gong sonne. Tels deux boxeurs épuisés, les deux challengers reviennent chacun dans leur coin où les rejoint leur capitaine.

Tadeusz les invite tous deux au centre du ring. Il lève la main de la fille et la foule applaudit tandis que l'applaudimètre indique 14 sur 20. Puis il lève la main du jeune homme et l'applaudimètre monte jusqu'à 11 sur 20.

Tadeusz fait alors revenir la jeune fille et signale qu'elle a remporté la première manche.

Puis il appelle le capitaine de l'équipe adverse qui tire le sujet suivant : « Une réunion de copropriétaires tourne mal parce qu'ils ne sont pas d'accord sur la présence de chiens dans les ascenseurs. » Cette fois les deux équipes décident de présenter leurs effectifs au complet.

Lucrèce Nemrod constate soudain qu'elle riait sans s'en apercevoir. Confirmation de la qualité du spectacle et du talent des comiques.

Les 400 autres spectateurs ne sont pas en reste.

À nouveau quelqu'un hurle :

– SOYEZ DRÔLES OU SOYEZ DEHORS !!

Les deux heures de spectacle s'écoulent pour Lucrèce comme un quart d'heure. Finalement, l'équipe des bleus est vainqueur.

Tous les participants sont alors présentés un par un et la jeune fille asiatique qui a interprété la mère du tueur remporte le maximum de suffrages à l'applaudimètre.

Elle est alors déclarée grande gagnante de la soirée.

Tadeusz Wozniak lui tend le micro.

– J'ai gagné, lance-t-elle, ravie, parce que l'esprit du Cyclope était en moi. Je me suis demandé durant tout le match comment Darius aurait lui-même réagi.

– Quel est ton prénom ?

– Yin Mi. Je voudrais dire que pour tous les humoristes Darius restera un exemple à suivre.

L'émotion est à son comble. La foule applaudit debout.

Tadeusz attend que la clameur s'apaise, puis annonce :

– Et l'on verra donc la brillante Yin Mi au prochain « Darius Show » à la télévision.

La voix de Darius retentit soudain dans les haut-parleurs :

– « Un jour le monde entier rira, et alors il n'y aura plus d'enfants dans la détresse, plus de pauvres en train de mourir de faim, les gens renonceront à faire la guerre. Et le monde ne sera plus ni noir, ni gris, ni blanc, il sera rose. »

Puis se déclenche l'*Adagio* pour cordes de Samuel Barber, déjà présent aux funérailles de Kennedy. Le contraste avec la musique de *Rocky* qui a ouvert le spectacle est saisissant.

Quand la musique cesse, la salle tout entière se dresse et applaudit la photo géante de Darius.

Sébastien Dollin m'a rapporté des calomnies. Ce n'est pas possible qu'un tel homme ait volé les idées des autres. C'était un créateur, un bâtisseur, un type qui a permis à ce lieu d'exister. Grâce à lui ces jeunes talents peuvent montrer ce qu'ils savent faire et prendre leur envol. Seb n'est qu'un artiste jaloux parce qu'il n'a pas réussi à percer.

À la sortie, Lucrèce Nemrod va retrouver Yin Mi, la gagnante.

– Je suis journaliste au *Guetteur Moderne*, se présente-t-elle. Comment expliquez-vous votre triomphe ce soir ?

– J'ai arraché la victoire parce que l'esprit de Darius était en moi. Je me suis demandé durant tout le match comment il aurait lui-même réagi.

Lucrèce se dit que cette jeune fille a déjà mis au point sa propre langue de bois à l'usage des médias. Elle a compris qu'il faut répéter la même chose pour être sûre d'être entendue.

– Vous étiez de ses élèves, n'est-ce pas ? Il était comment, en tant que professeur ?

– Attentif, généreux. Il voulait nous aider. Il rectifiait nos erreurs de débutants. Toujours un mot d'encouragement, jamais une réprimande ou un jugement. Il nous était par exemple interdit de nous moquer du travail de nos collègues. Rien que pour ça nous lui devons beaucoup. Il n'y aura plus d'homme aussi formidable avant longtemps.

– Hum… que pensez-vous de la nouvelle génération d'humoristes ?

– J'ai l'impression qu'elle a perdu le sens de l'effort et du travail. Les gens croient que ça va tomber tout cuit. Derrière la victoire de ce soir il y a pour moi déjà deux années de préparation acharnée.

Yin Mi se croit obligée de terminer l'entretien par une petite blague :

– Vous savez : « Même la forme des pyramides d'Égypte nous apprend que dès la plus haute Antiquité les ouvriers avaient tendance à en faire de moins en moins. »

– Elle est de vous cette blague ?

– Non, de Darius. C'était ce qu'il nous disait quand nous étions trop paresseux.

39.

2630 ans avant Jésus-Christ.

Égypte.
Memphis.

- Comment vous dites qu'il s'appelle ?
- Imhotep, Votre Altesse. C'est un bon scribe. Il est originaire de Gebelein, un petit village au sud de la banlieue de Thèbes. Je ne sais pas ce qu'il lui a pris, dit le Premier ministre, il est devenu fou, complètement fou ! N'ayez crainte, cette offense sera châtiée.

Le pharaon Djoser, fondateur de la IIIe dynastie, gratta sa barbiche cylindrique laquée de graisse. Les papyrus qui s'étalaient devant lui semblaient en effet très étranges.

Jusque-là le monarque n'avait lu que des comptes rendus de batailles, des listes de trésors, des plans de régions inconnues, mais devant lui se trouvait désormais une nouvelle forme de récit.

L'histoire était celle d'un pharaon imaginaire baptisé par l'auteur Sisebek.

- Lis ! C'est un ordre.

Le ministre, très gêné, surmonta sa réticence et lut à haute voix les rouleaux de papyrus.

- « Ce pharaon avait l'habitude de manger avant de s'endormir. Or un soir, s'étant mis à table, il trouva que tous les mets étaient insipides. La viande avait un goût d'argile, et les boissons toutes le goût de l'eau.

Quand il se coucha son corps se couvrit de sueur et il ne parvint pas à s'endormir. Aussitôt Sisebek fit venir ses médecins. Ceux-ci lui avouèrent qu'il souffrait de la même maladie dont son père était mort. Et selon eux, il n'existait aucun remède. Alors le pharaon Sisebek les soupçonna de vengeance. Le monarque avait en effet promulgué certaines lois contre les médecins. Sisebek les accusa, les médecins affirmèrent leur bonne foi, mais le pharaon les menaça, persuadé qu'ils savaient le guérir mais refusaient de le faire par pure malveillance. Sous la pression, les médecins révélèrent enfin qu'il existait peut-être une solution, un magicien nommé Méryrê. Alors le pharaon colérique se lança dans une terrible accusation, clamant que de toute manière les médecins étaient fautifs de ne pas lui avoir révélé plus tôt l'existence de ce magicien exceptionnel. »
Le ministre se tut, et considéra son pharaon avec inquiétude.
– Dois-je faire arrêter le scribe stupide qui a écrit cette histoire insultante ?
Le pharaon Djoser n'articula qu'une phrase :
– Continue. Lis la suite !
Alors le ministre zélé se prosterna et, front au sol :
– Elle s'arrête là. Cette histoire est fausse. Il parle d'un pharaon colérique et de médecins incompétents et d'un magicien qui sait tout guérir. Cela n'est pas « logique ». Sans parler des illustrations.
Le pharaon Djoser n'avait pas quitté des yeux le texte, mais à la remarque de son ministre il s'aventura à examiner de plus près les illustrations. Il comprit le trouble de son Premier ministre. Le personnage du pharaon Sisebek était représenté avec une tête de lion, les médecins avec des têtes de chacals, les serviteurs croqués en petits babouins, le Premier ministre avait une tête de rat. Chacun restant reconnaissable dans les vêtements et les insignes de sa fonction.
– Des animaux habillés comme des hommes. C'est quand même insultant. Et pour vous, Seigneur, et pour nous.
Le pharaon Djoser hésita quelques secondes sur la conduite à tenir, puis il éclata de rire. Il demanda qu'on lui amène immédiatement l'auteur de cette fable, ce fameux scribe Imhotep.
Aussitôt les gardes allèrent chercher le fautif, qui fut arrêté, entravé et amené de force à la Cour.
Il fut jeté sans ménagement aux pieds du pharaon Djoser. Celui-ci descendit de son trône et approcha du jeune homme maintenu dans une position de soumission par les gardes. Il semblait n'avoir pas vingt ans.
– Pardon, Seigneur, je ne me rendais pas compte, je ne voulais pas vous offenser, bafouilla-t-il sans oser lever le regard vers son maître.
– Dois-je le faire tuer ? demanda le Premier ministre.
Mais contre toute attente le pharaon aida le garçon à se relever.

– J'ai une question, Imhotep. As-tu écrit la suite de cette histoire de pharaon, de médecins et de magicien ?
– Euh...
– N'aie pas peur. Elle m'a beaucoup plu. Je veux connaître la suite.
Alors un garde exhiba d'autres rouleaux de papyrus.
– Nous les avons saisis chez lui, avec des animaux habillés en hommes, affirma-t-il.
Le pharaon se réinstalla sur son trône et ordonna la suite de la lecture.
Le Premier ministre s'empressa d'obéir :
– « Le magicien Meryrê ausculta Sysebek et lui annonça qu'il savait comment le soigner, mais le remède posait un petit problème. Pour guérir son pharaon le magicien devait accepter de mourir. »
Le pharaon éclata de rire.
– Mais c'est excellent, ça ! D'où te viennent ces idées ?
– Euh... j'ai imaginé... dans tout cela rien n'est vrai. C'est pour cette raison que je leur ai mis des têtes d'animaux, pour ne pas qu'on croie à une vérité.
– Lis, commanda Djoser.
Déjà le Premier ministre replongeait dans le récit :
– « Le sacrifice du magicien était l'unique mode de traitement capable de sauver le pharaon. Alors ce dernier commença un marchandage, il promit à Meryrê toutes sortes de récompenses extraordinaires s'il acceptait de mourir pour le sauver.
Le magicien restait dubitatif. Sysebek fit de la surenchère. Il annonça que le fils du magicien bénéficierait d'un traitement de faveur à la Cour après sa mort. L'offre ne suffit pas. Alors le pharaon annonça que pour les funérailles du magicien toute l'Égypte défilerait en se lamentant, le culte funéraire de Meryrê serait institué dans tous les temples, en commençant par celui d'Heliopolis, où son nom serait gravé dans les murs. Mais le magicien n'était toujours pas convaincu. Il répliqua qu'il était bien dommage, précisément à l'instant où il connaissait enfin la bonté et l'honneur de rencontrer le grand pharaon, de devoir mourir. Il trouvait cela injuste. »
Le pharaon Djoser rit encore plus fort.
Le Premier ministre poursuivit sa lecture, cependant qu'Imhotep reprenait espoir.
– « Finalement, le magicien céda mais il dicta ses conditions : il voulait que le souverain s'engage devant le dieu Ptah à tenir sa femme enfermée afin qu'elle ne rencontre aucun autre homme. Ensuite il demanda que sa mort ne soit pas unique. Il voulait que meurent avec lui tous les médecins qui l'avaient méprisé et avaient gardé son existence secrète.

Le pharaon accepta.
Le jour dit, le magicien Meryrê mourut. Son voyage au pays des morts dura longtemps. Au final il rencontra la déesse Hathor et lui demanda des nouvelles de ce qu'il se passait sur terre. Et la déesse lui confia que le pharaon, après sa mort, lui avait pris son épouse et l'avait fait nommer reine. Alors Meryrê décida de revenir sur terre pour remettre les choses en place. »
Le Premier ministre était parvenu au bout du papyrus. Le pharaon Djoser avait ri à chaque ligne.
– Je veux la suite. Je l'exige. J'adore tes histoires, Imhotep, elles sont très drôles.
– Je me suis arrêté là pour l'instant.
– À partir de maintenant tu seras mon scribe comique officiel et tu devras me faire rire en me racontant les aventures de ce magicien fantôme Meryrê. Et je veux qu'il se venge, on est bien d'accord ?
Le pharaon Djoser examina les dessins, puis ajouta :
– Et j'adore ton idée de représenter les personnages imaginaires avec des têtes d'animaux.
À cette seconde, Imhotep venait d'inventer non seulement la bande dessinée, le feuilleton comique, mais aussi le principe de la fable animalière.
Certains cartouches des textes d'Imhotep furent reproduits sur des vases et même sculptés sur des maisons.
Le plus souvent les gens ne comprenaient pas l'histoire, mais ils s'amusaient de voir des lions habillés en pharaons, des renards déguisés en bergers qui amenaient des troupeaux de canards au lac, des singes qui jouaient de la harpe devant des souris déguisées en femmes et recevant des cadeaux de soldats à tête de chacal.

Grand Livre d'Histoire de l'Humour. Source GLH.

40.

Le visage est fermé et réprobateur.

– Je n'y crois pas une seconde.

La jeune journaliste scientifique a un petit mouvement de recul, comme si elle ne voulait pas être touchée par les postillons de sa supérieure hiérarchique.

– Il y a quand même des pistes.

– « Des pistes » ? Vous vous foutez de ma gueule, mademoiselle Nemrod ? Déjà trois jours que vous êtes sur cette histoire et c'est ce que vous appelez des « pistes » ?

La jeune femme reste impassible. Christiane Thénardier allume son gros cigare et entreprend de le téter bruyamment.

– En prenant l'hypothèse, fortement improbable, qu'il s'agirait d'un assassinat, vous le verriez comment d'un point de vue pratique ?

Lucrèce Nemrod ne se laisse pas déstabiliser.

– Très machiavélique. Avec une arme inconnue à ce jour. Un assassin pervers très subtil. Un mobile secret.

– Vous êtes consciente que ce ne sont que des formules de journaliste bidon que nous utilisons pour les gogos, je veux dire nos lecteurs de province.

Tenir la position fermement. Sans reculer.

– Je vous ai révélé mes pièces à conviction.

La chef de service effleure du bout de l'ongle les éléments déposés sur son bureau de marbre. Elle examine la boîte bleue sur laquelle il est écrit : « BQT » et « Surtout ne lisez pas », le papier photographique noirci, la photo très floue où l'on distingue vaguement un clown triste avec un gros nez rouge. Elle éparpille les photos de Stéphane Krausz, de Sébastien Dollin, et de Félix Chattam.

– Vous ne m'avez rien montré du tout. Darius est mort seul dans une loge fermée. Sans blessure, sans la moindre trace d'intrusion, et vous êtes seule sur la planète à suggérer que ça pourrait être un assassinat.

– « Ce n'est pas parce qu'ils sont nombreux à avoir tort qu'ils ont raison », marmonne-t-elle entre ses dents.

Jamais cette maxime d'Isidore ne s'est mieux appliquée.

– Je vous ai très bien entendue. Et ce n'est pas parce que vous êtes seule à dire une stupidité que vous avez raison, répond la rédactrice en chef du tac au tac.

Les deux femmes se fusillent des yeux. Christiane Thénardier lâche quelques grosses bouffées opaques.

– Vous vous prenez pour qui, mademoiselle Nemrod ? Vous vous croyez tout permis simplement parce que vous avez des nichons droits et des fesses rondes et que vous minaudez en permanence comme une pintade de supermarché ?

Lucrèce ne bronche pas.

– Laissez-moi un peu de temps pour avancer. L'affaire est complexe.

– Combien ?

– Une semaine.

À nouveau Christiane Thénardier gratte une allumette sur sa chaussure puis rallume son cigare qui menaçait de s'éteindre.

– Vous n'avez plus que cinq jours. Ni plus ni moins.

Parfait. Trois devraient suffire.

– Et n'oubliez pas que votre poste au sein de notre rédaction n'a rien de définitif. Il y a beaucoup de chômage dans la profession. Tellement de gens voudraient votre place. Des gens motivés, sérieux, et qui apportent des preuves indiscutables quand ils font des enquêtes.

Lucrèce a envie de s'emparer de ses cigares et de les lui enfoncer dans la gorge.

Elle hoche la tête.

– Bien sûr, je comprends.

– Et ramenez-moi de l'exceptionnel. Je vous l'ai dit, je veux être surprise ! L'équation est simple. Vous réussissez ou vous êtes virée. Il n'y a que cette alternative. Vous saisissez ?

Lucrèce Nemrod serre les poings, et imagine diverses manières plus ou moins douloureuses d'abréger les jours de sa supérieure hiérarchique.

– Juste par curiosité, vous étiez paraît-il au Théâtre de Darius. Dites-moi, au tournoi de la Ligue d'improvisation, qui a gagné, une Chinoise, non ?

Il ne faut pas que je la sous-estime. Elle entend tout, elle sait beaucoup de choses. Elle se tient au courant de tout ce qu'il se passe. Même si elle ne sait pas écrire elle sait surveiller.

– En effet, une Chinoise.

– Elle était… drôle mais était-elle belle ?

– Pourquoi me demandez-vous ça ?

– J'ai une théorie personnelle. Je pense que la fonction crée l'organe et l'absence de fonction défait l'organe. Je pense que seules les filles vraiment moches ont de l'humour. Parce qu'elles... en ont besoin.

Lucrèce Nemrod voit sa chef partir d'un grand éclat de rire et elle se dit que par moments le rire peut mettre extrêmement mal à l'aise.

– Non, cette Chinoise était très drôle ET très belle, répond-elle. Elle était même vraiment ravissante.

41.

1268 ans avant Jésus-Christ.

Nord de la Chine.

Royaume des Shang. Actuellement situé dans la province du Henan.

Le roi Wu Ding, 21e roi de la dynastie Shang, attendait avec impatience l'arrivée de son armée.

Le général qui avait dirigé ses troupes contre le royaume concurrent de Tufang entra, posa un genou à terre et annonça :

- La victoire est de notre côté, Seigneur.

Le roi lâcha un soupir de soulagement.

- Bravo, général.

À ce moment l'officier ôta son casque et libéra sa longue chevelure soyeuse. C'était la princesse Fu Hao, la favorite du harem du roi Wu Ding.

Il se souvenait comment il avait battu lui-même les tribus Yi, Ba et Quiang à la tête de son armée forte de 5 000 hommes. Mais pour cette bataille, la princesse Fu Hao avait insisté pour aller seule à la guerre contre le roi de Tufang. Wu Ding était persuadé qu'elle allait échouer mais la volonté et la détermination de la jeune femme l'avaient impressionné au point qu'il l'avait laissée diriger seule son armée.

Jamais une femme n'avait eu de telles responsabilités.

La princesse guerrière se libéra du sac qu'elle portait en bandoulière et jeta aux pieds du roi ce qui ressemblait à un ballon et qui se révéla être la tête du roi de Tufang.

- Toute l'armée ennemie a été anéantie. Toutes leurs villes sont prises, Seigneur, annonça-t-elle.

- Je ne pensais pas que tu allais réussir, reconnut-il.

Le roi Wu Ding savait pourtant à qui il avait affaire. Fu Hao était cruelle, autoritaire, tyrannique. Il l'avait vue faire manœuvrer ses troupes avec des hurlements impatients. Il l'avait vue ordonner l'exécution des officiers qu'elle estimait incompétents.
- Seigneur, j'ai une petite faveur à vous demander.
- Je t'écoute.
- Je veux que personne n'oublie que c'est une femme qui a remporté la plus grande guerre des Shang.
Il se leva et réajusta l'épée sur son flanc.
- Ne t'inquiète pas, cela sera annoncé.
- Non, Seigneur. Je ne veux pas seulement que cet exploit soit annoncé, je veux qu'il soit écrit avec tous les détails de la bataille que je raconterai.
- C'est inutile, tout le monde saura.
- Tout le monde de cette génération, mais la suivante oubliera. Ils ne voudront jamais croire que c'est une femme qui a conduit à la victoire une armée d'hommes.
Le roi invita sa compagne à s'asseoir
- Je suis sérieuse, Seigneur. Je veux que tu fasses venir un scribe et je vais de ce pas lui raconter dans les détails notre grande bataille.
Le roi Wu Ding frappa dans ses mains trois fois. Aussitôt, un scribe surgit et salua son souverain selon l'usage.
- Scribe ! Note les aventures...
- « Exploits », rectifia-t-elle.
- Excuse-moi, les « exploits » de la princesse...
- « Reine ».
- ... De la reine Fu Hao contre l'armée du...
Il examina la tête grimaçante du roi défunt.
- Du... Tufang.
- Ils étaient 8 000. Note bien la supériorité en nombre de l'ennemi, insista la reine.
Le scribe fit une courbette puis, s'emparant d'un roseau taillé qu'il trempa dans l'encre extraite d'une pieuvre malchanceuse, il commença à noter le récit que lui dictait la reine.
Puis, sur l'ordre de Fu Hao, tous les prisonniers capturés furent alignés dans la cour du palais, et les prêtres armés de sabres commencèrent à les sacrifier l'un après l'autre à la grande divinité Sang Di, dont le nom signifie « le Très-Haut ». Leur sang était recueilli dans une coupelle de bronze et les coupelles étaient elles aussi alignées.
La foule réunie autour de la place applaudissait à chaque exécution.
- Tu veux vraiment tuer tous les prisonniers ? demanda le roi Wu Ding à la reine Fu Hao. On pourrait les utiliser comme serviteurs.

– Je suis une femme. Il ne faut pas que les soldats me croient trop sensible. Pour la cohésion de notre armée, il est important de leur faire savoir que je suis « aussi dure qu'un homme ».
Le roi Wu Ding poussa un léger soupir qui n'était plus de soulagement.
À nouveau les cris des suppliciés succédèrent aux cris de la foule.
La reine se tourna vers le scribe :
– Tout a commencé au lever du soleil. Nos troupes s'étaient amassées sur la colline face à la plaine. J'avais personnellement effectué les repérages la veille. Le terrain était gras.
Le scribe notait à toute vitesse.
– J'avais demandé de placer les chevaux à l'arrière...
C'est alors que le roi se tourna vers son grand chambellan et lui chuchota à l'oreille :
– Tu en penses quoi, toi, de tout ça, Li ?
– La reine Fu Hao est une grande chef d'armée et une grande prêtresse, et maintenant une grande femme de lettres. La bataille sera connue par le monde entier et la victoire du royaume de Shang sur le royaume de Tufang restera dans les mémoires.
– Bon, arrête, je ne te demande pas la version officielle, je te demande ce que tu en penses toi.
– La reine Fu Hao est sublime. Et vous avez beaucoup de chance, Seigneur.
– Dis la vérité, Li.
– Mais si je dis la vérité, je risque ma vie.
– Ah, tu penses donc quelque chose de...
– Non, Seigneur, jamais je n'oserais.
– Ose ! C'est un ordre.
À nouveau les cris des suppliciés et les clameurs de la foule résonnèrent, tandis que la reine poursuivait sa dictée au scribe.
– Eh bien, je pense que...
– La vérité, Li. Tu peux me dire tout ce que tu veux, mais j'exige la vérité.
Le grand chambellan se mit à suer à grosses gouttes.
– Eh bien,... Je pense que dans le couple royal... vous êtes la femme et elle est devenue l'homme.
Le roi, étonné, regarda son interlocuteur qui plongea aussitôt dans une courbette, très inquiet.
Il éclata de rire.
– Elle est l'homme et je suis la femme !
Le rire du roi Wu Ding ne cessait de s'amplifier dans la pièce. Au point que la reine Fu Hao cessa de dicter.
– Qu'est-ce qui vous fait rire autant, Seigneur ?

Dans les jours qui suivirent, le grand chambellan fut soumis au supplice de l'épluchage. On fit venir un bourreau spécial des royaumes du Sud pour lui arracher toute la peau à partir d'un seul lambeau, sans s'y reprendre à deux fois.
Le chambellan, qui se nommait Li Kwan You, venait à sa manière d'inventer le principe du « comique de cour ».
Cette première tentative ne fut suivie d'aucune autre à la cour des Shang. Et il fallut attendre longtemps avant que quiconque en Chine se risque à plaisanter sur un tel sujet.
Quant à la dynastie des Shang, malgré ses premières victoires, elle connut par la suite de nombreuses défaites. Si bien que le royaume ne cessa de rétrécir, jusqu'à disparaître, détruit par la dynastie des Zhou. Mais l'histoire de la « plaisanterie du chambellan Li » survécut dans les mémoires, alors même qu'on oublia le nom de toute la dynastie Shang, de ses rois et de ses reines. Ce qui démontre que les bonnes blagues peuvent demeurer plus pérennes dans le souvenir que les rois.

Grand Livre d'Histoire de l'Humour. Source GLH.

42.

La porte métallique de l'île, au centre de la piscine, émet un grincement. Une tête passe.

– Toc ! toc ! signale Lucrèce. Comme personne n'a répondu et que la porte du sas était entrouverte, je me suis permis d'entrer. Je ne vous dérange pas au moins…

Isidore Katzenberg garde la position du lotus, les jambes croisées, le dos droit, les yeux mi-clos, assis sur un petit coussin de soie fuchsia. Son visage est impassible. Il ressemble à un bouddha, n'était-ce le léger mouvement de son kimono, on pourrait penser qu'il ne respire pas.

– … Sinon n'hésitez pas à me le dire.

Elle est vêtue d'une robe avec un motif de fleurs blanches sur fond mauve d'un seul côté. À son cou, un bijou en forme de dragon chinois du même émeraude que ses yeux.

Elle traverse la passerelle de lianes et de bambous.

Isidore Katzenberg n'a toujours pas bronché.

Même les dauphins et le requin se font discrets dans la piscine géante, peut-être conscients que rien ne doit perturber leur maître dans sa méditation.

Après avoir tourné autour de l'homme comme pour vérifier qu'il n'était pas mort, la jeune journaliste s'assoit face à lui.

Elle sort son petit porte-clef et le déclenche, faisant résonner son fameux rire de vierge effarouchée. Rien ne le fait réagir.

– Prenez votre temps, Isidore. Dès que vous avez fini votre gymnastique vous me le dites.

Il demeure ainsi une demi-heure. Impassible.

Elle profite de ce laps de temps pour examiner sa bibliothèque et surtout son « Arbre des Possibles », ce gigantesque graphique où foisonnent, comme un feuillage, les étiquettes qui représentent tous les futurs possibles pour l'humanité.

Elle remarque qu'il a encore ajouté des feuilles à l'arbre. Mais surtout qu'il a laissé un ordinateur connecté en permanence au site « www.arbredespossibles.com » pour y accrocher toutes les idées de futurs qui lui traversent l'esprit.

Lucrèce Nemrod analyse les nouvelles feuilles qu'il nomme les « Et si ».

« Et si la planète était recouverte de neige sur toute sa surface. »

« Et si la hausse de température rendait l'eau tellement rare que l'on se battrait pour accéder aux dernières oasis. »

« Et si toute la planète avait la même religion obligatoire. »

« Et si des bandes de voyous armés reprenaient le contrôle de régions entières sans pouvoir être maîtrisées par la police. »

« Et si la gravité de la planète changeait, rendant chaque pas très lourd. »

« Et si toutes les espèces animales sauvages disparaissaient. »

Lucrèce Nemrod songe qu'il doit être déprimé pour imaginer des futurs aussi sombres. Elle en repère d'autres moins pessimistes.

« Et s'il n'y avait plus que des femmes sur Terre. »

« Et si l'on renonçait à la croissance économique. »

« Et si l'on maîtrisait la croissance démographique. »

« Et si l'on créait un gouvernement mondial qui empêcherait l'apparition de dictateurs et garantirait une répartition équitable des richesses. »

Elle revient face au maître du lieu et l'observe. Sa respiration est ralentie, presque imperceptible.

Elle trouve qu'il a une très belle bouche.

Isidore Katzenberg ouvre les yeux. Il se lève, ne se donne pas la peine de la saluer. Et va se verser un verre de thé fumant.

Il hume, puis boit à petites gorgées qu'il semble apprécier.

– Isidore, il faut que vous...

Il articule très calmement :

– Dehors.

– Mais...

– Je croyais avoir été clair. Je n'ai pas envie d'enquêter avec vous.

– Il y a du nouveau, Isidore.

Lucrèce Nemrod raconte d'un trait à Isidore Katzenberg où elle en est de l'enquête.

– Désormais, j'ajouterai que j'ai des suspects.

Il ne répond pas.

– Vous allez me demander qui ? Petit a) Stéphane Krausz. Le premier producteur de Darius. Petit b) Félix Chattam. Le nouveau comique qui devient numéro un. Petit c) Sébastien Dollin. Le comique à qui Darius a causé le plus de tort. Et qui est devenu le « numéro zéro ».

Isidore Katzenberg semble ne pas écouter. Il ouvre son réfrigérateur, en sort un énorme quartier de bœuf et le jette à son requin George, qui le dévore en déclenchant d'énormes remous.

Elle se sert elle-même du thé, puis le déguste.

– Isidore, je suis sérieuse, cette affaire me semble de plus en plus énorme, je n'y arriverai pas seule, j'ai vraiment besoin de vous.

– Moi, je n'ai pas besoin de vous.

– Vous ne voulez toujours pas m'aider ?

– Non.

– La Thénardier m'a dit que sur cette histoire je jouais ma place.

– Dommage pour vous.

Pour ce genre d'esprit il faut des petites clefs fines.

– Je vous défie de nouveau à votre jeu des trois cailloux. Si je gagne vous m'aidez.

Il hésite, la jauge. La passion du jeu est la plus forte. Il hausse les épaules, résigné, après avoir lâché un soupir.

– Très bien, j'accepte.

– D'enquêter ?

– Non, de jouer mon intervention dans l'enquête au jeu des trois cailloux.

Il lui indique une boîte où se trouvent les allumettes. Elle en prend trois, lui aussi. Ils tendent le poing en avant.

– Trois, annonce-t-elle.

– Une.

Elle ouvre sa main qui contient une allumette.

Il ouvre la sienne qui est vide.

Il gagne le premier coup.

Il gagne le deuxième coup.

Il gagne le troisième coup.

Elle n'a pas gagné une seule partie.

– Dites-moi au moins comment vous faites, Isidore ?

– Si vous pratiquiez le lâcher-prise, vous seriez imprévisible et vous pourriez vaincre.

Il m'énerve.

Elle jette les allumettes par terre. Il les ramasse et les range dans leur boîte avant de les placer dans un tiroir.

– Aidez-moi, au moins un tout petit peu. Donnez-moi une piste, un angle de vision, un cheminement.

Il hésite, puis :

– Je vous en ai déjà donné un la dernière fois : Remonter à la naissance historique de l'humour. L'avez-vous fait ?

– Eh bien, c'est-à-dire, j'ai pensé qu'une enquête criminelle commençait par…

Elle se mord la lèvre.

– Vous voyez, vous ne m'écoutez pas. Alors pourquoi me demandez-vous des conseils ?

– Disons que pour l'instant je m'en tiens à une enquête classique : le médecin légiste, la famille, les suspects, ensuite je verrai pour le fond « philosophico-scientifique » de l'affaire.

Isidore Katzenberg va chercher des harengs et les jette à ses dauphins qui les attrapent en plein vol.

– Vous avez tort, mais… au nom de nos aventures passées, je veux bien vous aider « un peu » dans votre « enquête classique ». Comme vous dites.

Ouf, merci, merci, merci.

Il lance un dernier hareng, puis invite Lucrèce à s'asseoir à son bureau, près de l'ordinateur portable.

– Que vous a dit le dernier suspect ?

– C'est celui que l'avant-dernier suspect a appelé le « comique numéro zéro ». Son nom est Sébastien Dollin. Il m'a dit d'aller au Théâtre de Darius et de bien regarder.

– Et lui, vous l'avez écouté, au moins ?

– Bien sûr. J'ai assisté au tournoi des jeunes élèves de l'École du Rire, ils se défiaient en improvisation.

– Et c'était comment ?

Il emplit à nouveau sa tasse de thé fumant mais ne lui en propose toujours pas.

– Assez bluffant ma foi. Et puis plusieurs hommages ont été rendus à Darius par son frère Tadeusz.

– Qu'est-ce que vous avez vu ? demande le journaliste scientifique avec impatience.

– Tout ce que j'ai vu c'est un lieu de création et d'encouragement aux jeunes. Ce que j'ai entendu c'est l'évocation d'un grand professionnel, Darius, qui a été aimé et admiré et inspire encore beaucoup de nouveaux talents.

Lucrèce en profite pour se servir encore du thé.

Isidore réfléchit, puis allume son écran d'ordinateur.

– À mon avis il faudrait approfondir le Théâtre de Darius. Si Sébastien Dollin vous en parle c'est pour une raison précise. Toujours écouter les signes.

– Mais c'est un comique raté. Un ivrogne aigri, jaloux et revanchard. Quand il me parlait il était à moitié saoul.

– Raison de plus pour l'écouter. L'alcool enlève les inhibitions et révèle les vraies motivations. Il me semble fiable. Donc le « Théâtre de Darius, révélateur de jeunes talents comiques », est la première piste qui me semble intéressante.

Lucrèce Nemrod affiche un air dubitatif.

– Vous avez un esprit d'assistée..., poursuit Isidore. En vous aidant je ne vous rends pas service, je vous empêche de trouver votre propre style d'enquêtrice.

Elle prend un air buté.

L'homme en kimono lance un programme de visualisation par images satellites. Il zoome progressivement pour concentrer son observation sur le bâtiment « Théâtre de Darius ». Il passe alors en vue 3D, puis Streetview, et examine le bâtiment sous tous ses aspects. Là, il fait défiler des images de la façade du théâtre. Puis les murs adjacents.

Soudain il fige une image. Et effectue des réglages pour zoomer sur les détails.

– Tenez, regardez ceci. Voilà qui me paraît insolite.

Elle s'approche.

– Il est écrit « Fermé le lundi », c'est noté aussi sur l'affiche à l'entrée. Et c'est confirmé sur leur site Internet.

– Oui, et alors ? Tous les théâtres font relâche le lundi soir. Rien d'extraordinaire à cela.

Isidore Katzenberg met en mémoire certaines photos qu'il récupère sur Internet. Il bascule alternativement en mode jour puis en mode nuit.

– Regardez quel jour et à quelle heure a été pris ce cliché.

– Lundi, 23 h 58.

– Le théâtre est fermé et pourtant toutes les fenêtres sont allumées. Ça ne vous intrigue pas ?

– Les gens de la comptabilité, probablement.

– Avec toutes les fenêtres allumées ?

– Alors le nettoyage du lundi. Les femmes de ménage en action éclairent toutes les pièces.

Il lance encore des programmes, extrait des images, les range dans un fichier « Enquête sur Darius ». Et fait apparaître des courbes avec des chiffres.

– Regardez, c'est la consommation d'électricité du Théâtre de Darius. Le lundi soir à minuit tout est allumé et tout tourne. Comme si on donnait un spectacle, or officiellement, il est fermé.

– Peut-être des soirées privées. Ils doivent louer la salle à des particuliers qui veulent faire des fêtes.

Isidore ne semble pas convaincu.

– Ici, j'accède aux caméras vidéo municipales. On voit des voitures qui se garent dans la cour alors que la porte d'entrée est close.

– Vous pensez à quoi, Isidore ?

– Eh bien le lundi, jour de relâche, comme vous dites, il se passe quelque chose de caché et d'intéressant, qui réunit des gens plutôt riches (car si vous regardez bien, les voitures sont plutôt des limousines et des berlines de luxe). Ma chère Lucrèce, vous voulez un conseil plus précis que le précédent, le voici : Allez-y le lundi soir, pour voir ce qu'il se passe de « non officiel ».

– C'est ça votre conseil ?

Il se lève brusquement.

– Vous m'agacez, Lucrèce. Ce n'est pas moi qui suis venu vous chercher ! J'ai l'amabilité de répondre à votre question et vous n'êtes même pas capable de l'apprécier. Vous ne savez pas ce que vous voulez. Vous demandez quelque chose et lorsqu'on vous le donne vous dites que… cela ne vous convient pas.

Il n'a pas tort. Je ne sais pas ce que je veux. Mais c'est à lui de m'aider à savoir ce qu'il me manque. Je sens que lui le sait.

– J'ai eu tort de céder.

Il s'approche et lui parle à quelques centimètres du visage.

– Vous n'êtes qu'une enfant gâtée et capricieuse. Fichez le camp.

Je suis une femme libre.

– Et je ne suis ni votre père, ni votre psy. Allez donc voir ce qu'ils font le lundi à minuit, parce que ce sera mon unique conseil.

Elle le fixe avec intensité. Et parvient à articuler :

– Pourquoi ai-je besoin de vous ?

– Parce qu'il vous manque ce qui fait précisément ma force. L'intuition féminine.

Déjà il a éteint l'ordinateur et lui tourne le dos.

– D'accord ! éructe-t-elle, rageuse. Vous en avez et pas moi ! Alors je veux être éduquée. Expliquez-moi comment on la fait naître, cette fameuse « intuition féminine » !

Il consent à se retourner.

– C'est très simple. On se connecte à son « moi profond », celui qui n'est influencé par personne et qui sent tout à partir de détails et de signes que les autres ne discernent pas. Là j'ai perçu une singularité. Allez voir le Théâtre de Darius le lundi à minuit. C'est tout.

Un fracas aquatique indique qu'un dauphin vient de faire une acrobatie.

Elle inspire, puis lâche d'un trait :

– Dommage, Isidore, j'aurais pensé que vous étiez meilleur. Avec vos petits airs de « Monsieur Je-sais-tout » vous n'êtes finalement qu'un type d'une autre époque déconnecté du vrai monde et qui croit tout comprendre, perché dans sa tour d'ivoire. Je me suis trompée sur vous, Isidore. Je vous promets que je ne vous dérangerai plus.

Il prend un air désabusé.

– Je savais que vous ne m'écouteriez pas.

Il s'est déshabillé, jeté à l'eau, il nage avec les dauphins en ne lui prêtant plus la moindre attention.

Elle le contemple quelques secondes, puis remonte sur la passerelle et passe la porte.

... Au moins il m'a donné son truc : se connecter à soi-même sans se laisser influencer par quiconque. Même pas par lui !

43.

« Une maman dromadaire et un bébé dromadaire discutent :
– Maman, pourquoi j'ai ces énormes pieds avec trois orteils ?
– Eh bien, pour ne pas que tu t'enfonces en traversant les immensités désertiques.

– Ah... D'accord.
Quelques minutes plus tard, le bébé demande à nouveau :
– Maman, pourquoi j'ai de si longs sourcils ?
– Ils sont là pour empêcher le sable de passer sous les paupières.
– Ah, d'accord.
Un peu plus tard, le petit dromadaire insiste :
– Dis, maman, pourquoi on a cette grosse bosse sur le dos ?
La maman, lassée de toutes ces questions, répond :
– Elle nous sert à stocker l'eau, pour nos longues courses dans le désert. C'est grâce à elle qu'on peut se priver de boire pendant plusieurs dizaines de jours.
– D'accord maman, si je comprends bien, on a des grands pieds pour pas s'enfoncer dans le sable, de longs sourcils pour pas avoir de sable dans les yeux, et une bosse sur le dos pour pouvoir stocker l'eau pendant nos longues courses dans le désert... Mais alors, maman, dis-moi une chose...
– Oui, mon bébé ?
– Qu'est-ce qu'on fout ici, au zoo de Vincennes ? »

Extrait du sketch *Nos amis les animaux,*
de Darius WOZNIAK.

44.

La journaliste scientifique du *Guetteur Moderne* s'est spécialement équipée pour l'action. Elle porte veste de sport en cuir noir, pantalon de jogging noir, bonnet noir, chaussures à semelles antidérapantes, sac à dos.

C'est le lundi et il est tard.

Plus de 23 h 30.

Elle scrute le petit Théâtre de Darius, placée face à la terrasse du café le plus proche.

Pour l'instant, tout semble normal. La façade du théâtre est éteinte, la porte close, la rue déserte.

Comment ai-je pu être assez bête pour le croire.

Isidore est fini, il ne fait que prendre des grands airs pour proférer de grandes sentences, mais ce n'est que de l'esbroufe. Son « intuition féminine », tu parles... Depuis son château d'eau il est déconnecté, il ne voit rien, ne comprend rien, ne sait rien. Il fait juste semblant.

Elle attend et voit arriver sur sa droite un groupe d'étudiantes qui fument et qui rient.

Elle se souvient, elle avait leur âge, c'était le jour où elle était sortie de l'orphelinat. Pur hasard c'était encore un 1er avril.

Maudit 1er avril.

Elle avait 18 ans. Devant l'entrée, cinq hommes discutaient et fumaient. Toutes les filles savaient que c'étaient des maquereaux.

Comme des lycaons attendant les bébés gazelles à l'orée de la forêt.

Car l'orphelinat ne prévoyait aucune intégration de ses pensionnaires. Les filles quittaient l'établissement avec une valise, cinq cents euros d'argent de poche et aucun endroit où dormir.

Si bien que, l'offre s'adaptant à la demande, en face du noble établissement de la Sauvegarde s'était peu à peu installée une faune de recyclage de ces « déchets de la société ».

Il y avait tout d'abord un hôtel pas cher pour abriter les premières nuits des filles, puis un snack pas cher non plus. Et dans la succession logique des choses, un night-club.

Les petites orphelines passaient leur première nuit à l'hôtel, astucieusement baptisé le Refuge, puis dînaient au restaurant pas cher, baptisé L'Oasis. Là, en général, on leur proposait une place de serveuse, puis de danseuse dans le night-club Le Hibou Noir.

Finalement, ce qu'avait vécu la mère de Darius n'était pas très éloigné de la trajectoire qu'on offrait aux filles de l'orphelinat.

Ensuite des maquereaux et des dealers se partageaient les proies. D'abord les dealers qui les séduisaient puis les droguaient pour mieux les contrôler et les livrer aux maquereaux. Lucrèce aussi avait passé sa première nuit au Refuge et pris son premier repas à L'Oasis, mais elle n'avait pas suivi la suite du parcours. Au lieu de travailler comme serveuse elle avait fracassé le menton du patron du restaurant, au lieu de travailler comme danseuse au Hibou Noir elle avait cassé le bras du videur et mis le feu au night-club, au lieu de travailler comme prostituée elle avait tiré dans les jambes du maquereau qui voulait lui offrir du travail pour « l'aider ».

À la suite de quoi elle était allée dormir sous les ponts.

Elle avait mis au point un plan de reconversion professionnelle.

Elle voulait surtout être autonome. Tant qu'à travailler, autant que ce soit à son compte.

D'abord pickpocket. Puis voleuse à la tire. Puis cambrioleuse.

La jeune Lucrèce opérait de nuit, dans les villas et les châteaux isolés. Elle avait sa tenue de travail souple et sombre. Elle savait repérer les lieux aux boîtes aux lettres remplies de prospectus, aux seuils couverts de poussière, aux volets clos. Elle détectait et débranchait les systèmes de sécurité. Elle pénétrait par les fenêtres, récupérait les objets qu'elle savait faciles à vendre à une amie antiquaire-receleuse. Celle-ci, une vieille dame de 80 ans, voyant son talent, l'avait encouragée à aller plus loin, et pour améliorer ses performances elle lui avait enseigné le noble art des visiteurs de coffres-forts. « Chaque coffre a été inventé par un homme. Tu comprends l'inventeur, tu comprends le mécanisme. Visualise chaque coffre comme un esprit humain à décrypter et fais défiler les clefs dans ta tête, jusqu'à ce que tu comprennes le mécanisme de la serrure. L'ouverture ne devient alors qu'une formalité. »

Ce raisonnement l'avait ravie et elle s'était fait une spécialité des coffres-forts les plus rétifs. Elle savait les repérer derrière les tableaux, derrière les fausses cloisons, derrière les armoires normandes. Et ensuite elle savait trouver la clef pour les convaincre.

Elle avait fini par s'acheter un petit studio à Cambrai et à avoir une vie presque normale.

Elle se percevait elle-même comme une « artisan indépendante », grossiste dans le domaine de la brocante.

La jeune Lucrèce aurait pu mener une carrière discrète dans sa spécialité s'il n'était survenu un incident. Alors qu'elle était en train de cambrioler une villa qu'elle croyait déserte, elle avait été surprise par le propriétaire qui avait eu la malencontreuse idée de dormir chez lui ce soir-là.

C'était un gringalet qu'elle aurait pu facilement maîtriser, mais l'autre lui avait simplement proposé de discuter, arguant qu'il souffrait d'insomnies et que cette visite nocturne finalement le ravissait.

La jeune Lucrèce en fut déconcertée. La première peur passée, la situation l'intrigua et, après avoir senti qu'aucune menace ne la visait, elle consentit à s'asseoir.

L'homme en pyjama expliqua qu'il faisait un métier qui jadis l'avait enthousiasmé et qui désormais lui semblait « ennuyeux et répétitif ».

Il était rédacteur en chef du quotidien local.

Ils discutèrent toute la nuit.

Il lui raconta comment il voyait ce métier, jadis pratiqué par des passionnés de l'information, être envahi de fils et de filles à papa, de planqués, de fainéants, de blasés et surtout d'incultes.

L'homme en pyjama était désenchanté.

Il lui avoua que désormais on entrait en journalisme comme on devenait fonctionnaire. Le métier n'étant sous aucun contrôle, les journalistes racontaient n'importe quoi sans vérifier, se laissaient influencer, aucune déontologie ne subsistait, ni la moindre envie de moraliser la profession.

Le petit homme se nommait Jean-Francis Held. Jadis il avait été grand reporter de guerre au *Guetteur Moderne*. Il aurait dû être chef de service, mais il s'était fait piquer la place par une intrigante, une certaine Christiane Thénardier. Il était parti en province et était devenu rédacteur en chef de *La Parole du Nord*. Mais il n'avait plus la foi et il lui tardait de prendre sa retraite, tant il était écœuré par les pratiques de ses collègues.

Il lui avait servi un petit alcool de prune, puis l'avait interrogée sur sa trajectoire.

Se sentant étrangement en confiance, elle avait décidé de jouer franc jeu et lui avait narré l'orphelinat, l'errance, les cambriolages. L'homme en pyjama lui avait dit qu'elle au moins n'avait pas peur « d'aller sur le terrain » et qu'elle était courageuse. Deux vertus qui à son avis étaient aussi importantes que rares dans le métier qu'il exerçait.

Il lui demanda alors si elle ne voulait pas travailler pour lui. Selon lui une bonne cambrioleuse avait plus de chances de se transformer en bonne journaliste qu'aucun autre individu sorti des universités. « L'écriture n'est rien si on ne va pas chercher les bonnes informations sur le terrain », lui avait-il affirmé. Si elle acceptait de travailler dans son journal, il se chargeait de lui apprendre la rédaction d'article et la photographie.

– Mais je ne saurai jamais écrire des articles !

– C'est à la portée du premier venu. C'est très simple, tu appliques la règle des 5 W. Who ? What ? When ? Where ? Why ? Ce qui en français donne : Qui ? Quoi ? Quand ? Où ? Pourquoi ? Ensuite tu débutes par une question du genre « Que s'est-il passé dans la nuit du 5 novembre rue des Acacias ? » puis tu places ton personnage : « Peut-être que le maire de Cambrai le sait. » Ensuite tes réponses aux 5 questions. « Car ce jour-là il a…, » etc. et pour finir tu ouvres sur une autre question : « Mais tout cela ne serait-il pas juste un problème d'argent public ? » De toute façon c'est toujours un problème d'argent public. Et il faut taper sur les élus locaux, ça plaît.

– C'est tout ?

– Bien sûr. Et tu verras, même si tu fais juste le travail à moitié ça devrait être largement suffisant. Au pays des aveugles les borgnes sont rois. Alors les voyants tu parles !

Elle avait tiré à pile ou face. Pile elle devenait journaliste, face elle restait cambrioleuse. La pièce était partie en l'air et avait mis longtemps à retomber. Le lendemain, Jean-Francis Held la faisait engager au journal *La Parole du Nord* de Cambrai, rubrique des chiens écrasés. L'expérience avait été pour Lucrèce une révélation.

Elle adorait enquêter, écrire, photographier. Elle était curieuse de tout.

En quelques mois elle était devenue une figure locale appréciée de tous. Là où les autres journalistes se contentaient de suivre les informations données par les billets officiels de la mairie, Lucrèce anticipait, approfondissait et finissait par ramener des scoops

Elle se régalait sur les enquêtes criminelles, et avait résolu deux affaires d'assassinat sur lesquelles la police s'était cassé les dents.

Elle avait révélé une affaire de corruption municipale.

Elle dénonçait les entreprises qui polluaient, elle retrouvait les responsables d'escroqueries, elle attirait l'attention sur les victimes d'injustices.

– Tu as réussi au-delà de mes espérances, lui avait confié Jean-Francis Held, mais tu ne dois pas confondre le métier de journaliste avec celui de justicier. Ce n'est pas à toi de faire la loi. J'ai reçu des plaintes. On ne peut pas aller fourrer son nez chez les potentats locaux, les ridiculiser sans un retour de bâton.

La jeune Lucrèce avait fait semblant de ne pas comprendre. Jean-Francis Held avait dû lui mettre les points sur les « i ». Une victime des articles vengeurs de Lucrèce était un ami des propriétaires du journal, il avait réclamé son éviction pure et simple.

Jean-Francis Held lui avait alors déclaré :

– Je suis trop fier de t'avoir découverte pour t'abandonner, je vais te donner cette lettre, et lorsque tu la présenteras au directeur de la rédaction du *Guetteur Moderne* ça devrait t'ouvrir une porte.

Et il avait ajouté subrepticement :

– Une fois au sommet ne t'arrête pas, continue.

La lettre de recommandation avait fonctionné. Lucrèce Nemrod avait été placée à l'essai comme pigiste au service Société, catégorie science, seule place vacante au moment de son arrivée.

Elle ne s'intéressait pourtant pas du tout à la science, mais elle s'était dit : *« Je dois être à la hauteur de la confiance de Jean-Francis Held. »*

Voilà comment tout avait commencé. Et voilà pourquoi elle était là aujourd'hui.

Elle sirote son café fort.

Soudain, un détail nouveau dans le décor attire son attention.

Un nombre anormal de voitures de luxe passent lentement devant le Théâtre de Darius, et tournent toutes à droite dans la petite rue qui longe le bâtiment.

Elle regarde sa montre. Minuit moins cinq. Elle paye sa consommation, enfile son petit sac à dos, sort de la brasserie et se dirige vers la rue adjacente.

Elle découvre très vite l'entrée des fournisseurs permettant l'accès à la cour qui sert de parking.

Plusieurs dizaines de berlines sont déjà garées, d'où descendent des gens en tenue de soirée.

Une entrée est illuminée dans la cour.

Probablement une fête privée ou un anniversaire d'entreprise.

Mais les personnes qui gagnent l'entrée du théâtre ne semblent guère des familles ou des cadres d'entreprise.

Ce sont des hommes en smoking, accompagnés de jeunes femmes en robe du soir.

À l'entrée, des gardes du corps en costume rose filtrent les invités.

Comprenant qu'elle ne pourra pas entrer sans invitation, Lucrèce Nemrod décide de passer par les toits.

En s'accrochant à une gouttière elle grimpe les étages, rejoint une terrasse, passe d'un toit à un autre. Et se retrouve sur le sommet du Théâtre de Darius. Elle marche sur le zinc éclairé par la lune. Éprouve un plaisir de chat à circuler à pattes de velours au-dessus des têtes des humains.

Puis elle rejoint un vasistas dont elle force la serrure, et pénètre à l'intérieur du théâtre.

Elle circule dans les coursives supérieures et s'installe juste au-dessus de la scène, dans les passerelles des cintres.

De là elle peut observer tout à son aise, aussi peu visible qu'une ombre.

Elle braque le téléobjectif à focale de 200 mm de son Nikon et scrute les visages du public. Il y a bien là deux ou trois cents personnes dans une salle qui peut en contenir au moins cinq cents.

Soudain la scène convertie en ring s'allume.

Deux fauteuils sont installés au centre.

Au-dessus d'eux, un grand écran de télévision.

Tadeusz Wozniak monte sur le ring et s'empare du micro.

– Enfin, voilà l'instant que nous attendons tous. Mieux que les combats de coqs, mieux que la boxe, mieux que le casino, mieux que les courses hippiques, mieux que le poker, voici « LE » jeu absolu, le spectacle total, la machine à émotion survitaminée, voici le grand tournoi de… PRAUB. Littéralement le « Premier qui Rira Aura une Balle ». Pour être précis, du 22 long rifle tiré par un pistolet Benelli MP 95E, dans la tempe, à bout portant. Ce sera le lot du… perdant.

Éclate une salve d'applaudissements nerveux.

– …Et pour le gagnant, ce ne sera pas 1 000, pas 10 000, pas 100 000 mais 1 million, oui, j'ai bien dit 1 million d'euros pour celui qui trouvera la blague qui fait rire au bon moment.

Ovation de la foule surexcitée qui scande :

– PRAUB ! PRAUB ! PRAUB !

– Alors 1 million d'euros en billets ou une balle en plomb ? Que choisiront nos challengers ?

Lucrèce se cale dans sa petite niche, vérifie les réglages de son appareil, diaphragme ouvert au maximum pour bénéficier de la meilleure luminosité.

Isidore avait raison. Il m'énerve. Tant pis et tant mieux. La Thénardier veut du surprenant, je crois que je vais lui en donner, et du croustillant.

Impeccable dans son costard rose, Tadeusz Wozniak apaise la clameur d'un geste.

– Mesdames et Messieurs, ce soir nous aurons trois grands duels de PRAUB. Mais tout d'abord commençons par la première confrontation. Celle-ci opposera deux challengers : Yin Mi, la toute nouvelle gagnante du spectacle « officiel » de la Ligue d'improvisation.

Une première silhouette encapuchonnée et en peignoir monte sur le ring. Elle est masquée.

Tiens, ils jouent l'anonymat…

– Yin Mi nouvellement baptisée « La Tarentule pourpre ». On l'applaudit bien fort.

Elle enlève son capuchon et lève les bras pour saluer la foule.

Apparaît une seconde silhouette à peine plus large, une houppette dépasse du haut de son masque.

– Elle affrontera Artus dit « Le Bourreau aux dents blanches ».

Artus lève les bras et fait des signes de victoire tout en montrant les dents comme un prédateur prêt à mordre.

– Artus, avec un million d'euros, tu t'achètes quoi ?

– Ce théâtre, dit-il.

Quelques rires flottent dans la salle.

– Ah, excellent, déjà très drôle. Ça promet.

– Et toi, Yin Mi, avec ton million d'euros, tu t'achètes quoi ?

– Un restaurant pour ma famille. On pense faire des sushis.

– Mais les sushis c'est japonais, ce n'est pas chinois, il me semble.

– Vous connaissez beaucoup de restaurants japonais tenus par des Japonais ?

À nouveau quelques rires.

– Très drôle. Bravo. Et on commence les paris. Les mises seront récoltées par nos charmantes hôtesses, les Darius Girls.

Des filles en tenue légère circulent avec des paniers d'osier dans les travées, comme des vendeuses de bonbons. Les liasses de 100 euros passent de main en main contre des tickets roses. Le grand écran s'éclaire et en gros plan apparaissent des chiffres, et les visages masqués des deux adversaires.

Le montant des mises, certainement.

– Que le spectacle de PRAUB commence ! clame Tadeusz.

La cloche sonne, signalant la fin des paris, et les spots éclairant le ring doublent d'intensité. Chacun des duellistes est guidé au centre du ring, où Tadeusz les invite à se serrer la main.

Tadeusz demande à chacun ce qu'il choisit.

– Noir, annonce Artus.

– Blanc, complète Yin Mi.

Cette dernière plonge sa main dans le sac et en extrait une pierre blanche. C'est elle qui commencera.

Ils s'installent dans leurs fauteuils respectifs, et deux jeunes femmes en tenue d'apparat leur attachent mains et pieds avec des sangles de cuir, en s'assurant de leur immobilité.

Puis elles approchent de lourds trépieds sur lesquels un pistolet est vissé par la crosse. Les canons sont posés contre la tempe des challengers. Les détentes sont reliées à un câble électrique branché sur un boîtier électronique.

Les assistantes posent des capteurs sur le cœur, la gorge et le ventre des deux joueurs.

Lucrèce retient son souffle. Son cerveau refuse de croire ce que voient ses yeux.

– Je vous rappelle les règles du jeu de PRAUB. Chacun à tour de rôle raconte une blague. Son adversaire écoute. On enregistre les changements de résistivité électrique par les capteurs reliés à un galvanomètre. Les données sont ramenées à une mesure comprise entre 0 et 20. Si l'un des challengers monte au-delà de 19 sur 20, chiffre correspondant à un franc éclat de rire, la pression déclenche la détente du pistolet. Celui qui sait faire rire vit. Celui qui ne sait pas s'empêcher de rire meurt.

La salle pousse une clameur d'impatience.

Le grand écran change de nuance et on voit apparaître sous le visage masqué de chaque joueur une ligne indiquant son niveau de résistivité électrique.

Un micro est accroché au canon du pistolet.

Au signal, Yin Mi se lance et sort sa première blague, une blague de « première approche » sur la sexualité des lapins.

La ligne d'Artus se modifie à peine et monte à 11 sur 20, signe évident qu'il la connaît déjà ou ne la trouve pas drôle.

Puis Artus envoie sa blague. Il se met sur le registre des prostituées. La blague a un peu plus d'impact et fait monter la jeune femme à 13 sur 20.

Les deux challengers se jaugent.

Une blague sur les lesbiennes est contrée par une blague sur les Belges. Une blague scato par une blague non sense typiquement anglaise.

Les deux humoristes se mesurent sur des petites blagues sur les blondes, mais ne se font pas monter à plus de 15 sur 20 au galvanomètre.

Alors dans la salle quelqu'un pousse un cri, vite repris par plusieurs rangées de sièges :

– SOIS DRÔLE OU SOIS MORT !

Yin Mi semble très motivée pour trouver la faiblesse dans le système de défense d'Artus, mais ce dernier semble solide.

– SOIS DRÔLE OU SOIS MORT ! répète la salle.

Yin Mi doit prendre des risques, elle tente un assaut frontal et sort une blague mettant directement en cause la sexualité de son adversaire.

L'effet de surprise fonctionne. L'autre, étonné, monte d'un coup jusqu'à 17 sur 20, ce qui fait pousser une clameur d'encouragement à l'assistance. Mais Artus, « Le Bourreau aux dents blanches », parvient à maîtriser son envie de rire en se mordant la langue jusqu'au sang.

Il développe une blague longue et compliquée. La Chinoise ne comprend pas où il veut en venir. Mais quand il révèle la chute l'effet est spectaculaire. Le galvanomètre de Yin Mi grimpe d'un coup. Elle fait un premier palier à 16 sur 20 et le public pense qu'elle va s'arrêter là. Mais une seconde vague d'émotion la parcourt et elle poursuit son ascension. Elle monte à 17, 18, 19 et au final le coup de pistolet part. La balle transperce le crâne de l'humoriste amateur.

La salle se soulève d'un seul élan et pousse une clameur digne des jeux du cirque à la mort d'un gladiateur.

– PRAUB ! PRAUB ! PRAUB !

Les applaudissements pleuvent pour le gagnant.

– Eh bien voilà une blague qui arrache, déclare Tadeusz Wozniak en montant sur scène et en détachant le vainqueur, faisant évacuer la perdante après avoir jeté sur son corps une fleur rouge.

Lucrèce mitraille. Ses mains tremblent.

Ce n'est pas possible.

– Et le vainqueur est… Artus, « Le Bourreau aux dents blanches ».

Le gagnant exhibe ses dents blanches, légèrement rougies par le sang de sa langue.

Hallucinée, Lucrèce Nemrod photographie la scène. Soudain elle s'arrête, recule, cherche sa respiration. Elle remonte très vite sur le toit et là, enfin, elle laisse aller ses tripes et vomit sur le zinc.

Des malades ! Ils sont complètement malades !

La jeune journaliste repasse le vasistas et longe la coursive pour rejoindre la porte de la régie décors. Elle emprunte l'escalier et inspecte les coulisses.

En bas les hôtesses règlent les mises aux gagnants qui ont eu la bonne intuition de parier sur le « Bourreau aux dents blanches ».

Alors qu'elle traverse le couloir des loges, une voix résonne soudain derrière elle :

– Qu'est-ce que vous faites ici, mademoiselle Nemrod ?

45.

1012 ans avant Jésus-Christ.

Royaume maya.
Observatoire de Chichén Itzá.

Les astrologues étaient réunis dans la salle d'analyse des destins et tentaient de prévoir leur futur.

Lorsque soudain l'un d'eux, nommé Ixtaccihuatl, fut intrigué par un certain positionnement d'étoiles. Il se mit à consulter les cartes, puis les calendriers. Enfin, bouleversé, il annonça :

- Le monde va être détruit dans 2480 ans.

Alors les astrologues maya se relayèrent tous devant leurs observatoires particuliers pour scruter les étoiles. Et ils ne virent rien de spécial.

- Tu racontes n'importe quoi, Ixtaccihuatl. Il n'y a rien dans le ciel qui annonce une telle catastrophe.

C'est alors que le grand prêtre arriva. Il consulta les cartes et décréta :

- Ixtaccihuatl a raison. Le monde va disparaître dans exactement 2480 ans. Un jeudi vers 11 heures du matin.

Personne n'osait contredire le grand prêtre. Alors tous les scribes maya inscrivirent sur les tablettes, les galets et les parchemins que le monde allait disparaître à la date et à l'heure annoncées.

Tous les Mayas se préparèrent à ce compte à rebours terrible qui signifiait la fin d'un peuple et d'une civilisation.

Quant à Ixtaccihuatl, il eut beau déclarer par la suite que c'était juste pour rire qu'il avait inventé cette prophétie, basée sur rien d'autre qu'une

envie de plaisanter, plus personne n'osa contredire l'avis validé par le grand prêtre en personne.
L'événement eut d'énormes conséquences pour la civilisation maya puisque, 2480 ans plus tard, un mercredi vers 8 heures du matin, respectant les textes des astrologues, et sous l'indication de leur roi du moment, les Mayas décidèrent de s'autodétruire la veille de la fin du monde.
Par un « hasard » incompréhensible, ce jour précédait l'arrivée des premiers conquistadores. En 1492 du calendrier espagnol.
Bien plus tard, on parla de civilisation mystérieusement disparue. Et personne ne sut jamais que c'était à cause de la mauvaise blague d'un astrologue.
Ixtaccihuatl avait inventé l'humour dévastateur.

Grand Livre d'Histoire de l'Humour. Source GLH.

46.

L'homme n'est pas menaçant, il semble juste intrigué par cette rencontre.

– Et vous, qu'est-ce que vous faites là ? demande à son tour Lucrèce Nemrod, surprise.

Il répond comme s'il s'agissait d'une évidence :

– Je viens faire mon tournoi de PRAUB. Je crois que je suis sur le troisième match de ce soir.

– Mais c'est dangereux !

Sébastien Dollin esquisse un sourire tranquille.

– Vous avez l'art de l'euphémisme. Moi j'aurais plutôt dit c'est « mortel ».

– N'y allez pas. Je vous en conjure.

Il la prend par le bras et l'entraîne dans une loge qu'il ferme à clef pour éviter toute mauvaise surprise.

– Je n'ai plus le choix. C'est ça ou la misère. Vous savez combien gagne le survivant final du lundi ? 1 million d'euros ! 1 million d'euros pour trouver une bonne blague à la bonne seconde avec la bonne personne ! Moi ça me motive pour prendre des risques et être drôle. Et puis cet argent il me le doit pour tout ce qu'il m'a volé. Je ne fais que récupérer une vieille créance.

Il ricane.

– Mais vous allez mourir !

– Au moins, je crèverai en pratiquant mon art au milieu d'une foule hyper-attentive. Que souhaiter de mieux ?

Sébastien Dollin s'assoit dans son fauteuil, face au miroir entouré de lampes, et commence à se maquiller. Il baisse la voix.

– Vous avez raison pour Darius.

– Quoi ?

– C'est bien un assassinat.

Il a prononcé cette phrase d'un ton désinvolte.

– C'est vous qui l'avez tué ?

– Oh non, ce n'est pas moi qui l'ai tué. Je vous l'ai déjà dit, je n'ai pas ce courage. Mais je connais l'assassin.

À ce moment les haut-parleurs du théâtre et des loges annoncent le deuxième tournoi de PRAUB.

« Tout le monde en place ! Le spectacle continue. Le PRAUB numéro 2 verra s'affronter le gagnant du match précédent, Artus, dit "Le Bourreau aux dents blanches", et Cathy, dite "La Belette Argentée". Je rappelle que Cathy est pour l'instant la gagnante invaincue depuis plusieurs semaines.

Sous les ovations, Tadeusz poursuit :

« Et ensuite le ou la gagnante de cette PRAUB affrontera l'expérimenté Sébastien, dit "Seb la science". »

Lucrèce Nemrod veut poser une question mais il l'arrête d'un geste.

– Je voudrais vous dire que…

– Chut ! Il faut que j'écoute le match, sinon je ne saurai pas comment fonctionne le gagnant.

Il monte le son du haut-parleur de la loge.

Puis, alors que tous deux se regardent en silence, leur parvient le déroulement du match entre « Le Bourreau aux dents blanches » et « La Belette Argentée ».

– Pouvez-vous au moins me dire si…, murmure Lucrèce.

– Chut !

Sébastien Dollin sort un carnet et prend des notes.

Le haut-parleur grésille. Artus lance une blague de sexe.

– Ah, il fait son ouverture directement sur ce qui a marché au match précédent, note Sébastien.

Cathy répond par une blague surréaliste.

Lucrèce prend conscience que ces duels font appel autant à la psychologie qu'à la stratégie.

Ça ressemble plus à une partie d'échecs qu'à un dialogue. Il faut trouver des blagues non seulement drôles, mais surtout adaptées aux faiblesses psychologiques de son adversaire.

Artus « Le Bourreau aux dents blanches » réplique avec une blague sur les fous. On entend un début de rire de « La Belette Argentée », mais qui ne va pas jusqu'à la détonation. La foule scande :

– SOIS DRÔLE OU SOIS MORT !

Lucrèce Nemrod soupire.

– Artus est vraiment très fort, il a l'art de...

– Chut... j'écoute ! intime-t-il tout en écrivant.

Cathy, s'étant reprise, répond par une blague quasi enfantine sur les grenouilles.

Le résultat n'est pas convaincant.

– C'est elle qui va gagner, annonce Sébastien Dollin en connaisseur.

Son adversaire place une blague sur les homosexuels.

Elle enchaîne sur les blondes.

Cette blague entraîne un début de rire chez le « Bourreau aux dents blanches », qui monte, monte, et finit... par une détonation sèche.

La salle pousse une énorme clameur :

– PRAUB ! PRAUB ! PRAUB !

On entend le remue-ménage des Darius Girls qui circulent et discutent dans les travées pour remettre les mises aux gagnants.

Puis Tadeusz Wozniak reprend le micro.

– « Et pour le troisième PRAUB, le PRAUB numéro 3, nous verrons donc comme je vous l'ai annoncé s'affronter la gagnante, Cathy, dite “La Belette Argentée”, et Sébastien, dit “Seb la science”. »

Les acclamations s'amplifient et à nouveau le cri résonne.

– PRAUB ! PRAUB ! PRAUB !

Lucrèce frissonne.

Sébastien se lève, ajuste sa veste à carreaux et noue le masque sur son visage.

– N'y allez pas, supplie Lucrèce.

– Ne vous inquiétez pas. Je vais gagner. Cette « Belette Argentée » ne m'a pas l'air d'avoir des dents très pointues.

Il relit les blagues de Cathy, comme un général examinant les traces d'impact des obus ennemis. Il souligne plusieurs fois celle qui a permis de remporter la manche précédente.

– Pas mal, pas mal. Elle est plus coriace qu'elle n'en a l'air.

Il appose des marques sur ses notes, soulignant pour chacune l'endroit où « La Belette » a commencé à rire, estimant que ce sont des points faibles sur lesquels il lui sera nécessaire de porter ses attaques.

– Si vous perdez, je ne saurai pas le nom de l'assassin…

– Je ne peux pas perdre. Question de professionnalisme.

Il arrange son nœud de cravate.

– Tiens, juste pour l'humour et le décalage, je pourrais vous révéler le nom de l'assassin ici, là, tout de suite.

– Ça me semble judicieux.

– Mais toute votre enquête s'arrêterait. Ce serait dommage…

– Arrêtez de me faire languir.

La voix du haut-parleur résonne :

– « On réclame Sébastien, dit "Seb la science", en scène ! »

La foule scande :

– SEB ! SEB ! SEB !

– Désolé, il faut que j'y aille. Je vous dirai le nom de l'assassin après le duel.

Il a déjà la main sur la poignée de la porte.

– Non, maintenant, insiste-t-elle, se retenant avec difficulté de ne pas lui foncer dessus.

– Vous pensez donc que je peux perdre…

– Rien n'est sûr. Il y a des impondérables… dans le doute, révélez-moi son nom.

Sébastien Dollin change de physionomie, soudain très sérieux.

– Je crois que vous n'avez pas compris à qui vous avez affaire, mademoiselle. Je suis un grand professionnel de l'humour. Même alcoolique, même ruiné, je reste un seigneur. Je n'ai pas peur d'affronter les amateurs, fussent-ils astucieux ou chanceux. Je reviens tout à l'heure et je vous donnerai le nom de l'assassin de Darius. Promis.

Il la regarde et lui adresse un sourire rassurant.

– Vous avez peur, hein ? Je ne sais pas si c'est pour moi ou pour la perte de votre information.

– C'est pour…

– Vous êtes belle. Embrassez-moi. Si je dois mourir au moins que j'aie le goût de vos douces lèvres sur les miennes.

Elle hésite, puis l'embrasse, et le baiser devient long et profond. Il dure, alors que la foule au loin continue de scander :

– SEB LA SCIENCE ! SEB LA SCIENCE !

– Dites-le-moi, s'il vous plaît, Sébastien. Qui a tué Darius ?

Oh, que j'ai envie de lui coller mon poing dans la figure pour le faire parler !

Continuer sur le mode « séduction ».

Sébastien Dollin caresse ses longs cheveux, et elle se dit qu'elle a bien fait d'aller chez le coiffeur.

– Écoutez bien ce que je vais vous dire, Lucrèce. Depuis la nuit des temps, c'est le combat entre l'humour des lumières et l'humour des ténèbres. Darius était dans le camp des ténèbres. « Saint Michel a frappé de son épée le Dragon. »

Elle reste dubitative.

– Ce qui veut dire ?

– Darius représentait l'humour des ténèbres, malgré son smoking rose et ses belles manières. C'est le propre des vrais escrocs : ils ont l'air sympathiques.

– SEB ! SEB ! SEB ! hurle la salle de plus en plus impatiente.

Sébastien Dollin semble ravi, il inspire l'air ambiant, comme le fumet d'un mets délicieux.

– Rien que pour entendre une foule scander mon nom, ça valait le coup de venir, ne trouvez-vous pas, chère demoiselle

Nemrod ? Allez, c'est aujourd'hui mon jour de gloire, peut-être le dernier, autant partir dans la lumière des projecteurs.

Puis il lui prend la main et l'embrasse.

– Je vous en supplie, dites-le-moi, Seb. Qui a tué Darius ?

– C'est trist…

– Triste ?

– …Non, le nom de l'assassin est… Tristan Magnard.

Voilà c'est fini. Tout est réglé. J'ai réussi. Je sais. J'ai le nom de l'assassin. Christiane Thénardier sera fière de moi.

Mais, l'euphorie passée, il lui semble étrange qu'après tant de difficultés pour parler, le suspect lui livre tout de go le nom de l'assassin. Elle trouve cela… « décalé ».

– Tristan Magnard, l'ancien comique ?

– En personne, chère amie.

– Et le mobile du meurtre ?

– C'est à cause de ça.

Il prend un morceau de papier et avec un gros marqueur trace trois majuscules : « GLH ».

Après la BQT, voilà encore trois lettres mystérieuses. Il semble beaucoup s'amuser à jouer du mystère.

– Retrouvez Tristan Magnard, entrez dans la GLH, et le meurtre de Darius trouvera sa réponse.

– Et c'est quoi cette GLH ?

– La GLH est une société secrète qui…

Mais soudain la porte s'ouvre à la volée et Tadeusz Wozniak surgit. Lucrèce n'a que le temps de ramasser prestement le papier, de l'enfoncer dans sa poche et de se planquer derrière la porte.

– Qu'est-ce que tu fous, Seb ? Tu ne les entends pas, ils sont chauds bouillants ! Si tu ne viens pas tout de suite ils vont tout casser.

Tadeusz Wozniak renifle.

– Dis donc, tu mets quoi comme parfum ? Ça sent la femme ici.

– C'est mon after-shave. Bergamote et fleur de lys.

Seb rajuste son masque et file en fermant la porte derrière lui.

La musique tonitruante des trompettes annonçant le début de la joute se déclenche. Lucrèce attend qu'ils se soient éloignés, puis, discrètement, rejoint son poste d'observation en hauteur.

Tadeusz, en Monsieur Loyal parfait, présente les challengers du dernier match :

– « Voilà notre nouveau concurrent, le plus expérimenté d'entre nous, j'ai nommé "Seb... la... science" ! »

La salle réagit aussitôt.

– SEB ! SEB ! SEB !

– « Jadis Sébastien a été un ami personnel de Darius. Ils ont même échangé des idées de sketches, enfin tout cela c'était le bon temps et tout le monde l'a oublié. Cependant, Seb est resté pour tous les humoristes une référence de qualité, n'est-ce pas, Seb ? Allez, on l'applaudit bien fort. »

Lucrèce Nemrod trouve une position confortable dans les cintres pour prendre les clichés de ce qui va suivre.

– Et en face la gagnante des matches précédents, l'étonnante, la courageuse Cathy, dite « La Belette Argentée ». Et je rappelle que tous les coups sont permis... du moment qu'ils sont drôles.

Puis Sébastien Dollin pêche dans le sac la pierre blanche qui indique qu'il va commencer.

On l'attache au siège.

Il semble très détendu, face à son adversaire encore nerveuse de sa partie précédente.

Le signal de départ est donné.

Sébastien Dollin hésite, cherche la première blague en scrutant son adversaire. Puis il l'articule tranquillement.

Quelques rires résonnent dans la salle.

Par contre l'effet sur son adversaire est mitigé. La jauge du galvanomètre de la femme monte à 12 sur 20.

La foule s'impatiente. On entend des sifflets et des huées. Puis comme une longue clameur :

– SOIS DRÔLE OU SOIS MORT !

Cathy répond par une blague sur les chiens.

La salle rit, mais pas Seb, démontrant une fois de plus la totale maîtrise de ses émotions. Son galvanomètre ne franchit même pas la barre des 11 sur 20.

Le combat s'annonce ardu.

Chacun à tour de rôle lance une blague.

Une sur les bébés qui fait monter Cathy à 13 sur 20.

Une sur les Espagnols. Impact sur Seb : 11 sur 20.

Une blague russe. Impact sur Cathy : 14 sur 20.

Une blague médicale. Impact sur Seb : 11 sur 20.

Une blague sur les curés. Impact sur Cathy : 13 sur 20.

– SEB ! SEB ! SEB ! scande une moitié de la salle.

– CATHY ! CATHY ! reprend l'autre moitié.

Les challengers restent très maîtres d'eux-mêmes, se cherchant dans la zone des 12 sur 20. La tension monte dans le public insatisfait. Les jeux du cirque ne sont pas assez cruels, la foule manifeste son impatience.

Une moitié de la salle scande :

– SOIS DRÔLE !...

Et l'autre répond :

– ... OU SOIS MORT !

Sébastien Dollin lance une blague sur les militaires. Impact sur Cathy : 15 sur 20.

Son adversaire répond par une blague sur les policiers.

Impact sur Seb : 11 sur 20.

La salle est surchauffée. Lucrèce continue de prendre des photos.

Les deux challengers semblent avoir des difficultés à trouver le point faible dans la cuirasse psychologique adverse. Et du coup les deux s'endurcissent.

Sébastien lance une blague sur les vaches. C'est un échec. Impact : 10 sur 20.

L'autre répond par une blague sur les poules : 9 sur 20.

Les deux esprits se cherchent sans trouver de prise. La salle hue et scande de plus en plus fort :

– SOIS DRÔLE OU SOIS MORT !

Nouvelle escarmouche qui donne des résultats similaires. Mais soudain, contre toute attente, peut-être du fait de la fatigue, Sébastien, qui sue de plus en plus, affiche une faiblesse. Un muscle de sa joue tressaute. Il enchaîne en pouffant alors qu'aucune blague n'est lancée.

C'est peut-être ça le plus sournois. Le rire nerveux lié à la tension de l'épreuve. Il part déjà avec un handicap de 5 avant la blague. Il a dû boire de l'alcool pour se donner du courage.

Une blague de Cathy passe la première barrière psychologique de Seb. Toute la salle le perçoit. Son galvanomètre monte non plus à 13 sur 20, qui était sa ligne de défense, mais à 15 sur 20.

La blague, telle une torpille, franchit la deuxième barrière psychologique de protection. 16 sur 20. La salle retient son souffle. La troisième barrière est à son tour franchie alors que les chiffres ne cessent de grimper : 17, 18.

Le silence est total. On entend juste la respiration bruyante de Seb qui résonne dans le micro accroché au canon du pistolet.

19 sur 20...

Lucrèce Nemrod déclenche la prise de vue en rafale à vitesse extrême et perçoit chaque détail comme au ralenti.

À quelques mètres en contrebas, le dispositif électromécanique se déclenche et presse la queue de la détente du pistolet fixé sur le trépied.

Le percuteur frappe la douille, la poudre explose en propulsant la balle au milieu d'un halo de feu hors du canon du pistolet. La balle 22 long rifle franchit quelques centimètres, perfore l'épiderme, pénètre l'épaisseur du crâne, franchit la masse du cerveau pour ressortir par l'autre tempe. Le visage encore figé dans un rictus, Seb s'affale dans son fauteuil.

La foule repue se dresse pour hurler sa joie.

– PRAUB ! PRAUB ! PRAUB !

Déjà les femmes en petite tenue ont surgi sur le ring, détaché le corps chaud, jeté une couverture rouge sur la dépouille du vaincu et l'emportent sur une civière.

Tadeusz Wozniak reprend le micro.

– « Ainsi finit le "Pas-si-expérimenté Seb la science". »

La salle apprécie, il poursuit en souriant :

– « Et comme disait je ne sais plus qui : "L'expérience est le nom que chacun donne à la somme de ses erreurs !" C'est donc Cathy, "La Belette Argentée", qui remporte le tournoi de ce lundi. Elle est notre championne de la semaine et sera le challenger de notre match à venir. Tiendra-t-elle encore une semaine ? Nous le saurons au prochain tournoi de PRAUB qui aura lieu… lundi prochain ! »

– PRAUB ! PRAUB ! PRAUB ! répond la foule.

Tadeusz Wozniak lève la main et se pose trois doigts sur l'œil droit. La salle d'un même élan répète le geste.

Lucrèce Nemrod, de nouveau, réprime un haut-le-cœur, qu'elle parvient cette fois à se maîtriser.

Mais alors que la jeune journaliste effectue un réglage de son appareil pour grossir les visages, le papier marqué aux trois lettres « GLH » que lui a confié Sébastien Dollin glisse et plane comme une feuille morte avant d'atterrir au milieu du ring, entre deux fauteuils noyés de lumière.

Les spectateurs lèvent aussitôt la tête et découvrent la silhouette de la jeune femme perchée au-dessus d'eux, appareil photo en main.

47.

« Trois souris discutent.
La première, très fière, annonce :
– Moi j'arrive à repérer les pièges à ressort et à prendre le fromage sans me faire écraser. Il suffit d'aller très vite.
La deuxième répond :
– C'est rien. Moi tu sais, les granulés roses de mort-aux-rats ? Eh bien je les mange en apéritif.
La troisième regarde sa montre et glisse avec détachement :
– Désolée, les filles, il est 17 heures, c'est l'heure où je vais devoir vous laisser. Il faut que j'aille violer le chat. »

Extrait du sketch *Nos amis les animaux*,
de Darius WOZNIAK.

48.

Virage serré, crissement de freins, vent dans ses longs cheveux qui dépassent du casque.

Lucrèce Nemrod tourne la poignée des gaz et son side-car monte en régime dans un bruit de métal chaud sous pression.

Dans son rétroviseur le petit point formé par son poursuivant grandit.

Virage après virage, il se rapproche. Maintenant elle en a un aperçu assez net dans son rétroviseur.

C'est le garde du corps à tête de pitbull, assis sur sa Harley Davidson rose, en blouson fluorescent rose avec DARIUS en lettres vertes sur sa poitrine. Il ne porte même pas de casque. Il semble rouler tranquille, comme s'il était certain de la rattraper.

Le problème des hommes c'est qu'ils sous-estiment toujours les femmes. On ne change pas en un siècle des millénaires de préjugés machistes. Surtout dans le milieu des motards.

La jeune journaliste grille les feux rouges, slalome entre les voitures.

Cette fois elle remarque que son poursuivant est flanqué de deux autres gardes du corps juchés sur les mêmes motos et habillés de la même manière.

Par chance, à cette heure tardive, dans la capitale la circulation est fluide. Lucrèce file dans le vent.

Sa Motoguzzi est une machine qu'elle connaît comme un cavalier connaît son cheval. Elle sait écouter son moteur comme le souffle d'un pur-sang au galop, elle sait percevoir l'adhérence des pneus comme s'il s'agissait de sabots, elle sait cabrer la mécanique italienne pour la faire bondir sur le bitume. Mais il y a une nacelle.

Et son side-car, large et à trois roues, est moins maniable et moins rapide qu'une moto deux roues.

Lucrèce Nemrod avait acheté cet engin particulier avec son premier salaire de journaliste au *Guetteur Moderne*.

Pour elle c'est le destrier idéal. La nacelle lui permet d'emporter des valises, des ustensiles ou des passagers.

À toute allure, elle double une caravane, évite de justesse un camion qui recule sans visibilité, remonte une rue en sens interdit et roule sur les trottoirs en faisant fuir les piétons.

Mais les trois motos ne la lâchent pas.

Elle engage son side-car dans une large avenue.

Son compteur indique 110 kilomètres-heure. Compte tenu des risques de collision, elle sait qu'elle ne pourra guère faire mieux.

Elle rejoint le périphérique et se faufile entre les camions. A aucun moment les trois taches roses menaçantes ne réduisent de taille dans son rétroviseur.

Tout à coup le motard à tête de chien brandit une arme et tire. La balle la frôle, une autre atteint le phare d'une voiture proche, une troisième vient pulvériser l'appareil photo de Lucrèce.

Ah ! ils veulent jouer à ça ? Je crois qu'ils n'ont pas compris à qui ils avaient affaire. Tant pis pour eux. Aux grands maux les grands remèdes.

Elle dresse mentalement l'inventaire des solutions d'urgence.

Et choisit la pire.

49.

« Deux hommes sont à table. Le premier coupe le gâteau en deux parts très inégales. Il se sert en prenant la plus grosse. Son ami s'offusque :
– C'est vraiment impoli ce que tu viens de faire.
– Bah, qu'est-ce que tu aurais fait, toi, à ma place ?
– J'aurais pris la plus petite.
– Eh bien, de quoi tu te plains, c'est celle que je t'ai laissée ! »

Extrait du sketch : *Question de logique,*
de Darius WOZNIAK.

50.

Le mécanisme s'enclenche. Lucrèce Nemrod est parvenue à forcer la serrure.

Elle pousse la porte-sas et jaillit dans la pièce, essoufflée.

– Vite ! clame-t-elle en courant sur la passerelle de lianes.

Cette fois Isidore Katzenberg n'est ni en train de nager avec ses dauphins, ni en train de méditer, il mange, seul face à la télévision qui débite ses actualités alors qu'il a coupé le son et mis une musique classique symphonique.

Il s'agit de « Neptune », dans la symphonie des *Planètes* de Gustav Holst.

Sur l'écran, des équipes de sauveteurs sont en train de fouiller les décombres après un tremblement de terre, accompagnées par la musique ample des centaines de violons.

Le journaliste scientifique semble fasciné par ces images terribles débarrassées de leurs commentaires. Aux visions d'êtres dans la détresse succèdent celles du leader du pays en costume militaire qui semble en colère et menace quelque chose ou quelqu'un de représailles. Peut-être le volcan. Peut-être un ministre qui n'a pas fait son travail de prévention. Peut-être un pays voisin.

– Vite ! répète Lucrèce Nemrod.

Elle s'interpose entre la télévision et Isidore et s'agite pour tenter d'attirer son attention.

Il incline la tête pour continuer à suivre le reportage.

– Encore vous ? marmonne-t-il d'un ton détaché. C'est de l'acharnement.

Il se sert tranquillement une boisson ambrée et lui fait signe de se pousser.

– Isidore ! Pas le temps de vous expliquer, mais…

– Dehors.

Elle court à la fenêtre et voit trois phares qui viennent de se ranger à côté de son side-car.

– Vite, Isidore, ils sont là !

– Rien ne mérite de la précipitation.

– Ils me poursuivent parce que j'ai tout découvert.

– Et qu'est-ce que vous voulez que ça me fasse, vos petits tracas personnels ?

– Isidore ! ils veulent me… tuer !

Elle montre son appareil photo entièrement détruit par un impact de balle.

Il ne semble pas impressionné.

– On meurt tous un jour.

– Vite, il faut préparer une défense.

– Tout d'abord, quand on entre chez les gens on dit « bonjour ». À la limite on fait toc-toc ou l'on sonne.

– Désolée.

– Il faut vraiment que je pense à verrouiller le sas avec une serrure plus complexe.

Elle reprend difficilement son souffle.

– Vous aviez raison pour le lundi à minuit, il se passe des choses vraiment terribles, ce sont des fous dangereux.

– De qui parlez-vous ?

– Du Théâtre de Darius. Le lundi à minuit. Ils se tuent avec des blagues et des pistolets.

L'ancien journaliste scientifique consent enfin à l'observer. Ses cheveux roux sont en bataille et sa tenue de cuir a subi quelques éraflures.

– Je ne comprends rien. De quoi parlez-vous ?

– Ils arrivent ! Ils sont armés !

Les images, aux actualités, viennent de passer à un autre thème. Un discours du pape face à la foule. Un sous-titrage indique qu'il parle du préservatif qu'il déconseille aux croyants. La musique apporte toujours ce décalage étrange.

– Mais enfin Isidore, écoutez-moi !

Elle coupe le son de la chaîne hi-fi. Sans se départir de son flegme il hausse celui du téléviseur.

Elle saisit la télécommande et coupe le téléviseur.

– Vous n'avez pas compris ? Ils m'ont suivie. Ils savent que je suis là.

– Il y a toujours 3 choix. 1) Combattre. 2) Inhiber. 3) Fuir, énonce Isidore.

Bon sang c'est chez lui que j'ai pris ce tic de tout décomposer en chiffres.

Ils entendent les pas des trois hommes qui montent l'escalier en colimaçon du château d'eau.

Isidore allume la vidéo de contrôle : l'écran renvoie l'image des Costards roses les armes à la main qui approchent du loft.

– Il semble que vous ayez raison.

– Alors on fait quoi ?

– Le troisième choix : fuir.

– Mais il n'y a qu'un seul escalier.

– J'ai une sortie de secours pour les situations imprévues.

– Faites n'importe quoi mais faites-le vite, ils arrivent !

– Arrêtez de vous affoler, vous devenez prévisible. Restez calme et suivez-moi.

– Mais ils sont déjà...

Alors que les intrus ne sont plus qu'à quelques mètres d'eux, Isidore prend tranquillement la passerelle, arrive sur l'île centrale et ferme le sas. Les autres tapent pour défoncer la porte. Ils tirent dans la serrure qui résonne comme une cloche. Ils percutent la porte de métal de plus en plus fort.

– C'est quoi votre « sortie de secours » ? Un tunnel, un deuxième escalier, un ascenseur, un hélicoptère privé, une catapulte ? questionne Lucrèce, haletante.

Isidore Katzenberg pêche dans un placard un sac de toile, ouvre le hublot, sort du sac une longue échelle de corde et la déploie.

– Vous plaisantez ? J'espère que ce n'est pas ça votre sortie de secours ?

Alors que les coups redoublent contre la porte-sas qui permet d'accéder au loft, les deux journalistes franchissent le hublot et descendent prestement à l'échelle de corde.

Autour d'eux quelques chauves-souris virevoltent.

Je sens que lorsqu'on va arriver en bas il va me dire quelque chose de désagréable. Les hommes c'est toujours comme ça, faut qu'ils se plaignent ou qu'ils vous fassent des reproches.

Enfin ils touchent le sol.

Puis Lucrèce guide Isidore vers son side-car. Elle fouille dans la nacelle et lui tend un casque et des lunettes de moto.

Il s'installe, après avoir posé une couverture sur ses genoux.

– Vous êtes quand même consciente que j'étais tranquillement en train de regarder la télévision chez moi et que vous venez me perturber à une heure du matin. J'espère que vous avez une bonne excuse, grogne-t-il.

Elle lui tend un revolver mais il regarde l'objet avec dédain, puis le saisit et le jette au loin.

– Vous êtes fou ! C'est un Manurhin, une pièce de collection de 1973, calibre 357 magnum, qui m'a coûté les yeux de la tête.

– Les armes à feu empêchent de réfléchir. On croit qu'elles vont résoudre les problèmes à notre place, mais c'est faux.

– Mais ils vont nous poursuivre, il faut pouvoir leur tirer dessus !

– La violence est le dernier argument des imbéciles.

C'est moi l'imbécile, c'est sûr. J'ai fait une bêtise en allant le chercher. C'était juste de la fierté, parce que je ne supporte pas qu'on me repousse.

Elle enfonce le kick de démarrage.

– Alors c'est quoi la bonne raison qui vous fait débarquer chez moi à des heures indues pour me jeter dans l'air glacé ?

Lucrèce arrive enfin à enclencher le démarreur, fait vrombir son engin mécanique.

– ... L'appel de l'aventure.

Elle met les gaz et ils s'enfoncent dans la nuit.

51.

963 ans avant Jésus-Christ.

Royaume de Judée.
Jérusalem.

Jusque-là le pays était dirigé par l'assemblée des Sages des 12 tribus d'Israël. Il n'y avait pas d'armée de métier. Les défenseurs du territoire n'étaient autres que des laboureurs-soldats, c'est-à-dire que bergers et paysans prenaient les armes lorsque les frontières étaient attaquées. Mais, les tentatives d'invasion étant de plus en plus nombreuses et meurtrières, au nord par les Philistins, au sud par les Égyptiens, les Hébreux avaient finalement accepté l'idée de créer une armée professionnelle permanente. Cependant, pour payer ces soldats spécialisés il fallait des impôts. Et pour avoir des impôts il fallait une administration. Et pour diriger cette administration il fallait un pouvoir exécutif centralisé. Les habitants de Judée étaient ainsi passés du système d'assemblée des Sages des 12 Tribus à un système de type égyptien, avec un roi à la tête d'un gouvernement et d'une administration.

Le premier roi désigné fut Saül. Il avait été choisi pour ses talents de stratège et son charisme naturel.

Le deuxième roi fut David, autre fin stratège, vainqueur des Philistins et notamment du géant Goliath.

Le troisième roi fut son fils Salomon.

Salomon renforça l'armée, signa des traités de paix avec ses voisins et décida de lancer la construction d'un temple géant qui concentrerait les plus grandes découvertes architecturales et artistiques de son époque.

Il réunit les représentants des 12 Tribus et leur demanda pour ce projet monumental un petit effort supplémentaire au niveau des impôts, leur promettant que lorsque le pays serait parfaitement pacifié et le Temple construit, il baisserait la charge fiscale.

Quand le temple de Salomon fut terminé et la paix assurée aux frontières, les Sages des 12 Tribus demandèrent une réunion d'urgence afin que Salomon tienne sa promesse.

Mais le roi était fort ennuyé. Son administration avait pris de l'importance, le personnel était nombreux, et autant il était facile d'engager, autant il se révélait compliqué, voire dangereux, de licencier des préfets, sous-préfets, policiers et militaires. Il découvrait que les impôts étaient une mécanique qui fonctionnait facilement dans le sens de l'augmentation et difficilement dans le sens inverse.

Alors qu'en réunion extraordinaire les Sages des 12 Tribus exigeaient un changement de politique financière, Salomon commençait à perdre pied. C'est alors que l'un de ses conseillers en diplomatie, un certain Nissim Ben Yehouda, se décida à intervenir en lançant une blague pour détendre l'atmosphère.

Les 12 Sages furent surpris, il y eut un instant de flottement, puis tous éclatèrent de rire. Du coup le débat sur la réduction des impôts fut reporté.

Salomon, étonné et soulagé, prit Nissim Ben Yehouda à part pour le remercier de son intervention inattendue.
– Je crois que sans ta blague j'aurais été obligé de revoir toute ma politique économique.
– L'humour est la voie de la spiritualité, dit Nissim. Dieu n'aime-t-il pas la plaisanterie ? Quand il dit à Abraham de venir sacrifier son fils et qu'au dernier moment, alors que ce fils unique est attaché, il lui dit : « Non, finalement, c'était une blague », n'est-ce pas de l'humour ? D'ailleurs ne l'avait-il pas prénommé Isaac, ce qui signifie littéralement « Celui qui rit » ?
– C'est vrai, je n'y avais jamais songé.
– L'humour est la solution à tous les problèmes, Majesté.
– En tout cas, c'est déjà un moyen de faire supporter plus facilement les impôts aux Sages de l'assemblée des 12 tribus.
Après cet incident, le roi Salomon décida de nommer Nissim Ben Yehouda conseiller à la communication personnelle, en plus de ses fonctions diplomatiques.
Un jour, voyant que les phrases que lui inspirait Nissim lui permettaient de tout faire passer auprès des représentants des tribus, mais aussi auprès de ses sujets, Salomon le convoqua.
– Nissim, je voudrais que tu m'apprennes à être drôle même quand je ne suis pas avec toi.
– En fait, Majesté, l'humour est une science.
– Mais non, c'est intuitif, c'est un truc à piger et ensuite on le garde.
– Pas du tout. Regardez. Dans chaque blague il existe par exemple un principe de rythmique ternaire.
– De quoi parles-tu ?
– Je vais vous donner un exemple. Celui d'une fête. Une personne entre avec une tunique verte à rayures rouges. Le fait surprend. Une deuxième personne entre avec une tunique verte exactement similaire, le fait surprend encore plus. Mais lorsque apparaîtra une troisième personne avec une tunique verte à rayures rouges le fait fera rire. C'est la magie du chiffre 3.
– Tu as raison ! Apprends-moi l'humour, Nissim.
– Première règle, ne jamais annoncer « je vais vous faire rire » ou « j'en connais une bien bonne ». Le rire ne s'annonce pas, il doit surprendre.
Le roi commence à être intrigué.
– Deuxième règle. Ne jamais rire avant. C'est placer la barre très haut et il est ensuite difficile de l'atteindre. Donc vous dites « je connais une histoire » et vous la racontez normalement. L'effet comique sera la fin inattendue. Allez-y, Majesté !

– « Allez-y » quoi ?
– Racontez une blague. Une devinette par exemple.
– Je n'en connais pas.
– Eh bien, comment faire pour avoir une femme belle, intelligente et gentille ?
– Je ne sais pas.
– Il suffit d'en avoir trois.
– Ah, pas mal ! Encore ton chiffre 3 n'est-ce pas ?
– … Et l'adaptation à celui qui écoute la blague. Vous avez un harem avec 900 femmes, alors cette blague prend pour vous un sens particulier, Majesté.
Salomon, qui n'avait pas fait le rapprochement, rit une seconde fois.
– Allez-y, racontez-la-moi en retour.
Il obtempéra.
– Non, vous souriez. Ne pas sourire. Rester sérieux.
Le roi Salomon recommença.
– Non, vous retenez un petit rire à la fin de la blague. Si vous voulez que les autres rient, il ne faut pas rire vous-même.
Il se reprit et énonça à nouveau la blague.
– Ensuite, toujours prendre le contre-pied. Peut-être pourriez-vous le mettre en pratique pour vous exercer ? Par exemple dans vos activités quotidiennes. Quel est l'emploi du temps de Votre Majesté cet après-midi ?
– J'ai la justice à rendre.
– Eh bien, pour votre jugement, essayez le contre-pied. Quelle que soit la situation. Ce sera votre premier exercice d'humour.
Le roi Salomon accepta de relever le défi.
Peu après, on lui présenta deux femmes qui revendiquaient le même enfant.
À distance, Nissim Ben Yehouda l'encourageait.
En bon élève de son conseiller, le roi Salomon chercha une idée, et prononça ce qui lui semblait la phrase la plus incongrue dans cette situation dramatique :
– Qu'on coupe le bébé en deux et qu'on en donne la moitié à chacune, puisqu'elles le veulent toutes les deux.
Cela ne fit rire personne. Cependant la réaction des plaignantes fut étonnante.
La première dit :
– Je me soumettrai à la décision de mon roi.
Mais la seconde s'écria :
– Non ! Je renonce ! Je préfère voir mon fils vivant avec la mauvaise mère que mort avec moi.

Alors le roi Salomon, s'adaptant rapidement et ravalant sa déception, annonça :
- Qu'on le donne à cette femme, car pour avoir songé au bien de l'enfant elle est forcément la vraie mère.
Applaudissements. Et tout le monde de vanter la sagesse du roi.
- Zut, j'ai raté mon effet, reconnut Salomon en rejoignant Nissim.
- C'est sûr. Personne n'a ri. Ils ont été trop surpris. Il faut doser l'effet. Nous y travaillerons encore, Majesté.
Cependant, l'histoire du bébé coupé en deux connut un grand succès. On se la raconta de par le monde, non pour rire, mais pour réfléchir. Si bien que tous les rois des pays étrangers rêvèrent de rencontrer ce monarque au jugement si subtil.
Attirée par tant de sagesse, la reine du pays de Saba s'en vint ainsi lui rendre visite.
Nissim Ben Yehouda prépara Salomon.
- Pour faire rire, faites le contraire de ce que l'on attend de vous. Toujours penser « Cassure », « Surprise », « Effet-choc », « Rupture de logique ».
Le soir même, dans la salle de réception, toute la Cour était assemblée : ministres, préfets, diplomates, attentifs à accueillir la délégation de la reine africaine. Plus quelques centaines de femmes du harem personnel du roi.
La reine de Saba fit déposer ses cadeaux aux pieds de Salomon, et se lança dans un long et élogieux discours qu'elle avait pris soin de faire traduire en hébreu.
Puis le silence se fit. On attendait la réponse de Salomon. Le roi jeta un regard à Nissim Ben Yehouda, qui lui adressa un clin d'œil en signe d'encouragement.
Salomon se lança :
- Eh bien, chère Reine du grand pays de Saba, vos mots me touchent d'autant plus que je ne suis pas insensible à votre grande beauté. Aussi, plutôt qu'un long discours, je vous propose de... venir honorer ma couche dès ce soir.
Le roi sourit, guettant les éclats de rire. Mais rien ne vint.
Toute l'assistance s'était figée, hébétée.
La gêne écrasait les deux camps. Les femmes du harem, vexées, sortirent précipitamment de la salle.
Un long silence pesa sur l'assistance.
Le roi Salomon chercha du regard Nissim, qui secouait la tête, navré.
Le monarque faillit s'excuser, s'expliquer, et même rire pour tenter de rectifier. Mais il se souvint du conseil de Nissim : « Ne jamais rire de ses propres blagues. »

Il assuma donc jusqu'au bout, prit la main de la reine de Saba et, devant l'assistance médusée, scandalisée, la guida vers la chambre royale.
Salomon ne s'avoua pas vaincu. Avec la détermination qu'on lui connaissait en toute chose, il continua de travailler avec Nissim pour développer son sens des « phrases qui font rire ».
– L'humour a une fonction d'exorcisme, assurait Nissim. Il chasse ce qui nous fait peur. Voyons, quelle est votre plus grande peur, Majesté ? Nous allons essayer d'en rire. Ce sera notre prochain exercice.
– Ce qui me fait peur ? Ma mère. Bethsabée. Quand elle s'énerve elle me transforme en enfant.
– Très bien. Pour ne pas citer son nom, nous dirons « une mère juive ».
Le roi Salomon chercha quelque chose de drôle sur sa mère, mais le sujet lui semblait trop tabou.
– Aide-moi, Nissim.
– Voyons. Qu'est-ce qui vous énerve le plus chez elle ?
– Elle surveille tout ce que je fais. Elle porte un avis sur tout. Et quoi que je fasse, j'ai l'impression que ce n'est jamais assez.
Nissim esquissa un sourire.
– À quoi reconnaît-on une mère juive, Majesté ?
– Je ne sais pas.
– Si vous vous levez la nuit pour aller aux toilettes, quand vous revenez… votre lit a été refait !
Salomon pouffa de rire.
– À vous, Majesté.
– Je ne trouve pas. Montre-moi une autre idée sur le même thème.
Nissim Ben Yehouda chercha, puis sourit de plus belle :
– Trois mères juives discutent sur un banc. La première soupire « Oyh, oyh, oyh », la deuxième émet à son tour un « Ay, ay, ay », et la troisième réagit aussitôt : « Ah non. On avait promis de ne pas parler de nos enfants. »
Nouvel éclat de rire royal.
– Comment fais-tu, Nissim, pour les trouver aussi facilement ?
– Je regarde les gens dans la rue, je les observe dans leurs bizarreries. Après je me demande comment utiliser ça « autrement ».
C'est ainsi que Nissim inventa les premières blagues sur les mères juives en compagnie du roi Salomon.
Le lendemain, il adressa une étrange demande à son roi :
– Je voudrais créer un groupe qui travaillerait sur l'humour comme une science nouvelle, Sire.
– Je ne comprends pas, l'humour n'est pas une science. C'est un divertissement.

– Ce n'est « pas encore » une science mais il peut le devenir. J'aimerais réunir ici quelques talents et créer un atelier de l'humour. Il me faudrait au départ trois assistants de mon choix et une salle discrète, pour qu'on soit tranquilles. Serait-ce possible, Majesté ?
Salomon lui donna son accord, mais sans percevoir ce que pourrait apporter un « atelier de l'humour ».
Plus tard, le roi d'Israël écrivit un recueil de blagues qu'il intitula par dérision : « Cantique des cantiques » (jeu de mots difficile à traduire). Puis un second qu'il baptisa « le Livre des blagues », mais qui serait traduit par « Livre des Proverbes ». Pour faire plus sérieux.
Car c'était le drame du roi. Chaque fois qu'il lançait des blagues on les prenait soit pour des phrases de sagesse, soit pour des envolées de poésie. Nul ne percevait son second degré. De toute façon, on considérait que ce n'était nullement la fonction d'un roi de plaisanter, gravité et sérieux devant demeurer au contraire l'apanage de la royauté. Ce qui le navrait.
L'une de ses blagues connut ainsi un énorme succès à travers les siècles : « Homme, tu es poussière, et tu redeviendras poussière. » Censée être comique, elle serait mal interprétée et utilisée comme sentence mystique par les prêtres de pratiquement toutes les religions, au pied des cercueils.
Pendant ce temps, aux étages inférieurs du palais, dans une salle souterraine inconnue de tous, Nissim Ben Yehouda et trois de ses disciples inventaient une science nouvelle : la science du rire. Et ils s'émerveillaient chaque jour davantage des possibilités extraordinaires de cette science.

Grand Livre d'Histoire de l'Humour. Source GLH.

52.

Le commissaire G. Malençon croise et décroise les doigts, lentement. C'est un homme avec une barbe poivre et sel coupée ras et un air désabusé.

Au-dessus de son bureau, la photo du président de la République voisine avec celle d'un héros plus personnel : Henry Fonda dans le film *Mon nom est personne*.

Les cris des locataires de la cellule de dégrisement, accompagnés de coups frappés dans la porte, résonnent.

– C'est-à-dire que… tout ce que vous me racontez me semble un peu comment dire ? « capillotracté », dit le commissaire Malençon. C'est-à-dire tiré par les cheveux.

Il a l'air satisfait de son bon mot.

Lucrèce Nemrod tient à rester calme.

– Je suis journaliste. Je vous parle de ce que j'ai vu, de mes yeux vu, lors d'une enquête professionnelle.

Le policier a une moue de lassitude. Il regarde la pendule : 2 h 02 du matin. Il a beau être de garde, les deux personnes qui ont débarqué dans son bureau l'ont empêché de piquer un roupillon sur le lit de camp. Et il lui tarde de se débarrasser des gêneurs. Seule la mention *Guetteur Moderne* sur la carte barrée de tricolore l'incline à quelque ménagement.

– Oui, mais… contrairement à nous… les journalistes ne prêtent pas serment de dire la vérité et de ne jamais mentir. Que je sache il n'existe aucun « conseil de l'ordre » aucun système de contrôle appelé à vérifier ce que vous publiez.

Isidore ne peut retenir un hochement de tête approbateur.

– Chez nous, la police des polices fait le ménage. Chez vous, quelle « police des journalistes » surveille et sanctionne ceux qui font des « erreurs », volontaires ou non ? Vous avez droit à tous les excès sans le moindre risque. Or mon métier m'a appris que sans contrôle l'être humain a tendance à abuser de son pouvoir.

– Il n'a pas tort, souligne Isidore.

Il me prend la tête celui-là. Ce n'est pas mon boulot de défendre la profession de journaliste. Et en plus Isidore qui en rajoute, on aura tout vu.

Une femme en bleu marine entre et tend des papiers à signer.

En tournant la tête, Isidore peut apercevoir dans la salle d'accueil des hommes en uniforme occupés à jouer aux cartes en bâillant, tandis qu'une policière tape un rapport face à un clochard qui a le front en sang.

– Et le niveau de conscience déontologique de *votre* profession est très relatif. Du coup vous comprendrez que votre récit me semble fortement sujet à caution.

Celui-là est dans le rapport de force. Il faut que je le prenne de face sans lésiner sur les moyens.

– Dans ce cas je vais devoir publier une information vérifiable dans mon magazine : votre « manque de coopération ». J'ai déjà un titre « Un commissaire qu'il ne faut pas déranger ». Ensuite je raconterai comment une citoyenne, électrice et payant ses impôts, s'est fait poursuivre par trois malfrats armés. Comment il y a eu effraction dans un domicile pendant la nuit. Et comment, au moment où, ayant pu leur échapper, elle a demandé l'aide de la police, elle est tombée sur un commissaire qui lui a rétorqué que son statut de journaliste rendait son histoire peu vraisemblable.

– Elle n'a pas tort, répète Isidore.

– Et bien évidemment je serai obligée de parler de ces crimes qui n'intéressent pas la police même s'ils se produisent dans le même théâtre tous les lundis soir devant un public de 400 personnes, qui sont donc toutes complices. Quant à vous, je serai obligée de porter plainte pour non-assistance à personne en danger.

Ils se toisent.

Isidore se contente d'adresser au fonctionnaire un sourire du genre : « Débrouillez-vous avec elle. Je sais, elle n'est pas commode. Personnellement j'ai renoncé. »

Le commissaire lâche un soupir puis décroche le téléphone.

– Allô, c'est Malençon. On a des gars qui patrouillent dans le coin du métro Ledru-Rollin ? Ah... dites-leur de se rendre au Théâtre de Darius. Pour un contrôle de routine... Quoi ? Oui, je sais qu'il est deux heures du matin. Oui, je sais que c'est fermé le lundi. Mais c'est pour... OK, vous leur dites de me rappeler.

Il raccroche.

– Voilà, il n'y a plus qu'à attendre.

Il pianote sur son bureau nerveusement. À la première sonnerie il se rue sur le téléphone et écoute en hochant la tête avec des « ouais d'accord ». Puis il met fin à la communication.

– Ils m'ont dit que le théâtre est fermé. Personne nulle part et on n'entend rien. Ah, si, ils ont trouvé trois clochards emmitouflés dans des couvertures et des cartons devant la porte close. Je pense que c'est eux que vous avez dû prendre pour des tueurs.

Lucrèce Nemrod est exaspérée.

– Évidemment, ils ne sont pas restés à vous attendre, mais il doit y avoir des traces. Forcez les serrures et entrez, vous serez fixés !

À nouveau le commissaire Malençon croise et décroise ses longs doigts.

– C'est-à-dire que... il est vraiment tard pour obtenir un mandat de perquisition du juge. En plus pour un lieu appartenant à une personne « sensible ». Je ne peux pas prendre le risque de me ridiculiser si les médias l'apprennent.

Lucrèce Nemrod se dresse et frappe la table du plat de la main.

– Les médias c'est moi !

Le commissaire Malençon ne se laisse pas impressionner :

– C'est vous et d'autres. Vous n'avez pas l'exclusivité de cette profession, que je sache. Et je ne voudrais pas, sur un incident de parcours, terminer mes jours dans un commissariat de Corrèze, si vous voyez ce que je veux dire.

– Mais il y a eu mort d'homme. Je vous le jure.

– Et puis la Corrèze a son charme, ne peut s'empêcher de souligner Isidore.

Le commissaire secoue la tête. Il se tourne vers la photo d'Henry Fonda et, d'une voix plus grave et prenant la posture de la photo, il articule :

– Rentrez chez vous, et si je peux vous donner un conseil : ne vous attaquez pas à la famille Wozniak... Ils sont trop puissants, même pour la presse et la police réunies. Ni vous ni moi ne faisons le poids.

53.

« Une femme a perdu son emploi, son mari, sa fortune.
Elle va voir son rabbin pour lui demander conseil. Il lui dit :

– La solution de votre problème, c'est la chèvre.
– La chèvre ?
– Bien sûr. C'est très simple. Mettez une chèvre dans votre appartement et l'effet devrait être radical.
La femme l'écoute, ne comprend pas, mais lui obéit. Elle achète une chèvre, qu'elle installe dans son appartement.
La chèvre sème ses déjections partout, détruit et broute meubles et tapis, sature les pièces d'une odeur épouvantable.
Affolée, la femme revient voir le rabbin et lui explique que c'est un désastre. Sa maison est devenue un vrai taudis, et elle n'ose même plus rentrer chez elle tellement l'animal est agressif.
Alors le rabbin lui dit.
– Très bien, maintenant, enlevez la chèvre de votre appartement.
La femme obtempère et revient vers lui, soulagée.
– Ah ! vous aviez raison, Rabbi, la vie est tellement agréable depuis que la chèvre n'est plus là. J'apprécie chaque instant qui passe. Merci pour ce précieux remède. »

Extrait du sketch : *Question de logique,*
de Darius WOZNIAK.

54.

Il est trois heures du matin. Lucrèce Nemrod et Isidore Katzenberg roulent lentement dans les rues parisiennes désertes. Du haut-parleur de la Guzzi s'échappent les rythmes de *Muse*.

– Bon, conclut Lucrèce. Il faut revenir lundi avec des appareils photo et des caméras. Ils seront bien obligés de reconnaître qu'une entreprise criminelle se cache derrière le « Théâtre de Darius révélateur de jeunes talents ».

Isidore hausse la voix pour couvrir la musique :

– Évitez de les prendre de face. Le commissaire Malençon a raison, ils sont trop puissants. Tadeusz Wozniak est le frère du Français le plus aimé des Français, il possède non seulement une fortune colossale mais un capital de sympathie populaire énorme. Tous les médias ont encensé Darius, par la simple logique de facilité ils soutiendront Tadeusz, y compris *Le Guetteur Moderne* qui a hurlé avec les loups. Ça pèse dans la balance.

– Tuer des êtres humains pour rigoler, ça pèse aussi dans la balance.

– En êtes-vous sûre ? La vie humaine est à mon avis une valeur en baisse sur cette planète. Et les Dix Commandements ne sont plus « tendance ». Trop d'intérêts en jeu : économiques, politiques, religieux, et même comiques.

– On ne peut tout de même pas…

Elle se tait soudain, stoppe son side-car et reste bouche bée.

Ils viennent d'arriver devant le château d'eau d'Isidore.

Ce dernier se débarrasse de son casque et reste interloqué à son tour.

Derrière les fenêtres du dernier étage se meuvent des moutonnements liquides bleuâtres.

Les deux journalistes se précipitent, gravissent les marches de l'escalier en colimaçon et entrent par l'îlot central de la citerne.

Le salon, la cuisine, la chambre et tous les aménagements sont submergés. Les dauphins et le requin nagent au milieu de l'appartement, survolant les tables, contournant le lit, le canapé, et les coussins qui flottent. Les dauphins s'amusent à ouvrir les tiroirs de la pointe de leur bec et sortent les chemises et les pantalons qui se déploient dans l'eau telles des méduses.

Isidore Katzenberg ne réagit pas. Comme assommé. C'est Lucrèce qui vient à lui.

– Heu… Désolée Isidore. Tellement désolée.

Il reste prostré. Lucrèce bafouille :

– Ce sont les Costards roses de Darius. Ils se sont vengés…

Il plonge, nage vers les vannes de remplissage des bassins ouvertes en grand et tourne les trois volants. La montée de l'eau s'interrompt.

Il remonte sur le petit îlot.

Je sens qu'il va encore dire que c'est ma faute.

Il n'a toujours pas réagi, mais elle le voit serrer les poings.

– D'accord, vous ne vouliez pas reprendre contact avec moi. D'accord, vous n'auriez pas eu ce petit souci si je n'avais pas guidé mes poursuivants chez vous. Allez, je reconnais mes torts. Faute avouée à moitié pardonnée, non ?

Et soudain le poing jaillit et percute Lucrece au menton. Le choc la propulse dans l'eau. Mais déjà il a sauté et tous deux se battent dans les remous. George, Ringo, Paul et John approchent pour observer ces deux humains qui semblent vouloir jouer.

Les coups d'Isidore partent avec la volonté de détruire mais l'eau les amortit. Lucrèce ne se défend pas, se contentant d'éviter les grosses phalanges que la colère transforme en pilons.

Epuisés, ils remontent sur l'île, les vêtements alourdis par l'eau.

– Je vous déteste, Lucrèce. Je ne veux plus vous voir.

Combien de fois ai-je entendu cette phrase ? Et aussi que « je porte malheur », que « tous ceux qui ont confiance en moi le regrettent », que je « complique la vie des gens sans l'améliorer ». Oui, je sais. Je sais.

– Je vous ai déjà dit que j'étais désolée. Vous voulez quoi, me tuer ? demande-t-elle, hors d'haleine.

– Enfin une bonne idée.

– Non, Isidore, ne vous trompez pas de colère. Je ne suis pas votre ennemie. L'ennemi c'est Tadeusz Wozniak.

Mais il a toujours ce regard de taureau enragé.

– Je suis venu m'installer ici pour fuir l'agressivité et la bêtise des hommes. J'ai choisi ce château d'eau pour être sûr que personne ne vienne me perturber. Et à cause de vous…

– Bon, évidemment, je viens mettre un peu de sel dans votre vie fade. Vous devriez me dire merci.

Il observe son loft inondé et à nouveau tente d'empoigner la jeune femme, mais celle-ci recule prudemment.

– Isidore, je n'ai plus envie de me battre, dit-elle. Il suffira de sortir vos meubles et de les mettre à sécher au soleil. C'est vrai, quelques objets sont à changer, mais ce n'est pas la fin du monde, vous n'êtes pas le premier à affronter une petite inondation. Et puis soyez positif, vos amis les poissons n'ont jamais eu un tel espace de jeux. Regardez comme ils sont heureux.

Ses poings se contractent à nouveau.

– N'oubliez pas votre devise : « La violence est le dernier argument des imbéciles », Isidore.

Il bondit sur elle et ils se battent cette fois sur l'île. Isidore est plus fort, Lucrèce est plus rapide mais elle n'ose pas lui faire mal. Elle se contente d'éviter les coups.

Il s'immobilise enfin, épuisé.

– Ça va mieux, vous vous êtes défoulé ? On peut parler entre adultes, maintenant ?

Il la foudroie du regard, le visage pâle de rage.

– Je n'ai plus rien à vous dire, Lucrèce, sortez d'ici, sortez de ma vie et n'y revenez jamais. JAMAIS !

Elle reste face à lui, prête à éviter une nouvelle attaque.

– Regardez-vous, vous êtes trempé et vous n'avez nulle part où dormir. Soyez raisonnable, Isidore. Le plus simple est encore de vous laisser aider. Venez chez moi, c'est, comment dire, hum, plus « sec » ?

À nouveau il bondit pour l'étrangler.

55.

« Une femme monte une armoire en kit. Lorsqu'elle a terminé, elle se recule pour contempler le résultat. Mais un bus passe dans la rue et l'armoire s'effondre.

La femme la remonte, sans comprendre ce qu'il s'est passé. Puis elle fixe l'armoire et attend. Au passage du bus suivant, l'armoire s'effondre à nouveau.

Ne trouvant pas d'explication au phénomène, elle appelle le magasin qui lui a vendu l'armoire. Et après avoir étudié l'inexplicable problème, le commerçant décide de lui envoyer quelqu'un pour essayer d'arranger ça.

À peine arrivé, l'employé remonte l'armoire, confiant. Ils attendent, mais dès que le bus passe dans la rue, l'armoire s'effondre.

– Vous voyez, je n'ai pas rêvé, dit la femme.

– Je ne comprends rien, dit l'homme. Peut-être que le bruit du moteur entraîne des vibrations qui déstabilisent l'armoire. Mais je veux en avoir le cœur net.

Il remonte à nouveau l'armoire et décide d'entrer dedans pour voir quelles vis se désolidarisent du bois.

Il referme soigneusement les deux battants du meuble.

Ils attendent, le réparateur à l'intérieur de l'armoire, la femme à l'extérieur.

C'est à ce moment que le mari rentre. Repérant l'armoire il s'exclame :

– Tiens, tu en as acheté une nouvelle ?
Avant que la femme ait pu réagir il ouvre les portes du nouveau meuble et découvre l'homme caché à l'intérieur.
Celui-ci, tout rouge et très gêné, bafouille alors :
– Je sais que ça peut paraître surprenant et que vous n'allez sûrement pas me croire mais... j'attends le bus. »

Extrait du sketch : *Question de logique*,
de Darius WOZNIAK.

56.

Lorsqu'on approche c'est d'abord le son strident des sirènes qui interpelle les sens, puis la vision des flammes qui jaillissent des fenêtres.

La chaleur se propage jusqu'à plusieurs dizaines de mètres autour du foyer.

Derrière le cordon sanitaire, les gens dont le visage est teinté d'orange par la lueur de l'incendie, murmurent : « C'est chez qui déjà ? – Vous savez, la petite gamine qui s'habille en Chinoise Elle est journaliste au *Rapide*, ou bien au *Guetteur Moderne* - Ah, la petite avec la moto qui fait du bruit et qu'elle gare dans la zone interdite ? – Oui je crois. »

Les pompiers déploient les tuyaux et les branchent alors que lentement la grue se met en place face aux deux fenêtres.

Lucrèce Nemrod descend de sa moto et soulève lentement ses lunettes mica.

Oh non ! Pas ça !

La bouche de Lucrèce ne trouve qu'un mot :

– Léviathan !

Déjà la jeune femme a bondi, bousculé les pompiers, franchi le cordon de protection, s'est engouffrée dans l'escalier et a grimpé dans les étages.

Quelques instants plus tard elle réapparaît, recouverte de suie, les cheveux fumants et en bataille. Elle peine à retrouver son souffle, entre deux quintes de toux.

Elle serre sous son bras gauche un ordinateur portable à moitié fondu, un vieux nounours, son sèche-cheveux noirci et la boîte laquée bleue portant les inscriptions « BQT » et « Surtout ne lisez pas ». Dans sa main droite une petite chose calcinée aux yeux blancs exorbités ressemble à une sardine grillée.

Lorsque Lucrèce Nemrod exhibe ce qu'elle a voulu sauver, il ne peut retenir une mimique de surprise.

– Il se nommait Léviathan. Ils vont payer pour ce crime ! gronde-t-elle d'une voix lugubre.

Elle dépose la dépouille de Léviathan dans une boîte d'allumettes.

Déjà elle remonte sur son side-car et fait vrombir le moteur, prête à foncer en direction du Théâtre de Darius.

Mais Isidore coupe le contact de la moto et confisque la clef pour obliger Lucrèce à l'écouter.

– Maintenant, on arrête de s'agiter dans tous les sens et de faire n'importe quoi. On va fonctionner selon le vieux principe : 1) On s'informe, 2) on réfléchit, 3) on agit. Et pour commencer, règle numéro 1 *bis* : ne jamais réagir à chaud. Que diriez-vous d'aller faire le point en terrain neutre ?

Joignant le geste à la parole, il s'est installé dans le side-car.

Il lui rend les clefs et elle démarre.

57.

« Deux vieux se souviennent d'un restaurant où, après le repas, un spectacle présentait un artiste qui sortait son sexe et cassait d'un coup trois noix avec. Ils y reviennent quarante ans plus tard. On leur confirme que le spectacle existe toujours. En effet, le même artiste, beaucoup plus âgé apparaît en redingote. Les projecteurs s'allument et l'artiste casse cette fois avec son sexe... trois noix de coco !

À la fin, les deux vieux vont voir l'artiste dans les coulisses et lui demandent pourquoi il a échangé les noix contre des noix de coco. Et l'artiste répond :

– Ah, vous savez ce que c'est : avec l'âge... la vue baisse. »

Extrait du sketch : *Question de logique,*
de Darius WOZNIAK.

58.

Le cercueil est refermé avec soin.

Des mains creusent la terre du cimetière de Montmartre et enfoncent dans le sol meuble la boîte d'allumettes qui sert de sarcophage.

Puis, en guise de pierre tombale, Lucrèce dépose un morceau de bois sur lequel elle a inscrit au gros feutre LÉVIATHAN.

Et au-dessous, en guise d'épitaphe : « Né dans l'eau, mort dans le feu, enfoui dans la terre. »

Isidore hoche la tête, compatissant.

– Je suis sûr qu'elle était remarquable. Enfin comme carpe.

– Carpe royale du Siam. Et c'était un mâle. « Il » était remarquable. Il était doté de beaucoup de caractère et de conviction. Léviathan m'avait signalé qu'on avait fouillé mon studio pendant mon absence. Pour un poisson rouge en aquarium, ce n'est pas facile de communiquer avec les humains.

– Moi, j'avais un bonsaï qui avait perdu d'un coup toutes ses feuilles.

– Pour vous signaler que quelqu'un avait fouillé votre appartement ?

– Non… parce que les bonsaïs c'est fragile.

Les deux journalistes scientifiques s'acheminent vers le plus proche hôtel situé dans une rue de Montmartre et qui répond au nom évocateur d'« Hôtel de l'Avenir ».

Le réceptionniste, un grand échalas fin et flegmatique aux joues creuses, est un peu étonné de voir ce couple sans bagages. La fille couverte de suie et les cheveux en bataille, l'homme avec des vêtements encore humides.

– C'est juste pour tirer un coup, précise Lucrèce décidée à couper court à toute question.

Le réceptionniste sourit poliment, comme s'il trouvait la blague très bonne, et dépose une clef de chambre sur le comptoir.

– Vous avez de la chance, c'est la seule disponible.

Ils montent dans les étages et trouvent la bonne porte.

Lucrèce ouvre et dévoile la chambre.

– Ça ne va pas, lance Isidore en examinant la pièce.

– Ne vous inquiétez pas pour le prix, Isidore, je le mettrai sur ma note de frais. La Thénardier paiera.

– Ce n'est pas ça qui me préoccupe.

– Quoi alors ?

Isidore semble contrarié.

– Il n'y a qu'un lit. Tant pis, je dormirai sur le canapé.

Puis il se dirige vers la fenêtre, admire la vision panoramique sur Paris, tire les rideaux, allume la lampe et s'assoit dans le fauteuil.

Il sort son iPhone puis compose un numéro.

– Allô, Jean-Louis. J'ai un problème d'eau au château. Non, pas un robinet qui goutte. Ni une fuite. Disons plutôt une inondation.

Il écoute.

– Petite ? Non, une grande inondation. Quand le canapé et le lit flottent et que le téléviseur est sous l'eau, tu appelles ça comment en termes techniques ? Peux-tu aller voir et tout arranger au plus vite ? S'il te plaît. Il va falloir évacuer tous les meubles endommagés et vérifier si la pression n'a pas fragilisé la paroi de béton. Tu me fais un petit contrôle général et tu m'annonces le montant des frais de réparation. Tu peux aussi acheter des meubles et repeindre, je réglerai tout.

Il reprend son souffle.

– Ah, et puis tu nourris Paul, John, Ringo et George. Des harengs pour les dauphins et juste du bœuf pas trop gras pour George. S'il y a des nerfs, tu les retires. Tiens-moi au courant de l'avancée des travaux. Merci Jean-Louis.

Il raccroche, la mine soucieuse.

– Bon sang, enrage Lucrèce, cette fois c'est la guerre. Ces salauds vont le payer !

– « Ne pas pleurer, ne pas rire : comprendre. »

– Le clown Achille Zavatta ?

– Non, Spinoza. Dès que nous sommes dans l'émotionnel nous ne réfléchissons plus, nous ne voyons plus, nous ne comprenons plus.

– C'est quand même simple à comprendre. Tadeusz Wozniak et sa bande de costards roses ont détruit nos appartements pour nous signifier qu'on ne devait pas fourrer notre nez dans leurs petits secrets.

– Nous avons perdu nos lieux de vie. Nous avons gagné une information que personne ne connaît : ce qui se passe le lundi à minuit au Théâtre de Darius. « Tout ce qui est en plus s'équilibre avec ce qui est en moins. »

– Lao-tseu ?

– Non, c'est de moi. Mais je ne suis pas le seul à avoir compris ce principe universel.

Lucrèce Nemrod tourne en rond dans la pièce, nerveuse.

– Il faut agir vite pour les empêcher de continuer.

Isidore s'est assis.

– Non. Il faut d'abord réfléchir.

– Vous voulez faire quoi ? Rester ici à discuter ?

– Exactement. Discuter est parfois le bon comportement de l'homme d'action.

La jeune femme aux cheveux roussis et aux mains encore marquées de suie ouvre largement les rideaux et observe Paris qui lance mille lueurs dans la nuit.

– J'ai des amis qui connaissent des amis qui connaissent des gens haut placés en politique qui eux oseront frapper même la famille de Darius.

– Ce n'est pas la chose à faire.

– J'aime pas le blabla inutile. Alors vous proposez quoi, Monsieur « Toujours-plus-malin-que-tout-le-monde » ?

– D'abord on se calme. On revient à la ligne de départ. On ne se laisse pas influencer par les péripéties annexes qui visent à nous « distraire ». C'est en résolvant l'énigme de la mort de Darius que vous les coincerez.

Elle se retourne vers lui, le regard sombre.

– Il y a désormais plus urgent que trouver l'assassin de Darius.

– Non. C'est au contraire le plus urgent. Dès que nous aurons résolu cette énigme, nous serons considérés comme les défenseurs officiels de l'image du Cyclope. Nous enquêtons « pour » lui. Et dès lors tous ceux qui l'aimaient et l'appréciaient seront dans notre camp.

Lucrèce Nemrod commence à comprendre. Elle le contemple en silence.

– Tout ce que nous ferons sera « pour » Darius. Et c'est pour Darius, au nom de sa « gloire » et de « son talent », que nous pourrons nous attaquer à son frère « félon » qui l'a trahi et qui essaie de ternir son image avec d'« horribles » duels mortels. L'émotion jouera alors pour nous.

Lucrèce se tourne vers la tour Eiffel qui tout à coup déclenche sa robe clignotante pour marquer l'heure.

– Mais Darius était peut-être au courant des tournois du lundi soir…, suggère-t-elle.

– « Peut-être » ? Vous plaisantez ? Bien sûr qu'il le savait. Et c'est probablement lui l'instigateur de ces PRAUB, mais vu qu'il s'est fait une image de saint laïque, nous ne pouvons pas l'attaquer de front.

– Concrètement, vous proposez quoi, Isidore ?

– On enquête en bons journalistes consciencieux et avides de vérité sur la mort du Cyclope. Ensuite, quand nous serons étiquetés comme ses « vengeurs », nous pourrons agir « en son nom » et dénoncer le frère. Le public et les médias pourront alors l'accepter. Et les policiers n'auront plus qu'à s'engouffrer dans la brèche. Tadeusz Wozniak n'aura plus les appuis politiques dont il bénéficie pour l'instant. Il sera désarmé et nous l'affronterons enfin à armes égales.

Ai-je bien entendu !?

– Vous avez dit « nous », vous êtes donc d'accord pour m'aider, Isidore ?

Il s'assoit, las soudain.

– Non. C'était juste une formule. Je n'ai pas accepté d'enquêter. J'ai juste fui avec vous parce que vous m'avez forcé à le faire en attirant chez moi « vos » poursuivants.

– Mais je croyais que votre château d'eau inondé…

– … Me mettrait dans une telle rage que j'aurais envie de devenir violent ? Je l'ai été contre vous mais pas contre eux. Je ne me mets en colère que contre les gens que j'estime et qui m'ont déçu. Les autres je ne leur prête pas attention.

– Je dois donc vous remercier de votre colère ?

– Je suis un non-violent. Tout me détruit, mais je ne suis pas un taureau qui fonce dès qu'on agite un chiffon rouge.

– Vous l'avez dit vous-même, l'enquête est au cœur de ces événements… C'est en revenant au départ et en trouvant la vérité que…

Le visage d'Isidore Katzenberg se ferme.

– Jusqu'à présent, vous m'avez brusqué. Mais pour moi, rien n'a changé. Si vous voulez que je vous aide il va falloir le mériter.

– Que dois-je faire ?

– Suivre la règle du jeu que vous avez vous-même établie…

Elle l'observe différemment.

Jamais je ne comprendrai cet homme.

– Les trois cailloux ?

– Bien sûr les trois cailloux.

– Vous voulez dire qu'après tout ce que nous avons traversé, votre décision d'enquêter dépendra d'un tournoi de trois cailloux ?

Il opine du chef.

– C'est vous qui avez proposé cette règle, le premier jour où vous êtes revenue me voir.

Investi dans les « jeux d'enfant » mais insensible aux « drames des adultes ».

Ce type fonctionne à l'envers du commun des mortels.

Avec lui il faut toujours privilégier le contraire de ce qui semble a priori logique.

Ils s'installent sur la table. Lucrèce finit par trouver une boîte d'allumettes dans un tiroir, puis ils procèdent au cérémonial.

Durant toute la partie Isidore reste concentré et serein, comme s'il avait oublié les raisons qui les ont amenés jusqu'ici.

– Quatre, annonce-t-il.

– Cinq, répond-elle.

Ils ouvrent les mains. Elle a trois allumettes et lui une seule.

Il gagne donc la première partie.

Il gagne la deuxième.

Comme à son habitude il n'émet pas le moindre commentaire.

Elle gagne la troisième partie.

Elle gagne la quatrième.

À la finale, tous les deux n'ont plus qu'une allumette dans la main.

Ils tendent leurs poings fermés, se fixent du regard avec intensité.

– Un, dit-elle.

– Zéro, répond-il.

Elle ouvre sa main et montre qu'elle est vide.

Il n'ouvre pas la main.

– Bravo. Vous avez gagné, Lucrèce.

Et il ramasse précipitamment les allumettes.

J'AI GAGNÉ ! JE L'AI EU ! J'AI BATTU ISIDORE KATZENBERG EN PERSONNE AU JEU DES TROIS CAILLOUX…

– J'ai écouté votre conseil, dit-elle. J'ai arrêté de réfléchir et j'ai tiré dans ma tête aux dés pour que le contenu soit un pur hasard.

Il reconnaît l'efficacité de la stratégie.

– Vous acceptez d'enquêter alors ? Par quoi commençons-nous ?

– Il est quatre heures du matin. Je propose que nous commencions par dormir.

Elle s'approche de lui.

– Vous savez, Isidore, vous pouvez dormir avec moi dans le grand lit.

– Je vous ai déjà signalé que je préférais dormir seul dans le canapé.

Ce n'est pas possible, il ne me voit pas ? Il ne voit pas mes seins, il ne voit pas mes fesses ? Je dois être hypersexy à cette seconde avec mes yeux qui étincellent comme la tour Eiffel, ma tenue en cuir noir. Bon sang, je suis un fantasme vivant. Aucun homme n'est censé résister à ça.

– Je vous promets, on se mettra sur les bords et je ne vous toucherai pas. Je ne ronfle même pas.

– Moi si.

Elle s'approche un peu plus. Elle lui caresse le torse. Il recule d'un pas.

– Pourquoi me repoussez-vous ? Je ne vous plais pas ?

– Je vous l'ai dit : notre différence d'âge rend toute idylle proprement… grotesque.

Elle reçoit les deux mots avec une grimace.

Il a failli dire « incestueuse ». Pourquoi veut-il salir l'un des rares beaux souvenirs de mon existence ?

– Dois-je vous rappeler que nos corps ont déjà échangé leurs fluides, Isidore ? Et il me semblait que la chose vous avait bien plu…

– Ce n'était pas de l'amour. Vous êtes orpheline et vous recherchez un père. Si vous voulez qu'on travaille ensemble de manière efficace vous me supporterez plus facilement comme compagnon de travail que comme compagnon de coucherie. Donc pour ce soir trois règles : 1) Interdiction de me toucher, 2) interdiction de me réveiller, 3) interdiction de… Finalement non, il n'y a pas de 3).

Il se rend dans la salle de bains, trouve une brosse à dents en plastique et un tube de dentifrice. Il se brosse les dents. Prend une douche.

En caleçon et tee-shirt, il revient dans la chambre et se met en position du lotus dans un fauteuil.

– Vous faites quoi, là ?

– J'oublie.

– Pardon ?

– J'oublie tout. Même vous. C'est ma manière d'être propre. Avant de me coucher : 1) Je me lave la bouche. 2) Je me lave la peau. 3) Je me lave l'esprit. Pour qu'il n'y ait aucune rancœur, aucun regret, aucune peur, aucune frustration. Je me rappelle tout, puis j'efface toute pensée au fur et à mesure qu'elle vient.

Et ce jusqu'à ce qu'il n'y ait plus rien. Plus d'aliments dans ma bouche. Plus de crasse sur ma peau. Plus d'idées dans mon cerveau.

– Et quand vous ne pensez à rien, vous pensez à quoi ?

Il soulève une paupière et lâche un soupir.

– Bon, laissons tomber pour ce soir. Je sens que je n'y arriverai pas.

– Désolée, Isidore. J'espère que ce n'est pas ma faute.

– Ne soyez pas désolée. Préparez-vous psychologiquement. Prenez des forces. Préparez-vous à vivre des choses que vous n'imaginez même pas. Pour ma part je m'y prépare aussi.

Il cherche dans l'armoire une couverture, se roule dedans puis se blottit sur le canapé.

Finalement, ce n'est qu'un homme comme les autres.

Comme pour lui donner raison, le grand et gros journaliste scientifique s'endort et commence à ronfler bruyamment.

ACTE II

« Le souffle primitif »

59.

489 avant Jésus-Christ.

Grèce.

Athènes.

Epikharmos était un jeune étudiant tout juste sorti avec les honneurs de la très prestigieuse école de Pythagore. Il avait 21 ans, et souhaitait devenir auteur de théâtre. Il avait écrit deux tragédies qui, pour l'instant, n'avaient pas trouvé preneur et déjà, à son grand désespoir, il songeait à renoncer pour pratiquer un métier moins artistique : commerçant en sandales.

Alors qu'il se promenait, un soir, près du grand marché d'Athènes, désert à cette heure, il aperçut un homme poursuivi par cinq autres. L'homme se faisait rattraper et les cinq autres le jetaient à terre, le frappaient et le fouillaient pour le détrousser.

À l'école de Pythagore, Epikharmos avait appris les mathématiques, la littérature, l'histoire et la philosophie, mais aussi l'art de se battre. Il avait développé un talent particulier pour manier la canne comme une arme redoutable.

Il surgit dans la troupe des assaillants et, faisant tournoyer sa canne, il frappa les agresseurs, les tint à distance, puis les mit en fuite.

Il aida bientôt la victime à se relever. À la manière dont il était vêtu, Epikharmos reconnut tout de suite l'origine du jeune homme. C'était un habitant de Judée.

De par l'enseignement pythagoricien qu'il avait reçu, Epikharmos parlait couramment hébreu, et un dialogue put s'instaurer. Le jeune homme le

remercia et voulut en hâte reprendre la route. Dans l'obscurité, Epikharmos n'avait pas remarqué la grande tache rouge qui imbibait le vêtement de l'Hébreu. Il avait reçu un coup de couteau au ventre. Et s'effondra une centaine de pas plus loin.
Epikharmos avait bénéficié des cours de médecine du grand professeur Hippocrate en personne. Il connaissait les gestes qui sauvent. Il arrêta donc l'hémorragie et, déchirant ses propres vêtements, confectionna un pansement des plus sommaires.
Revenu à lui, l'homme bafouilla « qu'il allait bien et qu'il voulait repartir » mais il ne parvint qu'à s'effondrer de nouveau.
Le jeune homme chargea donc l'Hébreu sur ses épaules, et l'emporta dans sa demeure.
Durant toute la nuit, il le soigna, pansa sa blessure, et l'homme finit par s'endormir. Une forte fièvre le fit alors délirer et il se mit à parler d'un grand secret qu'il fallait préserver à tout prix.
Epikharmos songea tout d'abord qu'il s'agissait d'une secte de juifs. Il avait entendu dire que de manière épisodique apparaissaient dans cette religion monothéiste des cellules plus ou moins secrètes, aux pratiques ésotériques.
L'Hébreu continua de délirer tout le jour suivant, sous l'effet de la fièvre, mais survécut grâce aux baumes et aux cataplasmes de plantes d'Epikharmos.
Au réveil, il réussit à confier son nom. Il se prénommait Emmanuel, de la tribu de Benjamin.
Epikharmos se tenait au courant de l'actualité récente d'Israël. Il savait qu'à la mort du roi Salomon, son fils Roboam était monté sur le trône, et que les représentants des 12 Tribus avaient alors demandé une baisse des impôts. Le roi Roboam ayant refusé, il s'était ensuivi un schisme. Dix tribus avaient fait sécession et s'étaient dotées d'un nouveau roi : Jéroboam.
La tribu de Benjamin, avec la tribu de Juda, était restée fidèle au fils de Salomon.
Les deux hommes discutèrent longtemps, et une amitié commença de naître.
Epikharmos lui apprit un peu de grec et Emmanuel l'aida à perfectionner son hébreu.
– Durant ton sommeil tu as évoqué l'existence d'un grand secret, de quoi s'agit-il ? demanda le jeune étudiant.
Alors Emmanuel lui raconta une histoire incroyable. À l'époque du roi Salomon, l'un de ses conseillers, un certain Nissim Ben Yehouda, aurait créé un atelier de recherche sur le pouvoir du rire, et aurait abouti à une découverte déterminante. Un trésor spirituel. Il se serait dès lors constitué un groupe de chevaliers bien décidés à protéger ce secret.

Mais les Assyriens envahirent le nord du pays et apprirent l'existence de ce trésor spirituel, sans en connaître toutefois la nature. Et n'auraient de cesse désormais que cette information primordiale ne leur soit donnée. Voilà pourquoi ils traquaient tous ceux qui semblaient dans le secret. Voilà pourquoi il avait été poursuivi par ces cinq hommes. C'étaient des Assyriens.
Emmanuel révéla alors qu'il était lui-même un chevalier de cet ordre secret, défenseur de ce trésor spirituel.
- Il ne faut pas qu'il tombe entre de mauvaises mains. En revanche ce trésor est vivant et il faut le nourrir. Comme un animal, il faut le protéger, et éviter surtout qu'il ne vous morde.
- Un animal ?
- Un dragon. Dont la morsure est mortelle.

Cette rencontre allait bouleverser la vie d'Epikharmos. Ce n'était pas une simple initiation que lui proposait l'Hébreu, mais un enseignement complet, appuyé sur une philosophie nouvelle et en tout point excitante. Emmanuel termina l'éducation de son ami en lui révélant les codes et les armes des chevaliers défenseurs du secret de Nissim Ben Yehouda. Le jeune étudiant athénien dès lors changea complètement de point de vue, de vêtements, de lieu de vie, de fréquentations. Il se dit que depuis le début il se trompait en voulant faire de la tragédie grecque comme les autres jeunes auteurs de théâtre. Il comprit que la pensée la plus puissante était en fait comique, et non tragique.
Epikharmos chercha dans la mythologie grecque ce qu'elle possédait de plus « drôle » et découvrit le personnage de Momos.
Momos était un dieu mineur, fils de Nyx, la Nuit, et d'Érebe, les Ténèbres. Il était le frère de Thanatos, le dieu de la Mort, et était devenu le bouffon des dieux de l'Olympe.
Il se moquait d'Héphaïstos, lui reprochant d'avoir créé l'homme sans une porte dans la poitrine qui aurait permis de voir ses pensées.
Il se moquait d'Aphrodite qu'il décrivait comme une déesse ne faisant que bavarder et exhiber ses sandales.
Momos se moquait même de Zeus, l'accusant d'être un dieu violent et obsédé par le sexe.
Mais à force de se moquer des dieux, le bouffon railleur finit par devenir un bouffon gêneur, et on le chassa de l'Olympe.
Seul Dionysos lui conserva son amitié. Et Momos lui enseigna l'art du vers comique. Mais il lui confia surtout le secret de l'humour : « Vous ne pouvez être vraiment drôle si vous buvez de l'eau. Pour trouver les phrases percutantes vous devez être foudroyé par la magie du vin. »

Epikharmos se servit de ce personnage de la mythologie pour écrire sa première comédie.
Emmanuel l'aida à concevoir les structures comiques des phrases, la scénographie et les costumes.
Epikharmos, pour sa part, excellait dans la beauté des dialogues et la psychologie des personnages.
Enfin arriva le jour où la pièce *Momos* fut jouée dans un petit théâtre proche de l'Acropole.
Le public, surpris par le ton inaccoutumé, finit pourtant par sourire, puis se laisser gagner par des vagues successives de rire.
À la fin, le public hésita à réagir. Il y eut un long silence. Les deux amis se demandaient s'ils avaient réussi, mais Emmanuel se décida à applaudir, suivi aussitôt par toute la salle, et ce fut un triomphe.
Epikharmos devint dès lors célèbre dans toute la Grèce. Après *Momos*, les pièces s'enchaînèrent : *La Folie d'Héraclès* puis *Ulysse le transfuge*.
Il reprenait les thèmes des tragédies pour en faire des comédies. Trente-cinq pièces virent ainsi le jour sur des thèmes mythologiques.
Puis, sur les conseils d'Emmanuel Benjamin, il quitta les héros pour parler du peuple et ce furent *Les Marmites*, *Le Paysan*, *Les Rapines*. Le succès populaire venait confirmer le succès aristocratique. Tout le monde, riche ou pauvre, voulait aller rire aux fameuses pièces d'Epikharmos.
Les auteurs de tragédie le détestaient, le traitaient d'« auteur facile », jugeaient son théâtre indigne d'être pris au sérieux.
Et il rétorquait que telle était bien son intention : « ne pas être pris au sérieux ». Et pour démontrer la puissance du théâtre comique, Epikharmos s'intéressa aux animaux qu'il mit en scène comme des personnages à corps humain et au masque animal.
Le succès fut là encore immédiat et dura longtemps. Epikharmos écrivit une cinquantaine de pièces de théâtre.
Cependant, au sommet de sa gloire, il convoqua son vieil ami Emmanuel Benjamin.
– Tu te rappelles, lui dit-il, quand on s'est rencontrés la première fois, tu étais poursuivi par des gens qui voulaient te voler un secret. Tu avais évoqué un trésor vivant, un dragon à la morsure mortelle. J'y pense parfois. C'est quoi ce secret ?
Epikharmos avait 92 ans, il tremblait, Emmanuel en avait 95, et n'était pas en meilleur état.
Pourtant le vieil Hébreu eut une sorte de lueur étrange dans le regard.
– Tu veux vraiment le savoir ? Mais si je te le révèle tu risques d'en mourir, le sais-tu ?
Le vieux comique grec hocha lentement la tête. Il acceptait le risque.

Alors Emmanuel Benjamin alla chercher un petit coffre-fort sur lequel était gravée une inscription en hébreu.
– Attends, je vais traduire, dit Epikharmos pour montrer à son vieil ami qu'il avait bien profité de ses leçons. Il épela en traduisant en grec :
– « Bevakasha Lo Liqro ». Donc « Bevakasha ». S'il vous plaît. « Lo » Non, ne pas. « Liqro » Lire. Donc on pourrait traduire par : « S'il vous plaît... ne lisez... pas. »
Emmanuel lui tendit la clef du coffre et lui dit, solennel :
– Voilà le trésor que les Assyriens convoitaient. Maintenant, agis comme bon te semble. Moi je ne l'ai jamais ouvert, je l'ai seulement fait voyager. Poser ou non tes yeux sur le parchemin qu'il contient ne relève que de ton choix.

Grand Livre d'Histoire de l'Humour. Source GLH.

60.

Il est pulvérisé avant même de comprendre ce qui lui arrive.

La main essuie le cadavre rougeoyant sur le drap.

J'aime pas les moustiques.

Mais déjà un deuxième moustique tournoie dans la pièce.

Lucrèce Nemrod n'arrive pas à dormir. Elle se lève. Il est 5 h 05 du matin.

Il a accepté d'enquêter avec moi... ISIDORE KATZENBERG EN PERSONNE A ACCEPTÉ D'ENQUÊTER AVEC MOI.

Elle scrute le plafond éclairé par la lampe, à la recherche du second insecte piqueur.

C'est parfait. Même si ça m'a coûté mon logement et Léviathan. Tout a un prix. Et je l'accepte.

Elle fixe le moustique survivant ayant atterri sur le rideau et d'un geste preste l'écrase de sa main ouverte. Le bruit sec provoque un grognement de l'homme qui dort dans le divan voisin.

Il a dit qu'il veut revenir à la problématique de départ.

La jeune femme sort l'ordinateur du sac plastique et l'ouvre. Il ne fonctionne plus. Puis elle sort la boîte bleue.

Dire que si le Cyclope avait été aveugle il ne serait pas mort.

Son œil survivant l'a tué.

Qu'est-ce qu'il a bien pu lire qui l'a mis dans un tel état ?

Soudain la vie de cet artiste adulé des foules, envié de tous, qui possédait tout ce qu'un homme pouvait matériellement souhaiter : argent, pouvoir, femmes, respect, admiration, lui semble pitoyable.

Sa vie devait être juste axée sur le pouvoir, dans son luxe exagéré, son château de Versailles de pacotille, avec ses frères comme serviteurs et sa mère comme fan numéro un. Lui aussi devait avoir des insomnies et se sentir triste, tellement triste qu'il lui fallait faire semblant de rire de tout. Et c'est cette puissance de noirceur qu'était sa vie qui s'équilibrait avec le pouvoir de faire rire les autres.

« Tout ce qui est en plus s'équilibre avec ce qui est en moins », dit Isidore.

Darius avait plus d'humour parce qu'il traînait plus de tristesse et d'angoisse que la moyenne des individus.

Elle se place devant le miroir.

Même moi, tout ce que j'ai en plus n'est qu'une compensation de ce qu'il me manque, Isidore l'a bien saisi. C'est pour ça qu'il ne tombe pas sous mon charme.

Lucrèce prend une chaise. La place près du divan où dort son comparse d'aventure.

– Qui es-tu, Isidore Katzenberg ? Et pourquoi m'agaces-tu et me fascines-tu autant ? murmure-t-elle.

Elle se souvient de leur première rencontre. Elle travaillait sur une enquête particulièrement coriace, et Florent Pellegrini lui avait suggéré de se faire aider par ce « journaliste free-lance », le « Sherlock Holmes des journalistes scientifiques ». Il l'avait aussi mise en garde : « C'est un éléphant solitaire. »

Et puis elle avait découvert l'originalité du personnage. À commencer par son lieu de vie, un château d'eau en forme de sablier au cœur de la banlieue de Paris.

À l'époque il n'avait pas le téléphone et elle n'avait même pas pu prendre rendez-vous.

Elle s'était rendue chez lui et l'avait rencontré. Leurs deux silhouettes semblaient complémentaires.

Autant elle était menue, autant il était massif.

Un éléphant et une souris.

Elle lui avait présenté son idée d'enquête sur le meurtre d'un paléontologue, lié à une découverte étonnante sur l'origine de l'humanité. Il avait simplement souligné : « Si vous vous intéressez au passé de l'humanité, c'est que vous avez un problème avec votre passé personnel. Vous devez être orpheline. » Elle avait reçu cette phrase comme un électrochoc.

L'éléphant avait écrasé la petite souris.

Mais ce n'était pas son genre de renoncer. Lucrèce était revenue. Elle l'avait convaincu de justesse, comme aujourd'hui. Ils étaient partis dans la jungle africaine et allés de découverte en découverte. Et au final ils avaient résolu l'énigme de l'apparition du « Père de nos pères ». Le seul écueil était que leur trouvaille était trop extraordinaire et dérangeante pour être révélée au grand public.

Cependant ils étaient restés tous les deux sur l'impression troublante d'avoir débusqué une grande vérité cachée. Du coup elle lui avait proposé, quelques années plus tard, d'enquêter sur la mort étrange d'un joueur d'échecs. Il avait un peu changé. Il était plus maigre. Leur couple d'animaux de référence avait changé.

Un ours et un lapin.

Cette fois il avait été un peu plus loquace, il lui avait parlé de ses passions : la recherche de la Voie de Moindre Violence. Il lui avait parlé de l'évolution de la conscience selon la symbolique des chiffres. Il lui avait parlé de l'Arbre des Possibles.

L'enquête les avait entraînés dans un asile psychiatrique hors du commun, sur une île de la Côte d'Azur, juste en face de Cannes.

Ils avaient découvert l'« Ultime Secret », et au plus fort de la tension de l'enquête ils avaient fait l'amour. Deux heures extraordinaires. Durant l'acte ce corps immense se mouvait comme en apesanteur. Il était attentif, protecteur, rassurant et en même temps impétueux, surprenant, gracieux.

Quand ils s'étaient quittés, elle était persuadée qu'Isidore allait la rappeler.

Comme tous les hommes qui faisaient l'amour avec elle.

Mais c'était sans compter avec son versant « ours solitaire ».

Alors elle s'était mise à le détester. Elle s'était dit : « Il se prend pour qui ? Il est gros. Il est vieux. Il n'a même pas d'amis. »

C'était la première fois qu'elle ressentait un tel sentiment et qu'on ne le lui rendait pas.

Pour se venger d'Isidore elle était sortie avec un homme qui lui ressemblait. Et elle l'avait abandonné. Mais cette vengeance ne lui avait laissé qu'un goût amer.

Par la suite elle avait pris du plaisir à créer un lien fort avec ses partenaires sexuels, pour prendre encore plus de plaisir devant leur mine déconfite quand elle les rejetait sans raison.

Combien d'amants avait-elle ainsi malmenés pour se venger d'Isidore ? Elle était allée loin dans la fusion puis l'abandon. C'était devenu un art qu'elle savait porter à son paroxysme. Un de ses amants abandonnés s'était suicidé, deux autres avaient eu des dépressions.

Leur fragilité était devenue son tableau de chasse à elle.

D'ailleurs la plupart du temps elle n'hésitait pas à les avertir : « Vous savez, en général je ne fais pas de bien aux hommes, êtes-vous sûr de vouloir tenter l'aventure ? » Cette phrase, loin de les faire fuir, avait la vertu de les attirer comme s'ils voulaient relever le défi.

C'était Isidore qui répétait : « Ne jamais sous-estimer l'adversaire. » Ils la sous-estimaient. Parce qu'elle était petite, jeune, et surtout parce qu'elle était une femme. Ils devaient donc payer pour apprendre.

Lucrèce se souvient.

Elle était devenue 1,55 mètre et 50 kilos de femme fatale avec des cheveux roux, des seins hauts, des cuisses musclées et des yeux couleur d'émeraude.

Elle était aussi revenue vers les femmes, mais là encore son plaisir n'était que dans la domination. Et elle avait surtout compris que le vrai sadisme, c'est quand la maso dit : « Fais-moi mal », et que l'autre répond : « Non, ça ne m'intéresse pas. »

Lucrèce regarde Isidore dormir.

Grâce à lui, elle connaissait la profondeur du pur sentiment amoureux. Sans domination, seulement dans la complicité d'âme, avec quelqu'un qui pouvait la comprendre, il était suffisamment subtil pour cela. Et c'était…

Je n'ose le croire.

… lui qui avait eu le culot de répondre « Non, ça ne m'intéresse pas. »

Isidore sourit, les yeux fermés. Il suit probablement les belles aventures de son rêve.

Ainsi il ressemble encore plus à un gros bébé.

Elle aurait presque envie de le bercer. Elle caresse son front dégarni.

Ensemble nous sommes forts. Pourquoi ne le comprend-il pas ?

Très lentement, elle se penche et dépose un petit baiser sec au creux de son cou. Il envoie mécaniquement la main pour frapper le moustique importun.

– Toi, je ne sais ni qui tu es, ni comment fonctionne ta tête. Mais un jour tu t'apercevras que tu ne peux pas vivre seul, murmure-t-elle à son oreille. Et tu as plus besoin de moi que tu ne l'imagines, Isidore.

61.

« C'est un homme perdu dans le désert, complètement déshydraté et sur le point de mourir de soif.
Soudain il croise un type et lui crie :
– De l'eau ! De l'eau !
– De l'eau ? Non, désolé, je n'ai que des cravates.
– En plein désert, des cravates ? Mais ça ne sert à rien !
Écœuré, l'homme poursuit péniblement son chemin.
Là-dessus il arrive dans une oasis fermée par un mur avec une guérite à l'entrée.
Il fonce vers le gardien.
– De l'eau ! De l'eau, à boire par pitié.
– C'est un lieu fermé, monsieur. Si vous voulez entrer il faut une tenue correcte. Avez-vous une cravate ? »

Extrait du sketch *Après moi le déluge*,
de Darius WOZNIAK.

62.

Un long coup de klaxon du camion réfrigéré livrant le restaurant de l'Hôtel de l'Avenir remplace le chant du coq.

Le soleil se lève, passant progressivement de la forme ovale à la forme ronde et de la couleur violette à la couleur rose, puis orange, puis jaune puis blanche.

Alors qu'ils déjeunent dans la salle à manger, Isidore Katzenberg pianote sur son iPhone utilisé comme minuscule ordinateur : « ENQUÊTE SUR LA MORT DE DARIUS ».

– Bon, rappelez-moi tout ce que vous avez déjà comme indices et comme témoignages. Je vous écoute, Lucrèce.

Mais elle ne bouge pas. Son regard est attiré par la télévision allumée derrière lui dans la salle du petit déjeuner.

Intrigué, il se retourne et voit le visage de Sébastien Dollin qui s'affiche sur le téléviseur.

Elle se lève et monte le son.

Au journal on annonce le suicide du comique Sébastien qui s'est tiré une balle dans la tête après une carrière en dents de scie et une fin dans la déchéance et l'alcoolisme.

– « C'est le septième comique qui se suicide, exactement de la même manière, rappelle le chroniqueur qui parle d'épidémie "professionnelle" de suicides. Après celui des télécommunications, celui des usines automobiles, voilà que le milieu pourtant très fermé des comiques est touché. »

– Pourquoi allumez-vous la télévision quand on commence l'enquête ? se contente de demander Isidore.

– Juste avant de mourir, Sébastien, ce Sébastien Dollin, m'a confié le nom de celui qui aurait tué Darius.

Il esquisse une grimace de doute.

– Qui aurait tué Darius… selon lui ?

Cette information qu'elle a obtenue de la bouche même de Sébastien Dollin, juste avant sa mort, elle la lâche en articulant chaque syllabe :

– … Tri…stan… Ma…gnard.

– Tristan Magnard ? « LE » Tristan Magnard ?

– En personne.

– Nous parlons bien du célèbre comique mystérieusement disparu il y a quelques années ?

– Lui-même. Seb m'a dit textuellement : « C'est le combat entre l'humour des lumières et l'humour des ténèbres. Darius était dans le camp des ténèbres. Saint Michel a frappé de son épée le Dragon. » Voilà ce qu'il m'a confié avant de décéder sur scène.

Isidore Katzenberg avale un croissant.

– Alors, vous en pensez quoi ? demande-t-elle.

– Je n'aime pas l'humour. Je n'aime pas les blagues. Je crois que cette activité inutile a été créée pour masquer le désespoir qui est la condition naturelle de l'homme.

Il regarde bizarrement un second croissant, puis y renonce.

– Et c'est précisément parce que l'humour existe que l'homme supporte cette condition indigne. Sinon il se révolterait. C'est comme les analgésiques qui empêchent de ressentir la douleur, du coup on supporte ce contre quoi on devrait lutter.

Lucrèce Nemrod se lève, va chercher des toasts et du Nutella, puis se rassied et entreprend de se faire des tartines. Elle parle la bouche pleine.

– Je ne parlais pas de ça. Je voulais dire, vous en pensez quoi de la piste « Tristan Magnard » ?

– L'apparition de ce revenant dans notre dossier est étonnante. Ça pourrait être un début de piste sérieuse. Un vrai mystère intéressant se résout souvent par un mystère encore plus grand.

Isidore revient vers son iPhone et pianote sur le petit clavier virtuel.

Il trouve quelques articles sur le comique.

Il se tourne vers Lucrèce.

– Tristan Magnard, lui au moins, c'était un artiste talentueux. Il ne se contentait pas de recycler des vieilles blagues. Je l'adorais. Voilà quelqu'un qui a su transformer sa vie en une bonne blague qui pourrait se terminer ainsi : « Et à la fin… il disparut sans explication. »

Il a un geste évoquant un nuage qui s'évapore.

– Je croyais que vous n'aimiez pas l'humour.

– Au contraire, c'est parce que je l'aime trop en tant qu'art absolu que je ne supporte pas de le voir galvaudé en défoulement populaire vulgaire.

– Je ne vous comprends pas.

– Parce que vous n'avez pas saisi l'une des trois grandes lois de compréhension du monde. Le paradoxe.

Il attend un instant que le mot résonne dans le silence, puis précise :

– Je n'aime pas l'humour… de mauvaise qualité. Et comme l'essentiel de l'humour proposé à la télévision est juste une manière de dégrader l'humain et de se moquer des gens, je ne prise pas cet humour. Peut-être est-ce celui-là que Sébastien appelait l'humour des ténèbres. En tout cas c'était le fonds de commerce de Darius.

– Vous caricaturez.

– Mais j'aime l'humour subtil. L'autodérision. Le nonsense. Tristan Magnard était très fort en autodérision et en nonsense. Quand je vous dis que « je n'aime pas l'humour », c'est comme si je vous disais « je n'aime pas la vinasse ». Mais cela ne m'empêche pas, bien au contraire, d'apprécier un verre de bouvay-ladubay 1978 servi à bonne température ou de vin chilien castillo-de-molina 1998.

– Le problème c'est que la notion d'« humour de qualité » est subjective. Alors que pour le vin tout le monde est plus ou moins d'accord.

Il utilise sa cuillère pour battre l'air.

– Bon point. Mais Tristan Magnard était objectivement un grand, un très grand humoriste, car il avait trouvé une sorte de troisième degré. Ce n'était pas de l'humour gras, sexuel ou raciste. C'était des petites pépites pour l'esprit. L'humour qui réveille, et non pas l'humour qui dégrade.

Il lit les informations qu'il trouve sur Internet.

– La carrière de Tristan Magnard était en pleine ascension. Tout comme Darius il était considéré comme le comique numéro 1 en son temps. Il avait tourné plusieurs films. Et puis un soir après un spectacle il a dû « péter les plombs », il a disparu. Il n'a jamais donné d'explication. Il laisse une femme et deux enfants. La thèse le plus couramment retenue est une sorte de dépression entraînant la fuite dans un pays lointain où il aurait changé d'identité.

Il ajoute un peu de sucre dans sa tasse de thé et tourne.

– Mais tout ça me semble un peu trop simpliste… La vérité sur la disparition de ce personnage reste à découvrir.

Isidore note quelques phrases sur son fichier.

– Donc résumons-nous. Nous avons :

1) L'arme du crime : une boîte bleu marine.

2) Des inscriptions à l'encre dorée : « BQT » et : « Surtout ne lisez pas ».

3) Une feuille de papier photosensible de marque Kodak exposée à la lumière.

4) Une image prise par une caméra vidéo de l'assassin grimé en clown triste.

Et maintenant :

5) Le nom d'un suspect désigné par un autre suspect juste avant sa mort. Ce qui donne à cette accusation une valeur spéciale. Tristan Magnard…

– Ce n'est pas mal pour démarrer. Il nous manque quoi ?

– 6) Le mobile du crime.

7) Les preuves.

8) Trouver Tristan Magnard.

Isidore Katzenberg demande à Lucrèce à revoir l'image du clown triste. Elle pêche son portable Black Berry dans son sac à main. Puis il lance sur son iPhone Google Image, et cherche celle de Tristan Magnard.

– Regardons déjà si au visuel il n'y a pas d'incompatibilité.

Ils comparent les deux visages.

– Le maquillage est tellement outrancier qu'on distingue mal les traits, reconnaît Lucrèce. Et le gros nez rouge ne facilite pas l'identification.

– Sans parler de la mauvaise qualité de l'image vidéo filmant de haut, elle ne permet pas d'évaluer la taille de l'individu grimé en clown triste.

– Il est plus grand que Darius, ça c'est sûr. Sinon, du point de vue corpulence, ça pourrait correspondre à Tristan Magnard.

– … Ou pas, ajoute Isidore.

Il boit doucement son thé vert.

– Que proposez-vous ?

– Vous, Lucrèce, vous chercherez Tristan.

– Vous ne venez pas avec moi ?

– Moi, en parallèle, j'enquêterai à ma manière. Sur le fond et non sur la forme.

– C'est-à-dire ?

– Je vous l'ai dit, pour moi la clef de tout ça est à chercher à la source même de l'humour. Ce qui me semble le grand enjeu. Pourquoi le rire est-il apparu sur Terre ? Je partirai donc sur la piste de l'origine de ce phénomène biologiquement inutile.

Elle soupire longuement, déçue.

– Je vais donc encore enquêter seule ?

– Nous nous tiendrons informés de l'avancée de nos pistes respectives.

Lucrèce Nemrod, agacée mais n'osant le manifester, plonge son doigt dans le pot de Nutella et le gobe tout entier.

Bon, soyons pratique. Première chose à faire : les achats. D'abord un sac à dos pour tout ranger. Ensuite des culottes, des soutiens-gorge. Des bas. Un petit nécessaire de maquillage et de démaquillage. Du rouge à lèvres. Du parfum. Du vernis à ongles. Un revolver calibre 7,65 mm. Des cartouches. Du shampooing cheveux mi-gras. Une crème de nuit relaxante. Un sèche-cheveux 2000 watts, celui de l'hôtel est trop faiblard. Une brosse à dents. Un appareil photo 18-115 mm avec des cartes mémoire. Et puis… des préservatifs, au cas où j'arriverais à le faire changer d'avis.

63.

389 avant Jésus-Christ.

Grèce.
Athènes.

Le public se leva pour applaudir *L'Assemblée des femmes.* Dans cette pièce comique, les citoyennes athéniennes se réunissent sur la place pour prendre le pouvoir et enfin voter les mesures courageuses que leurs maris trop lâches n'osent pas voter.

Le sujet était vraiment audacieux pour l'époque.

L'auteur, un petit chauve grassouillet, monta sur scène et salua la foule en joie. Il se nommait Aristophanès et était depuis quelques mois le favori du public athénien. Il avait déjà écrit une pièce baptisée *Les Nuées* dans laquelle il osait se moquer ouvertement du grand philosophe Sokratès qu'il faisait passer pour un pédant misogyne. Dans *Les Guêpes* il ridiculisait les juges, présentés comme corrompus et égoïstes, et les aristocrates qui s'accablaient de procès inutiles pour des futilités.

Rien ne l'arrêtait. Après s'être moqué des philosophes, des juges et des aristocrates, il s'était attaqué à son plus illustre concurrent, l'auteur Euripide, qu'il raillait dans *Les Grenouilles.* Dans *Les Oiseaux* il se moquait des Athéniens qui veulent toujours faire la guerre à leur voisin sous des prétextes quelconques. Dans *Les Cavaliers* il s'attaquait carrément au chef de l'État, Cléon, qu'il présentait comme un tyran stupide. Dans *Ploutos,* il dénonçait la manière dont les richesses sont redistribuées entre aristocrates et gens du peuple.

Ce nouvel auteur était le premier à utiliser un langage très cru pour montrer comment parlent vraiment les gens. Aristophanès n'avait pas peur d'utiliser les mots grossiers, de parler de « cul », de sexe, d'argent et de politique. Il proposait un nouveau théâtre avec des scènes entrecoupées de chœurs, de musique, de danse. Il inventa un intermède, la « parabase », durant lequel l'acteur principal enlevait son costume de scène et d'un ton sérieux se mettait à parler de morale au nom de l'auteur.

Ces instants transformaient son théâtre en vraie tribune politique.

Tout le monde se demandait jusqu'où iraient la témérité de cet auteur et la patience du pouvoir en place.

Toujours est-il qu'il faisait salle comble et que le public athénien riait à gorge déployée. Personne n'osait s'attaquer à cette vedette qui faisait se pâmer la cité.

Sans le savoir Aristophanès venait d'inventer l'humour engagé.

Ce soir-là, il saluait encore une fois les spectateurs, quand soudain les applaudissements cessèrent net. Un groupe d'hommes en armes venait d'entrer dans le théâtre.
Ils bloquèrent les issues et vinrent jusqu'à la scène pour s'emparer de l'auteur, l'enchaîner et l'emmener, sous les huées de la foule.
L'humour avait ses limites. Cléon n'avait pu en supporter davantage, il avait envoyé sa police.
Le procès eut lieu un mois plus tard.
On reprochait à Aristophanès de troubler l'ordre public et d'encourager le peuple à la rébellion. Platon en personne vint témoigner pour dire qu'à force de se moquer de son maître Sokratès, Aristophanès était directement responsable de sa mort. D'autres auteurs de théâtre, des intellectuels, des artistes jaloux vinrent témoigner de l'influence néfaste de cet auteur sur la jeunesse naïve.
Il ne se trouva personne pour le défendre, ou lui accorder des circonstances atténuantes. Le verdict tomba.
Il lui fut interdit de continuer à pratiquer son métier d'auteur, et il devait payer une amende aux personnes qu'il avait offensées.
Mais le retour de bâton ne s'arrêta pas là.
En l'an 388 avant Jésus-Christ, une loi fut votée par l'assemblée athénienne interdisant toute attaque nominative contre les personnes, ainsi que toute critique politique dans les pièces. On ferma les théâtres comiques.
Aristophanès fut ruiné, réduit à errer tel un clochard dans les rues d'Athènes, oublié de tous, méprisé de ses anciens concurrents et de l'immense foule qu'il avait tant divertie.
Mais un jour, un homme se prétendant le fils du grand Epikharmos vint vers lui.
– Je sais qui tu es. Et je suis venu t'aider, dit-il.
– Je suis un vieil auteur fini. Pour nous il n'y a pas de retraite, essaya de plaisanter Aristophanès. J'ai voulu changer la société par l'humour, j'ai échoué.
Alors le fils d'Epikharmos le guida vers le quartier hébreu d'Athènes.
– Ton combat est notre combat. Nous ne te laisserons pas tomber. Pour nous tu es un héros.
– Nous ? Qui êtes-vous ?
– Nous sommes des dizaines, nous sommes des centaines, nous sommes des milliers.
Le descendant d'Epikharmos expliqua alors à Aristophanès qu'il faisait partie d'une société secrète qui défendait la liberté d'expression, le droit de se moquer des pédants, des dictateurs, des donneurs de leçons. Les

premiers membres de cette société secrète étaient arrivés de Judée, et ils se réunissaient dans les catacombes.
- Vous êtes encore une de ces sectes d'Hébreux illuminés ?
- Non, nous sommes les défenseurs d'une forme particulière de spiritualité. Et nous considérons que ton travail, Aristophanès, est suffisamment extraordinaire pour qu'on t'encourage et te soutienne.
Le vieil auteur était sceptique, mais il savait qu'au point où il en était, il n'avait plus rien à perdre. Alors il suivit le fils d'Epikharmos, qui l'entraîna dans un souterrain, puis une salle. Là, une cinquantaine de personnes l'acclamèrent.
Dans les jours qui suivirent, utilisant ses propres finances, ce groupe clandestin acheta une maison à Aristophanès, lui fournit toute l'aide et tous les moyens nécessaires à son confort.
Grâce à eux il trouva la force d'écrire une dernière pièce : *La Cuisine d'Éole.*
Le temps avait passé, Cléon n'était plus au pouvoir. La pièce fut jouée et connut un grand succès public.
Cependant Aristophanès, très fatigué et très malade, sentait sa fin proche et annonça qu'il souhaitait désormais mourir, heureux d'avoir retrouvé son honneur et son public.
Alors le fils d'Epikharmos lui présenta un coffret bleu sur lequel brillait une inscription en hébreu.
- « Bevakasha Lo Liqro », lut-il.
- Ce qui veut dire ?
- « Surtout ne lisez pas. »
- Pourquoi me présentez-vous cela ?
- Précisément pour que vous le lisiez. C'est le trésor spirituel secret du temple de Salomon.
Le vieil auteur comique avança alors sa main tremblante vers l'étrange coffret.

Grand Livre d'Histoire de l'Humour. Source GLH.

64.

– Un shampooing aux œufs ?
Lucrèce Nemrod hésite.
– Pourquoi pas ?

– Tu connais la blague ? Un coiffeur demande : « Shampooing aux œufs ? » Et le client répond : « Non, à la tête ! »

Elle grimace.

– Désolé, Alessandro. Mais c'est mon thème de travail ces temps-ci, alors j'essaie d'éviter l'indigestion, tu vois. Si tu pouvais me faire les mèches sans me sortir la moindre blague, ce serait, comment dire, plus « relaxant » pour moi.

– Tu n'aimes plus l'humour, Lucrèce ?

– Au contraire. Mais c'est comme le vin, je ne veux boire que des grands crus.

– Oh là là comment elle parle celle-là !

Désolée, je suis sous l'influence d'un homme.

Ne pouvant risquer la moindre blague, le diplômé en capilliculture aborde un sujet qu'il juge plus neutre :

– Tu as vu cette histoire de la mort de Sébastien Dollin ? C'est quand même le septième comique qui se suicide. Comme s'il pouvait exister une maladie contagieuse qui ne toucherait que les gens drôles. Tu en penses quoi, Lucrèce ?

Ne t'en fais pas, tu ne risques rien.

– Tu sais, continue-t-il, moi je l'ai vu en spectacle ce type, ce Sébastien Dollin. Eh bien sur le coup je me suis dit : « C'est un copieur, il fait les mêmes sketches que Darius. »

Tu ne crois pas si bien dire.

– Mais ce n'est pas en imitant les maîtres qu'on devient maître. Il y a un proverbe dans mon pays qui dit « Celui qui copie un lion n'est pas un lion mais un singe. »

– Et si c'était Darius qui avait copié Dollin ?

– Tu plaisantes ! Darius c'était la dimension au-dessus, c'était un aigle planant sur le monde de l'humour. Tiens, à propos, j'en connais une bien bonne sur les aigles. Ce sont deux aigles homosexuels qui se croisent dans un mariage de vautours…

Ne pouvant se boucher les oreilles, elle coupe mentalement le contact. Les sons ne pénètrent plus dans son pavillon auditif. Les paroles deviennent un lointain bruit de fond.

Isidore a raison, les blagues permettent de combler les vides pour les gens qui n'ont pas de conversation.

Elle apprécie le contact des doigts agiles du coiffeur dans sa chevelure. Puis, une fois coiffée, elle paye la somme exorbitante qui fait partie intégrante du traitement psychologique capillaire, et enfourche son side-car.

Elle roule en poussant à volume élevé la musique du groupe Genesis *Man of our Time.*

Elle s'arrête dans une rue commerçante et s'achète des vêtements, un nécessaire de toilette, du maquillage, un nounours. Puis elle entre dans une armurerie et s'équipe d'un petit revolver 7,65 mm.

Une heure plus tard, elle gare son side-car au bas d'un immeuble du 17e arrondissement, près du métro Ternes. Elle examine les noms des sonnettes du hall d'entrée et trouve celui qu'elle cherche : « Carine Magnard ».

Cette dernière accepte de la recevoir.

Dans le salon, de nombreuses photos rappellent le couple uni qu'elle formait avec l'humoriste. Des portraits de leurs deux enfants sont encadrés.

– On a prétendu que Tristan était parti sur un coup de tête se cacher aux îles Marquises. Et puis d'autres hypothèses plus délirantes encore : qu'il aurait fait une dépression et se serait suicidé, ou aurait été kidnappé par des terroristes. En vérité, personne ne sait rien. Et moi pas davantage.

Lucrèce note.

– Rien de particulier ne vous a frappée avant son départ ? Quelque chose dont personne n'aurait parlé. Même un détail qui semble sans importance.

Carine Magnard secoue lentement la tête.

– Et B, Q, T ? Cette série de trois lettres évoque-t-elle quelque chose pour vous ?

– Non, désolée.

– Ou G, L, H ?

– Non plus.

Le dialogue semble stérile. Dans l'esprit de Lucrèce à nouveau défile son passe-partout, elle cherche la clef.

Qu'aurait fait Isidore à ma place ? Ah, lors de notre enquête sur l'Ultime Secret il m'avait enseigné un truc à lui.

– Accepteriez-vous que nous nous livrions toutes les deux à une petite expérience ? propose la journaliste. Je vous donne un mot et vous me dites aussitôt à quoi il vous fait penser.

Carine Magnard approuve timidement.

– On peut essayer.

Elles s'installent dans deux fauteuils face à face.

– Il faut répondre du tac au tac sans attendre. En libre association, vous comprenez ? Détendez-vous et allons-y. Si je vous dis « Blanc » ?

– Je ne sais pas.

– Dites le premier mot qui vous traverse l'esprit. Alors Blanc ?

– … Heu… Lait.

– Lait ?

– … Heu… Chaud.

– Chaud ?

– … Famille.

– Famille ?

– … Amour.

Lucrèce est satisfaite, la mécanique psychologique est enclenchée.

– Amour ?

– … Tristan.

– Tristan ?

– … Lâcheté, répond la femme du tac au tac.

– Lâcheté ?

– … Humour.

– Humour ?

– Disparition.

– Disparition ?

– … Jimmy.

Cette fois Lucrèce s'immobilise. Les deux femmes sont étonnées par le mot.

– Qui est Jimmy ?

– Le diminutif de Jean-Michel Petrossian, son imprésario-manager mais aussi son meilleur ami. Tiens, c'est marrant, je ne l'avais pas en tête, mais votre petit jeu l'a fait surgir de ma mémoire, s'étonne la femme.

– Quel rapport entre Jimmy et la disparition de Tristan ?

Carine Magnard semble soudain nerveuse.

– ... Une semaine après sa disparition, Jimmy a lui aussi disparu. Mais vu qu'il n'était pas célèbre personne n'en a parlé.

– Disparu comme Tristan ?

– Exactement pareil.

– Avec une femme et des enfants à charge ?

– Oui.

– Et sa femme n'a plus jamais entendu parler de lui ?

– Jamais.

– Vous avez son nom et son adresse, à ce Jimmy ?

La jeune journaliste demande ensuite une photo de Tristan Magnard puis s'éclipse.

Elle remonte sur sa moto et se replonge dans la musique de Genesis.

Elle se sent formidablement bien. Dans ses veines coule un sang qu'elle perçoit chargé d'une hormone connue.

Celle de l'aventure.

65.

« – Maman, je vais te présenter ma nouvelle petite amie, mais pour voir si tu es capable de la reconnaître, je vais la mêler à six autres filles.
La mère invite les sept filles et leur sert des petits gâteaux. À la fin, le fils demande, inquiet :
– Alors, maman selon toi c'est laquelle ?
– Celle qui avait la robe rouge.
– Oui. Merveilleux. Tu as trouvé, c'est bien elle ! Mais comment tu as deviné, maman ?
– C'est la seule qui ne me plaît pas. »

Extrait du sketch *La Guerre des sexes comme si vous y étiez,*
de Darius WOZNIAK

66.

Le visage est carré, les sourcils épais, décolorés en blond, de la même couleur que les poils de la barbiche.

– Selon les chercheurs les plus pointus, l'histoire de l'humour commence il y a près de 4 000 ans, à Sumer. C'est là qu'a été répertoriée officiellement la première blague.

Isidore se trouve au Muséum d'histoire naturelle. L'homme qui lui parle porte une blouse blanche et une inscription sur sa pochette : PR H. LOEVENBRUCK.

– Mais si on réfléchit bien, c'est là aussi qu'est née l'écriture. Donc on trouve les blagues là où on trouve… les premiers textes, complète Isidore.

– En effet, concède le savant.

– Un peu comme l'homme qui cherchait ses clefs sous un réverbère. « Vous les avez perdues ici ? demande quelqu'un qui veut l'aider. – Non, mais c'est là que c'est éclairé. » Mais allez-y, continuez, professeur Loevenbruck, je vous écoute.

– J'aime bien votre métaphore. Les textes cunéiformes sur des tablettes d'argile, c'est le premier éclairage sur la pensée de nos ancêtres, donc… c'est là qu'on cherche.

– Mais il en existait peut-être ailleurs, et plus anciens, croit bon de préciser Isidore Katzenberg. Un peu comme ces squelettes de « premiers hommes » qu'on trouve dans les tourbières. Il y en a probablement ailleurs, mais ils ne sont pas tombés dans des tourbières.

Ils progressent dans les travées du Muséum d'histoire naturelle, entourés d'animaux empaillés qui semblent figés dans des positions de combat.

– C'est mon collègue anglais le professeur Paul McDonald qui a fait la première étude sérieuse sur l'origine des blagues pour l'université de Wolverhampton en 2008. C'est lui qui, après avoir cherché dans les textes les plus anciens, a trouvé ce « fossile de l'esprit ».

– Et c'est quoi cette première blague sumérienne ?

Le professeur Loevenbruck ouvre une grande armoire et en sort un dossier.

– Je vous préviens, hors contexte elle ne fait pas rire.

Il extrait une photo sous protection plastique. Isidore distingue sur le cliché une tablette d'argile recouverte de marques en forme de clous.

– Comme vous le voyez inscrit en marge, elle a été gravée en 1908 avant Jésus-Christ, il y a donc 3908 ans. C'est une estimation au carbone 14, bien sûr. Voilà le texte mot pour mot, tel qu'il a été traduit par les linguistes. Écoutez bien :

BLAGUE 1, SUMÉRIENNE :

« Qu'est-ce qui n'arrivera jamais ? Qu'une jolie femme pète alors qu'elle est assise sur les genoux de son mari ! »

Un instant de silence gênant suit. Isidore toussote.

– Vous êtes sûr, c'est bien la première blague de l'humanité ? demande-t-il en la notant sur son iPhone.

– En tout cas, c'est la première blague officiellement reconnue en tant que telle par les scientifiques. Les historiens ne s'attendaient sûrement pas à tomber sur un texte de ce genre, quand ils ont commencé à traduire. Enfin, il faut se reporter à la culture de l'époque. Et aux mœurs.

Le professeur Loevenbruck fouille dans ses notes.

– Le professeur McDonald a travaillé dans d'autres pays : voilà la deuxième plus ancienne qu'il ait trouvée. C'est en Égypte cette fois, et date de 1500 avant Jésus-Christ.

Il ménage ses effets, articule lentement comme s'il s'agissait d'une formule magique.

BLAGUE 2, ÉGYPTIENNE :

« Comment donner envie à un pharaon d'aller à la pêche ? Tu disposes sur un bateau plusieurs jolies filles nues uniquement vêtues de filet de pêche. »

Là encore, un long silence suit. Isidore pose un doigt sur ses lèvres.

– Je vois. L'élément comique du premier est le « pet », et l'élément comique du second est la « nudité féminine ».

Le professeur Loevenbruck confirme :

– C'est la base même de l'humour « ancien ». Même les autres blagues que nos équipes ont trouvées en Chine ancienne étaient très « pipi-caca » ou « des moqueries sur les étrangers et les femmes ». Après viennent les blagues sur les handicaps : les cocus, les gros, les petits, les chauves. Les Hébreux anciens ont des blagues sur leurs mères et leurs malheurs. Ils sont pratiquement les premiers à pratiquer l'autodérision. Il faudra attendre les Grecs pour lire des blagues sur la logique ou sur la bêtise humaine en général.

Il se dirige vers un autre meuble à dossiers, en sort un document sous plastique.

– Voici un Philogelos.

– C'est-à-dire ?

– Comme l'indique l'étymologie grecque : *Philo* : « J'aime » et *Gelos* : « Rire ». Ce sont les premiers recueils de blagues. Je vous en prends une au hasard :

BLAGUE 3, GRECQUE :

« C'est un homme ayant mauvaise haleine qui se fait cuire une saucisse, et souffle abondamment dessus, si bien qu'il la transforme... en crotte de chien ! »

– Il date de quand ?

– Ce Philogelos ? de 365 avant Jésus-Christ. Je vous en lis un autre.

BLAGUE 4, GRECQUE :

« C'est un Cyméen qui est aux thermes quand un orage éclate. Alors, pour ne pas être mouillé... il plonge dans la piscine. »

– Les Cyméens, c'étaient leurs Belges ?

– En quelque sorte. Historiquement chaque peuple a eu un autre peuple, en général d'un pays plus petit, comme référence humoristique. Vous en voulez encore ?

BLAGUE 5, GRECQUE :

« C'est un homme qui déteste sa femme. Celle-ci meurt et il procède aux funérailles. Quelqu'un demande : "Qui repose en paix ? – Moi, répond-il, maintenant que je suis veuf." »

– On dirait du Sacha Guitry avant l'heure.

– En fait, à mon avis, il n'existe que très peu de nouvelles blagues. Les créations pures sont extrêmement rares. La plupart de celles qui circulent, notamment sur Internet, ont souvent été inventées des siècles, voire des millénaires plus tôt. Elles ont été adaptées à l'actualité et à la culture locales.

Le professeur Loevenbruck feuillette à nouveau son recueil.

– Ah, celle-là, grecque elle aussi :

BLAGUE 6, GRECQUE :

« C'est un homme qui demande à sa femme : "Madame, pourquoi me détestez-vous ?" Et celle-ci répond : "Parce que vous m'aimez." »

– Et ça faisait rire les gens de l'époque ?

– Il faut croire. Écoutez celle-ci.

BLAGUE 7, GRECQUE :

« C'est un homme qui rencontre un eunuque avec une femme et il lui demande "C'est votre femme ?" L'autre répond qu'il est eunuque, donc il ne peut pas avoir de femme. "Ah bon ? Dans ce cas c'est donc votre fille", conclut l'autre. »

Le professeur Loevenbruck classe le dossier dans son tiroir de rangement puis ouvre un tiroir plus élevé.

– Ici ce sont des blagues romaines. Je vous en lis une ? Vous allez voir, c'est déjà très différent.

BLAGUE 8, ROMAINE :

« Un coiffeur, un chauve et un professeur voyagent ensemble. Alors qu'ils s'installent avec une tente dans une forêt et prennent chacun leur tour de garde pour la nuit, le coiffeur, qui s'ennuie décide de raser la tête du professeur. Celui-ci se réveille et tâte son crâne soudain glabre : "Quel idiot ce coiffeur, s'écrie-t-il, il a réveillé le chauve au lieu de me réveiller moi." »

– Je préfère les romaines aux grecques, signale Isidore en prenant note.

– Dans ce cas je vous en lis une autre.

BLAGUE 9, ROMAINE :

« Deux hommes se croisent. "Tiens, on m'avait annoncé que vous étiez mort", dit le premier. L'autre, piqué, rétorque : "Eh bien vous voyez que je ne le suis pas et que je suis même bien vivant." Mais le premier conclut : "Oui, mais l'homme qui me l'a annoncé est plus fiable que vous." »

Isidore esquisse enfin un sourire.

BLAGUE 10, ROMAINE :

« Un provincial arrive à Rome et marche dans les rues. Il attire l'attention car il est l'exact sosie de l'empereur Auguste.

Le chef de l'État, informé de cette singularité, invite l'individu dans son palais. Il le regarde, intrigué, puis demande : "Dites-moi, jeune homme, votre mère était-elle femme de ménage dans ce palais ?" Et le sosie répond : "Non. Mais en revanche mon père a bien travaillé ici comme jardinier de votre mère." »

Le professeur Loevenbruck lit la légende :

– « Blague attribuée à Flavius Macrobius dans son livre *Convivia primi diei Saturnaliorum* publié en 431 avant Jésus-Christ. »

– Vous en avez d'autres plus récentes ?

– Le professeur Paul McDonald étant anglais, il a retrouvé la plus ancienne blague britannique connue à ce jour, elle date de l'an 930.

BLAGUE 11, BRITANNIQUE :

« Qu'est-ce qui pend sur la cuisse d'un homme et qu'il aime introduire dans un trou familier ? Réponse : une clef. »

À nouveau un silence gênant suit. Le professeur Loevenbruck range ses dossiers. Il guide le journaliste vers une zone où sont exposés des objets de civilisations anciennes.

– L'humour fonctionne sur une rupture ou sur la transgression d'un tabou. Il a une utilité politique qui pourrait « relâcher la pression ». Si les hommes se moquent des femmes, des eunuques et des étrangers c'est parce qu'ils en ont peur. Pareil pour les juifs et leur mère.

– Croyez-vous qu'il puisse exister une blague de portée universelle, capable de faire rire tous les peuples sans exception ?

– En fait, le plus petit dénominateur commun comique de l'humanité ? Eh bien, selon mes recherches, je dirais que c'est… « un chien qui pète ».

Isidore prend note sur son iPhone.

– Les moines tibétains, les Esquimaux, les Pygmées de la brousse, ou les chamans papous, les enfants comme les vieillards, personne ne peut retenir un petit rire quand tout à coup un chien lâche une flatulence bruyante. D'ailleurs j'ai découvert avec amusement que le programme « bruit de pet » est actuellement le logiciel téléchargeable le plus vendu sur les appareils comme votre iPhone.

Isidore semble plongé dans des abîmes de réflexion.

Le professeur Loevenbruck le guide vers une autre pièce où trône un bocal occupé par un cerveau flottant dans le formol.

– Voilà la prochaine planète à explorer : le cerveau. C'est là-dedans, quelque part dans un recoin, que se cache le grand secret du rire. Mais ce n'est plus moi qui pourrai vous le faire visiter. Ce sont les neurologues spécialistes du rire. Si vous voulez je peux vous donner une adresse : un département de l'hôpital Pompidou, dans le 15e arrondissement.

67.

Françoise Petrossian ressemble étrangement à Carine Magnard. Lucrèce ne peut s'empêcher de songer que les deux associés ont choisi des femmes au physique très proche.

– Jimmy était obnubilé par la disparition de son principal client et ami : Tristan.

Lucrèce Nemrod l'encourage à poursuivre.

– Il m'avait dit qu'il croyait savoir *pourquoi* Tristan avait disparu, même s'il ignorait où et comment.

Selon lui, Tristan était obnubilé par l'origine des blagues. Il répétait sans cesse : « Un jour j'irai là où naissent les blagues. »

L'excitation allume le regard de Lucrèce Nemrod.

– Vous savez, poursuit Françoise Petrossian, toutes ces blagues qu'on entend, toutes les blagues anonymes. Tristan en utilisait beaucoup dans ses spectacles, mais il était conscient qu'elles avaient forcément des auteurs. Il avait l'impression d'être un voleur, un profiteur, juste parce qu'elles n'étaient pas protégées par des copyrights. Il disait que certaines blagues étaient beaucoup trop construites, astucieuses et mises en scène pour être nées spontanément. Il voulait donc les connaître, ces auteurs, ces créateurs…

La jeune journaliste scientifique se dit qu'en effet elle ne s'était jamais posée la question.

– Jimmy m'a dit : Tristan veut remonter une blague comme un saumon remonte une rivière pour trouver sa source.

– Et c'était quoi la blague qu'il a remontée ?

– Je ne m'en souviens plus, mais je crois me rappeler la première personne qu'il voulait rencontrer. C'était dans un café, un groupe d'amateurs de blagues se retrouvaient là régulièrement.

Une heure plus tard, Lucrèce Nemrod pénètre dans le café Le Rendez-Vous des Copains, dans le 5e arrondissement. C'est une vieille brasserie essentiellement fréquentée par des gens au poil grisonnant. D'un côté des joueurs de cartes, de l'autre des utilisateurs d'ordinateurs portables plongés dans la contemplation de leur écran. Plus quelques individus accoudés au zinc qui fixent leurs verres avec la même passion.

Le patron trône derrière le zinc, nœud papillon rouge et veinules violettes qui lui dessinent comme des toiles d'araignées sur les joues.

On l'interpelle régulièrement :

– Hep, Alphonse. Tu me remets la même chose !

– Alphonse, fonce, deux bières sans faux col pour la douze.

Une pancarte clame derrière lui : CEUX QUI BOIVENT POUR OUBLIER SONT PRIÉS DE PAYER D'AVANCE.

Entre deux services, ledit Alphonse discute avec un groupe de petits vieux qui semblent très enjoués.

Tout près d'eux, une autre inscription annonce : IL VAUT MIEUX MOBILISER SON INTELLIGENCE SUR DES CONNERIES QUE MOBILISER SA CONNERIE SUR DES CHOSES INTELLIGENTES.

Alphonse leur narre une histoire qu'ils écoutent tous avec gravité, en hochant la tête.

Puis tous s'esclaffent.

Alphonse resserre son nœud papillon et distribue des bières pression à l'assistance ravie.

– À moi ! À moi ! s'exclame un pochetron avec une casquette. J'en connais une bien bonne.

Lucrèce Nemrod attend patiemment la fatigue des papys, comme un artilleur guettant la fin du tir ennemi. Enfin, au bout d'une heure, intervient une sorte de pause. Le patron au nœud papillon, qui semble le chef d'orchestre de ce concert étrange, est seul et elle en profite pour le rejoindre.

Elle commande un whisky puis lui demande tout de go :

– Je fais une enquête sur une disparition. Avez-vous vu Tristan Magnard ?

– L'ancien comique ? Non. Je ne vois pas ce qu'il ferait ici…

Alors elle sort la photo que lui a confiée l'épouse du disparu.

– Ah ! c'est marrant, vous êtes sûre que c'est Tristan Magnard ? Parce que lui, je l'ai vu, c'était il y a trois ans. Il est venu ici, il s'est présenté comme un journaliste qui enquêtait sur les lieux conviviaux de Paris. Il avait une barbe.

– Il vous a parlé des blagues, n'est-ce pas ?

– Oui, il voulait savoir pourquoi ici c'était une sorte de gisement de bonnes blagues. Je lui ai expliqué que mes parents étaient déjà de joyeux drilles. Ils se sont rencontrés et aimés par les blagues. J'ai moi-même consacré ma vie à ce noble art : faire rire. Et les clients le savent.

Alphonse désigne des boîtes à chaussures alignées, et explique qu'il les range par « saison ». Chaque époque ayant sa « mode de blagues » particulière. Par exemple les blondes. Il ne peut s'empêcher d'en sortir une petite pour illustrer :

– « Comment appelle-t-on une blonde colorée en brune ? De l'intelligence artificielle. » Puis il y a eu la saison des lapins : « Vous savez ce que sent un pet de lapin ? La carotte. » Et aussi les Belges. « Vous savez à quoi on reconnaît un Belge dans une partouze ? C'est le seul qui vient avec sa femme. »

Lucrèce fait signe qu'elle crie grâce.

– Avant c'étaient les Écossais, les Hongrois, les juifs, les Arabes, les Yougoslaves, les Noirs.

– Les blagues racistes, quoi.

– Pas seulement, les extraterrestres aussi.

– On peut être raciste envers les extraterrestres ?..., questionne Lucrèce.

Alphonse exhibe les boîtes à chaussures qui se révèlent pleines de fiches numérotées.

– La spiritualité près des spiritueux, commente l'homme au nœud papillon.

– Et donc, Tristan Magnard est venu vous voir, grimé avec une barbe, en se faisant passer pour un journaliste. Et il vous a demandé quoi ?

– D'où je connaissais la blague du « présentateur de télévision ».

– Si je me souviens bien, cette blague est devenue le sketch qui a lancé Tristan, non ?

– En effet, maintenant que vous me le dites, c'est exactement ça. J'ai consulté ma « bibliothèque » de blagues sur la télévision, j'ai retrouvé le nom de celui qui me l'a racontée et je lui ai donné l'adresse. Allez, vous m'êtes sympathique. Vous voulez que je vous en raconte une bien bonne ?

Isidore a raison, l'humour peut devenir comme une forme d'ivrognerie au vin rouge. La mauvaise qualité donne la gueule de bois.

– Non, ça ira. Je me contenterai juste de l'adresse et du nom du type chez qui vous avez envoyé Tristan Magnard.

Alphonse affiche une moue de déception, mais se montre beau joueur.

Lucrèce Nemrod prend note, et se dit que la remontée « à la manière d'un saumon » risque d'être longue et pénible. Surtout si elle ne tombe que sur « des plaisantins » de cet acabit.

68.

« Sur un marché, dans la Rome antique, un homme explique :

– Mon métier est castrateur d'esclaves.

– Et vous faites comment de manière pratique ? demande un visiteur curieux.

– Eh bien, je laisse pendre les testicules de l'esclave dans une chaise percée, ensuite avec deux briques je tape très fort.

– Ça doit faire très mal ! remarque le visiteur en grimaçant.
– Oh non, ne vous en faites pas. Afin d'éviter toute douleur, au moment où l'on percute les deux briques, il suffit de... bien rentrer les pouces. Et du coup je ne me suis jamais fait mal. »

Extrait du sketch *Nos ancêtres avaient tout compris,*
de Darius WOZNIAK.

69.

Quelqu'un crie derrière une porte. Dans l'air stagne une odeur d'éther. Des chaises roulantes passent, poussées par des hommes et des femmes en uniforme blanc.

À certains croisements, des gens attendent, inquiets.

– Ici, à l'hôpital Georges-Pompidou nous avons pu créer une « Cellule d'Étude et de Compréhension du Phénomène du Rire ». L'idée est venue d'un responsable de la Sécurité sociale, à la suite d'une enquête montrant que la morosité et le pessimisme entraînaient une augmentation des problèmes psychosomatiques. C'est-à-dire 30 % des causes de maladies nerveuses et cardiovasculaires.

La scientifique que lui a indiquée le professeur Loevenbruck semble parfaitement maîtriser son sujet.

– Ici nous luttons « officiellement » contre la déprime. Parce que, et c'est le paradoxe, on vit dans le plus beau pays, avec mers et montagnes, une démocratie, mais toute la population râle, broie du noir et se plaint. Et je ne vous parle pas du taux anormalement élevé de suicides chez les jeunes.

Isidore Katzenberg déclenche le magnétophone de son iPhone.

– Je comprends mieux pourquoi les ministres vont aux premières des comiques, et pourquoi ces derniers sont sollicités par tous les partis politiques.

– La Sécurité sociale n'a jamais sous-estimé nos recherches. Le rire est la solution médicale à la sinistrose.

– Mieux vaut prévenir que guérir, approuve le journaliste scientifique.

– Le traitement antimorosité le plus naturel et le moins cher s'appelle l'Humour. Les médicaments s'appellent les blagues. À consommer sans modération. Mais nous voulons comprendre exactement comment elles agissent. Nous utilisons le matériel le plus pointu et notamment l'IRM couplée à des scanners et des caméras à rayons X. Ainsi nous pouvons visualiser cette chose extraordinaire : le trajet d'une blague dans le cerveau depuis son point de départ jusqu'à son point d'arrivée. Suivez-moi.

La femme en blouse blanche porte sur sa pochette le nom de DR C. SCALESE. Elle le guide à travers les couloirs modernes de l'hôpital Pompidou, qui ressemblent aux travées d'un vaisseau spatial.

– Vous êtes journaliste dites-vous, pour quel journal déjà ?

– *Le Guetteur Moderne*, annonce Isidore. Comment fonctionne le phénomène cérébral du rire proprement dit ?

– C'est une erreur qui s'est créée dans notre cerveau pour compenser une autre erreur : l'angoisse imaginaire. Voilà pourquoi les autres animaux ne rient pas. Eux n'ont pas d'angoisse imaginaire, donc aucun besoin de compenser.

– Les singes et les dauphins rient, il me semble.

– Non, ils miment quelque chose que nous analysons comme similaire à notre rire. Parce qu'ils étirent leur bouche et soufflent de manière saccadée. Seul l'animal humain peut rire. « Le rire est le propre de l'homme », disait Rabelais.

– En fait c'est quoi une blague ?

– C'est mettre au point un cheminement de pensée et au dernier moment placer autre chose que ce que tout le monde avait prévu au bout de ce cheminement. Ce qui crée un déséquilibre. L'esprit est comme fauché, alors pour se rattraper il cherche à gagner du temps en disjonctant. Henri Bergson prétendait que le rire « C'est du mécanique plaqué sur du vivant. »

– L'expression est subtile.

– Ici, dans ce laboratoire, nous traquons la naissance même de la mécanique du rire.

Le Dr Scalese appuie sur l'interphone et annonce qu'on peut amener le cobaye 133.

C'est un jeune étudiant boutonneux.

– Il est volontaire. Nous l'avons choisi spécialement compte tenu de sa culture, son QI, sa santé.

Des assistants le placent sur un lit coulissant et le truffent de capteurs. Puis, au signal, le lit s'enfonce jusqu'à disparaître dans un énorme cylindre blanc.

Seuls ses pieds dépassent.

Le Dr Scalese allume plusieurs écrans, et la tête du cobaye apparaît sous plusieurs angles, en totale transparence. On voit le cerveau, les yeux, les dents, la langue, l'intérieur du nez et des oreilles.

Une blague est racontée.

Après un bref instant de surprise, le cobaye rit à gorge déployée. Le cylindre amplifie son rire par un écho.

Sur l'écran Isidore a perçu un infime flash.

Le Dr Scalese zoome sur la zone du flash et repasse les images au ralenti. Isidore découvre alors avec émerveillement les zones qui ont été activées par la blague. Le départ se situe comme un point blanc à la base du cervelet, puis l'influx remonte jusqu'au lobe frontal.

– Une blague, c'est une suite d'infimes courants électriques qui vont du point A au point B. L'intensité du courant électrique varie évidemment selon la qualité de la blague.

– Et... pensez-vous qu'il puisse y avoir une blague susceptible de... tuer ?

Le Dr Scalese ébauche une petite moue étonnée.

– Non, l'humour soigne, l'humour ne peut pas faire de mal. Le rire masse le ventre, donc c'est bon pour la digestion, il active les ventricules, c'est bon pour le cœur, et il participe même au renforcement du système immunitaire.

Elle hausse les épaules, avec un sourire.

– Si vous avez un doute, allez donc visiter la clinique du rire, là où ils soignent les schizophrènes et même les épileptiques par le rire. Et puis il existe même un yoga du rire, les pratiquants se forcent à rire ensemble, pour trouver une sorte d'ivresse. Ici on n'y croit pas trop, on est dans la biochimie et la radiologie.

L'assistant aide le cobaye 133 à s'extirper du cylindre blanc.

Isidore remarque qu'il a des larmes de plaisir aux coins des yeux. Le cobaye remercie tout le monde et demande poliment, presque gêné, où il doit se rendre pour recevoir son chèque.

70.

Dans la chambre de l'Hôtel de l'Avenir, Isidore Katzenberg est en train de méditer. Il est assis en lotus dans le fauteuil.

Lucrèce Nemrod entre, et fait le tour de son collègue, comme s'il s'agissait d'une sculpture. Elle se penche et regarde sous le fauteuil.

– Ne faites pas attention à moi, je cherche mon téléphone portable.

Elle continue de fouiller.

Trouve enfin l'objet.

– J'espère que je ne vous ai pas réveillé, enfin je veux dire dérangé durant votre méditation. Désolée, mais sans mon BlackBerry je me sens perdue.

Il ouvre un œil.

– Voilà, je l'ai, vous pouvez continuer à méditer tranquillement.

Il lève les yeux, exaspéré, puis fait jouer peu à peu ses genoux et ses articulations.

– Aïe, je sens que vous allez encore m'en vouloir mais je croyais...

Il se lève, lui tourne le dos, et se dirige vers la salle de bains.

Il ferme la porte au verrou.

– Tu es... enfin vous êtes fâché, Isidore ?

Elle entend couler le robinet de la baignoire.

– Vous en êtes où de l'enquête ? demande-t-il à travers la porte.

– J'ai trouvé la femme de Tristan Magnard, qui m'a amenée à la femme de son agent Jimmy Petrossian, qui m'a révélé qu'il était à la recherche de l'origine de la source de l'humour. Ce qu'il appelait « Là où naissent les blagues ».

Il enfonce sa tête sous l'eau comme pour se calmer. Puis émerge et entend la moitié de la phrase qui traverse le mur.

– … suis allée à l'endroit où il a commencé à remonter une blague. C'est un bar, les gens s'y racontent du matin au soir des blagues nulles.

– Passez-moi les péripéties, je n'ai pas de temps à perdre.

– Bon, après le bar, j'ai rencontré un jeune informaticien, un certain Erik Wietzel, qui m'a envoyée sur un site « blagues.com ».

– Plus vite.

– … Au siège de « blagues.com » j'ai rencontré le patron, puis le responsable des blagues. Tous avaient vu passer la blague dont Tristan recherchait l'auteur.

– Passez-moi les détails…, s'impatiente le journaliste.

– Et au final la blague venait de Bretagne, plus précisément du Morbihan, et encore plus précisément de Carnac.

– De qui ?

– Un certain Ghislain Lefebvre.

– C'est lui l'inventeur ?

– Possible. En tout cas c'est parti de là-bas.

Il se savonne les orteils.

Elle poursuit :

– À mon avis, selon mon intuition féminine à moi, en allant là-bas on approchera de la source.

Isidore enfonce à nouveau la tête sous l'eau et reste en apnée, lâchant quelques petites bulles.

– Isidore ?

Il ne répond pas.

Elle vient frapper à la porte à petits coups. Timidement, puis soudain inquiète.

– Isidore !

Il sort de l'eau. Enfile un peignoir sans lui prêter plus d'attention, puis note plusieurs idées sur son iPhone.

– Et vous Isidore, vous avez fait quoi ?

Il parle sans se retourner.

– J'ai rencontré un historien des blagues. Il m'a montré des blagues datant de plusieurs siècles. J'ai découvert ce qui faisait rire nos ancêtres et ça m'a donné envie de tenir un petit fichier de l'historique et de l'évolution de l'humour à travers le temps et l'espace. Il y a quelque chose, un second degré à comprendre derrière ces petites histoires qui ont l'air anodines. Chaque blague me semble en fait comme une petite borne sur le chemin de notre enquête.

Il lui montre une page intitulée PHILOGELOS.

– Ce qui signifie « qui aime rire ».

Elle parcourt rapidement les blagues grecques et romaines qu'il a notées.

– Je les collectionne désormais comme un philatéliste collectionne les timbres, explique l'homme chauve en chaussant ses petites lunettes. C'est nouveau pour moi mais plus intéressant que je ne le pensais de prime abord.

– Quoi d'autre ?

– J'ai rencontré une scientifique charmante.

Charmante ?

– Et nous avons parlé de pourquoi et comment on riait.

À son intonation je sens qu'il a dû tomber sous le charme de cette garce juste parce qu'elle a des diplômes, ou un titre ronflant et travaille dans un laboratoire en blouse blanche. Il me méprisera toujours parce que je n'ai pas fait d'études.

Elle vient vers lui et doucement lui masse les épaules. Il a un geste d'agacement, puis il regrette et la laisse continuer.

– Je suis contente d'enquêter avec vous, Isidore. J'ai toujours l'impression que notre enquête va plus loin que la simple découverte de l'assassin.

Il est parcouru d'un bref frisson.

– Isidore ? Vous avez froid ?

Elle le frictionne avec le peignoir éponge qui l'enveloppe.

– Vous m'avez bien dit que c'est à Carnac qu'est apparue la blague que cherchait Tristan Magnard ? Justement c'est là qu'a été retrouvée la blague la plus ancienne de France.

Isidore ferme les yeux et se masse l'arête du nez pour se concentrer.

Il se lève et se campe devant la fenêtre qui offre une vision panoramique de Paris.

– Je crois que nous allons partir en vacances en Bretagne. Il paraît que l'air y est très iodé. C'est bon pour la santé.

71.

« Un homme entre dans un grand magasin, va voir le directeur et lui demande :
– Engagez-moi, je suis le meilleur vendeur du monde.
– Désolé, notre personnel est au complet, répond le directeur.
– Mais je vous ai dit que je suis le meilleur vendeur du monde.
– Oui, mais on est complet quand même.
– Je crois que vous n'avez pas compris à qui vous avez affaire, dit l'homme. Je vais vous proposer quelque chose, prenez-moi à l'essai gratuitement et vous comprendrez ce que c'est que le meilleur vendeur du monde.
Le directeur accepte.
Et le lendemain, par curiosité, il va voir où en est celui qui se prétend "le meilleur vendeur du monde".
Il voit alors l'homme face à un client, en train de lui dire :
– ... Je ne saurais trop vous conseiller les hameçons en forme de mouche. Ce sont les meilleurs. Et ils sont spécialement adaptés à cette canne à pêche.
L'homme accepte d'acheter les hameçons et la canne à pêche.
– Mais il vous faudra évidemment un gilet pour mettre vos hameçons. Nous en avons justement en promotion avec plein de poches partout, très pratiques.
Le client achète aussi le gilet.
– Et puis il vous faudra des lunettes de soleil pour ne pas souffrir de la réfraction des rayons sur l'eau. Prenez les plus chères ce sont les meilleures.
Le client prend les lunettes de soleil.
– Mais si vous voulez vraiment avoir de gros poissons il vous faudra un petit bateau pour aller loin de la berge.
Alors le client le suit au rayon Bateaux et achète un bateau.
– Mais pour votre bateau il vous faudra une remorque, sinon vous ne pourrez jamais le déplacer.
Le client achète alors une remorque.
– Mais pour tirer la remorque il vous faudra une voiture puissante. Avez-vous une voiture puissante ?

Le vendeur amène le client au rayon Voitures et lui vend une voiture tout-terrain très chère.
Une fois que tous les achats sont payés, le directeur arrive vers le vendeur et lui dit :
– OK, je dois reconnaître que vous m'avez convaincu, c'est vraiment extraordinaire. Commencer par vendre des hameçons et aller jusqu'à vendre une voiture tout-terrain de luxe. Mais juste par curiosité, au début ce client était venu acheter quoi ?
– Une boîte de tampons hygiéniques pour sa femme. Alors je lui ai dit : "Week-end foutu pour week-end foutu, ça ne vous dirait pas d'aller à la pêche ?" »

Extrait du sketch *Après moi le déluge*,
de Darius WOZNIAK.

72.

Les menhirs semblent des sentinelles éternelles qui les regardent passer.

Isidore Katzenberg et Lucrèce Nemrod roulent à 150 kilomètres-heure.

Juchée sur la selle de cuir de sa moto avec son casque et ses lunettes d'aviateur, elle est penchée en avant pour gagner en aérodynamisme.

Lui, assis dans la nacelle, les bras croisés, semble un gros bébé qu'on promène en poussette au milieu d'un décor féerique.

L'air change de texture. Il devient plus léger, plus salé, plus vivifiant.

À 8 heures 30 ils étaient à Chartres, puis rejoignaient Le Mans, Rennes, Vannes, Auray, Plouharnel.

À 12 heures 30 ils arrivent au centre de Carnac.

Le petit village breton est formé de maisons aux poutres apparentes et aux toits d'ardoises. La ville sent l'huître, le vent et les herbes qui se courbent.

Les deux journalistes scientifiques entrent dans une crêperie, Chez Marie, place de l'Église.

Dans la salle une seule table est occupée par un couple de touristes américains. Au mois de mars, c'est la morte-saison.

Une vieille dame ridée et édentée en tenue folklorique bigoudène, coiffe et robe bicolore, vient prendre leur commande.

Les deux journalistes choisissent sur la carte : une crêpe bœuf haché-tomate-oignons pour Lucrèce, et une salade sans sauce pour Isidore. Le tout accompagné d'une bolée de cidre, doux pour lui, brut pour elle.

– Vous ne prenez pas de crêpe, Isidore ? C'est la spécialité du coin.

– J'ai décidé de démarrer un petit régime. Je me trouve un peu trop gros. 95 kilos. Il faudrait que je sois à 75. Donc 20 kilos à perdre, je crois que cette enquête va m'y aider. Je commence maintenant.

Lucrèce hausse les épaules.

Finalement, ce type a un côté féminin très prononcé.

– Pardon, madame…

– Mademoiselle, rectifie la serveuse.

– Excusez-moi, mademoiselle, juste par curiosité, auriez-vous déjà vu cet homme ?

Et la jeune reporter exhibe le cliché de Tristan Magnard.

La vieille femme regarde la photo, secoue la tête puis repart en cuisine.

– Et il a remonté la blague jusqu'où, votre saumon Tristan Magnard ? demande Isidore en examinant à nouveau le visage sur le cliché.

– La prochaine étape vers la source serait ce fameux Ghislain Lefebvre. Et j'ai repéré son adresse, cela ne doit pas être loin.

Ils contemplent le décor du restaurant. Au mur est rivé un saumon empaillé et verni, gueule béante.

– L'image du saumon nous poursuit, constate Lucrèce. Et on arrive pile dans une région d'élevage : la Bretagne. Je savais que les enfants naissaient dans les choux mais pas que les blagues naissaient en Bretagne.

Le couple de touristes américains examine bruyamment une carte de la région.

– Je n'étais jamais venue dans cette ville, reconnaît Lucrèce, c'est vraiment charmant. Vous savez quoi, sur cet endroit ?

Isidore ferme les yeux. Elle s'attend à ce qu'il pêche des informations au fin fond de sa mémoire, mais il prend son iPhone et pianote sur le minuscule clavier.

– Voilà. « Carnac. Le mot vient de *carn* qui signifie "petite butte" en celte. Les premières traces de vie humaine dans cette région datent de 450 000 ans avant Jésus-Christ. Il semble que ce soit un lieu sacré. Il y a 7 000 ans des hommes ont construit un tumulus de 125 mètres de long et 60 mètres de large, et 12 mètres de haut. C'est là qu'ils enterraient leurs chefs, avec des objets funéraires précieux. Mille ans plus tard des hommes ont bâti en surface les alignements mégalithiques. On compte 2 934 menhirs. 12 rangées convergentes de grosses pierres taillées et dressées parfaitement rectilignes. Les menhirs les plus grands mesurent 4 mètres de haut. Leur taille décroît d'ouest en est. Les plus petits ne font que 60 cm de haut. »

– C'est ce qu'on a vu en arrivant, confirme la jeune journaliste.

Isidore fait défiler plusieurs pages de documentation, puis sélectionne un passage.

– Une légende prétend que saint Cornély, poursuivi par les soldats romains, se retourna et les pétrifia d'un seul regard.

– Jolie légende. Et dans l'histoire plus récente ?

– En 1900 une station balnéaire est créée sur les anciens marécages proches, ce qui donne une ville bicéphale : dans les terres Carnac-Ville, et face à la mer Carnac-Plage.

– Donc nous n'avons vu que la moitié de cette commune à deux faces.

– En 1974 s'ajoute un centre de thalassothérapie sur les marais salants asséchées. Avec le casino, ce sont les deux principales sources de revenus pour exactement 4 444 habitants actuellement recensés.

– Merci pour le dépliant de l'Office du tourisme.

Isidore fait observer que le temps tourne à l'orage. Il grimace.

– Étrange mois de mars.

La vieille serveuse bigoudène apporte la crêpe au sarrasin fumante et la salade.

Ils se régalent.

Elle reste près de leur table.

Lorsque le couple de touristes américains est sorti, elle regarde à gauche, à droite, puis se penche vers eux pour leur chuchoter :

– « Ils » vous attendent.

Les deux journalistes se regardent, avec l'impression d'avoir mal entendu.

– Nous n'avons rendez-vous avec personne, répond Lucrèce. Vous devez confondre…

Mais déjà Isidore a avalé la dernière bouchée de salade, bu d'un trait le cidre, posé un billet pour l'addition et s'est levé pour suivre la vieille dame en tenue folklorique.

Lucrèce Nemrod les suit, vaille que vaille.

La serveuse s'assure qu'aucun nouveau client ne souhaite entrer. Elle accroche alors une pancarte FERMÉ puis les guide hors du restaurant.

Il pleut maintenant, un petit crachin qui pénètre tout.

– Dites, vous n'auriez pas un parapluie, mademoiselle ? demande Lucrèce, inquiète pour ses cheveux prompts à friser.

– Un vieil adage de chez nous dit : « La pluie ne mouille que les imbéciles », marmonne la Bigoudène.

Ils marchent longtemps sous la fine pluie. Ils longent une route luisante qui se rétrécit pour devenir un chemin, puis gravissent une petite colline coiffée d'une chapelle aux murs blancs et au toit lisse que surmonte un petit clocher pointu.

Le ciel s'est totalement assombri.

La serveuse pousse la lourde porte en chêne de la chapelle. Le vieux bois grince. À l'intérieur, aucune source de lumière, les grandes vitres ne laissent entrevoir que le ciel anthracite.

Leur guide s'est dissous dans l'obscurité.

Soudain, un éclair zèbre le ciel, révélant quatre silhouettes à contre-jour.

Lucrèce a juste le temps de remarquer dans cette lueur fugace qu'une ombre brandit un fusil de chasse dont le canon est dirigé vers elle.

Elle entend une voix sourde :

– Alors, qu'est-ce que vous lui voulez à Tristan Magnard ?

73.

175 avant Jésus-Christ.

Italie.
Rome.
Le marché aux esclaves de la capitale était en pleine effervescence.
– Je vous en donne 200 ! hurla quelqu'un.
– 400 ! dit une voix.
– 500 ! lança un troisième.
– 500 ? Allons, qui dit mieux ? 500 deniers pour ce jeune homme c'est une affaire.
La foule commençait à se masser autour de l'estrade où le marchand d'esclaves présentait un tout nouvel arrivage en provenance de la ville récemment vaincue de Carthage.
Le commerçant fit avancer le jeune homme de 13 ans, exhiba ses dents, tâta ses pectoraux, montra ses coudes et ses genoux qui semblaient intacts.
– Il est beau, il est frais, il est décoratif mon Carthaginois. Allons, qui en veut ? Regardez-moi ça, du premier choix : il a des grands yeux clairs, il sera excellent pour nettoyer vos écuries ou vous servir le petit déjeuner. Un bon et jeune esclave c'est un investissement pour le futur. Il portera vos sacs, il vous servira de jouet sexuel pour vos orgies et vous accompagnera dans vos vieux jours difficiles.
Le jeune homme, qui semblait absent, se laissait tripoter sans réaction.
– Allons mesdames, 500 deniers c'est déjà une perte pour moi. Allons qui osera me dire 600 ? Personne ? Ne passez pas à côté d'une affaire exceptionnelle, ce garçon n'est pas un esclave comme les autres ! Les Carthaginois m'ont dit qu'il avait, vous savez quoi ? De... l'humour, il les faisait rire dans les cages sur le bateau. Il vous fera rire et égayera vos orgies. Allons, de nos jours, le divertissement n'a pas de prix ! Allons 600. Un esclave avec de l'humour, ne soyez donc pas avares !
– 1 000 ! lança une voix.
Cette fois tout le monde se tut. 1 000 deniers pour un adolescent, c'était exorbitant.
Le jeune homme, toujours absent, se laissa emporter par son nouveau propriétaire.
Arrivé chez lui, ce dernier se présenta :
– Je me nomme Terentius Lucanus et je suis sénateur de Rome. Tu comprends mon langage ?

Le jeune homme fit un signe d'incompréhension. Terentius Lucanus n'insista pas. Il avait toujours agi sous l'inspiration du moment, et l'argument « esclave avec de l'humour » lui apparaissait tellement saugrenu qu'il considérait cela comme un signe.
Mais le sénateur Terentius Lucanus était aussi un homme sage, il savait qu'un esclave n'était que ce qu'on le programmait à devenir. S'il lui apprenait à nettoyer le sol, assurément il serait un excellent domestique, mais il pensait qu'il était plus intéressant de l'instruire.
Il décida donc d'offrir à ce garçon ce dont rêvait le monde entier : une éducation d'aristocrate romain.
Lorsque son entourage s'étonnait de tant de générosité à l'égard d'un simple esclave carthaginois, il répondait par l'argument du marchand : « Un esclave est un investissement pour le futur, et plus on mise, plus on peut gagner. »
Le jeune esclave se révéla un élève talentueux. Son éducation terminée, Terentius décida de l'affranchir, et il lui donna un nom : « Terentius », comme lui-même, auquel il ajouta le mot « Afer », qui signifiait « venu d'Afrique ».
Terentius Lucanus le présenta ensuite à la meilleure société romaine, et tout spécialement à la famille Scipion, rendue riche et célèbre grâce au général qui avait vaincu Hannibal le Carthaginois.
Le général Scipion aimait parler avec Terentius Afer de théâtre, et tout particulièrement de sa passion pour le théâtre comique. C'est probablement sous l'impulsion conjuguée des Scipion et de son père adoptif, Terentius Lucanus, qu'en 166 avant Jésus-Christ, Terentius Afer écrivit sa première pièce *L'Andrienne*.
Il s'inspirait pour bâtir son œuvre de son modèle grec : Menandros, mais il inventa son propre style.
Contrairement au théâtre populaire à la mode, qui privilégiait les personnages caricaturaux et les surprises à répétition, Terentius Afer creusa la psychologie de ses héros et joua sur les nuances. Il écrivit des comédies douces-amères sentimentales pour provoquer juste un sourire amusé. L'enjeu était souvent de découvrir la vraie personnalité cachée des personnages.
Terentius Afer ôta les chœurs et les transitions chantées, il écrivit à ses acteurs de longs monologues philosophiques, plutôt que des dialogues rapides. Six autres comédies suivirent, et rapidement, cet ancien esclave carthaginois devint l'auteur préféré des aristocrates cultivés romains. Deux de ses six pièces, *L'Eunuque* et *Les Adelphes*, étaient des hommages assumés à Menandros. Jules César le baptisa d'ailleurs plus tard : Terentius, le « demi-Menandros ».

Terentius Afer trouva comme son illustre maître des formules-chocs qui participèrent à sa renommée.
Parmi les plus célèbres :
« L'hypocrisie fait les amis, la franchise engendre la haine. »
« Sans Cérès et Bacchus, Vénus reste de glace. »
« Quoi qu'on dise, cela a déjà été dit avant nous par quelqu'un d'autre. »
Cependant, alors qu'il atteignait à peine 30 ans, Terentius Afer voulut comprendre le vrai sens du théâtre comique. Il décida dès lors de partir en voyage d'études en Grèce, en l'an 160 avant Jésus-Christ, pour découvrir ce qu'il nommait le « Secret de l'art comique ». Il y demeura une année. Au début, il traduisit plus d'une centaine de pièces de Menandros du grec au romain. Puis il se lança dans une quête personnelle. Il prétendait approfondir sa découverte du « Secret de l'art comique » par un grand voyage qui commença à Jérusalem, se poursuivit à Athènes, et le mena jusqu'en Gaule.
En - 159, il disparut mystérieusement, à l'âge de 31 ans.
L'hypothèse retenue par sa famille fut qu'il aurait péri lors du naufrage de son navire, dans la baie de Leucate, face à la côte gauloise.

Grand Livre d'Histoire de l'Humour. Source GLH.

74.

Le canon du fusil de chasse se rapproche d'elle.

Alors, profitant d'un nouveau flash aveuglant, Lucrèce opère un mouvement pivotant et percute du pied l'arme, qui vole. Les trois autres n'ont pas le temps de comprendre que déjà elle frappe la gorge du suivant avec le tranchant de la main et propulse le dernier d'un coup de talon déployé.

Tranquillement, Isidore Katzenberg se dirige vers la porte et cherche un interrupteur, mais il ne fonctionne pas, il va vers les cierges, trouve une boîte d'allumettes et les enflamme un par un.

Cependant les assaillants se sont repris. Le combat continue maintenant à quatre contre un.

Lucrèce Nemrod reçoit un coup de pied au ventre qui la projette contre le mur. Elle roule sur le côté et parvient à frapper son agresseur avec deux doigts en crochet qui percutent son front comme on cogne une noix de coco.

– Vous pourriez m'aider Isidore ! Je ne sais pas si vous le savez mais j'ai des soucis là, à l'instant.

– Je ne voudrais pas m'immiscer dans votre dialogue avec les autochtones.

Profitant de son inattention, l'un des hommes a récupéré le fusil et tire une balle qu'elle évite de justesse. Il tire à nouveau et elle n'a que le temps de se plaquer au sol. Il saisit la crosse de l'arme comme une massue et lui assène un coup dans le dos. Un peu étourdie, elle se recroqueville, roule sur le côté et lance un grand coup de pied dans l'entrejambe tout proche. Dans le même élan elle saisit le fusil et, d'un méchant revers qui rencontre un menton, elle propulse son assaillant dans le confessionnal.

– Tsss..., soupire Isidore sur un ton de reproche. Comme Michel Audiard faisait dire à Lino Ventura : « Je ne critique pas le côté farce, mais pour le côté fair-play y aurait à redire. »

Les quatre agresseurs décident d'une attaque conjointe. Le plus grand parvient à saisir Lucrèce par les coudes. Un autre lui passe un bras autour du cou et le troisième, le plus costaud, lui flanque son poing dans le ventre et un direct au menton. Elle se débat, mais n'arrive pas à se dégager, déjà le grand arme son bras.

– À l'aide Isidore ! crie-t-elle.

– Courage, Lucrèce. Je sens que vous aurez le dessus.

Elle essuie encore deux coups, mais au troisième elle esquive en se baissant et le poing de son assaillant s'écrase contre le mur avec un bruit d'os. Aussitôt la pression se relâche et elle peut se placer dos au mur pour ne plus être attaquée par-derrière. Plus vive, plus rapide que ses adversaires, elle évite les coups, se baisse, tournoie, danse, et frappe avec précision.

Les éclairs de foudre à répétition produisent un effet stroboscopique. Chaque flash dévoile une mise en scène différente des personnages.

En sueur, le souffle court, elle terrasse enfin le dernier homme encore debout.

– Ça y est ? Vous avez terminé ? s'impatiente Isidore. Ce qu'on peut perdre comme temps en formalités avec vous.

Déjà Lucrèce relève le premier qui l'avait menacé du fusil. Elle dégaine sa propre arme, son petit pistolet Glock tout neuf.

– Qu'est-ce que vous nous voulez ? Qui êtes-vous ?

– … Ghislain Lefebvre. Je suis l'instituteur de l'école communale.

Ghislain Lefebvre ? Ai-je bien entendu ?

Isidore complète.

– Hum, et derrière lui, je pense qu'il s'agit, vu leurs vêtements, du curé du village, ainsi que de son bedeau. Quant au quatrième, je pense que c'est un ami de M. Lefebvre ou quelqu'un de la famille.

– Et pourquoi nous avez-vous tendu ce piège ? demande Lucrèce.

C'est Isidore qui répond à leur place :

– Vous avez montré la photo de Tristan Magnard à la serveuse bigoudène, ce qui lui a rappelé la venue de Tristan et les événements qui ont suivi.

– François Thilliez. Je suis le beau-frère de Ghislain, dit le deuxième.

– Je pense que vous devez être une sorte de collectionneur de blagues, n'est-ce pas ?

L'autre masse son menton, malmené par la jeune journaliste.

– En effet. Comment le savez-vous ?

– Simple déduction et observation, plus un peu d'intuition. Tristan vous a questionné sur l'origine de la blague et vous avez dit que vous la teniez du curé.

– En effet, répond l'homme en tenue sombre. Je me nomme Pascal Le Guern, vous pouvez m'appeler père le Guern.

– … Qui lui-même a signalé qu'il la tenait de son bedeau.

– Oui, répond le plus jeune, qui est aussi le plus grand et le plus fort.

– Voilà la réponse à votre question, Lucrèce. Ces quatre messieurs sont les quatre étapes franchies par le saumon Tristan Magnard pour remonter à la source de « Là où naissent les blagues ».

Isidore les aide à se relever, et ils s'installent près des cierges, comme s'il avait éclairé le lieu en prévision de cet instant.

Le curé tamponne sa lèvre fendue.

– Vous « en » faites partie, n'est-ce pas ? demande-t-il.

– Partie de quoi ? s'étonne Lucrèce.

– Des autres. Vous ne faites pas partie de la GLH ? Donc vous êtes dans l'autre camp.

La jeune journaliste s'approche.

– À moi de poser des questions, dit-elle en saisissant l'homme par le col. C'est quoi la GLH ?

– Eh bien ce sont les gardiens de la... BQT.

C'est un dialogue de fous.

– Et c'est quoi la BQT ?

Cette fois les quatre hommes se regardent, très surpris.

Déjà Lucrèce a approché son pistolet.

– Malgré les apparences et le comportement de certains d'entre nous, signale Isidore Katzenberg pour couper son élan, nous sommes journalistes. Plus précisément reporters au *Guetteur Moderne*. Nous enquêtons sur la mort de Darius Wozniak.

Isidore fouille dans le sac de sa comparse et en extrait la boîte bleue marquée « BQT » et « Surtout ne lisez pas ».

Les quatre visages marquent soudain l'effroi.

– *Vade retro Satanas !* clame le cure en se signant les yeux fermés.

Les autres détournent la tête comme si on exhibait une monstruosité.

Et soudain traversée d'une intuition, elle s'avance vers le bedeau et lui met la boîte sous le nez.

– Parlez ou je l'ouvre !

Jamais elle n'a vu une telle terreur s'inscrire sur un visage.

– Ne faites pas ça ! s'écrie le curé. Il n'y est pour rien. Il est innocent. Il ne mérite pas un tel châtiment. Je vais parler.

À nouveau, l'orage de mars gronde au loin.

75.

« Une grenouille mâle dépressive se décide à téléphoner à une voyante dans l'espoir qu'elle lui remontera le moral. La voyante lui prédit :
– Vous allez rencontrer une jeune fille très jolie qui voudra tout connaître sur vous.
– Parfait ! Et quand vais-je la voir ? demande la grenouille. À une fête sur la mare ?
– Non, vous allez la rencontrer le trimestre prochain, en classe de biologie... »

Extrait du sketch *Nos amis les animaux*,
de Darius WOZNIAK.

76.

Les semelles collent à la boue et les nez pulsent de la vapeur.

Ils marchent dans la lande tous les six alors que la pluie s'est tranformée en fine bruine. Ils rejoignent les alignements de mégalithes.

– Nous ignorons ce que signifie le sigle BQT. Tout ce que nous savons c'est que les trois lettres GLH font référence à une sorte de société secrète dont les membres se définissent comme « Les Gardiens de la BQT ». Quant à la BQT, tout ce que nous savons c'est que c'est un « poison mortel pour l'esprit ».

– Cette enquête commence à m'intéresser, murmure Isidore.

Le ciel se met à tonner, l'orage revient.

Ils avancent au milieu des pierres dressées comme des géants qui semblent s'animer sous les éclairs.

– Et vous pensiez que nous étions qui au juste ? demande Lucrèce.

– Mais les ennemis des GLH, Lucrèce. Vous n'écoutez donc pas ? Prenez des notes. Ceux qui veulent révéler la BQT. Du coup votre agressivité les a confortés dans cette hypothèse. Ils sont là par peur que vous ouvriez la boîte, je vous le rappelle.

Elle ravale sa repartie.

Je déteste quand il répond à la place des autres. Il m'énerve. Il m'énerve.

Le curé désigne une prairie mouvante d'herbes folles.

– Voilà le dernier endroit où nous avons vu Tristan Magnard. À l'époque nous ne savions pas que c'était lui. C'est bien plus tard, lorsqu'il y a eu un article dans les journaux, que Ghislain a dit : « Mais c'est pas le type qui est venu à la recherche de là où l'on trouvait les blagues » ?

– Et « là où vous trouvez les blagues », c'est où ?

Ils se tournent vers le bedeau, qui hésite puis, après avoir consulté du regard les autres qui semblent faire confiance aux deux Parisiens, consent à articuler :

– C'est là.

Il désigne un dolmen formé de trois immenses rochers posés comme pour former une table géante. Il montre au-dessous une anfractuosité creusée dans la roche.

– Ici, dans cette boîte en fer rouillé, il y avait tous les samedis matin un sachet plastique avec à l'intérieur une blague notée sur un papier.

– Depuis quand ? demande Lucrèce.

Le bedaud explique posément :

– Je fais la cueillette des blagues depuis l'âge de 9 ans. Mais mon père le faisait déjà avant. Et mon grand-père avant lui.

– Mais qui les écrit ?

– On n'a jamais su. Mon père m'avait dit : « Tu verras, il y a un truc à prendre là-bas et il faudra que tu le transmettes au curé. » J'ai fait ce qu'on m'a dit de faire.

Lucrèce Nemrod utilise son nouvel appareil photo pour mitrailler le monument.

– Et vous avez guidé Tristan ici ?

– Oui, monsieur. Et après il est resté à guetter, la nuit et le jour. Et puis il a disparu.

– Où a-t-il pu aller ? demande Lucrèce.

Isidore Katzenberg répond à la place du bedeau.

– Il a trouvé qui venait mettre la blague, il l'a suivi.

Le bedeau François Thilliez approuve vivement.

– Et après ? demande Lucrèce impatiente.

– Après la disparition de Tristan les blagues ont continué à tomber tous les samedis matin. Mais quelque chose avait changé, et il y a eu des problèmes.

Le vent se met à souffler plus fort.

– Quel genre de problèmes ? insiste Lucrèce.

Le curé Le Guern lève les yeux au ciel.

– Des gens sont venus de Paris. Ils parlaient de Tristan Magnard. Ils voulaient savoir où il était allé.

– Et ils vous ont dit qu'ils luttaient contre la GLH. Et que la GLH était une société secrète qui avait pour vocation de veiller sur la BQT, complète Isidore.

– Et aussi que si la BQT était répandue ce serait comme une « bombe atomique pour l'esprit ». Et qu'il fallait à tout prix désactiver cette menace.

– Certains avaient des photos de Tristan Magnard, comme nous. C'est pour cette raison que vous étiez méfiants pour tout ce qui se rapportait à Tristan, n'est-ce pas ? demanda Isidore.

– En effet, monsieur.

La bruine a cessé, alors que le ciel continue de faire rouler le tonnerre.

Ils se remettent en marche dans la lande boueuse.

– Mais ils sont allés où ces gens ? demande la jeune journaliste.

– Ils ont rejoint Carnac-Plage, ils ont pris des bateaux, répond Ghislain Lefebvre. Ceux du club nautique me l'ont confirmé.

– ... Parce que c'est le chemin qu'avait pris Tristan Magnard avant eux, complète le journaliste scientifique.

– Vous m'énervez, Isidore, arrêtez de répondre à la place des autres !

Le bedeau a un rire aigrelet.

– Elle a raison votre copine, vous pourriez me laisser parler. J'ai l'impression de ne servir à rien. C'est frustrant.

– C'est pour vous faire gagner du temps, Lucrèce. Et vous, monsieur, c'est pour vous faire gagner de la salive. Me suis-je trompé jusqu'ici ?

– Et après ? répète Lucrèce en lui tournant le dos.

Isidore, amusé, répond encore à la place du bedeau.

– Après ? La boîte en fer est restée vide, Lucrèce.

– En effet, confirme le bedeau. Plus aucune blague.

– Et cela depuis... quelques jours avant la mort de Darius, n'est-ce pas ?

– Exact, dit le bedeau étonné.

Isidore contemple au loin la lande qui n'en finit pas, les alignements de pierres dressées.

À nouveau l'orage gronde, des éclairs zèbrent le ciel. Il murmure pour lui-même :

– Pourvu qu'il ne soit pas trop tard.

77.

L'An 140 de notre ère.

Gaule Narbonnaise.
Cité de Leucate.

Le navire romain était parvenu en vue des côtes.

La Gaule était alors divisée en trois : la Celtica, qui comprenait le centre, l'est et l'ouest du pays. L'Aquitania, région plus petite qui couvrait le sud-ouest, et le Narbonensis qui allait de la Garonne aux Alpes en couvrant toute la côte méditerranéenne.

Le navire s'immobilisa dans le port de Leucate, une petite ville de la côte du Narbonensis.

C'était un navire luxueux et tous les Gallo-Romains qui s'étaient pressés sur le port se demandaient à qui il appartenait.

Le maître à bord était un personnage un peu spécial, un administrateur judiciaire romain de haut rang, mais qui se targuait d'écrire des spectacles de théâtre comique.

Un aboyeur annonça justement qu'une pièce de cet auteur romain répondant au nom de Lukianus de Samosate (du fait de sa naissance dans cette province syrienne) allait être jouée dans le grand amphithéâtre de la ville.

Ce serait *Éloge de la calvitie*. L'un de ses grands succès auprès du public romain.

La pièce fut interprétée le soir même devant un public essentiellement composé de Leucatois riches et instruits. Le succès fut immédiat.

Du coup la troupe interpréta les jours suivants, *Éloge de la mouche* et *Dialogues des morts*, deux des plus grands triomphes de Lukianus de Samosate dans la capitale de l'Empire.
Cependant, alors que ses œuvres réjouissaient le public gallo-romain, peu habitué aux tournées d'artistes romains, Lukianus alla voir le maire de Leucate, un certain Rufus Gedemo.
Il lui expliqua qu'il cherchait à savoir si l'on n'aurait pas retrouvé des biens appartenant à l'un de ses aïeuls, dont le bateau aurait fait naufrage au large de Leucate.
Par chance, Rufus Gedemo avait vu sa pièce et il accepta d'aider le talentueux auteur. Il lui permit donc d'accéder aux archives de la ville.
Lukianus de Samosate découvrit ainsi que le naufrage du *Calypso*, survenu en 159 avant Jésus-Christ, avait bien été notifié dans les annales. Parmi les victimes, figurait un certain citoyen romain répondant au nom de... Terentius Afer.
Lukianus fut très excité par cette découverte. Il demanda à Rufus Gedemo si les objets provenant du naufrage avaient été récupérés par les glaneurs.
Cette fois Rufus Gedemo lui répondit que c'était peu probable, mais que tout ce qui était laissé à l'abandon était en général entreposé dans une salle spéciale, qu'il pourrait visiter.
Lukianus de Samosate décida alors de prolonger son séjour dans cette ville qui accueillait si chaleureusement ses œuvres.
Le matin, il écrivit une petite pièce étrange, autour d'un personnage qui partait en voyage dans la Lune. Il venait sans le savoir de créer le premier texte de science-fiction.
L'après-midi, aidé de deux esclaves, il fouillait la salle des objets trouvés, espérant découvrir quelque vestige du *Calypso*.
Puis un jour, il rendit visite à Rufus Gedemo et lui apprit qu'il venait de trouver ce qu'il cherchait. Il devait retourner à Rome pour régler quelques détails, mais promit de revenir finir ses jours dans cette charmante cité, loin du tumulte romain.

Dès son retour à Rome, Lukianus fut fêté, plus apprécié encore d'un public qui s'était langui de lui et qui connaissait désormais sa gloire auprès des Barbares Gaulois.
L'empereur Marc Aurèle en personne l'invita dans son palais pour lui apprendre qu'il lui offrirait des terres en signe de reconnaissance. Lukianus avait su démontrer aux barbares, disait-il, que Rome n'était pas seulement une nation militaire mais également une nation de culture.

Mais l'empereur Marc Aurèle mourut. Son fils, Caesar Lucius Commodus Aurelius, ne prisait guère celui qu'il nommait « le petit chouchou de papa ». Il fit pression sur les théâtres pour qu'ils cessent de présenter les œuvres de Lukianus de Samosate.
L'empereur Commodus lança bientôt la construction d'un cirque géant, le Colysée, pour égayer « vraiment le peuple » avec des combats de gladiateurs et des mises à mort de condamnés.
Lukianus n'était pas friand des jeux du cirque. Dans l'une des dernières pièces qu'on l'autorisa à faire jouer, il mit dans la bouche de son personnage que « Le plaisir de rire est supérieur au plaisir de voir un homme sur le bûcher ou dévoré par des lions. »
L'empereur Commodus considéra que cette phrase était une provocation de trop. Il décréta qu'il fallait arrêter le trublion et le jeter en pâture aux lions afin « de vérifier ce qui fait vraiment rire la foule : une blague de comique, ou la dégustation de ce même comique par des lions ».
Lukianus fut averti par quelques sénateurs fidèles à l'ancien empereur. Si bien qu'il put fuir de justesse en bateau avant qu'on ne vienne l'arrêter.
À nouveau son voilier cingla vers les côtes de la Gaule Narbonnaise, direction Leucate. Cette fois, devenu une célébrité locale, il fut accueilli en héros et déclaré citoyen d'honneur.
Ayant rejoint quelques amis autochtones, il récupéra ce qu'il appelait le « Trésor du *Calypso* ».
Cependant la police de l'empereur Commodus était à ses trousses.
Alors, déguisé en Gaulois, Lukianus de Samosate prit un cheval, et s'enfonça dans l'ouest de la Gaule. Direction : la Celtica, pays des Bretons.

Grand Livre d'Histoire de l'Humour. Source GLH.

78.

Le temps s'est enfin éclairci et le petit voilier jaune file vers le large. La côte bretonne disparaît progressivement.

Isidore Katzenberg tient le gouvernail et Lucrèce Nemrod s'est placée à l'avant pour ajuster la voile de foc.

Le journaliste ne quitte pas des yeux le GPS de son iPhone. Sur l'écran s'affichent un plan satellite et un petit point qui représente leur déplacement.

– Qu'est-ce qui vous fait penser que Tristan Magnard a pris ce chemin ? demande la jeune femme. Encore votre « intuition féminine » ?

– Simple déduction logique. Sur les terres on ne peut rien cacher, trop de touristes, de va-et-vient, d'autochtones curieux. Si on veut créer une société vraiment secrète libre de ses mouvements... il faut aller en mer.

À cet instant précis ils distinguent au loin une île que le GPS identifie comme étant l'île d'Houat. Dans le petit port des petits bateaux entrent et sortent.

– Une île de ce genre ?

– Non. Une île nue. Sans restaurant, sans hôtel, sans port.

Ils poursuivent leur route marine et passent devant l'île d'Hoedic, repérable par son fameux Menhir de la Vierge, visible depuis la mer.

– Pas de monument non plus. Rien de touristique qui donne envie d'aborder.

Leur petit vaisseau file, poussé par un vent puissant venu du golfe du Morbihan.

Sur leur tribord apparaît maintenant Belle-Île-en-Mer, avec ses bâtiments et ses bateaux.

– Un rocher lisse ? Pourtant nous parlons quand même d'une société secrète formée d'êtres humains. Il faut bien qu'ils mangent, qu'ils boivent, qu'ils se chauffent, qu'ils aient un toit...

Le regard d'Isidore Katzenberg effectue des va-et-vient réguliers entre l'horizon et le plan satellite de son GPS.

Soudain, devant le silence d'Isidore, une bouffée de rancœur vient visiter Lucrèce.

– Pourquoi ne m'avez-vous pas aidée tout à l'heure quand ils étaient quatre contre moi ? demande-t-elle.

– « La violence est le dernier argument des imbéciles. »

– Vous m'énervez avec vos phrases toutes faites. Que vous appliquez d'ailleurs seulement quand ça vous arrange.

– Ça avait l'air de vous amuser de frapper ces hommes, je ne voulais pas perturber vos distractions. Soyez contente que je ne les ai pas aidés à vous maîtriser. Vous frappez d'abord, vous réfléchissez ensuite.

Je n'en crois pas mes oreilles.

– Vous !... vous !...

– Oui, je sais, vous m'aimez, mais cet amour est impossible, Lucrèce.

– Vous n'êtes qu'un...

– Qu'un vieil ours solitaire qui ferait mieux de le rester. C'est ce que je me tue à vous répéter mais vous n'entendez rien. Allez, pour l'instant contentez-vous de guetter l'horizon et dites-moi si vous voyez une île nue.

Ils ont dépassé Belle-Île et désormais la ligne bleue de l'océan se confond avec l'infini devant leurs yeux. Ils sont en haute mer.

Ils voguent longtemps sans rien repérer d'autre que quelques tankers au loin qui avancent lourdement.

Enfin Isidore désigne ce qui ressemble à une terre.

– Ici ? Mais il n'y a que des rochers.

– C'est justement ce qui est intéressant.

Ils accostent, tirent le voilier sur la grève et commencent à explorer le minuscule îlot.

– Que cherchons-nous ? demande Lucrèce. Une trappe ? Une caverne ? Un souterrain ? Un faux rocher en polystyrène ?

Isidore parcourt la minuscule île de long en large, comme un géologue cherchant un filon. Au bout d'une demi-heure il s'assoit.

– Il n'y a rien ici, annonce-t-il.

– Par moments il semblerait que votre « intuition féminine » fasse défaut.

Elle sort des sacs à dos quelques boîtes de conserve.

– Je ne vous l'ai pas dit, mais je connaissais Darius, avoue soudain Isidore.

– Je croyais que vous ne sortiez jamais de votre château.

– Des amis me l'avaient présenté.

Lucrèce Nemrod allume un feu. Elle pose dessus une boîte de veau aux haricots.

– J'étais curieux de voir le bonhomme. Même si Darius ne m'a jamais fait rire, j'avais conscience que c'était une personnalité importante de notre époque. Le voir en privé m'intéressait. Comme de voir le président de la République, le pape, ou une star du rock.

Il améliore le foyer de Lucrèce en posant des pierres pour créer un appel d'air.

– À cette soirée, il y avait bien trois cents invités. C'était fréquent chez lui ce genre de fête à ce qu'il paraît. Il en donnait une tous les trois jours. Stars des médias, politiciens, journalistes, acteurs, d'autres comiques, des top models, tout ce beau monde se retrouvait là, dans son château à Versailles.

– Bref, tous ceux qui formaient le cortège de son enterrement.

– C'était sa cour. La cour du roi « Rigolo XIV ».

– Jolie expression.

– Elle est de Pierre Desproges. Dans l'une de ses chroniques il racontait qu'il avait assisté à une fête de Coluche, et il en avait fait un sketch précisément baptisé le « Roi Rigolo XIV ».

– Continuez.

– Dans de grandes vasques s'entassaient des billets de 100 euros, sous une inscription : « SERVEZ-VOUS. » Et plus loin des vasques emplies de cocaïne, comme de la farine, et l'inscription : « C'EST DE BON CŒUR. »

– C'est généreux.

Lucrèce sort les gourdes d'eau et en propose à son acolyte.

– J'ai observé Darius toute la soirée comme on observe un fauve dans un zoo. Son frère le filmait en permanence. Quand il a voulu aller aux toilettes, le frère continuait de le filmer, alors il a dit : « Bon, là quand même faut que j'y aille seul. » J'avais trouvé ça drôle.

– Son frère le filmait 24 heures sur 24 ?

– Bien sûr. Et tout le monde suivait. Dès qu'il disait deux mots, n'importe quoi, tout le monde riait, tout le monde murmurait « il est génial ».

– Ça ne le dérangeait pas ?

Considérant que la conserve est chaude, Lucrèce sort des assiettes en plastique et sert Isidore.

– Au contraire. Je me souviens qu'à un moment, un type a voulu faire une blague sur les Polonais. En fait un hommage indirect à son hôte. Darius a d'abord fait semblant de rire, puis tout à coup il s'est levé, il a fait signe à ses gardes du corps de saisir le bonhomme, et il l'a frappé de toutes ses forces jusqu'à le laisser par terre. Personne n'a osé réagir. Je crois qu'il était très susceptible. Lui qui se moquait de tout le monde ne supportait pas qu'on plaisante de lui. Ou de ses origines polonaises. Encore un paradoxe : c'était un humoriste sans humour.

– J'ai du mal à imaginer Darius faisant une chose pareille.

– Oh, ce n'est pas tout. Il a voulu offrir une fille, un mannequin suédois, à l'un de ses copains, et comme la fille refusait les avances du type, il l'a giflée en criant « Fichez-moi cette pimbêche dehors. » Il piquait des colères pour n'importe quoi. En fait je crois que tout le monde avait peur de lui.

– Vous êtes sûr que vous n'exagérez pas ? Vous n'auriez pas... un parti pris ?

Une mouette se pose près d'eux et les observe.

– Ce soir-là, il avait décidé de faire jouer un sketch par un nouveau talent qu'il venait de découvrir. Ce type a interprété la saynète mais personne ne l'écoutait. Alors Darius a pris un revolver à un de ses gardes et il a tiré dans le plafond. Tout le monde s'est arrêté net. Alors il a hurlé : « Vous ne respectez donc rien ? Bande de pique-assiettes ! Parasites ! Lèche-bottes ! Vous ne voyez pas que ce garçon se donne du mal pour essayer de vous distraire et vous êtes là à vous empiffrer sans le moindre respect pour son travail. Faire rire c'est un travail ! Et on ne vous demande même pas de payer, on vous demande seulement de fermer vos gueules et d'écouter et c'est encore trop ? ».

– C'est plutôt sympa de soutenir un collègue...

– Un silence de mort s'est abattu sur la salle. Ensuite son ami humoriste a poursuivi le sketch. Et tout le monde se forçait à rire pour faire plaisir à Darius. C'était vraiment le roi. Rigolo XV puisqu'il a succédé à Coluche, le roi Rigolo XIV...

Les êtres humains ne sont jamais ni complètement blancs, ni com-

plètement noirs. Je crois que Darius avait un vrai talent. Et qu'il lui est monté à la tête. Mais il avait malgré tout beaucoup de respect pour ceux qui accomplissaient la même tâche que lui.

Finalement Isidore est honnête, il m'a donné autant de raisons d'apprécier que de détester le Cyclope.

– Il reste que Rigolo XV a bâti son empire en pillant tout le patrimoine des blagues anonymes. Il s'est comporté comme les pionniers américains qui ont volé les terres des Indiens et ont dressé des pancartes, des barbelés, et inventé des droits de propriété… Tout simplement parce qu'il existait un vide juridique. C'était un voleur, pas un créateur.

– Alors disons que son talent était de présenter avec la bonne intonation et le bon jeu de scène des blagues inventées par d'autres. Finalement, comique, c'est plus un métier d'acteur que de scénariste.

Isidore plonge sa cuillère dans son assiette.

– Moi ça me ferait très peur de dire des blagues devant des salles combles en espérant que les gens vont rire, dit elle.

– Je crois que vous le feriez très bien.

– Vous vous imaginez face à une salle de cinq cents personnes qui ont payé leur place pour rire et qui sont prêtes à vous mépriser si vous échouez ?

Isidore fait bouillir de l'eau. Il lui tend du café lyophilisé. Lui se sert du thé vert.

Il prend ses jumelles et scrute le lointain.

– Ces blagues sans auteur, c'est comme un vol que tout le monde ignore parce que la victime ne se plaint pas, signale-t-il.

Elle se lève et observe la mer à son tour.

– Vous croyez qu'on va trouver la GLH ?

– Tristan Magnard le croyait. C'est pour cette raison qu'il a pris un bateau et est venu jusqu'ici.

– Juste une petite question. Vous pensiez que c'était sur cette île, pourquoi ?

– Avant qu'on prenne la mer, j'ai retrouvé les plans de routes des bateaux empruntées par ce fameux groupe parti à la poursuite de Tristan Magnard.

– Ils s'arrêtent ici ?

– Dans ce coin en tout cas. Mais c'est un peu flou, je ne suis pas sûr que ce soit cette île.

Lucrèce se fige.

« Pas sûr » ??

– Je pensais qu'on ratisserait le coin en essayant d'aller de plus en plus loin. Ça ne devrait pas être long. Mais à mon avis, c'est par ici.

– Mais c'est la haute mer ! Autant...

– « ... chercher une aiguille dans une botte de foin », me direz-vous ? Alors vous connaissez ma réponse.

« Il suffit de mettre le feu à la botte de foin et de passer un aimant dans les cendres. » C'est sa phrase fétiche.

– Rassurez-vous, Lucrèce. Sur la carte de la Capitainerie j'ai repéré dans cette zone du golfe du Morbihan trois îles qui se caractérisent par leur absence totale d'intérêt pour n'importe quel bateau. Il nous en reste encore deux à visiter. Et nous avons tout notre temps.

Elle se dresse, et se hâte de ranger à nouveau le barda dans les sacs à dos, en marmonnant de sombres menaces.

Ils remontent dans le bateau, et repartent en direction de l'horizon qui commence à s'assombrir.

79.

« Dans le cadre d'un cours sur la logique, une institutrice demande à ses élèves :
– Si trois corbeaux sont posés sur un fil électrique et qu'un chasseur en abat un, combien en reste-t-il ?
Un élève répond aussitôt :
– Deux, bien sûr.
L'institutrice dit :
– Non, zéro. Car le coup de feu aura fait s'envoler les deux autres. Vous n'avez pas trouvé la solution mais votre réponse est révélatrice de votre état d'esprit assez primaire.
Alors l'élève reprend :
– Puis-je à mon tour vous poser une question, madame ?
– Pourquoi pas, si le sujet entre dans le cadre de notre leçon sur la logique.

– Trois femmes sont sur une plage en train de manger des glaces. La première la lèche, la deuxième la mordille, et la troisième la suce. Laquelle est mariée ?
– Eh bien, je dirais la troisième.
– Non. La bonne réponse était : "Celle qui porte une alliance." Vous n'avez pas trouvé la solution, mais votre réponse reste révélatrice de votre état d'esprit. »

Extrait du sketch *Question de logique*,
de Darius WOZNIAK

80.

La lumière décroît, le temps fraîchit. Leurs mains commencent à blanchir à force de serrer les cordages depuis des heures.

Le ciel semble un décor de théâtre en perpétuel renouvellement. Le petit voilier file plus vite, alors que le jour baisse rapidement.

Tout à coup, sur une intuition, Isidore regarde son GPS et change de cap, virant à bâbord.

– Nous devrions bientôt arriver là où j'espère.

– Encore une de vos fameuses « intuitions » ? ironise Lucrèce. Heureusement que la météo est clémente.

À cet instant, le ciel, devenu sombre, s'illumine d'un éclair. Un fracas résonne, suivi du martèlement de milliers de petits impacts. La pluie cingle.

Les rubans posés sur la voile commencent à se dresser alors que la girouette du mât tourne autour de son axe. Des rides d'écume se forment sur la mer, de plus en plus creuse. Des rouleaux grossissent à l'horizon et foncent vers eux.

Le petit voilier brave le vent. Les vagues en tourbillonnant sous la coque imposent des mouvements d'ascenseur. Le vent se fait vacarme. Les deux journalistes s'accrochent aux cordages alors que leur embarcation accélère encore dans le tumulte aquatique.

Isidore Katzenberg fait signe à Lucrèce de relâcher le foc. Elle s'exécute aussitôt, laisse filer la toile et coince l'écoute dans le taquet prévu à cet effet.

– Je fais quoi ? hurle la jeune femme alors que les vagues cognent le bateau.

– Écopez ! J'ai de l'eau... jusqu'aux mollets !

– Moi, c'est la première fois que je monte sur un voilier ! lance-t-elle.

– Moi aussi ! hurle-t-il.

Quoi ? J'ai mal entendu !

– VOUS AVEZ DIT QUOI ?

Il hurle :

– J'APPRENDS, LUCRÈCE !

Cette fois une vague plus haute que les autres frappe le dériveur de face, soulevant l'embarcation avant de la faire retomber dans un fracas.

Sous le choc, Isidore Katzenberg lâche le gouvernail. Instantanément le voilier vire de bord.

La bôme fend l'air en sifflant. La barre d'aluminium vient frapper l'arcade sourcilière de Lucrèce.

La jeune femme accuse le coup, un peu sonnée, mais le paquet de mer qui l'atteint au visage la ranime aussitôt. Un liséré de sang coule sur sa joue.

Isidore, plus inquiet qu'il ne l'affiche, est venu vers elle.

– C'est à cause de votre attitude face à l'univers, braille-t-il en évitant une vague latérale, vous êtes toujours en colère, alors le monde répond à votre colère. Vous frappez et le monde vous frappe en retour.

– Finalement Isidore, je n'aime ni votre humour ni votre philosophie, clame-t-elle en sentant la bosse grossir sur son front.

– Attention ! Baissez la tête !

À nouveau la bôme du petit dériveur de 4,70 mètres fend l'air. La jeune journaliste l'évite de justesse.

– Être intelligent c'est ne pas faire deux fois la même erreur, énonce-t-il dans le vacarme des éléments déchaînés.

Alors qu'il hurle cette phrase, une nouvelle vague les fait monter et descendre. Il lâche à nouveau le gouvernail et se sent précipité en avant. Cette fois c'est son front que la barre d'aluminium cueille au passage. Le choc produit un son de bois creux. Il vacille.

Je crois que j'ai découvert un ressort de l'humour, songe-t-il dans le vacarme du vent. *Ceux qui donnent des conseils se les reçoivent en pleine figure. Bien fait pour moi.*

Il porte la main à son front et constate lui aussi une bosse en formation.

Ils se baissent, tentent d'affaler la voile et de tirer sur les cordages pour stabiliser tout ce qui fouette l'air sur cet esquif livré à la furie des éléments.

Le ciel noircit encore. Ils sont happés par une quasi-obscurité.

Le vent devient tempête. Le bateau évite d'extrême justesse plusieurs chavirages alors que ses deux occupants, à quatre pattes, écopent l'eau tout en s'accrochant à tout ce qu'ils peuvent.

Lucrèce sent la nausée la gagner et vomit. Isidore la retient solidement tandis qu'elle se penche par-dessus bord.

Une vague énorme les prend tout à coup de plein fouet.

Le bateau, hors de contrôle, vire tout seul.

Ils titubent, saoulés de vent, de froid, de vitesse, suffoqués par l'eau qui les frappe.

Et soudain une pointe rocheuse surgit et crève la coque en résine.

Tout se déroule alors comme au ralenti.

Ils sont stoppés net, un immense fracas résonne comme une explosion.

Sous le choc le petit voilier part en cabriole et projette loin devant ses deux occupants, qui perdent aussitôt connaissance.

81.

L'an 421 de notre ère.

Gaule Celtica.
Autour de la forêt de Brocéliande.

L'empire romain s'effondrait.

Telle une vague refluant, la civilisation romaine reculait, repoussée par les envahisseurs barbares attaquant simultanément sur toutes les frontières.

La XVIIe Légion installée en terre bretonne fut l'une des dernières à quitter la Gaule.
En désertant leurs campements, les officiers laissèrent sur place, pour défendre la province de Celtica contre les invasions barbares, quelques chevaliers, fils de l'aristocratie gallo-romaine qu'ils avaient eux-mêmes formés.
Cependant les Saxons, qui avaient déjà chassé les Bretons d'Angleterre, les forçant à descendre de plus en plus au sud, attaquaient à nouveau par la frontière nord.
C'est alors que les Gallo-Romains bretons décidèrent d'élire un roi qui serait leur chef de guerre. Ils choisirent le meilleur stratège, un certain Arthur.
Ce dernier réunit rapidement un groupe de chevaliers d'élite formés à la XVIIe Légion romaine, qu'il baptisa les chevaliers de la Table ronde, parce qu'ils tenaient assemblée autour d'une table circulaire. Ils étaient celtes, mais sous l'influence romaine s'étaient convertis au christianisme.
Arthur désigna douze officiers, des chevaliers qui avaient déjà prouvé dans la bataille leurs talents de guerriers. Il en choisit douze pour rappeler la symbolique du nombre des apôtres de Jésus.
Les combats contre les Saxons et les Pictes (venus d'Écosse et ainsi nommés car ils se peignaient le visage, *Picti* signifiant « hommes peints ») étaient rudes, mais Arthur et ses chevaliers tenaient bon.
Conseillé par son druide Merlin, Arthur pensait qu'il fallait également gagner la bataille psychologique pour bénéficier du soutien des populations locales très superstitieuses. Le druide inventa donc une sorte de mission sacrée confiée à ses douze chevaliers-apôtres : retrouver le Graal, la Coupe dans laquelle aurait été recueilli le sang du Christ.
Et ce fut Lancelot qui, revenant de Jérusalem, exhiba un jour une coupe dorée. « J'ai trouvé le Graal ! » annonça-t-il en présentant l'objet. Personne ne pouvant prétendre que ce n'était pas le Graal, la légende put s'enraciner. Le roi et les douze chevaliers acquirent d'un coup une légitimité mystique. C'était l'apogée d'une transition réussie entre l'empire romain et le futur royaume franc.
Mais l'assemblée des chevaliers rencontra un écueil. Tous ces jeunes hommes au sang chaud s'entendaient difficilement. Le chevalier Gauvain révéla que le chevalier Lancelot du Lac avait couché avec la reine Guenièvre, la propre épouse du roi Arthur. Les deux hommes se battirent en duel, Lancelot tua Gauvain, et déjà la belle union des officiers du roi volait en éclats, et se divisait entre partisans de Lancelot et partisans d'Arthur.
Le druide Merlin dit au roi : « Notre problème, Sire, est que nous avons vaincu nos ennemis extérieurs, du coup nous nous inventons des enne-

mis intérieurs. L'oisiveté est mère de tous les vices. Il faut à nouveau occuper tes chevaliers. »

C'est alors que revint Galaad, qui lui aussi était parti pour Jérusalem. Il raconta qu'il avait entendu raconter là-bas l'histoire d'un « second Graal ». Ce que certains initiés mystiques nommaient « L'Épée de Salomon ».

– Si le premier Graal est un objet matériel, dit-il, d'après ce que m'ont appris mes amis, le second Graal, L'Épée de Salomon, serait un objet spirituel.

– Très bien, dit Arthur, sautant sur l'occasion de faire diversion. Lançons une mission pour retrouver ce deuxième trésor.

Cette fois, le roi désigna les chevaliers Karadoc, Galaad et Dagonet.

Au bout de deux années de quête, les trois hommes découvrirent qu'il existait bien, ainsi qu'on les en avait informés, un coffret considéré comme le joyau du temple de Salomon, et que ce coffret « ne contenait ni or, ni argent, ni bijou mais un trésor spirituel, aussi léger qu'une pensée. Et on nommait cette merveille Épée de Salomon ».

Le mystère les intrigua.

À l'issue de six mois d'enquête difficile, ils finirent par découvrir que ce coffret avait été emporté par un Hébreu qui, pour le préserver de l'invasion des Assyriens, s'était caché en Grèce.

Un an de plus fut nécessaire pour retrouver la trace de cet Hébreu. Il se nommait Emmanuel Benjamin et s'était réfugié à Athènes.

Ils se mirent donc en route vers la capitale grecque. Là, nos chevaliers découvrirent alors qu'Emmanuel l'avait transmis à un certain Epikharmos, ou Épicharme, qui lui-même avait caché ce trésor.

Les trois chevaliers de la Table ronde, sans se décourager, enquêtèrent longtemps, et finirent par mettre au jour d'autres traces de « L'Épée de Salomon ». Elle avait été détenue par le Grec Aristophane, qui en parlait comme d'« une arme absolue pour faire taire les imbéciles ». Puis par l'auteur romain Térence qui avait fui la police de l'empereur à Leucate, où il avait probablement caché son trésor. Ce dernier avait baptisé l'Épée de Salomon : « la faucheuse de prétentieux ».

Nos trois chevaliers enquêteurs partirent donc pour la région du Narbonensis, encore très romanisée, et là poursuivirent leurs recherches. Le chevalier Dagonet découvrit que le coffret s'était bien trouvé dans la ville de Leucate, mais qu'un certain Loukianos, dit Lucien de Samosate, grand aristocrate romain, était venu le chercher pour l'emporter vers le nord-ouest.

À leur grande surprise, ils constatèrent que leur quête les ramenait pratiquement à leur point de départ.

« L'Épée de Salomon avait, en effet, été cachée par Lucien de Samosate en… Bretagne. » Telle était la grande révélation de leur enquête. « C'était bien la peine de se donner tant de mal pour chercher ce qui était déjà chez nous », ne put s'empêcher de s'exclamer alors Dagonet, montrant qu'il était déjà le plus drôle des trois.
Finalement, au bout d'un an de recherches supplémentaires, les trois chevaliers comprirent que Lucien de Samosate avait caché « L'Épée de Salomon » sous un menhir, dans la forêt de Brocéliande, pas très loin de l'emplacement d'Excalibur, l'épée sacrée que le roi Arthur avait réussi à extraire du rocher.
Le chevalier Karadoc étant le plus robuste, il souleva le menhir et découvrit dessous un gros coffre qui, une fois forcé, en révéla un plus petit.
« L'Épée de Salomon doit être plutôt une dague ou un couteau », songea Karadoc.
La boîte portait une inscription latine en lettres d'or : HIC NUNQUAM LEGENDUM EST.
Le chevalier Dagonet fut le premier à ouvrir le coffret. Il découvrit à l'intérieur un parchemin, qu'il ne sut pas traduire, il ne comprenait pas le latin. Il le tendit alors à Karadoc, qui le lut et mourut instantanément. Galaad, qui s'était penché pour lire par-dessus son épaule, mourut dans les mêmes conditions.
Seul le chevalier Dagonet survécut, grâce… à son ignorance du latin.
Cependant, il eut conscience de détenir une arme terrible. Il décida de cacher le coffret et de fonder un ordre de chevalerie secrète : les « Gardiens de L'Épée de Salomon ». Ils étaient très peu nombreux, mais se cooptaient surtout à partir d'un critère essentiel : « Ne pas connaître le latin ».

Grand Livre d'Histoire de l'Humour. Source GLH.

82.

Une mouette approche du visage de Lucrèce, le bec pointé vers ses paupières closes.

L'oiseau hésite, pique à quelques centimètres d'elle, comme pour voir si elle réagit. Comme elle ne bouge pas, la mouette s'enhardit et saute sur la tête de Lucrèce. Elle approche son bec de l'oreille puis d'un coup sec pique le lobe.

Cette fois la réaction est vive. Une main chasse la mouette, et l'œil s'ouvre.

La jeune journaliste ouvre l'autre œil et se voit entourée de rochers noirs.

Elle ne distingue pas grand-chose d'autre, un brouillard épais s'est abattu sur l'île.

Les mouettes volent au-dessus d'elle, dans un vacarme de piaillements aigus.

Elle pense que c'est le matin, le brouillard est gris clair, et il lui semble apercevoir haut dans le ciel une lueur argentée qui pourrait être le soleil.

Un goût de sang dans la bouche, elle parvient tant bien que mal à se mettre sur ses pieds.

En marchant elle découvre leur voilier fracassé sur un rocher mousseux d'écume.

– Isidore ! Isidore ! crie-t-elle.

Personne ne répond. Elle fouille le dériveur échoué, puis sonde les alentours. Enfin elle discerne une silhouette, un peu plus loin, debout sur un promontoire rocheux.

C'est Isidore qui tient son téléphone portable à la main et le dirige dans plusieurs directions.

– Isidore, vous pourriez répondre, j'ai cru qu'il vous était arrivé malheur !

– Je ne vous ai pas entendue, dit-il sans se retourner. Mais j'ai constaté que vous étiez vivante.

Lucrèce Nemrod le voit lever et descendre son iPhone. Il a plusieurs contusions et blessures. Il a dû être assommé comme elle au moment du naufrage.

– À la question que vous alliez poser : « Est-ce que vous allez bien, Lucrèce ? » la réponse est : « Ça pourrait aller mais j'ai des bleus et des courbatures partout. » Et puis si vous m'aviez demandé : « Rien de grave au moins, Lucrèce ? » je vous aurais répondu : « Non, je vous rassure, Isidore, je crois que je vais m'en remettre. » Enfin, c'est le genre de dialogue que doit tenir un gentleman en présence d'une jeune femme de bonne famille après un accident grave.

– Nous avons des choses plus importantes à faire que nous regarder le nombril.

– Moi j'appelle ça de la politesse élémentaire.

– Dois-je vous rappeler que vous êtes orpheline et que je vous ai vue casser la figure aux autochtones avec la détermination d'un taureau enragé ? Parce que vous aussi, dans le genre « politesse avec les peuplades du coin », vous auriez des progrès à faire. « Bonjour », ça ne se prononce pas à coups de talon dans le ventre.

– C'était de la légitime défense, vos autochtones étaient armés de fusils.

Il hausse les épaules et tente à nouveau de capter quelque chose avec son téléphone portable.

– Par moments j'ai quelques bribes du signal. Je crois qu'on est au-delà du phare des Grands Cardinaux, au large de l'île d'Hoedic. Mais surtout, ce qui est étonnant, c'est que ce lieu ne figure sur aucune carte.

– On est peut être sur l'île de *Lost* ?

– Vous faites sans doute allusion à une série de télévision, désolé, je ne regarde pas les fictions, seulement les actualités. C'est une île qui ne figure même pas sur Google map. Et ce qu'il y a d'étonnant, c'est ça.

Il indique une direction et elle finit par distinguer une sorte de tour circulaire.

– Un phare.

– Oui, mais un phare inconnu. Lui non plus ne figure pas sur mes listes de phares bretons. Suivez-moi.

Ils marchent vers le bâtiment, qui émerge lentement du brouillard au fur et à mesure qu'ils avancent. Il a l'air hors service, et complètement abandonné.

Au pied du phare, la porte en chêne à la serrure rouillée est fermée.

– Je pense que nous sommes au bon endroit, annonce Isidore en examinant la porte.

– Ça m'étonnerait. Les chances qu'une tempête nous jette précisément sur la bonne île sont de…

Isidore Katzenberg se penche, et ramasse un objet qui s'avère être un badge rose avec un œil contenant un cœur.

Il m'énerve, il m'énerve, il m'énerve.

Lucrèce Nemrod actionne la poignée, en vain. Isidore examine la porte, alors qu'elle essaye de la frapper de l'épaule jusqu'à s'en faire mal.

Puis elle le rejoint, et tous deux examinent le bois mis à nu par les intempéries.

– Une société secrète dédiée à l'humour... ils ont peut-être utilisé des moyens...

Elle est traversée d'une fulgurance.

– La porte est inversée ! annonce-t-elle.

Elle manipule la porte et s'aperçoit qu'en effet la vraie serrure est du côté des gonds factices. Et les vrais gonds sont à l'intérieur, du côté de la serrure factice. Dès lors il suffit de pousser du bon côté et un déclic se produit.

– Bravo, Lucrèce.

– Les portes et les serrures c'est mon domaine, avoue-t-elle modestement.

Là je crois que je l'ai impressionné.

Ils entrent en s'éclairant avec leurs téléphones portables et découvrent un escalier qui monte et un escalier qui descend vers des niveaux inférieurs. Ils décident de commencer par celui qui monte.

Ils gravissent les marches jusqu'au sommet du phare. Le vent percute la paroi du phare avec un grondement grave.

Lucrèce frissonne.

J'en ai assez de cette pluie. Le vent, la pluie et l'orage... J'ai l'impression que le ciel est en colère contre nous.

Isidore visite le poste d'observation du phare. Au centre, la grosse lanterne éteinte, avec sa lampe rouge, et ses quatre lentilles optiques. Le tout est recouvert d'un boîtier protecteur en verre et en cuivre.

Plus loin, sur une table, des cartes, des compas, un sextant recouvert d'une épaisse couche de poussière.

Personne n'a mis les pieds ici depuis bien longtemps.

Lucrèce Nemrod ouvre la porte qui mène à la coursive, à l'extérieur du sommet du phare. Aussitôt le vent humide s'engouffre, en puissance.

Côte à côte, ils profitent de la vision panoramique à 360 degrés.

– Il n'y a rien ici, conclut la jeune femme dont les cheveux volent dans les bourrasques.

– Vous espériez trouver quoi ?

– Ne me dites pas que vous saviez qu'on ne trouverait rien, Isidore.

– Si. Bien sûr.

– Alors pourquoi sommes-nous montés ?

– Pour vérifier. Et traquer les indices.

Isidore Katzenberg revient dans le poste d'observation, ouvre un placard et déniche une bouteille de rhum. Il la lui tend, elle boit au goulot. Lui aussi.

– Je vous croyais buveur de jus de carotte, de thé vert et de lait d'amandes.

– Je le suis, confirme-t-il avant de téter à nouveau le goulot. Mais à situation exceptionnelle…

Ils restent un instant à fixer l'océan infini, et quelques bateaux au loin.

– Pourquoi repoussez-vous toujours mes avances, Isidore ?

– Votre maladie pourrait être appelée « Abandonnite aiguë ». Vous avez été abandonnée par vos parents. C'est le genre de blessure qui ne se soigne pas vraiment. On peut juste à coups de thérapies mettre un peu d'analgésique pour rendre ça moins douloureux et garder des rapports normaux avec les autres. Mais vous avez un incommensurable besoin d'être rassurée, protégée, aimée. Un besoin maladif. Et aucun homme ne sera jamais à la hauteur, pour combler ce besoin. Du coup vous cherchez un père, et comme je vous ai repoussée vous avez l'impression que je suis votre père. Tout homme qui vous repoussera deviendra pour vous un challenge.

Elle écoute, immobile, mais chaque mot pénètre son sang jusqu'au noyau de ses cellules.

– Vous avez d'autant plus envie de l'homme qui vous repousse qu'il s'est comporté comme votre géniteur. Votre attrait pour moi, c'est seulement une envie de régler son compte à un fantôme minable. Voilà pourquoi je vous ai repoussée.

Au moins c'est clair.

Elle avale sa salive, puis articule doucement :

– Et vous, Isidore, votre maladie c'est quoi ?

– La « misanthropite aiguë ». J'ai peur des êtres humains. Je les trouve veules, primaires, attirés par les charognes, s'émerveillant de tout ce qui pue, lâches quand ils sont seuls et dangereux dès qu'ils sont en meute, comme si je vivais au milieu d'un troupeau d'hyènes. Ils aiment la mort, ils aiment voir leurs congénères souffrir, ils n'ont aucune morale, aucun principe, aucun respect pour les autres, aucun respect pour la nature. Ils éduquent leurs enfants en leur montrant des films où l'on torture son semblable et ils trouvent ça « distrayant ».

Tout le monde n'est pas comme ça. Il noircit le tableau. Il exagère. C'est sa propre névrose.

– Donc, moi je souffre d'« abandonnite aiguë » et vous de « misanthropite aiguë ». C'est cela ?

À nouveau le ciel se fracasse et la pluie redouble.

– Je comble votre besoin de père. Vous comblez mon envie de me réconcilier malgré tout avec l'humanité.

– Et l'enquête, c'est pour tromper votre ennui ?

– Non. Durant la tempête aussi j'ai réfléchi. En fait, quand j'étais journaliste scientifique je répandais du savoir grâce à mes articles. Et ça me manque. Répandre des connaissances, révéler des secrets, trouver des vérités inconnues, c'est le sens de ma vie. Quand je reste enfermé dans mon château d'eau, c'est comme si je n'utilisais pas mon don naturel. Je suis une voiture de course au garage. Ce n'est pas bien. En fait je me trompais complètement. J'étais endormi. Vous m'avez réveillé.

Ne te laisse pas attendrir, Lucrèce.

– Vous voulez redevenir journaliste ?

– Je n'ai jamais cessé de l'être. Mais de préférence en dehors des journaux.

– Je ne comprends pas.

– J'ai de nouvelles ambitions. J'ai envie d'investir mon temps dans quelque chose qui me laisse libre et me permette de diffuser du savoir de manière plus large qu'à travers les journaux. Je veux faire de la vulgarisation scientifique par un autre chemin.

– Je donne ma langue au chat.

– … Romancier.

– Vous plaisantez ?

– Vous commencez à devenir vexante. Vous ne m'en croyez pas capable ? De toute façon, comme nos enquêtes aboutissent souvent à des découvertes que nous ne pouvons pas publier, autant les utiliser comme matière première romanesque.

Au loin, les nuages forment une masse tumultueuse et sombre en mouvement perpétuel.

– Et les gens liront la vérité et croiront que c'est une histoire imaginaire ?

– Oui, mais au moins la vérité aura été écrite quelque part. Et quand ils liront, ils commenceront automatiquement à se poser des questions et à réfléchir.

– Mais le genre romanesque discrédite l'information.

– Peu importe, leur inconscient, qui lui n'est pas dans le jugement, aura profité de la connaissance.

– Par exemple l'histoire du chaînon manquant ?

– Si j'avais écrit le roman sur le Père de nos pères, ils auraient lu que nous avons 80 % de gènes communs avec le porc et que manger cet animal est un de nos restes de cannibalisme. Qui sait, ça aurait peut-être changé leur manière de manger, ne serait-ce que des charcuteries.

– Et l'histoire de l'Ultime Secret ?

– … Les aurait peut-être intrigués sur les motivations profondes de leurs actes et leur part de folie. Ils auraient commencé à se poser cette première question qui est la base de l'évolution personnelle : « Mais au fait, qu'est-ce qui me fait vraiment plaisir, à moi et à moi seul ? »

Lucrèce Nemrod observe les nuages qui maintenant glissent en se tortillant.

Tiens, c'est vrai, et moi qu'est-ce qui me fait vraiment plaisir, à moi et à moi seule ? Il a raison, on fait souvent les choses pour faire plaisir aux autres, à notre famille, nos amis, nos collègues, nos patrons, nos voisins... Mais à quel moment essayons-nous réellement de nous faire plaisir à nous-mêmes ?

– Et l'enquête sur la mort du Cyclope ?

– Je pense que nous allons découvrir un secret immense sur ce qui caractérise le plus l'être humain. Le rire.

À cette seconde, un cri de mouette semble se moquer d'eux.

– Je vous ai dit pourquoi j'enquêtais, mais vous ne m'avez toujours pas dit pourquoi vous vous étiez intéressée spécialement à cette affaire ? reprend Isidore, imperturbable.

– Bof, rien qu'une histoire qui m'est arrivée dans ma jeunesse.

Il comprend qu'il n'en saura pas davantage, alors, craignant que la foudre ne finisse par frapper le phare, il prend une inspiration et lance :

– On descend ?

83.

L'an 451 de notre ère.

Gaule.
Près d'Orléans.

L'empire romain n'en finissait pas de s'émietter.

Mais une offensive particulièrement féroce vint de sa frontière est.

C'était un ancien allié qui était devenu le pire ennemi des Romains : le roi de la tribu des Huns, Attila. Ce monarque était issu d'une tribu de la vallée de Tisza, en Hongrie.

Longtemps, Attila s'était contenté de garder des rapports pacifiques avec les Romains, exigeant des empereurs un tribut régulier en échange de sa neutralité.

Mais après qu'un tremblement de terre eut détruit les murailles de Constantinople, Attila crut y déceler un signe du destin et ne put résister à l'envie de devenir ce qu'il nommait lui-même « le maître de l'univers ».

Il attaqua la ville à moitié détruite.

Il connut, durant cette attaque et les quelques autres qui suivirent, des fortunes diverses. Finalement il renoncera à envahir l'empire romain par cette

frontière et, au printemps 451, décida de réunir toutes ses troupes, de faire alliance avec les Germains et les Mongols, et de lancer une grande campagne d'invasion par la zone nord : la Gaule, alliée historique de Rome.
Alors qu'une première armée envahissait la Gaule par sa frontière nord-est, une seconde armée attaquait par la frontière nord. Attila prit ainsi à l'est Strasbourg, puis Metz et Reims. Et par le nord Tournai, Cambrai, Amiens, Beauvais. Les villes furent systématiquement pillées et incendiées, les hommes tués ou réduits en esclavage.
Les deux ailes de son armée convergèrent sur Paris, mais après avoir entendu une rumeur selon laquelle la ville serait infestée du choléra, il la contourna et se dirigea vers Orléans.
À quelques kilomètres de là il tomba sur une résistance inattendue.
Une armée de défense était accourue pour le stopper.
Ce fut la bataille des champs Catalauniques, qui vit s'opposer deux forces : d'un côté les Huns et leurs alliés germaniques et mongols : Alamans, Ostrogoths, Vandales, Hérules, Ruges, Pannoniens, Akatzires et Gépides. Ils formaient une armée de 500 000 hommes dirigée par Attila en personne.
De l'autre les Gallo-Romains, alliés aux Wisigoths, Bretons, Francs, Alains, Burgondes, Armoricains, Bagaudes et Samates. Ils formaient une armée de 120 000 hommes dirigée par le général romain Flavius Attius.
Petit détail qui avait son importance : Flavius Attius connaissait bien Attila. Jadis, étant enfant, il avait été envoyé en otage romain auprès du palais des Huns. Là le jeune aristocrate romain avait sympathisé avec le jeune prince Attila.
Si bien que Flavius Attius était le seul Romain parfaitement initié aux mœurs de ses ennemis.
La cavalerie d'Attila attaqua les forces gallo-romaines placées sur le sommet d'une colline. La bataille dura du début de l'après-midi jusqu'à la tombée de la nuit. Les Huns furent finalement refoulés. Mais les pertes égales des deux côtés : de l'ordre de 15 000 hommes.
Suite à ce premier choc, dans les deux camps retranchés, les officiers mettaient sur pied la stratégie de la bataille suivante.
Les deux armées s'envoyèrent mutuellement des espions pour savoir ce que préparait l'autre.
Les Huns capturèrent aux alentours de leur campement un homme de petite taille, aux cheveux roux et au costume vert. Il prétendait être un druide breton et se nommait Loig.
Les Bretons étant alliés des Romains, Loig semblait hautement suspect, d'autant plus qu'il parlait plusieurs langues.

L'homme fut torturé par Attila en personne. Mais alors qu'il était durement malmené, Loig arriva à articuler : « C'est toi le grand Attila ? Je suis un peu déçu, je pensais que vous étiez plus cruel, vous ne me faites même pas mal, ce ne sont que de petites chatouilles pour les filles. »
L'effronterie de l'homme dans cette situation terrible surprit Attila. Il éclata de rire et décida de garder cet homme dans sa cour.
Durant les nuits suivantes, les débats stratégiques dans les deux camps se compliquèrent. Finalement les alliés des Gallo-Romains se disputèrent. Les Wisigoths, qui avaient perdu leur roi dans la première bataille, se retirèrent sans combattre davantage. De leur côté, les alliés des Huns, Vandales et Ostrogoths, se disputèrent eux aussi. Les Mongols ne supportaient pas la mentalité des Germains. Du coup les chefs des tribus décidèrent de rentrer chez eux. Si bien que ce fut une bataille sans vainqueur, qui se solda par simple désagrégation des alliances dans les deux camps.
Après cet événement, Attila renonça définitivement à envahir la Gaule. Il ramena dans ses bagages Loig.
Il finit par lui trouver une fonction officielle : « Fou du roi ». Le Breton, habillé en vert avec un bonnet de fou et un bâton serti de clochettes, reçut pour fonction de parler durant le repas et de faire rire les convives avec ses « petites histoires comiques ».
Priscus de Panium, historien grec venu en invité à la cour du roi Attila en 449, rapportera que ce qui l'avait le plus impressionné, c'était précisément le « fou du roi », un Breton qui parlait plusieurs langues et qui distrayait les convives avec des histoires surprenantes.
Ce que Priscus de Panium ignorait, c'était que Loig faisait bien plus que distraire le roi. Grâce à un réseau secret il fournissait des informations aux Romains sur les projets militaires de son maître. Si bien qu'Attila échoua dans toutes les offensives militaires qui suivirent. Et lorsque le roi des Huns décida d'une dernière grande offensive, Loig passa à l'action.
Il déposa directement dans son lit une boîte bleue sur laquelle était gravée une inscription en latin.
Le lendemain matin Attila fut retrouvé mort.

Grand Livre d'Histoire de l'Humour. Source GLH.

84.

Ayant fabriqué avec des matériaux de fortune deux torches qu'ils ont enflammées, Lucrèce et Isidore descendent les marches de l'escalier qui s'enfonce sous terre.

Au bout d'une dizaine de minutes, ils arrivent face à un terre-plein sans la moindre porte.

– Je ne sais pas pourquoi je continue de vous faire confiance, Isidore.

– Parce que vous êtes amoureuse de moi, voyons.

Elle ne trouve rien à répondre.

Équipée de la torche, Lucrèce scrute les briques.

– Attendez ! Je vois quelque chose.

– Quoi ?

– Une sorte de mur de briques différent.

Elle palpe et finit par trouver un simple bouton. Dans un feulement métallique, la fausse paroi coulisse, dévoilant un passage.

Ils lèvent leurs torches.

– Vous croyez qu'on approche de la Source de l'humour ? demande-t-elle.

Il ne répond pas et avance d'un bon pas.

Les parois suintent d'eau.

– Toujours votre intuition féminine, hein ?

– Avant de naître j'ai demandé à avoir cet infime talent.

– Vous y croyez vraiment ?

– Je ne suis pas dans la croyance mais dans l'expérimentation. C'est en expérimentant mon intuition que j'ai découvert que je l'avais. Peut-être que si j'avais peint j'aurais découvert que j'étais peintre, etc.

– Donc, selon vous, il faudrait mettre l'enfant devant tous les outils possibles pour qu'il découvre son talent particulier.

– Exactement. Comme le font les bouddhistes tibétains en plaçant des dizaines d'objets devant lui pour voir lesquels l'intéressent « instinctivement » ou « intuitivement » en priorité.

Ils perçoivent un bruit proche.

Lucrèce dégaine son revolver et le braque devant elle.

Isidore éclaire en direction du bruit.

Fausse alerte, ce ne sont que des chauves-souris virevoltant sous le plafond.

Ils reprennent leur progression avec précaution.

– En revanche pour chaque qualité on reçoit un défaut de même importance. Que l'on va découvrir, là encore, par l'expérimentation.

– Et c'est quoi votre défaut ?

– J'ai très peu de mémoire.

– C'est le seul ?

– Non, je suis aussi invivable. A fortiori pour une femme.

– Je confirme.

– Au moins je ne vous trompe pas sur la marchandise.

Le couloir étroit débouche sur une voie plus large.

– Je ne renonce jamais à une question. Vous ne m'avez toujours pas dit pourquoi vous vous intéressez à la mort de Darius, Lucrèce.

– J'ai été touchée par sa disparition. Il s'était donné tant de mal pour arriver au sommet.

– Il est arrivé au sommet et il a chu. Oscar Wilde disait : « Quand les dieux veulent nous punir, ils réalisent nos vœux. »

– Je n'aime pas vos phrases à l'emporte-pièce. Darius était drôle. Il a fait œuvre d'utilité publique. Le rire soigne, le rire nourrit, le rire…

– … Vous a sauvée ? enchaîne-t-il.

Elle ne répond pas.

– Darius avait de l'humour. Rien que son épitaphe, « J'aurais préféré que ce soit vous dans ce cercueil plutôt que moi », montre son culot.

– Ce genre d'humour est à la portée de tous. Sacha Guitry avait dit à Yvonne Printemps, son ancienne maîtresse devenue son épouse : « Sur votre tombe on mettra en épitaphe *Enfin froide*.

– … Ce à quoi Yvonne Printemps a répondu : « Et sur la vôtre il faudra inscrire *Enfin raide*. »

Isidore Katzenberg approuve et, d'une signe, souligne qu'il apprécie ce duel de mots d'esprit.

– Allez-y puisque vous êtes si malin. Vous mettriez quelle épitaphe sur votre pierre tombale, Isidore ?

Il cherche.

– « On m'a mal compris : je voulais être incinéré. »

– Pas mal. Vous en avez d'autres ?

– Chacun son tour. À vous Lucrèce.

– Attendez... « Je vous avais bien dit que j'étais malade » ?

– Trop connu. Je ne peux pas la compter. Une autre.

– « Enfin tranquille. »

– Un partout. À moi. « C'est toujours les meilleurs qui s'en vont les premiers. »

– « Tout est bien qui finit mal. »

Ils plaisantent encore tout en avançant dans le couloir.

– J'ai l'impression que de ces murs émane une inspiration qui pousse aux traits d'esprit, signale-t-elle.

– Non, c'est juste que nous l'imaginons. Dès le moment où nous le croyons, ça se produit.

Au fur et à mesure qu'ils avancent, une odeur immonde qui n'est pas celle de l'eau croupie agresse leur sens olfactif. Ils se plaquent leur manche de vêtement sur le nez.

Le couloir débouche dans une vaste salle creusée dans la roche.

Un temple caché sous un phare...

Lucrèce lève sa torche, révélant des bas-reliefs.

L'odeur de chair en décomposition devient insoutenable.

Au centre, dans une petite arène, sont disposés deux fauteuils face à face. Et des trépieds de caméra équipés d'armes reliées à des fils électriques.

– Bon sang ! Comme dans le théâtre de Darius !

– Quoi ?

– Ce dispositif, avec les sièges et les pieds de caméra ! Ils appelaient ça PRAUB, dit-elle.

– « PRAUB » ? C'est quoi ça encore ?

– Les initiales de « Premier qui Rira Aura Une Balle ». C'est ce qu'a expliqué Tadeusz Wozniak.

Elle remarque sur les fauteuils des marques brunes qui pourraient être du sang séché.

Alors qu'ils explorent lentement le temple souterrain, le pied de Lucrèce s'enfonce dans une masse qui émet un craquement lugubre. Elle éclaire avec sa torche sous son genou et ne peut retenir un frisson. Elle a marché sur le ventre d'un cadavre.

– Voilà la source de l'odeur.

Isidore se penche et éclaire le corps en putréfaction.

– La fraîcheur de cet endroit ralentit la décomposition. La mort doit dater de plusieurs jours, voire même de plus d'une semaine.

Lucrèce éclaire les alentours.

– Il y en a d'autres ! Une bonne dizaine de cadavres, rien qu'ici !

Le journaliste soulève le masque du premier cadavre et révèle le visage d'un vieil homme. Sur sa cape sont dessinées trois lettres dorées : GLH.

Isidore Katzenberg examine soigneusement le sol.

– Ce n'est pas un suicide collectif.

Il fait quelques pas, repère les détails de la pièce.

- C'est un massacre. Des visiteurs sont venus ici. Ils ont été accueillis sans méfiance. Ils ont passé tous les sas et n'ont pas été arrêtés. Là ils ont commencé à discuter, et, vu la position du groupe, les visiteurs ont dégainé des pistolets-mitrailleurs et ont tiré dans le tas.

Le journaliste scientifique arpente la pièce en examinant le sol. Il se baisse, récupère des douilles et les montre à sa comparse.

– La zone de palabres et de coups de feu devait se situer ici. Là où il y a le plus de morts. Et ceux qui ont voulu s'enfuir ont reçu plusieurs balles, ils ont été blessés en fuyant, puis achevés. Et ceux qui ont fui sont allés…

Il marche en suivant des lignes invisibles.

– Par là.

Lucrèce lui emboîte le pas.

Nouveaux couloirs. En chemin ils trébuchent sur d'autres cadavres en robes mauves marquées GLH.

– Regardez. Une balle dans le dos, plus ou moins près du cœur, et ensuite une balle dans le crâne, signale Lucrèce.

Ils empruntent un couloir qui ouvre sur des chambres.

– On dirait que des gens vivaient ici en permanence, sans voir la lumière, remarque Lucrèce.

Ils éclairent des réfectoires, des cuisines, des salles de bains.

– Tout un village. Ils devaient être des centaines là-dedans.

Ils parviennent dans une pièce pourvue de machines compliquées. Elle désigne un scanner et des ordinateurs.

– Un laboratoire d'expériences scientifiques...

Ils poursuivent leur exploration et débouchent sur une bibliothèque immense.

Là encore quelques cadavres sont étendus au sol.

Les bustes de Molière, Groucho Marx, Charlie Chaplin, Buster Keaton, Harold Lloyd, Woody Allen sont alignés devant les étagères.

– Et elle c'est qui ? demande Lucrèce en désignant une Égyptienne.

Isidore l'éclaire de sa torche.

– Hathor, déesse égyptienne du Rire.

Il désigne une sculpture de nain en toge.

– Et Momos, le bouffon des dieux de l'Olympe. Celui-là je l'avais remarqué chez le professeur Loevenbruck. Ils sont trop anciens pour être connus du grand public, mais ils sont à la source même des premières blagues de l'humanité.

Lucrèce Nemrod éclaire des gravures, des livres, des petites statuettes, toutes sur le thème du monde comique.

– Où sommes-nous Isidore ? Bon sang où sommes-nous ?

– « Là où naissent les blagues. » N'est-ce pas ce que cherchait Tristan Magnard ? En le suivant nous faisons la même découverte qu'il a dû faire il y a quelques années.

Lucrèce évite de justesse un autre cadavre. Elle l'enjambe.

– Ce lieu est sinistre.

– La fameuse loi du Paradoxe qui régit le monde. C'est de ce lieu « sinistre » que proviennent peut-être les blagues qui apportent le rire aux petits et aux grands.

– Vous êtes fort lyrique, soudain, cher Isidore.

– Je m'exerce à mon futur nouveau métier de romancier.

– Vous allez raconter ça ?

– Je ne vais pas me gêner.

– Votre théorie sur les comiques qui sont en fait des tragiques prend ici, je dois le reconnaître, tout son sens. La source de l'humour est carrément morbide.

– Pas de jugement et surtout pas de conclusion hâtive, Lucrèce. Laissez-vous porter par vos sens. Et essayons de découvrir les secrets de cet étrange sanctuaire. Quant à moi, je crois que mon roman sur l'humour va finalement être un… polar très sombre.

Lucrèce Nemrod lève sa torche.

– Quand même, on dirait le repaire d'une secte. Une secte du rire peut-être, mais une secte qui organisait des duels de PRAUB.

– … Et possédait une fantastique bibliothèque de l'humour. Je n'ai jamais vu autant de livres de blagues, murmure Isidore en éclairant les ouvrages sur les étagères.

Il approche la torche d'un grimoire intitulé *Philogelos*.

Elle découvre les inscriptions murales :

LE RIRE EST LA PROTESTATION DE LA VIE CONTRE LES MÉCANIQUES SOCIALES IMPLACABLES QUI L'EMPÊCHENT DE S'EXPRIMER, Henri Bergson.

J'IRAIS JUSQU'À RISQUER UN CLASSEMENT DES PHILOSOPHES SUIVANT LA QUALITÉ DE LEUR RIRE, Nietzsche.

– Le coin des philosophes, remarque Lucrèce.

Isidore éclaire des recueils d'Aristote et de Platon sur le rire. Puis de Descartes, Spinoza.

Alors qu'il remonte le temps d'ouvrage en ouvrage, il bute encore sur un cadavre en robe et masque.

Tous deux découvrent d'autres grimoires, plus anciens encore, des parchemins sous verre.

– On dirait quand même une secte, répète Lucrèce.

– Non, pas au sens propre du terme, je dirais plutôt une société secrète. Comme les Illuminati, les Templiers, les Roses-Croix.

– Les francs-maçons ?

Le journaliste scientifique éclaire le grand écusson au-dessus de leur tête.

– G.L.H. : ... Ça y est, j'y suis, cela doit signifier : Grande Loge de l'Humour.

– Qui a voulu les tuer ? Pourquoi détruire une loge maçonnique qui défend l'humour ? demande Lucrèce.

– Peut-être que des gens n'aimaient pas leurs blagues...

La remarque semble tellement décalée en cet instant dramatique que Lucrèce a un petit rire nerveux.

Ils accrochent leurs torches à des patères, et le décor apparaît soudain.

Les deux journalistes, sidérés, contemplent cette bibliothèque sans fin que jalonnent des corps en décomposition. Soudain Isidore se fige.

– Chut ! intime-t-il, un doigt sur les lèvres.

Il se dirige vers un panneau de livres, dégage les ouvrages qu'il pose à terre, puis colle son oreille contre le bois.

Un filet de voix lui parvient, à peine audible :

– ... Au... secours...

85.

L'an 1095 de notre ère.

France.

Paris.

Las de voir les pèlerins se faire assassiner en Syrie et en Turquie sur le chemin de Jérusalem, le pape Urbain II décida de lancer une croisade, le 27 novembre 1095, afin de rendre l'itinéraire plus sûr.

Cette première croisade avait pour cri de ralliement : « Dieu le veut ! »

La décision papale aboutit à la formation de plusieurs armées chrétiennes qui finirent par prendre Jérusalem le 15 juillet 1099. Le chevalier Godefroi de Bouillon, qui dirigeait les troupes croisées, s'autoproclama nouveau roi de Jérusalem.

Vingt ans plus tard, plus précisément le 23 janvier 1120, deux chevaliers croisés, Hugues de Payns et Geoffroy de Saint-Omer, décidèrent de fonder une milice spéciale pour sécuriser les voyages des pèlerins arrivant d'Europe et désirant se rendre à Jérusalem.

Ils se fixèrent la mission de protéger tous les lieux saints, et prirent le nom de « Milice des pauvres chevaliers du Christ et du Temple de Salomon », qui sera connue plus tard sous le nom de « chevaliers de l'Ordre du Temple » ou de « Templiers ».

Cet ordre eut aussitôt beaucoup de succès. Tous les jeunes chevaliers rêvaient d'y entrer, si bien que l'un de leurs chefs, Bernard de Clairvaux, établit une liste de critères incontournables auxquels devaient répondre les nouveaux membres. Il fallait :

- Être âgé de plus de 18 ans.
- Ne pas être fiancé.
- Ne pas faire partie d'un autre ordre.
- Ne pas être endetté.
- Jouir d'une parfaite santé mentale et physique, avoir ses deux bras et ses deux jambes.
- N'avoir soudoyé personne pour entrer dans l'Ordre du Temple.
- Être un homme libre, ne pas être serf ou esclave.
- Ne pas être excommunié.

En 1201, l'Ordre des Templiers s'organisa autour d'un Grand Maître, comme chef suprême vivant à Jérusalem, lui-même chapeautant des maîtres templiers secondaires dans chaque pays.

La richesse de l'Ordre du Temple tenait à la possession de reliques sacrées : des morceaux de la couronne d'épines du Christ, et des fragments de bois censés appartenir à la Croix. Mais également des trésors bien plus anciens, provenant du temple de Salomon.

Les Templiers se distinguaient des autres chevaliers par leur allure : ils avaient les cheveux courts, ne portaient ni barbe ni moustache, la croix pattée rouge marquait leurs chasubles blanches.

Ils construisirent des dizaines de fortifications au Moyen-Orient, puis en Occident, et plus de sept cents commanderies, sortes d'écoles chargées de la formation militaire et spirituelle des nouveaux frères de l'Ordre du Temple.

Les Templiers prirent l'habitude de se réunir en chapitres fermés au cours desquels des textes sacrés étaient commentés, sous le sceau du secret.

Les Templiers apportèrent leur soutien à maintes expéditions militaires et sauvèrent maintes caravanes de pèlerins attaquées par les pillards. Au fil des siècles, leurs actions et leur soutien financier se révélèrent déterminants dans la victoire des forces occidentales.

Afin de pouvoir acquitter les rançons des otages chrétiens capturés par les Arabes, ils avaient en effet constitué un trésor sous forme d'argent, d'or et de pièces d'archives qu'ils avaient enfermés dans un coffre : « la Huche ».

La Huche était cachée dans la maison du Temple à Jérusalem.
Mais en 1187, à la tête des troupes arabes, Saladin envahit Jérusalem. Les chrétiens furent massacrés ou chassés. Considérant les Templiers comme les meilleurs chevaliers chrétiens, il fit mettre à mort de manière spectaculaire trois cents d'entre eux qui étaient ses prisonniers. Les Templiers transférèrent alors leur temple et leur Huche dans la ville de Saint-Jean-d'Acre. Mais à nouveau la ville fut attaquée par Saladin et prise en 1291. Cette fois les Templiers s'enfuirent vers le territoire chrétien le plus proche : l'île de Chypre. Puis de Chypre, l'Ordre des Templiers, avec à sa tête le nouveau Grand Maître Jacques de Molay, élu pendant la fuite, rentra en France.
Cependant, ses défaites militaires successives avaient terni le prestige de l'ordre. S'ils ne pouvaient plus protéger les pèlerins chrétiens, les Templiers perdaient leur raison d'exister et n'étaient plus, aux yeux du roi de France Philippe le Bel, qu'une puissance économique et politique rivale propriétaire de nombreuses terres et d'un trésor, la légendaire « Huche ». En outre, le roi s'était endetté auprès des Templiers, qui à l'occasion prêtaient de l'argent aux chefs d'État.
C'est alors que Guillaume de Nogaret, ministre de la Justice, passa à l'action.
Arguant des prétendus aveux d'un Templier à propos de pratiques sexuelles obscènes, Guillaume de Nogaret convainquit Philippe le Bel d'ordonner l'arrestation pure et simple de tous les Templiers de France. La vaste opération se déroula le vendredi 13 octobre 1307 (d'où la superstition du vendredi 13).
Les Templiers se laissèrent arrêter sans résistance, persuadés qu'un procès équitable ne tarderait pas à démontrer leur innocence.
À Paris, Caen, Rouen, Gisors, la police entassa les Templiers dans des prisons, où on les tortura longuement pour leur faire avouer leurs perversions.
À Paris, sur 137 Templiers arrêtés, 38 mourront dès les premiers jours sous la torture. Les autres avoueront en bloc le reniement du Christ, la pratique régulière de la sodomie et l'adoration d'une idole appelée Baphomet. Cependant, trois d'entre eux se rétracteront.
Il s'agissait du Grand Maître Jacques de Molay et de deux de ses maîtres. Ils furent brûlés vifs sur un bûcher installé sur l'île de la Cité, le 18 mars 1314.
« Dieu vengera notre mort. Pape Clément, Roi Philippe, Chevalier Guillaume, avant un an vous subirez le châtiment pour cette injustice. Et vous serez tous maudits, ainsi que vos descendants jusqu'à la treizième génération. » Tels furent les derniers mots du Grand Maître des Templiers.

Après la mort de Jacques de Molay, Philippe Le Bel organisa le pillage systématique des biens de l'Ordre du Temple.
Guillaume de Nogaret étant décédé, le roi nomma le dominicain Guillaume Humbert, Grand Inquisiteur de France, nouveau responsable de la gestion des Templiers. Guillaume Humbert finit par trouver la salle secrète des coffres où se trouvait la grande Huche. Cependant il s'aperçut qu'il manquait un petit coffret qui avait été consigné dans les registres des comptes.
Des prisonniers à nouveau torturés avouèrent que le petit coffre manquant était considéré par Jacques de Molay comme le plus précieux. C'était ce que le Grand Maître appelait « l'arme secrète contre les félons ». Ils le décrivirent avec précision : en bois peint en bleu, marqué d'inscriptions latines.
Même sous la torture, les Templiers ne purent révéler ce que contenait le précieux coffret manquant. Ils reconnurent seulement que la « petite Huche » ne contenait ni argent, ni bijoux, ni aucun bien matériel, le Grand Maître Jacques de Molay ayant évoqué un « trésor spirituel » hérité du trésor de Salomon.
Un des Templiers survivants, Hugues de Pairaud, avoua que c'était un Templier venu de Bretagne qui avait ordonné des recherches approfondies dans le temple de Salomon. Et qu'ils avaient dès lors fini par découvrir ce trésor venu du fond des temps dans une profonde cave, dissimulée sous le lieu sacré.
Philippe le Bel piqua alors une grande colère. « J'exige qu'on m'apporte ce coffret bleu », hurla-t-il. Il était obsédé par cette « petite Huche » dont le trésor semblait en tout point supérieur à celui de la « grande Huche ». Il ordonna à Guillaume Humbert de retrouver à tout prix ce mystérieux coffret.
Après de longues enquêtes et beaucoup de tortures, le Grand Inquisiteur obtint une information : un groupe de Templiers avait échappé aux rafles et fui vers la Bretagne.
Ils se seraient cachés dans la forêt de Brocéliande.
Guillaume Humbert se rua sur la piste des fuyards. À nouveau, il procéda à des arrestations et des tortures. Et obtint une information nouvelle : des Templiers auraient embarqué dans le port de Carnac pour rejoindre l'Angleterre.
Il lança aussitôt ses espions, qui en effet retrouvèrent trace des Templiers en Écosse.
Guillaume Humbert pressa Philippe le Bel d'intervenir auprès du roi d'Angleterre. Mais Édouard Ier, toujours méfiant vis-à-vis de son arrogant voisin français, refusa de l'aider.

Dès lors, on n'entendit plus parler en France de la « petite Huche », ce fameux « petit coffre bleu contenant un trésor qui n'était ni de l'argent, ni des bijoux ».

Grand Livre d'Histoire de l'Humour. Source GLH.

86.

De nouveau la voix faible émet un son :

– ... Par pitié... aidez-moi...

Cherchant à se rapprocher, Lucrèce finit par trouver un sillon dans le fond de la bibliothèque.

– Il y a une porte derrière la paroi de bois, signale-t-elle. Il doit y avoir un mécanisme quelque part.

Mais déjà Isidore palpe la paroi. Il s'empare du revolver, recule et tire dans le mécanisme.

Il tire à nouveau, plusieurs fois, et la serrure cède enfin. Ils poussent le panneau qui pivote avec un grincement.

Un homme à longue barbe et vêtu d'une cape violette, est étendu à terre, inerte.

Lucrèce se précipite, pose sa main sur son cœur.

– Il est encore vivant.

Il émet un râle et bredouille :

– Il faut... Il faut... Vous... devez...

– Qui êtes-vous ? demande-t-elle.

– Pas de questions superflues, Lucrèce. Vous voyez bien qui c'est. Celui que nous sommes venus chercher. Tristan Magnard.

Le journaliste scientifique a prononcé ces mots sur un ton neutre et part aussitôt à la recherche d'un verre d'eau. Il en trouve enfin dans une salle de bains. Il revient en hâte et aide l'homme à se redresser.

– Buvez lentement...

Isidore l'examine et découvre une blessure au niveau du ventre.

– Là-haut, souffle Lucrèce, au sommet du phare, votre téléphone pourrait peut-être accrocher un réseau pour appeler des secours ?

– Je… Je… Arrh…

Ses yeux se ferment. Isidore chuchote :

– Trop tard. On ne peut rien faire, il a perdu trop de sang, il va mourir d'une minute à l'autre.

Tristan Magnard rouvre d'un coup les yeux. En dépit de son extrême faiblesse, son regard brûle d'une intensité étonnante. Il essaie d'articuler quelque chose.

– Vous… vous… devez… Vous…

Alors Isidore le prend calmement dans ses bras, comme un enfant effrayé qu'on veut rassurer. Il le berce, l'apaise.

Lucrèce n'ose bouger.

L'homme se calme, mais continue de vouloir exprimer quelque chose.

– Il faut que vous… Vous… vous…

– Doucement, tout va bien. Parlez doucement, ce sera plus facile.

Alors Isidore se penche, l'oreille à quelques millimètres de la bouche du blessé, et lui murmure :

– Je vous entends bien, parlez.

Et l'homme chuchote quelque chose à l'oreille d'Isidore.

Ce dernier hoche la tête d'un air grave.

Tristan Magnard semble infiniment soulagé. Il ouvre grand les yeux, avec une sorte de sourire, comme pour remercier celui qui l'a écouté, puis de ses lèvres s'échappe un dernier râle.

Isidore lui ferme les paupières.

– À bientôt dans une autre vie, murmure-t-il en guise d'épitaphe.

Le journaliste soulève l'homme dans ses bras et le porte jusqu'à une table.

– Hum, ce serait indiscret de vous demander ce qu'il vous a dit avant de mourir ?

Isidore ne répond pas, mystérieux.

– Moi je vous ai raconté ce que m'avait révélé Sébastien Dollin avant de mourir, et vous, vous me faites des cachotteries, vous n'êtes pas très fair-play, Isidore.

Il reste muet.

– Je croyais que nous enquêtions ensemble ! s'emporte-t-elle.

– Je ne vous dirai pas ce qu'il m'a dit. Alors ne me posez plus la question s'il vous plaît.

Elle reste un instant atterrée.

– Vous n'êtes qu'une espèce de…

– Lucrèce. Vous êtes si…

– Stupide ?

– Non. Jeune.

Une fois de plus, elle ignore s'il se moque d'elle ou s'il lui fait un compliment détourné. Elle se dit qu'elle aimerait qu'il soit franchement désagréable pour l'affronter une fois pour toutes. Mais il ne lui offre pas ce plaisir.

– Vous…

– Non vous…

– Quoi ?

Il sourit.

– Moi aussi je vous apprécie beaucoup, Lucrèce. Merci. Donc on revient à nos principes : 1) On s'informe, 2) on réfléchit, 3) on agit.

Il inspecte la pièce. Le coffre a été fracassé.

– Qu'est-ce qu'il s'est passé ici ?

Il désigne les tiroirs béants.

– Confirmation de la première impression. Des visiteurs sont arrivés. Les gens de la GLH les ont accueillis.

– Ce qui explique qu'il n'y ait pas eu d'effraction jusqu'au temple.

– Au niveau du temple, un échange a abouti à des désaccords. Les visiteurs, à mon avis au moins cinq, disons six personnes, à un moment de la conversation ont décidé d'employer la manière forte. Ils étaient armés, ils ont tiré dans le tas sans faire de détail.

Il ferme les yeux comme pour visualiser la scène.

– Les premiers sont morts en bas, là où on les a trouvés. Ceux qui ont compris ont fui, certains ont été abattus, puis achevés.

Ce qui explique les balles dans la tête. Tristan Magnard a fait partie de ceux qui ont pu fuir. Il a filé dans le cabinet secret.

– Ça se tient. Mais un des types l'a suivi, il a pu entrer avant que la porte se ferme, ce qui explique qu'il n'y ait pas non plus d'effraction. Là le visiteur a tiré une balle dans le ventre de Tristan Magnard. À la différence des autres, il n'a pas voulu le tuer, mais le faire parler. Pour ouvrir le coffre, probablement.

– Exact, Lucrèce. Le visiteur a ensuite vidé le coffre et abandonné Tristan Magnard après avoir refermé la porte du cabinet secret.

– Dans ce cas, Tristan Magnard n'est pas l'assassin de Darius.

– Je n'ai pas dit ça. Mais il semble y avoir deux groupes opposés. D'un côté le groupe de la société secrète du rire, la GLH, caché sous ce phare et dont faisait partie Tristan Magnard. Et de l'autre côté Darius, ses frères et ses Costards roses.

– « L'humour des lumières contre l'humour des ténèbres »...

– Qu'est-ce que vous dites ?

– C'était la phrase de Sébastien Dollin. Il prétendait qu'il y avait depuis la nuit des temps une lutte entre ces deux tendances.

Isidore réfléchit tout en observant la pièce dans ses moindres détails.

– C'est amusant ce que vous venez de dire. Vous me faites penser de plus en plus à ma nièce Cassandre. Comme vous elle était orpheline et comme vous elle comparait toujours les gens à des personnages de films, essentiellement de science-fiction d'ailleurs. Maintenant que vous me le dites, c'est peut-être ça qui me touche chez vous, cette ressemblance avec Cassandre.

Lucrèce Nemrod examine les étagères où il manque des livres.

– Continuez, Isidore. Donc la lutte entre les gens du phare, défenseurs de l'humour des lumières, et les costards roses, défenseurs de l'humour des ténèbres.

Le journaliste scientifique en fouillant son sac à dos trouve des biscuits. Il en tend à Lucrèce.

– Vous croyez vraiment que c'est le moment de manger, Isidore ?

Il dévore les biscuits.

– Développez votre hypothèse.

Il parle la bouche pleine.

– Si les deux groupes jouent à votre jeu de PRAUB, c'est probablement qu'il a été inventé ici, et que Darius et les costards roses l'ont ensuite copié.

Il s'assoit.

– Et ?…

– Et rien. Voilà ! répond-il la bouche pleine.

– Quoi « voilà » ?

– Pour l'instant c'est tout ce que je peux dire.

– Et les coffres ouverts ? Ce cabinet secret ?

– Ce devait être le lieu où la GLH cachait son trésor. Et le visiteur qui a suivi et tué Tristan Magnard a dû subtiliser le trésor.

– Donc ceux de l'humour des ténèbres ont gagné.

– Oui. À ce stade de l'enquête je dirais que c'est probable.

– À ceci près que d'après votre théorie ceux de l'humour des ténèbres c'est Darius et ses frères. Or Darius a été tué.

– Exact.

– Donc au moins un chevalier de l'humour des lumières, un membre de la GLH, a dû s'échapper, survivre et probablement venger ses frères.

Isidore s'arrête de mastiquer.

– Encore faudrait-il être sûr que Darius a été assassiné.

– Quoi ? vous n'y croyez pas ?

– Je ne tire aucune conclusion à ce stade.

– En tout cas reconnaissez que l'enjeu est de taille. Et les forces qui s'affrontent autour de ce maudit coffret bleu ne reculent devant rien : tournoi mortel de PRAUB, saccage de nos domiciles respectifs, carnage dans cette île.

Le journaliste scientifique relève ses fines lunettes, cherche et trouve d'autres biscuits qu'il s'empresse de croquer.

– Ils sont décidément délicieux.

Puis il poursuit.

– Comment Tristan Magnard aurait-il pu assassiner Darius alors qu'il était en train d'agoniser ici ? Il a envoyé un pigeon voyageur porteur de la boîte bleue ?

Elle tape du poing.

– Pas un pigeon voyageur... un clown triste.

Il a à nouveau ce petit sourire qui a le don d'irriter Lucrèce.

– J'arrête l'enquête, annonce-t-il. Nous n'avons plus qu'à trouver le moyen de rentrer. Et puis nous avertirons la police pour les cadavres.

Il faut que je me calme. Tout cette affaire commence à me mettre les nerfs en pelote. Ce qu'il s'est passé ici est grave. Je ne dois pas affronter Isidore, il faut au contraire que je le mette dans ma poche.

Elle bombe le torse. Puis, sortant son appareil photo du sac, elle commence à prendre des clichés.

– Vous pensez que je peux faire un article avec tout ça ?

– La moitié n'est pas le tout, Lucrèce. Il ne sert à rien de publier tant que nous n'avons pas la clef finale. Et elle n'est plus ici. Sortons. Je pense qu'une partie des membres de la GLH ont pu s'en tirer par un passage secret.

Il rallume les deux torches et s'éloigne déjà à la recherche d'une sortie. Elle le suit.

Ils parviennent au croisement de plusieurs couloirs disposés en étoile.

– Ils ont dû égarer les poursuivants par ici, annonce Isidore.

Il passe la torche devant chaque couloir. En observant la fumée attirée par le courant d'air, il trouve le chemin qui mène à un escalier qui remonte.

Ils débouchent sur une crique cachée, où attendent des petits zodiacs.

Isidore en traîne un vers la mer.

– Qu'est-ce qu'il vous a dit à l'oreille, Tristan Magnard ?

– Que je devais rentrer m'occuper de mes dauphins et de mon requin. Puis il a ajouté que la météo allait s'améliorer et que ce serait une bonne journée pour une promenade en mer. Vous montez dans le zodiac, Lucrèce ? Je n'ai jamais piloté non plus ce genre d'esquif et j'ai pris l'habitude de faire toutes mes nouvelles expériences de pilotage maritime avec vous.

Elle consent à s'installer dans le bateau. Il tire la ficelle du démarreur et le moteur émet un ronflement, puis un ronronnement régulier.

Ils quittent l'île au phare, et l'horizon s'éclaircit.

– Cessez de me faire des cachotteries, dites-moi ce que vous a révélé Tristan Magnard.

– Rien à voir avec l'enquête. C'était quelque chose de très personnel.

Il lance le moteur pleins gaz pour rejoindre la côte bretonne.

87.

L'an 1314 de notre ère.

Écosse.

Glasgow.

Le trésor secret du roi Salomon était caché en Écosse, dans une ancienne commanderie des Templiers.

Or la période était difficile pour l'Écosse.

Après leur défaite contre l'armée anglaise à la bataille de Falkirk, les troupes écossaises étaient décapitées. Le chef de guerre écossais William Wallace avait été capturé, puis pendu, décroché avant de mourir, réveillé, étripé, écartelé et brûlé (dans l'ordre) sur les instructions du roi d'Angleterre, Édouard Ier. Dès lors, la répression contre la population écossaise avait été systématique.

Cependant, sous l'influence de ces nouveaux Templiers venus de France, et notamment de l'un d'entre eux, David Balliol, qui était toujours à ses côtés, le chef de clan Robert Bruce retrouva le courage de reprendre les armes. Il réunit une nouvelle armée, et ce fut la bataille de Bannockburn, le 23 juin 1314, gagnée de justesse par les Écossais contre les Anglais.

Robert Bruce fut proclamé roi d'Écosse sous le nom de Robert Ier.

À peine monté sur le trône, le monarque se sentit en danger. Il savait que Londres ne renoncerait jamais à sa souveraineté sur cette riche province du Nord.

David Balliol lui proposa alors d'utiliser ce qu'il restait de Templiers survivants pour tendre un piège. Il proposa de rédiger une fausse lettre donnant la légitimité du trône de France au... roi d'Angleterre.

– Ainsi il s'occupera d'envoyer ses troupes au sud plutôt qu'au nord, expliqua David Balliol.
Le stratagème fonctionna au-delà des espérances de ses initiateurs.
Le nouveau roi d'Angleterre, nommé lui aussi Édouard, se croyant le petit-fils de Philippe le Bel, fit valoir ses droits au trône franc.
Ce fut le déclenchement de la guerre de Cent Ans.
Dès lors, l'Écosse connut enfin un répit, les soldats anglais étant trop occupés à lutter contre les Français.
L'armée anglaise, équipée de ses nouveaux arcs à longue portée (déjà testés avec succès contre les Écossais à Falkirk), vint facilement à bout des chevaliers français engoncés dans leurs lourdes armures de métal. La bataille d'Azincourt démontra définitivement qu'une petite armée d'archers équipés de ces armes nouvelles pouvait venir à bout d'une grosse cavalerie lourde, même supérieure en nombre. La bataille de France durait, mais tourna rapidement à l'avantage des Anglais.
Si bien que les Écossais craignirent qu'après avoir maté les Français, les Anglais reviennent leur faire la guerre.
Le nouveau roi d'Écosse, Jacques Ier, sur les conseils de David Balliol, décida de mettre au point contre l'Angleterre ce que ce dernier qualifia lui-même de « bonne blague ».
L'affaire était complexe à réaliser.
Une jeune bergère appelée Jeanne, un peu innocente, entendit soudain un message soufflé par un groupe d'hommes cachés derrière un arbre et qui utilisaient une large corne en guise de porte-voix :
« Jeanne, tu dois libérer la France des envahisseurs anglais. Telle est ta mission. »
La blague était énorme. Au point que les acteurs avaient dû sérieusement se retenir d'éclater de rire.
Pourtant la réaction fut immédiate. La jeune bergère, très naïve, prit le gag au sérieux. Elle annonça qu'elle était en contact avec les anges qui lui avaient parlé. Jeanne d'Arc fut tellement convaincante qu'elle persuada son entourage de l'aider et elle finit par rencontrer le roi de France, Charles VII en personne.
Alors, très sérieusement, elle lui déclara qu'elle avait reçu un message divin. Saisissant l'opportunité d'un mouvement mystique, toujours intéressant pour canaliser les esprits faibles, le roi de France lui confia la direction de quelques chevaliers français. Ce qui suffit à changer l'équilibre des forces et relança le front militaire franco-anglais.
Le roi d'Angleterre fut obligé d'envoyer des renforts pour contrer « cette illuminée mystique sortie d'on ne sait où ». En Écosse, on jubilait. David Balliol fut fêté comme un sauveur.

Grâce à ce petit « coup de pouce », jamais l'Écosse ne connut une aussi longue période d'indépendance, de tranquillité et de rayonnement culturel. Jacques Ier et son fils Jacques II promulguèrent l'« Education Act » et créèrent des universités, notamment celles de Saint-Andrews, de Glasgow et d'Aberdeen. Quant aux Templiers français qui s'étaient réfugiés en Écosse, ils furent autorisés à fonder un ordre hiérarchisé, avec des apprentis, des compagnons, des surveillants, des maîtres et des grands maîtres. Comme ils travaillaient surtout dans les métiers liés aux monuments et aux bâtiments, ils se firent appeler les francs-maçons.
À côté de ce grand mouvement spirituel, apparut une branche secondaire plus discrète, dédiée non plus aux constructions matérielles mais aux édifices de l'esprit.
Son grand maître était le vieux David Balliol, qui affichait, ce qui était rarissime à l'époque, plus de cent ans. S'inspirant de l'œuvre de Nissim Ben Yehouda, il avait créé l'Ordre de la G.L.H, « Great Loge of Humour », et s'en était proclamé Grand Maître.
Cette loge s'avéra plus secrète encore et plus dynamique que son illustre aînée. Elle entretenait notamment un réseau de circulation de l'information par l'entremise des bouffons des rois dans toute l'Europe.
David Balliol cacha dans un recoin de son temple « La petite Huche », qu'on prétendait héritage direct de Salomon et qui contenait, disait-on, « l'arme absolue contre les tyrans, les pédants et les imbéciles ».

Grand Livre d'Histoire de l'Humour. Source GLH.

88.

Le matin se lève. Sans pluie.

Les goélands tournoient dans le ciel au-dessus des dépôts de varech.

Isidore et Lucrèce sont à nouveau attablés dans la crêperie de Marie et prennent leur petit déjeuner. Crêpe au Nutella pour Lucrèce, thé vert pour Isidore.

– On ne maigrit pas comme ça, signale-t-elle. Si vous sautez un repas, votre corps stockera les graisses au prochain.

Il semble ne pas entendre.

À travers le rideau de dentelle, ils peuvent suivre le va-et-vient des camions de pompiers évacuant les corps dans des sacs noirs.

Après concertation avec l'officier de gendarmerie, et afin de ne pas trop attirer l'attention et perturber l'enquête, ils s'étaient mis d'accord pour taire provisoirement l'affaire criminelle et évoquer un simple accident : lors d'une promenade en voilier, Isidore et Lucrèce auraient trouvé un bateau échoué sur une île entourée de récifs. Ils auraient découvert là-bas des touristes, hélas, tous décédés dans le naufrage.

L'identification et l'autopsie des corps auraient lieu à l'institut médico-légal de Rennes. Ce qui permettait de gagner du temps, et de ne créer ni panique ni élan de curiosité.

Les Carnacois, réunis sur la grande-place, regardent passer les sacs noirs, et personne ne pense à remettre en question cette version officielle.

La vieille serveuse bigoudène apporte une nouvelle crêpe griottes au kirsch pour Lucrèce.

Alors qu'elle dépose un broc de café noir, elle se penche à nouveau et chuchote :

– Le curé veut vous voir à la chapelle Saint-Michel. C'est l'endroit où je vous ai emmenés la dernière fois. Si vous voulez, je vous y guiderai de nouveau.

Déjà Isidore s'est levé et suit la femme. Lucrèce Nemrod, exaspérée, happe sa crêpe et leur emboîte le pas.

Ils couvrent le même chemin, cette fois de jour et sans se faire tremper.

Ils gravissent la petite colline et pénètrent dans la chapelle aux murs immaculés. Le prêtre Pascal Le Guern est là, l'air préoccupé.

– Je ne vous ai pas tout dit, annonce-t-il en leur tournant ostensiblement le dos. Maintenant que vous avez en partie résolu l'énigme de cette société secrète, vous avez le droit de savoir.

– Nous savons déjà.

Le prêtre se retourne.

– Vous savez quoi ?

– Il y a de cela quinze jours, des gens de Paris sont arrivés. Des Costards roses.

– … En effet.

– Ils avaient l'air nerveux. Parmi eux, le comique Darius.

– Je crois. Je ne m'intéresse pas au show-business, mais il y en avait un que tous écoutaient. Un petit blond.

– Avec un bandeau sur l'œil droit ? demande Lucrèce qui ne veut pas être en reste.

– C'est ça. Ils sont partis vers Carnac-Plage, et là ils ont loué des bateaux à moteur.

– Ils étaient combien ? Cinq ou six ?

– Six.

– Très bien. Les trois frères Wozniak et trois gardes du corps. J'ignore par contre le reste. Ensuite, que s'est-il passé ?

Le curé Le Guern les scrute, méfiant.

– Qui me dit que vous n'êtes pas avec eux ?

– Vous savez qu'on a fait évacuer les cadavres. Ils vont enfin trouver des sépultures chrétiennes.

– Ça ne prouve rien.

Lucrèce Nemrod sent que le prêtre a envie de dire quelque chose qu'en même temps il retient. Elle sait que la clef de corruption, la clef de séduction et la clef de menace ne marcheront pas avec lui. Elle se demande ce que va trouver Isidore.

– Très bien, alors vous nous avez fait venir pour des révélations que vous ne voulez plus faire ? demande-t-elle.

Tout ça à cause d'Isidore qui a voulu jouer au malin une fois de plus en anticipant les réponses.

– Que pensait Jésus-Christ de l'humour, selon vous ? demande Isidore.

Cette fois, Pascal Le Guern ne cache pas sa surprise.

– Jésus-Christ, de l'humour ?

– Oui, selon vous le Christ était-il un plaisantin, aimait-il rire avec ses amis, appréciait-il les mots d'esprit ou était-il un type sérieux en train de faire la morale à tout le monde ?

– Eh bien…

Isidore répond à sa place :

– Il a quand même dit : « Aimez-vous les uns les autres. » C'est une sacrée bonne blague, quand on connaît les mœurs de l'époque. Il a aussi dit aux types qui s'apprêtaient à lapider une femme adultère. « Que celui qui n'a jamais péché lui jette la première pierre. » Elle est assez bonne, celle-là aussi.

– Et puis : « Avant de regarder la paille dans l'œil de ton voisin regarde la poutre qui est dans le tien », ou : « Heureux les simples en esprit, le royaume des cieux leur appartient. » Même le fait de transformer l'eau en vin et de multiplier des pains je trouve que ça fait « soirée entre copains avec un type qui nous fait un petit spectacle ou sort des bonnes blagues ».

Le prêtre semble frappé de confusion.

– Je ne vous autorise pas à parler ainsi de Notre Sauveur. Dans sa maison qui plus est.

– Je pense que « Lui », s'il était là, m'y autoriserait.

Les deux hommes se défient.

– Où voulez-vous en venir, monsieur Katzenberg ?

– Il semblerait qu'une guerre dure depuis la nuit des temps entre les guerriers de l'humour des lumières et les guerriers de l'humour de l'ombre. Ici s'est déroulée une bataille. Aidez-nous à combattre du côté de la lumière.

Cette fois, l'homme en soutane se montre déstabilisé.

Lucrèce Nemrod se dit qu'Isidore doit avoir également un passe-partout dans sa tête, mais il utilise des clefs différentes des siennes.

Ça ne marchera pas, il le brusque trop. Il lui fait peur.

– Après tout, tranche-t-elle, c'est vous qui nous avez convoqués, alors vous voulez nous dire quoi au juste ?

Le prêtre baisse les yeux.

Il a envie de se confesser.

– ... C'était il y a quinze jours. Quelques heures après que les gens en costumes roses sont partis vers le large, une dizaine de zodiacs ont débarqué.

Les membres de la GLH qui ont pu s'échapper.

– Ils transportaient une cinquantaine de personnes. Ce n'étaient pas les mêmes, aucun costume rose, mais des gens que je n'avais jamais vus. Il y avait des blessés. Ils m'ont dit qu'ils étaient pourchassés et qu'on tentait de les tuer. Ils cherchaient un abri. Je ne pouvais pas les abandonner. L'église par définition est un sanctuaire pour les opprimés. Je les ai donc cachés.

Isidore approuve.

– Cinquante personnes ? Ça n'a pas dû être simple.

– Je les ai cachés sous le tumulus Saint-Michel. Ensuite, les six costumes roses sont revenus. Ils étaient armés et ne cachaient pas leurs intentions. Ils les poursuivaient.

Darius et ses sbires.

– Ils ont fouillé partout, mais ils ne connaissaient pas l'histoire du lieu, ils ignoraient l'existence du tumulus sous la chapelle, complète Pascal Le Guern. J'ai pu les soustraire à leurs poursuivants.

– Et ce tumulus, pourrions-nous le voir ? demande Lucrèce.

Le prêtre accepte et ouvre une porte à l'énorme serrure. Apparaît une caverne souterraine.

– Nous l'avons fermé aux touristes depuis cinq ans, pour ne pas abîmer le lieu.

Lucrèce et Isidore remarquent des dessins gravés dans la pierre, traces des hommes préhistoriques. Mais aussi des gravures du Moyen Âge.

– Je les ai nourris et soignés.

– Des jeunes ? Des vieux ? Des enfants ? demande Lucrèce.

– Beaucoup de personnes âgées, autant de femmes que d'hommes, pas d'enfants. Ils sont restés ici trois jours. Ils étaient nerveux. Ils se disputaient sur les causes de leur défaite. Ils s'accablaient de reproches mutuels.

Isidore saisit son téléphone portable et éclaire le mur. Les scènes s'enchaînent comme une bande dessinée. Dans un premier bas-relief, on distingue un palais avec un homme qui porte couronne. Au-dessus du roi est écrit SALOMON. Au niveau inférieur, un groupe d'hommes fabriquent une sorte de dragon. Au-dessus du plus petit d'entre eux il est noté NISSIM BEN YEHOUDA. Près du dragon, trois lettres en hébreu.

Dans le deuxième bas-relief, on voit un coffre, les trois lettres en hébreu sont remplacées par trois lettres grecques.

À côté, un homme en toge ouvre le coffre et tous les hommes présents meurent en souriant.

Dans le troisième, on reconnaît un soldat romain qui embarque sur un voilier, il traverse la mer, pour arriver dans un port.

Il est ensuite à cheval, puis il cache dans une grotte sous une église un coffre frappé de trois lettres, non plus en grec mais en latin.

Et une inscription : « HIC NUNQUAM LEGENDUM EST. »

Sur le quatrième, les personnages près du coffre sont tous étendus. Eux aussi avec des visages joyeux, mais les yeux fermés.

C'est alors que le prêtre se prend la tête à deux mains.

– Je ne savais pas ! gémit-il d'une voix sourde.

– Vous ne saviez pas quoi ?

– Je les ai sauvés parce que je ne savais pas qui ils étaient vraiment.

Le prêtre s'approche de Lucrèce et saisit son bras qu'il serre fort.

– Je ne savais pas ce qu'était la GLH.

Au cinquième bas-relief on voit un chevalier en route vers Jérusalem, et il est écrit : DAGONET.

– Nous pensons savoir ce qu'est la GLH, dit Lucrèce. C'est une loge maçonnique dédiée à l'humour.

– Ils m'ont trompé. Je ne savais pas qui ils étaient vraiment, insiste le prêtre à bout de nerfs. Ils se prétendaient les gardiens du Dragon, mais en fait c'étaient eux qui l'avaient créé ! Et qui le nourrissaient !

Le prêtre, de plus en plus fiévreux, commence à chevroter.

– Quand vous êtes partis j'ai réexaminé ces fresques que je croyais connaître. Ils disaient que c'était la solution et qu'ils étaient passés à côté. Je ne comprenais pas ce qu'ils voulaient dire.

Le prêtre vient vers Isidore et lui désigne un petit détail dans le sixième bas-relief. Un chef mongol et sa troupe s'apprêtent à attaquer une ville. Mais un homme déguisé en bouffon ouvre la boîte et le chef mongol tombe à terre.

Sur le coffre, trois lettres : B.Q.T. Et : « *Hic Nunquam Legendum Est.* »

– Je n'avais pas compris de quoi il s'agissait. Je croyais toujours que ce n'était que des lettres.

À ce seul mot, le curé a un mouvement de répulsion instinctive.

– Et puis j'ai compris : La BQT... c'est Bel Qzebu Th. L'un des noms de Satan. Regardez ces scènes de bas-relief : les gens de la GLH vénèrent cette boîte.

Cette fois le regard du prêtre devient fou.

– Et les gens en costumes roses la recherchent eux aussi, ils veulent posséder ce dragon diabolique au pouvoir inconnu. Dès que la boîte est ouverte, examinez bien ces fresques, tout le monde meurt. Et regardez leurs visages, la vision de Bel Qzebu Th les rend déments !

Il a saisi Isidore par le col et il le secoue.

– Maintenant vous savez. Cessez de vouloir connaître la BQT sinon vous aussi vous deviendrez fous ! N'essayez pas de la trouver ! Renoncez ! RENONCEZ !

Puis il recule d'un coup, le regard perdu, en multipliant les signes de croix.

– *Vade retro Satanas !* Vous aussi vous êtes contaminés par cette idole sortie de la nuit des temps. Rentrez à Paris, vous les Parisiens ! Vous ne nous avez attiré que des malheurs. Vous adorez des idoles païennes, je ne sais pas ce que vous cherchez, mais cette incarnation du Mal n'est plus dans les terres bretonnes ! Elle est dans votre maudite capitale du pouvoir et de l'angoisse. Retrouvez-la et mourez de la folie qu'elle transporte !

89.

L'an 1450 de notre ère

France.
Paris.
La guerre de Cent Ans contre les Anglais touchait à sa fin, la France avait envie de sortir de cette période sombre et violente, pour faire la fête.

Un groupe d'étudiants en droit en profita pour relancer la mode de la fête antique des Saturnales.
Ces dernières étaient une célébration du dieu Saturne qui, selon la mythologie, libérait les hommes pour leur offrir un âge d'or. Durant les Saturnales, les Romains inversaient l'ordre social. Pendant une journée tout fonctionnait de manière contraire : les esclaves n'étaient plus obligés d'obéir à leur maître, ils pouvaient leur parler et les critiquer sans peur, et même se faire servir par eux. Les enfants n'étaient plus obligés d'obéir à leurs parents, les femmes à leurs maris, les citoyens à leurs politiciens. Les exécutions publiques étaient interdites, les écoles et les tribunaux fermés, le travail interdit.
On ne pouvait ni punir, ni ordonner.
Pour l'adapter à la France on rebaptisa les Saturnales « fête des Fous ».
Cette cérémonie connut aussitôt un grand succès populaire. Une fois dans l'année, la pression se relâchait, les pauvres et les faibles avaient l'impression de vivre un répit.
Voire une revanche.
Chaque année, au mois de février, la fête battait son plein. On pendait l'effigie des notables à des gibets, on dansait, on buvait.
Le succès de la fête des Fous finit pourtant par inquiéter l'Église et les nobles, qui voyaient d'un mauvais œil cette liesse populaire susceptible de basculer en vraie révolte. La célébration de la fête des Fous fut donc interdite par le pape Léon X, sous peine d'excommunication.
Il se trouva cependant un groupe de jeunes qui n'entendaient pas renoncer à cette journée de « défoulement ».
Il s'agissait des étudiants en droit qui dépendaient de l'ordre de Saint-Michel. Ils se firent appeler « Les Enfants sans souci ».
Par le passé déjà ils se réunissaient le jour de la fête de leur saint patron, pour monter des pièces satiriques afin de se gausser des politiciens.
Sous leur influence, le jour de la Saint-Michel devint celui de la fête des Fous et ils se déguisaient en fous du roi, avec une moitié des vêtements jaunes et l'autre moitié verts. Ils portaient des bonnets garnis de grelots et prolongés d'oreilles d'âne et brandissait à la main des marottes.
La police à cheval n'hésitait pas à les charger lorsqu'ils se réunissaient pour leur manifestation annuelle.
L'un des « Enfants sans souci », François Villon, était un étudiant particulièrement chahuteur. En 1455 il blessa un prêtre au cours d'une Fête des fous. L'année suivante il participa à un vol avec effraction. Son complice le dénonça sous la torture. François Villon dut alors fuir Paris et gagner Angers où il commença à écrire de longs poèmes : *La Ballade*

des contradictions, La Ballade des proverbes, La Ballade des menus propos.
En parallèle, François Villon continuait ses larcins. Interpellé par la police, il fut incarcéré à la prison du Châtelet, torturé et condamné à être pendu. En attendant la mort, il écrivit *La Ballade des pendus.*
Mais un mystérieux homme en manteau mauve vint le voir dans sa cellule de condamné.
– Te souviens-tu de moi ? demanda l'individu.
François Villon observa son vis-à-vis, et enfin son visage s'éclaira.
– Ah ! je me rappelle, tu étais à la fête des Fous ! Tu es William d'Alecis. Celui qu'on nommait l'Écossais !
C'était en effet un de ses anciens compagnons des « Enfants sans souci ». Il portait désormais barbe et cheveux gris.
Les deux hommes s'étreignirent et reparlèrent du bon vieux temps où ils avaient lutté ensemble contre les « pisse-vinaigre ».
Le visiteur proposa au condamné un contrat. Sachant qu'il écrivait bien, il lui demanda non plus de mettre sa plume au service de la poésie, mais plutôt de la comédie.
– Mais je n'ai jamais écrit ça. Je ne crois pas en être capable, s'exclama François Villon.
– Allons ! Tu es drôle dans la vie et triste dans l'écriture. Sois aussi drôle dans l'écriture et je me charge de te sauver.
À la suite de quoi William d'Alecis arriva à faire libérer François Villon, le 5 janvier 1463, commuant sa condamnation à mort en dix ans de bannissement de la ville de Paris.
Il partit dès lors pour la Bretagne.
Officiellement, on n'entendit plus jamais parler de François Villon. Cependant, avec William d'Alecis et d'autres anciens « Enfants sans souci », cachés quelque part en Bretagne, François Villon fut initié à un projet ambitieux.
Ils décidèrent de mettre au point un spectacle comique à la psychologie plus structurée que les habituelles farces présentées dans les foires.
Ce fut donc une équipe d'auteurs tout entière qui se mit au service de François Villon pour faire naître son « chef-d'œuvre comique ».
Et 1464, soit à peine un an après sa miraculeuse sortie de prison, fut publiée une œuvre nouvelle : *La Farce de Maître Pathelin.* Il s'agissait d'une pièce en langue populaire, dont l'intrigue était la suivante :
« Maître Pathelin était un avocat escroc très malin qui voulait gruger tout le monde. Il commanda au marchand Guillaume un vêtement de laine qu'il proposa de payer plus tard en lui offrant un dîner en supplément. Mais lorsque Guillaume vint chercher l'argent il découvrit une

épouse en larmes et un Maître Pathelin prétendûment mourant. Du coup Guillaume n'osa plus demander son dû et repartit sans se faire payer. Plus tard, un berger, Thibaud, vint trouver Maître Pathelin pour qu'il le défende dans une affaire où on le soupçonnait d'avoir volé à son maître des moutons. L'avocat, après lui avoir demandé une somme exorbitante, lui proposa une ruse pour le procès : se faire passer pour simple d'esprit et répondre à toutes les questions en bêlant comme un mouton. Le procès s'engagea et, à la surprise de Maître Pathelin, la partie adverse était, comme par hasard, le marchand de vêtements de laine Guillaume. Le stratagème de Maître Pathelin fonctionna à merveille et Thibaud, en bêlant comme un mouton, fut considéré comme innocent. Cela semblait le triomphe du félon, mais au moment où Maître Pathelin voulut se faire payer de ses services par Thibaud, celui-ci lui répondit en bêlant comme un mouton. Ainsi l'avocat fut puni par sa propre ruse. »
La Farce de Maître Pathelin fut la première comédie jouée dans les foires avec une intrigue articulée, des personnages complexes. Les ressorts comiques étaient plus subtils et moins vulgaires que ceux du farces populaires habituelles.
Le succès fut immédiat. La pièce reprise dans plusieurs vrais théâtres dans toute la France.
Les autorités officielles et les prêtres sentaient bien qu'il y avait là de manière sous-jacente une sorte de critique de la société et un ton irrévérencieux envers les institutions, mais ils ne purent déceler quoi que ce soit de diffamatoire, et donc faire censurer le spectacle.
La Grande Loge de l'Humour, installée secrètement en Bretagne, venait de trouver un nouveau vecteur du rire : la farce populaire.

Grand Livre d'Histoire de l'Humour. Source GLH.

90.

Des écharpes de brume couvrent la lune rousse. La tour Eiffel clignote de toutes ses lampes pour marquer l'heure ronde.

Minuit.

Le side-car Moto Guzzi se gare dans une rue adjacente au Théâtre de Darius.

Lucrèce Nemrod retire son casque, se défait de sa combinaison de motarde et enfile une tenue plus sportive adaptée à l'escalade.

Isidore Katzenberg saisit le petit sac à dos dans lequel ils ont placé le matériel nécessaire à leur opération commando.

La jeune journaliste commence par photographier au téléobjectif quelques voitures qui se garent dans la cour.

Puis, ayant lancé un grappin, elle grimpe sur le toit. Isidore ne peut la suivre.

– Désolé, Lucrèce, je suis trop lourd.

– Il va falloir penser à un régime drastique, Isidore, suggère Lucrèce, narquoise.

– J'y songe. Ça et une psychanalyse. Et puis peut-être changer de corps, changer d'esprit, changer de vie.

– Vous êtes sérieux ?

– Presque.

Il lui lance l'échelle de corde. Elle la fixe à une cheminée et lui fait signe de monter.

Elle l'aide à franchir les derniers mètres en le tirant par la main.

Enfin ils se hissent sur le toit en zinc du Théâtre de Darius.

Isidore manque plusieurs fois de chuter.

– Vous avez le vertige, Isidore ? chuchote-t-elle.

– Entre autres. Je n'ai rien à faire ici. Vous êtes le muscle je suis le nerf, répond-il à voix basse.

– L'idéal est d'avoir les deux.

– Je vous l'avais dit : je serai juste un poids mort, difficile à déplacer. Et ne comptez pas sur moi pour donner des coups de poing ou des coups de pied ou utiliser une arme contre un individu quelconque, fût-il nuisible.

– OK, j'ai compris. Une fois de plus c'est aux femmes de faire le boulot pendant que les hommes se reposent.

– Comme chez les lions. Les femelles chassent et les mâles attendent. C'est la loi de Mère Nature.

– C'est ça qui m'énerve le plus chez vous, Isidore. Vos connaissances. Vous avez toujours l'info qui va expliquer par « a » plus « b » que j'ai tort et que vous avez raison.

– Vous avez raison, murmure Isidore.

Avec précaution, ils circulent sur le toit de zinc, et arrivent au vasistas qu'avait utilisé la jeune journaliste lors de sa première incursion. Mais cette fois il est verrouillé.

Elle extirpe du sac son sésame dont elle extrait deux lames métalliques plates qu'elle enfonce dans la fente. Après quelques manipulations millimétriques, Lucrèce finit par libérer le pêne. Elle lance la corde à nœuds et, l'un après l'autre, ils se laissent descendre jusqu'à la coursive des cintres.

Depuis leur perchoir, ils bénéficient d'une vue plongeante sur le ring et la salle qui se remplit peu à peu.

Isidore Katzenberg observe avec des petites jumelles. Les Darius Girls guident les spectateurs jusqu'à leurs fauteuils.

Lucrèce continue de photographier. Ils attendent.

Les trompettes se déclenchent.

Tadeusz Wozniak arrive en costard rose impeccable, accompagné de son garde du corps habituel à tête de chien. À peine arrivé, celui-ci lève les yeux vers la coursive.

Lucrèce Nemrod n'a que le temps de baisser la tête de son collègue.

Elle utilise le viseur de l'appareil photo comme périscope pour s'assurer que la menace est passée.

Par chance, le garde du corps s'est assis dans un angle où il ne peut plus les voir.

La musique s'amplifie.

Tadeusz Wozniak grimpe sur le ring illuminé par les projecteurs.

– « Le premier qui rira aura une balle dans la tête », quelle belle évolution du jeu « Je te tiens tu me tiens par la barbichette » et de la « roulette russe » ! Quelle belle motivation il faut pour risquer sa vie ! Un million d'euros pour le gagnant. Une balle de 22 long rifle tirée par un pistolet Benelli MP 95E pour les perdants.

– PRAUB ! PRAUB ! PRAUB ! scande aussitôt la salle.

– Ah, comme ça fait plaisir, je sens que la salle est particulièrement motivée ce soir. Ça promet des duels encore plus féroces. Mais je sens votre question : « Quel est le programme ? » Eh bien vous allez être heureux, car nous avons un programme-surprise avec des pointures et des outsiders. Mais tout d'abord laissez-moi vous présenter un nouveau venu.

Surgit alors sur la scène, en cape satinée, un petit bonhomme au visage masqué de noir. Une barbichette blanche dépasse.

– Vous vous appelez comment ?

– Mon vrai nom ? Je m'appelle Jacques Lustik. Ce qui signifie « le joyeux ».

– Non, je voulais dire votre surnom.

– Ah ? Jacques, mais mon nom d'artiste est « Capitaine Jeu-de-Mots ».

– Ah, tout un programme. Capitaine Jeu-de-Mots.

– … et les jeux de mots laids font les gens bêtes !

– Ah ! il démarre très fort. Mais retiens-toi « Capitaine Jeu-de-Mots », garde tes forces pour affronter ton challenger.

– Oui, et il vaut mieux avoir un challenger qu'un chat que l'on gère pas !

La salle hue, il répond par un petit salut poli.

– Très bien. Très bien. Mais vous venez d'où cher ami ?

– Eh bien ma mère est jeune fille au pair. Mon père est maire. Mon frère est masseur. Et mon oncle est une tante !

Cette fois la salle se moque ouvertement, mais Jacques n'en a cure. Il lève les bras comme s'il s'agissait d'encouragements.

– Donc « Capitaine Jeu-de-Mots » affrontera une vieille connaissance qui a déjà fait beaucoup parler de lui dans les journaux de sa région de Nice, Francky, dit « La Buse Verte ».

À ce moment apparaît un jeune homme rouquin, avec un masque vert, une cape et un justaucorps de la même couleur.

Il rejoint le centre du ring et lève les bras.

– Francky le Niçois, Francky « La Buse Verte », alors dis-nous au micro, tu le sens comment ce combat, Francky ?

– Précisément avec un « con bas ».

Cette fois la salle pousse une acclamation. Tadeusz Wozniak semble ravi, il lève la main pour apaiser la salle.

– Mes amis, mes amis ! Voilà longtemps que nous n'avons pas eu cette chance, deux participants qui s'adonnent au noble art du jeu de mots. Ce que Victor Hugo baptisait les « pets de l'esprit ». Ça promet !

Les Darius Girls commencent à débarrasser les deux humoristes de leur cape. Elles les guident vers les fauteuils, puis les harnachent avec des sangles.

Après quoi elles reviennent dans la salle et circulent dans les travées pour prendre les mises qui aussitôt s'affichent sur le grand écran placé au-dessus du ring.

Les mises jouent en faveur de Francky « La Buse Verte » à 5 contre 1.

– Ils prennent des masques et des noms à la manière des catcheurs, ça donne un côté bon enfant, remarque Isidore.

– « Bon enfant » ? Dans quelques minutes ce sera la boucherie !

– Ce qui ne nous dit pas où se trouve la BQT. C'est quand même ça qu'on cherche, je vous le rappelle, Lucrèce.

– Non. Moi ce que je cherche, c'est un reportage extraordinaire à vendre au *Guetteur Moderne*. Et ce que vous cherchez vous, c'est de la matière pour un roman fantastique.

Elle mitraille avec son appareil.

– Avec ça, le commissaire Malençon ne pourra plus remettre en doute nos accusations.

Tadeusz Wozniak donne le signal. La salle s'éteint. L'intensité lumineuse sur le ring augmente.

C'est Francky qui commence par une petite blague assez efficace qu'il semble avoir lui-même inventée.

Capitaine Jeu-de-Mots monte très vite dans un rire ample qu'il stabilise à 15 sur 20.

À son tour il sort une blague ultra-connue avec un jeu de mots simple.

L'effet est complètement raté. Francky sourit à peine. Les capteurs ne font monter sa jauge qu'à 5 sur 20.

La salle hue.

Déjà le slogan part d'une travée :

– SOIS DRÔLE OU SOIS MORT !

Mais le Capitaine Jeu-de-Mots conserve son sourire confiant. La blague de Francky est lancée et le fait rire à 15 sur 20.

À son tour il sort une blague qui monte à 7 sur 20.

Isidore murmure à Lucrèce :

– C'est Jacques le « Capitaine Jeu-de-Mots » qui va gagner.

– Francky « La Buse Verte » est beaucoup plus drôle.

– Ce n'est pas un problème de drôlerie. C'est un problème de maîtrise psychologique. Le Capitaine Jeu-de-Mots est vissé à son 15 sur 20 il ne dépassera jamais ce chiffre.

– Ses blagues sont navrantes.

– Oui, mais il les rajuste en fonction de la réaction de son adversaire.

– Francky est plus jeune, il a plus d'énergie, dit-elle.

Nouvel échange de blagues. Le « Capitaine Jeu-de-Mots » a un petit rire toujours à 15 sur 20, par contre, sa blague fait monter « La Buse Verte » à 11 sur 20.

L'échange suivant voit le scénario se reproduire.

Le vieux comique se maintient à 15 sur 20, même si la foule le conspue, et le jeune perd progressivement pied, même si la foule le soutient.

À un moment, Lucrèce ne prend plus de photos et s'aperçoit qu'elle est fascinée par cette confrontation d'esprits.

Ce jeu est une entreprise criminelle et pourtant je n'y suis pas insensible. Je comprends que pour certains le mélange d'humour et de mort soit une drogue.

J'aimerais souffler des blagues à l'oreille de Francky. Je suis sûre qu'avec des trucs sexuels il pourrait obtenir des résultats sur ce drôle de capitaine. De toute façon j'ai toujours pensé qu'il fallait se méfier des barbus. Ils ont quelque chose à cacher. Ne serait-ce que leur menton.

Isidore Katzenberg semble lui aussi à la fois horrifié et fasciné par cet étrange spectacle dont il ne mesure pas encore la portée dramatique.

Vas-y Francky. Ne te relâche pas.

Le « Capitaine Jeu-de-Mots » sort une nouvelle blague avec un jeu de mots assez médiocre. Son adversaire a un rire goguenard, sur l'écran le chiffre monte à 14 sur 20.

La salle est en effervescence.

– FRAN-CKY ! FRAN-CKY ! scandent plusieurs spectateurs.

Un cri s'élève :

– SOIS DRÔLE ET IL SERA MORT !

Le duel dure.

Les deux challengers sont maintenant à 15 sur 20 tous les deux et tous les espoirs sont permis.

Mais ce qu'a prévu Isidore se produit : le vieux comique est stable sur sa réception, et le jeune commence à suer d'angoisse malgré le soutien de l'ensemble de la salle.

Le « Capitaine Jeu-de-Mots » sort alors une blague sexuelle qui détonne avec les thèmes utilisés jusque-là.

– … Adieu Francky, t'es mort, murmure Isidore.

Soudain la courbe de réception monte à 16 sur 20, puis s'emballe : … 17, 18, 19 sur 20.

– … Bang ! chuchote Isidore une seconde avant le déclenchement de la détente.

La balle de 22 long rifle transperce proprement le crâne de « La Buse Verte » tandis que la salle pousse une clameur de déception.

Les Darius Girls circulent pour payer ceux qui ont eu la sagacité de parier sur l'homme à la barbichette blanche, qui affiche un sourire de triomphe tranquille.

Déjà d'autres Darius Girls ont surgi sur la scène et récupèrent le corps du malheureux challenger niçois.

Bon sang, il l'a eu avec des jeux de mots sexuels, comme si dans un duel à l'épée, l'un des deux avait gagné en utilisant un balai contre une fine lame.

Tadeusz Wozniak remonte sur scène, libère le gagnant et lève haut son bras droit couvert de tatouages.

Le « Capitaine Jeu-de-Mots » se lisse la barbiche comme un chat.

– Et Jacques « Capitaine Jeu-de-Mots » remporte le premier match et sera peut-être tout à l'heure le gagnant du million d'euros de ce soir !

– Ce n'est pas possible qu'un type de ce niveau ait pu gagner ! murmure Lucrèce.

– Ne jamais sous-estimer l'adversaire, la règle première de tout duel. Votre Francky ne valait pas tripette, il a sous-estimé le petit vieux à cause de son âge, ses blagues faciles et sa montée rapide à 15 sur 20. C'était de la poudre aux yeux pour le piéger. D'abord on rassure l'adversaire, ensuite on l'achève.

Il m'énerve, il m'énerve.

Une trompette sort la jeune journaliste de sa torpeur.

Déjà Tadeusz annonce le prochain match de PRAUB, qui verra la gagnante de la semaine précédente, Cathy « La Belette Argentée » – elle apparaît en cape et masque argentés et salue le public –, affronter Mimi « La Terreur Pourpre ». Une autre jeune femme apparaît à son tour en cape et masque rouges.

– Vite, profitons du brouhaha pour filer, nous avons assez d'éléments, chuchote Isidore.

Mais Lucrèce est blême, comme tétanisée.

– Lucrèce ? Ça va ?

Elle ne bouge pas, les ailes de son nez se soulèvent par saccades.

En contrebas les duellistes tirent au sort. Puis elles sont sanglées à leur fauteuil, et on dispose les pistolets contre leur tempe.

– Lucrèce ? Il y a un problème ?

La jeune journaliste n'a toujours pas cillé, le regard fixe.

Au-dessous d'eux le match de PRAUB commence.

Première blague : une histoire de pingouins qui fait monter « La Terreur Pourpre » à 11 sur 20.

Elle répond par une blague d'éléphants qui n'entraîne qu'un 10 sur 20 chez son adversaire. Les blagues fusent en vrac, sur la mort, l'obésité, l'adultère, les lapins, les paysans, les camionneurs, les autostoppeurs, les médecins, les infirmières.

Cathy « La Belette Argentée » prend le dessus, et déjà Mimi commence à suer à grosses gouttes. Le compteur indique 14 sur 20 pour la première alors que la seconde, parcourue de petits soubresauts nerveux, frôle les 16 sur 20. Elle n'est plus qu'à deux points du coup fatal.

Épuisée, Mimi sort une blague sur les lesbiennes qui n'a d'autre effet qu'un 11 sur 20.

La salle hue.

– SOIS DRÔLE OU SOIS MORTE ! scandent les premiers rangs.

– Cette fois je parie sur Cathy « La Belette Argentée », ne peut s'empêcher d'annoncer Isidore. Je donne l'autre morte dans au plus deux blagues.

Lucrèce n'a toujours pas bronché, statufiée. « La Belette Argentée » démarre une histoire longue sur deux hommes qui arrivent au paradis. Elle a un petit sourire confiant qui laisse augurer d'une chute vraiment inattendue.

Son adversaire ne peut réprimer un premier gloussement nerveux.

Chaque mot qui se rapproche de la chute fait monter le chiffre du niveau d'excitation de celle qui écoute. 15, 16, 17... 18...

La salle retient son souffle.

C'est alors que Lucrèce jette la corde qui lui a servi à grimper et se laisse glisser jusqu'au centre du ring.

Le galvanomètre affiche maintenant le chiffre 19 et...

D'un coup de pied Lucrèce dévie vers le haut le canon du pistolet. Le coup part vers le plafond, pulvérisant un spot et plongeant une partie de la scène dans l'ombre.

Profitant du désordre soudain, Lucrèce dégage rapidement des sangles « Mimi la Terreur Pourpre » et l'entraîne vers les coulisses.

Elles se cachent dans un placard d'entretien. Elles attendent que les pas de leurs poursuivants s'éloignent.

Les deux femmes se fixent étrangement.

La jeune journaliste a du mal à contenir le son rauque de son souffle.

Dans le couloir des bruits de pas signalent que les costards roses sont revenus et fouillent les loges. Les pas se rapprochent, et elles savent qu'elles ne pourront plus fuir.

Mimi trouve quand même l'énergie d'articuler :

– Merci de m'avoir sauvé la vie..., Lucrèce.

La jeune femme, sans la regarder, répond d'une voix cassée :

– Je ne savais pas que tu avais persévéré dans la voie de l'humour après tout ce temps, Mimi « La Terreur Pourpre ». Ou dois-je t'appeler par ton prénom… Marie-Ange. Ton tatouage sur le bras t'a trahie.

91.

L'an 1459.

Hollande.
Rotterdam.

Il se nommait Desiderius Erasmus, mais on le connut plus tard sous le simple nom d'Érasme.

Fils illégitime d'un prêtre et d'une fille de médecin, il venait de naître dans la ville de Rotterdam. Après quelques années d'études, il fut très jeune ordonné prêtre dans la ville flamande de Gouda.

Mais Érasme avait envie de voyager. Il abandonna donc son sacerdoce et se lança sur les routes d'Europe pour apprendre les sciences.

Alors qu'il séjournait dans une université d'Écosse, il se lia d'amitié avec un autre étudiant tout aussi curieux que lui : Thomas More. Les deux hommes partageaient le goût des blagues et des jeux d'esprit. Thomas lui fit découvrir une société secrète qui s'était fixé pour but d'élever le niveau de conscience de l'humanité en utilisant le levier de l'humour.

L'idée charma le jeune Érasme, qui décida d'y adhérer et d'en découvrir les mystérieux arcanes.

Ensemble, Thomas More et Desidérius Erasmus bénéficièrent non seulement du soutien de cette société secrète mais aussi également des trésors de sa fabuleuse bibliothèque qui contenait des livres uniques, dont certains dataient de l'Antiquité.

Les deux hommes, tout à leur passion des livres et de l'humour, décidèrent de traduire les pièces satiriques d'un des fondateurs de cette société secrète, Lukianus, connu sous le nom de Lucien de Samosate.

Thomas More écrivit son propre livre, *L'Utopie*, dans lequel il développait l'idée d'un monde meilleur où tout le monde serait heureux. Du coup le jeune Érasme écrivit à son tour une œuvre originale d'une grande audace pour l'époque : *L'Éloge de la folie*.

Dans ce récit, qu'il dédia à son ami Thomas More, il utilisait comme personnage principal la déesse Folie en personne. Celle-ci n'hésitait pas à se moquer des superstitions des prêtres, des moines et des membres du haut clergé. Grâce à son étrange héroïne démente, Érasme se moquait

aussi des théologiens, philosophes et autres pédants qui donnaient des leçons de morale à tout le monde en appliquant l'exact contraire à leur propre existence.
Dans *L'Éloge de la folie*, l'auteur accomplissait le survol de toutes les professions, guildes et confréries, dénonçant le ridicule de leurs traditions et de leurs principes dépassés.
Il prônait un monde sans clivages, sans patrie.
À sa grande surprise, *L'Éloge de la folie* remporta un succès populaire considérable. Le livre, écrit en latin, fut traduit en français, et plus tard en anglais, illustré des dessins comiques de Hans Holbein l'Aîné.
Par ce travail, Érasme préparait le mouvement réformateur au sein de l'Église (qui serait repris par Luther et Calvin) mais également le mouvement humaniste qui allait surgir en Europe dans les années suivant la publication de son *Éloge de la folie.*
Érasme, ardent défenseur de la tolérance et du pacifisme, refusa toutefois d'adhérer aux idées trop radicales de Luther et ne le suivit pas dans sa proposition de Réforme.
Du coup, le pape Paul III lui proposa la pourpre romaine au Vatican, dans la perspective de devenir un jour pape. Là encore il refusa, se préférant libre-penseur.
Érasme continua d'écrire, notamment une traduction de la Bible et un manuel d'éducation des enfants. Dans un essai sur le libre arbitre il défendit l'idée que l'homme est capable de décider tout seul, sans l'aide des politiciens ou des prêtres, de sa perte ou de son salut. Ce qui dressa contre lui le monde des théologiens.
Seul contre tous, il dut s'enfuir pour retrouver ses amis de la société secrète écossaise, seuls à le soutenir.
Sentant la fin venir, il rentra à Bâle au printemps 1536 et là, il ouvrit un coffret sur lequel était inscrit « B.Q.T. » et mourut dans les secondes qui suivirent.
À sa mort, le Vatican le déclara hérétique, tous ses livres furent brûlés en place publique et on interdit à quiconque de se revendiquer de sa pensée.

Grand Livre d'Histoire de l'Humour. Source GLH.

92.

Dans un craquement sinistre, la porte de la loge finit par céder sous les coups d'épaule.

Les deux femmes sont capturées par les costards roses qui les bousculent et les amènent face à Tadeusz Wozniak.

– Vous avez failli une fois de plus gâcher la fête, mademoiselle Nemrod. Mais je ne suis pas homme à laisser tomber aussi facilement un spectacle. Puisque vous avez troublé le dernier duel pour sauver Mimi « La Terreur Pourpre » vous l'affronterez directement sur scène.

La jeune journaliste veut se débattre mais le costard rose à tête de chien la maintient d'une poigne solide.

Il la pousse en avant, et quelques minutes plus tard elle est à son tour sanglée dans le fauteuil du ring. Mimi « La Terreur Pourpre » est elle aussi attachée, mais semble beaucoup plus sereine.

Tadeusz Wozniak remonte sur scène et prend le micro pour calmer la salle.

– Mesdames ! Messieurs ! Tout va bien. La situation est entièrement sous contrôle et le spectacle va se poursuivre dans les secondes qui viennent.

Mais le brouhaha ne cesse pas pour autant. Des spectateurs debout s'apprêtent à partir.

Tadeusz Wozniak fait signe au responsable régie d'éteindre la salle et de ne garder allumé que le ring où il se trouve avec les deux femmes challengers.

– Merci de votre attention. Comme je le disais tout à l'heure, vous n'avez rien à craindre. Ce petit incident a été rapidement maîtrisé et vous pourrez profiter de la suite de notre soirée.

Certains se rasseyent. Bientôt imités par les autres.

Mais un homme en costume noir, entouré de ses propres gardes du corps, se lève et demande des explications sur ce qu'il vient de se passer.

– OK, dit Tadeusz, vous avez le droit de savoir. Il s'avère que la petite demoiselle qui a surgi est une… journaliste du *Guetteur Moderne*.

Aussitôt la salle réagit. Certains se lèvent à nouveau.

– Restez calmes ! Je vous propose d'assister tout simplement à sa mise à mort. Ainsi, puisqu'elle veut percer le mystère de nos petits jeux, elle y parviendra en affrontant celle qu'elle a failli sauver !

Cette fois tout le monde se rassoit.

Lucrèce Nemrod se débat dans les sangles de cuir, mais elle est entravée suffisamment serrée pour l'empêcher de se dégager. Elle peste, secoue sa longue crinière rousse. Ses yeux émeraude lancent des éclairs.

– Pas besoin de vous rappeler les règles, mademoiselle Nemrod, j'imagine qu'elles n'ont plus de secret pour vous. Alors allons-y.

Tadeusz fouille dans le sac et sort une pierre noire.

– Et ce sera… Mimi La Terreur Pourpre qui ouvrira les hostilités. Allez Mimi, montre-nous ton talent.

L'animateur descend du ring et rejoint le premier rang.

Le grand écran s'éclaire, montrant le visage des deux compétitrices, cette fois sans masque. Au-dessous, la ligne du galvanomètre échelonnée de 1 à 20.

Mimi se racle la gorge. Puis :

– C'est l'histoire de deux jeunes orphelines dans un pensionnat. L'une est très belle, et l'autre très amoureuse d'elle, mais ne sait pas comment le lui dire, alors elle l'observe de loin. Un jour, voyant que l'autre s'entaille les cuisses avec la pointe de son compas, elle se dit que la manière de lui plaire est peut-être de lui faire mal à sa place.

Un silence suit. La salle attend la chute.

– C'est ma blague, signale Marie-Ange Giacometti.

Lucrèce Nemrod reste imperturbable. Sa ligne ne monte même pas à 3 sur 20. Elle prend la parole :

– C'est l'histoire de deux jeunes orphelines dans un pensionnat. L'une est très seule, et elle rencontre une autre fille qui semble la comprendre. Elle se dit qu'enfin elle a trouvé un être avec qui communiquer. Mais l'autre en fait ne l'aimait pas, elle voulait juste se moquer d'elle.

Nouveau silence.

– C'est aussi ma blague.

Le galvanomètre de Marie-Ange monte légèrement, à 6 sur 20, mais ce n'est pas du rire, c'est juste de l'émotion.

La salle commence à huer la mauvaise qualité des saillies.

– SOIS DRÔLE OU SOIS MORTE ! hurle quelqu'un.

Le visage de Marie-Ange change.

– ... Non, la fille ne voulait pas se moquer d'elle. Elle voulait juste ajouter du piquant au quotidien, la vie dans l'orphelinat était répétitive et triste. Alors elle s'est dit que comme son amie semblait aimer souffrir, elle pouvait l'aider. Et finalement elle avait cru trouver la meilleure manière de communiquer avec elle.

Quelques sifflets nerveux fusent dans la salle.

Le galvanomètre de Lucrèce reste à 1 sur 20. Elle articule posément :

– ... Cependant, l'une des deux orphelines trahit la confiance de l'autre. Au lieu de rester dans la discrétion et l'intimité de leurs jeux intimes, elle l'attacha nue à un lit, fit venir les filles de la chambrée et peignit sur son corps des poissons en criant « Poisson d'avril. ».

Cette fois quelques personnes dans la salle commencent à rire.

Marie-Ange ne peut contenir une émotion, son galvanomètre se stabilise à 9 sur 20.

Des mains se lèvent pour lancer les paris. Tadeusz est surpris mais il autorise d'un geste les Darius Girls à circuler pour collecter les mises.

– Dis-moi que tu regrettes, lance la journaliste scientifique.

– Non, au contraire, tu as révélé mes deux talents : le comique et le sadomasochisme. Merci, Lucrèce.

La salle cette fois réagit positivement. Les mises affluent, tout le monde écoute cet étrange dialogue qui ne ressemble pas aux PRAUB dont ils ont l'habitude.

– Comme nous n'avons jamais eu le temps de parler jusqu'à ce jour, je vais te raconter comment j'ai lié ces deux passions. À ma sortie de la pension, j'ai tâté du comique dans des petits cabarets et ça ne marchait pas. J'étais au chômage et prête à tout pour trouver un petit job, de préférence à la télévision ou à la radio. Et puis un jour, une amie qui était maîtresse sadomaso professionnelle m'a proposé de venir travailler avec elle. Elle avait tellement de demande qu'elle n'arrivait pas à satisfaire sa clientèle en croissance exponentielle. La première séance s'est déroulée dans son appartement transformé en salle des supplices. Il y avait là huit hommes en string ou couche-culotte. Parmi eux j'ai reconnu les dirigeants de grandes chaînes de télévision et de radio. Je n'en revenais pas. Tous ces directeurs que j'essayais en vain d'approcher pour quémander du travail, ils étaient à quatre pattes avec des laisses, des trucs en cuir cloutés qui leur serraient le sexe, et mon amie maîtresse m'a dit : « Vas-y, bats-les, ils ont payé pour ça. » J'ai commencé à les frapper et ils ont râlé. Je me demandais ce qui n'allait pas et mon amie m'a dit que... je ne tapais pas assez fort, ils avaient l'impression de ne pas en avoir pour leur argent.

Cette fois l'hilarité gagne la salle.

– Alors j'ai frappé de toutes mes forces et ils se sont mis à grogner différemment dans leur bâillon. Comme des animaux. Tu t'imagines, Lucrèce, les hommes les plus puissants des médias, ceux qu'on n'arrive jamais à approcher, et je les avais à mes pieds à quatre pattes. Et je leur donnais des coups de martinet. Mais mon rêve, tu veux que je te dise, c'était... de leur filer mon curriculum vitae pour décrocher un job dans une chaîne !

Cette fois la salle tout entière s'esclaffe. En revanche, Lucrèce Nemrod reste sagement à un 3 sur 20. L'autre poursuit, imperturbable :

– Même un travail de standardiste m'aurait suffi.

La salle est emballée.

– J'ai laissé tomber. Par la suite j'ai trouvé un job plus en accord avec ma première passion : vendeuse dans un magasin de farces et attrapes. Tu sais, le fluide glacial et le poil à gratter ? Eh bien c'étaient mes spécialités. Et là mon public était essentiellement composé de morveux sadiques de 13 ans prêts à devenir plus tard... directeurs de chaînes chez ma copine !

La salle pouffe encore alors que la jeune journaliste reste imperturbable.

– Ce n'était pas grand-chose mais j'ai pu financer mes apparitions sur scène. Et j'ai amélioré mon art de faire rire pour devenir une vraie professionnelle.

– Mais si tu es ici, c'est que tu es restée une vraie professionnelle qui... débute, tranche Lucrèce.

Quelques rires d'approbation lui parviennent.

– Ah, j'aime te voir comme ça. Toujours farouche. Toujours libre. Je sais que tu ne me croiras pas, mais sache que je t'ai toujours aimée, Lucrèce. Tu es la plus belle femme que j'aie rencontrée dans ma vie. Tu es la féminité incarnée.

L'ambiance retombe d'un coup.

Le compteur de Lucrèce reste à 3 sur 20.

Le public manifeste :

– PRAUB ! PRAUB ! PRAUB !

Lucrèce répond :

– Et moi je te trouve ridicule. Tu es juste une marchande de farces et attrapes, Marie-Ange.

La fille aux longs cheveux noirs ne rit pas, mais son émotion modifie la résistivité de sa peau et elle monte à 11 sur 20.

La salle réagit à nouveau.

– SOIS DRÔLE OU SOIS MORTE ! SOIS DRÔLE OU SOIS MORTE !

– Jamais je ne t'ai oubliée, Lucrèce. Tu as été ma plus grande histoire d'amour. Mais tu ne comprends rien. Alors maintenant je vais te tuer car faire rire c'est mon métier. Ta mort sera l'aboutissement de cette blague commencée il y a plus de dix ans.

Lucrèce monte à 9 sur 20. C'est une émotion de rage. Cette fois les parieurs commencent à être déçus.

– PAS DE BLABLA. PRAUB ! PRAUB ! SOIS DRÔLE OU SOIS MORTE ! crie quelqu'un.

– Tu vois, tu déçois le public. Tu n'es pas drôle. Allez, continuons dans l'humour. Sache qu'après t'avoir dit « ce n'est pas grave » je suis retournée dans ma chambre et j'ai tenté de me suicider.

La salle applaudit la repartie.

– Te suicider ?

Marie-Ange ne peut retenir un début de rire qui la fait monter à 13 sur 20.

Des mains se lèvent pour augmenter les mises. Les Darius Girls courent pour recueillir les paris, nettement à l'avantage de Lucrèce Nemrod, donnée gagnante à 8 contre 1.

Marie-Ange Giacometti commence à s'inquiéter. Elle décide d'attaquer.

– Tu étais tellement grotesque, attachée au lit, en train de te tortiller dans tes liens comme une petite dinde avec ta peau nue, toute décorée de poissons.

Elle ponctue de bruits de bouche.

Rires de la salle.

Le galvanomètre de Lucrèce monte à 11 sur 20 sous l'effet de la colère.

Ce truc enregistre aussi bien le rire que la rage. Il ne tient pas compte de la nature de mes pensées. La joie et l'angoisse ne sont que des émotions et donc une sensibilité épidermique.

Elle peut réussir par le cynisme ce qu'elle rate par l'humour. Les armes changent, je dois m'adapter.

– Tu sais pourquoi tu aimais me faire souffrir, Marie-Ange ? Parce que tu ne peux prendre ton pied que comme ça. Tu as été incapable de m'aimer normalement, mais tu es incapable d'aimer normalement qui que ce soit. C'est pour cela que tu as développé ces deux passions, l'humour et le sadomasochisme. Se moquer et faire souffrir sont deux manières de combler ton problème d'anorgasmie.

Ce dernier mot déclenche une montée brutale du compteur de Marie-Ange.

– SOIS DRÔLE OU SOIS MORTE ! crie le public, déçu mais intrigué malgré tout.

– L'amour, le vrai, n'est… ni drôle, ni accompagné de souffrance.

Le compteur de Marie-Ange monte à 14 sur 20, mais se stabilise.

C'est à son tour de s'exprimer.

– Très bien. J'admets, je suis une perverse qui aime faire souffrir et se moquer des autres. Mais dans ce cas je te pose la question : pourquoi as-tu été attirée par moi ? Parce que si je suis anorgasmique, toi par contre tu avais l'air de jouir beaucoup ! Le rapport bourreau-victime se joue à deux. Et nous étions deux, Lucrèce. Dans ce cas je te pose la question : qui est la plus perverse de nous deux ? N'est-ce pas celle qui jouit le plus de la relation ? Et si c'était toi qui par ton attitude de soumission m'avais transformée… en ce que tu me reproches d'être aujourd'hui ?

Le propos est tellement inattendu que Lucrèce a une réaction étrange, comme un tic.

Voyant qu'elle a trouvé une faille, Marie-Ange enchaîne :

– D'ailleurs, pourquoi m'aurais-tu sauvée face à Cathy « La Belette Argentée… » si tu ne tenais pas éperdument à… moi ?

Au lieu de répondre, Lucrèce sent un rire réactif monter en elle. De la sueur se met à couler dans son dos. Sa peau se hérisse. Elle essaie de se retenir de respirer, mais le galvanomètre monte : 12… 13… 14… 15… 16… 17…

93.

« Une femme meurt et, comme elle a eu une vie exemplaire, elle monte au ciel et est accueillie directement par saint Pierre qui la reçoit chaleureusement.

– Bienvenue au Paradis.

Autour d'elle tout est serein, les anges jouent de la harpe, les autres occupants des lieux passent et lui sourient.

Après une première journée de pure joie, de sérénité et de volupté tranquille, la femme rejoint sa chambrée, et elle entend des bruits de tambour en dessous.

Au matin, la femme retourne voir saint Pierre et lui demande :

– C'est quoi ces bruits ?

– Ah, ça ce sont les autres… ceux d'en bas, répond-il. Voulez-vous les voir ? lui propose-t-il en ouvrant une porte dans un nuage.
La femme se penche et distingue un escalier au bas duquel une brume semble masquer une atmosphère rougeâtre, d'où montent des musiques lascives et des battements de percussions.
– Mais c'est l'Enfer ! s'exclame la femme, surprise.
– Vous pouvez aller jeter un coup d'œil si vous le souhaitez, suggère saint Pierre.
Après une courte hésitation, la femme s'engage dans l'escalier. Arrivée en bas, elle découvre une gigantesque fête. Il fait très chaud. Des gens nus et en sueur dansent sur une musique syncopée qui immédiatement l'emporte. Toute la nuit elle ne fait que s'amuser. Des hommes très beaux l'abordent, l'enivrent, lui proposent de danser, boire et chanter.
Au petit matin, la femme remonte au Paradis et, voyant l'ambiance terne et calme, avec ses anges déclamant des poésies ou jouant de la harpe, elle se décide à aller voir saint Pierre.
– Hum, c'est-à-dire… ai-je le choix du lieu où je dois séjourner ? demande-t-elle timidement.
– Bien sûr. Mais une fois que tu auras choisi entre le Paradis et l'Enfer, tu ne pourras plus modifier ton choix.
– Dans ce cas je choisis l'Enfer. Désolée, saint Pierre, mais ce Paradis ressemble trop à un hospice de vieux.
– Très bien, dit saint Pierre, et il ouvre à nouveau la porte du nuage donnant sur l'escalier.
À peine arrivée en bas, la femme est surprise par des diablotins qui commencent à la rouer de coups, la mordre, puis qui l'enchaînent à un rocher. Partout résonnent des cris. Du sol montent des vapeurs pestilentielles.
Un diable plus grand que les autres arrive avec une grande fourche. Il la regarde et la pique profondément.
– Aïe !
Il recommence.
– Ouille ! Mais, dit la femme, je suis déjà venue ici, ce n'était pas comme ça. Pourquoi tout a changé ?
Alors le diablotin ricane, lui donne encore un coup de fourche et l'informe :
– Ah ! ma petite dame, il ne faut pas confondre tourisme… et immigration. »

Extrait du sketch *Après moi le déluge*,
de Darius WOZNIAK

94.

...18... 19...

À ce moment précis le signal d'alarme incendie arrose le public et la scène.

Sous l'eau froide Lucrèce Nemrod stoppe d'un coup son début de rire.

Partant des plafonds, des jets d'eau se déclenchent dans toute la salle. Des flammes surgissent soudain de plusieurs endroits à la fois. C'est la panique.

Les issues de secours s'engorgent, les spectateurs se bousculent pour fuir.

Tadeusz Wozniak monte sur le ring et libère Marie-Ange, mais laisse Lucrèce Nemrod entravée à son fauteuil.

La jeune journaliste se débat mais les sangles résistent. Le flot des spectateurs s'évacue, l'incendie gagne.

L'incendie se propage dans la salle malgré les jets d'eau. Lucrèce essaie de mordre les sangles, comme un animal dans un piège. Déjà la fumée lui pique les yeux et la fait tousser.

Dans le tumulte une silhouette s'approche et commence à la détacher.

– Teuf ! Teuf ! Vous en avez mis du temps, Isidore.

– Ne commencez pas à être désagréable ou je vais regretter d'être intervenu.

– Teuf ! Je n'avais pas besoin de votre aide. Ça allait très bien. J'aurais pu m'en tirer toute seule. Teuf ! Teuf !

Isidore Katzenberg se bat avec une sangle trop serrée à son poignet.

– Vous étiez quand même à 19 sur 20, articule-t-il en s'aidant des dents métalliques de ses clefs pour essayer de scier le cuir.

Elle tousse, halète.

– ... 18 sur 20, j'avais encore de la marge, mais vous m'avez empêchée d'avoir ma vengeance.

Le feu gagne. Des morceaux de bois s'enflamment et tombent du plafond.

– Vous auriez pu vous y prendre autrement que détruire un théâtre.

– La critique est facile et l'art est difficile.

Lucrèce ne répond plus.

Isidore n'arrive toujours pas à détacher la dernière sangle. Il essaie de s'aider avec les ongles et les dents. Il n'y a plus qu'eux deux dans le théâtre. Les alarmes incendie se sont tues, l'eau a cessé de tomber et le vacarme du théâtre en train de flamber est assourdissant. Une brume grise et âcre envahit tout. Une poutre enflammée tombe et après avoir fendu l'air, rase l'épaule d'Isidore.

Lucrèce, les poumons saturés de fumée, s'évanouit.

Cette fois le journaliste utilise toute sa force pour arracher l'accoudoir du fauteuil qui retient la sangle.

Il trouve l'énergie de soulever Lucrèce et la porte à bout de bras hors du théâtre. Là, il la pose par terre, et respire amplement l'air frais.

Lucrèce est toujours inerte. Après une hésitation il lui fait du bouche-à-bouche.

Elle ne réagit pas tout de suite, il doit s'y reprendre à plusieurs fois.

Enfin elle entrouvre les yeux.

– Teuf ! Teuf ! Teuf ! Qu'est-ce qu'il ne faut pas faire quand même pour… obtenir vos baisers, Isidore.

Puis, à bout de forces, elle abaisse les paupières sur ses grands yeux verts.

95.

L'an 1528 de notre ère

France.
Montpellier.

Le groupe d'étudiants en médecine déterrait les morts du cimetière.

C'était le seul moyen qu'ils avaient trouvé pour percer les secrets de l'anatomie humaine, et même s'ils n'ignoraient pas qu'ils risquaient la peine de mort pour cet acte impie, ils étaient trop passionnés par leurs recherches scientifiques pour renoncer à découper les cadavres.

À leur tête, circulant dans le cimetière armé de pelles et de pioches, se trouvait un homme de belle prestance et de grande taille qui se nommait François Rabelais. C'était un ancien bénédictin défroqué, déjà père de deux enfants, et assurément le plus charismatique du groupe d'étudiants en médecine. Non seulement il parlait plus d'une dizaine de langues, dont l'hébreu, le grec et le latin, mais il était poète et son succès était grand auprès des jeunes filles qui l'écoutaient déclamer ses créations lyriques.

Quand ils ne déterraient pas les morts et quand ils ne soignaient pas les vivants, les étudiants montpelliérains de ce groupe se réunissaient dans des caves secrètes pour boire, danser et festoyer jusqu'à l'aurore. Ils aimaient les chansons paillardes et les jeux d'esprit. Loin des regards et des oreilles, ils se moquaient des prêtres réactionnaires, des professeurs de théologie de la Sorbonne à Paris, et de tous les bourgeois et aristocrates prétentieux qu'ils appelaient les « tristes sires ».

Cependant, les frasques de François Rabelais et de sa bande finirent par agacer. Et même s'ils étaient devenus pour la plupart de brillants médecins, leurs réunions secrètes finirent par être ébruitées par des jaloux. Ils durent fuir la ville.

Au printemps 1532, François Rabelais fut nommé médecin à l'Hôtel-Dieu de Lyon, et enseigna la médecine d'Hippocrate et de Galien aux étudiants. Ce fut à cette époque qu'il rencontra le poète Joachim du Bellay, qui devint son protecteur. Ce dernier l'invita, en juillet de cette même année, à accomplir un périple en Bretagne, et lui fit découvrir un lieu secret extraordinaire où il fut initié à une science clandestine. Et Joachim du Bellay lui révéla des textes inconnus du grand philosophe néerlandais Érasme.

Ce fut une révélation. Dès lors, François Rabelais abandonna complètement son activité de poète pour devenir romancier. Il publia cette même année sous le pseudonyme d'Alcofribas Nasier (anagramme de François Rabelais) un texte comique intitulé *Pantagruel*, et sous-titré « Les Horribles et épouvantables faits et prouesses du très renommé Pantagruel roi des Dipsodes, fils du grand géant Gargantua ».

Dans ce roman picaresque François Rabelais parodiait les grands romans de chevalerie, se moquait des princes et des dévots. Il prônait la sagesse populaire, plus forte que les prétentions des hommes de pouvoir. Son héros paillard, le géant Pantagruel, aimait la fête, le sexe et le vin. En exergue de ce livre, François Rabelais rédigea un hommage à Érasme dans lequel, même s'il ne révélait pas son vrai nom, il se prétendait son fils spirituel et s'engageait à poursuivre son œuvre philosophique.

Malgré un succès populaire immédiat, les érudits lui reprochèrent la vulgarité et la crudité de son langage. Sous la pression des évêques, son livre fut déclaré « texte hérétique » et « œuvre pornographique ».
En conséquence de quoi il fut mis à l'Index Librorum Prohibitorum (la liste des livres officiellement interdits).
Ce qui n'empêcha pas le médecin-écrivain de publier deux ans plus tard, toujours sous le couvert du même pseudonyme d'Alcofribas Nasier, la suite de Pantagruel : *Gargantua*, sous-titrée « La vie très horrifique du grand Gargantua, père de Pantagruel ».
Le livre ne renonçait à aucune outrance, allant encore plus loin dans le délire, mêlant politique, sexualité débridée et scatologie (il comparait notamment les vertus de différents « torche-cul » allant de l'oisillon à la feuille de chêne), dans un style de plus en plus imagé. Il plaça même parmi ses personnages le vrai François Villon.
Cette fois les universitaires de la Sorbonne se déchaînèrent contre cet « objet obscène ».
Il faut dire que s'étant eux-mêmes définis comme gardiens de la morale et la religion, ils avaient édicté un texte signalant que le rire « était contraire aux bonnes mœurs et que l'homme qui riait était en état de péché devant Dieu ».
Mais François Rabelais poursuivit sa carrière et grâce à des appuis politiques discrets, notamment du cardinal Jean du Bellay (frère de Joachim), il obtint en 1550 du roi de France Henri II un privilège d'édition qui lui permit d'imprimer les livres selon son choix et sans la moindre censure.
Il publia des œuvres de plus en plus assumées : son troisième ouvrage fut baptisé *Le Tiers livre* « des Faits et Dits héroïques du noble Pantagruel ». Enfin protégé par l'autorité royale, François Rabelais osa signer de son vrai nom. Suivra *Le Quart livre*, « Suite des Faits et Dits héroïques du bon Pantagruel ».
François Rabelais se passionnait pour la compréhension des mécanismes de l'humour. C'est lui qui décréta : « Le rire est le propre de l'homme. » On lui doit des formules qui feront florès : « Qui veut péter plus haut que son cul doit d'abord se faire un trou dans le dos », et aussi : « Il y a plus de vieux ivrognes que de vieux médecins », « C'est grand dommage quand beauté manque à cul de bonne volonté », « L'appétit vient en mangeant, la soif s'en va en buvant ».
Il inventa le concept de contrepèterie, dont l'une des plus célèbres est placée dans *Pantagruel* « La femme folle à la messe » (qui donne « molle a la fesse »). Il développa toutes sortes de jeux de mots plus ou moins subtils – « Le Grand Dieu fit les planètes et nous faisons les plats nets » – mais nous

laisse aussi des formules plus profondes comme « Science sans conscience n'est que ruine de l'âme » ou « Tout vient à point à qui sait attendre ».
François Rabelais était un esprit libre et visionnaire. Il imagina un lieu de vie idéal pour gens naturellement beaux, intelligents, cultivés et bien éduqués : l'abbaye de Thélème, avec une devise : « Fais ce que voudras. » Il voyagea dans toute l'Europe, s'instruisit, se perfectionna dans tous les domaines de connaissance.
Cependant, le 9 avril 1653, alors qu'il était avec quelques amis dans une cave pour boire du bon vin et faire la fête, François Rabelais complètement saoul annonça qu'il lui restait un roman à paraître : « Le Cinquième et dernier livre des Faits et Dits héroïques du bon Pantagruel ». Il montra le manuscrit puis, ayant dit cela, but encore, puis s'arrêta et accomplit un acte étrange. Il sortit de sa besace un petit coffret de bois peint en bleu et annonça en riant que là se trouvaient « le début et la fin ». Il ouvrit devant les convives étonnés le coffret sur lequel était inscrite une formule latine.
Il observa son contenu et mourut dans les secondes qui suivirent. Les quelques personnes présentes avec lui ce jour-là moururent de même, officiellement par « excès d'alcool ». Seules survécurent deux personnes qui partageaient la particularité de ne pas connaître le latin.
Quant à son dernier ouvrage, *Le Cinquième livre,* il fut publié onze ans après la mort de son auteur, grâce aux efforts de ses deux amis survivants.

Grand Livre d'Histoire de l'Humour. Source GLH.

96.

Elle a encore les yeux fermés, mais elle respire.

Comme elle est belle quand elle dort.

Comme elle est belle tout court.

Je crois que je n'ai jamais vu une femme qui respire autant la féminité, l'intelligence, la séduction, la grâce, la force.

Elle a tout pour elle.

Elle est parfaite.

Isidore Katzenberg dépose Lucrèce dans la nacelle du side-car, la réchauffe sous une couverture, lui enfile un casque et cale délicatement sa tête contre lui.

Il fouille dans ses poches, trouve les clefs de contact, enfile lui aussi son casque et enfourche la moto.

Il n'a jamais piloté une moto de sa vie.

Je dois me rappeler comment Lucrèce s'y prend pour lancer le moteur. Il me semble qu'elle commence par tourner la clef, puis appuie sur une sorte de pédale de contact et enfin elle tourne la manette qui doit servir à augmenter les gaz pour accélérer, comme tous les moteurs à explosion.

Le journaliste scientifique arrive à faire démarrer le moteur, qui cale dès qu'il essaie de passer la première vitesse. Il s'y reprend à plusieurs fois mais parvient enfin à lancer l'engin sur la route.

Il trouve le side-car particulièrement stable grâce à ses trois roues.

Par prudence il ne dépasse pas la deuxième vitesse et circule à 40 kilomètres à l'heure dans Paris pour rejoindre leur hôtel à Montmartre.

Il allume l'autoradio. *Burn*, de Deep Purple, jaillit des haut-parleurs.

De la musique de baba cool des années 70, au moins elle sait ce qui est bien, même si c'est un peu daté.

Rarement les musiciens de rock ont eu autant de créativité. Reconnaissons-lui en plus ce talent : elle a une vraie culture musicale intelligente.

« Burn ». C'était… prémonitoire.

Puis il se gare face à l'Hôtel de l'Avenir. Soutenant Lucrèce dans ses bras, il salue le réceptionniste qui semble une fois de plus étonné par ce couple hors du commun.

Il l'amène jusqu'à leur chambre et la dépose dans son lit.

Elle doit récupérer après le choc.

Il se dit que finalement il l'aime bien.

C'est amusant comme le mot « bien » réduit le mot « aimer ».

C'est pour ça que je fais tout pour garder mes distances.

J'ai causé tellement de mal à Cassandre… Mais d'abord je dois savoir qui tu es vraiment.

Isidore Katzenberg allume son iPhone et lance une recherche Google sur Lucrèce Nemrod. Il découvre toutes sortes de pièces éparses.

Comme Cassandre, on n'a jamais laissé exister cette personne. Orpheline, cambrioleuse, journaliste et en même temps elle est restée... personne. Comme si, malgré sa beauté et son intelligence, on lui avait dit « toi, tu n'as aucune importance ». Je comprends qu'elle soit violente et en colère contre le monde entier.

Et il se dit qu'elle ne cherche pas en lui qu'un père.

Elle cherche tout simplement quelqu'un qui reconnaisse son existence.

Il la regarde.

En plus elle est une très bonne journaliste. J'ai pu le constater lors des enquêtes précédentes.

Isidore remonte un peu le drap, puis se campe devant la fenêtre pour contempler Paris illuminé.

Il se souvient de son entrée au *Guetteur Moderne.*

Florent Pellegrini, le vieux grand reporter expérimenté, lui avait dit : « Tu vas voir il n'y a pas de journaliste heureux. »

Isidore, alors âgé d'à peine 23 ans, lui avait répondu qu'il avait toujours rêvé de travailler dans un journal aussi prestigieux que *Le Guetteur Moderne*. Ce à quoi Florent Pelligrini avait répondu :

– Il y a certains restaurants, même « prestigieux », dont il vaut mieux ne pas visiter les cuisines.

Le jeune Isidore Katzenberg n'avait pas prêté attention à cette étrange réponse, trop heureux de pratiquer le métier de ses rêves.

La première chose qui l'avait surpris c'était ses collègues de la section Consommation, qui ne rédigeaient des articles que si on leur offrait le produit évoqué. Et ça allait même jusqu'aux voitures, aux ordinateurs ou aux téléviseurs. Ils n'avaient même pas peur de parler de cette « tradition », c'était « normal », « un usage », ou plutôt un « privilège professionnel ».

Comme le droit de cuissage pour les aristocrates. On se paye directement sur l'outil de travail.

La deuxième chose qui l'avait surpris, c'était ses collègues de la rubrique Littérature qui écrivaient des critiques... sur leurs propres ouvrages en les signant d'un pseudonyme. Articles bien sûr élogieux.

Tout le monde le savait au journal et, là encore, considérait que le privilège était lié à la profession, un dû. Florent Pellegrini avait trouvé une formule : « C'est tellement gros que même si on le révélait les gens n'arriveraient pas à le croire. Et puis au moins, comme ça on est sûr que le critique a lu le livre. »

Les découvertes des « cuisines » du prestigieux journal s'étaient révélées de plus en plus surprenantes.

Au niveau de la vérification d'information, c'était encore plus troublant. Florent Pellegrini lui-même avait eu le prix du meilleur reporter de guerre durant la guerre du Vietnam, pour un article qu'il avait entièrement écrit... à Paris en traduisant et recoupant les articles des journalistes américains qui étaient sur le front, et en ajoutant quelques envolées poétiques personnelles.

« Tu comprends, un reporter de guerre ça coûte cher. L'hôtel, les assurances, tout ça. Et puis tout le monde s'en fout que le type ait vraiment vu ou non ce qu'il prétend, du moment que c'est bien écrit. » Puis il avait rectifié : « Non, même pas bien écrit, du moment qu'il y a de l'émotion. »

Florent Pellegrini lui avait confié un de ses trucs : il commençait toujours un article de reportage de guerre par la même image, une enfant pleurant près du cadavre de sa mère.

Il le mettait dans tous ses articles et personne n'avait jamais remarqué le truc.

– Il faut penser cinéma quand on écrit un article de reportage de guerre. Cette image-là marche bien.

Pour les articles sur la famine, il avait aussi une image récurrente : un petit garçon aux yeux remplis de mouches.

Autre découverte : le journal, qui avait une image affichée de « gauche », ne comptait en son sein aucun journaliste de gauche.

Florent là encore lui avait expliqué :

– Ils rédigent les éditoriaux politiques et économiques comme s'ils étaient socialistes mais, vu leur fortune personnelle et leurs inquiétudes pour l'héritage pour leur gosses, ils n'ont pas le choix, ils font comme tous les nantis, ils votent à droite. Et pour ce qui est de certains chefs de service, comme la Thénardier, c'est carrément à l'extrême droite. En privé elle n'a jamais caché son penchant pour le Front national.

Isidore Katzenberg au début pensait que le vieux reporter faisait du dénigrement systématique de ses chefs par aigreur. Mais il devait reconnaître certains faits troublants.

– Franchement, quand tu vois le directeur arriver en voiture de luxe avec chauffeur et que la plupart des jeunes journalistes ont un statut précaire et sont sous-payés, certains pigistes comme toi à la ligne ou au feuillet et même pas au SMIC, tu penses que cette boîte est dirigée par des gens ayant une réelle sensibilité de gauche ?

Sacré Florent.

Isidore savait que c'était lui, le grand reporter de référence du *Guetteur Moderne*, qui avait initié Lucrèce aux délices du métier.

Elle aussi tout comme lui avait démarré pigiste.

Elle aussi espérait un jour être titularisée plutôt que payée au feuillet.

Isidore revient s'asseoir au bout du lit et observe la jeune fille, qui respire paisiblement. Avec Lucrèce, il avait par deux fois découvert un secret et n'avait jamais pu le révéler au grand public. Mais maintenant il ne dépend plus de la hiérarchie, de la Thénardier et de ses semblables. Maintenant il pourra dire la vérité sous couvert de roman.

C'est le monde à l'envers.

Les journalistes écrivent des articles par lesquels ils présentent une réalité romancée. Et tout le monde le croit.

Et les écrivains écrivent des romans où ils présentent la vérité. Et... personne n'y croit.

Isidore Katzenberg caresse les cheveux de Lucrèce. Évidemment il se souvient avoir fait l'amour avec elle. Il se souvient d'un petit animal inquiet et nerveux qui voulait tout contrôler et qui du coup ne contrôlait rien.

Il l'avait longtemps caressée pour l'apaiser. Et il s'était dit : « Il y a tant de colère en elle. » Et aussi : « Quoi que je fasse je n'en ferai jamais assez. »

En fait il n'avait pas aimé leur première étreinte.

Soudain Lucrèce s'agite. Elle semble traversée par une brève réminiscence. Elle garde les yeux fermés mais affirme dans son rêve :

– … 18 sur 20. Je m'en serais tirée.

– 19, répond Isidore du tac au tac.

– 18.

Elle ouvre les yeux, se redresse, découvre Isidore assis près d'elle et se met à tousser.

Elle déglutit difficilement. Il lui apporte un verre d'eau. Elle boit, se relève sur un coude en soupirant.

– Vous auriez dû me laisser, j'aurais fini par l'avoir.

– Vous étiez sur le point d'être tuée. Par manque d'humour.

La jeune femme se frotte les yeux.

– Pourquoi avez-vous sauvé Marie-Ange ?

– Ce n'est pas moi qui l'ai sauvée, c'est vous. Rappelez-vous, vous avez bondi pour dévier l'arme.

– J'allais l'avoir à la loyale. Sa destruction m'appartenait.

– Elle est votre Nemésis, n'est-ce pas ?

– Encore un de vos mots savants.

– L'ennemi personnel qui vous fait exister, si vous préférez.

– Et vous, c'est qui « votre Némésis » ?

– La Thénardier. Un être en tout point méprisable.

Lucrèce Nemrod inspire longuement, et tout lui revient.

– Vous avez sauvé les appareils photo et les caméras ?

– Non. Je vous l'ai dit, je donne la priorité aux êtres vivants.

Elle soupire.

– Alors nous avons fait tout cela pour rien.

Isidore Katzenberg va chercher une serviette humide et la pose sur son front.

– Non, l'enquête avance. J'ai profité de votre « diversion » avec Marie-Ange pour aller fouiller tranquillement le bureau de Tadeusz.

– Vous avez trouvé quelque chose ?

– Rien. Mais désormais ma conviction est faite.

– Ah, et puis-je connaître votre conclusion, monsieur Holmes ?

Il sort son iPhone.

– J'ai un peu investigué durant votre sommeil. Et j'ai trouvé quelques allusions aux lettres BQT sur des forums de comiques. Ce seraient les initiales de « Blague Qui Tue ». Dans la profession d'humoriste, beaucoup croient à l'existence de cette « chose magique ».

– Vous reconnaissez que le texte qui était dans le boîtier bleu est mortel.

– Je n'ai pas dit ça. Seulement que vous n'étiez pas la seule à le croire. Comme vous n'êtes probablement pas la seule à croire aux extraterrestres. Mais le fait que plusieurs personnes croient à la même légende...

– Oui, je connais vos phrases toutes faites ! « Ce n'est pas parce qu'ils sont nombreux à se tromper qu'ils ont raison. »

Elle s'installe confortablement contre ses oreillers.

– De toute façon notre enquête continue. Il faut désormais découvrir : 1) Qui a tué Darius ? 2)...

– Tadeusz, répond-il aussitôt. C'est lui qui hérite de l'empire Wozniak.

– Il était à côté de la loge, il n'a pas pu être le clown triste, il n'a pas pu entrer, le pompier et le garde du corps l'auraient vu.

– Le clown triste est un de ses employés. Un costard rose déguisé.

Lucrèce Nemrod l'observe, et plonge ses yeux verts dans les siens, couleur noisette.

Elle hausse les épaules, puis soudain se lève et va s'enfermer dans la salle de bains.

– Il reste toutefois un petit problème, dit-il en haussant la voix.

– Lequel ? demande-t-elle à travers la porte, imitant en cela Isidore.

– Les hommes de Tadeusz vont finir par nous retrouver.

Elle décide d'essayer un shampooing à la camomille susceptible d'éclaircir ses cheveux et leur donner un reflet.

– Vous proposez quoi, Isidore ?

– L'attaque est la meilleure défense. S'ils possèdent comme je le pense la BQT, nous allons la leur voler. C'est leur arme principale, et je crois savoir où elle se trouve.

– C'est-à-dire ?

– Dans leur château. À Versailles.

97.

L'an 1600 de notre ère.

France.
Versailles.

En Italie, la mode comique de l'époque était ce qu'on nommait la Commedia dell'arte (littéralement le théâtre interprété par les gens de l'art). Ce théâtre avait été créé par Angelo Beolco au XVIe siècle, pour évoquer le monde paysan. Mais le genre avait évolué pour trouver son identité propre.

Les pièces de la Commedia dell'arte se jouaient devant le peuple, sur les places et les marchés, des tréteaux montés à la va-vite servaient de scène à des troupes itinérantes qui circulaient en roulotte. L'efficacité de la Commedia dell'arte tenait à plusieurs éléments : tout d'abord la mise en scène de personnages caricaturaux connus du public et reconnaissables à leur masque : Pantalon, le Docteur, le Capitan, le Valet, la jolie amoureuse Isabelle et sa servante Zerbinette. Ensuite l'emploi de femmes comme actrices, alors que jusque-là les personnages féminins étaient interprétés par des hommes maquillés, emperruqués et déguisés. De plus, une large part était laissée à l'improvisation des acteurs, qui modifiaient le spectacle à chaque représentation. Enfin, ce théâtre fonctionnait sur une gestuelle et une mise en scène spectaculaires nécessitant des talents de mime, d'acrobate et de jongleur.

Un jour, alors que Niccolò Barbieri, le grand chef de troupe italien à la mode, se produisait dans une tournée à Paris, il croisa le regard d'un enfant émerveillé qui lui dit vouloir faire le même métier. Cet enfant s'appelait Jean-Baptiste Poquelin.

Arrivé à l'âge adulte, l'enfant monta sa propre troupe de Commedia dell'arte à la française et se fit appeler Molière.

La troupe de Molière joua plusieurs pièces de type farce délibérément très caricaturales : *La Jalousie du Barbouillé*, *Le Médecin volant*, *Le Médecin malgré lui*. Mais la troupe n'arrivait pas à trouver son style ni son public.

Ce fut au hasard d'une tournée en France, alors qu'en mars 1658 la troupe de Molière avait planté son chapiteau mobile à Rouen, qu'un homme vint les voir et leur proposa de le suivre. Cet homme voulait que Molière rencontre son frère qui n'était autre que Pierre Corneille, le célèbre auteur de théâtre.
Les deux hommes s'entretinrent dans la demeure de Corneille, à Rouen, et là le chef de troupe entendit l'étrange histoire de son hôte.
Pierre Corneille était à l'origine un avocat et un grand amateur de théâtre comique. Il avait donc écrit neuf pièces comiques qui n'avaient eu aucun retentissement. Il avait donc légèrement dévié et écrit une dixième pièce, tragique cette fois : *Le Cid.*
Le Cid avait été un succès national et, dans toutes les couches de la société, des nobles aux plus pauvres, on connaissait *Le Cid.* Beaucoup l'avaient même appris par cœur. Au point que, pour le récompenser de cette œuvre monumentale, le roi de France, Louis XIII, l'avait anobli et son père également. Il l'avait en outre imposé à l'Académie française.
Mais les vieux barbons, jaloux, l'avaient tout de suite détesté. Ils avaient lancé la querelle du *Cid* : ils lui reprochaient de s'être éloigné des règles sacrées de la tragédie classique, puisque *Le Cid* n'avait pas d'unité de lieu et qu'on changeait de décor à chaque scène.
Corneille avoua à Molière que, malgré sa gloire de tragédien, la seule chose qui l'amusait vraiment était la comédie. Ce qui lui était interdit. Personne ne comprendrait qu'un grand auteur dramatique sérieux s'abaisse à faire de la comédie populaire. C'était contraire à la hiérarchie du théâtre.
Au premier niveau, la farce représentait 90 % de la production théâtrale, mais était considérée comme un genre mineur destiné au peuple et aux gens vulgaires. Toutes les outrances, y compris scatologiques et sexuelles, y étaient représentées, pour le plus grand plaisir du public.
Juste au-dessus, au deuxième niveau, la tragicomédie, mélange de genres touchait un public plus averti.
Troisième niveau, pour les nobles et les grands bourgeois cultivés et fortunés : la tragédie à l'Antique (tirée de la mythologie grecque ou romaine).
Enfin, au sommet, le quatrième niveau : la plus noble expression théâtrale, la tragédie mystique héroïque (histoire des saints ou de Jésus).
Les auteurs sérieux ne signaient évidemment que les tragédies. Les comédies n'étaient pas signées, tant leurs auteurs avaient honte de les avoir écrites.
Les comédies étaient donc endossées par le chef de troupe qui les signait.
Molière et Corneille sympathisèrent et décidèrent de travailler ensemble.

La troupe s'installa donc dans le jardin de Pierre Corneille. Durant cette période, l'auteur du *Cid* tomba sous le charme de l'actrice principale de la troupe de Molière, Armande Béjart.
Désireux d'aider son nouvel ami, Pierre Corneille offrit à Molière un contact avec Fouquet, qui le présenta au frère du roi.
En octobre de cette même année, Molière put ainsi avoir l'immense privilège de jouer à la cour de Versailles devant le roi Louis XIV en personne. Par peur de déplaire ou ne pas être pris au sérieux, l'œuvre choisie fut une tragédie antique de Corneille : *Nicodème*.
La représentation se déroula et ce fut... l'échec. La salle ne s'intéressait pas du tout à l'histoire. Au premier rang, le roi Louis XIV bâillait ostensiblement.
Devant la catastrophe, Molière décida en deuxième partie de soirée de jouer une pièce comique en un acte que lui avait aussi confiée Pierre Corneille : *Le Dépit amoureux*. Louis XIV était déjà prêt à se retirer pour aller dormir, mais il fut surpris par ce deuxième spectacle. Il eut un premier éclat de rire. Puis un second. La salle entière pouffait. Ce fut le triomphe.
À la fin, le roi se leva et applaudit chaudement. Après cette représentation Molière fut nommé « comédien ordinaire du roi » et reçut un théâtre pour installer à demeure sa troupe : la salle du Jeu de Paume (puis plus tard la salle du Marais).
À partir de ce moment, Molière donna uniquement des pièces de Corneille. Tout d'abord pour la crédibilité et le sérieux : les tragédies. Mais entre deux tragédies qui ennuyaient tout le monde, Molière jouait les comédies de Corneille qu'il signait de son nom : *L'École des Femmes, les Femmes savantes, George Dandin, Le Misanthrope, Tartuffe, Don Juan*, etc.
Ces comédies très structurées mettant en scène des personnages aux psychologies complexes étaient en fait des règlements de comptes personnels de Corneille. *Les Femmes savantes*, par exemple, étaient une évocation de ses anciennes ennemies : la marquise de Rambouillet, sa fille et sa sœur qui l'avaient jadis humilié.
En 1673, Molière meurt sur scène en jouant une pièce au titre prémonitoire : *le Malade imaginaire*.
Quant à Corneille, toujours interdit de comédie sous peine de perdre toute crédibilité auprès de ses pairs de l'Académie française, il va consacrer le reste de sa vie à écrire des œuvres sérieuses, et traduira notamment du latin et en vers : l'*Imitation de Jésus-Christ*, texte de vulgarisation des Quatre Évangiles, qui sera appris dans les écoles de France et deviendra son plus grand « succès commercial ». Si cet ouvrage

lui assura une rente à vie, il lui donna définitivement l'image d'un auteur religieux et conventionnel.
Mais quelque part en Bretagne, à quelques centaines de kilomètres de Rouen, un groupe de personnes vivant dans la clandestinité savaient qui était vraiment Pierre Corneille : l'un de leurs membres les plus éminents, et surtout l'inventeur de la « comédie de mœurs ».

Grand Livre d'Histoire de l'Humour. Source GLH.

98.

La Lune est pleine, et ses cirques visibles à l'œil nu la rendent semblable à un visage songeur.

Les deux journalistes scientifiques ont franchi le mur d'enceinte du château de la famille Wozniak. Une meute de dobermans a surgi. Aussitôt récompensés de leur vigilance par des boulettes de viande farcies au soporifique, ils s'assoupissent sans histoire.

Il est minuit, les deux journalistes avancent dans l'immense parc du petit Versailles personnel construit par Darius.

Une caméra vidéo perchée sur un mât tourne lentement.

Ils se dissimulent et attendent qu'elle balaye le champ de vision opposé.

– Vous croyez vraiment que c'est Tadeusz qui a utilisé la BQT pour se débarrasser de son frère et prendre le contrôle de Cyclop Production ? chuchote Lucrèce.

– C'est pour l'instant l'hypothèse la plus probable.

– Mais selon le curé de Carnac, à l'attaque du phare Darius était présent.

– Et alors ? Tadeusz a pu récupérer le coffret et l'utiliser contre son frère.

Elle fait la moue, pas convaincue.

La caméra filmant le secteur opposé, ils se relèvent et progressent dans le parc. Et se retrouvent face à une autre caméra tournante. Ils se cachent.

À nouveau la caméra continue sa course et ils peuvent reprendre leur progression.

Ils dépassent ce qui correspondrait à Versailles à l'espace d'armes et à la cour d'entrée. Sur le pavé des dizaines de voitures sont garées.

Toutes les fenêtres des étages et du rez-de-chaussée sont éclairées.

– Vous êtes sûr que nous n'aurions pas dû venir plus tard ? murmure Lucrèce.

– Au contraire, c'est très intéressant, il est minuit et le château est en effervescence.

Les deux journalistes franchissent une porte et pénètrent dans le bâtiment.

Cachés dans un recoin ils enfilent des blouses d'une société de maintenance informatique. C'est une idée de Lucrèce qui avait repéré lors de son interview un véhicule SOS informatique. Une telle boîte de production a toujours des soucis avec son matériel électronique.

Elle complète son déguisement par un bonnet qui cache ses cheveux et de grosses lunettes.

Isidore pour sa part s'est collé une moustache, et enfile un bonnet du même type.

Ils découvrent alors dans l'aile droite de grandes salles où des centaines de jeunes gens pianotent sur des ordinateurs.

Au-dessus d'eux, des horloges indiquent l'heure de Londres, Madrid, Berlin, Moscou, Pékin, Tokyo, Séoul, Sydney, Los Angeles, New Delhi, Istanbul.

Isidore et Lucrèce saisissent des blocs et se mêlent aux gens qui courent dans tous les sens. Personne ne leur prête attention.

Ils s'assoient face à deux écrans libres et lisent. Des textes défilent sur la colonne de droite.

Ce sont des blagues. Des dizaines, des centaines, des milliers de blagues numérotées, datées, étiquetées, évaluées.

– Ils ont fabriqué une usine à produire des gags et des sketches à la chaîne, murmure Lucrèce, impressionnée.

Isidore observe la salle.

– On dirait des galériens épuisés. Regardez, ils sont livides à force de chercher, de trier.

Lucrèce leur jette un coup d'œil discret. Ils portent des micros et des casques audiophoniques. Certains ont décoré leur ordinateur de dizaines de post-it noircis d'idées capturées à la volée.

Ceux-là doivent être les plus créatifs.

Certains, tout en tapant sur leur clavier, sirotent machinalement des sodas, grignotent des hamburgers, des pizzas ou des sushis qu'on leur a fait livrer.

D'autres triturent des petits jouets à vertu défoulante pour occuper leurs mains tandis qu'ils réfléchissent.

Tous deux, mine de rien, s'installent sagement devant leurs ordinateurs sans propriétaire. Sur une colonne défilent des blagues accompagnés d'un numéro et de l'heure de leur intégration à la banque de données de Cyclop Production.

– Vous avez vu la 103 683e ? Je la trouve mignonne, signale Isidore.

Elle lit.

Blague n° 103 683 :

« Deux bébés viennent de naître à l'hôpital. L'un dit à l'autre :

– T'es une fille ou un garçon ?

– Je suis une petite fille... et toi ?

– Moi, je ne sais pas.

– Baisse ton drap, je vais te dire ce que tu es.

Il baisse son drap, mais la petite fille dit :

– Baisse plus bas, je ne vois pas.

Il baisse encore et la petite fille dit :

– Oh, ben t'es un petit garçon.

– Comment tu le sais ?

– Tu as des chaussons bleus. »

Isidore la note dans son carnet baptisé « Philogelos ».

Lucrèce lui fait signe de paraître affairé et de s'éloigner, afin qu'ils poursuivent leurs investigations.

Ils grimpent dans les étages. Et découvrent une bibliothèque immense, un ring pour les duels d'improvisation, et un laboratoire physiologique où l'on teste les blagues sur des cobayes pour noter leurs réactions.

Partout, malgré l'heure tardive, des dizaines de personnes sont à l'ouvrage.

– En fait ils ont reproduit une sorte de GLH avec les duels, la bibliothèque, le laboratoire. Ils ont transformé la société secrète artisanale en société industrielle tournée vers la production de masse. « Cyclop International Entertainment ».

Isidore entraîne la jeune femme vers les étages supérieurs.

Là ils découvrent d'autres jeunes à lunettes vautrés dans des fauteuils en train de regarder des séries télévisées comiques et de prendre des notes sur leurs ordinateurs portables.

– C'est quoi, ça, selon vous ?

– Ils pêchent les gags. Ils visionnent toutes les séries et tous les spectacles drôles du monde entier et de toutes les époques pour les dépouiller des gags recyclables.

En effet, sur un grand écran sont listés et numérotés des effets drôles : « Idée 132 806 : L'homme demande à sa femme avec combien d'hommes as-tu dormi et elle répond seulement avec toi. Avec les autres je restais éveillée. »

« Idée 132 807 : Un couple de personnes âgées se rend à l'église un dimanche matin. En plein milieu de la messe, la femme se penche vers son époux et lui dit : Je viens juste de laisser échapper un pet discret. Que dois-je faire ? Son mari se penche vers elle et lui répond : Pour le moment rien, mais dès qu'on rentre à la maison je mettrai une nouvelle pile dans ton Sonotone… »

Lucrèce est effarée.

– Bon sang, c'est ça leur matière première ?

– Oui, de l'humour recyclé.

– Je comprends que Darius ait été le Français le plus aimé des Français, il possédait la plus grande mine de gags volés. Il doit bien y avoir 500 personnes qui travaillent ici en permanence.

– L'humour artisanal ne pourra plus faire le poids.

Les deux journalistes montent encore un étage. Et là ils découvrent des hommes en costume-cravate qui s'affairent sur des grandes cartes du monde lumineuses.

Ils parlent anglais. Isidore et Lucrèce comprennent que ceux-là travaillent à coups de courbes et de statistiques sur les grandes tendances de l'humour pays par pays, langue par langue, culture par culture. Même les blagues régionales ou en argot sont recensées.

Des portraits sont affichés avec un compteur annonçant des sommes.

– Dès qu'un comique marche, ils l'achètent ou ils le copient et en font une version pour l'exporter dans d'autres pays, souffle Lucrèce qui commence à comprendre.

– Les Wozniak rachètent aussi des théâtres dans le monde entier, renchérit Isidore en désignant un autre groupe d'hommes en costume.

– Subtil. Alors que la musique, le cinéma, l'édition subissent le piratage de l'Internet, les spectacles comiques, eux, connaissent un succès grandissant. Les comiques sont partout : dans la publicité, dans la politique, au cinéma, ils tournent dans les villes de province, dans les villages. Leur seule barrière est la langue.

Ils observent les tableaux et les diagrammes.

– Regardez, sous les portraits, ces chiffres qui changent sans cesse.

– Selon moi c'est une Bourse des comiques. Ils sont étudiés et évalués comme des chevaux de course, lâche Lucrèce.

Plus loin ils découvrent des architectes penchés sur une maquette.

– Bon sang, ils n'ont pas traîné, ils ont déjà un nouveau projet pour remplacer le « Théâtre de Darius » que vous avez incendié.

– Vous avez vu le nombre de sièges ? C'est immense. Au moins un millier de personnes.

– Vous imaginez des tournois de PRAUB devant un millier de spectateurs ! Toute la pègre de la planète viendra rigoler le lundi à minuit.

– Des crimes avec des victimes consentantes et mille complices qui applaudissent, ça risque de poser un vrai problème juridique…, relève Isidore.

Ils quittent l'aile droite pour rejoindre l'aile gauche où Lucrèce le guide vers les appartements des membres de la famille Wozniak.

Là, tout est éteint.

– Quand je suis venue la première fois pour interviewer la mère de Darius, j'ai examiné les tableaux. C'est la déformation professionnelle de mon passé de cambrioleuse.

– Et vous avez volé des chefs-d'œuvre, Lucrèce ?

Elle élude :

– J'en ai surtout repéré un qui était trop collé au mur, sans espace de recul. Il pivote donc forcément sur une charnière. C'est sans doute là que se trouve le coffre.

Ils avancent maintenant en silence, à la lueur de leurs portables.

La jeune femme se dirige vers un mur où sont accrochées plusieurs gravures aux cadres très chargés. Chacune contient une photo avec la même légende : « Et vous trouvez ça drôle ? » suivie d'un chiffre. La première représente le *Titanic.* La deuxième le dictateur Pol Pot. La troisième un homme sur une chaise électrique. La quatrième un groupe d'encagoulés du Ku Klux Klan en train de pendre un homme. La cinquième la bombe atomique d'Hiroshima.

Lucrèce Nemrod se dirige directement vers ce dernier cadre.

Derrière, apparaît un coffre-fort avec un écran électronique.

Elle l'examine.

– Vous savez ouvrir ça ?

– C'est un modèle plus récent que ceux que je « visitais » mais je dois y arriver.

Elle sort de sa sacoche un stéthoscope électronique et une série d'aimants néodymes superpuissants en murmurant :

– Tout l'art consiste à savoir placer les aimants pour manipuler les mécanismes internes sans les toucher. Éclairez plus haut, Isidore.

Il obéit. La jeune femme pose les aimants, écoute, les déplace de quelques millimètres, écoute encore, enfin le coffre cède.

À l'intérieur, ils découvrent des sachets de cocaïne, des liasses de billets et un coffret moderne en acier, large et plat. Sur le couvercle sont inscrites trois lettres : « BQT ».

– Bingo.

La jeune journaliste saisit délicatement le coffret, et le transmet comme s'il s'agissait d'une bombe à Isidore.

Mais tandis qu'elle rajuste la gravure d'Hiroshima, elle déclenche un mécanisme invisible.

Aussitôt un système de sécurité s'active et une sirène se déclenche. Des lumières rouges se mettent à clignoter.

Un homme surgit, une arme à la main. Il affiche un grand sourire.

– Je ne voulais pas le croire, mais maintenant ça me semble évident.

Il les tient en joue.

– ... C'est vous, mademoiselle Nemrod, qui êtes le fameux « clown triste » que vous prétendez pourchasser.

99.

L'an 1689.

Angleterre.
Londres.

Peter Flannagan, le directeur du grand théâtre équestre, était ennuyé, le public ne cessait de se raréfier, jour après jour. Pourtant il avait les meilleurs écuyers. Les seuls capables d'exécuter des figures aussi spectaculaires et dangereuses que le double moulin (le cavalier tourne en passant les jambes par-dessus l'encolure puis la croupe du cheval), le ciseau inversé (le cavalier monte en appui renversé et croise les jambes pour se retrouver à l'envers), l'amazone sur une main, sans parler des cabrages extrêmes et des arrêts au millimètre. Et surtout, sa grande vedette, l'ex-capitaine William MacPherson, était un héros militaire national.

Si la situation perdurait, ses artistes, tous d'anciens militaires de la cavalerie royale, seraient mis au chômage et Peter Flannagan devrait vendre son prestigieux théâtre équestre.

Pendant que le directeur ruminait ces tristes pensées, un incident se produisit sur scène. En plein milieu du spectacle, devant les quelques dizaines de spectateurs ébahis, Joseph Armstrong, le palefrenier, une fois de plus complètement saoul, avait commis le pire. Il avait franchi la barrière de sécurité et courait derrière William MacPherson, qui lui, faisant mine de l'ignorer, demeurait droit et impeccable sur son cheval. Le palefrenier s'étranglait de rire en lançant des inepties et en singeant le prestigieux cavalier pour le ridiculiser. Après le cavalier, le cheval, et Armstrong se mit même à poursuivre l'animal pour lui tirer la queue en poussant des beuglements grotesques.

« Cette fois, c'en est trop. Je vire ce clochard ivrogne », songea Peter Flannagan. Mais alors qu'il enrageait, Joseph Armstrong se prenait les pieds dans ses chaussures trop grandes et s'abattait au sol, cul par-dessus tête. Aussitôt les spectateurs éclatèrent de rire et se mirent à applaudir. Du coup, se sentant encouragé, le palefrenier fit un petit salut, se mit à montrer les dents comme s'il voulait mordre le cheval pour se venger et repartit à sa poursuite.

Évidemment, William MacPherson poussa sa monture au galop mais Armstrong n'eut aucune difficulté à lui couper la piste et à le rattraper, et à le provoquer par des grimaces. Au comble de l'exaspération, le capitaine voulut descendre de cheval pour jeter dehors ce trouble-fête. Mais sous les encouragements de la foule qui a toujours aimé les surprises, le palefrenier se mit à courir. Au final le succès fut énorme. Et le directeur dut se rendre à l'évidence : jamais il n'avait vu le public aussi emballé.

Suite à cet événement, non seulement Peter Flannagan ne licencia pas son palefrenier, mais il lui demanda de reproduire sa performance le lendemain. Il lui proposa même, pour qu'on voie bien qu'il était alcoolique, qu'il se teigne le nez en rouge et qu'il s'habille plus mal encore, avec des vêtements trop larges et des chaussures plus longues.

À la représentation suivante, grâce au bouche-à-oreille, le cirque équestre Flannagan fut plein à craquer. Au début les gens observaient avec intérêt le cavalier-vedette William MacPherson, qui se démenait sur sa monture, mais bien vite la foule hurla : « L'ivrogne ! l'ivrogne ! »

Et lorsque le palefrenier apparut ce fut aussitôt la liesse. Il réussit à peu près la même prestation que la veille, à ce petit détail près que cette fois le capitaine William MacPherson, au comble de la colère, descendit de cheval et le poursuivit, le rattrapa et lui flanqua un grand coup de poing au ventre, sous les huées véhémentes du public qui encourageait Armstrong, démontrant, s'il en était besoin, que le public se tient toujours du côté, non pas de celui qui a raison, mais de celui qui le fait rire.

Le soir même le capitaine William MacPherson fut licencié et le palefrenier Joseph Armstrong fut augmenté.

À compter de ce jour, le théâtre équestre de Flannagan ne désemplit plus. Et les autres théâtres équestres se mirent à inventer leur « ivrogne ». On les baptisa « clowns », en référence au mot *clod*, qui signifie en anglais « paysan balourd ».
Le principe du spectacle était que le clown servait de faire-valoir au cavalier. Il essayait de reproduire les mêmes gestes que lui mais échouait, pour le plus grand amusement des spectateurs. Plus le contraste entre le sérieux du cavalier et la maladresse du clown était grand, plus le public riait.
Pour augmenter l'effet, le cavalier s'habilla en blanc, couleur de la pureté et de la noblesse, et le clown de couleurs criardes, le nez coincé dans une boule-nez rouge.
Les spectacles équestres sans clown étaient purement et simplement désertés, alors que les autres ne cessaient d'évoluer. Bientôt la première vedette, le cheval, fit elle aussi les frais du succès du palefrenier Armstrong, et disparut.
On maquilla de blanc le clown, aussi nommé clown blanc, et on l'affubla d'un chapeau blanc et d'un gros sourcil réprobateur.
Quant au clown au nez rouge, il prit le nom d'auguste (parodiant l'empereur romain) et se vit affubler d'un costume à carreaux rouges, d'un chapeau mou défoncé et de chaussures sans fin décuplant l'effet burlesque de sa démarche et de ses pirouettes.
Le scénario devint le suivant : le clown auguste se voyait confier par le clown blanc une mission délicate de la plus grande importance. Le clown l'écoutait et promettait de faire tout bien. Malgré les conseils et les ordres du clown blanc, l'auguste, gaffeur et maladroit, croyant bien faire, engendrait des catastrophes en chaîne, systématiquement accompagnées de coups de tambour ou de cymbale pour appuyer les effets.
Ces spectacles finirent cependant par lasser. Si bien que les clowns, d'eux-mêmes, préférèrent s'intégrer aux cirques en tant que simple attraction parmi d'autres.
Ils étaient cependant les plus appréciés des enfants et souvent de leurs parents. La plupart vécurent riches et célèbres et moururent dans la prospérité. Quant à Joseph Armstrong, l'inventeur du personnage, au sommet de sa gloire il se retira en France et rejoignit une société secrète installée en Bretagne.
Là, loin de tous les regards, il se fixa pour objectif de perfectionner les maquillages, les mises en scène et tous les gags.

Grand Livre d'Histoire de l'Humour. Source GLH.

100.

– Hum… je reconnais que les apparences jouent contre moi.

Tadeusz Wozniak tient toujours le canon de son arme pointé dans sa direction.

Lucrèce Nemrod cherche Isidore des yeux, mais ne le voit pas.

Il a eu le temps de filer avec le coffret. Maintenant nous avons la BQT. Il me faut juste gagner du temps. Comment manipuler cet homme ? Lui ne fonctionne pas avec les clefs habituelles. Donc, pas la peur. Pas l'argent.

– D'accord, je vais tout vous expliquer. Pourrions-nous aller dans votre chambre pour être tranquilles ?

– Non, je préfère rester ici.

Pas la séduction.

– C'est vous qui avez les cartes en main. Je le reconnais, vous êtes le plus fort.

– Vous me semblez encore plus forte. Venir ici après avoir détruit mon théâtre et tué mon frère, c'est comment dire… « téméraire » ?

Pas le narcissisme. Essayons autre chose. Vite.

– D'accord, il vaut mieux tout vous dire. Je ne suis pas le clown triste. Par contre je vous soupçonne d'avoir tué votre frère. C'est pour essayer de trouver des indices que je suis là.

La vérité. Le meilleur de tous les leviers.

Il affiche un air navré.

– Cette fois vous comprendrez combien il m'est nécessaire de me débarrasser de vous.

Zut. Essayons l'humour. Après tout c'est son domaine.

– Je serais à votre place je n'hésiterais même pas.

Il sourit, compréhensif.

– Je n'en reste pas moins un gentleman. Aussi je vous laisse le choix. Vous préférez que je tire dans le cœur ou dans la tête ?

– ET MOI JE TE DIS QUE TU NE TUERAS PERSONNE !

Ils se retournent tous les deux.

Anna Magdalena Wozniak se tient sur le seuil, en nuisette à fleurs jaunes.

– Qu'est-ce que tu fiches là, maman, va te coucher c'est juste une cambrioleuse que j'ai attrapée en flagrant délit.

– J'ai tout entendu ; tu veux la tuer ! Cette fille, je la connais. C'est la journaliste du *Guetteur Moderne.*

– Et alors ?

– Ce serait un crime, Tadou.

– Arrête, maman. C'est sérieux. Il est bientôt une heure du matin, les journalistes n'ont aucune raison de venir à cette heure. C'est juste une cambrioleuse qui s'est fait passer pour une journaliste pour effectuer des repérages. Tu t'es fait avoir. Va te coucher, je m'occupe de ça.

Mais la vieille dame s'avance et vient tirer l'oreille de son fils. Il grimace de douleur.

– Hé, Tadou, dis donc, n'inverse pas les rôles. C'est moi qui t'ai torché et qui t'ai couché durant dix ans, alors si quelqu'un doit dire à l'autre « va te coucher », je peux te garantir que ce n'est pas toi.

Voilà la clef. La mère. Je n'y pense jamais parce que je n'ai pas eu de parents, mais c'est très puissant. « La peur de déplaire à maman ». La plupart des hommes sont comme des petits enfants dès que leur mère apparaît. Même César et Al Capone devaient avoir peur de déplaire à leur mère. Surtout ne pas intervenir, laissons-la faire le travail à ma place.

– Mais maman ! Tu ne te rends pas compte de ce que tu me demandes !

– Tais-toi, Tadou. Si tu crois que je ne sais pas ce que tu fais ? Je suis restée silencieuse pendant trop longtemps. Maintenant c'est fini. Il y a eu assez de sang. Assez de morts.

– Arrête, maman, tu me fais mal à l'oreille. Si ça se trouve c'est peut-être elle qui a tué Darius.

– Tu dis n'importe quoi pour ne pas reconnaître que tu as tort. Si tu continues je te passe la langue au savon.

– Non ! pas le savon…

Anna Magdalena saisit le revolver par le canon et le range dans sa poche.

Profitant de la diversion, Lucrèce a déjà filé.

Personne ne la poursuit. Elle reprend le chemin inverse, sort de la propriété et se dirige vers le bosquet où ils ont garé le side-car.

Elle est persuadée qu'Isidore a déjà filé, mais il est assis avec son casque, en train de jouer à un jeu informatique sur son téléphone portable.

– J'ai failli attendre, marmonne-t-il.

– Vous... vous auriez pu au moins rester et combattre. Vous êtes quand même un lâche, Isidore. Un gentleman ne se carapate pas quand une femme est en danger.

Il réfléchit, puis hoche la tête.

– Je vous le concède. Maintenant, si ça ne vous dérange pas, je vous propose de démarrer votre moto et de filer, car ils ne vont pas tarder à se lancer à nos trousses.

Ils roulent dans la nuit.

Lorsqu'ils se trouvent suffisamment loin, Lucrèce allume son autoradio à fond et lance un vieux Pink Floyd, *Shine on your Crazy Diamond.*

Et, fonçant sur sa moto, avec Isidore dans le side et le coffret « BQT » sur ses genoux, ses cheveux dépassant du casque flottant au vent, elle se sent, pour la première fois depuis longtemps, vraiment « contente ».

101.

L'an 1688

France.

Paris.

Pierre Carlet de Chamblain de Marivaux naquit quinze ans après la mort de Molière. Ayant suivi des études de droit, il devint journaliste au *Nouveau Mercure* puis au *Spectateur français.* Il épousa une fille de notable, dont la dot lui permit d'accéder rapidement à la fortune. Il fréquenta dès lors les riches salons parisiens et ambitionnait de devenir auteur de théâtre.

Cependant, l'année 1720 lui fut fatale. Tout d'abord sa fortune disparut dans la faillite de la banque Law. Puis la première pièce qu'il avait écrite, *Annibal*, subit un cuisant échec. La même année sa femme mourut.
Un homme vint alors frapper à sa porte. Il lui dit que sa pièce était très subtile par son analyse psychologique et qu'il devrait mettre son talent au service de la comédie plutôt que de la tragédie.
L'homme l'invita à voir la Commedia dell' arte et à fréquenter les théâtres qui jouaient encore les pièces de Molière. Mais Marivaux expliqua à cet étrange visiteur que son ambition était d'entrer à l'Académie française et que, pour cela, il devait écrire dans le seul registre sérieux : la tragédie.
L'homme lui proposa alors de découvrir le théâtre comique et de ne pas considérer trop rapidement qu'« être populaire signifie être médiocre ».
– « Il est plus facile de faire pleurer que de faire rire », énonça cet homme mystérieux.
La phrase résonna dans l'esprit de Marivaux.
– « Et il est plus facile, continua l'homme, de plaire aux critiques que de plaire au grand public. »
À nouveau la phrase le surprit et l'amusa.
– Le peuple est finalement bien meilleur juge que les emperruqués prétentieux autoproclamés aristocrates de l'esprit. Eux ne sont épris que de modes éphémères, qu'ils instrumentalisent pour se donner de l'importance. Le temps est le meilleur révélateur de cette évidence.
– Qui êtes-vous donc ? demanda Marivaux.
– Un homme venu vous révéler votre vrai talent.
– Non, vous ne dites pas tout. Je le sens.
– Eh bien, disons que je fais partie d'un groupe d'hommes attentifs.
– Un groupe d'hommes ?
– Nous sommes une société secrète dont l'une des fonctions consiste, par exemple, à aider les auteurs de qualité à ne pas se fourvoyer dans le tragique, alors qu'ils pourraient exceller dans le comique.
– Mais quel intérêt de faire… rire les gens ? C'est ridicule.
– Faire rire permet de faire mémoriser, répondit l'homme. Le comique possède un pouvoir d'imprégnation et d'éducation des foules plus important que le tragique. Le propos qui fait rire est répété, il porte loin et longtemps. En déclenchant le rire vous pourrez faire beaucoup pour améliorer les comportements de vos contemporains. Comme dit l'adage latin : *Castigat ridendo mores*, « Corriger les mœurs par le rire ».

Dès lors, intrigué par ce visiteur mystérieux et sa société secrète censée aider les auteurs à ne pas se fourvoyer dans les tragédies élitistes, Marivaux s'essaya à une première pièce comique : *Arlequin poli par l'amour.* Elle connut un petit succès, suffisant pour lui permettre de continuer. Ainsi suivrait *Le Jeu de l'amour et du hasard.*
Marivaux cependant ne voulait pas rester dans un théâtre trop simpliste, il voulait défendre des valeurs philosophiques. Il écrivit des œuvres utopistes, *L'Île des esclaves* puis *La Nouvelle Colonie,* dans les années qui suivirent. Dans ces pièces, Marivaux voulait démontrer que même si on tentait d'enfermer la réalité dans des cadres rigides, des rituels anciens, des institutions archaïques, la nature humaine était plus forte que tout et finissait par avoir le dessus.
Marivaux écrivit plus d'une trentaine de pièces, dont *La Double Inconstance* et *Les Fausses Confidences.* Il n'obtint jamais la reconnaissance du milieu intellectuel, mais restait présent dans le paysage théâtral populaire parisien.
Son grand ennemi de l'époque était Voltaire, qui convoitait la même place à l'Académie française. Les deux hommes se détestaient. Voltaire trouvait que son concurrent était superficiel, son théâtre trop léger. Marivaux jugeait Voltaire sentencieux et donneur de leçons.
Ce fut Marivaux qui, après une course d'influence à l'arraché, obtint la place de titulaire de l'Académie française en 1743.
Rejeté par les critiques et l'intelligentsia parisienne en dépit de sa place à l'Académie française, il aura de plus en plus de difficulté à monter ses pièces, malgré son succès populaire. Son talent ne sera jamais vraiment reconnu de son vivant, et il mourra dans la pauvreté, mais soutenu par des amis secrets.
Ce ne sera qu'un siècle plus tard que Sainte-Beuve, redécouvrant son œuvre, le fera à nouveau jouer.
Cette fois le public et les critiques seront unanimement enthousiastes. Et Marivaux deviendra le deuxième auteur comique le plus joué en France… après Molière.

Grand Livre d'Histoire de l'Humour. Source GLH.

102.

Très lentement, la main d'Isidore caresse la surface du coffret sur lequel se détachent les trois lettres « BQT ».

De son autre main, il fait jouer le mécanisme d'ouverture de la serrure, laquelle n'est ni verrouillée ni protégée par une clef.

Lucrèce ne peut retenir un geste, dans le but de l'en dissuader.

– Vous avez peur de quoi, Lucrèce ?

– J'ai un mauvais pressentiment. Darius Wozniak a eu ce genre d'objet entre les mains et il est mort jeune.

Isidore Katzenberg hausse les épaules.

– Ne soyez pas puérile, il est impossible qu'un texte puisse tuer. Ce ne sont que des mots. Des mots, ce sont des petits dessins alignés.

Il la repousse de l'épaule et ouvre le coffret en acier.

Puis, sans regarder Lucrèce, il saisit le document qui se trouve à l'intérieur, l'ouvre et le lit.

Lucrèce baisse les paupières.

Isidore va mourir. Et toute cette enquête n'aura servi qu'à cela : tuer l'homme qui m'est le plus cher.

Marie-Ange a raison, je suis fondamentalement masochiste. Tout ce que je fais n'est motivé que par une envie : perdre ce à quoi je tiens le plus. J'ai commencé par vouloir perdre ma vie, et maintenant je vais perdre Isidore.

Il continue de lire.

La jeune femme l'observe et ne peut réprimer un froncement de sourcils.

C'est quand même un peu long. Peut-être que cette blague est plus compliquée que je ne le pensais.

Elle attend, guette sa réaction.

Il tourne une page et continue de lire.

Il y a une « deuxième page » ?

Il garde un air sérieux, hoche la tête, puis passe à un troisième feuillet qu'il parcourt doctement.

Et une « troisième page » !

Il semble par moments surpris, par moments intéressé, par moments passionné. Il ne peut réprimer un petit sourire étonné.

Cette attente est insupportable. Il meurt ou il meurt pas ?

Isidore Katzenberg se mouille le pouce et tourne une quatrième page.

– Alors ça dit quoi ?

– C'est vraiment surprenant, annonce Isidore.

– C'est quoi ? Parlez, à la fin !

– Tsss... Je croyais que vous aviez peur de mourir en le lisant. Je ne voudrais pas être responsable de votre décès prématuré. Vous êtes si jeune.

Il m'énerve ! Il m'énerve !

Il tourne encore une page.

– Laissez-moi voir.

– Tss... tsss... Pour vous ça pourrait être dangereux. Moi je résiste mais vous...

Elle hésite puis veut le lui arracher des mains. Mais il se détourne à temps.

– Impossible... trop dangereux. Je vous raconterai.

Je veux savoir.

Lucrèce Nemrod essaie à nouveau de lui dérober le document mais cette fois il se détourne complètement, utilisant son corps comme bouclier, et entreprend de commenter.

– Selon cette étude, un type aurait inventé la BQT il y a plus de trois mille ans. Ce serait un certain Nissim Ben Yehouda, conseiller à la cour du roi Salomon. Il aurait créé un atelier secret pour mettre au point « un texte magique capable de bouleverser au plus haut point celui qui le lit », puis il serait mort.

Peut-être tué par sa propre création.

Lucrèce renonce au combat et s'assoit pour l'écouter.

Isidore s'installe face à elle et continue sa lecture.

– ... Ensuite, au moment de la destruction du temple de Salomon par les Grecs, un Hébreu, un certain Emmanuel Benjamin, aurait fui à Athènes avec ce trésor. Il l'aurait transmis à Epikharmos, un auteur comique de l'époque.

– Sans qu'ils le lisent ?

– C'est en effet la recommandation donnée aux possesseurs de ce texte, ne pas l'ouvrir, ne pas lire.

– Ensuite ?

– Il aurait circulé entre auteurs de théâtre comique : Aristophane, Ménandre, Plaute, Térence. Puis l'enquêteur perd sa trace à Rome et la retrouve en Gaule auprès d'un certain Lucien de Samosate.

– Qu'est-ce que c'est que cette histoire ?

– Au XIIIe siècle, des croisés francs trouvent dans un sous-sol du temple de Salomon une copie de ce petit « texte magique enfermé dans un coffret bleu ». Ils la font traduire de l'hébreu et les traducteurs meurent. Mais ils trouvent un moyen de se protéger.

Il laisse un instant de suspense.

– Ils séparent le texte en trois parties distinctes. Ils déposent ensuite les trois fragments complémentaires dans trois coffrets séparés. Celui qui mettait le premier fragment dans le premier coffret ne regardait pas le deuxième ni ne lui parlait, et le deuxième ne parlait pas au troisième ni ne le regardait. C'est ainsi qu'ils ont pu rendre la BQT transportable et pas trop dangereuse.

Judicieux.

– Ensuite la BQT a été intégrée au trésor des Templiers, et est devenue leur arme spirituelle secrète. Ils l'ont utilisée pour se venger de Guillaume de Nogaret, puis de Philippe le Bel et de Guillaume Humbert, et même du pape Clément. Selon cette étude, tous les trois auraient trouvé au hasard de l'ouverture d'un tiroir, ou d'une boîte, un papier qui une fois lu aurait entraîné leur trépas.

– La BQT serait ainsi l'arme de réalisation de la malédiction des rois maudits ?

Isidore Katzenberg ne répond pas et passe à une autre page. Il semble très intéressé par ce qu'il découvre.

– Alors ? demande Lucrèce, impatiente.

– Les Templiers se sont ensuite réfugiés en Écosse, où ils ont fondé une société secrète soutenue par le premier roi d'Écosse, Robert Ier.

– La Grande Loge de l'Humour ?

– Ils y ont mis au point le rituel, la hiérarchie, le costume, leur constitution. Le premier Grand Maître écossais de la GLH se nommait David Balliol. Il aurait été officiellement le bouffon du roi et officieusement son éminence grise et chef des services secrets.

Des images traversent l'esprit imaginatif de la jeune femme aux yeux verts. Des visions d'Écossais en kilt réunis dans des lieux fermés et prêtant serment au nom de… l'humour.

Isidore a les yeux qui brillent comme s'il dégustait des friandises.

– De la loge mère en Écosse, les Templiers GLH auraient commencé à essaimer. Un groupe de douze hommes serait parti vers l'Espagne. Ils auraient prospéré à Tolède. Mais la reine Isabelle, apprenant leur existence par la trahison d'un de leurs membres, aurait fait pourchasser ses adeptes par l'Inquisition pour récupérer le trésor de Salomon. Du coup les membres de la GLH espagnole se résoudront à utiliser cette arme contre elle. Et elle mourra de ce que d'aucuns auront appelé à l'époque « une crise cardiaque ».

– Combien de crises cardiaques historiques étaient en fait des coups des Templiers utilisant la BQT !

– Ensuite quelques membres de la GLH, rejoints par des juifs convertis de force, les fameux marranes, fuient avec Christophe Colomb. Sur les voiles des caravelles le symbole des Templiers : la croix pattée, rouge sur fond blanc.

– Des juifs persécutés et des Templiers GLH qui vont chercher un sanctuaire pour la BQT dans le Nouveau Monde ?

Le journaliste poursuit sa lecture puis explique un peu dépité :

– Cependant la branche installée sur l'île de Saint-Domingue, dans les Caraïbes, disparaît lorsque l'un des possesseurs fait l'erreur d'ouvrir le coffre sur lequel est écrit « Surtout ne lisez pas ».

Lucrèce Nemrod songe qu'en fait la BQT se comporte comme un virus mortel, il peut à n'importe quel moment être libéré et tuer des êtres qui n'ont pour faiblesse que leur curiosité.

Dès le moment où ils se posent la question « Mais qu'est-ce que ça peut bien être ? » ils ont déjà un pied dans la tombe. Restent les copies. Combien y a-t-il de copies de ce virus mortel ? La première souche de BQT a tué, puis s'est éteinte en Bretagne. La seconde a tué puis s'est éteinte en Amérique. Et chaque fois des hommes ont œuvré pour la partager en trois et la rendre manipulable et copiable. C'est de la biologie où les séquences de gènes sont remplacées par des séquences de phrases.

Elle s'approche de son collègue, de plus en plus intriguée.

– Donc, l'Amérique du XVe siècle… encore une branche qui s'éteint ?

– La branche écossaise par contre va poursuivre sa croissance.

– Et ils ont une copie, dans trois coffrets, qui leur permet de traduire et reproduire la BQT ?

– On dirait. De toute manière le roi d'Angleterre Henri VIII, sous l'influence du très subtil Thomas More, décide de protéger ce qu'il nomme à l'époque les « philosophes écossais ».

« Ceux qui savent manipuler la blague mortelle en trois morceaux différenciés sans être eux-mêmes touchés. »

– Thomas More, c'est bien cet écrivain qui a inventé le mot « utopie » ?

– En personne. Il était aussi le principal conseiller du roi.

Isidore tourne la page et Lucrèce replie les pieds sous ses fesses pour trouver une position confortable afin de mieux écouter les révélations de son ami.

– Ce qui aura par la suite des conséquences politiques non négligeables. Le Vatican, informé de la puissance de cette arme spirituelle hérétique, voudra la récupérer à tout prix avec toute la puissance dont il dispose à l'époque. Lors du bras de fer avec le pape Clément VII, Henri VIII préférera renier le catholicisme et fonder l'anglicanisme. Quant au nouveau roi d'Espagne, Philippe II, informé de cette histoire et voulant à tout prix connaître la BQT, il lancera l'expédition de l'Invincible Armada quelques années plus tard, avec le soutien du pape pour tenter d'envahir l'Angleterre.

– L'Invincible Armada ? La bataille navale qui verra s'affronter les lourds bateaux espagnols et les rapides petits bateaux anglais ?

– Oui, et une cuisante défaite pour les Espagnols. Et si je lis bien ce document, cette défaite serait en grande partie due à une crise cardiaque inexpliquée de l'amiral espagnol, le duc de Medina Sidonia, survenue au beau milieu de la bataille.

– … La BQT ?

– L'enquêteur pense que là encore les Templiers auraient mis leur grain de sel.

Isidore se sert une tasse de thé vert. Il lit puis consent à expliquer.

– Mais le vent tourne. Les Templiers GLH ont peur que la reine Élisabeth Ire, fille d'Henri VIII, qui pourtant les avait soutenus jusque-là, change d'avis. Ils rejoignent l'Écosse, lieu d'élection de leur loge mère. Ils se retirent de toute vie sociale et, cachés dans un château, ils mettent au point les « codes de vie » de la Grande Loge de l'Humour. Alors que les francs-maçons deviennent spécialistes en construction de cathédrales, eux deviennent spécialistes en construction de… blagues. Autant les premiers érigent des œuvres toujours plus hautes et sophistiquées, autant les seconds produisent des œuvres toujours plus brèves et simples.

– Fabuleux.

– Sous l'influence de la GLH, Shakespeare aurait écrit sa meilleure comédie : *La Mégère apprivoisée*, et l'auteur Ben Johnson sa pièce hilarante *L'Alchimiste*. Mais l'Angleterre connaît une période de troubles. La GLH écossaise se fait plus discrète, alors que se développent la branche italienne et surtout la branche française.

– Retour aux sources ?

– L'enquêteur évoque de Grands Maîtres ayant dirigé la GLH : Érasme et François Rabelais pour pères fondateurs. Et par la suite les Français La Fontaine, Lesage et Pierre Corneille.

– Pas Molière ?

– Non, pas Molière. L'enquêteur ne parle que de Pierre Corneille.

– Et ensuite ?

– Selon cette enquête, le dernier Grand Maître de la GLH connu aurait été Pierre-Augustin Caron de Beaumarchais en 1799. Et il serait mort d'avoir lu la BQT.

– Beaumarchais ?

Le journaliste s'humecte à nouveau le bout du doigt, puis tourne la dernière page.

– Et ensuite ?

– Il n'y a plus rien. Cette étude s'arrête à Beaumarchais.

Silencieux, les deux journalistes scientifiques sentent qu'à travers leur enquête, ils ont encore touché à une histoire parallèle complètement inconnue des manuels.

Probablement que cette étude est tronquée, des faits manquent et d'autres ont été enjolivés, mais elle offre un angle de compréhension de l'histoire complètement nouveau.

L'humour et des défenseurs de l'humour comme activateurs secrets du monde politique pour défendre des valeurs d'humanisme.

Et leur arme : des comédies, des farces, des blagues.

Et une arme absolue : la BQT.

Déjà, Isidore s'est dirigé vers la fenêtre et il respire maintenant à pleins poumons l'air parisien, comme pour digérer cette somme d'informations incroyables.

– Dites donc, c'est un document, mais ce n'est pas « la » Blague Qui Tue. Donc, l'hypothèse Tadeusz Wozniak assassin de son frère Darius rétrécit comme peau de chagrin, dit-elle.

– Arrêtez de faire la gamine, Lucrèce. Tout le monde a le droit de se tromper. On n'est pas dans un roman. Dans la réalité les gens font des estimations qui permettent d'explorer des pistes plus ou moins justes. Il me semble qu'on a quand même progressé.

– Pff... on s'est juste donné beaucoup de mal pour avancer sur une fausse piste. Ce qui a progressé, c'est précisément la matière première pour votre roman. Mais moi, dans l'enquête journalistique sur la mort de Darius, je suis toujours au point mort.

Isidore, préoccupé par un détail, reprend le document et l'examine sous tous les angles.

Il affiche un air victorieux.

– Qu'est-ce que vous avez trouvé encore ?

– Regardez le nom de l'homme qui a signé ce mémoire.

103.

L'an 1794

France.

Paris.

Le mécanisme de l'horloge se mit à tourner d'un cran, et déclencha un tintement. Pierre de Beaumarchais, satisfait, entendit des bruits dans la rue. Il se tourna vers la fenêtre et vit passer des têtes accrochées à des piques.

« Tout cela est peut-être allé un peu trop loin », songea-t-il.

Il affina encore le réglage du ressort de l'horloge.

De son père, horloger professionnel, Pierre de Beaumarchais avait hérité le goût des mécanismes compliqués, qui tout à coup se mettent en marche et fonctionnent seuls, et longtemps.

À l'extérieur, maintenant, la populace chantait « Dansons la Carmagnole ». Pierre de Beaumarchais ouvrit la fenêtre et vit la foule s'empresser vers la guillotine qui avait été installée sur la place du Châtelet.

Il ferma les yeux, posa ses outils d'horloger et se souvint.

À 24 ans, Pierre de Beaumarchais avait épousé Madeleine-Catherine Aubertin, une femme de dix ans plus âgée que lui mais très fortunée. Elle mourut un an plus tard, et il y eut ce maudit procès, on le soupçonnait de l'avoir assassinée. Ce qui faillit stopper net ses ambitions, mais il s'en tira de justesse.

Cependant, Pierre de Beaumarchais, avec ce mariage, cette mort et cet héritage, ne faisait que commencer sa carrière d'aventurier. En 1759, grâce à d'habiles intrigues, il était devenu professeur de harpe des filles de Louis XV. Il se lia alors d'amitié avec le financier royal et, grâce à lui, se lança dans des investissements hardis. Il fit rapidement fortune et acquit le titre de « secrétaire du roi ».

Dès lors il pouvait s'adonner à son grand plaisir : l'écriture de textes comiques. Il rédigea des pièces pour des théâtres de petite taille : *Les Bottes de sept lieues, Zirzabelle, Jean Bête à la foire.*

Puis il épousa Geneviève-Madeleine Wattebled. Elle mourut dans des circonstances similaires à sa première femme l'année suivante. Une fois

de plus il toucha son héritage, encore plus important. Et une fois de plus il y eut procès, pour suspicion d'assassinat et détournement d'héritage. Ces turpitudes juridiques allaient lui inspirer un texte, *Les Mémoires judiciaires.*
Là encore il s'en tira de justesse, puis il épousa une troisième femme, Marie-Thérèse Willermaulaz, et démarra une carrière d'espion au service du roi. Il voyagea aux Pays-Bas, en Allemagne, en Autriche, où il fut un temps mis en prison pour sabotage. Libéré, il se rendit en Angleterre pour récupérer des lettres détenues par le chevalier d'Éon, cet autre espion français qui se déguisait en femme pour passer inaperçu.
En 1775, Pierre de Beaumarchais partit pour les États-Unis étudier la situation politique du pays sur demande du ministre des Affaires étrangères. Il prit ouvertement parti pour les indépendantistes contre l'Angleterre et convainquit le roi Louis XVI d'envoyer secrètement des armes aux insurgés. Il monta alors une compagnie portugaise et s'enrichit en vendant de la poudre et des munitions aux Américains. Il parvint même à envoyer aux indépendantistes une flotte privée dont la fonction était d'attaquer les bateaux anglais.
Enfin riche, célèbre et bénéficiant du soutien du roi Louis XVI, il revint à sa passion et rédigea une première pièce comique en 4 actes, *Le Barbier de Séville,* qui fut jouée à la Comédie-Française et connut un succès immédiat. Puis il enchaîna sur *Le Mariage de Figaro,* comédie en 5 actes.
En 1790 il se rallia à la cause révolutionnaire et fut nommé membre de la commune de Paris. En tant que tel, Pierre de Beaumarchais utilisa ses réseaux de trafic d'armes qui avaient servi la révolution américaine, pour armer les troupes de Robespierre.
Grâce à ses appuis au gouvernement, il fonda la Société des Auteurs-Compositeurs et fit reconnaître pour la première fois l'existence d'une légitimité des droits d'auteur. Enfin les œuvres littéraires furent signées. Ceux qui les utilisaient devaient payer des dividendes aux créateurs.

Beaumarchais posa son horloge.
Les cris d'allégresse en provenance de la place montaient en intensité, il n'arrivait plus à trouver la concentration pour terminer son ouvrage. Il ferma la fenêtre.
On frappa à la porte. Il ouvrit et reconnut l'un de ses compagnons de la GLH. Il était rouge et à bout de souffle.
– Fuyez, Maître, ils arrivent ! Et surtout, sauvez « ce qui doit être sauvé ».
Rapidement, Pierre de Beaumarchais ouvrit son coffre-fort, et en sortit le précieux coffret sur lequel étaient inscrits « Surtout ne lisez pas » et les trois lettres : « BQT ».

Il hésita un instant, puis l'enfouit dans un sac. Déjà il entendait des bruits de bottes et le cliquetis de leurs armes dans le corridor.
Il prit l'horloge un pistolet, un violon, et les déposa dans un autre sac plus grand.
Les gardes tambourinaient contre la porte, il n'eut que le temps de fuir par-derrière. Son compagnon de la GLH avait préparé des chevaux et ils filèrent comme le vent.
Lorsqu'ils furent suffisamment loin pour pouvoir ralentir et progresser au trot, Pierre de Beaumarchais questionna l'homme.
- Que s'est-il donc passé ?
- Les membres du Comité de Salut Public sont devenus déments, ils se dénoncent et s'entre-tuent. Robespierre est devenu un tyran sanguinaire. Ils ont même arrêté Danton !
- Danton ! Ils sont fous !
- Le sang attire le sang. Il faut désormais se tenir à distance.
- Où allons-nous ?
- Loin.
Mais ils se retrouvèrent soudain bloqués par une barricade.
Des gardes surgirent de tous côtés.
- File avec ça, dit Beaumarchais, c'est moi qu'ils veulent.
Son compagnon prit la fuite avec le précieux sac.
Beaumarchais fut arrêté et incarcéré dans le prison dite de l'Abbaye. Son procès eut un grand retentissement. Grâce à ses talents d'orateur, il parvint à échapper à l'échafaud, et grâce au soutien de quelques amis encore influents, il s'enfuit et s'exila à Hambourg. Il attendit que la Révolution s'apaise, puis revint en France en 1796 où il écrivit ses Mémoires. Jusqu'au jour de 1799 où, épuisé, tout horloger, harpiste, diplomate, espion, trafiquant d'armes, auteur comique, écrivain qu'il était et avait été, il décida de renoncer à la vie. À 67 ans il partit alors pour la Bretagne, rejoignit un lieu secret, franchit plusieurs portes, ouvrit le précieux petit coffret qui avait été déposé là par l'homme qui lui avait conseillé de fuir.
Quelques secondes plus tard il mourait, un grand sourire aux lèvres.

Grand Livre d'Histoire de l'Humour. Source GLH.

104.

Le squelette du dinosaure occupe tout le plafond. Sa mâchoire hérissée de dents acérées semble prête à mordre de nouveau.

Isidore Katzenberg et Lucrèce Nemrod sont au Muséum d'histoire naturelle.

– Oui, c'est moi qui ai rédigé et mené cette enquête pour le Cyclope. Tous ceux qui ont été liés de près ou de loin au monde de l'humour ont travaillé un jour ou l'autre pour Darius Wozniak. C'est l'époque qui veut cela. Je ne peux pas gagner ma vie avec mon misérable salaire de chercheur au CNRS. Donc j'ai rédigé ce mémoire historique, qui m'a d'ailleurs été très bien payé.

Le Pr Henri Loevenbruck les guide dans la galerie de l'Évolution. Après les grands dinosaures, les animaux plus petits. Tout en découvrant la longue file de ces reptiles qui semblent avancer vers l'intelligence, la jeune journaliste prend des notes.

– Pourquoi Darius se passionnait-il à ce point pour la BQT ? demande-t-elle.

– Comme vous le savez peut-être, se joue actuellement une guerre planétaire entre l'humour artisanal et l'humour industriel. Mais elle est pratiquement déjà gagnée par l'humour industriel. Les forts mangent progressivement les faibles. C'est la loi de l'évolution. Les dinosaures mangent les lézards.

– Les dinosaures ont disparu, souligne Lucrèce Nemrod.

– Pour l'instant la bataille n'est pas encore terminée. Les enjeux sont complexes et multiples. Évidemment, le camp qui possédera la BQT aura un sérieux avantage sur son concurrent. La BQT c'est le Graal, ou plutôt Excalibur, l'arme sacrée qui confère à celui qui la possède une sorte de légitimité sur ceux qui n'ont pas su l'obtenir.

– Et vous avez choisi votre camp. Les dinosaures contre les lézards, dit-elle.

Le Pr Henri Loevenbruck lisse sa barbiche blonde.

– Je dirais plutôt : l'humour du futur contre l'humour du passé.

– Vous vous trompez. Ce n'est pas ça le futur, affirme Lucrèce. L'humour sera peut-être le dernier lieu qui résistera aux gros sous. Il n'y aura jamais de formule industrielle aussi bonne que l'artisanat. Les petits ont leur chance. Il peut y avoir des… surprises.

Elle désigne un élément du décor qui évoque la pluie de météorites ayant entraîné la fin des dinosaures. Apparaît ensuite un petit animal poilu au sang chaud, de type musaraigne.

– C'est ce qu'on disait aussi pour la musique. Vous avez déjà essayé d'écouter les disques du fameux « Top 50 » qu'écoutent les jeunes à la radio ? Ce sont des mélodies fabriquées à partir de tout ce qui a déjà marché dans le passé et le monde entier. Elles sont retravaillées par des techniciens pour être juste assez différentes et ne pas tomber sous le coup du plagiat.

– Comme ça c'est sans risque, reconnaît Isidore.

– Ou du moins le risque peut être calculé par des courbes mathématiques. Et les courbes, c'est ce que manipulent les experts en marketing. Ce sont eux les nouveaux maîtres de l'économie. Ensuite il suffit d'enrober le tout de paillettes : des clips, des vêtements multicolores. L'emballage remplace le contenu.

Le professeur désigne des oiseaux bariolés, sortes de petits paons représentés dans le parcours de l'évolution des espèces.

– Ce n'est à l'avantage ni de la diversité ni de l'innovation, constate Lucrèce.

– En fait les producteurs de musique ou d'humour cherchent le plus large consensus. Depuis longtemps les créatifs ont été priés de s'insérer dans les courants de la mode.

L'historien désigne maintenant des pingouins empaillés.

– Pour l'humour ce sera exactement pareil. Le rire est devenu un produit commercial comme le reste.

Ils progressent lentement près des éléphants, des lions, des léopards, des autruches, des gazelles.

– Vos recherches s'arrêtent avec la retraite de Beaumarchais, à Carnac. Et vous avez trouvé quoi au final sur la nature même de la BQT ? questionne Isidore.

Ils sont parvenus au niveau des grands singes : gorilles, chimpanzés, orangs-outangs.

– Beaumarchais était le dernier Grand Maître que j'ai pu identifier à la GLH. À la fin il a craqué, il n'a pas pu résister à l'envie de savoir. Il a ouvert la boîte de Pandore, il a lu le texte et il est mort.

– Et selon vous, c'est quoi ce texte ?

Une lueur traverse soudain son regard.

– À mon avis... c'est quelque chose de vraiment extraordinaire, magique, d'une puissance gigantesque. C'est la bombe atomique de l'esprit. Albert Einstein a découvert les secrets de la matière et cela a donné la bombe atomique. Nissim Ben Yehouda a découvert les secrets de l'esprit et cela a donné la BQT.

C'est alors que Lucrèce se fige. Sur leur gauche, au milieu des primates de plus en plus imposants, et de mieux en mieux dressés sur leurs pattes arrière, elle croit discerner une silhouette à peine plus petite que le mannequin de cire.

Un clown triste qui m'observe !

Elle se frotte les yeux.

– Un problème, Lucrèce ?

– Heu... rien, une hallucination, je dois être un peu fatiguée. Il faut qu'on mange, sinon je risque de faire une crise d'hypoglycémie.

Cette affaire me dépasse, je commence à être perturbée. En fait je crois que j'ai un problème. Il faut que je me méfie de ce genre d'hallucination.

Le Pr Henri Loevenbruck ne lui prête aucune attention. Il semble préoccupé par autre chose.

– Et il ne faut pas négliger les enjeux politiques autour de cette affaire. C'est ce que j'ai découvert en rédigeant le rapport. L'humour, c'est désormais une arme économique, mais aussi et surtout politique.

105.

« Les présidents américain, russe et chinois sont chacun dans une voiture, au même carrefour. Le panneau de la route de droite signale ROUTE DU CAPITALISME celui de gauche ROUTE DU SOCIALISME.
Le président américain n'hésite pas : il prend la route du capitalisme. Au début, tout se passe bien, mais soudain surgissent des crevasses, des flaques d'huile qui entraînent des dérapages, puis des clous provoquent des crevaisons. Il fait réparer les pneus et parvient à poursuivre sa route.
Le président russe prend la route de gauche, celle du socialisme. Au début tout se passe bien, mais au bout d'un moment la route se transforme en chemin boueux dans lequel il s'enlise. Il fait donc demi-tour, revient au carrefour des deux panneaux et prend la route de droite, celle du capitalisme.
Le président chinois regarde à gauche, regarde à droite, et dit finalement à son chauffeur :
– Tu intervertis les panneaux, et tu prends la route du socialisme. »

Extrait du sketch *Question de point de vue*,
de Darius WOZNIAK.

106.

Le restaurant chinois La Pagode enchantée est complètement désert. Dans un immense aquarium illuminé, des poissons orange et blancs défilent, dubitatifs, devant les corps de leurs congénères servis dans une sauce caramélisée sur des plaques chauffantes.

Une serveuse empressée, ressemblant à la comique Yin Mi, celle qui est morte en duel de PRAUB, vient leur proposer un menu d'une centaine de plats regroupées par chapitres : volaille, poisson, bœuf, porc.

Isidore commande un assortiment de crevettes vapeur et Lucrèce du canard laqué à la pékinoise.

Ne voulant renoncer à aucun moyen de plaire aux clients La Pagode enchantée a installé un grand téléviseur au-dessus de l'aquarium, où passe en boucle la chaîne des actualités.

La jeune journaliste comprend ce qui a guidé Isidore vers ce restaurant.

Il a besoin de rester connecté aux informations du monde, même quand il mange.

– Vous êtes surmenée, Lucrèce. Il faut vous reposer maintenant.

Il lui sert une bière Tsing Tao. Elle dévore les chips de crevettes servies en apéritif.

– Quelle est la suite des réjouissances, cher collègue ?

– Je ne sais pas. Nous sommes dans une impasse. Pour mon roman j'ai suffisamment de matière, mais pour ce qui est de l'enquête, je ne vois pas comment on peut aller plus loin.

La serveuse leur dépose les plats et ils mangent avec les baguettes qu'ils savent tous deux parfaitement manier.

– Vous admettez quand même que la BQT puisse être effective, et donc qu'on puisse mourir de rire ?

– Désolé, mais je n'y crois pas plus qu'au Père Noël, à la petite souris qui vient chercher la dent sous l'oreiller, au marchand de sable ou à la démocratie.

– Pourtant je suis sûre que c'est la clef de l'enquête. Il faut parvenir à comprendre comment on peut tuer avec... un texte !

Il avale une bouchée.

– Ce sera toujours la différence entre votre conception de l'enquête et la mienne, Lucrèce. Moi j'essaie de savoir « pourquoi », et vous, vous essayez de savoir « comment ».

Puis il ajoute :

– C'est étrange parce que ce sont plutôt les femmes qui cherchent « pourquoi » et les hommes qui cherchent « comment ». Peut-être qu'après tout dans notre binôme, la femme... c'est moi.

Il ne peut retenir un rire qui monte, mais du coup avale de travers. Il commence à s'étouffer, devient tout rouge, se racle vainement la gorge, marque des signes d'asphyxie. La serveuse chinoise le regarde sans intervenir. Lucrèce se précipite, lui administre quelques vigoureuses tapes dans le dos. Sans succès. Alors elle l'entoure de ses bras et serre brusquement la région de l'épigastre. Aussitôt le bout d'aliment est éjecté et atterrit de l'autre côté de l'aquarium.

Il s'excuse, reprend sa respiration difficilement, tente à nouveau de rire, les yeux pleins de larmes. La jeune journaliste se rassoit et boit tranquillement sa bière.

– Vous voyez qu'on peut mourir par le rire. Vous avez failli vous étouffer. Vous faut-il plus de preuves ?

– Merci, Lucrèce.

Il a encore un sursaut de rire.

– Eh bien justement posons la question, Isidore : vous, qu'est-ce qui vous fait rire ? C'était quand votre plus grand fou rire ?

Il remplit son verre de bière et à son tour boit posément. Il examine les petites bulles qui montent dans le liquide doré.

– J'avais 17 ans. Je venais pour la première fois de faire l'amour et j'ai commencé à rire. La fille a cru que je me moquais d'elle, elle est partie vexée et n'a plus voulu me voir. Ma deuxième petite amie je l'ai choisie parce qu'elle était précisément d'humeur rieuse. Et au moment de l'orgasme que nous avons eu au même instant nous avons éclaté de rire tous les deux. Du coup on est restés un an ensemble.

Pourquoi il me raconte ça ? Je lui demande de me parler de rire et il me parle de sa sexualité.

– Sinon, en dehors de l'amour qu'est-ce qui a provoqué chez vous un fou rire ?

– Eh bien c'était en regardant le générique de *Sacré Graal* des Monty Python. Je ne les connaissais pas. J'avais 18 ans. Et de voir le système des premiers gags dès le générique c'était tellement nouveau et surprenant. J'ai explosé de rire et comme j'étais seul à rire dans la salle et que les gens disaient « chut ! » ça me faisait encore plus rire. Je crois que pour avoir un vrai fou rire il faut que ce soit interdit.

Il joue avec les baguettes.

– Oui, le vrai rire pour moi est un acte de rébellion face à la collectivité humaine. Et les Monty Python manient parfaitement cette notion d'« irrévérence » intelligente.

Elle mange son canard laqué, en extrait un os qu'elle suçote bruyamment.

– Et vous, Lucrèce, qu'est-ce qui vous fait rire ?

– Du plus profond de mes souvenirs, dit-elle, ce qui m'a déclenché un grand rire c'est une blague.

– Tsss… d'où votre croyance dans le pouvoir des blagues.

– C'est l'histoire du médecin qui voit arriver un client avec un grand chapeau haut de forme. Et le médecin lui demande : « Qu'est-ce qui ne va pas ? » Et à ce moment le type soulève son chapeau et il y a une grenouille en dessous dont les pattes semblent soudées à la peau du crâne. Et le médecin demande, horrifié : « Et vous avez cela depuis longtemps ? » Le type ne répond pas mais la grenouille qui est sur son crâne explique : « Vous savez, docteur, au début ce n'était qu'une verrue plantaire. »

Isidore a un rire franc. Lucrèce est étonnée de la réussite de sa blague.

– Excellent, car elle fonctionne sur le nonsense.

– Quand on me l'a racontée j'avais 14 ans. Il faut dire que j'avais précisément des verrues plantaires et que ça me préoccupait beaucoup. C'était aussi une manière de relativiser mon handicap. Et vous, la blague qui vous fait rire, c'est laquelle ?

– Je n'arrive pas à les mémoriser. Dès que je les entends je les oublie.

– Essayez quand même.

– Bon, alors je crois que celle qui m'arrive à l'esprit c'est une très courte : « Docteur, j'ai des trous de mémoire », dit un type. « Ah bon, depuis quand ? » demande le médecin. Et le patient questionne, étonné : « Depuis quand… quoi ? »

– C'est tout ? Ce n'est pas très drôle.

– Ça me fait rire parce que j'ai peur d'avoir la maladie d'Alzheimer. C'est aussi une blague d'exorcisme.

Soudain elle s'arrête. Elle regarde l'écran de télévision.

– Bon sang. On est le 27 mars.

– Oui et alors ?

Elle désigne l'écran où défilent les actualités.

Un journaliste fait un reportage devant l'Olympia. Derrière lui apparaît une affiche gigantesque avec le fameux œil contenant un cœur. Une foule est déjà massée devant l'entrée du prestigieux music-hall.

Lucrèce Nemrod se lève déjà.

– Fonçons, dit-elle.

– Quoi encore ? On n'arrivera donc jamais à dîner tranquillement ?

– C'est ce soir la grande soirée « Hommage au Cyclope » à l'Olympia.

107.

« C'est un petit cyclope qui demande à son père :
– Dis Papa, à l'école pourquoi suis-je le seul à n'avoir qu'un œil ?
Le père, qui est en train de prendre son petit déjeuner en lisant le journal, ne répond pas.
– Dis Papa, pourquoi je n'ai qu'un œil, alors que tout le monde en a deux ? Hein, Papa ?
La père baisse le journal et consent à articuler :
– Parce que tu es un cyclope, et les cyclopes n'ont qu'un œil.
L'enfant se tait, réfléchit puis lâche :
– Et pourquoi les cyclopes n'ont qu'un œil ?
Le père relève le journal pour faire écran aux questions de son fils.
– Dis, Papa, dis Papa, pourquoi les cyclopes n'ont qu'un œil. Hein ? Dis, pourquoi ?
Alors le père baisse d'un coup le journal et lance :
– Oh, toi, ne commence pas à me casser la couille !

Extrait du sketch *Une vie d'artiste*,
de Darius WOZNIAK.

108.

Un petit cœur dans un œil.

Le drapeau de Darius flotte à l'entrée. Sur la devanture de l'Olympia les immenses lettres au néon annoncent : HOMMAGE AU CYCLOPE.

Des limousines noires viennent déposer une à une les stars, aussitôt criblées de flashes par un mur de photographes.

Le service d'ordre est impressionnant. Ce ne sont pas les costards roses de Cyclop Production mais les costards noirs de l'équipe de sécurité de Stéphane Krausz qui filtrent les entrées, et notamment celles des VIP.

– Désolé. Vous ne pouvez pas entrer.

Lucrèce montre sa carte de presse.

– Désolé. Les places sont réservées nominativement et votre nom n'est sur aucune liste.

– Je connais personnellement Stéphane Krausz, insiste Lucrèce. Demandez-le-lui si vous avez un doute.

Le vigile consent à appeler la responsable de la communication.

– Désolé. De toute façon il n'y a plus une seule place disponible depuis trois jours. Pour tout le monde c'est non.

– Je suis journaliste au *Guetteur Moderne.*

– Désolé. Dans ce cas je vous rassure tout de suite, il y a déjà des gens de votre journal. Madame Thénarvier, ou un nom comme ça.

Isidore et Lucrèce renoncent à batailler. Effectuant le tour de l'Olympia, ils rejoignent l'entrée des artistes, devant laquelle un groupe de fumeurs bat la semelle pour se réchauffer.

– La fin justifie les moyens, dit Lucrèce.

Elle repère un couple de clowns en costume rose ayant leurs corpulences respectives. Prétextant une interview, elle les attire dans un vestibule à l'écart et, les menaçant de son arme, elle les bâillonne et les ligote. Puis elle récupère leurs vêtements.

Isidore pour sa part défait un peu les liens et met à leur portée leurs téléphones portables afin qu'ils puissent s'en sortir facilement.

– Ce n'est pas le moment de faire des politesses, remarque Lucrèce.

– Ce sont eux qui nous font une politesse en nous prêtant leurs vêtements, je ne fais que me montrer reconnaissant.

Ainsi accoutrés ils se mêlent à un groupe de clowns roses pour pénétrer dans le théâtre. À peine sont-ils entrés que les vigiles ferment les portes pour éviter l'intrusion des journalistes.

– Bravo, maintenant il n'y a plus d'échappatoire.

– On va se cacher quelque part et observer. Tous les protagonistes sont là.

– Attention, justement en voilà un.

Ils repèrent en effet le costard rose à tête de chien qui circule à la recherche de quelque chose ou quelqu'un. Ils reculent pour sortir de son champ de vision, et se sentent saisis par le bras.

– Ah, enfin vous êtes là, tous les deux, on vous cherchait partout. Allez, grouillez-vous, ça commence dans quelques minutes.

Ils comprennent alors que le gros chiffre qu'ils portent dans le dos a permis à l'assistant de les identifier.

Lucrèce et Isidore regardent leurs numéros. Ils ont tous les deux le numéro 19.

– Ce doit être un duo, soupire Isidore, de plus en plus inquiet.

Mais le costard rose à tête de chien rôde toujours dans les parages, ils n'ont pas le choix.

L'assistant, sans les lâcher, les pousse dans une grande pièce où sont réunis plusieurs clowns habillés comme eux.

Ils se maquillent comme eux. Et comme eux se collent le nez rouge et le bandeau noir sur l'œil.

Puis ils patientent avec les autres clowns dans un corridor.

Tous les comiques, même les plus connus, sont grimés en clowns, un bandeau noir sur l'œil.

Un assistant avec une oreillette arrive, nerveux.

– Tout le monde a bien son texte en tête, pas de prompteurs ni de souffleur, je vous le rappelle.

L'assistant leur sert des boissons. Un écran de contrôle leur transmet l'image de la scène.

Lucrèce repère dans le groupe Félix Chattam. Heureusement, il est tellement occupé à relire son texte qu'il ne lui prête pas attention. Le haut-parleur résonne :

– Plus que deux minutes.

La tension monte. Le costard rose à tête de chien n'a pas bougé, comme s'il reniflait quelque chose. Il rôde près de la porte.

– J'ai l'impression d'être dans une carlingue d'avion à attendre de sauter dans le vide, dit Lucrèce. À ce petit détail près que je n'ai... pas de parachute.

– Juste une question stupide à laquelle vous n'êtes pas obligée de répondre. Pourquoi pensez-vous qu'il était si pertinent de venir ici, Lucrèce ?

– Je développe moi aussi « mon intuition féminine », Isidore.

– Très bien, alors vous suspectez qui au juste ?

– Un de ces clowns. C'est quand même intéressant de voir autant d'assassins potentiels de Darius réunis au même endroit, au même moment, et dans des circonstances assez proches de celles du crime. Et vous connaissez l'adage : « L'assassin revient toujours sur le lieu de son crime. »

Le journaliste hausse les épaules, peu convaincu.

– Plus que 30 secondes, annonce le haut-parleur.

La jeune femme désigne un pompier en train de rouler une cigarette :

– Même ce pompier, Frank Tempesti, était mon premier témoin de l'enquête. Allez, pour une fois faites-moi confiance, nous allons opérer « à ma manière ».

Isidore hausse les sourcils.

– J'ai un mauvais pressentiment. Je crois qu'on ferait mieux de filer dès que le costaud à tête de chien se sera éloigné. Et après on observera le spectacle depuis une planque.

Le haut-parleur crachote :

– Plus que 5 secondes, 4, 3, 2, 1. Silence plateau. Moteur. Action !

De la musique symphonique résonne.

Sur la scène un projecteur unique éclaire le portrait géant de Darius qui doucement se déroule.

C'est Stéphane Krausz habillé en Monsieur Loyal qui effectue la première apparition face au public. La salle l'applaudit. Il attend le silence.

– La première fois que j'ai rencontré Darius je lui ai dit : « Faites-moi rire, vous avez 3 minutes », et j'ai lancé le chronomètre. Il m'a fait pouffer en exactement 56 secondes et 20 dixièmes. Maintenant il n'est plus là, et pourtant sa magie vit encore. Vingt ans plus tard, je n'ai pas peur de le dire, Darius me fait toujours rire. Et il fera rire encore des millions de gens pendant des siècles et des siècles.

La salle applaudit.

– Darius est immortel. Il restera à jamais dans nos cœurs. Moi je l'ai bien connu et je peux vous dire que derrière le clown facétieux il y avait un type extraordinaire. D'une grande culture, d'une grande générosité, d'un grand courage. C'est peut-être pour cela qu'on l'appelait non seulement le Cyclope mais surtout « Darius le Grand ».

Nouvelle ovation.

Puis Stéphane Krausz annonce le programme du spectacle-hommage, avec la liste des comiques qui viendront déguisés en clowns roses, comme Darius, interpréter ses sketches.

La musique reprend, le rideau s'ouvre et c'est Félix Chattam qui entame le premier sketch, accompagné d'une dizaine de filles, déguisées elles aussi en clowns roses.

Il imite la voix du maître :

– Salut mes amis, je suis le fantôme de Darius et je me suis réincarné dans... Félix, et ça me fait rudement plaisir que vous soyez venus pour ma mort, encore plus nombreux que pour mes spectacles...

La salle réagit positivement.

Autour d'eux les autres clowns semblent soulagés. Le premier parachutiste a réussi son saut. La salle a commencé à rire, désormais ils sont lancés. Ce sera plus facile pour les suivants.

– Je déteste les imitateurs. Ils piquent les voix des autres, dit un humoriste. Ce sont des caméléons, ils n'ont pas de couleur, alors ils prennent celle des autres.

– Moi, Félix Chattam il ne m'a jamais fait rire.

– Écoutez-le. Il se prend pour le nouveau Darius.

Les humoristes ricanent.

Lucrèce est surprise de cette malveillance.

Isidore chuchote :

– Je vous l'avais dit : les comiques peuvent être cruels entre eux.

– Dans toutes les professions. On dit du mal des collègues absents. Vous avez vu au *Guetteur Moderne*, quand les gens déjeunent ensemble, ils passent tous les journalistes au fil de l'épée.

– Chez les comiques, c'est pire, parce qu'ils ont précisément pour métier d'être incisifs.

Lucrèce Nemrod ne trouve rien à répondre.

– Bon, je ne vois plus le costard à tête de chien, on s'en va ?

Ils veulent filer mais Stéphane Krausz passe leur rendre visite. Instinctivement, ils se détournent.

– Numéro 2. Allez vite, préparez-vous, Félix va bientôt terminer. Retouche maquillage et placez-vous au point de lancement. Surtout mettez bien vos pieds sur la marque blanche, sinon la caméra latérale ne pourra pas vous filmer.

– Ils vont passer dans l'ordre, murmure Isidore. D'ici le 19 on aura le temps de trouver une solution pour s'esquiver.

Les clowns continuent à commenter l'événement.

– Quand même. On béatifie Darius, mais tout le monde sait qu'il volait les sketches des autres, dit un clown portant le dossard 13.

– À la fin il ne se donnait même plus la peine de voler, son équipe visitait tous les spectacles comiques pour chaparder les bonnes idées. C'est ça les super-escrocs, ils font faire le boulot par leurs sbires, complète le dossard 15.

Le Costard rose à tête de chien revient et s'assoit dans un fauteuil face à la sortie de la pièce.

Le numéro 2 joue son sketch.

Comme pour le précédent, les autres comiques commentent depuis les coulisses.

– Et hop ! un effet raté, un ! remarque le numéro 13.

Le sketch se déroule et les autres ponctuent depuis les coulisses.

– Et là il savonne, ajoute le 15.

– Et là il a oublié un bout de texte. C'est à cause de la marijuana, il fume trop, ça affecte la mémoire, ricane le 11.

– Regardez, le public n'a pas ri au gag du « poulet trop cuit ». C'était son moment fort. Le pauvre, il n'a plus de munitions.

Quelques minutes plus tard, le clown revient parmi ses collègues des coulisses.

– Alors j'étais comment ? demande-t-il, inquiet.

– Superbe ! lance le clown au dossard 13.

– Ils étaient tous à tes pieds. Tu les tenais, ajoute le 11.

– La salle était pile en phase, renchérit le 15.

– Vraiment, vous êtes sûrs ? J'ai eu l'impression d'avoir perdu pied à un moment.

– Tu es trop perfectionniste.

Le numéro 3 se prépare. Les autres le soutiennent.

– On te dit le mot de cinq lettres.

C'est étonnant, on dirait que chacun pense que les médisances ne sont que pour les autres et par pour lui.

Le numéro 3 plonge sous la douche lumineuse des projecteurs. Le clown numéro 13 le suit des yeux quelques secondes, puis lance à ses compagnons :

– De toute façon, Darius, ce qui l'a tué, si vous voulez mon avis, c'est quand même la cocaïne. À la fin il en prenait tellement qu'il tremblait sur scène. Quand on lui parlait on pouvait voir la poudre dans ses narines.

– Vous voyez, susurre Lucrèce, on a des informations sur sa mort.

– Ce que je vois surtout, c'est qu'on va avoir du mal à sortir.

Le clown 24 complète :

– S'il se fait béatifier ce sera le premier saint accro à la coke.

Tous éclatent de rire.

– Personnellement, Darius était le type le plus méchant que j'aie jamais rencontré, renchérit le clown 11.

– Et avare avec ça ! Quand on allait au restau il n'avait jamais son portefeuille ! C'est quand même incroyable, ce type vivait dans un château et refusait de payer une addition !

– Et comme représentant du peuple, tu parles... il était méprisant envers le personnel. Toujours à insulter les serveurs. Et pour les pourboires fallait pas compter sur lui.

– Quand on pense qu'il a fait un sketch sur un serveur qui épinglait les clients pingres ! C'est le monde à l'envers.

Nouveaux ricanements.

Alors que Félix Chattam passe, fourbu, sortant des toilettes après y avoir pas mal vomi, les autres se taisent. Le clown 13 murmure derrière son dos :

– Faites gaffe, voilà « son fantôme » !

Nouveaux rires.

Le sketch suivant connaît un succès considérable, et on appelle le clown 4. Il rejoint un groupe de clowns roses qui participent au numéro.

En intermède, Stéphane Krausz rappelle que le Cyclope ne faisait pas seulement rire, il soutenait aussi une nouvelle génération de comiques grâce à son École du Rire et à son Théâtre de Darius.

C'est étrange, le contraste entre tout le bien qu'on dit de lui sur scène et tout le mal qu'on dit de lui en coulisse. Je ne sais plus quoi penser.

– Allons-y, je crois que la voie est libre, dit Isidore.

Mais juste au moment où ils s'apprêtent à déguerpir, le clown au dossard 7 donne une tape sur les fesses de la jeune journaliste.

– Alors tu y as pris goût ? Il me tarde de te voir sur scène !

Lucrèce, d'abord surprise, examine le visage derrière le nez rouge et le bandeau.

Marie-Ange !!

– Tu sais ce qu'ils sont censés faire, les clowns du couple 19 ? demande-t-elle d'un ton narquois.

Lucrèce ne bronche pas.

– Le fameux sketch *Je me déshabille,* de Darius. Tout en parlant ils doivent faire un strip-tease.

La jeune femme serre le poing. Isidore lui murmure :

– Pas le moment d'attirer l'attention.

– Ah, et tu es venue avec ce grand monsieur qui doit être ton père pour te soutenir ? Moi qui te croyais orpheline ! Finalement, bravo, tu l'as retrouvé..., poursuit Marie-Ange.

Lucrèce se mord les lèvres.

– Tu vois, ce qui m'a toujours déçue chez toi, Lucrèce, c'est ton manque d'humour. Il n'y a qu'à ce fameux 1er avril où je t'ai trouvée vraiment drôle. Sauras-tu faire mieux ce soir ?

Cette fois Lucrèce veut frapper mais Isidore, qui connaît sa comparse, s'est déjà mis entre elles.

À ce moment le maître de cérémonie lance « Numéro 7 en place ».

– Désolée, les amis, j'aurais bien poursuivi cette conversation mais je dois faire mon devoir.

Isidore se penche vers Lucrèce.

– Je vous préviens, la prochaine fois que je vous vois incapable de vous maîtriser, je vous abandonne. Je n'ai pas de temps à perdre avec une petite brute qui ne sait pas se contrôler et qui fonce comme un animal dès qu'on agite un chiffon rouge. Allez, filons !

Ils ne vont pas loin, le garde du corps à tête de chien revient. Ils doivent encore patienter.

Attendant leur tour, les autres clowns poursuivent leurs commentaires.

– Marie-Ange Giacometti, paraît qu'elle a couché avec Darius, dit le clown au dossard 11.

– Ouais, et pas qu'un peu. Et elle a aussi couché avec ses frères. Et peut-être même avec ses gardes du corps !

Nouveaux rires.

– Moi, je trouve que Darius était un type formidable, dit le clown au dossard 9. Je suis une femme et il m'a non seulement aidée mais il ne m'a jamais manqué de respect.

– C'est normal. C'est parce que tu n'es pas à proprement parler une pin-up comme Marie-Ange. T'es plus faite pour le cinéma de Fellini que pour celui de Tim Burton.

Rires.

– N'empêche, Darius c'était une vraie vedette, et vous n'êtes que des jaloux. Et s'il n'y avait pas cet hommage à sa mort… Eh bien vous ne passeriez même pas la porte de l'Olympia une seule fois dans votre vie !

Le dossard numéro 9, ayant craché cette phrase, préfère battre en retraite devant ses collègues qui se défoulent pour surmonter leur trac.

Je n'aime pas hurler avec les loups. Je n'aime pas le lynchage.

La jeune journaliste scientifique surveille l'écran témoin en espérant l'échec de son ex-camarade de pension. Mais, peut-être animée par l'envie de l'impressionner, la jeune comique se surpasse et obtient des rafales de rire.

Le haut-parleur annonce alors : « Changement de programme, le couple numéro 19 passe maintenant à la place du numéro 8, tenez-vous prêts, ça va être à vous. »

Isidore et Lucrèce restent tétanisés. Le garde du corps n'a pas bougé de place, rejoint par le pompier Franck Tempesti qui vient discuter avec lui.

Bon sang on ne peut plus filer. Faits comme des rats.

– Juste une question, Lucrèce : je vous ai suivie parce que c'était votre intuition, mais pour information... Hum... une fois qu'on sera sur scène nous faisons quoi au juste ?

Elle regarde la feuille avec le texte qu'on leur a tendue mais ne parvient pas à trouver la concentration nécessaire pour l'apprendre par cœur en vingt secondes. Isidore a le front luisant de sueur.

Déjà on vient les chercher. Un assistant les guide dans les coulisses d'où ils peuvent apercevoir Marie-Ange en train de déclamer son dernier gag. Elle obtient une dernière bouffée de rire, bien synchrone, suivie d'applaudissements nourris.

Les rideaux se ferment, Marie-Ange regagne les coulisses sur un signe destiné au couple 19.

Puis elle disparaît côté jardin pour rejoindre les premiers rangs. Déjà la scène s'est rallumée, Stéphane Krausz a surgi et crachote dans le micro :

– Et maintenant, pour la touche internationale, un couple qui nous vient en exclusivité du Québec : David et Vanessa Bitonowski ! Ils vont nous jouer le sketch *Strip-tease* et je vous préviens, c'est très « spécial ».

Un assistant les fait avancer de quelques pas pour les placer sur la marque blanche.

– Vous avez de la chance, ils sont chauds.

Lucrèce et Isidore attendent au milieu de la scène devant le rideau de velours rouge.

C'est étrange, cet instant m'en rappelle un autre, très profond, très ancien.

Lentement les rideaux de velours rouge s'écartent.

Cet instant ancien c'est... ma naissance.

Un jour, il y a longtemps, j'ai eu une mère et j'étais dedans.

Un jour, il y a longtemps, j'étais dans le noir et il y a eu des parois rouges qui se sont écartées et j'ai été exhibée à la lumière.

Et après il y a eu les regards. Des gens me regardaient qui attendaient quelque chose de moi.

Les lourds rideaux rouges de l'Olympia s'écartent et les deux journalistes se retrouvent face à la salle pleine à craquer, avec des centaines d'yeux braqués sur eux.

Derrière les projecteurs aveuglants, Lucrèce distingue les caméras de télévision qui retransmettent l'événement en direct devant des millions d'autres yeux, en France et dans le monde francophone.

Elle sent une rivière de sueur glacée lui couler dans le cou. Au premier rang elle distingue le ministre de la Culture, accompagné de différentes personnalités de la politique. Au milieu quelques artistes célèbres, dont les clowns des sept numéros précédents.

Ils ont l'air bienveillants.

Elle aperçoit Marie-Ange qui lui fait un clin d'œil.

Un peu sur la droite elle reconnaît des politiciens et des journalistes, dont Christiane Thénardier, en tenue de soirée avec un collier qui ressemble à un stéthoscope.

Au moment de ma naissance quelque chose n'allait pas.

Tous les yeux me regardaient et attendaient quelque chose de moi.

Et je ne le faisais pas.

À sa droite Isidore semble lui aussi tétanisé.

Il a un petit sourire en coin, et une question simple qu'il lui transmet par télépathie.

Et maintenant, ma chère Lucrèce, on fait quoi au juste ?

109.

« Trois hommes se retrouvent à l'enterrement d'un ami commun. Debout devant le défunt, ils se demandent ce qu'ils voudraient que l'on dise d'eux s'ils étaient en ce moment à sa place, couché au fond de ce cercueil encore ouvert.
– Moi, dit le premier, j'aimerais entendre dire que j'ai été un bon père de famille, toujours là pour mes enfants, et un bon mari, qui a su subvenir aux besoin des siens.
– Moi, dit le second, j'aimerais entendre que j'ai été un excellent professeur et que j'ai su donner le goût de l'effort à mes étudiants.
– Moi, dit le dernier homme en regardant le cercueil, j'aimerais qu'on dise : "Oh regardez ! Il bouge !" »

Extrait du sketch *Derniers vœux avant la falaise,*
de Darius WOZNIAK.

110.

– Allez y, souffle un assistant depuis les coulisses.

Lucrèce Nemrod et Isidore Katzenberg restent immobiles tels des lapins aveuglés par les phares du camion qui va les écraser.

Isidore va probablement m'en vouloir mais je sens qu'il y a là quelque chose de déterminant pour la suite de l'enquête, et qu'on ne peut le comprendre qu'en revivant ce que vivent les « humoristes » sur scène.

Elle garde le regard fixe, sans même battre des paupières.

À ma naissance aussi, ils me regardaient et ils attendaient que je fasse quelque chose mais comme je ne le faisais pas, ils étaient inquiets...

Elle voit les yeux qui la fixent et la transpercent comme des flèches.

Je meurs.

Non, la mort c'est mieux. Il n'y a pas de conséquences. Un cadavre est rarement ridicule. Au pire il est pitoyable et il inspire le respect. Là il y a ces centaines de personnes, plus les millions de téléspectateurs qui se disent juste « qu'est-ce qu'elle attend pour nous faire rire » ?

Je n'existe plus.

Autant de regards sur moi qui ne sont là que pour me trouver nulle, c'est la sensation la plus abominable que j'aie jamais éprouvée.

Finalement, même lors du 1er avril de Marie-Ange je n'étais grotesque que pour les yeux d'adolescentes boutonneuses.

Eux ils sont des milliers, que dis-je, des millions…

Je meurs.

Et maintenant que va-t-il se passer ?

Je voudrais bouger que je ne le pourrais pas.

Respirer lentement. Continuer de faire battre le cœur. Déglutir.

Qu'est-ce qui m'a pris de venir ici ?

Et la Thénardier au premier rang.

Et Marie-Ange qui me guette.

Toute cette vie n'est qu'un gigantesque complot visant à me mener à cette seconde où je bats tous les records de détresse.

Je me sens m'effondrer de l'intérieur. Un trou noir dans mon cœur aspire ma chair et mon esprit.

C'EST LA FIN DE MOI.

Ma seule consolation est de ne pas être seule dans cette situation abominable.

J'ai un compagnon de détresse. Encore une expérience commune terrible.

ET MAINTENANT QUE VA-T-IL SE PASSER ?

Le malaise monte aussi dans la salle.

Certains se rongent les ongles.

Mais les deux clowns apparus sur scène, le grand gros et le petit menu, gardent toujours la bouche fermée, impassibles.

Dans la salle de l'hôpital, le jour de ma naissance, ma propre mère devait me trouver minable, digne de recevoir des gifles, avec cette frustration qu'on ne peut pas punir un enfant dès les premières secondes de sa naissance.

POURTANT JE LE MÉRITAIS.

Une bonne fessée pour m'apprendre la politesse : quand on naît on dit « bonjour, merci, et s'il vous plaît ».

Bonjour l'univers.

Merci la vie.

Merci à mes parents de m'avoir conçue.

Merci à ma mère de m'avoir portée neuf mois alors que je transformais sa jolie silhouette de pin-up en bibendum ridicule.

Merci à ma mère d'avoir supporté les vapeurs, les évanouissements, les seins lourds, par ma faute.

Merci aux sages-femmes et aux obstétriciens d'avoir réussi à m'extraire de ce ventre gluant alors que j'ai des épaules pointues, un crâne trop large, des genoux et des bras mal rangés comme ceux d'une marionnette désarticulée.

Merci à ma mère d'avoir supporté la douleur de mon apparition dans le monde.

Mais moi, bébé ingrat, je n'ai rien dit.

Et c'est probablement pour cela que par la suite elle m'a abandonnée. Mon père était peut-être là aussi et il faisait partie de ces gens qui m'observaient, attendaient que je fasse quelque chose et me trouvaient décevante parce que je ne le faisais pas.

Dans la salle, dans les coulisses, derrière les caméras, et sur scène le malaise monte et envahit tout. Et rien ne vient l'atténuer. 5 secondes. 10 secondes. 20 secondes de silence. Chaque seconde semble durer plusieurs minutes.

– Qu'est-ce que vous attendez ? Dites le texte et déshabillez-vous ! souffle un assistant au comble de la panique.

Les deux journalistes grimés en clowns restent pourtant paralysés.

Mais ils attendaient quoi le jour de ma naissance ? Ils attendaient QUOI ? Qu'est-ce que j'ai oublié de faire ? Pourquoi je les ai tous déçus dès le départ de mon existence ?

Les minutes sont devenues des heures.

Tous ces regards qui jugent et qui sont déçus par moi...

Maintenant, dans son cou, plusieurs filets de sueur se rejoignent.

Je comprends pourquoi les artistes qui se produisent sur scène sont payés aussi cher. C'est une épreuve insupportable. Tous ces yeux avides... Et comme elle est atroce, la peur de ne pas faire rire.

Darius Wozniak, lui aussi, a dû connaître cette trouille, et c'est pour ça qu'il a dû compenser avec la drogue, la violence, la dureté.

Les heures deviennent des années. Dans son esprit défile un diaporama accéléré des visions de sa naissance jusqu'à celles de son arrivée sur scène, en exhibition devant le public de l'Olympia. Apparaissent le visage déçu des sages-femmes, le visage goguenard de Marie-Ange, le visage intrigué de la Thénardier qui ne l'a pas reconnue, les cercles noirs des objectifs de caméra surmontés de leurs diodes rouges, le visage probable de ses parents dépités. Et puis soudain quelqu'un trouve une idée. Un homme avec un masque blanc. Il l'attrape par les pieds, il la met à l'envers et là il lui administre une fessée.

C'est comme ça que méritent d'être traités les vilains bébés qui ne sont pas polis et qui ne font pas ce qu'il faut faire.

C'est comme ça qu'il faut toujours me traiter, parce que je suis un être décevant.

C'est pour ça que mes parents m'ont abandonnée.

Ils lui ont donné une fessée bien méritée. Elle a eu très mal et c'est cela qui l'a fait vivre et accepter par les autres.

Alors soudain Lucrèce se met à pousser un gigantesque hurlement qui fait résonner toute la salle de l'Olympia.

Isidore n'a toujours pas bronché.

Le cri de Lucrèce Nemrod se prolonge.

La gêne dans la salle atteint un maximum, comme un nuage noir de pluie qui se densifie, et puis quelqu'un au fond se met à rire.

Peut-être parce que ce cri primal lui rappelle son propre cri de naissance, le rire du spectateur se transforme en fou rire au milieu de la salle silencieuse.

Désormais il y a sur scène un homme grand, gros et silencieux complètement immobile en train de regarder devant lui à côté d'une petite jeune femme qui hurle. Et au fond de la salle un type qui a une crise de fou rire.

Le mélange des trois provoque une réaction de la salle. Les caméras zooment sur Lucrèce.

Et puis, comme si le nuage de pluie crevait soudain, deux autres personnes pouffent en écho dans l'assistance.

Quelques personnes au premier rang lâchent des petits rires nerveux, comme des chevaux piaffants attendant un signal pour rigoler franchement.

Bientôt ils sont une vingtaine qui, n'en pouvant plus, libèrent leur rire.

Et, comme par miracle, la pluie de rires se déclenche soudain.

Les secondes qui suivent sont entièrement remplies par un rire collectif, un public qui rit de se voir rire sans raison alors que deux clowns immobiles se tiennent sur scène, l'un jouant les statues de sel et l'autre continuant de hurler à en perdre le souffle.

Je ne sais pas ce qui me prend.

Je ne sais pas ce qui leur prend.

Et le rire de la salle monte, enfle.

Elle sait que, depuis les coulisses, l'assistant leur crie des choses désagréables mais elle n'y prête plus attention.

Lucrèce voit les visages hilares au premier rang, certains les montrent du doigt comme pour prendre à témoin leur voisin de cette situation saugrenue.

Comme ils sont laids quand ils rient. Leurs visages sont déformés, comme s'ils étaient en plastique fondu.

Le cri se prolonge. Les rires aussi.

Les secondes continuent de s'égrener.

En face les gens rient toujours et elle surprend même un caméraman hilare qui enlève ses lunettes pour s'essuyer les yeux.

Comme elle n'a plus de souffle, elle se tait. La salle aussi.

Et après un hoquet elle éclate en sanglots.

Cette fois c'est le triomphe. Tout le monde se lève et applaudit la performance troublante.

Voilà ce que l'univers attendait depuis ma naissance, que je hurle et que je pleure.

Et c'est pour ça que j'ai déçu mon entourage : j'ai oublié de hurler et de pleurer devant eux. Je l'ai fait en cachette mais jamais devant des yeux.

Et c'est pour ça que le monde me trouve « dure et sans cœur ».

Le jour de ma naissance j'ai dû seulement respirer pour survivre. Et depuis je perpétue cette « habitude » : respirer pour survivre. Mais je n'ai pas poussé ce grand cri d'allégresse que lancent tous les humains en entrant dans la grande aventure de la vie.

C'est le « merci » du nouveau-né.

Le cri du bébé heureux de naître.

Ce cri qui veut dire « SUPER-CONTENT D'ÊTRE LÀ, DE VIVRE ET DE VOUS AVOIR POUR PARENTS ! ».

Et je le pousse maintenant, et tous le sentent, et voilà pourquoi ils sont soulagés, et voilà pourquoi ils rient.

Certains rient encore.

Isidore n'a pas bougé. Lucrèce n'est plus étanche, l'eau jaillit de ses yeux.

Enfin les rideaux de velours rouge finissent par coulisser devant eux, comme deux larges boucliers.

Ils entendent les applaudissements qui ne veulent pas s'éteindre.

L'assistant d'abord affolé leur adresse maintenant des signes de félicitation.

On a réussi. On a quand même réussi ! Bon sang ! faire rire des foules de gens ! Je l'ai fait !

Stéphane Krausz, Monsieur Loyal, vient sur scène devant les rideaux de velours rouge. Il s'adresse à la salle qui met du temps à se calmer.

– Hum… Hum… Eh oui, l'humour c'est parfois le silence. Et comme pour Mozart, le silence qui suit un sketch de Darius, c'est encore du Darius. Mais le silence ne suffisait pas et Vanessa a su ajouter sa touche personnelle. Le cri de douleur et les pleurs face à la disparition de notre ami Darius.

Les applaudissements renaissent.

– Nous les avons tous appréciés dans la nouvelle interprétation de ce sketch intitulé *Strip-tease*. Et quel plus grand dépouillement que l'absence total de jeu, et un simple hurlement, n'est-ce pas ? Donc c'était David et Vanessa, vous ne les aviez jamais vus, et c'est normal, ce sont comme je vous le disais deux comiques du Québec qui ont fait exprès le voyage pour honorer la mémoire du Grand Darius. On les applaudit encore très fort.

L'ovation est ample, fervente.

Isidore et Lucrèce restent immobiles, comme pour digérer l'instant terrible. Leurs cœurs qui battent la chamade mettent longtemps à retrouver un rythme normal.

Lucrèce prend la main d'Isidore et la serre très fort.

– J'ai cru mourir, dit-il simplement.

Il m'a semblé naître.

– Le comique américain Andy Kaufman avait déjà testé ça dans les années 1970 : une minute de silence total sans aucune parole ni mimique. Et ça avait marché. C'était la seule stratégie à adopter vu les circonstances, énonce Isidore encore hébété, comme s'il était dans un rêve.

– Arrêtez de faire celui qui a tout prévu et qui a les bonnes références. Nous étions pétrifiés par la panique. Et voilà pourquoi nous n'avons rien fait. Et moi j'ai crié parce que…

Parce que je me suis retrouvée en train de revivre mon premier échec, celui qui a entraîné tous les autres.

– Parce que ?

– …Parce que cette attente était insupportable…

Ils décident de regagner les coulisses pour surveiller le déroulement de la suite du spectacle.

Les autres comiques les observent avec une sorte de crainte et de méfiance.

Je ne vais surtout pas leur demander ce qu'ils ont pensé de notre prestation.

Ils s'assoient et observent le moniteur de contrôle.

Stéphane Krausz remonte sur scène et annonce un invité-surprise prestigieux.

– C'est un ami, un collègue, mais surtout un grand producteur : j'ai nommé le frère du Cyclope en personne : Tadeusz Wozniak !

Tadeusz arrive en costard rose et nœud papillon fuchsia. Il salue des trois doigts devant l'œil droit.

Puis il serre la main de Krausz. Ils s'étreignent chaleureusement.

– Mon cher Stéphane, je peux t'appeler Stef ? Donc Stef, je sais combien Darius t'appréciait et tout ce qu'il te doit. Et sache bien que s'il est là-haut et qu'il nous regarde, il doit aimer cette grande soirée-hommage et cette salle qui réunit tous ses amis et ses admirateurs.

– Merci, Tad. Tu es vraiment un type formidable.

– De rien, Stef. Tu sais, le soir où mon frère est mort, j'étais ici même, à l'Olympia, au premier rang, et je me souviens de son dernier sketch. Je souhaiterais vous le lire aujourd'hui.

Tadeusz Wozniak déplie un papier, et lit, puis ralentit à la dernière phrase qu'il prononce en articulant exagérément :

– « et il éclata… de rire… et… il… mourut. »

La salle se lève, applaudit.

Isidore ramasse une serviette, s'essuie le visage. Il en propose une à sa jeune collègue.

Elle annonce sur un ton neutre :

– Attendez-moi. Il faut vraiment que j'aille aux toilettes.

Lucrèce pousse la porte marquée du symbole féminin. Deux cabines se présentent à elle. Elle actionne la première poignée, qui résiste, la seconde aussi.

Il ne manquait plus que ça. Je sens que je ne vais pas tenir.

Elle commence à tambouriner contre la porte pour pousser l'occupante à sortir plus vite. Une voix lui demande de patienter.

Elle s'asperge le visage d'eau glacée. Rarement le contact avec l'eau lui a apporté autant de plaisir.

Si j'étais née dans une piscine je n'aurais pas eu à pleurer ni à crier. Juste à nager. C'est peut-être pour cela que ça me ravit autant de voir Isidore nager avec ses dauphins. Il faudra que j'achète un nouveau Léviathan.

Mais soudain un bruit la fait sursauter.

Un homme rit trop fort dans la loge voisine.

Envahie par un pressentiment, Lucrèce jaillit des toilettes et, remontant la source du rire, se retrouve face à la loge de Tadeusz Wozniak.

Isidore Katzenberg la rejoint, suivi du pompier Frank Tempesti.

Ils s'approchent et entendent que Tadeusz rit de plus en plus fort. Déjà Lucrèce essaie de défoncer la porte qui résiste. Elle tape avec le pied.

À l'intérieur le rire se transforme en cri d'agonie. On entend le choc soudain d'une chute. Des gens accourent aux nouvelles.

Déjà le pompier a sorti son jeu de clefs pour ouvrir la porte. Mais dans son empressement et sa nervosité il n'arrive pas à trouver la bonne.

Plutôt que d'attendre qu'il réussisse et se doutant de ce qu'elle va trouver, Lucrèce préfère foncer dans un groupe d'une centaine de fans qui, ayant obtenu une dédicace de Tadeusz, se désagrège lentement pour se diriger vers la sortie. Isidore, qui a compris son idée, la suit.

– Là ! dit-elle. Il est là !

Elle court. Puis, l'ayant perdu de vue, elle s'arrête. Isidore la rejoint.

– Je l'ai vu passer. C'était le clown triste !

Elle reprend son souffle. Mais soudain elle l'aperçoit à nouveau plus loin.

– Là !

– Hep ! Stop !

Le clown triste se retourne et déguerpit encore plus vite.

– Arrêtez-le ! Arrêtez-le ! crie Lucrèce.

Mais le groupe des fans les ralentit.

Le clown triste s'engouffre dans les escaliers, ouvre une porte et rejoint la coursive supérieure. Les deux journalistes grimpent à sa poursuite et se retrouvent au-dessus de la scène, dans les cintres, à plus de dix mètres des planches.

Ils peuvent désormais clairement distinguer leur fugitif.

En dessous, la salle écoute un nouveau sketch interprété par le clown au dossard numéro 13.

– Arrêtez-vous ! lance Lucrèce en direction du fuyard.

Alors le clown triste saisit un cordage et se laisse descendre pour atterrir en plein milieu de la scène.

Le clown numéro 13 et ses acteurs s'interrompent, surpris.

Le clown triste fait une courbette et se pose trois doigts sur l'œil droit.

Aussitôt, la salle pense que c'est un gag et applaudit.

Déjà Lucrèce et Isidore empruntent la même voie et atterrissent à leur tour en plein milieu de la scène. Le public en les reconnaissant pousse une clameur :

– David ! Vanessa !

Ils font le même geste sur l'œil droit.

Ils font la même courbette, et ont encore plus de succès.

Lucrèce et Isidore peuvent ainsi vérifier la loi d'Henri Bergson : l'humour fonctionne encore mieux en mode répétitif.

Mais déjà le clown triste bouscule tout le monde, rejoint une issue de secours et jaillit dans la rue.

Les deux journalistes le repèrent, le voient enfourcher une moto et démarrer en trombe.

Ils rejoignent leur side et s'élancent à la poursuite de la moto.

Ils avalent d'abord le boulevard des Italiens, à double sens, puis débouchent sur le boulevard Poissonnière, en sens unique.

Sans hésiter la moto emprunte la large avenue à contresens. Et se faufile entre les voitures fonçant vers elle.

Mais le side-car ne peut en faire autant. Lucrèce évite de justesse un camion, frôle une voiture, un piéton en colère, puis doit renoncer à la poursuite après avoir évité de justesse un choc frontal avec un autobus.

– Et maintenant on fait quoi, Lucrèce ?

– Vous je sais pas, mais moi il va falloir que je trouve rapidement des toilettes.

111.

« C'est un village qui vit du tourisme. Cependant la crise économique a entraîné une raréfaction des touristes.
Plusieurs mois passent, et tout le monde devient de plus en plus pessimiste sur l'avenir économique de la commune.

Arrive enfin un touriste qui prend une chambre.
Il la paie avec un billet de cent euros.
Le touriste n'est pas encore arrivé à sa chambre que l'hôtelier court porter le billet chez le boucher, à qui il doit justement cent euros.
Le boucher va aussitôt porter le même billet au paysan qui l'approvisionne en viande.
Le paysan, à son tour, se dépêche d'aller payer sa dette à la prostituée à laquelle il doit quelques moments agréables.
La prostituée boucle la boucle en se rendant à l'hôtel pour rembourser l'hôtelier qui lui a fait crédit.
Comme elle dépose le billet de cent euros sur le comptoir, le touriste, qui venait dire à l'hôtelier qu'il n'aimait pas sa chambre et n'en voulait plus, ramasse son billet et disparaît.
Rien n'a été dépensé, ni gagné, ni perdu.
N'empêche que plus personne dans le village n'a de dettes. N'est-ce pas ainsi qu'on est en train de résoudre la crise mondiale ? »

Extrait du sketch *Analyse politique de base,*
de Darius WOZNIAK.

ACTE III

« À mourir de rire »

112.

« Le monde de l'humour à nouveau frappé au cœur. »

« Le frère du Cyclope s'effondre après l'hommage à Darius. »

« Tadeusz Wozniak meurt dans des circonstances similaires à celles de son frère. »

Ce sont les titres des quotidiens du lendemain.

Aux actualités le sujet fait l'ouverture du journal de 13 heures :

– « Grand émoi à l'Olympia. Après la soirée d'hommage à Darius, le propre frère de la star, Tadeusz Wozniak, a péri d'une crise cardiaque hier soir, seul dans sa loge. Mais rejoignons tout de suite notre envoyé spécial sur les lieux du drame. »

Suivent les images de la loge d'artiste avec au sol la marque du cadavre tracée à la craie.

– « Eh bien oui Jérôme, c'est une mort étonnante que celle de Tadeusz, au même endroit et dans la même loge que son célèbre frère Darius. Mais pour parler de cette mort étrange j'ai avec moi le Dr Patrick Bauwen, médecin légiste à l'Institut de criminologie de Paris. Alors, docteur Bauwen, quelles sont les explications de cette deuxième mort sans traces ni indices ? »

Le cadre s'élargit, dévoilant l'éminent scientifique.

– « À ce stade de l'enquête évidemment nous ne pouvons rien

affirmer. Tadeusz Wozniak était seul dans sa loge fermée de l'intérieur. Il a été foudroyé par une attaque cardiaque qui a causé sa mort immédiate. À voir son sourire au moment du décès, il n'a pas souffert.

– « Pensez-vous, docteur Bauwen, qu'il puisse s'agir d'une sorte de malformation cardiaque familiale ?

– « Ça fait partie des hypothèses. Darius tout comme Tadeusz vivait dans l'hyperactivité. Selon son entourage, il fumait, il buvait, il dormait peu. Un spectacle public est une épreuve autant pour le corps que pour l'esprit. À mon avis les deux frères pouvaient souffrir de la même fragilité cardiaque. L'autopsie nous permettra d'être plus précis.

– Merci, docteur Bauwen. »

Le présentateur reprend la parole et annonce :

– « Le président de la République a envoyé un message de condoléances à la famille. Les obsèques de Tadeusz Wozniak auront lieu dans le caveau familial au cimetière de Montmartre, mercredi à 11 heures. »

113.

– « LA MALÉDICTION DES WOZNIAK A ENCORE FRAPPÉ » avec un point d'exclamation. Ou peut-être trois points de suspension. Que pensez-vous de ce titre ? questionne Christiane Thénardier.

– C'est bien, très bien, répondent quelques voix.

– Pas étonnant que ça vous plaise. C'est le titre proposé par la direction. Mais c'est nul. Et vous savez pourquoi c'est nul ? Parce que c'est déjà le titre de deux quotidiens. Vous n'avez peut-être pas le temps de lire la presse ? Pfff... Donc il faut trouver mieux que ça !

La chef de la rubrique Société sort un cure-dents et commence à creuser dans les interstices de sa dentition. Elle semble prendre du plaisir à ces petits gestes capables de susciter un malaise général. Une manière de montrer qu'elle peut faire ce qu'elle veut et que personne n'aura le courage d'élever la moindre critique.

La vingtaine de journalistes présents font semblant de griffonner ou de lire leurs notes.

– « LES FRÈRES DAMNÉS DE L'HUMOUR » ? propose Maxime Vaugirard, toujours zélé.

– Pas mal. Qui dit mieux ?

– « LA LOI DES SÉRIES À L'OLYMPIA » ?

– On dirait un western spaghetti. Quoi d'autre ?

– « LA CHUTE DE LA MAISON WOZNIAK » ?

– Cette fois c'est du Edgar Poe. Allez-y ? Personne ? On va encore être en retard sur les concurrents. Dire que j'ai vu la victime quelques minutes avant sa mort ! Oui, parfaitement, moi qu'on accuse toujours de ne pas être sur le terrain, je peux vous dire que j'étais ce soir-là face au drame. Je pourrais d'ailleurs me faire interviewer en tant que témoin si vous voulez. Et où est Lucrèce ? C'est elle qui couvre l'enquête sur la mort de Darius, non ? Et comme par hasard, pour une fois qu'elle pourrait être utile elle n'est pas là ! Qui a eu de ses nouvelles récemment ?

Quelques journalistes secouent la tête, trop contents de ne pas être dans le collimateur de leur supérieure.

– Florent ! Puisque c'est vous son meilleur ami. Vous savez où est votre petite protégée ?

Il affecte une moue d'ignorance.

– Parfait. Cette fois c'est la goutte d'eau qui fait déborder le vase. Demain je la vire.

La porte s'ouvre. Lucrèce surgit et fonce vers sa chaise, s'installe en relevant ses mèches.

– Excusez-moi du retard.

– Non, on ne dit pas « excusez-moi », qui est un ordre. On dit : « Est-ce que vous pouvez m'excuser ? » qui est une question. Alors j'espère que vous avez du surprenant à nous offrir sur votre enquête, mademoiselle Nemrod.

La jeune femme retire sa veste et dévoile une fois de plus sa tenue chinoise en soie brodée d'un éléphant. Cette fois la tenue est mauve et noire.

– La mort de Tadeusz est un meurtre, annonce la jeune journaliste scientifique.

Christiane Thénardier pose ses deux jambes sur le bureau, exhibant les semelles de ses bottes.

– Ça on le sait, c'est votre hypothèse de travail, mais pour l'instant, vous ne nous avez guère convaincus. Et l'autopsie évoque plutôt… comme par hasard… un accident cardiovasculaire.

– Tadeusz a été tué exactement comme Darius. L'assassin a utilisé le même mode opératoire. Avec la même arme. Au même endroit. Dans les mêmes circonstances.

– Et selon vous ce serait quoi cette « arme mystérieuse » ?

Lucrèce Nemrod inspire comme si elle peinait de devoir répéter les mêmes choses.

– Un texte. Un texte qui, quand on le lit, vous tue.

– Comment ?

– … de rire.

La salle de rédaction, après avoir digéré l'information, commence à pouffer.

– C'est vous qui nous tuez de rire, mademoiselle Nemrod. Je crois que vous manquez un peu d'expérience, vous ne savez pas distinguer les hypothèses délirantes des possibles.

La jeune femme ne répond pas. L'expérience de l'Olympia lui a appris la puissance du silence. Elle se contente de fixer sa supérieure.

Ce qui crée une tension, et la chef de la rubrique Société se sent obligée de la rompre :

– Alors, mademoiselle Nemrod, vous me faites penser à Vanessa et David, vous savez, les clowns muets de l'Olympia !

Rumeur d'approbation amusée parmi ceux qui ont suivi l'hommage à la télévision.

Il est trop tôt pour la révolte.

Pour l'instant appliquer la règle : « Se soumettre pour dominer. »

Faisons semblant d'être comme eux et de les apprécier, sinon je terminerai seule dans une tour comme Isidore.

Il m'a aussi donné un conseil : « La seule manière de t'adresser à un con c'est le con-pliment. Quand tu fais un compliment à un con, il pense que tu le comprends et il se met spontanément à t'aimer. »

– Je tenais à vous remercier, Christiane, articule Lucrèce. Grâce au budget d'enquête et à la confiance que vous m'avez accordés j'ai pu trouver des indices qui me paraissent intéressants. Je crois que votre intuition était bonne.

Lucrèce exhibe la boîte bleue marquée des lettres dorées « B.Q.T. » et « Surtout ne lisez pas ».

Et le petit papier photographique.

– Ah, ça ? Vous me l'avez déjà montré, rappelle-t-elle. Sans intérêt.

– La dernière fois je vous ai présenté une boîte que j'avais trouvée dans la loge de Darius. Mais celle-ci, le pompier l'a récupérée dans la loge de Tadeusz.

Elle montre une deuxième boîte similaire.

– Vous aviez raison, Christiane. L'assassin a tué en utilisant ces objets.

– Et les empreintes ? demande Florent Pellegrini.

– C'est pour ça que je suis en retard. Je reviens du labo de criminologie. Il n'y a rien. De toute façon j'ai vu l'assassin, il portait des gants.

Elle tend la feuille d'expertise.

– Parce que en plus vous avez vu l'assassin ? s'étonne la Thénardier.

– Bien sûr.

– Parfait, alors c'est qui ? demande-t-elle d'un ton narquois.

La jeune journaliste montre la photo qu'elle a récupérée et sur laquelle on distingue mieux le visage.

– Caché par le gros nez rouge, le maquillage, la perruque et le chapeau, on ne peut évidemment pas l'identifier, grommelle la chef de rubrique.

– On a failli l'avoir mais on a été arrêtés par… un autobus.

Nouveaux ricanements dans la rédaction.

– Vous vous rendez compte de ce que vous voulez nous faire avaler, mademoiselle Nemrod ?

La Thénardier cherche dans sa veste un cigare, finit par le trouver, le hume, le décapite avec sa petite guillotine puis l'allume pour lâcher des bouffées de scepticisme.

– Au moins j'ai une hypothèse qui relie les deux morts. Aucun autre journaliste n'a ça, insiste Lucrèce.

– Blablabla. Des boîtes, des papiers noirs, des clowns dont on ne distingue pas les traits, des théories abracadabrantes non vérifiées. Bref vous n'avez strictement rien pour faire un article digne de ce nom. Un roman délirant, oui. Un article sérieux, non.

– Deux morts similaires, au même endroit, dans les mêmes circonstances, par…

Christiane Thénardier se lève d'un coup et frappe la table du plat de la main.

– … Crise cardiaque. Qui prouve des antécédents médicaux dans la famille. Ma pauvre Lucrèce, à partir de cette seconde je décide que vous êtes officiellement virée. Et vous êtes virée pour la simple raison que vous n'êtes qu'une…

– … journaliste qui fait bien son travail.

L'homme qui a prononcé ces paroles vient d'entrer dans la pièce.

La chef de rubrique le toise des pieds à la tête.

– Tiens, un revenant. Isidore Katzenberg ? Qu'est-ce que vous faites ici ? Vous n'êtes pas le bienvenu dans cette rédaction. Vous n'avez donc plus rien à y faire. C'est une réunion de service et vous n'avez pas été convié. Fichez-moi le camp !

Loin d'obtempérer, le journaliste s'installe dans le grand fauteuil de cuir beige laissé vacant.

– Si vous voulez que cette affaire soit résolue, vous aurez besoin de nos services. Les miens et ceux de mademoiselle Nemrod.

– Personne n'a besoin de vous, Isidore. Partout, vous faites l'unanimité contre vous. C'est d'ailleurs pour ça qu'on vous a viré. Tout comme on va virer cette petite pimbêche nulle.

– Vous ne le ferez pas.

– Je n'ai pas d'ordres à recevoir de vous, mon pauvre Isidore. Vous n'êtes qu'un journaliste raté. Je vous prie de déguerpir avant que je sois obligée d'appeler la sécurité.

Il ne bronche pas.

– Dans trois jours, nous vous trouverons l'assassin, l'arme, et le mobile de la mort des deux frères Wozniak. Avec Lucrèce, nous avons déjà bien avancé dans l'enquête. Nous sommes sur le point d'aboutir. Vous savez comme moi qu'aucun journal n'a envoyé de reporters sur une piste criminelle. Si vous voulez avoir « enfin » une vraie exclusivité qui donne un scoop sur le dossier Wozniak il faudra prendre le risque de nous faire confiance. À moi. Et à Lucrèce.

Personne ne réagit, alors Isidore poursuit calmement :

– Et que je sache, le journal ne se porte pas suffisamment bien pour renoncer juste par fierté à un tel coup. Enfin, je ne pense pas que la direction voie d'un très bon œil votre réaction très « personnelle ».

La meilleure défense c'est l'attaque. Et il y va en force.

Christiane Thénardier tire d'un coup sur son cigare comme si elle cherchait un secours dans la nicotine. Les autres journalistes qui jusque-là se tenaient à l'écart murmurent.

Isidore sort une sucette à la réglisse sans sucre qu'il déballe lentement, puis se met à suçoter bruyamment, sans la quitter du regard. Elle hésite, puis écrase son cigare.

– Vous avez trouvé quoi pour l'instant ?

– Donnant-donnant. 1) Vous réintégrez mademoiselle Nemrod. 2) Vous nous donnez un nouveau budget d'enquête. Nous avons déjà eu des frais. Je l'estime à 3 000 euros. 3) Vous nous couvrez en cas de pépin. Je veux tout ça par écrit signé et daté.

La Thénardier rallume un cigare.

Elle pèse le pour et le contre. Elle consulte les autres du regard. Florent Pellegrini lui fait signe d'accepter.

– Vous avez trois jours. Pas un de plus.

– Parfait. Venez, Lucrèce, on se met au travail.

Il prend la jeune femme par la main et l'entraîne vers la sortie de cet espace qu'il juge malsain.

– Je ne vous aime pas, Isidore, crie la Thénardier. Je n'aime rien chez vous, ni votre allure, ni votre voix, ni vos manières.

Il s'arrête, prend la peine de se retourner :

– Je ne vous aime pas non plus, Christiane.

– Quoi qu'il se passe, sachez que vous ne serez jamais réintégré à cette rédaction.

– Loin de moi ce désir. Je n'ai jamais aimé les prisons ni les geôliers. Depuis que j'ai quitté ce journal je dors bien. Ma conscience ne me taraude plus.

L'entourage réagit par une rumeur sourde.

Ce type me plaît de plus en plus.

Christiane Thénardier écrase le cigare qu'elle vient à peine d'allumer.

Tous les journalistes ont perçu que pour une fois leur chef s'est trouvée face à un adversaire coriace.

Ayant perdu en combat frontal, elle tente une attaque par le flanc :

– Encore une question, Isidore : puisque vous n'avez rien à en tirer personnellement, ni gloire, ni fortune, pourquoi aidez-vous cette gamine ? Ah je sais... vous voulez vous la taper, n'est-ce pas ? Dans ce cas je pose une autre question : pourquoi vous compliquer la vie avec cette fille ? Faites-vous une pute, au moins c'est clair. Tiens, puisqu'on est dans l'humour, j'en connais une bien bonne : vous savez la différence entre l'amour payant et l'amour gratuit ? L'amour gratuit coûte en général beaucoup plus cher.

Elle rit de sa blague et les autres journalistes la suivent.

Isidore hausse les épaules.

– Lucrèce a quelque chose que vous n'aurez jamais Christiane...

Il la regarde, puis articule posément :

– ... du talent pour le métier de journaliste.

114.

« Un clochard est à côté d'une bouche d'égout et répète :
– 33, 33, 33.
Un passant arrive et demande :
– Pourquoi vous répétez 33 ?
Alors le clochard le pousse dans la bouche d'égout et dit :
– 34, 34, 34... »

Extrait du sketch *Après moi le déluge*,
de Darius WOZNIAK

115.

Le bureau que Lucrèce partage avec Florent Pellegrini est un espace ouvert. Chacun a son ordinateur grand écran, son téléphone, son tas de courrier à lire, son tas de courrier lu, plus quelques journaux entassés pouvant servir de documentation.

La plupart des autres journalistes les observent de loin, encore soufflés par l'aplomb d'Isidore face à celle qui les domine tous.

Isidore a déjà allumé l'ordinateur et a ouvert un fichier Texte.

Donc, dit-il, nous avons une guerre entre : d'un côté les costards roses dirigés par Darius Wozniak...

– ... La voie sombre, précise Lucrèce.

– Et de l'autre la Grande Loge de L'Humour qu'a rejointe Tristan Magnard.

– ... La voie lumineuse.

– Et il faut ajouter un troisième acteur. Le clown triste qui pour l'instant semble indépendant.

– ... La voie bleue. Puisque la boîte qu'il envoie est toujours une boîte bleue, propose la jeune femme. Et je suis de plus en plus persuadée que cette forme de visage sous le maquillage m'est familière, dit-elle pour elle-même.

– Mmmh... moi aussi j'ai l'impression que je l'ai déjà vue, Lucrèce.

À ce moment, Florent Pellegrini les rejoint. Le journaliste, dont le visage parcouru de rides profondes a gardé les fossettes joyeuses, semble heureux de retrouver son ancien collègue.

– Alors cette enquête, jusque-là c'était comment avec la petite ? demande-t-il négligemment.

– Oh, la routine, répond Isidore.

– Juste un petit détail, signale Lucrèce. Comme la maison d'Isidore a subi une inondation et la mienne a pris feu, nous sommes tous les deux à l'hôtel. Désormais si tu veux nous joindre, Florent, c'est Hôtel de l'Avenir, à Montmartre. Chambre 18.

Florent Pellegrini note sur un carnet.

Isidore lance le moteur de recherche Google sur « Clown Triste ».

Il apparaît des visages de clowns. Chacun est numéroté et identifié, avec le nom de l'inventeur du maquillage. Aucun ne correspond au personnage qu'ils ont poursuivi.

Florent Pellegrini fait glisser son siège pour se rapprocher d'eux.

– Dis donc, j'ai oublié, il y a du courrier pour toi, Lucrèce. Comme tu as disparu depuis plusieurs jours et que ça ne tenait plus sur ton bureau, je l'ai fourré dans une caisse.

– Merci Florent, mais il pourra attendre.

Elle scrute les visages de « clowns tristes » sans se laisser distraire.

Le vieux journaliste hausse les épaules.

– Alors je vais te faire un tri rapide, c'est important de gérer son courrier sinon on est submergé.

Il ouvre les enveloppes une à une avec un long coupe-papier en forme de sabre, puis s'attaque aux colis.

– Stop ! crie Lucrèce.

Elle désigne une boîte en laque bleue que Florent vient de dégager du papier kraft.

Elle saisit la boîte avec mille précautions et la dépose dans un sac plastique transparent.

À travers le plastique, Isidore constate que tout y est : « BQT » et « Surtout ne lisez pas ». Sur le papier kraft, une mention en caractères d'imprimerie : « Voilà ce que vous voulez tous savoir. »

– Changement de point de vue. Les chasseurs sont chassés par leur proie, remarque Isidore.

– Et la proie emploie les grands moyens, complète Lucrèce.

Florent Pellegrini semble perdu. Il ne comprend pas.

– Et si nous regardions ce qu'il y a à l'intérieur ? propose Isidore Katzenberg.

– Vous plaisantez ?

– Pas le moins du monde. Lucrèce, ne me dites pas que vous croyez sérieusement à cette histoire de « Blague Qui Tue » ?

Il veut s'emparer du sachet plastique. Elle l'arrête d'un geste brusque.

– Ce colis m'est adressé personnellement, vous n'y touchez pas ! intime-t-elle.

Elle enfouit le sachet plastique et son précieux contenu dans son sac.

– De toute façon vous ne tiendrez pas, Lucrèce. La curiosité sera plus forte. Laissez-moi l'ouvrir. Je suis plus âgé, je n'ai pas de futur. Si l'un de nous deux doit mourir de rire, ce serait plus simple pour tout le monde que ce soit moi.

Elle prend un air buté.

– Allons, mademoiselle Nemrod. Nous ne sommes plus dans le domaine de la science, nous sommes dans le domaine de la... magie.

Il ne m'aura pas comme il a eu Christiane. Je commence à connaître ses astuces dans le duel verbal. Je tiendrai bon.

– Alors disons que j'ai un doute suffisant sur l'étrangeté de cet objet ayant probablement causé le trépas de deux humains pour appliquer le « principe de précaution », dit-elle.

Il hausse les épaules.

Elle enfonce la boîte plus profondément dans son sac et le recouvre d'un foulard.

– N'insistez pas, Isidore. C'est non.

– En fait je sais comment fonctionne ce « texte magique », dit Isidore. Il fonctionne sur la croyance. C'est parce que tout le monde croit qu'on peut « mourir de rire en lisant une blague » que lorsqu'on lit ce texte on est, comment dire, « bouleversé ». Mais moi, comme je n'y crois pas, il ne me fera rien. Mon scepticisme naturel sera mon vaccin.

– Je suis fatiguée, dit-elle. Je m'en vais. Vous venez ou vous restez ?

Florent Pellegrini n'est pas intervenu.

Il sourit, sort une flasque de whisky de son tiroir, sirote une rasade, ferme les yeux pour bien en apprécier la saveur. Puis il replace le tas de courrier non ouvert dans la caisse et la glisse sous le bureau.

116.

« Les passagers d'un avion ont pris place à bord et attendent l'arrivée des pilotes pour le décollage. Bientôt, deux hommes en uniforme de pilote entrent dans l'appareil. Ils portent des lunettes noires. L'un d'eux est accompagné d'un chien d'aveugle et l'autre tâte son chemin à l'aide d'une canne blanche.

Ils avancent dans l'allée, entrent dans la cabine de pilotage et referment la porte. Plusieurs passagers rient nerveusement, mais tous se regardent avec une expression allant de la surprise à la peur.

Quelques instants plus tard, les moteurs tournent et l'avion prend de la vitesse sur la piste. Il va de plus en plus vite et semble ne jamais devoir décoller. Les passagers regardent par les hublots et réalisent que l'avion se dirige tout droit vers le lac qui se trouve en bout de piste. L'avion accélère encore et plusieurs voyageurs comprennent qu'ils ne décolleront jamais mais qu'ils vont plonger tout droit dans le lac. Des cris de panique remplissent alors l'avion. Juste à ce moment, l'appareil décolle tout doucement, sans problème. Les passagers se remettent de leurs émotions, rient, se sentent stupides d'avoir été roulés par cette mauvaise plaisanterie.

Quelques minutes plus tard, l'incident est oublié. Dans la cabine de pilotage, le commandant tâte le tableau de bord, trouve le bouton du pilote automatique et le met en fonction. Il dit ensuite à son copilote :

– Tu sais ce qui me fait peur, Sylvain ?

– Non, Dominique, répond l'autre.

– Un de ces jours, ils vont crier trop tard et on va tous mourir. »

Extrait du sketch *On est peu de chose*,
de Darius WOZNIAK.

117.

Ils roulent dans le side-car.

Isidore Katzenberg semble tranquille et Lucrèce semble agacée. Elle a calé son sac sur son épaule gauche, pour qu'il reste hors de portée de son collègue assis à sa droite dans la nacelle.

Comme ils ne parlent pas, elle met une musique hard rock, *Nothing Else Matters* de Metallica.

La Blague Qui Tue est à 25 centimètres de mes yeux, et seuls une boîte en bois et un sac en cuir font obstacle.

Qu'est-ce que ça peut bien être ?

Des lettres, des mots, des phrases qui, ensemble, provoquent la mort ?

Elle grille un feu rouge, déclenchant un concert de klaxons furieux auxquels elle répond par un geste obscène.

Isidore a raison ce n'est pas possible.

Ce serait de la sorcellerie.

Pourtant je sens qu'il ne faut pas lire.

Le Pr Loevenbruck appelle ça la « boîte de Pandore » ? La boîte qu'il ne fallait pas ouvrir sous peine de libérer tous les démons de l'enfer.

Elle se faufile vers des avenues plus larges.

Isidore a souvent raison et pourtant, là, je sens qu'il se trompe. Mon intuition féminine est supérieure à la sienne.

Ils débouchent sur le périphérique parisien. Elle double des camions, des voitures, des motos.

Profitant que la route est libre, elle dépasse la porte de Clignancourt et se lance dans un deuxième tour de manège.

Isidore ne se plaint pas, il comprend qu'elle a envie de rouler pour réfléchir.

Depuis l'Antiquité une blague qui tuerait ceux qui la lisent... C'est quand même difficile à avaler. Et pourtant.

Darius est mort.

Tadeusz est mort.

Et nous qui avons poursuivi le clown triste et qui avons donc été repérés par lui nous recevons comme par hasard le colis empoisonné.

Lucrèce accélère sans tenir compte des radars automatiques qui la flashent au vol.

Réfléchir. Les conséquences sont connues. Les causes sont incertaines.

Loevenbruck l'a dit, on ne rit pas des mêmes choses à toutes les époques. On ne rit pas des mêmes choses dans des pays différents.

La BQT transcenderait les cultures et les générations. La blague absolue ? C'est impossible. Impossible. Et pourtant...

Ils arrivent enfin devant l'Hôtel de l'Avenir. Alors qu'ils entrent dans le hall, Isidore revient à la charge :

– Lucrèce, arrêtez de faire l'enfant. Je suis un adulte, laissez-moi prendre mes responsabilités. Je suis prêt à risquer ma vie pour savoir ce que peut être la BQT.

Elle a rejoint l'ascenseur juste avant qu'il ne se referme et ne l'a pas retenu pour lui. Il la suit par les escaliers. Elle est déjà dans la chambre 18. Il entre et referme la porte derrière lui.

– D'accord, je le reconnais, maintenant je suis intrigué. Je veux savoir ce qu'il y a dans cette satanée boîte bleue.

– Eh bien moi je crois que vous ne vous rendez pas compte de ce que nous avons entre les mains.

– Des phrases sur du papier ce n'est pas de l'explosif. Allons, ne faites pas l'enfant, Lucrèce. Donnez-moi ça.

Il essaie d'attraper le sac mais elle tourne pour mettre toujours l'objet hors de sa portée.

– Des mots, Lucrèce, ce ne sont que des mots !

– Les mots peuvent tuer. Darius et Tadeusz sont morts.

– C'étaient des esprits faibles.

– Ils ne me semblaient pas stupides.

– Laissez-moi lire, je prends mes responsabilités.

– NON !

– Pourquoi ?

Je tiens trop à toi, imbécile.

Il se couche sur le lit et fixe le plafond.

– Je me demande si nous avons bien fait d'enquêter ensemble. Notre conception de la révélation de la vérité n'est pas exactement similaire.

– Un jour vous me direz merci de vous avoir sauvé la vie, répond-elle du tac au tac.

– Je préfère mourir et savoir, que rester vivant et ignorant.

– Alors dans ce cas, disons que moi je préfère vous savoir vivant et ignorant.

– De toute façon vous finirez bien par vous endormir, et je vous piquerai le sac.

Alors Lucrèce Nemrod va vers le coffre-fort de la chambre, glisse rapidement la boîte bleue à l'intérieur puis la ferme avec un code à quatre chiffres.

Il hausse les épaules, comme résigné.

– On joue la BQT au jeu des trois cailloux ? propose Isidore. Si je gagne vous me la donnez.

– Non, répond Lucrèce, catégorique.

– Et contre un baiser, vous me donneriez le code du coffre ? demande Isidore.

À ce moment, quelqu'un frappe à la porte.

118.

« Un type présente un numéro au directeur d'un cirque.
– Monsieur le directeur, j'ai un numéro exceptionnel à vous présenter. Exceptionnel ! Vous allez devoir m'engager, c'est sûr...
– Ah oui ? Exceptionnel vous dites... Expliquez-moi ça...
– Je monte à 40 mètres de haut, je plonge dans le vide, position de l'ange, trois pirouettes, puis je termine en vrille en m'engouffrant dans une simple bouteille de verre posée sur la piste..
Le directeur ne sait quoi penser.
– Ce n'est pas assez exceptionnel ? Si vous voulez je vous le fais les yeux bandés...
Il hésite.
– D'accord, vous êtes exigeant, c'est normal ! Je le fais les yeux bandés et les mains attachées dans le dos !
Le directeur semble encore dubitatif.
– Et avec les dents, je grimpe à la corde pour sauter des 40 mètres... Embauchez-moi ! Faut que je mange, j'ai des mômes...
Le directeur déclare enfin :
– Si vous arrivez vraiment à faire ça, je vous embauche. Mais entre nous, vous avez forcément un truc secret pour réussir quelque chose d'aussi compliqué... Alors c'est quoi exactement votre truc ?
– Mon truc c'est que....
Alors l'acrobate se penche et lui révèle à l'oreille :
– En fait je mets un entonnoir sur le goulot de la bouteille. »

Extrait du sketch *Je ne suis qu'un clown,*
de Darius WOZNIAK

119.

On frappe de nouveau à la porte, un peu plus fort.

La jeune journaliste ouvre, mais avec la targette de sécurité.

– Je ne vous dérange pas au moins, mademoiselle Nemrod… C'est Stéphane Krausz.

Lucrèce ouvre. L'homme élancé cherche des yeux un lieu où s'asseoir et choisit finalement le lit.

– Puis-je ?

– Vous avez trois minutes pour me faire rire, dit la jeune femme, reprenant sa formule. Comme je n'ai pas de sablier j'utiliserai la trotteuse de ma montre. Top départ.

– « L'arroseur arrosé », le premier gag du cinéma.

– Plus que deux minutes cinquante-cinq.

Il se tourne vers Isidore, qui s'est levé.

– Évidemment, je vous ai reconnus à la place de Vanessa et David. Dans ma profession on est obligé d'être physionomiste. Et je sais reconnaître un visage, même s'il est recouvert de fard.

Il examine la chambre d'hôtel, le lit unique et Isidore, et fait mine de comprendre qu'ils sont ensemble.

– Je suis venu vous remercier.

– Tiens donc, et de quoi ?

– Durant votre prestation, l'audimat a crevé le plafond. Le silence. Vous m'aviez déjà fait le coup dans mon bureau, mademoiselle. Je ne me rendais pas compte de l'effet qu'il pouvait avoir sur le grand public. Vous savez qui est le premier à avoir essayé cela ?

– Le comique américain Andy Kaufman ?

– Bravo. Belle culture du monde comique. Il a fait cela devant une salle pleine, mais vous, devant la télé et en direct, il fallait oser.

– Plus que 1 minute 50, dit-elle en fixant sa montre.

– … Et puis l'idée de revenir pour la poursuite avec le clown surgissant des cintres ! Tout simplement fantastique. Comme je regrette de ne pas y avoir pensé. Remarquez, tout le monde a cru que c'était moi qui avais monté le coup et je me suis fait féliciter par les directeurs des chaînes de télé. Même les actualités de pays non francophones nous ont déjà commandé la séquence. « Surprendre », voilà le maître mot de tout bon spectacle, et vous avez été, c'est le moins qu'on puisse dire, « surprenants ».

– 45 secondes. Vous n'allez pas nous dire que vous êtes ici pour nous féliciter de la montée de l'audimat ?

Le visage du producteur s'assombrit, puis se ferme.

– Je suis venu chercher la BQT, articule-t-il froidement.

– Comment savez-vous que nous la possédons ? demande Lucrèce.

– J'ai moi aussi mes sources d'information.

– ... Ce ne peut être que Florent Pellegrini, suggère Isidore.

Stéphane Krausz approuve.

– En effet, c'est un ancien copain de promotion de Sciences po.

– Florent ? s'étonne Lucrèce. Mais je croyais que c'était mon... ami.

– Oui, eh bien quand on a des amis comme ça on n'a plus besoin d'ennemis, remarque Isidore.

– Il savait que je m'intéressais à votre enquête, il m'a parlé de votre petit colis et de son contenu singulier.

– Et il vous a aussi donné l'adresse de l'hôtel.

– Je lui ai rendu beaucoup de services dans le passé, c'est normal qu'il me renvoie l'ascenseur.

Le producteur émet un sourire de représentant de commerce.

– Vous dites que vous êtes physionomiste même derrière les grimages de clown. Alors peut-être pourriez-vous nous aider à retrouver l'expéditeur de ce cadeau.

Lucrèce affiche sur son iPhone la photo du clown triste et la lui tend.

– Qui est-ce ? demande Stéphane Krausz.

– L'homme qui a tué Darius, Tadeusz, et qui probablement nous a envoyé le charmant colis que vous désirez tant.

Stéphane Krausz se montre très intéressé. Il examine la photo sous plusieurs angles.

– Non, désolé, jamais vu. Mais je crois que vous ne vous rendez pas compte de ce que vous possédez.

Lucrèce ne bronche pas.

– Cette « arme » entre des mains non averties peut faire beaucoup de mal. En fait elle a déjà, comme vous l'avez subodoré, provoqué pas mal de dégâts. Donnez-la-moi. C'est votre intérêt.

– Et qu'est-ce que vous nous donnez en échange ? demande Lucrèce.

– … La vie sauve. Ça ne vous suffit pas ? C'est comme si je vous débarrassais d'une bombe à retardement. Vous serez beaucoup mieux sans elle, croyez-moi.

Isidore se lève puis, tout en se servant une tasse d'eau chaude, lance :

– Vous faites partie de la GLH, n'est-ce pas, monsieur Krausz ?

Le producteur déclenche sa machine à rire et Lucrèce comprend que c'est un moyen pour lui de gagner du temps.

– Tiens donc. Vous connaissez notre petit « club », monsieur Isidore Katzenberg ?

Isidore s'applique à tremper son sachet de thé à plusieurs reprises.

– Alors voilà, le contrat est simple. Vous nous menez à la nouvelle cachette de la GLH, vous nous racontez tout, sur qui vous êtes et comment vous agissez, et nous vous donnons…

– … « restituons » est le mot exact. Elle vient de notre « club », je vous le rappelle.

– Nous vous « restituons » votre « bombe à retardement » qui pour des raisons que j'ignore nous est échue.

Stéphane Krausz sourit.

Isidore lui renvoie son sourire.

– Tel Icare nous nous sommes approchés trop près du soleil. Et le soleil a décidé de nous cuire les ailes, n'est-ce pas ?

– Certes.

– Vous ne nous avez pas répondu. Acceptez-vous ce marché ?

À nouveau Stéphane Krausz jauge son vis-à-vis.

Il est hors de question que nous leur donnions la BQT. En échange de quoi ? du siège de leur société secrète cachée quelque part dans la province profonde ? Mais moi j'en ai rien à fiche de leur société secrète, notre enquête avance très bien ici. À moins que...

J'y suis. Isidore a l'air de penser que, le meurtrier de Darius n'étant plus Tadeusz, ce serait quelqu'un de la GLH. Et que l'enquête doit se poursuivre non plus au cœur du camp de l'humour des ténèbres, mais au cœur du camp de l'humour des lumières.

Le producteur sourit encore, mais ses lèvres se crispent.

– Il faut que vous compreniez notre position actuelle. Dans notre « club » nous avons eu récemment des...

– « Soucis » ? demande Isidore en se retournant.

– C'est un euphémisme.

– Une attaque des Costards roses de Darius, n'est-ce pas ? Il y a eu beaucoup de morts. Ce qui vous met en toute logique sur la défensive, complète Lucrèce.

– On le serait à moins.

– Vous avez donc décidé d'être encore plus hermétiques, méfiants, rigoureux et d'appliquer toutes les précautions qui font qu'une société secrète le reste.

Isidore déguste lentement son thé vert.

– Donc vous n'avez pas du tout envie d'agréer ma demande que vous prenez pour une simple curiosité de journaliste.

– En effet. Vous avez bien résumé la situation.

– Cependant... nous avons la BQT. Et vous la voulez.

– Et si je vous la prenais de force ? suggère Stéphane Krausz en sortant brusquement un revolver de sa poche.

– Ce n'est pas la bonne manière de négocier avec nous, dit Lucrèce. Mon ami Isidore fait une allergie à la violence.

– En effet. J'ai toujours trouvé ces accessoires dérisoires et nuisibles à la qualité des dialogues. Croyez bien que dans mon futur roman il n'y aura pas le moindre lance-pierre ou canif de scout.

– J'aime bien votre flegme, monsieur Katzenberg, mais je crois que vous ne vous rendez pas compte des enjeux. Nous sommes prêts à prendre beaucoup de risques pour obtenir la BQT.

Il arme le chien.

– Au point où nous en sommes, un ou deux morts de plus ne nous posent aucun problème. Alors, où est la petite boîte bleue ?

Il pose son revolver sur la tempe d'Isidore qui continue de déguster sa tasse de thé en levant le petit doigt.

– Nous ne sommes pas naïfs à ce point, monsieur Krausz. Nous l'avons cachée. Loin d'ici. Si vous nous tuez vous ne la récupérerez jamais.

– Vous bluffez !

– Voulez-vous prendre le risque ?

Le revolver s'abaisse. Le producteur sort son téléphone portable et tape un sms. Une réponse arrive à laquelle il répond à nouveau. Six phrases sont ainsi échangées en un aller-retour silencieux. Stéphane Krausz prend un air préoccupé.

– Ils ne sont pas fermés à votre proposition mais évidemment avec des mesures de sécurité indispensables.

Isidore boit une gorgée de thé vert.

– Pour nous rencontrer il faut faire partie des nôtres, poursuit Stéphane Krausz. Cette règle est incontournable.

– Donc, Darius en faisait partie. Merci pour l'information, remarque Isidore.

– Pour rencontrer vos amis, vous voulez dire qu'il faut être initié ? demande plus prosaïquement Lucrèce.

– C'est la condition sine qua non.

– Mais si on y rentre, on peut en sortir ? demande Lucrèce.

– Être initié c'est apprendre quelque chose de nouveau. Peut-on oublier qu'on sait nager ou faire du vélo ? Peut-on oublier le goût sucré ou salé ? Non, une fois rentrés vous ne pourrez pas en sortir. Vous saurez quelque chose de nouveau. Et vous ferez partie des nôtres. Nous sommes un « club fermé ». C'est vous qui choisissez. Mais je ne vous oblige en rien. Vous pouvez toujours me donner la BQT et je repars comme je suis venu.

Il range son revolver dans sa poche.

– Entrer en GLH pour savoir ce qu'est la GLH ? J'ai l'impression d'un marché de dupes, dit Lucrèce.

Stéphane Krausz s'installe plus confortablement, conscient d'avoir repris la main. Il déclenche à nouveau son appareil de rire automatique, comme pour meubler l'instant.

Isidore et Lucrèce se consultent.

– Nous avons besoin de réfléchir, dit Isidore. Laissez-nous un numéro de portable et nous vous rappellerons.

– Non, tranche Lucrèce. C'est d'accord. Rendez-vous demain après-midi, à 16 heures ici, en bas de l'hôtel. Nous aurons la BQT et vous nous conduirez à votre nouveau siège du « club ».

– Je vois que vous savez prendre des décisions rapides et claires. Sachez bien que j'apprécie cela, mademoiselle Nemrod.

Le producteur se lève et se dirige vers la porte.

– Ah, encore un détail. Prenez des vêtements chauds. Ce n'est pas tout près et il y fait un peu frais.

120.

« C'est un homme qui rencontre dans la rue une de ses anciennes connaissances.
– Tiens, salut ! Mais qu'est-ce que tu transportes dans ces deux grosses valises ?
– Ouvre, tu verras.
Le type ouvre une des deux valises, et il y trouve une espèce de gros insecte sombre avec de longues antennes et des pattes à crochets.
– Qu'est-ce que c'est que cette bestiole ?
– Tu vois bien, c'est une grosse mite.
– Et qu'est-ce que tu as dans l'autre valise ?
L'homme ouvre la deuxième valise, et là, il y a un gros nuage de fumée, puis un génie sort et lui dit :
– Fais un vœu et je l'exaucerai.
L'homme ne fait ni une ni deux, il demande :
– Je voudrais un milliard !
Alors, il lève la tête, il voit le ciel s'ouvrir et un gros truc tombe sur le sol : une table de billard.
– C'est quoi ça ? Il est sourd ou quoi ton génie ? J'avais demandé un milliard, pas un billard.
Alors l'autre conclut, d'un air navré :
– Et moi, tu crois que j'avais demandé une "grosse mite" » ?

Extrait du sketch *À vos souhaits,*
de Darius WOZNIAK.

121.

La vendeuse du sex-shop lui montre plusieurs modèles de menottes en acier. Par chance, Montmartre étant proche de Pigalle, le quartier de l'Hôtel de l'Avenir ne manque pas de magasins spécialisés.

– Vous ne les voulez pas en cuir ? J'en ai aussi avec de la fourrure rose ou renforcées avec de la mousse, c'est plus confortable.

La jeune femme décline la proposition et opte pour celles en acier, de la police américaine, les plus chères et les plus solides.

Ensuite, dans le cadre de ses préparatifs, elle s'achète de nouvelles chaussures qu'elle met une heure à choisir et, juste avant que la vendeuse ait une crise de nerfs, elle prend les premières qu'elle a essayées.

Puis elle passe chez son coiffeur, Alessandro.

– Holà holà, qu'est-ce qu'il se passe dans la vie de tes cheveux, Lucrèce, tu as les écailles tout ouvertes, on dirait des artichauts ! Ne me dis pas, je vais deviner, tu viens de te faire larguer par ton boyfriend, je me trompe ?

– Bravo. Tu as trouvé.

Il lui prend la main.

– Allez, ne t'inquiète pas. Un de perdu dix de retrouvés. Tu es ma cliente la plus canon. Moi, si j'étais intéressé par les femmes je te sauterais dessus.

– Merci.

Il examine de plus près les cheveux de sa cliente.

– Mmmh. Ça me semble encore plus grave. Tu as un problème à ton travail. Ta patronne t'a refusé une augmentation ?

– En effet. En fait, elle m'a même carrément virée.

– Ah oui, je sais tu m'en as parlé, celle qui a une coiffure au bol et les cheveux teints en roux ?

– Bravo pour ta mémoire capillaire.

– Bon, et je te fais quoi aujourd'hui, une mise en plis, un brushing ou la totale ?

– Mmh… masse-moi bien le cuir chevelu, mais vu que c'est juste pour me faire kidnapper et voyager dans le coffre d'une voiture, je ne pense pas qu'il sera nécessaire de jouer la sophistication.

– Te faire kidnapper ? Dans le coffre d'une voiture, heu… tu plaisantes ?

Elle montre les menottes.

– Mais ne t'inquiète pas, j'ai prévu ça. Et elles sont très solides.

Il lui masse les épaules.

– Dans les situations de crise, mon doctorat de psychologie ne suffit pas.

– Tu as fait de la psychologie ?

– Bien sûr. Sept ans d'université. Maintenant il faut au moins ça pour être engagé comme coiffeur. Mais là tu m'inquiètes, il va falloir quelque chose de plus costaud.

Il l'invite à le suivre dans l'arrière-boutique.

Elle découvre alors une sorte de maison de poupée rose et blanche avec des affiches de films, des porcelaines, des photos de chanteurs yéyé des années 60, des collections de cartes postales, de coquillages.

Il l'invite à s'asseoir dans un fauteuil de velours à fleurs.

– Là où s'arrête la psychologie commence… le tarot.

Alessandro ouvre un tiroir, sort un jeu de cartes aux bords élimés, et le lui tend.

– Tu commences par les battre. Puis tu coupes. Puis tu en tires une première au hasard.

Elle obtempère.

– Voilà. Cette carte est censée te représenter.

Lucrèce la retourne. Un homme avec un chapeau à large bord en train de faire un tour de magie avec des gobelets et des bâtons. Elle porte le chiffre 1.

– Le Bateleur. Tu vis dans l'illusion. Tu fais croire aux autres que tu es un personnage que tu n'es pas vraiment. Mais tu n'es pas dupe. Et tu veux changer. Une autre.

Elle tire une deuxième carte.

- Celle-ci représente ton adversaire. Ton vrai problème à régler.

Elle retourne la carte et dévoile un vieil homme barbu en manteau long qui avance en tenant un bâton et en éclairant les ténèbres.

– Arcane 7. L'Ermite.

Isidore ?

– L'Ermite c'est la solitude. En fait tu te demandes si tu vas terminer ta vie toute seule.

Donc ce n'est pas Isidore, c'est moi...

– Tu te demandes s'il peut exister une personne qui voudra t'accompagner sur ton chemin de vie. Et ça t'inquiète. Tire une troisième carte.

Elle laisse ses doigts aller naturellement.

– Maintenant nous allons voir ce qui te ralentit.

Elle retourne une carte avec un homme à tête de chèvre qui tient un homme et une femme en laisse. Il a le chiffre 14.

– Le Diable. Ce qui te handicape ce sont tes pulsions primaires. La sexualité, l'envie de posséder, l'envie d'être possédée, la gourmandise, la colère, la peur, l'agressivité. Le singe instinctif qui est en toi et qui agit sans réfléchir juste pour satisfaire ses pulsions immédiates. Tires-en une quatrième pour savoir ce qui t'aide.

Elle retourne une carte : un pape assis dans un fauteuil. Avec le chiffre 3.

– Le Pape. Un homme plus âgé est dans ton sillage. Il lit des livres ou il écrit des livres. Il a une recherche spirituelle mais très différente de la tienne. Lui a un trône alors que toi tu es dans l'errance. Lui n'est pas dans l'illusion. Vous êtes complémentaires. Cet homme est très bénéfique pour toi. C'est lui qui t'a quittée ?

– Non, pas encore. Mais ça ne saurait tarder. Il faut déjà attendre qu'on soit ensemble.

– Tires-en une cinquième pour nous indiquer comment tout ça va finir.

Lucrèce Nemrod retourne la dernière carte.

On voit un squelette rigolard tranchant à l'aide d'une faux des têtes et des bras sortant du sol. La carte porte le chiffre 13.

Lucrèce ne peut retenir un frisson.

– La mort ?

– Oui, la Mort. L'arcane 13. Mais ne t'inquiète pas.

– Comment ça ?

– Hum… tu vas avoir un changement radical dans ta vie.

– Je vais mourir ?

– Non, non. Tu vas changer. Radicalement. L'arcane 13 c'est la carte du renouveau, c'est pour ça qu'elle est au milieu du jeu. Sinon elle serait à la fin. Et regarde, il y a des plantes qui repoussent. C'est comme l'hiver. Ensuite vient le printemps. Il ne peut y avoir de construction sans destruction préalable. Les vieilles feuilles doivent tomber pour que les nouveaux bourgeons puissent éclore.

Lucrèce n'est guère convaincue mais accepte l'explication.

– Je ne sais pas si ça t'a un peu éclairée, mais pour moi tout semble positif. Tu es aidée et tu as un vrai chemin spirituel qui se présente à toi, pour vivre dans la réalité et non plus dans l'illusion.

– Merci, Alessandro. Tu es un frère pour moi.

– Ce tirage m'inspire une nouvelle manière de te coiffer. Je verrais bien quelque chose de plus marron. Je te verrais bien châtain clair. S'il te plaît, c'est important pour moi. Je crois que la couleur émet une énergie. Et puis ça me donne une idée… Je vais peut-être inventer la tarot-capilliculture. Je trouve la coiffure de la cliente en fonction du tirage des cartes.

Lucrèce Nemrod accepte cette proposition et se prête à la transformation. Lorsque c'est terminé, elle se découvre dans le miroir et a envie de hurler, se retient, a envie d'empoigner Alessandro pour lui enfoncer ses peignes et ses brosses dans le corps, se retient, a envie de ne pas le payer pour cet outrage, paye, lui laisse un pourboire puis s'en va en le remerciant encore pour la séance de tarot qui lui a donné à réfléchir. Ensuite elle achète un foulard pour dissimuler la catastrophe.

Heureusement que je ne vais pas dans un endroit important aujourd'hui, il m'a complètement raté la couleur. Mes cheveux ressemblent maintenant à du Nutella. Je devrais peut-être changer de coiffeur. Il a raison, le voir correspond à un besoin viscéral. Or, en psychothérapie, il est indispensable de garder une distance entre le praticien et le patient. Maintenant qu'il est devenu mon ami et mon cartomancien, il n'est plus assez neutre.

Elle passe devant une animalerie et hésite à acheter un autre poisson.

Ça peut attendre mon retour. Et cette carte 13 ne me laisse rien augurer de bon.

La jeune journaliste va ensuite acheter un sac de voyage, des pulls de laine et une mallette en acier.

Enfin elle rentre dans une épicerie et s'achète une bouteille de whisky et trois tablettes de chocolat.

Si je dois bientôt mourir, autant m'amuser un peu avant.

Elle retourne ensuite à l'hôtel et retrouve Isidore.

Il remarque qu'elle porte une paire de menottes qui relie son poignet à une valise en acier.

– Il y a une serrure à code. Nous aurons la maîtrise sur l'échange de la BQT, explique-t-elle.

Enfin je l'espère.

122.

« Un prêtre et une nonne sont perdus dans une tempête de neige. Après un moment, ils trouvent une petite cabane. Exténués, ils se préparent à dormir. Ils découvrent une pile de couvertures et un duvet sur le sol, mais seulement un lit. Gentleman, le prêtre dit :
– Ma sœur, vous dormirez dans le lit, et je dormirai sur le sol, dans le duvet.
Alors qu'il venait juste de fermer son duvet et commençait à s'endormir, la nonne dit :
– Mon père, j'ai froid.
Il ouvre la fermeture de son duvet, se lève, prend une couverture et la pose sur elle. De nouveau, il s'installe dans le duvet, le ferme et se laisse sombrer dans le sommeil, quand la nonne dit encore :
– Mon père, j'ai toujours très froid.
Il se lève à nouveau, met une autre couverture sur elle et retourne se coucher. Juste au moment où il ferme les yeux, elle dit :
– Mon père, j'ai siiiiii froid.
Cette fois, il reste couché et dit :
– Ma sœur, j'ai une idée : nous sommes ici au milieu de nulle part, et personne ne saura jamais ce qui s'est passé. Faisons comme si... nous étions mariés.

– Oh oui, avec plaisir, c'est d'accord !
Alors le prêtre se met à hurler :
– Alors chérie, tu ne me prends pas la tête, tu te lèves, tu vas chercher toi-même ta sacrée couverture et tu me laisses dormir tranquille ! »

Extrait du sketch *Dans la brousse,*
de Darius WOZNIAK.

123.

L'arrière du fourgon ne dispose pas de la moindre vitre. Stéphane Krausz se gare au bas de l'Hôtel de l'Avenir et constate avec satisfaction que les deux journalistes sont au rendez-vous.

– Je vous avais dit que nous ferions le trajet en coffre de voiture, mais comme vous le voyez je vous ai trouvé quelque chose de plus confortable.

– Notre parole ne vous suffit pas ? demande Lucrèce, peu enthousiaste à l'idée de voyager sans voir la route.

– Désolé, cela fait plus de quarante ans que je travaille avec les journalistes, j'ai appris à connaître la valeur de leur parole. Je me contenterai de vous faire confiance sur le fait que vous ne tenterez pas de sauter en marche.

– Pourquoi autant de méfiance ?

– L'une de nos devises est : « On peut plaisanter de tout sauf de l'humour. » Notre « club » très fermé est soucieux de rester dans la discrétion totale. Vous savez, ce voyage est déjà pour nous une grande brèche dans nos règles de sécurité.

Il remarque les menottes reliant la mallette au poignet droit de Lucrèce.

– Pareil. « On peut plaisanter de tout sauf de la BQT. » Nous n'avons pas plus confiance en vous que vous n'avez confiance en nous, répond par avance Lucrèce.

Les deux journalistes se hissent à bord du fourgon et s'installent sur les banquettes. L'intérieur est éclairé par une lampe plafonnière unique.

Le producteur démarre le moteur diesel et le véhicule commence à rouler.

Lucrèce remarque la grille d'aération qui donne sur l'habitacle du conducteur.

– Pouvons-nous vous poser des questions en chemin ? demande Lucrèce.

– Seulement cinq questions, comme d'habitude.

– Est-ce vous et les gens de votre « club » qui avez tué Darius ?

– Je vous ai déjà répondu une fois. Non. Ciblez mieux vos questions, mademoiselle.

– Connaissez-vous celui qui l'a tué ?

– Non plus. Plus que trois questions.

– Est-ce que vous croyez qu'on peut mourir de rire ?

– Oui. Plus que deux questions.

– Croyez-vous que Darius a été tué par le rire en lisant la BQT ?

– Oui. Plus qu'une question.

– Y êtes-vous pour quelque chose, directement ou indirectement ?

– Peut-être. Voilà, c'est fini.

– Vous le détestiez, hein ?

– Moi ? Vous plaisantez. J'adorais Darius. C'était comme mon fils. Et en plus un esprit brillant, très cultivé, réellement un homme formidable qui gagnait à être connu. Je crois que c'est moi qui le premier ai su apprécier son talent instinctif de comique, mais aussi sa capacité à transformer le malheur en source de plaisanterie. C'était un être unique vous savez. Un de ces rares êtres touchés par la grâce de la fée « Rigolade ». Et quoi qu'il ait accompli par la suite, il aura fait, au final, plus de bien que de mal à ses semblables. Vous vous rendez compte de ce qu'il a apporté comme joie aux autres ? Vous vous rendez compte du bien qu'il a fait à chaque individu ? S'il a été élu le Français le plus aimé des Français, c'est forcément qu'il y avait des raisons, ne croyez-vous pas ? Voilà, c'est fini, maintenant reposez-vous. Je vous réveillerai quand nous serons arrivés.

Krausz allume l'autoradio et ils entendent les *Gymnopédies* d'Erik Satie.

– Je vous ai mis ce morceau car son auteur faisait partie de la GLH. C'est une sorte d'entrée en matière. Erik Satie, quel génie. Il a travaillé sur la possibilité de faire de l'humour dans la musique. Voilà un petit hors-d'œuvre pour vos esprits assoiffés de révélations sur la GLH.

Lucrèce écoute la musique étrange.

J'aime cet instant. J'aime être emportée par une voiture vers quelque endroit secret où je recevrai des révélations.

J'aime être à côté d'Isidore.

Devant la Thénardier et tous les journalistes du service, il a dit qu'il trouvait que j'avais du talent pour le métier de journaliste.

Ça je ne l'ai pas rêvé.

Finalement, si je suis une bonne journaliste c'est probablement parce que j'ai été éduquée par deux personnes qui ont cru en moi : Jean-Francis Held et maintenant Isidore Katzenberg. Le premier m'a appris à aller sur le terrain et à ne pas avoir peur de foncer. Le second m'a appris à observer et à réfléchir au-delà des apparences.

J'aurai eu deux pères, mais je n'aurai pas eu de mère.

Ou alors je n'aurai eu que des mères fouettardes : Marie-Ange, la Thénardier. Je suis une femme qui n'a aimé que les femmes et détesté les hommes. Et maintenant le processus s'inverse.

Je crois que tout ce qui a marché à un moment donné ne marche plus, ou marche à l'envers ensuite.

Et ce n'est pas grave.

C'est un enseignement que m'a transmis Isidore.

Accepter que les choses s'inversent.

Assis en face d'elle, Isidore Katzenberg réfléchit également.

Je déteste cet instant. Je n'aime pas être emporté par une voiture vers un endroit que j'ignore.

Et Lucrèce, elle fait quoi ?

Elle a les yeux fermés. Elle doit dormir, pour avoir des forces pour enquêter. Elle est quand même très premier degré. Pour elle un reportage c'est : « Je vais dans un endroit, je questionne les suspects et j'attends qu'il y en ait un qui me fasse une révélation. Et si personne n'est d'accord je menace et je frappe. »

Or nous sommes dans un monde où chacun de nous ment.

Le mensonge est le ciment qui permet à la société de ne pas s'effondrer. Si les gens disaient la vérité, toutes les structures collectives s'émietteraient.

Que se passerait-il si le politicien disait : « Votez pour moi mais de toute façon je ne pourrai pas faire mieux que mon prédécesseur vu que désormais toutes les décisions se prennent à un échelon mondial et que nous ne sommes qu'un petit pays qui n'a pas grande influence sur les vrais enjeux » ?

Que se passerait-il si un homme disait à sa femme : « Chérie, depuis vingt ans qu'on vit ensemble, faire l'amour est devenu tellement banal et répétitif que franchement je préférerais aller voir une call-girl qui elle au moins doit y mettre un peu de créativité et de piment » ?

Non, personne ne peut dire la vérité. Et de toute façon personne ne veut l'entendre.

Reste que cette gamine a trouvé un sujet finalement génial : « Pourquoi est-ce que nous rions ? »

Je ne sais pas ce que nous allons trouver au bout de cette route sinueuse mais je sais ce que j'ai déjà retrouvé grâce à elle : le goût de savoir des choses que les autres ignorent. Et le goût de raconter ces découvertes aux gens pour les distraire.

Depuis le début je m'étais trompé, le journalisme n'est assurément pas l'endroit où l'on peut transmettre de la connaissance.

Le journalisme est une impasse.

Le roman est le contraire de l'article.

Le roman prend le lecteur pour un être capable de se forger seul une opinion. L'article veut le forcer à avoir la même opinion que le journaliste et pour appuyer l'effet il utilise un subterfuge : la photo avec légende.

Et à la télé ils vont encore plus loin dans la malhonnêteté, avec la musique qui agit sur l'inconscient.

Comment sortir du mensonge ?

Seul je ne pourrai jamais faire face à toute une profession dont les mauvaises habitudes remontent au Moyen Âge.

Pourtant j'aimerais tant faire bouger les choses.

Avant je croyais qu'en répandant les connaissances comme l'avait expérimenté Diderot avec sa fameuse Encyclopédie, *on préparait les révolutions.*

Ensuite j'ai cru qu'en demandant aux gens d'imaginer le futur, avec un outil comme l'Arbre des Possibles, on allait les inciter à chercher une perspective dans le temps, et donc forcément à comprendre.

Maintenant il faut trouver un troisième levier pour faire rouler le lourd rocher.

Le rire ?

Peut-être que Lucrèce, une fois de plus, malgré ses petits airs de naïveté, m'apporte les réponses aux questions les plus difficiles.

Par le rire évidemment.

Seul le rire permet d'être plus fort que les tartuffes au pouvoir. Comme Aristophane, comme Molière, comme Rabelais, il faut affronter les « tristes sires », les « pisse-vinaigre » et les puissants en les ridiculisant.

Cependant je n'ai jamais eu de réel talent dans ce domaine.

Je crois que cette enquête est l'occasion ou jamais de combler cette lacune.

Oui, je pense que désormais j'ai vraiment envie d'apprendre quelque chose de nouveau et qui me manque : l'art de faire rire.

124.

« C'est un couple qui arrive chez un juge pour demander le divorce
– Quel âge avez-vous ?
– 98 ans, dit la femme.
– Et vous, monsieur ?
– 101 ans, répond l'homme.
– Et vous êtes mariés depuis quand ?
– Nous nous sommes mariés il y a soixante-dix ans.
– Et quand cela a-t-il commencé à aller mal dans votre couple ?
– Il y a soixante-cinq ans. Et depuis ça n'a fait que dégénérer, reconnaît la vieille femme avec amertume.
– Elle n'a jamais cessé de me faire des reproches, confirme le vieil homme. C'est épuisant.

– Alors pourquoi choisissez-vous de divorcer maintenant ?
– On avait peur de les peiner, alors nous avons préféré attendre que les enfants soient morts. »

Extrait du sketch *Problèmes de couple,*
de Darius WOZNIAK

125.

Les deux journalistes ont l'impression que le voyage a duré six ou sept heures.

Enfin l'engin s'immobilise dans un grand bruit de frein à main.

Stéphane Krausz ouvre l'arrière de la fourgonnette et leur demande de mettre un bandeau sur les yeux.

Ils obtempèrent, puis descendent du véhicule.

Ils sentent qu'ils sont dans un endroit ouvert et vaste, très venteux.

Guidés par des mains invisibles, ils parcourent d'abord une rue, puis une autre qui monte, une troisième encore plus abrupte avec sous leurs semelles des pavés glissants. Une lourde porte de bois s'ouvre en grinçant.

Ils traversent une cour, puis une autre.

Stéphane Krausz murmure des instructions à des personnes dont Isidore et Lucrèce devinent la présence. Une nouvelle porte s'ouvre. Ils parviennent dans une pièce fraîche. Comme si c'était un geste naturel, Lucrèce tâtonne et prend la main d'Isidore. Il ne la retire pas.

Ce bandeau sur les yeux... ça m'excite énormément.

Si je faisais l'amour avec Isidore à cet instant j'aimerais que ça commence par des caresses à des endroits où je ne le sentirais pas venir. Tout d'un coup sa bouche serait sur ma nuque puis dans le creux de mes reins, puis près de mes oreilles.

La jeune journaliste est tirée de sa rêverie par un bruit de serrure rouillée. Ils avancent, descendent un escalier. Couloir. Nouvel escalier. Nouveau couloir. Ils descendent encore d'un étage, par un escalier étroit en colimaçon.

Enfin ils débouchent dans un lieu plus chaud. On les invite à s'asseoir.

Stéphane Krausz retire enfin leurs bandeaux.

Ils se trouvent tous les deux sur un ring, assis dans des fauteuils, mais libres de leurs mouvements, sans sangles et sans pistolet sur la tempe.

La décoration est assez semblable à celle qu'ils avaient trouvée sous le phare, mais l'endroit est beaucoup plus exigu.

Près d'eux, une personne en cape violette et tunique, affublée d'un masque de la même couleur représentant un visage hilare, bouche en U, sourcils relevés.

Derrière elle se tiennent deux individus en cape et tunique d'un mauve plus clair. Leurs masques affichent un visage très rieur.

Et derrière eux, deux autres portent des masques rose foncé au rire moins marqué.

Stéphane Krausz enfile lui-même une cape et un masque mauves, la bouche en plein éclat de rire. Il s'adresse à la silhouette au masque violet et hilare :

– Salutations, Grande Maîtresse. Je vous ai amené Lucrèce Nemrod. Elle est journaliste scientifique au *Guetteur Moderne*, elle a 28 ans, c'est elle que j'ai rencontrée en premier. Elle enquêtait sur la mort de Darius.

La voix tranquille de Krausz contraste avec le rictus du masque. La femme nommée Grande Maîtresse hoche la tête.

– Et cet homme, c'est Isidore Katzenberg, journaliste scientifique au chômage.

– … À la retraite, rectifie l'homme.

– Enfin, il ne travaille pas, mais il a été un temps journaliste scientifique au *Guetteur Moderne* lui aussi.

– … Avant d'être viré, précise Isidore.

– Il a 48 ans. Tous deux enquêtent sur la mort du Cyclope, ils connaissaient déjà notre existence. Ils sont allés au « phare ». Ils ont découvert le drame.

La femme au masque violet a un léger frisson.

– Et ils possèdent depuis peu la BQT.

À cet instant une rumeur parcourt les quelques personnes présentes.

– Saisissez-la, ordonne-t-elle.

– Notre mallette est piégée, dit Lucrèce. Si vous essayez de l'ouvrir sans utiliser le code son précieux contenu sera détruit.

La femme au masque violet se tourne vers Stéphane Krausz qui fait un signe de confirmation.

– Vous voulez quoi en échange de la BQT ? demande-t-elle.

– La Connaissance, dit Isidore, je croyais que tout cela avait déjà été négocié et convenu par textos.

– Quelle Connaissance ?

– Sur le rire, sur votre société secrète, sur vous, répond Isidore.

– Rien que ça ?

La voix sérieuse contraste avec la mimique joyeuse du masque.

– Je crois que c'est ce qui a été convenu avant notre arrivée ici, reprend Lucrèce.

– On ne prend pas de « touristes ». Et pour être « dedans » il faut être initié. C'est pénible, c'est difficile, c'est long, c'est dangereux, très dangereux. Êtes-vous sûrs de désirer cela ?

– Combien de temps dure l'initiation ? demande simplement Isidore.

– 9 mois. Le temps d'une gestation.

– Dans ce cas, nous vous donnerons la BQT dans 9 mois, répond Isidore Katzenberg.

La femme au masque violet consulte ses acolytes en cape mauve qui se tiennent légèrement derrière elle.

– Le problème, dit-elle enfin, c'est que nous sommes pressés. Notre groupe sans BQT est comme…

– Une huître sans sa perle ? propose Isidore.

– … Une cathédrale sans sa relique. Elle fait partie de notre légitimité.

La petite assistance est à nouveau parcourue d'une rumeur d'approbation

– Vous n'êtes pas sans savoir que d'autres « individus » se prétendent héritiers de notre tradition sans aucun droit. Nous avons eu des problèmes de… « dissidence ».

– Cyclop Production ? suggère Lucrèce.

La femme au masque violet ne répond pas.

Isidore a raison, c'est ici que se trouve la clef de la mort de Darius. C'est aussi forcément ce que Sébastien Dollin a essayé de me faire comprendre quand il m'a confié : « Retrouvez Tristan Magnard, entrez dans la GLH et le meurtre de Darius trouvera sa réponse. » « Entrez ». Il a bien dit d'entrer. Comme s'il avait prévu ce qu'il se passe actuellement.

La Grande Maîtresse au masque violet consent enfin à prononcer :

– Vu la situation un peu exceptionnelle, nous allons faire une entorse tout aussi exceptionnelle à notre règle pour vous. Nous allons vous offrir une formation accélérée. Votre initiation se déroulera non pas en 9 mois mais en... 9 jours.

Les masques mauves approuvent. Des masques rose foncé leur parvient une rumeur de réprobation.

– Telle est notre décision ! dit la femme au masque violet en tapant dans ses mains pour rétablir le calme.

Les masques rose foncé se taisent progressivement.

– Puisque vous le connaissez déjà, ce sera Stéphane Krausz qui sera votre instructeur. Au bout de ces 9 jours vous passerez l'examen final qui vous permettra de faire partie des nôtres, et en échange vous nous remettrez la BQT.

Isidore Katzenberg semble ravi.

– Si j'ai bien compris, en 9 jours vous avez la prétention de nous apprendre à être drôles ?

L'assistance des masques est parcourue de quelques rires moqueurs. La Grande Maîtresse frappe à nouveau dans ses mains, puis elle déclare :

– Vous voyez, ça commence déjà à faire effet. Vous commencez déjà à être comiques.

Où sommes-nous tombés ? Et si nous étions juste dans une sorte d'asile de fous ? Tous ces masques et toutes ces capes ne me disent rien de bon. Pourtant Isidore ne semble pas inquiet.

Déjà la femme au masque violet fait un signe et une personne en masque et cape rose clair s'avance.

– Je pense que vous devez être fatigués, on va vous conduire dans vos chambres.

La cape rose clair les guide vers les étages inférieurs. Ils découvrent une coursive avec des dizaines de portes numérotées.

Lucrèce remarque que toutes les portes sont dépourvues de serrure. Enfin l'homme en rose clair leur ouvre une chambre surmontée du chiffre 103.

Dans la chambre, l'ameublement est réduit au strict minimum : deux lits superposés en métal, une table, deux chaises, une armoire. Pas de fenêtre. Juste une salle de bains sur la droite.

Lucrèce cache sa mallette sous le matelas après avoir accroché la menotte au montant du lit, lui-même boulonné au sol.

Épuisés, ils choisissent leurs lits respectifs.

– Vous en pensez quoi, Isidore, de tout ça ?

Mais le journaliste, épuisé par les émotions du jour, s'est affalé dans la couche supérieure. Il a fermé les yeux, et il ronfle doucement.

Je me demande si nous n'avons pas fait une grosse bêtise.

126.

« Deux amis se rencontrent :
– Ça va ton boulot ? demande le premier.
– Non. Mon entreprise vient de faire faillite, je suis viré, je n'ai plus d'emploi, mais je dors comme un bébé.
– Et avec ta femme ?
– Elle n'a pas supporté de me savoir au chômage, alors elle m'a quitté pour aller avec un type plus riche, mais je dors comme un bébé.
– Ah ? Et ta santé ça va ?
– Non, tout cela m'a bouleversé et j'ai commencé à sentir une douleur là. Alors je suis allé consulter et ils ont découvert que j'avais un cancer probablement dû à la contrariété. Mais je dors comme un bébé.
– C'est étonnant, dit le premier, tu subis des épreuves terribles et tu dis que tu dors comme un bébé !
– Tu as déjà vu comment dorment les bébés ? Ils se réveillent toutes les heures et ils pleurent. »

Blague GLH n° 911 432.

127.

Le son d'une cloche lointaine réveille Isidore et Lucrèce.

L'absence de fenêtres les empêche de voir le jour, mais leurs montres indiquent 7 heures du matin. Des tuniques et des capes blanches à leur taille sont pliées sur les chaises de la chambre Dessus sont posés des masques blancs affichant une mimique complètement neutre, ni triste ni souriante.

Ils se douchent, l'eau est froide et ne peut être réglée autrement.

– On se croirait dans un monastère, déplore Lucrèce.

– Ou une caserne, rectifie Isidore. Reste à savoir si on combat ici pour une cause spirituelle ou politique.

Stéphane Krausz vient les rejoindre. Il a toujours sa tunique, sa cape mauve et son masque.

Il enlève son masque.

– Vous avez bien dormi ?

– Le matelas était un peu dur, signale la jeune femme dont les grands yeux sont fatigués.

Il leur tend un plateau avec du thé et du pain.

– Oui, je sais, c'est frugal. Il faut que vous soyez légers pour votre initiation qui commence aujourd'hui.

– Pourquoi le blanc ? demande Isidore en désignant sa tunique.

– C'est la couleur des novices. Quand vous serez initiés vous aurez le droit de porter la tunique et la cape rose clair des apprentis. Puis, si vous vous élevez en expérience et en talent, vous obtiendrez la tunique rose foncé des compagnons. Et si vous continuez encore vous deviendrez une tunique mauve.

– Le grade des maîtres, je présume, suggère Lucrèce.

– En effet, et enfin violet, la couleur du Grand Maître. Mais pour l'instant vous êtes à la case 0. Vous n'avez même pas encore entamé le parcours initiatique proprement dit. C'est pour cela que l'expression de votre masque est neutre. Quand vous circulez vous devez porter le masque.

– Pourquoi ?

– Certains parmi nous sortent dans le monde, ils ne doivent pas être capables de nommer ou d'identifier les autres. Il faut donc être toujours couverts durant les déplacements dans les couloirs. C'est un système de sécurité qui nous vient du Moyen Âge. Plus précisément des époques de persécution, quand certains de nos frères ont trahi les autres sous la torture.

Ils revêtent les tuniques et nouent les capes blanches. Puis ils essayent les masques.

– Ça fonctionne comme une société secrète de type franc-maçon ? demande Lucrèce, qui a emporté son calepin pour prendre des notes.

– Par certains aspects oui. Mais notre enseignement se rapproche plutôt des écoles d'arts martiaux.

– Faire rire, un art martial ? s'étonne la jeune journaliste.

– Parfaitement. Faire rire c'est envoyer une énergie vers les autres. Cette énergie peut faire du bien ou du mal selon la manière dont on l'utilise et selon son dosage.

– Mais tout le monde sait faire rire sans apprendre votre « art martial », s'étonne Lucrèce.

– C'est exactement de cela qu'on parle. Beaucoup de gens font rire inconsciemment sans savoir ce qu'ils font. Comme d'autres se battent avec leurs poings intuitivement, mais ils se battraient encore mieux s'ils apprenaient le kung-fu de l'école Shaolin.

– Vous voulez nous apprendre à devenir les « Bruce Lee de la plaisanterie » ?

Il ne relève pas la saillie.

– Ici vous allez apprendre à accomplir de manière maîtrisée et en toute conscience ce que vous faisiez avant de manière primaire et intuitive. Nous allons vous enseigner comment mesurer chaque mot, chaque virgule, chaque point d'exclamation, pour que votre art de faire rire soit parfait. Vos blagues seront des armes d'une précision totale.

– Des armes ?

– Parfaitement. Une blague est comme un sabre à l'acier plusieurs fois trempé. Selon la volonté de celui qui le manie avec maîtrise, il touche, s'enfonce, tranche, sauve…

– … Ou tue ? complète Lucrèce.

Le producteur prend la thermos et leur sert du thé.

– Mais tout d'abord la règle numéro un des deux premiers jours d'initiation est : « Surtout ne pas rire ».

Ai-je bien entendu ?

– L'interdiction est absolue sous peine de punition.

– Quelle punition ?

– Jadis nous avions des châtiments corporels, mais depuis l'arrivée de la nouvelle Grande Maîtresse, l'idée est de « moderniser, et donc d'adoucir les sanctions ».

– Une punition ? C'est stupide. Nous ne sommes pas des enfants, remarque Lucrèce.

– Pourtant on va vous éduquer comme des enfants. Et vous comprendrez pourquoi « On ne plaisante pas avec l'humour. »

Décidément cette phrase semble leur leitmotiv.

Isidore approuve.

– C'est logique. C'est le vide qui crée l'appréciation du plein. Pour les moines il faut faire vœu de silence pour goûter le plaisir de parler, il faut jeûner pour savourer la nourriture, faire abstinence pour apprécier la puissance de l'acte charnel. C'est le silence qui nous apprend à jouir de la musique. C'est l'obscurité qui nous apprend à comprendre les couleurs.

Stéphane Krausz approuve, satisfait d'être compris.

– Et quelle est cette punition « qui n'est pas un châtiment corporel » ? demande Lucrèce, intriguée.

– Vous le verrez si vous riez. Mais si je puis vous donner un conseil : quoi qu'il arrive aujourd'hui, respectez le mot d'ordre et « surtout ne riez pas ».

– Ne pas rire ? C'est impossible. Il y a toujours un moment où l'on ne fait pas attention.

Stéphane Krausz change d'intonation et prend soudainement un ton très sec.

– Pour conserver un certain confort durant votre séjour parmi nous, il vaut mieux, mademoiselle, que vous perdiez tout de suite cette tendance à la dérision systématique qui caractérise le monde moderne. Cessez de vouloir plaisanter sans réfléchir au préalable. Le rire c'est de l'énergie, et il n'existe pas de rire efficace sans contrôle de soi.

– Tout le monde plaisante en permanence sur n'importe quel sujet pour se donner une contenance. Pour se détendre. Pour gagner du temps. Pour essayer de plaire. Par convivialité. Par sociabilité...

– Il est difficile d'être tout le temps sérieux, reconnaît Isidore Katzenberg.

– Ce ne sont que deux journées, pour les autres initiés la règle est un mois entier sans le moindre rire.

Les deux journalistes scientifiques essayent d'imaginer ce que peut être un mois entier avec une telle discipline.

– De nos jours la moyenne des rires est de 8 fois par jour. En général ça baisse avec l'âge. Pour vous donner un ordre de comparaison, cette même moyenne est de 92 rires par jour pour les enfants de moins de 5 ans. De même actuellement un adulte rit en moyenne 4 minutes par jour. Contre 19 minutes en 1936.

Je me demande comment ils ont recensé ces chiffres. Par des sondages ? Les gens peuvent raconter ce qu'ils veulent au sondeur. C'est comme lorsqu'on leur demande combien de fois ils font l'amour par semaine, ils répondent combien de fois ils « voudraient » faire l'amour par semaine. Heureusement mon métier m'a appris à me méfier de ce genre de chiffres sortis d'on ne sait où.

– L'interdiction de rire commence quand ? demande Isidore.

Le producteur regarde sa montre puis annonce :

– Aujourd'hui à 8 heures précisément. Et se terminera après-demain à 8 heures précisément. Personne ne doit vous voir rire sous quelque prétexte que ce soit. Mon conseil est le suivant : dès que vous sentez un rire venir mordez-vous la langue, pincez-vous dans votre poche ou écrasez-vous les orteils avec l'autre pied. En général c'est efficace.

Je suis bien tombée dans un asile de fous.

– Quelle heure est-il ? demande le journaliste scientifique qui semble prendre tout cela très au sérieux.

– 7 h 58. Vous avez encore deux minutes pour jouir d'une dernière rigolade.

Lucrèce Nemrod essaie de se forcer mais n'y arrive pas. Isidore attend en silence, en fermant les yeux.

– Attention, quatre, trois, deux, un... Top ! Il est pile huit heures. À partir de maintenant vous allez devoir tenir quarante-huit heures. Interdiction absolue de rire sous quelque prétexte que ce soit.

Une fois le petit déjeuner terminé, Stéphane Krausz leur demande de le suivre.

L'endroit est beaucoup plus vaste qu'il n'y paraît de prime abord. C'est un véritable labyrinthe de couloirs, de salles, d'escaliers sur plusieurs niveaux.

Le producteur les conduit dans une salle des étages supérieurs, tapissée d'étagères remplies de livres. Au fond de la pièce une statue de trois mètres de haut représente Groucho Marx assis en tailleur, drapé dans une sorte de sari, tel un bouddha. Il tient un demi-cigare au coin des lèvres, ses lunettes sont à moitié baissées, révélant un fort strabisme divergent.

Au centre de la pièce, un bureau ovale est cerné de chaises.

– Le thème d'étude de notre première journée d'initiation est l'Histoire. On parle souvent de l'Éros et du Thanatos, mais on oublie le Gelos, l'Humour. C'est la troisième grande énergie qui pousse les hommes à agir. En connaissez-vous les origines réelles ?

– Nous avons déjà eu l'occasion de rencontrer le Pr Loevenbruck, signale Lucrèce.

– Je connais ses théories. Elles sont non seulement banales mais tronquées. Il a eu la chance d'accéder à quelques pièces du puzzle mais il lui en manque beaucoup pour que l'historique soit complet.

L'homme en toge mauve extrait d'une étagère un grand livre qui ressemble à un grimoire de 70 × 30 centimètres.

Sur la couverture est gravé en lettres d'or stylisées : *Grand Livre d'Histoire de l'Humour. Source GLH.*

Sur le parchemin de la première page on ne distingue qu'un dessin avec des personnages mal définis.

– Pour nous, la plus ancienne blague date de 2 millions d'années dans une région qui correspond à l'Afrique du Sud

Selon deux paléontologues liés à la GLH il s'agirait d'un homme poursuivi par un tigre à dents de sabre. Au moment de mordre sa proie humaine terrorisée, le fauve se serait fait écraser par un mammouth qui chargeait en ligne transversale. La peur extrême suivie de l'arrivée-surprise du mammouth et donc d'une permutation inattendue du rapport de force aurait déclenché un effet d'hyper-ventilation chez cet humain préhistorique.

– Comment pouvez-vous savoir ça ? s'étonne Lucrèce toujours préoccupée par la source des informations.

– Cet homme préhistorique, sous l'effet du rire, a ensuite glissé dans de la glaise, ce qui l'a tué et figé d'un coup. Nous avons ainsi retrouvé une empreinte, sorte de photo en relief de la scène. Or la position de la mâchoire et des os du bassin semble nettement indiquer qu'il riait au moment de son trépas.

– Subtil, remarque Isidore.

– Les scientifiques de la GLH situent l'événement à 2 millions d'années avant notre ère. Selon eux, ce moment aurait déclenché la naissance de la civilisation humaine. Non pas par l'enterrement des morts mais par la naissance de l'humour.

Le journaliste scientifique prend avec intérêt des notes destinées à alimenter son roman. Lucrèce reste plus circonspecte.

– C'est par ce rire primordial que l'*Homo sapiens* se distinguait ainsi pour la première fois de ses frères animaux. Car en riant l'homme montrait que lui, et lui seul, était capable de ce mécanisme respiratoire et nerveux qui d'un coup transformait l'angoisse en plaisir.

– Formidable, reprend Isidore en notant plus vite.

– Cependant, nous n'avons aucune certitude quant à cet événement. Depuis l'arrivée de la nouvelle Grande Maîtresse, nous avons décidé d'être plus modestes dans nos estimations et nous datons la genèse de l'humour de 320 000 ans avant Jésus-Christ, dans une région qui correspond actuellement au Kenya.

– 320 000 ans ? questionne Lucrèce encore dubitative.

– Un combat entre deux tribus aurait tourné à l'avantage d'un des groupes mais, au moment de la mise à mort, le vainqueur aurait pris, pile dans l'œil, une fiente de vautour.

– Une fiente de vautour ? C'est ça votre « première blague » ? Mais elle est… nulle.

Lucrèce Nemrod ne peut retenir un petit rire moqueur.

– Je vous avais avertie, dit soudain Stéphane Krausz d'un ton déçu. Comme on dit en latin *Dura lex sed lex*, Dure est la loi mais c'est la loi.

Il sort une petite clochette qu'il fait tinter.

Trois costauds en cape rose foncé surgissent et, avant que la journaliste ait pu se défendre, ils la maîtrisent et l'emportent vers les sous-sols.

– Hum… Vous allez lui faire quoi ? demande Isidore.

– La punition est une manière de mémoriser en profondeur l'information.

– Vous aviez dit « pas de châtiment corporel » il me semble.

– Ce ne sont pas des châtiments corporels. À mon avis c'est pire. Elle devrait remonter d'ici quelques minutes.

En effet, Lucrèce réapparaît, les joues couleur pivoine et la respiration courte. Elle semble avoir vécu quelque chose de difficile, pourtant elle n'est pas triste, juste grave.

– Excusez-moi, dit-elle en baissant les yeux. Croyez bien que je ne recommencerai plus.

Ne lui prêtant plus attention, Stéphane Krausz poursuit :

– Bien. Donc la plus ancienne blague est datée de 320 000 ans comme je disais. Et nous pouvons imaginer qu'elle a été utile à l'évolution de l'espèce car on constate dans la région et le groupe, en Afrique de l'Est, comme un saut brusque d'élévation de conscience.

Stéphane Krausz tourne une page.

– Ensuite la troisième blague importante que nous gardons dans nos archives est datée elle de 45 000 avant Jésus-Christ. Une histoire d'incompréhension entre des Cro-Magnon et des Neandertal.

Le producteur leur relate l'événement.

Il attend, comme pour guetter un rire de la jeune journaliste, mais elle se contente de noter.

Il a reconnu que Darius avait fait partie de la GLH.

Ainsi le Cyclope a probablement séjourné ici. Et il a donc probablement reçu le même enseignement que je reçois. Il a entendu les histoires de fiente de vautour… Et il a dû découvrir un élément qui ne lui a pas plu et qui lui a donné envie de combattre ces gens. Je sens que ceux de la GLH cachent ici quelque chose qui n'est pas… lumineux.

Stéphane Krausz semble satisfait.

– Nous passons ensuite aux Sumériens. 4 803 ans avant Jésus-Christ.

– La blague de la fille assise sur la cuisse de son mari ? questionne Isidore.

– Ah vous la connaissez ? Vous avez lu la thèse du Pr MacDonald sur les origines de l'humour ? Intéressant, mais là encore sa théorie est tronquée. MacDonald évoque une blague sumérienne de -1908. Moi je vous parle de quelque chose de bien plus ancien.

Il raconte la blague du roi sumérien Enshakushana face au roi akkadien Enbi Ishtar.

Il tourne les pages.

– Ensuite l'humour est passé à l'Inde. Nous avons trouvé une blague de l'an -3200 et appartenant à la civilisation d'Harrapa.

Stéphane Krausz raconte la blague indienne du prince et de la danseuse restés coincés en faisant l'amour.

Lucrèce Nemrod, après avoir réprimé un hoquet, éclate à nouveau de rire. Le producteur affiche un air désolé et active à nouveau sa cloche.

– Non ! Je vous promets que je ne rirai plus, promet-elle.

– C'est pour votre apprentissage. Il faut vous contrôler.

Il fait tinter la cloche et les trois hommes reviennent et l'emportent à nouveau alors qu'elle crie « Non, pas ça ! ».

Lorsqu'elle réapparaît quelques instants plus tard, son visage est encore plus rouge et porte des traces humides sur les joues, comme si elle avait pleuré. Pourtant, elle ne semble pas triste, juste éprouvée.

– Je ne sais pas ce qui m'a pris. Je saurai me tenir, insiste-t-elle.

Elle baisse les yeux.

– Ce que nous apprenons ici et maintenant pourra peut-être un jour vous sauver la vie, dit-il.

Ce matin-là, Lucrèce a encore deux accès qui la font disparaître dans les sous-sols puis revenir toujours plus rouge et toujours plus contrite.

Ils découvrent ensuite l'humour de l'Antiquité pays par pays.

Enfin ils sont autorisés à déjeuner au réfectoire.

– Ils n'ont pas de masques ?

– Ceux qui doivent rester inconnus ne mangent pas ici.

Stéphane Krausz ôte son masque et les deux novices font de même.

À leur entrée, tout le monde cesse de manger pour les observer.

Lucrèce Nemrod les examine à son tour. Plus d'une centaine de personnes. Certaines sont très âgées.

En majorité des femmes. La plupart ont dépassé la quarantaine.

– Bonjour ! lance Isidore à la cantonade avec un petit geste amical. Bon appétit à tous.

La phrase et le ton détendent l'atmosphère.

Je comprends que Darius ait voulu les renverser ou les remplacer. Ce combat éternel entre les vieux qui ont le pouvoir et les jeunes qui veulent leur prendre est donc aussi ici d'actualité. Pourtant je suis entre leurs mains et ce sont eux qui vont me transmettre le savoir. Je dois renoncer à mes préjugés et recevoir leur enseignement pour comprendre ensuite leur secret et le problème avec Darius. Reprends-toi, Lucrèce. Rappelle-toi la phrase d'Isidore : « On perd toujours les combats parce qu'on sous-estime l'adversaire. » Ils n'ont pas l'air méchants. Ils ont des regards vifs. L'humour est peut-être une excellente source de jouvence.

– Ça va Lucrèce ? Vous avez l'air de rêvasser. Vous êtes encore sous le traumatisme de votre « punition » ? demande Isidore.

– Je ne sais pas ce qui m'a pris. Je suis désolée Isidore.

– Ils vous ont fait quoi ?

– Si vous voulez le savoir vous n'avez qu'à rire.

Une dame en toge mauve leur propose des légumes et du poisson cuits à la vapeur. Pour le dessert des fruits. Pas de sauce, pas de viande, pas de blé, pas de produits laitiers. Juste de l'huile d'olive pour agrémenter les légumes et le poisson.

Tout en mangeant, la jeune femme ne quitte pas des yeux l'entourage.

– Ils se méfient de nous, chuchote-t-elle.

– Ils doivent se méfier en général des nouveaux arrivants. Tout club fermé fonctionne ainsi.

Stéphane Krausz vient les rejoindre.

– Ça vous plaît ? C'est de la nourriture bio qui provient directement de nos jardins. Pour être drôle, tout comme pour être un sportif de haut niveau, il faut une hygiène alimentaire rigoureuse.

– On ne peut pas avoir du vin ? demande Lucrèce.

– Vous en aurez peut-être à la fin de l'initiation. À ce stade je ne pense pas que ça vous aiderait.

– Allons, Lucrèce. Vous avez déjà vu des élèves du temple de Shaolin prendre du vin durant les cours de kung-fu ?

– Et fumer ? Je suis une fumeuse, je ne vais pas rester ici sans clope pendant 9 jours !

– Nous pouvons vous fournir des patchs si vous voulez, dit le producteur. C'est tout ce que nous pouvons faire pour vous.

Lucrèce hausse les épaules.

– Merci. Vous m'avez donné une raison supplémentaire de ne pas avoir envie de rigoler.

Stéphane Krausz leur sert un verre d'eau fraîche.

– Pas de vin, pas de bière, pas de soda.

– Pas de café non plus ?

– On peut boire quoi de plus drôle que l'eau ?

– Du jus de carotte.

– Volontiers, j'adore ça, dit Isidore.

Lucrèce Nemrod commence à afficher un regard morne.

– Je ne suis pas sûre d'avoir envie de rester longtemps ici, murmure-t-elle.

– Vous allez voir, on s'habitue à tout. Et puis votre corps vous dira merci de lui fournir des aliments sains, sans sucre ni gras.

Ils mastiquent.

L'après-midi, l'histoire de l'humour accélère

Stéphane Krausz se révèle un très bon professeur, il fait vivre les grands instants de la conquête de l'humour avec des anecdotes, des évocations picaresques, des personnages attachants.

– Tous les grands comiques n'ont pas appartenu à notre « club » mais nous en avons eu quand même beaucoup. De même vous découvrirez des humoristes dont vous n'avez jamais entendu parler et qui pourtant ont été de grands innovateurs. L'Histoire n'a parfois retenu que leurs copieurs médiatisés.

Puis Stéphane Krausz leur présente un livre illustré de personnages déguisés.

– Je dois vous parler des bouffons. Le statut des bouffons royaux, les « fous du roi », était très étrange. D'abord en France, par exemple du XIVe au XVIIe siècle, ils étaient directement nommés par le roi sans aucun avis extérieur. Ils étaient très bien payés et seuls autorisés à ne pas respecter les règles de la Cour. Vu qu'ils pouvaient se moquer des vassaux du roi, ces derniers leur versaient des pourboires pour être sûrs de ne pas devenir la cible de leur spectacle. Certains bouffons comme Triboulet ou Briandas ont ainsi accumulé de vraies fortunes.

– C'était le métier rêvé, dit Isidore.

– Pas vraiment. D'abord tout le monde les craignait, et puis beaucoup les haïssaient. Dans la symbolique sociale, ils étaient censés prendre sur eux la part de mal du souverain. On considérait que les bouffons étaient des incarnations du diable.

– Ils recevaient le maximum de privilèges et le maximum de haine ? s'étonne Lucrèce.

– Aux yeux du peuple ils étaient des sortes de paratonnerres, qui devaient décharger la colère du roi contre ses vassaux. Et aussi la colère des vassaux contre le roi.

– Par des blagues ?

– Par des phrases de « dédramatisation ». Mais si on les admirait pour leur esprit on les méprisait pour leur essence. D'ailleurs ils n'étaient pas considérés comme des chrétiens, ils étaient interdits de sépulture chrétienne.

– Jusqu'à quand en France ?

– En fait, avec le recul, Molière peut être considéré comme le dernier bouffon. Ou plutôt, devrais-je dire, c'est lui qui a transformé la fonction de bouffon en celle de « comédien ordinaire du roi ». Du coup ce métier devenait une sorte de travail de fonctionnaire.

Attendant patiemment le moment de pouvoir agir, les deux journalistes font contre mauvaise fortune bon cœur, et semblent jouer le jeu sans se forcer, à l'écoute de récits parfois surprenants, concernant un domaine plutôt méconnu de l'Histoire.

À minuit Stéphane Krausz en est à Beaumarchais.

Lucrèce Nemrod découvre avec surprise qu'elle n'a pas vu le temps passer, qu'elle n'a pas eu envie de fumer et qu'elle n'a pas failli à sa promesse de ne pas rire.

Stéphane Krausz les mène ensuite au réfectoire désert, où ils prennent en silence un dîner froid et tardif, avant de les raccompagner dans leur chambrée.

– Demain on redémarre à 7 heures. Savourez votre chance, une initiation en neuf jours, tout le monde ici aurait rêvé de ça.

– Mais ce soir dans notre chambre on peut rire ?

– Je vous le déconseille. Si quelqu'un passe devant votre porte et vous entend il devra vous dénoncer. Attendez donc jusqu'à après-demain matin 8 heures et vous pourrez vous lâcher. Dormez bien. Demain on suit l'histoire de l'humour à partir de Beaumarchais.

Stéphane Krausz les regarde.

– J'ai oublié d'ajouter quelque chose. Après-demain 8 heures, vous serez « obligés » de rire. Si vous voulez vous exercer à maîtriser votre corps, je peux vous proposer un premier exercice pratique. Essayez de retenir votre respiration le plus longtemps possible. Et si vous allez aux toilettes, essayer de stopper et de faire redémarrer votre miction par simple volonté. Et ce soir, essayez de vous endormir exactement au moment où vous le voulez pour vous réveiller exactement au moment où vous le souhaitez. Les maîtres yogis parviennent même à contrôler par leur volonté leur digestion et leurs battements de cœur. Ce n'est qu'une prise de pouvoir sur son corps.

Il s'approche de la jeune femme.

– Notre corps est comme un enfant gâté qui réclame toujours plus de sucre, de caresses et de confort. Mais si vous l'éduquez, si vous lui apprenez à faire les choses quand il le faut, ni avant ni après, au début il renâcle, et il finit par vous dire merci. Dès lors vous ne le subissez plus, vous l'éduquez et vous le dirigez.

Le producteur leur souhaite bonne nuit, puis s'en va, les laissant seuls dans leur chambrée.

Lucrèce s'immerge sous la douche glacée. Elle ferme les yeux et perçoit sa respiration, ses battements de cœur. Et elle se demande si tous les automatismes sont contrôlables.

C'est étonnant, il me semble en effet que quelque chose a changé à l'intérieur de moi.

Il y a certes cet appel ancien à la cigarette, au sucre, au gras et au rire. Mais juste à côté une nouvelle Lucrèce se sent plus posée, plus tranquille, plus forte.

Se pourrait-il que ce séjour au milieu de ces petits vieux ait un effet bénéfique ? Même cette douche glacée ne me gêne plus, je me sens fière de pouvoir la supporter.

Elle se savonne et sent son ventre gargouiller.

Mon ventre est en colère parce que je ne lui ai donné ni viande ni sucreries.

Elle tousse.

Mes poumons sont contrariés, ils attendent leur nicotine et leur goudron.

Elle augmente la puissance de la douche.

Bon sang, si on m'avait dit que l'enquête sur la mort de Darius m'amènerait à vivre ce genre d'aventure, je crois que j'y aurais réfléchi à deux fois

Ces gens me semblent de plus en plus bizarres. Au-delà de leur vocation à défendre l'humour, ils cachent quelque chose de pas net.

Elle se barbouille de ses cheveux mouillés.

128.

« Un homme tombe en panne sur l'autoroute. Il s'aperçoit qu'il a un pneu crevé. Il veut le changer, mais son pneu de secours est aussi crevé. Alors il tente d'arrêter des voitures pour demander de l'aide, mais personne ne s'arrête.

Il se met à pleuvoir.

Avec la pluie les voitures sont encore moins disposées à s'arrêter pour lui.

Lorsque soudain une voiture de sport stoppe près de lui. À l'intérieur, une superbe blonde propose aussitôt de lui donner un coup de main. Mais constatant que la roue est inutilisable, elle l'invite à monter pour l'emmener vers une station-service.

Ils roulent longtemps, sans croiser la moindre station. Alors la superbe blonde lui dit que comme la nuit tombe le plus simple serait de s'arrêter pour dîner dans un petit village. Puis, comme il est tard, ils décident de rester, mais il ne reste plus qu'une chambre avec un lit. Alors ils dorment ensemble, et au milieu de la nuit la femme vient vers lui et ils font l'amour.

Le lendemain, alors que le jour se lève, l'homme se réveille, regarde sa montre, et s'aperçoit qu'il est déjà très tard dans la matinée. Il s'habille à toute vitesse, descend voir le concierge de l'hôtel et demande s'il y a une salle de billard au sous-sol. L'homme répond par l'affirmative. Il s'y rend, s'enduit les mains de craie bleue. Puis il demande un taxi et se dépêche de rentrer chez lui.

Sa femme l'attend sur le pas de la porte, menaçante, avec un rouleau à pâtisserie.

– Alors qu'est-ce que tu vas me trouver comme excuse pour expliquer que tu aies découché cette nuit ? demande-t-elle.

– Chérie, c'est fou ce qui m'est arrivé. Hier soir j'étais sur l'autoroute, et j'ai crevé. Ma roue de secours était percée elle aussi alors j'ai demandé du secours. Il s'est mis à pleuvoir. Personne ne s'arrêtait lorsque soudain une voiture de sport s'est garée, et à l'intérieur il y avait une jeune femme, une très jolie blonde, qui s'est proposé de m'aider. On a roulé à la recherche d'une station-service. Vu qu'on n'a rien trouvé on s'est arrêtés dans un village et là on a dîné. Puis on a couché à l'hôtel, mais il ne restait qu'une seule chambre avec un seul lit. Alors on a dormi côte à côte et dans la nuit on a fait l'amour, mais du coup sous l'effet de la fatigue je n'ai pas vu le temps passer et je me suis réveillé ce matin très tard.

Alors la femme se calme d'un coup et ricane :

– Et tu crois que tu vas me faire croire ces sornettes ? Si tu imagines que je n'ai pas vu que tu avais les mains pleines de craie bleue. T'en fais pas, j'ai bien compris que tu es encore allé jouer au billard toute la nuit avec tes copains ! »

Blague GLH n° 572 587.

129.

L'eau ruisselle dans ses cheveux, sur ses épaules, sur l'arrondi de ses seins et de ses hanches.

– Grouillez-vous, Lucrèce ! chuchote Isidore.

– Qu'est-ce qu'il y a encore ? demande-t-elle en coupant l'eau.

Elle sort avec ses cheveux mouillés pris dans une serviette éponge.

– Nous sommes là aussi pour enquêter. Je crois que quelque chose de louche se cache ici.

Il en est arrivé à la même conclusion que moi.

– Ces combattants de l'humour des lumières m'ont pas l'air si clairs que ça.

Je ne lui fais pas dire.

– Nous n'allons pas rester ici à jouer les apprentis comiques, il faut expliquer la mort de Darius. Maintenant que nous avons la conviction que ce n'est pas son frère Tadeusz, il y a de fortes chances que ce soit quelqu'un de la GLH.

– Mais les gens de la GLH n'ont pas la BQT.

– Ils l'ont peut-être eue et perdue. Ou alors quelqu'un agit en dehors du système officiel. En tout cas la clef est ici, je le sens.

Qu'est-ce que je fais, je l'enfonce, je le mets face à ses contradictions ?

– J'aime bien vous voir comme ça, Isidore, dans l'action plus que dans l'analyse.

– Dans l'immédiat il faut à tout prix explorer l'endroit dans ses moindres recoins.

Il dévoile un sac qu'il avait dissimulé sous sa cape blanche.

– Durant le déjeuner, lorsque j'ai fait semblant d'aller aux toilettes, je suis passé dans la salle de nettoyage et j'ai piqué deux tenues mauves pour circuler incognito.

– Vous voulez faire quoi avec ça ?

– Il nous faut découvrir où nous sommes, qui sont vraiment ces gens, et ce qu'ils cachent au-delà de leur présentation si sympathique.

– Encore une de vos intuitions ?

– Bien sûr. Ce n'est pas très professionnel de se contenter des informations qu'on nous donne. Il faut aller chercher celles qu'on refuse de nous donner.

Déjà il a enfilé la tunique, et il lui montre qu'il a aussi récupéré deux torches électriques.

Elle n'a pas le temps de tergiverser et, malgré ses cheveux mouillés qui la perturbent, elle enfile elle aussi une tenue.

– Allez, « en avant pour de nouvelles aventures », comme on dit dans les films.

À cette heure avancée la plupart des pensionnaires sont endormis. Ils progressent sans faire de rencontres dans les couloirs du labyrinthe.

– Vous en pensez quoi de tout ce cirque, mon cher Isidore ?

– La même chose que vous, ma chère Lucrèce.

– Si vous voulez mon avis, c'est juste une secte de petits vieux qui s'ennuient et jouent à se prendre au sérieux.

À ce moment, deux silhouettes surgissent au détour d'un couloir. La jeune journaliste scientifique a un sursaut, mais son collègue lui fait signe de ne pas ralentir.

En effet les deux individus en cape et masque mauves avancent tranquillement.

Peut-être leur système de police interne.

Les arrivants avancent toujours puis l'un des deux lâche en les croisant :

– Rien à signaler ?

– Rien, répond tranquillement Isidore sans accélérer ni ralentir le pas.

Ils passent. Une fois qu'ils ont disparu, Isidore se tourne vers Lucrèce.

– Vous trembliez. Vous aviez peur de la punition n'est-ce pas ? Dites-moi ce qu'ils vous ont fait quand vous avez ri ?

– Si vous vouliez le savoir vous n'aviez qu'à rire aussi. Désolée, il faut payer pour voir.

Ils continuent à s'enfoncer dans le couloir.

– Nous nous sommes jetés dans la gueule du loup, Isidore.

– C'est là où l'on apprend ce qu'est vraiment le loup, répond-il.

À ce moment ils arrivent devant un escalier.

– On monte ? Nous saurons ce qu'il y a en surface.

– Non, on descend. Les choses intéressantes sont toujours au fond.

Ils descendent l'escalier.

– Vous n'avez pas peur, Isidore ?

– Je vis ce séjour comme un stage universitaire. Nous sommes en première année de… comment pourrait-on baptiser ça ? Disons « Philogélosie ». La philosophie étant littéralement l'art d'aimer la sagesse, la philogélosie serait la science de l'amour du rire.

– Une science ?

– Pourquoi pas ? Ici nous étudions les blagues comme d'autres étudient les virus. Après tout les blagues ne sont-elles pas comme des virus ? Une fois lancées elles se répandent, se propagent de bouche à oreille. Elles mutent comme les virus.

– Et elles peuvent tuer comme les virus.

Il n'approuve pas.

– Je crains que tout ça ne finisse mal, Isidore. Nous sommes coincés ici et ils m'ont l'air tous bizarres. On ne sait même pas où on est.

– La vie est un film qui finit mal, Lucrèce. Ce qui est intéressant ce sont les péripéties avant le générique de fin.

Il réfléchit puis ajoute :

– Non. J'ai tort. Ça finit mal pour notre chair, mais peut finir bien pour notre âme.

Lucrèce Nemrod rebondit sur cette phrase :
– Vous croyez à la persistance de l'âme ?
– Mon âme y croit. Mon corps a un doute.
Je crois que ce stage de « Philogélosie » lui donne envie de se surpasser.
Ils marchent dans les couloirs.
– Vous croyez qu'à la fin de ces neuf jours, nous serons « drôles » ?
– Je l'espère. C'est un domaine que j'ai vraiment eu tort de négliger jusqu'ici, mon côté « comique ». Grâce à vous, cette enquête va, je l'espère, me permettre de combler une grande lacune.
– Et moi… vous me trouvez drôle ? demande-t-elle.
– Irrésistible. Quand je vous vois je me retiens de pouffer.
Il a prononcé cette phrase d'un ton neutre.
– Vous vous moquez encore de moi, Isidore ?
– Oui. Ça vous gêne ?
– Un peu.
Soudain ils aboutissent à une galerie qui mène à un portail massif, en ferronnerie très ouvragée.
– Cette fois c'est vous qui allez montrer vos talents.
Lucrèce rappelle qu'il lui faut son matériel. Ils doivent donc renoncer. Les deux silhouettes du service d'ordre se rapprochent. Préférant cette fois ne pas les croiser, ils n'ont que le temps de se plaquer derrière le coin du corridor.

130.

« Sherlock Holmes et le Dr Watson sont partis à la campagne pour faire du camping. Ils ont dressé leur tente et, après avoir dîné devant le feu, ils s'endorment. Au milieu de la nuit, Sherlock Holmes se lève et réveille Watson.
– Watson, regardez et dites-moi à quoi cela vous fait penser.
Le Dr Watson ne comprend pas pourquoi Holmes le réveille, mais il consent à répondre :
– Je vois des milliers d'étoiles et je me dis que nous sommes sur une petite planète perdue dans l'univers infini.
Sherlock Holmes insiste :

– Mais qu'est-ce que vous en déduisez plus précisément ?
Watson, intrigué, réfléchit.
– Eh bien, s'il y a des milliers voire des millions d'étoiles il est très probable que certaines planètes soient similaires à la Terre. Et il pourrait également y avoir de la vie sur ces planètes.
– Mais toutes ces étoiles vous évoquent quoi ?
– Eh bien une civilisation parallèle intelligente extraterrestre. Enfin, selon toute probabilité, au moins aussi intelligente que la nôtre.
Et Sherlock Holmes lui déclare :
– Non, mon cher Watson, ce n'est pas la bonne déduction. Si vous voyez toutes ces étoiles, cela signifie que durant notre sommeil quelqu'un nous a volé notre tente. »

Blague GLH n° 878 332.

131.

Coup de cloche. Au réveil, ils trouvent une tunique et une cape blanche propres. Le programme est posé sur une chaise.

– Aujourd'hui, c'est encore de l'Histoire, mais encore plus dense qu'hier, et nous terminerons encore plus tard, soupire Lucrèce.

– À ce rythme-là, nous allons être épuisés et il nous sera de plus en plus difficile de trouver du temps pour enquêter.

– Pourtant la clef de la mort du Cyclope se trouve forcément ici.

Ils se douchent, déjeunent puis reviennent dans la même salle que la veille.

La statue de Groucho Marx en sari leur semble encore plus impressionnante. La leçon du deuxième jour porte sur les humoristes modernes, les grands maîtres de la GLH, les inventeurs, les perfectionneurs, les philosophes de l'humour.

– Où nous étions-nous arrêtés ? Ah oui, à Beaumarchais. Juste pour rappel, nous ne ferons que les morts, afin de ne pas vous révéler les noms des vivants, précise Stéphane Krausz. Aucun frère d'humour ne peut citer un autre frère sans son autorisation.

Il ouvre le grand grimoire et l'on voit apparaître les premières photos des personnages cités.

– Après Beaumarchais, je voudrais tout d'abord évoquer Eugène Labiche (1815-1888). C'est lui qui inventa la fable théâtrale comique moderne. Il travailla même avec Jacques Offenbach pour mettre au point l'opéra-bouffe. Il fut un Grand Maître de la GLH.

Le producteur cite quelques phrases de Labiche que l'on a selon lui souvent attribuées à d'autres :

– « Un égoïste est un homme qui ne pense pas à moi » ; « J'ai fini par m'apercevoir que je n'étais pas seul à partager la fidélité de mon épouse » ; « Seul Dieu a le droit de tuer son semblable » ; « Les hommes ne s'attachent point à nous en raison des services que nous leur rendons, mais en raison de ceux qu'ils nous rendent. »

– *Le Voyage de M. Perrichon,* relève Isidore.

Leur instructeur tourne les pages.

– Ensuite un homme qui ne fut ni un comique, ni un clown, ni un écrivain de comédie : Henri Bergson (1859-1941). Il fut le premier philosophe moderne à théoriser le principe du rire et de l'humour. C'est lui qui avança la formule : « Le rire c'est du mécanique plaqué sur du vivant. »

– Il fut Grand Maître de la GLH ?

– Non, seulement Maître. Il était, comment dire « un peu sérieux » dans sa perception de l'humour. Trop analytique, pas assez pratique. Je le cite : « L'art de l'écrivain consiste surtout à nous faire oublier qu'il emploie des mots » ; « Prévoir consiste à projeter dans l'avenir ce qu'on a perçu dans le passé. »

Finalement, la meilleure manière de connaître une personnalité n'est pas de lire sa biographie, mais les sentences qu'il a produites. Stéphane Krausz, en quelques citations, nous fait comprendre à qui nous avons affaire bien mieux que l'histoire du bonhomme.

Ils évoquent ensuite Georges Feydeau (1862-1921) :

– Georges Feydeau était à la recherche de la compréhension même du phénomène de l'humour. C'était son obsession. Il en est mort.

– Vous pouvez nous livrer quelques citations de Georges Feydeau ? demande Lucrèce, simulant au mieux l'élève zélée.

– « Ma seule gymnastique consiste à aller aux enterrements de mes amis qui faisaient de la gymnastique pour rester en bonne santé » ; « Les maris des femmes qui nous plaisent sont toujours des imbéciles. »

Isidore Katzenberg est sur le point de laisser échapper un petit rire mais il se retient à temps.

– Ensuite bien sûr je vais vous parler de Charlie Chaplin (1889-1977). Anecdote peu connue sur ce génie touche-à-tout : un jour le scénariste Charles MacArthur demanda un conseil à Charlie Chaplin sur une scène comique qu'il devait écrire pour un scénario. « Comment puis-je faire rire en montrant une grosse dame glissant sur une peau de banane ? demanda-t-il. En montrant d'abord la peau de banane, puis la grosse dame qui s'approche et qui glisse ? Ou bien en montrant d'abord la grosse dame, puis la peau de banane, après quoi la grosse dame qui glisse ? » Charlie Chaplin répondit alors : « Ni l'un ni l'autre. Vous montrez d'abord la grosse dame qui s'approche, puis la peau de banane, puis la grosse dame et la peau de banane. Après quoi elle enjambe délicatement la peau de banane et tombe dans une bouche d'égout. »

– Excellent, ne peut s'empêcher de commenter Lucrèce.

– Charlie Chaplin a fait partie de la GLH ?

– Bien sûr. À un moment la GLH a développé très fortement son antenne américaine. Il en a été le Grand Maître.

Isidore note ce détail.

– Groucho Marx (1890-1977). Donc les citations pour mademoiselle Nemrod qui en est je vois très friande : « Je suis né très jeune » ; « Jamais je ne voudrais faire partie d'un club qui m'accepterait pour membre » ; « Un homme est aussi jeune que la femme qu'il aime » ; « Soit cet homme est mort, soit le temps s'est arrêté. »

Lucrèce retient un petit rire, Isidore aussi.

– Groucho Marx était Maître GLH ?

– Il a été Grand Maître lui aussi. Trois ans durant.

– Comme quoi il acceptait finalement de faire partie d'un club qui l'acceptait, remarque la jeune journaliste.

Le producteur tourne les pages de son recueil.

– Sacha Guitry (1885-1957), qu'on ne présente plus et dont voici quelques citations : « Je conviendrais bien volontiers que les femmes nous sont supérieures, si cela pouvait les dissuader de se prétendre nos égales » ; « Si ceux qui disent du mal de moi savaient exactement ce que je pense d'eux, ils en diraient bien davantage » ; « Vous avez déjà entendu un enfant dire : quand je serai grand je deviendrai critique professionnel ? » ; « Il y a des gens sur qui on peut vraiment compter. Ce sont généralement ceux dont on n'a pas besoin. »

– Pas mal, reconnaît Lucrèce.

– Et enfin la meilleure pour l'occasion : « Citer les pensées des autres, c'est regretter de ne pas les avoir trouvées soi-même. »

– Sacha Guitry a été Grand Maître de la GLH ?

– Non, juste Maître.

– Ah, très important, l'un des plus importants : Pierre Dac (1893-1975). Lui aussi a été Grand Maître, mais aussi un Résistant durant la Seconde Guerre mondiale, au point d'animer des émissions comiques se moquant du gouvernement de Vichy et d'Hitler. Quelques citations : « Celui qui dans sa vie est parti de zéro pour n'arriver à rien n'a de merci à dire à personne » ; « La meilleure preuve qu'il existe une forme d'intelligence extraterrestre est qu'elle n'a pas essayé de nous contacter » ; « Ce n'est pas parce qu'on n'a rien à dire qu'il faut fermer sa gueule. »

– Pour aujourd'hui nous arrêterons l'histoire à ce personnage. Nous aurons ainsi accompli un parcours qui va de Beaumarchais à Pierre Dac.

Il ferme le livre et les invite à se restaurer.

Ils dînent.

C'était comme si l'évocation de tous ces pionniers de l'humour les avait dynamisés.

Lucrèce perçoit le point commun de tous ces membres de la GLH.

Ils ont tous eu des passés et des vies éprouvantes. Pour tous le rire était une résilience, une manière de surmonter leur immense angoisse. Ils ont réussi grâce à l'humour, mais tous à la fin de leur existence voulaient s'excuser d'avoir été drôles. Et beaucoup ont été tentés de faire des œuvres artistiques « tragiques » parce qu'ils n'assumaient pas leur image.

Stéphane Krausz les raccompagne à leur chambre.

Isidore se douche et se met en tee-shirt.

Sans un mot il s'enfonce dans son lit.

Au moment de se coucher, Lucrèce sourit.

Demain je vais pouvoir rire.

Puis elle rectifie.

Demain je vais « devoir » rire.

Et elle s'aperçoit que s'il lui a été difficile de s'empêcher de rire, il lui sera peut-être plus difficile encore de rire sur commande.

Il faut que je maîtrise mon corps.

Alors elle s'exerce à retenir sa respiration.

Je vais faire un décompte. Quand je penserai au chiffre 0 je m'endormirai d'un coup comme une souche. 10, 9, 8, 7, 6... 5... 4... 3... 2...

– Bon, il ne faut pas oublier l'enquête, Lucrèce. Allez, on y retourne ?

Isidore est déjà près de son lit avec les capes et les masques mauves et il brandit les deux torches.

Ils reprennent le même chemin que la veille.

Parvenu devant le portail au fond de la galerie, il lui montre qu'il a subtilisé un tournevis et du fil de fer.

Elle commence à travailler la serrure, mais paraît éprouver d'énormes difficultés.

– Je croyais que vous étiez spécialiste, s'étonne Isidore.

– Je suis spécialiste des coffres modernes électroniques, pas des vieilles serrures datant de trois siècles. Je ne sais pas comment s'actionnent ces mécanismes, et en plus à l'intérieur il y a plein de petits rouages rudimentaires très solides, que je ne peux pas voir. Cette serrure fonctionne comme une horloge.

– Vous me décevez, Lucrèce. Soudain je me demande si je ne vous ai pas surestimée.

À ce moment Lucrèce se met à travailler avec plus d'ardeur.

Je vais lui montrer !

Elle s'applique à écouter le chant de la grosse serrure, mais rien ne vient.

Elle lui fait signe qu'elle n'y arrivera pas aujourd'hui.

– Il me faudrait un appareil à rayons X pour voir l'intérieur du mécanisme.

À nouveau deux silhouettes mauves viennent dans leur direction, ils n'ont que le temps de se cacher.

L'ai-je vraiment déçu ? se demande Lucrèce.

132.

« Adam s'ennuie au Paradis. Il réclame une femme. Dieu lui dit qu'il va lui en élaborer une extraordinaire. Elle sera belle, gentille, douce, intelligente, attentionnée, douée dans tous les arts, gracieuse, câline. Ce sera, des animaux de la Création, sa plus grande réussite. Le problème c'est que cela coûtera très cher. Précisément, un œil, un bras et six orteils. Alors Adam, après réflexion, dit : "Ça me semble un peu cher, et pour juste une côte, vous me donneriez quoi ?" »

Blague GLH n° 234 445.

133.

Le pouce appuie d'un geste sec sur le déclencheur du chronomètre.

– Attention, préparez-vous. À trois on y va. Un… Deux… Trois. Riez.

Au début Lucrèce émet un petit rire forcé puis un rire plus ample et moelleux qui prend un rythme régulier.

– Stop ! ordonne Stéphane Krausz en appuyant sur le bouton de son chronomètre.

Elle met un temps pour freiner, mais arrive à se retenir.

– Recommencez. À trois. Un… deux… Trois. Riez ! dit-il en lançant la trotteuse.

À peine commence-t-elle à monter dans son rire que Stéphane Krausz, qui a toujours son chronomètre à la main, répète :

– Stop !

Elle freine de manière plus abrupte.

– Recommencez !

Cette fois il la laisse rire longtemps, jusqu'à ce que d'elle-même elle s'épuise et s'arrête.

– 5 minutes 22. Si on ne vous stoppe pas vous riez plus ou moins naturellement pendant 5 minutes 22. À vous Isidore.

Isidore s'assoit face à Stéphane Krausz.

– Vous êtes prêt ? Attention, à trois. Un...

– Je n'ai pas droit non plus à une petite blague pour aider au démarrage ? demande le journaliste.

– Non, ça fait partie de l'exercice, comme votre amie vous devez démarrer et arrêter de rire sans aucune aide.

Le journaliste fait signe qu'il est prêt, puis il respire amplement.

– Un, deux, trois,... Riez.

Il déclenche le chronomètre et Isidore commence à faire monter un petit rire artificiel assez minable.

– C'est quoi ce moteur enroué ? Mieux que ça, Isidore. Vous avez le droit de vous raconter à vous-même des histoires dans la tête.

Alors Isidore se raconte une blague et améliore son rire.

– Allez, encore, vous pouvez faire mieux. On recommence Un... deux... trois... Riez !

Le rire d'Isidore monte, de plus en plus moelleux, comme s'il passait la troisième puis la quatrième vitesse, et alors qu'il s'apprête à enclencher la cinquième, Stéphane Krausz lâche d'un ton tranchant :

– Stop !

Isidore rétrograde, quatrième, troisième, seconde, première vitesse, frein.

– Oh là là, c'est beaucoup trop progressif. Il va falloir stopper net. Vous devez d'ores et déjà tous les deux stocker dans vos têtes des blagues pour accélérer le rire et des idées tristes pour freiner sec.

Où tout cela nous mène ? Ce type commence à m'inquiéter.

– ... Comme vous le voyez nous avons tous dans la tête une ligne invisible de drôlerie, une frontière qui une fois franchie entraîne le phénomène mécanique du rire. Nous allons ensemble explorer cette frontière millimètre par millimètre.

– Pourquoi ? demande Lucrèce.

Le producteur hausse les sourcils.

– Mais pour votre initiation... C'est ce que vous souhaitez, non ?

– Et plus précisément ?

– ... Très bien. Si vous voulez le savoir... Pour l'épreuve finale, mortelle, qui clôturera votre initiation.

QUOI ??

– Nous en étions convenus...

– Que vous seriez initiés. Donc vous serez initiés, comme nous l'avons tous été ici.

– Et la BQT ?

– Sera le garant de votre initiation. Mais nous n'avons jamais dit qu'elle serait le garant de votre survie.

Voilà, le piège était là.

Stéphane Krausz émet un large sourire.

– Allons, ne vous inquiétez pas, je suis votre instructeur, et je vais vous préparer pour que l'épreuve finale se passe au mieux. Si nous sommes ici c'est qu'on peut y survivre. Et pour cela je ne vous épargnerai aucune punition, aucune épreuve, afin d'être sûr de bien vous endurcir avant le jour fatidique.

Nous sommes fichus. Darius, tu m'as sauvée, et vouloir comprendre ta mort va causer la mienne.

– Voyons, Lucrèce, quelle est l'idée qui vous fait le plus rapidement cesser de rire ?

– Suis-je obligée de le dire ? C'est très personnel. C'est, disons, une sorte de bizutage en pension.

– Et vous Isidore ?

– J'ai assisté à un attentat terroriste.

– Parfait. Mettez-la dans un tiroir à portée de mémoire pour arrêter n'importe quel rire. Bien, alors ces petits exercices qui vous seront très utiles dans les jours qui viennent sont destinés à vous préparer au thème du jour. Après l'Histoire, la médecine. Nous allons apprendre comment agit le rire.

Stéphane Krausz les guide à travers d'autres couloirs et d'autres escaliers vers un petit laboratoire, assez similaire à celui qu'Isidore avait découvert à l'hôpital Pompidou. Là, des scanners et des engins de radiographie permettent de suivre les impulsions électriques dans le cerveau.

– Première machine, l'IRM-F, pour Imagerie à Résonance Magnétique Fonctionnelle. À ne pas confondre avec l'IRM tout court. Avec l'IRM-F on peut suivre les changements des microchamps magnétiques et électriques du cerveau.

Il les invite à s'installer dans des fauteuils insérés dans des gros œufs de plastique. Aidé d'assistants en tunique rose foncé, le producteur dépose des capteurs sur leur épiderme. Puis, lorsque tout est branché, il leur raconte une blague.

Lucrèce et Isidore rient.

En même temps sur un écran apparaît un flash.

Les deux journalistes scientifiques suivent le trajet de la blague dans leur cerveau, les zones qui s'éclairent signalent l'activation des faisceaux de neurones.

– Nous allons travailler le contrôle de la blague. Je vais vous en raconter une et vous allez laisser naître votre rire, puis l'arrêter quand je vous le dirai. Vous devrez le reprendre quelques secondes plus tard dès que je vous en donnerai le signal.

Les deux journalistes effectuent plusieurs exercices de maîtrise du rire, obtenant des résultats de plus en plus précis. Ils découvrent ensuite une salle avec des cartographies du corps et du cerveau.

– Le rire est un acte complet qui se déclenche sur plusieurs niveaux, explique Stéphane Krausz.

« Au niveau cérébral, c'est l'hémisphère gauche, le cerveau analytique, qui, recevant une information inattendue et ne pouvant lui trouver de logique, la balance d'un coup au cerveau droit, le cerveau poète, qui, ne sachant pas non plus quoi faire de cette patate chaude, déclenche une impulsion nerveuse de rire qui lui permet de gagner du temps.

« Au niveau hormonal, le rire va libérer des endorphines qui provoquent une sensation de plaisir et d'excitation.

« Au niveau cardiaque, le cœur s'accélère. Il peut battre très vite.

Jusqu'à l'arrêt cardiaque ?

Stéphane Krausz désigne une autre zone sur la carte.

– Le diaphragme sautille. Au niveau pulmonaire, le rire va provoquer une hyperventilation, expulser l'air par saccades à 120 kilomètres-heure, ce qui d'un coup secoue le sac ventral, masse tous les organes voisins, estomac, foie, rate, intestin, et détend les tissus abdominaux. Le rire secoue tout l'organisme à tous ses étages.

Du coup, précise le producteur, un homme ne peut pas faire l'amour et rire en même temps. Une femme non plus d'ailleurs. Les deux actes captent toute l'énergie du corps.

Les deux novices en GLH passent toute la matinée à tenter de maîtriser leur « fougueux cheval cérébral », comme l'a baptisé Stéphane Krausz.

Lors du déjeuner qui suit et qui coupe la journée, ils s'étonnent de se sentir aussi affamés.

– Le rire ouvre l'appétit. Le rire fait maigrir. C'est normal, cette activité consomme beaucoup de graisses et de sucre. En fait, c'est un excellent moyen de perdre du poids.

Tous les aliments semblent délicieux. La moindre carotte, le moindre radis, la moindre tranche de concombre semble avoir une saveur incomparable.

L'après-midi se poursuit en une alternance d'exercices, d'expériences et de descriptifs des mécanismes électriques et chimiques du rire.

Puis, vers 18 heures, ils travaillent sur le concept de « blague courte ». Pour l'occasion ils changent de machine de visualisation.

– Cette machine est un PET scan. Pour Positron Emission Topography. Avec un PET scan on peut discerner la circulation des fluides, sang, eau, lymphe. Dans une bonne blague, il faut qu'il existe un « manque de mots ». Des mots qui ne sont pas prononcés mais qui sont sous-entendus. Celui qui écoute écrit une partie de la blague dans sa tête. Exemple :

– « Quelle différence entre un pastis 51 et la position 69 ? Réponse : avec le pastis 51 tu as le nez dans l'anis. »

Lucrèce marque sa désapprobation devant le niveau de la blague mais s'aperçoit que pourtant rien de « sexuel » n'a été prononcé. Tout a été sous-entendu. Et c'est pire.

Sur l'écran vidéo on distingue les effets de la blague sur son organisme. Des zones colorées s'allument.

– Pas de pudibonderie, 80 % des blagues planétaires jouent sur les tabous : sexe, mort, excréments. Parce que ce sont les interdits les plus répandus. Donc les briser produit les effets les plus forts.

Stéphane Krausz leur en livre quelques-unes pour leur exercer l'esprit :

– « Deux spermatozoïdes discutent, le premier dit : C'est encore loin les ovaires ? Tu parles, répond l'autre, nous ne sommes qu'aux amygdales. »

Le producteur scrute l'effet sur les journalistes.

– Autre blague scato soft : « Pourquoi les chiens se lèchent-ils si souvent le cul ? Réponse : Parce qu'ils en sont capables ! »

Lucrèce cette fois ne peut retenir un petit rire.

– Évidemment il existe des tabous plus faibles mais vous verrez l'effet est moindre :

– « Un gendarme fait stopper une automobiliste. Vous n'aviez pas vu le feu rouge ? Si, répond la fille, mais c'est vous que je n'avais pas vu. »

– Pensez bien à noter les blagues pour les étudier ensuite. Pourquoi elles marchent, pourquoi elles ne marchent pas. Les limites des tabous, les effets maximisants. Considérez la blague comme une recette de cuisine qu'il faut améliorer en dosant au mieux les ingrédients.

Il montre aux deux journalistes les effets des blagues récentes sur leur organisme. Des lignes blanches sont apparues dans une zone du cerveau et se sont arrêtées dans d'autres zones.

– Pensez au rapport entre la parole et l'image. La scène doit se dessiner dans l'esprit de celui qui écoute la blague. En voici une :

« Dans une piscine un nageur se fait engueuler parce qu'il fait pipi dans l'eau. "Mais enfin, proteste le nageur je ne suis pas le seul à faire ça ! – Si, monsieur, pisser du haut du plongeoir, vous êtes le seul !" »

Ensuite le producteur expose quelques techniques fondamentales de fabrication des blagues. « La cassure inverse », « Le retournement inattendu », « Le double langage », « Le personnage caché », « Le mensonge à retardement », « La surenchère impossible », « Le sous-entendu grivois ».

Stéphane Krausz poursuit :

– Autre principe, la « logique illogique ». Exemple :

« Un savant fait travailler une puce. Il lui ordonne "Saute !" La puce saute. Il lui coupe les pattes et répète : "Saute !" La puce ne saute pas, alors le savant note sur son étude : "Lorsqu'on coupe les pattes à une puce, elle devient sourde." »

Les deux journalistes restent circonspects. Les écrans dévoilent le peu d'impact de cette blague sur leur cerveau.

– Eh bien puisque vous êtes si forts, à vous de commencer à créer désormais.

Isidore et Lucrèce sont autorisés à inventer des petites blagues.

Ils doivent composer des structures ternaires très découpées, avec un système de chute au troisième temps qui contrecarre les deux premiers.

Inventer une blague en quelques secondes ? Là tout de suite, je n'y arriverai jamais !

– Lancez-vous, faites-vous confiance, n'ayez pas peur d'être ridicules ou impudiques, pensez seulement à surprendre.

La jeune journaliste ferme les yeux et se lance dans une blague scabreuse sur l'égoïsme des hommes. Isidore rétorque par une blague sur l'hystérie des femmes.

Stéphane Krausz les écoute, les évalue, leur explique comment les optimiser. Il montre leurs faiblesses et leur force. Il les réécrit avec eux. Au dîner le producteur leur confie :

– La blague est le haïku de la culture occidentale. Vous savez, ces poésies en trois vers. Et comme le haïku, elle obéit toujours à la règle de la structure ternaire. Une blague c'est toujours trois temps. Premier temps : l'exposition des personnages et le lieu. Deuxième temps : l'évolution de la dramaturgie pour faire monter très vite le suspense. Troisième temps : la chute le plus inattendue possible. Plus on réduit la matière dans chacun des trois étages pour ne garder que l'essentiel, plus on augmente l'efficacité. Pensez à garder le maximum d'effet pour le dernier mot.

Isidore et Lucrèce notent les conseils.

– Tenez, je vais vous en raconter une un peu longue où le système des trois temps est bien marqué, et vous pourrez vous rendre compte que la construction diffère très peu de celle d'un scénario de film. D'ailleurs une bonne blague c'est un petit film avec une intrigue, un suspense, des personnages. Et il faut tout poser très vite et ne garder que l'indispensable. Vous devrez me l'analyser en détail dans toute sa mécanique pour demain.

134.

« Ce sont trois types qui arrivent au Paradis. Ils sont accueillis par saint Pierre, qui est étonné de les voir à ce point abîmés.
– Que vous est-il arrivé pour que vous soyez dans cet état ? demande-t-il.
Alors le premier répond :
– Voilà ce qui est arrivé. Je me doutais que ma femme me trompait alors je suis rentré plus tôt du travail. J'ai ouvert la porte et j'ai surgi dans la chambre. Là j'ai trouvé ma femme nue dans le lit. Alors j'ai hurlé que je voulais savoir où se cachait le foutu salopard qui se tapait ma femme dans l'après-midi. Elle n'a pas voulu parler, j'ai cherché partout. Finalement je me suis aperçu que depuis le salon on voyait le balcon et que sur le balcon il y avait un type accroché.
Je suis allé voir. On habite au 7e étage. Et j'ai vu un bonhomme suspendu dans le vide se retenant juste par les mains. J'ai essayé de lui faire lâcher prise, il beuglait des trucs que je ne comprenais pas. De toute façon je ne suis pas arrivé à lui faire lâcher prise, alors je suis allé dans la cuisine chercher un marteau et je lui ai tapé sur les mains jusqu'à ce qu'il lâche. Je me suis penché pour voir sa chute, mais ce type, avec une chance incroyable, a rebondi sur le store du fleuriste juste en bas de notre immeuble et il est arrivé intact en bas. Alors de rage je suis allé dans la cuisine et j'ai soulevé le réfrigérateur. Puis je me suis mis au balcon et j'ai visé. J'ai lancé le réfrigérateur sur lui et là cette fois je suis arrivé à le pulvériser.
– Ah, dit saint Pierre, mais c'est vous qui êtes abîmé, comment ça se fait ?

– Eh bien j'ai mal estimé le poids du réfrigérateur, du coup en le lançant j'ai été emporté et j'ai basculé par-dessus le balcon. J'ai chuté moi aussi mais je n'ai pas eu la chance de tomber sur le store du fleuriste alors je me suis écrasé en bas comme une crêpe.
– Très bien, et vous ? demande-t-il au deuxième.
– Oh, moi j'avais repéré que mon balcon était attaqué par la rouille. Alors j'ai décidé de le repeindre. Je me suis installé une planche avec deux crochets sur le côté pour pouvoir passer l'antirouille. Mais soudain un crochet a lâché, et j'ai pas eu le temps de me récupérer, que l'autre a lâché aussi. J'étais au 8e étage. Par chance j'ai pu me récupérer au balcon de l'étage au-dessous. Mais alors que j'essayais de remonter, un type arrive. Je pensais qu'il allait m'aider, mais non, il me tape sur les mains pour me faire lâcher. Je m'agrippe, crie, du coup il renonce et s'en va. Je pense qu'il part chercher une corde pour m'aider, mais non, c'est un fou, il revient avec un marteau et me tape sur les doigts. Ça faisait très mal et j'ai fini par lâcher. Mais par chance ma chute a été amortie par le store du fleuriste en dessous. Je me remets à peine de mes émotions qu'en relevant la tête je vois arriver à toute vitesse sur moi un réfrigérateur.
– Ah, je comprends. Et vous ? demande-t-il au troisième type.
– Eh bien moi j'étais l'amant, quand j'ai entendu le mari arriver je me suis caché dans le réfrigérateur. Ensuite j'ai attendu. Et puis soudain j'ai eu l'impression que le réfrigérateur s'envolait et puis je n'ai rien compris. »

Blague GLH n° 773 423.

135.

Lucrèce rêve.

Elle se voit dans un théâtre immense, vaste comme un stade. Elle monte sur la scène bordée de rideaux rouges en velours et fait face à la foule.

Elle sait qu'elle doit faire rire ces dizaines de milliers de spectateurs attentifs.

Elle commence par se déshabiller.

Elle enlève son chemisier, son pantalon, ses bas, ses chaussures. Elle est en soutien-gorge et en slip. Elle enlève son soutien-gorge et dévoile sa poitrine. Elle enlève son slip, se retourne et montre ses fesses aux milliers de spectateurs qui sifflent, excités. Elle les remue de manière comique.

Alors, tout en se dandinant, elle invite Isidore en cape et masque blancs à la rejoindre.

Celui-ci se penche face au micro posé sur un pied et articule :

– « Les blagues sont comme des virus. Une fois lancées elles se répandent, se propagent de bouche à oreille. Elles mutent comme les virus et… elles peuvent tuer comme les virus. »

La foule applaudit.

Puis il sort de sous sa cape, un paquet noué d'un ruban.

– On est le 1er avril ! Joyeux anniversaire, Lucrèce.

Elle défait le ruban du cadeau, enlève le papier et découvre un coffret en bois bleu avec des ferronneries dorées. Dessus est écrit BQT, et dessous : « Surtout ne lisez pas. »

Isidore lui dit :

– Surtout ne lisez pas, Lucrèce !

Puis surgit Darius Wozniak d'une trappe sous la scène et il répète d'un ton narquois :

– Oh ! Non, non, non… « Surtout ne lisez pas. »

Et il soulève son bandeau sur l'œil et il apparaît non pas un cœur lumineux mais une petite figurine en plastique-machine à rire qui répète en riant : « Surtout ne lisez pas. »

La mère et le frère de Darius surgissent eux aussi de sous la scène par des trappes mécaniques.

– Mon fils a toujours été en très bonne santé, dit la mère.

– Le premier qui rira aura une balle, dit le frère.

Puis le clown triste descend par une corde depuis les cintres.

Il enlève son masque et c'est le Pr Loevenbruck. Il affirme :

– C'est la boîte de Pandore, celui qui l'ouvre ne sait pas à quoi il s'expose.

À peine a-t-il dit cela qu'il change de tête et devient Sébastien Dollin qui dit :

– C'est un baiser, une caresse pour l'esprit.

Puis il change encore de tête pour afficher le visage du curé de Carnac, le père Le Guern.

– C'est Satan, c'est le diable !

Enfin arrive Stéphane Krausz par l'arrière de la scène avec son masque mauve. Il l'enlève et assure :

– Cette blague n'est qu'un simple haïku, elle obéit à la règle des trois temps, l'exposition.

Il montre les seins de Lucrèce.

– L'évolution.

Il montre ses fesses.

– La conclusion.

Et il montre son sexe.

Alors la jeune fille des deux mains cache ses tétons et son sexe.

– Ne soyez pas pudique ! L'humour c'est le sexe, la scatologie, tout ce qui est interdit et qui choque. L'humour c'est dérangeant, c'est sale, c'est contre la société. L'humour ça doit être dégoûtant ! Le nez dans l'anis, Lucrèce, dans l'anis !

Il tente de la forcer à enlever ses mains mais elle tient bon.

Alors se déclenche un bruit de cymbales et un orchestre de jazz New Orleans démarre une fanfare endiablée.

Un projecteur éclaire un nouveau recoin de la scène et dévoile un homme écrasé près d'une devanture de fleuriste, un autre écrasé par un réfrigérateur. Le réfrigérateur s'ouvre et un type sanguinolent en sort en disant :

– « Personnellement j'étais l'amant, et je n'ai rien compris ! »

Applaudissements de la salle.

Lucrèce l'examine mieux et le reconnaît, c'est l'amant qu'elle a limogé pour s'occuper de l'enquête. Un sifflement en provenance des cintres du théâtre. Quelque chose tombe. C'est son ordinateur qui explose en mille débris devant lui.

La salle applaudit encore.

Derrière Stéphane Krausz surgit maintenant la Grande Maîtresse avec son masque violet. Elle s'approche du micro sur pied :

– Dans 9 jours vous connaîtrez l'épreuve fatale, 9 jours, comme 9 mois, c'est le temps qu'il faut pour naître.

Puis le pompier Tempesti arrive avec un cercueil roulant sur lequel est écrit : « Ci-gît Lucrèce Nemrod, jamais personne ne l'a aimée parce qu'elle était moche, bête, et incapable de mener une enquête criminelle jusqu'au bout. »

Le père Le Guern apparaît et se signe.

– Née dans un cimetière elle retourne au cimetière.

Le public applaudit. Lucrèce alors s'approche du micro posé sur le pied.

– Vous me croyez nulle parce que je ne suis pas assez nue. Il faut que je continue mon strip-tease, je ne suis pas allée assez loin.

Stéphane Krausz sort un revolver et la menace :

– Allez, fais-nous rire, c'est l'ÉPREUVE FINALE de ton initiation.

Alors elle touche sa coiffure et enlève sa perruque, dévoilant son crâne chauve comme un œuf. Puis elle dévoile sur sa nuque une fermeture Éclair, la tire, et toute sa peau s'enlève comme une combinaison de plongée rose, dévoilant ses muscles rouges et ses plaques de graisse jaune.

Elle enlève ses muscles et décolle ses organes : cœur, intestin, foie, pancréas, poumons. Elle les dépose proprement devant elle comme s'il s'agissait de vêtements qu'elle compte remettre plus tard. Puis elle enlève les derniers petits muscles et révèle son squelette.

La foule siffle et encourage le strip-tease.

– Encore plus loin ? demande-t-elle.

Stéphane Krausz agite le revolver.

– L'épreuve finale !

Alors elle dévisse le haut de son crâne comme un couvercle de pot de confiture et en sort un cerveau rose comme un chou-fleur gélatineux qu'elle dépose à côté de ses organes.

Puis, sous son apparence de squelette debout, elle ouvre le coffret et en sort le corps grillé aux yeux exorbités de Léviathan.

La foule applaudit.

Elle déroule un papier et le lit à haute voix.

– Vous voulez vraiment que je vous fasse rire ? C'est l'épreuve finale ? Eh bien maintenant je me sens prête à vous lire la BQT. Mais vous, êtes-vous prêts à l'écouter ?

Tout le monde répond en chœur :

– Oui, oui, oui.

Isidore approuve. La Thénardier applaudit. Tempesti allume une cigarette qui lui brûle les moustaches. Krausz dit :

– Et pensez à bien articuler et à respirer entre chaque phrase.

Elle inspire, puis, toujours sous son apparence de squelette, place le rouleau de parchemin face à ses cavités orbitales vides :

– « C'est l'histoire d'un comique très célèbre qui meurt en lisant une blague. »

Darius lève la main et dit :

– C'est moi, c'est moi !

La foule commence à rire.

– « Un couple de journalistes scientifiques enquête pour trouver quelle est cette blague. »

Isidore grommelle :

– C'est nous, c'est nous.

La foule rit un peu plus.

– Et maintenant la chute : « À la fin, ils découvrent que cette blague est juste le secret de ce qu'est vraiment l'homme ! »

Alors les spectateurs éclatent de rire.

Des dizaines de milliers de gens rient très fort à l'unisson. Ils se craquellent et leur peau tombe en lambeaux. Leurs muscles tombent. Leurs organes tombent. Et ils se retrouvent tous, y compris Isidore, en squelettes dressés en train de s'esclaffer.

– Voilà, dit Isidore, étonné : « La blague suprême consiste à rappeler aux hommes qui ils sont vraiment… Des os avec de la viande dessus. »

Il s'esclaffe lui-même.

– C'est cela le virus contagieux… la connaissance de la vérité… C'est tellement insupportable qu'on rit pour ne pas devenir fou.

Alors un projecteur éclaire l'arrière de la scène, révélant une porte épaisse semblable à celle du fond de la galerie souterraine. Une clef ancienne est dans la serrure et tourne lentement. La porte s'ouvre, et apparaît le coiffeur Alessandro. Il tend une faux à Lucrèce.

– Il est temps maintenant de terminer le travail. On doit couper ce qui dépasse. « Crois-moi, Lucrèce, on gagne toujours à couper. »

Alors, reprenant le même geste que celui de la carte de tarot, toujours sous forme de squelette debout, Lucrèce se met à lancer sa faux dans un sifflement aigu et elle moissonne les têtes de spectateurs riant encore de sa bonne blague mortelle…

Le réveil de son BlackBerry se déclenche sur un air de cucaracha mexicaine.

Lucrèce Nemrod est en sueur, marquée par les images fortes de son rêve.

Elle se frotte les yeux.

Il faut laver ce cauchemar. Pourquoi mon cerveau m'a-t-il envoyé ce film épouvantable ?

Elle se souvient du rêve mais également du réel.

La veille au soir Isidore et elle ont encore essayé d'ouvrir la serrure de la porte. En vain.

Elle se douche, elle se frotte très fort pour arracher de sa peau les restes du rêve.

Elle se brosse les dents et frotte encore plus fort, jusqu'à cracher du sang dans le lavabo.

Puis, sans parler à son collègue qui se lève lui aussi, elle s'habille, se maquille, se coiffe, enfile la cape et le masque.

Sans prononcer une parole, tous deux circulent dans les couloirs, croisant d'autres personnes en rose ou mauve.

Stéphane Krausz est déjà assis à les attendre au réfectoire pour prendre le petit déjeuner.

– Alors, vous en pensez quoi, de la blague des « Trois types au Paradis » ?

– Je pense qu'elle a une structure remarquable, reconnaît Isidore, et qu'elle a forcément été inventée par quelqu'un qui l'a construite dans le moindre détail.

– C'est notre Grand Maître de l'époque, Sylvain Ordureau, qui l'a inventée en 1973. Et évidemment, comme personne ne connaît notre existence, elle a été livrée au monde sans le moindre copyright et elle continue de vivre sa vie de blague.

– 1973 ? Elle a dû être déformée avant d'arriver jusqu'à nous.

– Un nombre infini de fois. Les déclinaisons sont une manière de mesurer le succès d'une blague. Le grand génie d'un inventeur de blagues est de concevoir des mécanismes suffisamment solides pour que, même déformée, racontée de bouche à oreille, légèrement oubliée, elle ne perde pas son sens originel. Nous parlons de littérature orale transmise de personne à personne. Chaque « raconteur d'histoires » recrée la blague. Donc c'est un art qui doit déjà prévoir le talent ou… « l'absence de talent » de ceux qui vont la diffuser.

Ils déjeunent de fruits.

Lucrèce Nemrod s'aperçoit qu'elle ne pense plus aux cigarettes, et a même l'impression d'avoir une respiration plus libre. Elle fait part de cette constatation à leur instructeur.

– C'est l'un des effets du rire, explique Stéphane Krausz. Il nettoie les bronches. C'est idéal pour enlever le goudron et la nicotine accumulés dans les alvéoles pulmonaires.

Il sourit.

– Aujourd'hui nous allons apprendre précisément cela : soigner par le rire… puis empoisonner par le rire. Car le rire est une arme pour se défendre, mais aussi pour détruire.

Ils se rendent dans une nouvelle salle insonorisée où ils apprennent à rire avec la gorge, avec les poumons, avec le ventre.

– Certaines blagues secouent plus précisément le ventre, et du coup provoquent un massage utile pour les constipés.

Lucrèce et Isidore apprennent qu'on peut soigner un mal de gorge avec un rire de gorge. On peut soigner des maux de tête ou des migraines avec certaines blagues plus cérébrales.

Après leur avoir appris le rire comme remède, il leur apprend le rire comme arme.

– La blague doit frapper à la vitesse et avec la puissance désirées par celui qui la lance. Un : on avertit, deux : on déséquilibre, trois : on fauche à contrepied. Là ce n'est plus du kung-fu, c'est plutôt du judo.

Ils décortiquent alors plusieurs blagues et doivent repérer à tour de rôle comment a été conçu le contre-pied final.

Ils apprennent que le rire n'est pas seulement dans l'énoncé de la blague mais aussi dans l'énergie de la voix qui la porte. Et que cette énergie est comme un souffle dont on peut régler la portée.

– Vous allez maintenant raconter trois fois la même blague. Une fois avec une énergie proche, une fois avec une énergie plus lointaine et perforante et une troisième fois avec l'énergie du rayon laser qui traverse tout. N'oubliez pas le regard qui soutient l'énergie de la blague.

Ils enchaînent avec des cours de mise en scène. Ils apprennent à moduler des voix différentes pour chaque personnage.

La blague servant d'exemple pour l'exercice est celle de la grenouille. Stéphane Krausz la raconte :

– « C'est une grenouille qui a une grande gueule et parle en articulant exagérément. Elle aperçoit une vache qui broute et elle lui dit : "BONNN-NJOUURRR Madaaaame la VAAAACHE ! Qu'est-ce que vous MAAAAANNNNGEZ ?"

La vache répond : "De l'herbe" et la grenouille demande : "Et c'est BOOONNNN ? – Oui, répond la vache." Puis la grenouille à grande gueule va voir un chien devant sa niche : "BONNNNJOUUURRR, Monsieur le CHIIIIENNN. Qu'est-ce que vous MAAAAANNNNGEZ ? – De la pâtée" répond le chien. "Et c'est BOOOONNN ? – Oui, vous voulez goûtez ?" Mais déjà la grenouille est loin, elle croise une cigogne cherchant sa nourriture près d'un lac : "BOOOONNNNJOUR, Madame la CIGOOOOGNNNEUUUE ! Qu'est-ce que vous MAANNNGEZ ? – Des grenouilles à grande gueule", répond la cigogne. Alors la grenouille dit : "Il ne doit pas y en avoir beaucoup par ici." »

Stéphane Krausz a prononcé la dernière phrase en réduisant sa bouche à un petit point, et en propulsant les mots par le minuscule orifice de ses lèvres serrées.

– Évidemment, vous pouvez augmenter le nombre d'animaux que vous avez envie d'imiter. Tout tient au contraste entre la mimique de la grenouille qui parle avec sa grande gueule et l'instant où elle s'exprime au final avec sa bouche en cul-de-poule.

Ils s'y exercent plusieurs fois et parviennent à se faire rire mutuellement sur des variantes.

Au déjeuner l'ambiance est de plus en plus détendue.

Le cours de l'après-midi du quatrième jour aborde la question de la création et de la gestion des personnages.

– Il faut arriver à les définir en très peu de mots et à les rendre très rapidement visualisables « Le vieux monsieur », « La jolie fille », « Le petit garçon ». Ne pas avoir peur de caricaturer un peu, mais pas trop, sinon la mayonnaise ne prend plus. Le minimum de mots « C'est un type qui » suffit souvent. Ne pas dépasser cinq personnages par histoire. Au-delà les gens ne mémorisent pas ou n'ont pas la patience de faire le travail de visualisation.

Isidore et Lucrèce s'entraînent à ce nouvel exercice en créant des blagues avec des personnages caricaturaux.

Stéphane Krausz rectifie, ajuste, améliore.

– Ah, encore un petit détail. Pas la peine d'aller chatouiller la serrure de la grosse porte du sous-sol. Tout d'abord parce qu'il y a des minuscules caméras et des micros partout dans les couloirs et que chaque fois vous vous faites repérer. Ensuite parce que je vais vous y... amener moi-même demain.

Isidore et Lucrèce se regardent, sidérés.

– Pourquoi ne nous avez-vous pas arrêtés si vous étiez au courant ?

– En fait ça faisait rire les gens du service de contrôle vidéo. Et encore plus rire les deux capes mauves qui chaque fois vous croisaient. Désolé, dans un lieu où nous avons la religion du rire, nous ne renonçons à aucune situation désopilante.

Les deux journalistes sont légèrement vexés.

– Et pourquoi nous le dire aujourd'hui ?

– Je n'aime pas qu'on se moque de mes élèves. Je veux que vous soyez mentalement forts pour l'Épreuve finale.

Pour conclure, juste avant qu'ils partent se coucher, le producteur leur livre encore une blague pour leur réflexion de demain. Celle-ci est basée sur le visuel. Et elle utilise des décors impossibles à rendre au cinéma.

136.

« C'est un type passionné d'astronomie qui construit un énorme télescope, et fixe une région de l'univers précise dans laquelle il soupçonne que peut exister une vie extraterrestre. Il se ruine en travaux afin d'améliorer son télescope. Et il observe systématiquement toujours la même région, persuadé que c'est là que se trouve de la vie. Un jour, il meurt. Son fils hérite du télescope. Dans son testament le père a demandé au fils de poursuivre sa quête. Le fils améliore le télescope et un jour, mira-

cle, il distingue sur une petite planète de cette région du cosmos, quelque chose d'extraordinaire. Sur toute la surface de la planète, il y a une inscription : "QUI ÊTES-VOUS ?"
L'inscription doit être gravée avec des outils géants car elle occupe toute la surface exposée.
Aussitôt, le fils de l'astronome amateur avertit tous les savants de la Terre, à qui il montre son observation. Tous se rendent à l'évidence, l'inscription ne peut être un simple hasard. Il y a même clairement le point d'interrogation, et les lettres sont toutes bien dessinées.
Du coup, l'ONU décide de lancer un grand programme pour inscrire avec des bulldozers sur tout le désert du Sahara une inscription : "NOUS SOMMES DES TERRIENS, ET VOUS ?"
Le programme prend un an. Tous les observatoires sont tournés vers la petite planète et attendent la réaction à ce dialogue de planète à planète.
Et puis un jour le message "QUI ÊTES-VOUS ?" s'efface progressivement et apparaît un nouveau message : "CE N'EST PAS À VOUS QU'ON S'ADRESSE." »

Blague GLH n° 208 /65.

137.

Le cinquième jour, Stéphane Krausz leur enseigne la création de blagues.

Il leur est accordé une heure pour créer un embryon de blague.

Là encore, il déclenche le chronomètre et tous deux créent des histoires sur commande.

– C'est étrange, dit Lucrèce, avant j'avais l'impression de pouvoir faire de l'humour spontanément et depuis que j'ai reçu votre enseignement GLH j'ai l'impression que je n'y arrive plus.

– C'est comme pour la photo. Vous vous souvenez, la première fois que vous avez eu un petit appareil jetable ou un numérique ordinaire, vous avez tout de suite réussi de superbes photos. Et après, lorsque vous avez acheté un appareil professionnel avec tous les réglages possibles et qu'on vous a instruite de l'utilisation du diaphragme, de l'obturateur, de la sensibilité, du cadrage, de l'analyse des sources d'éclairage, comme par hasard vous les avez toutes ratées…

– En effet, reconnaît Isidore.

– C'est le prix du passage du niveau amateur au niveau professionnel. Dès que vous faites les choses en conscience, elles deviennent plus difficiles. Mais si vous avez passé ce cap, ensuite vos photos sont encore plus belles. Car vous les avez composées en sachant pourquoi elles sont ainsi et pas autrement.

Isidore Katzenberg approuve.

Les deux étudiants en philogélosie découvrent ensuite la psychanalyse des blagues.

– Sigmund Freud était un grand collectionneur de blagues. Il estimait que le rire était comme une soupape qu'on ouvrait pour relâcher la pression intérieure. En tant que tel l'humour était libérateur des inhibitions et des sentiments refoulés. Il laissait enfin s'exprimer l'inconscient. Sigmund Freud n'hésitait donc pas à l'utiliser pour soigner ses malades, explique-t-il.

Ils apprennent de nouveaux leviers de l'humour.

• La fausse piste.

• L'allégorie.

• L'analogie.

• Le sous-entendu.

• Le blague renversée, dite aussi « tarte tatin ».

• Le pied dans le plat, où l'on prononce ce qu'il est interdit de dire.

– L'intrus dans la liste. (Exemple : « J'ai déjeuné avec mon ex et je lui ai fait des crêpes. Dedans j'ai mis du lait, des œufs, de la mort-aux-rats et de la farine. »)

Ils poursuivent avec les styles d'humour étrangers.

Stéphane Krausz leur montre une carte où chaque pays porte un chiffre.

– Le rapport au rire est révélateur de l'état de la société. Une étude des années 1960 montre chez les Allemands un goût plus prononcé pour les blagues liées à la scatologie, chez les Américains aux fellations, chez les Anglais à l'homosexualité, chez les Français au cocufiage. En fait le niveau de quantité et de qualité du rire est révélateur de l'état d'esprit général du pays.

Lucrèce et Isidore observent que ce ne sont pas les nations les plus industrialisées qui ont le plus haut niveau de qualité de rire.

– Au Japon rire ou sourire est considéré comme un signe de faiblesse et de stupidité. En Afghanistan, les Talibans ont interdit purement et simplement le rire en public, sous peine de coups de fouet. Mais il y a aussi des pays où le culte de l'autodérision et du détachement existe réellement, comme l'Inde et ce qu'il reste du Tibet.

Stéphane Krausz montre des visages de tous les pays riant aux éclats. Il leur demande d'étudier les muscles, les yeux, les attitudes sur les photos.

– Il y a un premier rire primitif qui est en fait un rire d'exorcisme issu de la peur.

Stéphane Krausz note sur un tableau.

– Puis il y a un rire neutre, celui de l'incompréhension. Le fou qui dit à l'autre fou qui repeint son plafond « Accroche-toi au pinceau j'enlève l'échelle ».

Et enfin il y a le rire de l'élévation.

Il les guide vers une toute petite salle où trône une statue de Bouddha rieur de deux mètres de haut. Dans cette salle, pas d'étagères, pas de livres, juste cette statue. Et une seule chaise face à la statue.

– Voilà l'objectif à atteindre pour tout être spirituel. Ce rire-là. C'est le rire du détachement. Celui qui fait qu'ayant compris la dérision du monde et de soi on prend du recul et on se sent léger, flottant au-dessus des drames et des passions. Tout devient dès lors source de joie. C'est le rire de l'illumination finale.

– À quoi sert cette salle ? demande Lucrèce.

– Précisément : à rire lorsqu'on a atteint le détachement complet, répond Isidore.

– En effet. Mais ici pas de rire forcé, pas de yoga du rire. Lorsqu'on a compris la dérision du monde, on vient en ce lieu pour rire sur soi-même.

– Très peu de gens doivent venir, estime Lucrèce.

– En effet, ce rire-là est très difficile à atteindre. Seuls les Maîtres et les Grands Maîtres viennent ici une à deux fois par an pour rire « vraiment ». Rarement plus souvent.

Isidore semble fasciné devant ce bouddha. Lucrèce elle aussi est troublée.

Que c'est beau. Ainsi il existe un rire aussi subtil. Toutes les spiritualités auraient pour aboutissement un grand rire... Cela a le mérite d'être en tout cas assez innovant comme concept.

Elle remarque face au bouddha la Mona Lisa de Léonard de Vinci. Le producteur explique :

– Son sourire est celui qui est juste avant ce rire. En fait nous parlons d'un rire de l'homme du futur.

Le rire comme voie d'évolution de la conscience humaine...

Isidore et Lucrèce se passionnent de plus en plus pour l'enseignement de Stéphane Krausz.

Le producteur les guide ensuite vers une nouvelle salle où cette fois apparaissent des images de bûchers, de supplices, de croix, de fusillades.

– Maintenant je vais vous parler des « ennemis de l'humour ». Premier exemple : Platon. Ce personnage tant prisé par les philosophes officiels a quand même écrit textuellement : « Les deux véritables raisons du rire sont le vice et la bêtise. »

En même temps qu'il s'exprime, Stéphane Krausz désigne des portraits.

– Aristote, autre star de la philosophie, proclamait : « Le rire est une expression de la laideur et de l'abjection. »

Nouvelle image, celle d'un homme avec une auréole sur la tête.

– Et celui-ci, Saul de Tarse, plus connu sous le nom de saint Paul, créateur officiel du catholicisme. Dans son discours aux Éphésiens, il les exhorte à renoncer aux plaisirs de la sexualité « non reproductive » et à ceux des plaisanteries, forme de « fornication de l'esprit ». Ça ferait presque sourire. Ces gens-là devaient être frappés sans le savoir d'agélastie.

À ce mot les deux journalistes dressent l'oreille.

– C'est une pathologie tout à fait connue et référencée, explique le producteur. Le mot est formé du préfixe « a », qui signifie « sans », et de *gelos* « rire ». Il a été créé par un médecin qui se nommait... François Rabelais.

Encore lui. Décidément ce type a tout inventé. C'est le Léonard de Vinci de l'humour.

– C'est une vraie maladie qui touche certaines personnes qui du coup ne rient jamais ou très peu. Parmi les agélastiques les plus célèbres citons Isaac Newton. Selon son entourage il n'aurait ri qu'une seule fois : lorsqu'on lui aurait demandé quel intérêt il trouvait dans la lecture des *Éléments* d'Euclide. Et Staline. Selon son entourage, il ne se forçait à sourire ou à rire que lorsque c'était nécessaire pour avoir l'air sympathique sur les photos ou les films de propagande. Sinon, seules les exécutions des anciens compagnons de Lénine le faisaient rire.

Parmi les ennemis du rire, Stéphane Krausz cite aussi Adolf Hitler qui, après un procès retentissant contre un humoriste qui avait eu l'audace d'appeler son chien Adolf, fit voter une loi interdisant aux gens de plaisanter ou de rire sur les « sujets non autorisés ».

– Buster Keaton, surnommé « L'homme qui ne rit jamais », était agélaste ? questionne Lucrèce.

– Non, il avait un contrat avec sa compagnie de cinéma qui lui interdisait de rire devant les caméras, mais dans la vie privée c'était un homme très joyeux.

Stéphane Krausz tourne les pages du grimoire.

– De tout temps les ennemis du rire ont été nombreux. Mais comme vous le verrez par la suite, certains ont lutté contre le rire par... le rire. Et certains agélastes, comme Jonathan Swift qui était un type fort taciturne, se sont retrouvés... Maîtres GLH.

» Il ne faut pas confondre l'outil et l'artisan. Tout dépend de l'intention de celui qui l'utilise.

» L'humour est une arme qui peut être détournée de sa fonction pour obtenir l'effet inverse de celui recherché par les humoristes. C'est-à-dire conforter les tyrans. Ceaucescu par exemple avait créé un ministère de l'Humour, pour que les gens en riant ne soient pas tentés de se révolter.

Isidore note l'information.

– C'est l'un de nos combats actuels. Lutter pour que le mauvais humour ne tue pas le bon humour. Car les deux se côtoient et s'annulent mutuellement.

– Comme le bon et le mauvais cholestérol, remarque Lucrèce.

Après avoir évoqué les adversaires du rire, le producteur leur parle des procédés exhausteurs d'hilarité.

– Imaginez une vague sur laquelle on peut surfer pour aller encore plus vite que la vague elle-même, lorsque celle-ci est lancée. Pour augmenter l'effet d'une blague, on peut, par exemple, penser en même temps à une autre blague qui nous a fait encore plus rire. C'est ce que nous appelons l'« effet turbo ». On accélère sur l'accélération.

Ils se livrent là encore à des exercices en recherchant l'« effet turbo ». Par moments le moteur s'emballe et ils s'aperçoivent qu'ils doivent visualiser leur cerveau comme un moteur qu'il ne faut pas noyer avec une alimentation excessive.

– Poussé trop loin ou tenu trop longtemps, l'effet turbo pourrait-il s'avérer dangereux, voire mortel pour le cortex humain ? demande Lucrèce.

Le producteur marque une pause avant de répondre, les regardant tranquillement, ayant parfaitement saisi où la jeune journaliste veut en venir. Mais il ne dévie pas de son cap, choisissant de rester dans son rôle d'enseignant.

– Il existe en effet quelques cas historiques connus de « mort de rire ». Nous les avons répertoriés.

Il saisit un dossier, dont il parcourt quelques pages.

– Le peintre grec Zeuxis mourut d'une catatonie causée par le rire lorsqu'il contempla le tableau qu'il venait de peindre représentant une femme très laide. Plus tard, Anthony Trollope mourut de rire en lisant le roman de F. Anstey *Vice Versa*.

Stéphane Krausz consacre encore quelques heures à leur enseigner l'art martial de « faire rire ». Puis Isidore et Lucrèce sont invités à se livrer à leur première joute l'un contre l'autre.

– Comme dans les tournois de… PRAUB ? demande Isidore.

Le visage de leur instructeur a soudain viré à la dureté, celle du Krausz menaçant de la chambre d'hôtel, celle que Lucrèce lui connaissait avant de venir dans cet endroit.

– Je suis surpris que vous connaissiez déjà cela…

– C'est cela l'épreuve finale, n'est-ce pas ? questionne Isidore.

– Il est vrai que nous n'avons jamais évoqué le sujet ensemble, mais au final, oui, il y aura en effet un tournoi de PRAUB entre vous deux.

– Comment ça ? s'exclame Lucrèce. Notre accord spécifiait…

– Qu'en échange d'une initiation à notre GLH, vous nous donniez la BQT. Mais nous n'avons jamais précisé dans notre accord qu'il y aurait deux initiations. La seule issue est donc le PRAUB. Celui de vous deux qui gagnera le tournoi sera initié.

Ai-je bien entendu ?! Je vais devoir tuer Isidore ?

Elle observe son comparse qui n'a même pas haussé un sourcil, comme si tout cela lui semblait normal.

– Notre principe même est que l'initiation de l'un se fasse par la destruction de l'autre. Ce principe a été établi il y a plus de cinq siècles par notre branche écossaise. Il fait partie de nos traditions séculaires et c'est ainsi que nous avons pu être sûrs d'avoir les « meilleurs ».

– Mais ce rituel a dû vous priver de beaucoup d'excellents apprentis, remarque Isidore.

– On ne fait pas d'omelette sans casser des œufs.

Lucrèce tape d'un coup sur la table pour mettre fin à cette hypocrisie feutrée.

– Ce sont des fous ! Venez Isidore, fuyons cette secte criminelle !

Ce dernier ne bronche pas.

Stéphane Krausz baisse les yeux.

– En fait, à l'origine, que ce soit en Judée ou en Bretagne, il n'y avait pas cette épreuve finale. C'est David Balliol qui, voyant le succès immédiat de la GLH, s'est dit qu'il fallait sélectionner les candidats pour être sûrs de n'avoir que les meilleurs. Par la suite personne n'a jamais remis en cause cette forme d'épreuve de fin de formation. Au contraire elle nous a confortés dans l'idée que « Faire de l'humour était une affaire sérieuse ».

– Mais vous avez dû tuer des gens formidables ! s'insurge Lucrèce.

– C'est vrai, beaucoup de gens de grande valeur sont morts pour ce rituel. Mais c'est ce qui donne la pression nécessaire à l'excellence. Seule la peur de la mort peut donner l'envie d'être vraiment drôle.

Des meurtres ! Ils sont comme les costards roses, ils tuent pour « rigoler » et tout le monde au sein de leur société trouve ça normal. Y compris les victimes...

Leur instructeur fixe toujours ses chaussures.

– Vous devrez vous combattre tous les deux. Et un seul, le plus drôle d'entre vous, Isidore, et vous, Lucrèce, survivra et sera admis dans notre « club ».

– Et si nous refusons ?

– Il est désormais trop tard. Vous avez déjà accepté l'initiation avec forcément sa conclusion.

– Isidore, Isidore, faites quelque chose ! Ils sont aussi criminels que les autres. Vous aviez raison, ils avaient quelque chose à cacher, eux aussi.

Isidore ne bouge pas.

– Arrêtez de faire la surprise, Lucrèce. Nous le savions. Le moins s'équilibre avec le plus. Il n'y a pas de grand gain sans grand risque de perte.

– QUOI ?!

– Et puis vous étiez prête à faire une PRAUB avec Marie-Ange, votre pire ennemie, et vous faites des manières pour en disputer une avec moi ?

Il refuse de faire l'amour avec moi et il est prêt à risquer la mort ! Tout est à l'envers.

Lucrèce tente aussitôt de s'enfuir. Elle est rapidement maîtrisée.

Puis ils déjeunent au réfectoire. Elle reste amorphe, refuse de se nourrir.

Après le dessert elle consent à les suivre mais ne parle plus. La suite du cours se fait de plus en plus technique.

Rapidement, Lucrèce comprend qu'il s'agit d'une sorte de préparation, comme pour les sportifs de haut niveau. Le moindre détail compte. L'alimentation est déterminante, le moindre repas mal digéré peut ralentir son attention et provoquer soit une blague inefficace soit un rire non maîtrisé. Le sommeil aussi. La moindre fatigue a des répercussions dans les duels.

Isidore de son côté semble avide d'apprendre. Dès qu'il découvre une technique de construction de blague, il la note et semble lui trouver des prolongements personnels. Il a renoncé à utiliser son iPhone pour prendre un carnet à souches et un crayon, et dessine les structures des blagues avec des ronds, des flèches et des numéros.

– Arrêtez d'être négative, Lucrèce. Pour l'instant vous êtes tous les deux de même niveau, et je serais incapable de savoir qui aura le dessus en tournoi de PRAUB. Isidore a un humour plus intellectuel. Vous, Lucrèce, vous avez un humour plus instinctif. Vous êtes comme les gladiateurs romains. Lucrèce, vous seriez comparable au gladiateur Mirmillon, lourd, costaud, avec un casque couvrant tout le visage, une épée courte et un bouclier. Votre stratégie est la charge en force de face.

La jeune journaliste ne répond pas.

– Isidore, vous seriez plutôt un gladiateur de type Hoplomaque : ceux qui sont équipés de la lance terminée en trident et du filet à lancer. Il faut être plus rapide et agir par surprise.

Stéphane Krausz leur administre à tous les deux une tape faussement affectueuse sur l'épaule.

– Ça promet une jolie joute. Je ne vous cache pas que tout le monde en parle ici. Ils sont tous impatients de vous voir à l'œuvre.

C'est pour ça qu'ils nous regardent bizarrement depuis le début.

– Ah, je ne vous l'ai pas dit ? Ce sera samedi soir. À minuit.

Le sixième jour ils travaillent les blagues longues, voire très longues. Lucrèce consent à participer aux exercices, mais elle est au début comme déconnectée. Ce n'est que la pratique des duels qui réveille chez elle, presque malgré elle, son instinct guerrier.

Les simulations de tournois du soir se font de plus en plus âpres et subtiles.

Stéphane Krausz vient les voir et leur dit :

– Vous voulez que je vous montre comment l'humour peut mener à une réflexion sur la politique ?

138.

« Un ministre africain vient en voyage officiel en France, et se fait inviter à dîner chez son homologue français.
Il admire la somptueuse villa de ce dernier, ainsi que les nombreuses toiles de maîtres aux murs.
Il lui demande comment il peut s'assurer un tel train de vie avec sa paie, somme toute modeste, de serviteur de la République.
Le Français l'entraîne près de la fenêtre :
– Vous voyez l'autoroute là-bas ?
– Oui.
– Elle a coûté 200 millions d'euros, l'entreprise l'a facturée 210 millions et m'a versé la différence, soit 10 millions.
Deux ans plus tard, le ministre français est en voyage officiel en Afrique et rend visite à son homologue.
Quand il arrive chez lui, il découvre un palais comme il n'en avait encore jamais vu : murs en marbre, meubles en argent massif, toutes les décorations en or pur...
Stupéfait, il demande :
– Mais je ne comprends pas. Il y a deux ans, vous trouviez que j'avais un train de vie princier. Mais par rapport à vous ce n'est que peu de chose...
Le ministre africain l'entraîne près de la fenêtre :
– J'ai écouté votre conseil et moi aussi j'ai lancé un projet d'autoroute à 210 millions d'euros. Vous la voyez là-bas ?
Il désigne une vallée au loin.
– Euh... Non, dit le ministre français en se frottant les yeux. Désolé, je ne repère rien, je ne distingue qu'une forêt à perte de vue.
Le ministre africain lui donne alors une tape dans le dos et éclate de rire.
– Eh bien justement, c'est comme cela que je me suis enrichi ! »

Blague GLH n° 123 567.

139.

Et arrive le huitième et dernier jour de leur initiation.

De l'avis de Stéphane Krausz ils ont tous les deux très vite évolué.

Lucrèce Nemrod, après une période de révolte, puis de résignation, a retrouvé une sorte d'enthousiasme étrange. Elle a complètement oublié qu'elle fumait. Elle adore les légumes bouillis et le jus de carotte. Quand elle parle elle réfléchit à chacun de ses mots, et elle termine toujours ses phrases par un contrepied, en soignant tout particulièrement le dernier mot afin qu'il claque.

L'entraînement est devenu son état d'esprit permanent.

Isidore aussi est différent. Il est plus léger. Il a beaucoup maigri durant cette semaine de nourriture sans graisse ni sucre. Il affiche un sourire permanent qui signifie qu'il est prêt à rire de tout très vite.

Dans chacun de ses actes et chacune de ses phrases il cherche la blague, le jeu de mots, voire la contrepèterie.

Le dernier soir, Stéphane Krausz, pour la première fois, les invite à dîner à une tablée à part, d'une dizaine de capes mauves.

Au contact de ces Maîtres GLH, c'est un jaillissement, un festival de mots d'esprit, de gags, de réparties subtiles.

Isidore Katzenberg s'aperçoit que loin d'être blasé, plus il plaisante et plus il entend les autres plaisanter plus il a envie d'aller loin et d'en entendre encore.

Nonobstant le danger de la situation, Lucrèce apprécie cette compagnie de gens rares à l'humour fin.

Pour ce dernier soir, exceptionnellement, on leur propose du vin. Dès lors les langues se délient et un petit monsieur chauve à lunettes avoue être l'inventeur de la blague de l'astronome et de la planète à l'inscription « CE N'EST PAS À VOUS QU'ON S'ADRESSE ».

– Une blague qui a connu un vif succès lorsque Darius l'a intégrée à l'un de ses sketches, précise l'intéressé.

Une femme un peu grosse tout aussi âgée reconnaît que c'est elle qui a lancé la mode des blagues sur « combien faut-il de... pour changer une ampoule » dont la plus connue est « Combien faut-il de femmes pour changer une ampoule ? ». « Réponse : aucune c'est un boulot d'homme. »

Un troisième, spécialisé en blagues de cour de récréation, reconnaît que c'est lui a lancé la mode des « Qu'est-ce qui ? » blague à omission délibérée suivie d'un contre-pied du style : « Qu'est-ce qui est vert et qui saute de branche en branche ? Réponse : un chewing-gum dans la poche de Tarzan. »

Lucrèce Nemrod constate que cette culture « blaguesque », considérée comme une sous-sous-sous-culture, a en fait une énorme influence sur la société puisqu'elle agit essentiellement sur les enfants et les adolescents. Et elle les marque en profondeur à vie.

Après avoir hésité, tenant compte que c'est la veille du duel, la jeune femme aux grands yeux verts et aux cheveux désormais châtain clair accepte de boire du vin. Du coup Isidore en boit aussi.

Et cette dernière soirée de leur initiation se termine par des chansons paillardes dont certaines doivent leurs paroles à des auteurs de la GLH aussi prestigieux que Rabelais, Corneille ou Beaumarchais.

Le dîner achevé, Stéphane Krausz décide de tenir sa promesse.

Ils descendent l'escalier étroit et arrivent devant la porte blindée qu'ils avaient essayé d'ouvrir les jours précédents.

Leur instructeur sort une clef lourde et compliquée, et ouvre la serrure.

À l'intérieur se trouve un personnage qui ressemble à un Père Noël.

– Laisse-nous passer, Jacques, c'est pour des initiations de nouveaux.

– Ah ? Je préfère que ce soit pour des nouveaux, que pour des veaux tout court.

Jacques ? Mais c'est Jacques Lustik, le fameux « Capitaine Jeu-de-Mots ». Je comprends qu'il ait facilement gagné, c'est un membre de la GLH. En duel de PRAUB les autres ne font pas le poids. Mais pourquoi a-t-il concouru ? Probablement pour espionner le camp ennemi.

L'homme consent à les laisser passer puis se replonge dans la lecture de l'almanach Vermot.

– Toutes les blagues ne fonctionnent pas forcément, explique Stéphane Krausz. En fait je dirais même plus, la plupart des blagues ne marchent pas. Une blague vraiment drôle c'est un « miracle ». Voici le « hall of shame » des blagues inopérantes. Nous avons baptisé cet endroit l'enfer. Plus précisément « *Le Comico Inferno* ».

Il éclaire une pièce carrée.

– Dans cette salle sont stockées toutes les blagues qui n'ont pas été réussies, ou que nous avons testées entre nous et qui se sont révelées des fiascos. Nous essayons de les repérer avant de les lâcher dans la nature.

Le producteur saisit un dossier et en lit une dizaine particulièrement affligeantes, vulgaires, ou juste ratées.

Stéphane Krausz montre une section de la bibliothèque.

– Ici ce sont les prototypes qui n'ont même pas été achevés. Des « débuts de blagues » ou des « blagues presque au point » mais qui ne sont jamais passées au stade de la production et encore moins de la distribution. Les « mort-nées ».

– C'est triste, dit Lucrèce. Toutes ces blagues qui ne font pas rire.

– C'est un peu comme les cathédrales, dit Isidore, on s'émerveille toujours sur celles qui tiennent par des arcs-boutants au centimètre, mais qui parlera de toutes les cathédrales dont le toit s'est effondré sur les paroissiens précisément parce qu'il manquait un petit centimètre ?

Un cimetière de blagues avortées.

Celles qui sont ici ne seront jamais prononcées, ne seront jamais lues, ne seront jamais exposées.

Stéphane Krausz se tourne vers le gardien du lieu.

– Dis donc, Jacques. Il y a eu un nouvel arrivage récemment ?

L'autre désigne un dossier.

– Oui, ce sont des blagues ratées… à la bergamote.

Et il fait un clin d'œil appuyé.

– Thé à la bergamote…

Stéphane Krausz murmure d'un air entendu.

– Jacques Lusti fait le vendredi soir un répertoire des blagues avortées, car c'est le seul qui supporte de rester près de ces blagues douteuses. Les autres membres ne supportent pas. Ça les déprime.

Puis il chuchote d'une voix encore plus basse :

– Certains soupçonnent même Jacques de les lire en cachette. Par pure perversion.

– … Au moins, comme ça elles ne sont pas complètement mortes, reconnaît Lucrèce, se souvenant de sa performance au Théâtre de Darius.

– Mais pourquoi cette grosse serrure et ce garde ? demande Isidore.

– Il est de notre devoir d'empêcher le mauvais humour de se répandre, répond Stéphane Krausz, même à travers cette porte.

L'homme aux allures de Père Noël leur fait à nouveau un clin d'œil chaleureux tout en lissant ses moustaches blanches pour leur donner un arrondi en guidon de vélo.

Puis ils remontent aux étages supérieurs.

– Voilà, maintenant vous savez tous nos secrets. Si vous avez encore des inquiétudes, préparez-vous ensemble cette nuit au combat de demain. Apprenez à vous découvrir. Un dicton chez nous dit : « On connaît parfois plus l'esprit d'un individu durant un seul combat de PRAUB que durant vingt ans de mariage. »

140.

« Un homme marche, et comme il est étourdi il ne voit pas venir un vélo qu'il se prend en pleine figure. Il tombe et se relève, mais il ne voit pas non plus venir une moto. Il se la prend en plein ventre, il tombe un peu sonné, il se relève mais il ne voit pas venir une voiture. Il se la prend en pleine épaule, il tombe encore plus sonné, il se relève, mais il ne voit pas venir un avion, il se le prend en plein dans le dos. Et à ce moment il y a un passant qui hurle : "Arrêtez le manège, il y a un type sur la trajectoire." »

Blague GLH n° 505 115.

141.

Ils sont dans la chambre, Lucrèce vient rejoindre Isidore. Elle s'assoit sur son lit.

– Ce sont eux qui ont tué Darius. Ce sont eux les criminels, ce sont eux les fous. Ils prétendent défendre l'humour mais ils font seulement régner la terreur sur leurs membres, et ils ont dû éliminer le Cyclope, car il les connaissait et risquait de révéler leur existence ou leur secret.

– Ça ne tient pas. Les assassins de Darius, si assassins il y a, ont la BQT. Et eux n'ont pas la BQT… puisque c'est nous qui la leur fournissons.

– Peut-être que parmi eux certains ne jouent pas franc jeu.

– C'est probable.

Il est bizarre, je n'aime pas quand il est comme ça. On dirait qu'il a compris quelque chose mais qu'il ne veut pas me le dire. Nous enquêtons ensemble.

– Nous n'aurions pas dû accepter de participer à l'épreuve finale. C'est trop dangereux.

– Je vous l'accorde.

– Et puis nous avons une protection. Nous détenons ce qui est le plus précieux pour eux : le code pour accéder à la BQT.

Il ne répond pas.

– Vous voulez que je vous le donne ? Au cas où je mourrais…, demande Lucrèce avec flegme.

– Oui.

– Il n'y en a pas. Il suffit d'appuyer sur le bouton d'ouverture et elle cède sans code.

– Pas mal.

– C'est vous qui m'avez appris ça. Jouer avec l'imaginaire de l'autre plutôt que compter sur les technologies.

Il lit une bande dessinée qu'il a récupérée dans la bibliothèque. *La Rubrique-à-brac* de Marcel Gotlib. Il a mis aussi de côté des livres de Woody Allen, Gary Larson et Pierre Desproges.

Il a emprunté ces livres à la bibliothèque. Il bachote. Il se prépare pour demain en lisant un maximum de textes drôles. Peut-être devrais-je faire pareil.

– Mais dites-moi, Isidore. Vous ne voulez plus voir la BQT ?

Il sourit en lisant une bande dessinée, puis répond derrière la couverture :

– Depuis que je reçois l'enseignement GLH je perçois que l'humour est un domaine étrange, puissant, inconnu, et dont je n'ai peut-être pas mesuré l'exacte capacité de destruction.

Elle abaisse la bande dessinée pour le forcer à l'observer.

– Embrassez-moi, Isidore !

Il ne réagit pas.

Alors elle s'approche et l'embrasse sur les lèvres. Il garde la bouche fermée.

Elle prend un ton grave et annonce :

– Demain l'un de nous deux mourra.

– Je reconnais que c'est probable.

– Arrêtez de tout prendre à la légère. C'est donc aujourd'hui le dernier soir où « cela » est possible.

Il la regarde. Elle s'approche plus près, à quelques centimètres à peine de sa bouche. Il sent le délicieux parfum naturel de sa peau.

– Pour qu'une femme arrive à demander à un homme de faire l'amour elle doit surmonter sa fierté. Je ne vous conviens pas, Isidore ?

– Vous êtes peut-être la femme la plus ravissante que j'aie jamais rencontrée. Assurément, beaucoup d'hommes rêveraient d'être à ma place.

Il se moque de moi ? Il est au deuxième degré ?

– Alors ne me repoussez pas, s'il vous plaît, murmure-t-elle.

Lucrèce avance lentement ses lèvres vers celles d'Isidore. Il ne recule pas. Les deux coussinets roses ne sont plus qu'à cinq centimètres, trois, deux. Il ne recule toujours pas. Elle continue son avancée, un centimètre, un demi-centimètre, un quart de centimètre. Il n'a pas bronché.

Elle l'embrasse.

Cette fois il consent à entrouvrir la bouche et ils s'embrassent plus profondément, fougueusement, longtemps. Puis il recule.

– Que voulez-vous dire ? Vous ne voulez pas continuer ? s'étonne-t-elle.

Il écarte sa bande dessinée et se redresse.

– Pour l'instant en tout cas nous n'irons pas plus loin. La blague s'arrête là, c'est-à-dire avant la chute.

Elle hésite, puis ramasse le livre de Woody Allen et le lui jette violemment au visage.

– Espèce de…

– Je n'ai jamais prétendu être autre chose. À demain Lucrèce, et que le meilleur gagne.

– Je vous aurai Isidore. Vous n'êtes après tout qu'un…

La jeune femme cherche le mot, plusieurs insultes lui arrivent à l'esprit.

Goujat, salaud, imbécile, arriéré, prétentieux, hypocrite, pédant, arrogant, vaniteux, égoïste, égocentrique, imbu de lui-même, type qui croit toujours avoir raison, qui croit tout savoir, qui se prend pour je ne sais quoi.

Puis elle lance ce qui lui semble résumer tous ces qualificatifs :

– Vous n'êtes qu'un… homme.

142.

« Une femme saoule erre dans la brousse en buvant du whisky. Un crocodile arrive et lui dit :
– Ivrogne !
La femme maugrée, boit, et continue d'avancer.
– Ivrogne ! répète le crocodile.
À ce moment la femme se retourne et dit :
– Si tu continues à me traiter d'ivrogne je t'attrape et je te retourne comme un gant.
Ils marchent et le crocodile, voyant qu'elle boit encore, dit :
– Ivrogne !
À ce moment la femme alcoolique attrape le crocodile.
– Je t'avais averti, dit-elle.

Elle plonge son bras dans la gueule de l'animal, l'enfonce profondément, lui attrape la queue de l'intérieur, tire d'un coup sec pour le retourner complètement en mettant la chair à vif. Puis, satisfaite, elle le rejette à l'eau et reprend sa route. C'est alors que derrière elle, elle entend une voix qui dit "ENGORVI" ! »

Blague GLH n° 900 329.

143.

Lucrèce Nemrod s'est endormie. Son visage à la peau diaphane est parcouru de légers soubresauts nerveux. Ses lèvres bougent imperceptiblement. Sa poitrine se soulève par à-coups, comme si elle courait ou combattait dans son cauchemar.

Isidore Katzenberg s'est levé et la regarde dormir.

Par moments elle sourit, par moments elle semble contrariée ou agacée.

– … Non, articule-t-elle. Alors ça, certainement pas.

Elle s'agite de nouveau. Puis elle articule, dans un souffle :

– … Oh oui. Bien sûr, pourquoi ne me l'avez-vous pas dit plus tôt ! À moins que… non. Non, je vous en prie, non.

Il lui caresse les cheveux et elle s'apaise instantanément.

Il s'approche. Elle a un petit sourire lorsqu'elle sent un souffle sur sa nuque.

Évidemment qu'il se souvient de l'enquête sur l'Ultime Secret.

À la fin ils avaient fait l'amour.

Dans sa vie son rapport aux femmes avait été complexe.

Il avait eu tout d'abord une mère envahissante.

Un père de plus en plus absent.

Le soir on n'entendait que les cris de reproche de sa mère.

Pourtant, elle l'avait éduqué en lui transmettant son goût pour toutes les formes d'art : peinture, musique, cinéma, théâtre. Elle l'avait éveillé et porté à bout de bras. Malgré lui.

Elle lui répétait : « Isi tu es un génie. »

Il savait qu'elle ne tenait pas compte de qui il était vraiment, qu'elle projetait sur lui son fantasme de fils idéal.

Pourtant cette programmation « Isi, tu es un génie » l'avait marqué. Il avait voulu plaire à sa mère, lui montrer qu'elle ne s'était pas trompée, qu'il était digne de son admiration.

Il n'était pas devenu prétentieux… il était devenu travailleur.

Se sentant d'une intelligence très moyenne, sans talent particulier, il s'était dit que pour arriver à un niveau qui ne décevrait pas sa mère, il lui faudrait compenser par l'acharnement.

Il dormait peu, lisait énormément. Il voulait tout savoir sur tout. Tout expérimenter. Tout comprendre. Ne jamais reculer devant l'épreuve, foncer, accepter de chuter pour remonter jusqu'à la victoire. Ce qu'il n'obtenait pas par le talent, il l'obtiendrait par l'acharnement.

Pour ne pas décevoir la première femme de sa vie.

Sa mère.

C'était, de manière étonnante, ce conditionnement névrotique maternel qui l'avait façonné. Et il se percevait non pas comme « gagnant » mais comme « en voie de progrès permanent pour se montrer digne de la prophétie de sa génitrice ».

Sa mère avait, sans le savoir et sans vraiment y porter attention, réussi à en faire un enfant extraordinaire, dans le sens littéral de « qui sort de l'ordinaire ».

Cette différence invisible, tout en étant perceptible, avait entraîné aussitôt un sentiment de méfiance et de jalousie des autres enfants.

– « Il se prend pour qui Isidore ? Toujours plongé dans ses livres ! Il nous snobe ! »

Les premières bagarres avaient suivi. Les professeurs non plus ne l'appréciaient pas, ils avaient l'impression qu'à force de lire, Isidore prétendait en savoir davantage qu'eux, et ils ne rataient aucune occasion de le rabaisser.

Ses notes ne cessaient de chuter.

Alors il s'était enfermé dans sa bulle. Il ne supportait plus ni les groupes, ni la hiérarchie, ni les beuveries, ni les gens qui rient à l'unisson.

D'où une énorme solitude. Puis un autre sentiment : la recherche de liberté et d'autonomie à tout prix pour ne pas dépendre du regard ou du jugement des autres.

Parallèlement, son rapport aux femmes devenait compliqué.

Il avait choisi pour compagnes des femmes qui ressemblaient à sa mère. Elles l'avaient admiré pour sa différence et ses talents, comme sa mère. Il les avait quittées dès qu'elles avaient commencé à lui faire des reproches ou à provoquer des disputes, précisément... comme sa mère.

Il était conscient qu'il n'était pas clair avec le sexe opposé. Ce qui expliquait peut-être qu'il soit toujours célibataire à 48 ans.

Il se souvenait de tous ces instants où sa peau avait touché une peau féminine. Toujours cette peur. Peur de ne pas être à la hauteur, peur de décevoir et peur d'être déçu en même temps.

Jamais il n'avait fait l'amour de manière vraiment décontractée.

Sauf, avec Lucrèce Nemrod, lors de leur enquête sur l'Ultime Secret, sur la Côte d'Azur. C'est vrai, il n'avait plus envie de se mentir. Il avait ressenti une alchimie unique. La même qui unit certaines orchidées aux abeilles. Deux entités très différentes mais pourtant faites pour aller ensemble. Une symbiose. Il l'avait humée. Il l'avait butinée. Il l'avait fait vibrer. Et elle l'avait sublimé.

Au sens littéral du terme, elle avait transformé le glaçon en vapeur sans passer par la phase liquide.

De froid, il était devenu chaud. De lourd il était devenu léger. De dur il était devenu vaporeux.

C'est le grand pouvoir magique des femmes, elles transmutent les hommes pour les révéler à eux-mêmes dans ce qu'ils ont de meilleur.

Il y avait des circonstances particulières.

Le fait d'avoir surmonté des épreuves ensemble, puis d'avoir autant enquêté sur le thème du plaisir, les avait rapprochés, puis détendus dans l'acte amoureux. Peut-être pour la première fois de sa vie il avait fait l'amour sans peur, il avait oublié qui il était, comme sous l'effet d'une drogue merveilleuse qui s'appelait Lucrèce Nemrod.

Et pour la première fois, parce qu'il n'avait pas eu peur de la femme, il avait eu peur de la relation.

Je suis dans la maturité. Elle est jeune.

Je suis en fin de carrière. Elle commence la sienne.

Je suis grand et gros. Elle est petite et fine.

Elle mérite d'être avec quelqu'un de mieux que moi, un jeune, enthousiaste, joyeux, qui aime faire la fête, aller en boîte de nuit, qui lui fera des enfants, qui l'épousera, qui lui offrira un avenir normal.

Je peux même l'aider à le trouver. Elle mérite vraiment d'être heureuse avec un type bien.

Pour ça je pourrais à la limite être comme un ami. Je l'aiderais à le choisir. Je serais le témoin de leur mariage. Le parrain de leurs enfants. Tout, mais pas elle et moi ensemble.

Je dois être plus froid, plus distant, plus cassant afin de la libérer des quelques sentiments qu'elle ressent pour moi. Il faut vraiment que je lui enlève cette idée stupide qu'entre nous il peut y avoir autre chose qu'une complémentarité professionnelle ou une amitié...

Il remarque un effet de leur enquête : il a maigri. Il faisait jadis 95 kilos. Depuis qu'ils ont démarré l'enquête, il a déjà perdu 5 kilos. Il le sent. Elle par contre a un peu grossi et s'est musclée.

Que va-t-il se passer demain ?

Il s'approche et l'embrasse sur le front.

– Je crois que je t'aime... Lucrèce. Tu es peut-être la première personne de ma vie que j'aie vraiment aimée.

144.

« Un gros camionneur est assis dans un bar pour boire un verre, quand un petit bonhomme malingre entre et demande à qui appartient le pitbull qui est dehors.

Le camionneur répond aussitôt :

– C'est MON chien ! T'as un problème ?

Le petit homme répond :

– Non, il n'y a rien de grave, mais je crois que mon chien vient de tuer le vôtre...

Le gros camionneur se lève d'un coup et dit :

– QUOI ! Mais qu'est-ce que vous avez comme chien ?
L'autre type répond :
– Un caniche nain...
– Un caniche nain !!! hurle le camionneur, comment un caniche nain peut-il tuer un pitbull ?
– Eh bien, répond le type, je crois qu'il s'est étouffé avec... »

Extrait du sketch *Nos amis les animaux,*
de Darius WOZNIAK.

145.

Le projecteur s'éclaire d'un coup, illuminant l'arène centrale.

Tout les membres de la GLH sont là.

Les deux journalistes scientifiques sont amenés dans la grande salle du temple. Ils portent une tunique blanche, une cape blanche, et un masque à mimique neutre.

Eh bien nous y voilà, songe Lucrèce.

Ils s'assoient dans les grands fauteuils posés sur le ring, et on les sangle avec des courroies en cuir.

Deux assistants en cape rose clair installent les deux pistolets Manurhin PP 22 long rifle sur trépied, le canon dirigé vers leurs tempes.

J'ai un mauvais pressentiment, songe Lucrèce.

La Grande Maîtresse monte sur l'estrade. Elle porte son masque violet hilare et sa cape de même couleur. Elle annonce d'une voix sentencieuse :

– Aujourd'hui est un jour spécial. Nos deux candidats à l'entrée en GLH ont en effet bénéficié de la plus rapide initiation de notre histoire. 9 jours. Peut-on apprendre à être drôle en 9 jours ? Nous allons bientôt le savoir.

La salle émet une rumeur d'approbation.

– Qu'on procède sans plus attendre au duel de PRAUB. Honneur aux femmes. Que Lucrèce Nemrod commence.

À travers les trous d'yeux de son masque, la jeune journaliste scientifique observe son adversaire, puis elle ouvre les hostilités avec une blague sur des lapins priapiques.

Torpille larguée.

Isidore lâche un rire presque de politesse qui le fait monter à 9 sur 20.

À son tour il envoie une blague sur le thème de l'exode des paysans, qui provoque chez son adversaire une montée de 8 sur 20.

Bon, maintenant les présentations sont faites. Il ne cherche pas à me détruire. Cela ne va pas être un blitzkrieg mais une guerre de tranchées. Nous allons combattre centimètre de rire par centimètre de rire.

Lucrèce enchaîne avec une blague sur les homosexuels qui fait monter le compteur d'Isidore à 10 sur 20. Ce dernier répond par une blague sur les blondes nymphomanes qui fait monter son adversaire à 11 sur 20.

Finalement nous sommes dans le prolongement du jeu des trois cailloux. Il faut prévoir ce que l'autre va dire. Et donc se poser la question « Qu'est-ce qu'il pense que je pense qu'il pense... ».

Isidore est à ma portée. Si ce n'était pas aussi lourd de conséquences je serais heureuse de lui montrer que j'ai compris comment il fonctionne et que je peux le battre sur son propre terrain.

Elle envoie une blague sur les chiens d'aveugles. Le galvanomètre d'Isidore redescend à 7 sur 20.

Zut, j'ai oublié que les blagues sur les aveugles peuvent être mal prises.

Isidore réplique par une blague sur les pingouins cocaïnomanes qui entraîne chez son adversaire un vrai début de rire à 13 sur 20.

C'est affreux je ris pour m'excuser de la blague précédente.

Toute l'assistance impatiente tape des pieds.

Tant pis, Isidore, c'est trop tard. Advienne que pourra, je ne maîtrise plus cette enquête qui a mal tourné. Cette démence me dépasse, alors je ferai tout pour sauver ma peau, même si c'est au prix de la tienne.

Lucrèce sent à nouveau la sueur qui dégouline dans son dos.

Avant tout je dois être forte. Il faut visualiser mon esprit comme une citadelle. Cette citadelle est protégée par de hauts murs épais.

En haut de ces murs il y a une catapulte. Je dois lancer les rochers sur la citadelle voisine. De gros rochers.

Elle lance une blague sur Dieu. Qui fait un dégât de 14 sur 20 sur la citadelle cérébrale voisine. Isidore ne peut réprimer un début de rire.

Ça y est j'ai trouvé une faille.

Il a déjà un rapport particulier avec Dieu. Il le craint.

Il réplique avec une blague sur la mort qui provoque la même brèche de 14 sur 20 chez Lucrèce.

Je dois renforcer mes défenses. Vite. Consolider tout ça avant que la brèche ne s'agrandisse.

Dans son esprit, en même temps que des soldats maçons vont réparer le trou, de nouveaux serveurs de la catapulte placent un projectile, cette fois de l'étoupe enflammée : une blague sur les hommes ayant de l'embonpoint.

S'il a le moindre complexe sur son poids, ça pourra faire des dégâts.

En effet Isidore monte à 15 sur 20.

Ça fonctionne. Il faut être plus précis dans les tirs. Je dois utiliser ma connaissance particulière de cet être pour cibler davantage. Donc selon moi 1) s'il me refuse c'est qu'il a peur des femmes ; 2) c'est qu'il a peur de lui-même ; 3) c'est qu'il est stupide.

Lucrèce sort une blague sur un homme qui a peur des femmes et qui se révèle stupide. Le projectile enflammé jaillit de sa muraille, vole haut dans les airs et franchit la muraille adverse pour mettre le feu aux habitations.

16 sur 20.

Isidore, à nouveau, débute un rire légèrement plus fort que le précédent, rapidement maîtrisé.

De son côté, le journaliste scientifique a compris qu'il devait s'adapter.

Sa blague est celle d'un homme qui sort avec une fille de vingt ans plus jeune.

À la fin l'homme est ridicule.

La salle surprise retient son souffle.

Il me fait le coup de l'autodérision en se mettant lui-même en scène à la mauvaise place. En se moquant de lui-même il me prend de court.

Lucrèce sent qu'une envie de rire monte. Elle pense rapidement à tout ce qu'elle connaît de triste. Elle revisualise la scène d'humiliation avec Marie-Ange.

Heureusement que Stéphane Krausz m'a appris à utiliser le petit frein et le grand frein. Là il faut tirer très fort le frein à main sinon je pars dans le décor.

Son rire monte mais elle arrive à le stabiliser à 17 sur 20.

Moi j'utilise une catapulte mais lui utilise une grosse arbalète dont la pointe est plus précise, donc plus perforante.

Elle visualise désormais sa citadelle avec une énorme brèche qui va être difficile à combler.

Il joue sur mes affects. S'il nous remet en scène dans la prochaine blague en se donnant le rôle ridicule je risque de ne pas tenir.

Sur les créneaux de sa muraille elle fait venir une nouvelle catapulte à trébuchet qui par un important contrepoids devrait lancer des projectile plus volumineux.

Non. Je vais le combattre avec ses propres armes.

Elle range sa catapulte et fait venir une arbalète géante.

Elle sort une blague sur une jeune fille gérontophile qui veut à tout prix faire l'amour avec un homme de quarante ans plus âgé. À la fin c'est la fille qui est ridicule.

Isidore est surpris, mais moins que Lucrèce.

Il monte jusqu'à 16 sur 20.

Ne pas copier. Innover. J'aurais dû m'y attendre, vu qu'il a utilisé l'autodérision contre moi il s'attendait à ce que je l'utilise contre lui.

Isidore répond par une blague anodine sur les journalistes.

L'impact est moindre. 13 sur 20.

Il calme le jeu. Ou alors il a besoin de temps pour préparer un gros coup.

La jeune fille ajoute un mur de protection supplémentaire : antidérision, antiblagues personnelles.

Dans les minutes qui suivent, Lucrèce envoie une blague sur les écrivains (impact 14 sur 20). Isidore sur les coiffeurs (impact

16 sur 20). Lucrèce frappe avec une blague sur les pannes sexuelles (impact 15 sur 20).

La salle retient son souffle.

Les deux challengers déploient des trésors d'ingéniosité pour se frapper et se contrer mais le combat dure.

– Le Mirmillon contre l'Hoplomaque, confie Stéphane Krausz à son voisin. Ils sont tous les deux de même niveau mais dans des styles différents.

Après une nouvelle période de répit, durant laquelle comme des boxeurs sonnés les deux adversaires se jaugent avec des blagues faciles, les coups plus précis et plus perforants partent à nouveau. Mais chaque fois ils trouvent des moyens de bloquer le rire qui monte. Et le duel dure.

Dix minutes. Vingt minutes. Une demi-heure.

Les deux challengers enchaînent avec une période de mitraillage de petites blagues incisives, avant une nouvelle salve de longues blagues profondes. Tous les cours de Stéphane Krausz sont mis à profit par ces deux élèves très motivés. Le Maître ne s'y trompe pas et chaque fois qu'il voit un de ses enseignements utilisé il pousse un petit soupir de fierté derrière son masque tout en nommant la technique précise. Il ne peut s'empêcher de murmurer :

– Ah, bravo. « Le double sous-entendu ». « Le sens caché ». « La triple clef ». « La mise en abyme inversée ». « Le salto arrière ».

Mais au bout d'une heure le galvanomètre est redescendu, il n'oscille plus qu'entre 8 et 13 sur 20. Il monte rarement au-dessus de 14 sur 20. Lucrèce grimace sous son masque blanc.

C'est comme quand je fais l'amour et que je suis au bord de l'orgasme, si ça ne monte pas au premier coup, après je suis bloquée en dessous.

– SOIS DRÔLE OU SOIS MORT ! scande quelqu'un dans la salle.

Lucrèce transpire et remue mains et pieds sous les entraves de cuir pour faire circuler le sang.

Nous nous connaissons trop. Le fait d'avoir enquêté avec lui, d'avoir fait l'amour avec lui, de m'être disputée avec lui, d'avoir joué au jeu des trois cailloux, tout ça a créé des boucliers adaptés l'un à l'autre.

Finalement la Grande Maîtresse se lève et frappe le gong.

– Stop. Ils n'y arriveront jamais.

La salle émet une rumeur d'étonnement.

– C'est parce qu'ils s'aiment, signale-t-elle. Leur affection mutuelle les bloque. Ils ne parviendront jamais à se faire du mal.

La rumeur s'amplifie.

– Je sais, ce n'est jamais arrivé. Mais il fallait s'attendre à ce qu'une telle chose se produise. Nous devons donc nous adapter. Je propose qu'ils soient tous les deux épargnés.

Cette fois des sifflets jaillissent de derrière les masques rose clair et rose foncé.

– SOIS DRÔLE OU SOIS MORT ! répètent des voix derrière les masques.

La Grande Maîtresse en cape violette monte sur le ring et détourne les pistolets des tempes de Lucrèce et Isidore. Elle saisit le micro.

– Non ! Il y a eu assez de morts. Aujourd'hui je décrète que l'amour devient la raison qui permettra le match nul. Qu'on les libère.

Et comme les assistants refusent de lui obéir, elle desserre elle-même les sangles de cuir.

– Je déclare ce match « nul » et donc avec deux vainqueurs. Ce soir nous avons un frère et une sœur de plus dans la GLH.

Cependant la rumeur ne s'atténue pas. Certains frappent des pieds en signe de protestation. Derrière leurs masques les derniers rangs continuent de répéter plus mollement :

– SOIS DRÔLE OU SOIS MORT !

La Grande Maîtresse frappe le gong violemment pour faire résonner le métal.

– Assez de sang ! Je déclare qu'à partir de ce jour nous ferons des PRAUB sans armes mortelles.

La rumeur s'amplifie encore et les talons martèlent le carrelage.

– Sacrilège ! émet une voix sous un masque.

Le mot est repris et s'étend comme une vague.

– La Grande Maîtresse ne peut pas changer un rituel sans notre accord ! lance une voix à l'arrière. Nous voulons élire un nouveau Grand Maître.

– Oui. Élections ! Élections !

Le mot est repris par des dizaines de bouches et devient grondement.

Submergée par le mouvement de révolte des siens, la Grande Maîtresse se tourne vers Isidore et Lucrèce.

– Tous ont risqué leur vie pour entrer et ils ne comprennent pas que je remette en question le rituel. Mais désormais j'en ai assez de tout ce sang versé.

Elle monte et allume le micro.

– Vous voulez l'élection d'un nouveau Grand Maître ? Eh bien vous allez l'avoir. Et tout de suite.

L'agitation de l'assemblée est alors à son comble. Malgré la barrière des masques, les membres de la GLH échangent de vives reparties.

À nouveau la femme en violet frappe le gong.

– Qui veut être Grand Maître à ma place ? Qui ? Parlez maintenant ou taisez-vous et obéissez !

Personne ne répond.

– QUI !!??

Le silence se poursuit. Mais soudain une main se lève dans l'assistance.

– Moi.

Tous se retournent et découvrent un masque mauve.

Lucrèce a déjà reconnu sa voix. C'est Stéphane Krausz.

Sans quitter son masque le producteur fend la petite foule et monte sur scène. La salle est houleuse.

Alors la Grande Maîtresse frappe le gong pour obtenir le silence.

– On l'écoute ! intime-t-elle.

– Deux tendances se dessinent aujourd'hui. La tendance traditionaliste qui veut que nous poursuivions notre chemin habituel. Et la tendance réformatrice qui veut que nous changions les règles en fonction des événements « tragiques » survenus récemment. Pour ma part j'estime que la meilleure manière de montrer que la GLH est forte, c'est de prouver que tel un rocher elle reste immuable malgré les tempêtes et le fracas des vagues.

– Et moi je pense que la loi de l'univers est le mouvement et le changement, dit la Grande Maîtresse de la GLH. Tout change, tout vit, tout bouge. Après l'été, l'automne, après l'automne, l'hiver, après l'hiver le printemps. Nous sommes sortis de l'hiver, et cet hiver a été rude et destructeur. Maintenant nous vivons un printemps, changeons de peau, changeons de rituel. Épargnons la vie.

Une vaste rumeur parcourt l'assistance.

– Nous sommes une société secrète mais démocratique, insiste la Grande Maîtresse, je propose que nous votions à main levée.

Un murmure d'approbation lui répond.

– Qui veut que le nouveau Grand Maître soit Stéphane Krausz ?

Des dizaines de mains se lèvent. Certaines hésitent. Certaines préfèrent se baisser, d'autres remonter.

Aidée de deux assesseurs en cape mauve, la Grande Maîtresse fait alors le décompte : sur 144 membres, 72 personnes se prononcent en faveur du producteur.

– Eh bien, aussi surprenant que cela puisse paraître, nous sommes exactement à égalité. Je propose que nous refassions un vote, au cas où quelqu'un aurait changé d'avis. Qui vote pour Stéphane ?

Ils recommencent, et en effet une personne a changé d'avis en faveur de Stéphane, contrebalancée par une personne qui a changé d'avis en faveur de la Grande Maîtresse. Une troisième hésite, puis finalement baisse sa main.

– De toute façon les mots ont été prononcés. La salle s'est exprimée. C'est un désaveu pour cette politique de réforme. Même s'ils n'osent d'un coup vous affronter, tous en ont assez de vos entorses au règlement. La tradition millénaire ne doit pas être touchée. Jamais.

Le masque violet et le masque mauve se font face. Sourire hilare contre sourire joyeux. Il enlève son masque.

– Jamais.

– Dans ce cas, frère Stéphane, tu connais la tradition de « La remise en question in extremis du Grand Maître ».

Il déglutit.

– Tu peux m'affronter en duel de PRAUB. Si tu gagnes tu auras automatiquement ma place et tu pourras verrouiller la tradition pour que nul ne puisse jamais y apporter la moindre réforme. Le veux-tu ? Je suis prête à m'asseoir dans le fauteuil.

Stéphane fixe le masque immobile.

Il est partagé entre l'envie de prendre le risque et la connaissance de la puissance de son adversaire.

Il se tourne et voit que les mains qui étaient levées en sa faveur se baissent les unes après les autres.

Il jette son masque par terre et file par une porte latérale.

– Y a-t-il d'autres candidats ? demande la femme au masque violet.

Aucune main ne se lève.

– Je me maintiens donc Grande Maîtresse de la GLH et je décide que désormais il n'y aura plus d'initiation mortelle. Nous sélectionnerons plus en amont nos challengers, et quand les gens seront ici ils seront définitivement acceptés.

Applaudissements et huées mêlés.

– Cette décision est la conséquence d'un vote majoritaire. Vous devez vous y soumettre. Quant à vous deux, Isidore et Lucrèce, vous faites désormais partie de la GLH.

Elle frappe dans ses mains et une assistante leur apporte à chacun une tunique, une cape et un masque rose clair.

Puis d'un geste elle invite Lucrèce à se mettre à genoux. La Grande Maîtresse sort une épée et pose le plat de la lame sur chaque épaule.

– Je vous déclare Apprentie GLH. Désormais vous êtes un chevalier de la Cause de l'Accroissement de la Spiritualité sur terre. Vous devrez défendre l'humour contre toutes les forces de l'ombre. Vous devrez gardez le secret sur l'existence de notre Loge et vous devrez solidarité à tous nos frères et sœurs. Jurez-vous obéissance à la GLH, mademoiselle Lucrèce Nemrod ?

– Je le jure.

– Si vous trahissez la GLH, que votre langue pourrisse, que vos yeux se dessèchent, que vos cheveux tombent, et que vos mains tremblent à jamais.

Isidore Katzenberg prête serment de la même manière, à genoux. Il reçoit l'adoubement par l'épée.

Puis la Grande Maîtresse le relève, frappe sur le gong et reprend le micro.

– Et maintenant, j'ai gardé le meilleur pour la fin. Sachez, frères et sœurs, que ces deux nouveaux initiés nous ont rapporté notre trésor : la BQT.

146.

« C'est un homme de 80 ans qui va chez le médecin pour un examen annuel.
– Alors, comment vous sentez-vous ? demande l'homme en blouse blanche.
– Je suis en pleine forme, je sors avec une jeune femme de 20 ans, et je l'ai mise enceinte, répond le patient.
– Laissez-moi vous raconter une histoire, dit le docteur. J'ai un ami qui est un passionné de chasse, il n'a jamais manqué une saison. Un jour, alors qu'il s'en allait chasser et qu'il était pressé, il se trompa et au lieu de prendre son fusil, il prit son parapluie. Au cœur de la forêt, il aperçoit un sanglier énorme qui fonce sur lui. Il saisit son parapluie, l'épaule et appuie sur la poignée. Savez-vous alors ce qu'il s'est passé ?
– Non...
– Eh bien, le sanglier tomba raide mort à ses pieds.
– C'est impossible, s'insurgea le vieillard. Quelqu'un a dû tirer à sa place.
– Hum... C'est précisément là où je voulais en venir. »

Blague GLH n° 53 763.

147.

Les doigts fins se posent sur le masque violet. La Grande Maîtresse ôte sa « face » réjouie et dévoile son visage de chair.

Lucrèce Nemrod découvre une femme brune d'à peu près 50 ans, aux cheveux courts et au regard vif, mais qui semble extrêmement fatiguée. Elle se tient très droite, très digne, et tous ses gestes sont empreints d'une grande délicatesse. Elle ne sourit pas.

– Je me prénomme Béatrice, dit-elle.

Elle déglutit, avant de prononcer la phrase qu'elle a trop retenue :

– Où se trouve-t-« elle » ?

Comprenant l'allusion, Lucrèce Nemrod indique la direction de sa chambre. Accompagnée d'Isidore, elle ouvre la porte de la petite pièce. Puis sort une clef, et ouvre la menotte qui retenait la mallette au pied de son lit.

Elle la dégage et la tend à la femme en cape violette.

La Grande Maîtresse de la GLH caresse la mallette d'acier en soupirant longuement, enfin soulagée après une attente de plusieurs années.

– Si vous saviez tout le chemin qu'a parcouru ce papier. Si vous saviez tous les gens qui l'ont recopié, qui l'ont lu, qui l'ont fait vivre. Si vous saviez tous les gens qu'il a tués.

– C'est justement la contrepartie de notre accord. Nous voulons tout savoir, dit Lucrèce Nemrod.

– Très bien, suivez-moi.

Elle les guide vers son cabinet, une grande pièce ronde où s'affichent les portraits d'hommes et de femmes en tenue violette. Lucrèce en déduit que ce sont là les Grands Maîtres précédents.

Béatrice s'assoit à son bureau. Elle pose la mallette d'acier devant elle, avec mille précautions.

– Vous connaissez notre histoire jusqu'où ? demande-t-elle.

– Avec Stéphane Krausz nous nous sommes arrêtés à Pierre Dac et à la Seconde Guerre mondiale.

– Durant la guerre, une partie de la GLH a fui aux USA, et une partie est restée en France, s'est cachée et a combattu au sein de la Résistance. Des journaux clandestins soutenus par notre mouvement se moquaient d'Hitler et lorsque les caricaturistes étaient attrapés ils étaient fusillés. Certains ont été torturés et ont parlé. Si bien qu'Hitler a fini par découvrir l'existence de l'Épée de Salomon Nos bons rapports avec les francs-maçons et les humoristes juifs ne faisaient que nous rendre encore plus suspects. La Milice française aux ordres de Pétain nous a pourchassés et beaucoup d'entre nous ont été arrêtés et déportés.

– Et ceux de la GLH qui sont partis aux USA ?

– Je ne sais pas si Stéphane vous l'a dit dans le cadre de son cours historique, mais la branche américaine a été très active. Charlie Chaplin, qui faisait partie de notre noble société, a produit contre l'avis de tous, et malgré les menaces *Le Dictateur*. Il savait qu'il fallait à tout prix continuer d'utiliser l'arme du ridicule pour lutter contre le nazisme, sinon il n'y aurait eu que la peur. Et Hitler aurait gagné la bataille psychologique.

– Et en France ? demande Lucrèce.

– Au début tout allait bien. Mais l'un de nos membres séduit par les théories nazies nous a trahis. Il a révélé l'existence du tumulus de Carnac qui était notre centre stratégique européen. Un beau matin de l'hiver 1943, la police de Vichy a encerclé la chapelle Saint-Michel. Nous nous sommes défendus. Il y a eu une centaine de morts, seul un petit groupe a pu fuir de justesse par une sortie de secours.

– J'ignorais que le combat pour l'humour avait fait autant de victimes, reconnaît la jeune journaliste scientifique.

– De notre côté nous ne nous sommes pas gênés pour envoyer nos petites lettres mortelles contenant la BQT à quelques collaborateurs trop zélés. C'était notre manière à nous de faire de la Résistance. Une lettre « BQT » (traduite en allemand grâce à notre technique des trois morceaux traduits séparément puis réunis par un aveugle) a même été envoyée à Hitler. Mais son courrier était ouvert par ses secrétaires, ce qui a paraît-il créé là-bas une hécatombe, malheureusement sans toucher le chef.

– Extraordinaire, ne peut s'empêcher de murmurer Isidore.

– André Malraux, ministre des Affaires culturelles de De Gaulle, qui était au courant de notre existence et de nos martyrs, nous a fait cadeau à titre de « dédommagement » d'un sanctuaire enfin digne de ce nom.

– Le phare fantôme au large de Carnac ? questionne Lucrèce.

– En effet. C'est un phare particulier. Il est important qu'il ne figure sur aucune carte, afin de ne pas tromper les marins. Et de l'extérieur, il paraît abandonné. Il avait servi aux services secrets français comme poste isolé avancé. C'était Napoléon qui avait eu l'idée de ce phare fantôme en prévision d'une attaque navale des Anglais. Un simple phare abandonné vu de loin, et à l'intérieur un vrai poste militaire. Durant la Seconde Guerre mondiale, Pétain l'a signalé aux Allemands. Ils y ont creusé et aménagé des salles encore plus vastes, et l'ont modernisé pour en faire une sorte de QG secret en cas d'attaque des Alliés par le sud de la Bretagne.

– Je comprends maintenant pourquoi nous y avons trouvé des escaliers, des ascenseurs, l'eau, l'électricité, et un certain confort pour des centaines de personnes.

– En tant que vestige de l'occupation allemande, cet endroit ne suscitait pas un vif intérêt. Pour les rares personnes au courant, ça valait les vieux blockhaus du Mur de l'Atlantique, c'est-à-dire des déchetteries nauséabondes. Notre Grand Maître de l'époque a donc proposé au ministre de la Guerre de le soulager de la gestion de ce site, et il nous l'a cédé discrètement. Le 1er avril 1947, la GLH a déménagé dans ce phare, et remis l'endroit en état.

– Et là vous êtes enfin tranquilles.

Elle se lève et désigne un homme en tenue mauve. Il est chauve avec une cigarette au coin des lèvres.

– À l'époque notre Grand Maître était précisément Pierre Dac. Durant la guerre il avait été responsable de l'émission clandestine « Les Français parlent aux Français » depuis Radio Londres. Il avait été un grand résistant, arrêté, emprisonné, évadé et finalement installé à Londres où il avait bien ridiculisé le gouvernement de Vichy.

– Avec le fameux slogan « Radio Paris ment, Radio Paris est allemand » sur l'air de *La Cucarracha*, rappelle Isidore.

– En effet, bravo, peu de gens se souviennent de ce détail. Pierre Dac, avec des amis à lui comme Francis Blanche, René Goscinny et Jean Yanne, vont inventer en France un humour d'après-guerre corrosif. C'était aussi la renaissance de la GLH. Nous infiltrions alors les journaux satiriques, les journaux de bandes dessinées, les journaux politiques, et plus tard la radio, la télévision et le cinéma. Nous avons été à l'origine de films avec Bourvil, Fernandel, De Funès.

Elle ne peut retenir une caresse sur la mallette d'acier encore close contenant la BQT.

– Après la mort de Pierre Dac, la Maîtrise a été donnée à des hommes ou des femmes qui n'avaient pas de célébrité en dehors du phare. Et le mouvement a eu tendance à devenir de plus en plus hermétique et coupé du monde extérieur. Quelques généreux donateurs, souvent des comiques célèbres ou des producteurs de cinéma, finançaient notre groupe en sous-main. Nous arrivions ainsi à être complètement autonomes, à produire des blagues anonymes régulièrement.

– Les blagues de bistrot ? Les blagues carambar ? Les blagues de cours d'école ?

– Toutes les blagues, mais toujours avec la même philosophie sous-jacente : dénoncer les tyrans, les pédants et les arrogants, lutter contre les chapelles, les donneurs de leçons, les pisse-vinaigre, les superstitions et les racismes. On pouvait parler de tout, rire de tout, du moment qu'en arrière-pensée il restait une volonté de respect, et non d'avilissement de l'être humain.

– Vous aviez une école ?

– Bien sûr, au sein du phare nous formions des gens. Nous améliorions des humoristes. Nous inspirions des thèmes d'humour. Boris Vian faisait partie des nôtres. C'est lui qui a trouvé « Une sortie est une entrée que l'on prend dans l'autre sens », ou « Dire des idioties de nos jours où tout le monde réfléchit profondément c'est le seul moyen de prouver qu'on a une pensée libre et indépendante. »

Lucrèce a en effet constaté que la citation d'humoriste est une sorte de sport local. Tous les GLH en sont friands.

– En Mai 1968 nous étions derrière le mouvement étudiant et nous le fournissions en slogans, en affiches, en gags. « Sous les pavés la plage », « Il est interdit d'interdire », « Je ne veux pas perdre ma vie à la gagner », « Soyez réalistes, demandez l'impossible », « Cours, cours, le vieux monde est derrière toi » sont des slogans humoristiques qui ont été élaborés par nos créateurs dans le phare fantôme.

– Mais Mai 68 a échoué, rappelle Lucrèce.

– Nous avions un programme pour penser une nouvelle société. Les étudiants et les syndicalistes nous ont écoutés à moitié. Les intérêts personnels et les égoïsmes politiques ont été plus forts que l'envie réelle de changer le monde. Après l'échec de Mai 1968 nous avons décidé d'être plus insidieux. Nous avons encouragé par notre branche anglaise la création de la troupe de comiques britanniques les Monty Python.

– Ah, vous êtes aussi derrière eux ? demande Isidore avec enthousiasme. Je les adore. Ce sont, et de loin, mes préférés.

– Les Monty Python n'ont aucune limite. Aucune. À tel point qu'un jour ils ont fait un sketch sur la… BQT !

Béatrice se lève, longe les visages des anciens Grands Maîtres, puis rejoint une porte sur laquelle s'affichent des images de films. Elle désigne une photo des Monty Python.

– Ah oui, je m'en souviens, le sketch *World's Funniest Joke*. La blague la plus drôle du monde ? C'était ça ? demande Isidore Katzenberg.

– Les Monty Python nous avaient demandé l'autorisation d'évoquer la BQT de manière détournée. L'un d'eux, Graham Chapman, qui a été formé au phare, avait discuté avec notre Grand Maître de l'époque. Et lui avait dit : « La BQT c'est tellement incroyable que personne ne pourra même imaginer que cela puisse réellement exister. »

– Vous n'allez pas me dire que le Grand Maître de l'époque a autorisé à révéler au monde le plus grand secret de votre société ? s'étonne Lucrèce.

– En 1973 c'était encore Pierre Dac. Il était vieux et fatigué mais il aimait toujours les défis. Et cela lui sembla un « pied de nez » amusant. Le sketch *World's Funniest Joke* a été diffusé pour la première fois en avril 1973 dans leur émission « Flying Circus » et les gens ont ri « normalement », entre deux autres sketches des Monty Python.

– Extraordinaire, reconnaît le journaliste scientifique.

Béatrice revient s'asseoir et ne peut lâcher du regard la mallette d'acier. Sa main continue de caresser le métal avec respect, et une sorte de nostalgie.

– Pour ma part je suis arrivée ici en 1991. Mon père était un comique et on lui avait fait une sale blague.

Son visage s'assombrit d'un coup.

Isidore comprend que quelque chose de grave s'est passé et l'invite à raconter.

– Il jouait dans un grand théâtre. Un grand de trois cents places. Il a commencé son spectacle et… au premier sketch personne n'a ri. Il ne s'est pas affolé et a enchaîné, mais au deuxième non plus. Et il a enchaîné tous ses sketches et personne ne riait.

Ça doit être terrifiant.

– Au final sur les trois cents spectateurs pas un n'a ri une seule fois durant tout le spectacle. Même pas un gloussement. Même pas un sourire. Juste trois cents visages fermés, comme un mur.

Brrr… l'horreur absolue.

– En fait il s'agissait de figurants payés exprès pour ne pas rire. C'était une idée « comique » d'un animateur de télévision qui voulait faire un coup.

– 300 personnes qui ne rient pas pendant une heure et demie ! Quel silence assourdissant, reconnaît Lucrèce, qui se souvient de son angoisse durant son passage sur scène.

– Pour un comique c'est le cauchemar. Il était livide, tremblant, décontenancé. Le public a trouvé ça « drôle », évidemment. Comme on devait trouver drôle au Moyen Âge de voir un homme supplicié.

Elle s'arrête, comme en suspens.

– Et ? demande Lucrèce, curieuse.

– Après avoir fait semblant de ne pas être affecté par ce piège dans lequel on l'avait fait tomber, mon père s'est suicidé. Sans BQT. Avec une corde, un nœud et une chaise.

Béatrice baisse les yeux sur la mallette.

– Du coup j'ai découvert que l'humour n'était pas la panacée. On pouvait même, pour faire rire son prochain, commettre de vraies saloperies.

J'en sais quelque chose. Marie-Ange m'aura au moins appris cela.

– Ce drame m'a donné envie de lutter contre « le mauvais humour » et j'ai pensé que le meilleur endroit pour le faire était précisément ici, à la source cachée. Mon père m'en avait parlé quelques mois avant son trépas. Je suis venue. J'ai été initiée. J'ai fait un duel, j'ai gagné et j'ai pu être intégrée. Ensuite je suis montée en grade. Je suis devenue formatrice. Et un jour...

– ... Vous avez vu débarquer le comique Tristan Magnard, complète Isidore.

– Il était à la recherche de « Là où naissent les blagues ». En remontant à la source d'une blague, de raconteur à raconteur, il a réussi à parvenir jusqu'à nous. Je l'ai formé. Je l'ai préparé au duel. Et par le plus pur des hasards il a dû combattre son propre imprésario qui l'avait suivi.

– Jimmy Petrossian ?

– En personne. Tristan a gagné et il est devenu apprenti GLH.

– ... et votre compagnon, anticipe déjà Isidore.

Elle marque une seconde de surprise, mais se reprend vite.

– En effet. Cette formation comique nous a rapprochés et sous terre, loin de tout, notre passion a été d'autant plus forte.

– C'est beau, dit Isidore.

Il oublie que Tristan Magnard, pour filer le grand amour sous un phare, a abandonné sa femme et ses enfants. Je ne sais pas si eux le prendront avec humour quand ils apprendront l'histoire.

Le regard de Béatrice se perd au loin.

– Quand le Grand Maître GLH successeur de Pierre Dac a donné sa démission parce qu'il se sentait trop vieux pour assumer ses fonctions, une élection a eu lieu et Tristan a été élu à l'unanimité.

Elle désigne le portrait de Tristan Magnard en tenue mauve. Les deux journalistes ont du mal à reconnaître derrière ce qui semble un homme mature et souriant le barbu au visage creusé qui agonisait dans une pièce sombre.

– Toujours sous terre, sous un phare... Vous n'étiez pas claustrophobes vers la fin ?

Béatrice a enfin un grand sourire.

– L'humour est comme une grande fenêtre permanente dans nos têtes. Avec l'humour nous n'étions ni en manque de chaleur ni en manque de lumière. La vie de tous les jours ici était composée de rires et de blagues. C'était le paradis. Nous gardions le contact avec quelques stars qui venaient nous voir mais gardaient le secret.

– De Funès ?

– Non, Bourvil, rectifie-t-elle en désignant le comique en tenue violette.

– Coluche ?

– Non, Desproges. Nous ne les avions pas tous. Certains nous détestaient par principe. D'autres nous jalousaient. Et puis, comme chez cet animateur de télévision qui avait indirectement tué mon père, nous voyions monter en puissance… un humour contraire à nos principes de respect de l'individu.

– De quoi parlez-vous ?

– L'humour est une énergie. Comme le nucléaire. Avec le nucléaire on peut construire une centrale électrique qui va fournir du confort de vie aux gens, mais on peut aussi faire une bombe atomique qui va les tuer par millions.

– Comme un marteau. Avec un marteau on peut construire une maison ou fracasser un crâne, renchérit Lucrèce Nemrod qui se souvient du raisonnement de son comparse.

– L'outil n'est rien. La conscience de celui qui utilise l'outil est tout. Donc tout dépend des motivations de celui qui utilise la nouvelle technologie. Même auprès des tyrans sévissaient des humoristes qui permettaient de rendre les populations plus dociles face au totalitarisme.

La motivation… voilà l'une des clefs.

– Cette énergie formidable peut échoir entre de mauvaises mains. Et alors apparaît un phénomène nouveau. Ce que nous avons appelé « l'humour des ténèbres ». Faire rire du malheur de mon père, faire rire en se moquant des étrangers, faire rire en dévaluant les femmes, les handicapés mentaux, les pauvres. Faire rire au détriment des autres, c'est aussi de l'humour.

– La différence entre l'ironie et le cynisme, ajoute Lucrèce.

– L'humour est une aristocratie de l'esprit. Mais entre des mains malveillantes, il devient destructeur.

Les deux journalistes commencent à percevoir l'enjeu de cette conversation.

– Actuellement on pourrait dire qu'il existe autant d'humoristes bienveillants que malveillants. Et les malveillants utilisent le paravent des bienveillants pour faire passer des idées parfois nauséabondes. Ici, à la GLH, nous suivions avec vigilance cette montée de l'humour des ténèbres, égalant puis dépassant l'humour des lumières.

– Les « méchants » sont toujours plus drôles que les « gentils », reconnaît Isidore.

– Sous prétexte de provocation, certains humoristes défendaient des théories révisionnistes ou racistes en prétextant que c'était « juste pour rire ».

– Et ceux qui dénonçaient cette dérive passaient pour des gens « sans humour », complète Isidore.

– Je vous l'ai dit, nous sommes avant tout un mouvement humaniste. Il fallait contre-attaquer.

La Grand Maîtresse caresse la mallette en acier.

– Et il y a eu Stéphane Krausz. C'était un très bon producteur. Il était chez nous depuis trois ans. Il a proposé une solution : « Pour lutter contre l'humour des ténèbres il nous faut un champion. » Il a invité au phare neuf jeunes humoristes qu'il jugeait les plus prometteurs du moment. Ils se sont entre-tués.

– Le gagnant a été Darius Wozniak ? anticipe Lucrèce.

C'est donc comme ça que tout a commencé.

– En effet. Dès lors ce jeune homme a bénéficié de l'enseignement maximal de la confrérie. On travaillait huit heures par jour à le façonner, à lui créer des réflexes d'improvisation inégalés. Une équipe de physiologistes étudiaient son cerveau. Des metteurs en scène, des acteurs, des mimes sont venus le parfaire. On a travaillé son souffle, son maintien, son regard avec son œil unique. L'idée du cœur dans sa cavité oculaire, c'est moi qui l'ai trouvée. Tout était réfléchi dans le moindre détail. Et quand on a estimé qu'il était au point, on l'a mis en piste et il a bénéficié de tous les réseaux d'influence de la GLH. Il a directement joué dans les grands théâtres, il est très vite passé dans les émissions les plus regardées de la télévision, nous avons utilisé toute notre richesse, notre influence politique, notre science pour qu'il soit le champion capable de contrer le « mauvais humour à la mode ».

Béatrice se lève et rejoint la photo de Tristan Magnard qu'elle couve du regard.

– Darius a connu le succès au-delà de toutes nos espérances. Sa réussite a été fulgurante. Tout le monde tombait sous son charme. Nous avons atteint notre objectif. Les « humoristes des ténèbres » sont passés de mode d'un coup. Ils semblaient stagner au second degré alors que lui déjà voltigeait au troisième ou au quatrième degré. Même les politiciens le courtisaient pour essayer de récupérer son influence auprès des jeunes. Et en coulisses des dizaines d'auteurs de la GLH travaillaient pour lui donner les meilleurs sketches.

La Grande Maîtresse se tait soudain, submergée par les images du passé.

– Et ?

– Et Darius est devenu le Cyclope, et le Cyclope est devenu le « Français le plus aimé des Français ». Le jour de cette publication nous avons fêté cela au champagne. De plus, par l'entremise de Stéphane Krausz, ce succès nous rapportait des sommes extraordinaires qui nous ont permis d'améliorer encore le confort de la GLH sous le phare.

– Et ? relance Lucrèce qui supporte mal l'impatience.

– Et... il nous a échappé. Je crois que sous la pression de la gloire médiatique et sous l'emprise de la cocaïne, il s'est transformé. Il était un faux timide, il est devenu narcissique. Il était névrosé, il est devenu mégalomane. Et surtout il devenait obsédé par la BQT. Il voulait à tout prix savoir ce que c'était.

Béatrice caresse à nouveau la mallette comme un petit animal.

– Un jour il est revenu au phare et il a demandé à réunir l'assemblée des capes mauves. Il a fait un grand discours disant que vu qu'il était le plus riche et le plus célèbre et comme c'était lui qui nourrissait la GLH, il trouvait normal qu'il y ait une élection et qu'il se présente pour être Grand Maître à la place de Tristan.

– Logique, ponctue Isidore.

– Une élection a eu lieu. Et le plus étonnant c'est qu'il s'en est fallu d'une voix, peut-être la mienne, pour qu'il passe. Ensuite il est parti en disant : « Ce qu'on ne m'accorde pas lorsque je le demande de manière polie, je l'obtiens autrement… »

– Il n'était pas drôle votre « champion de l'humour », signale Isidore.

– Nous ignorions que nous avions créé un monstre.

– Les dictateurs comme Fidel Castro, Noriega ou Ben Laden ont été au début soutenus par la CIA, rappelle Isidore.

– Dark Vador était un ancien chevalier Jedi avant de tomber du côté noir de la Force et combattre ceux qui l'avaient formé, croit bon d'ajouter Lucrèce.

– Mais la rupture n'était pas encore à l'ordre du jour. Nous étions si fiers de lui que nous étions aveugles. On lui pardonnait tout, on lui accordait tout comme à un enfant surdoué trop gâté. Darius Wozniak a commencé par créer son théâtre, puis son École du Rire, bien sûr encore avec notre soutien financier, nos instructeurs, notre savoir-faire. Nous croyions encore à l'époque qu'il était, comme disait Stéphane Krausz, notre « vitrine sur le monde ». Et son pouvoir augmentait. Darius galvanisait les foules. Il arrivait à faire rire des stades de dizaines de milliers de personnes.

– Bercy, le Parc des Princes, le Stade de France…, se souvient Lucrèce.

– Après avoir touché le Soleil, Icare s'est fondu les ailes…, murmure Isidore.

– L'ego de Darius n'arrêtait pas d'enfler. Dans le privé il était devenu colérique, tyrannique, paranoïaque, violent. Il ne supportait plus la moindre critique, il avait perdu tout sens de l'autodérision. Il ne supportait pas d'être lui-même la cible de l'humour.

Elle pose ses deux mains sur la mallette.

– Nous ne voulions pas nous rendre à l'évidence. Nous lui trouvions toujours des excuses. Nous pensions que c'étaient les petits caprices d'une star très sollicitée par les médias.

– Vous ne vouliez pas reconnaître que vous vous étiez trompé de porte-drapeau.

– Jusqu'au jour où il a quitté Stephane Krausz Production pour monter sa propre société avec son frère Tadeusz. Là le divorce est devenu officiel. Il avait oublié qu'il nous devait tout. Il nous a copiés dans toutes ses productions : le concept de l'école du rire, le concept des PRAUB, et même la couleur rose, qui est celle des compagnons GLH. En fait il essayait de monter sa propre société secrète en parallèle, en copiant tout ce qu'il connaissait de nous mais en bénéficiant en plus du trésor de guerre que lui apportait sa popularité.

– Il ne lui manquait qu'une chose. La BQT, n'est-ce pas ? Le sceptre sans lequel aucun roi n'est vraiment roi..., rappelle Isidore.

– Oui, la BQT, l'Épée de Salomon, notre relique, l'Excalibur qui fait reconnaître les véritables rois et qui nous donne notre légitimité et nous ancre dans une histoire vieille de plus de trois mille ans.

– Alors un jour il est revenu au phare : « Ce qu'on ne m'accorde pas de manière polie, je l'obtiens autrement », c'est bien cela ?

– Il était accompagné de six complices. Les trois frères Wozniak et un garde du corps au visage bizarre...

L'homme à tête de chien.

– Plus une fille et un homme avec une moustache, complète Béatrice. Au début ils étaient là soi-disant pour « parlementer ».

» Nous étions mécontents, il est interdit d'amener des visiteurs étrangers dans notre sanctuaire. Et soudain Darius a piqué une de ses colères légendaires, il a dit qu'il était chez lui et que tout ici lui appartenait. Déjà notre service d'ordre commençait à vouloir les diriger vers la sortie, mais il a fait un signe et ils ont dégainé des pistolets-mitrailleurs.

Le visage de Béatrice se crispe.

– Nous avons fui. Tristan, protégé par quelques membres qui se sont sacrifiés, a fui en premier avec la BQT.

– Comme dans la fourmilière, on sauve d'abord la reine et le couvain, murmure Isidore.

– Certains ont pu s'échapper. Beaucoup sont morts. Tristan était loin devant pour sauver la BQT. Nous avons couru. La trahison qui avait amené les nazis dans le tumulus de Carnac pendant l'hiver 1943 avait suffisamment marqué les esprits de la GLH pour que nous ayons pensé à construire une sortie de secours. Nous avons pu filer avec des hors-bord par la mer.

– Cependant Darius et ses sbires étaient derrière vous, n'est-ce pas ? enchaîne Lucrèce.

– Il voulait probablement nous éliminer tous, pour qu'il n'y ait plus de témoins.

– Le prêtre vous a sauvés et cachés dans le tumulus sous la chapelle Saint-Michel.

– Le père Pascal Le Guern a vite compris la situation. Il a été formidable.

Elle marque un temps d'arrêt, comme pour laisser les images remonter à sa mémoire.

– Mais quand nous nous sommes retrouvés enfin dans cette grotte souterraine, il manquait l'un d'entre nous. Tristan. Nous avons déduit que Darius l'avait attrapé avec la BQT.

Lucrèce est tentée d'intervenir pour avouer où se trouve Tristan, mais Isidore lui écrase discrètement le pied avant qu'elle ait prononcé un mot.

– Ensuite, que s'est-il passé ? demande-t-il.

– Nous avons attendu dans le tumulus qu'il n'y ait plus de danger. Et le père Le Guern nous a indiqué un autre endroit où, selon lui, nous pourrions nous installer en sécurité, vu que le phare était désormais perdu. C'est ce qui nous a amenés ici.

– Hum, et nous sommes où exactement ?

Béatrice inspire amplement.

– Maintenant vous avez le droit de savoir. Suivez-moi. Vous verrez, le plus drôle c'est qu'en fait vous avez prononcé vous-même le nom de cet endroit une dizaine de fois dans cette conversation.

La Grande Maîtresse les guide vers un escalier qui conduit aux niveaux supérieurs.

Au fur et à mesure qu'ils gravissent les marches, des bruits et des odeurs leur permettent peu à peu de comprendre dans quel lieu étonnant la GLH a décidé d'installer son nouveau sanctuaire secret.

148.

« Quelle est la différence entre un catholique, un protestant et un juif ?
Le catholique a une femme et une maîtresse et il aime sa maîtresse.
Le protestant a une femme et une maîtresse et il aime sa femme.
Le juif a une femme et une maîtresse et il aime sa mère. »

Blague GLH n° 452 897.

149.

Béatrice les guide sans lâcher la mallette qu'elle tient fermement dans sa main droite.

Ils ont abandonné les espaces souterrains, pour déboucher dans un jardin.

– C'est le jardin de la Croix-de-Jérusalem, explique la Grande Maîtresse.

Isidore et Lucrèce se regardent, intrigués.

Puis ils rejoignent le cellier et montent vers une salle.

– Et voici la salle des Chevaliers.

Ils empruntent un nouveau passage.

– Le chemin des Trente-Cierges, commente Béatrice.

Ils parviennent alors dans le transept nord de ce qui semble être une magnifique église.

– Alors... avez-vous compris où vous vous trouviez ?

Par une fenêtre ouverte Lucrèce et Isidore distinguent la mer à perte de vue. Les cris des mouettes et l'odeur du vent iodé traversent le lieu sacré.

Une église sur la mer ?

Béatrice leur fait découvrir le chœur gothique. Ils franchissent la cour centrale, et rejoignent le transept sud où un escalier en colimaçon les conduit en haut de la tour centrale de l'église, elle-même surmontée d'un clocheton creux. Au sommet, s'élève la statue dorée de l'archange saint Michel tuant le dragon de la pointe de son épée.

Nous sommes à nouveau sur une île.

Ou plutôt « une île qui n'en est pas une ».

Elle sourit.

Saint-Michel.

Le mont Saint-Michel.

– C'est le père Le Guern de la chapelle Saint-Michel à Carnac qui nous a mis en contact avec la fraternité de ce cloître sur le mont du même nom.

– Je croyais que le curé de Carnac considérait la BQT comme une émanation du diable, s'étonne Lucrèce.

– Le père Le Guern a découvert l'existence de la BQT après que les membres de la GLH sont partis s'installer ici, répond à sa place Isidore.

Ils observent au-dessous le cloître où circulent des hommes en robe de bure.

– Les moines nous aiment bien. Le père Le Guern a beau fantasmer sur la BQT, il a eu la délicatesse de ne jamais les avertir.

– Après l'île fantôme au grand large c'est évidemment très différent. Le mont Saint-Michel est le troisième lieu le plus visité de France après la tour Eiffel et le château de Versailles. 41 habitants permanents et… 3 millions de visiteurs par an. En fait, suprême paradoxe, vous êtes protégés des regards indiscrets par une couche de touristes armés d'appareils photo, constate Isidore.

Au loin, ils distinguent les alignements de centaines de bus garés en épis sur les parkings environnants.

Qui penserait qu'une société secrète dédiée à l'humour vit sous un monastère dédié à Dieu ?

Des mouettes tournoient autour d'eux et l'une d'elles vient se poser sur la statue de saint Michel brandissant sa lance pour transpercer le dragon.

– Un lieu féerique, murmure Isidore. À la frontière de la Normandie et de la Bretagne, moitié île et moitié continent, moitié terre et moitié mer, j'ai toujours trouvé cet endroit surnaturel.

– Notre déménagement a entraîné aussi notre modernisation. Désormais nous n'envoyons plus le type à vélo déposer des blagues dans des boîtes en fer sous les menhirs. Nous utilisons un circuit internet ultraprotégé. Nous sommes à la pointe de la technologie. Et nous avons créé un département étranger avec une équipe de traducteurs renforcée.

– C'est vous qui êtes à l'origine de cette modernisation, n'est-ce pas ? questionne Lucrèce Nemrod. C'est vous qui avez compris qu'on ne pouvait plus vivre au mont Saint-Michel comme dans le phare fantôme.

– Ils m'ont élue nouvelle Grande Maîtresse, parce qu'il fallait un personne qui sache gérer la crise et les mutations qui devaient immanquablement suivre. Mais je savais que seuls nous n'y arriverions pas. Nous avons attendu un miracle. Et le miracle est venu.

– Un miracle ? demande la jeune journaliste.

– Et ce miracle, ce fut... vous.

Béatrice se tourne vers la jeune fille aux grands yeux verts et aux cheveux désormais châtain clair.

– Vous, Lucrèce Nemrod. Vous êtes allée voir Stéphane Krausz, et vous lui avez fait comprendre deux choses : 1) que la BQT n'était pas entre les mains de Darius, 2) que la personne qui l'avait récupérée durant notre fuite nous aidait en secret, 3) que cette personne avait tué Darius, 4) qu'elle se grimait en clown triste.

– Elle n'est pas des vôtres ? questionne Lucrèce.

– Non. Nous n'avions pas imaginé que quelqu'un aurait le culot de tuer notre bourreau en lui fournissant ce qu'il réclamait le plus ! C'était vraiment...

– Une excellente blague ? propose Isidore.

– Un crime parfait. Que nous aurions rêvé d'avoir accompli. Dès lors notre seule piste pour retrouver la BQT et le clown triste c'était... vous, mademoiselle Nemrod.

Elle lâche un soupir.

– Stéphane Krausz vous a fait suivre par l'un des nôtres. Il a fouillé votre appartement. Il pensait que vous aviez des infos sur la BQT. Il a mis votre appartement sur écoute.

– J'ai vu qu'on avait fouillé mais je n'ai pas repéré de micro.

– Il était sous l'aquarium. Quand votre appartement a pris feu nous avons perdu le contact.

– Mais vous l'avez retrouvé quand nous sommes revenus au *Guetteur Moderne*, continue Isidore.

– Le reporter Florent Pellegrini est un ami de Stéphane Krausz. Il savait que Stéphane se préoccupait de vous. Il lui a raconté l'épisode avec le colis. Nous avons tout de suite fait le rapprochement avec la BQT.

– Et Florent a donné l'adresse de notre hôtel, grogne Lucrèce.

– Il ne faut pas nous en vouloir. Vous comprendrez qu'après tout ce qu'il s'était passé autour de la BQT nous craignions que…

Béatrice s'interrompt, figée soudain.

Lucrèce et Isidore se retournent.

Des armes sont pointées vers eux.

150.

« Un curé se promène dans une forêt sauvage et soudain il sent la terre meuble s'enfoncer sous ses pieds. Il n'a pas le temps de se rattraper et se rend compte qu'il est pris dans des sables mouvants. Alors qu'il s'enfonce déjà jusqu'aux chevilles, un camion de pompiers passe par là.
– Vous avez besoin d'aide ? demande leur capitaine. Si vous voulez on peut vous lancer une corde.
– Ce n'est pas nécessaire, j'ai la foi, le Seigneur me viendra en aide.
Le curé s'enfonce jusqu'à la ceinture. Le camion repasse et les pompiers lui posent à nouveau la question.
– Vous êtes sûr que vous n'avez pas besoin d'aide ?
– Je vous l'ai déjà dit, j'ai la foi. Le Seigneur me sauvera.
Lorsque le curé n'a plus que la tête hors du sable, les pompiers passent une troisième fois.
– Vous êtes vraiment certain que vous ne voulez pas qu'on vous lance une corde ?
– J'ai la foi, Dieu ne m'abandonnera jamais.

Alors le curé s'enfonce complètement, il étouffe et meurt.
Lorsqu'il arrive au Paradis, il est en colère, il réclame d'urgence à voir le patron des lieux.
– Alors là je voudrais bien savoir pourquoi vous m'avez laissé tomber alors que j'ai consacré ma vie à vous servir ! s'emporte le prêtre.
Et Dieu lui répond :
– Écoute, je t'ai envoyé trois fois les pompiers pour te sauver, je ne vois pas ce que je pouvais faire de plus. »

Blague GLH n° 511 905.

151.

Deux hommes en cape et masque mauves les tiennent en joue et leur enjoignent du bout du canon de redescendre et de pénétrer dans le temple GLH. Leurs armes cachées sous les capes n'attirent pas l'attention des rares membres qu'ils croisent en s'enfonçant dans les escaliers menant au sanctuaire secret.

Une fois à l'intérieur, à l'abri des regards, l'un des hommes en cape mauve verrouille les portes d'entrée.

– La vie est un éternel recommencement, n'est-ce pas ? remarque le premier.

– Comment nous avez-vous retrouvés ? demande Isidore.

– Grâce à mademoiselle Nemrod. Ou plus exactement grâce à son téléphone portable. C'est fou comme ces petits objets sont pratiques pour suivre les gens. C'est ainsi que nous avons pu vous garder sous surveillance jusqu'ici. Mais quand vous êtes arrivés le signal s'est arrêté. Probablement parce que vous étiez dans une zone non couverte.

– On a chaud sous ces masques, dit le premier.

Il enlève son masque et Lucrèce reconnaît Pawel Wozniak, le frère cadet de Darius.

Le second homme en cape mauve fait de même et ils reconnaissent le garde du corps à tête de chien.

Le premier braque sur eux un gros automatique chromé, le second un pistolet-mitrailleur.

– Tant que vous étiez sous terre on ne captait pas le moindre signal, mais dès que vous êtes montés sur l'église nous avons pu vous localiser parfaitement.

Lucrèce Nemrod observe le garde du corps qui semble nerveux.

– Enfin… La voilà ! s'émerveille Pawel en lorgnant la mallette d'acier.

Tant d'efforts enfin récompensés.

Il veut l'arracher des mains de la Grande Maîtresse de la Loge, mais Isidore s'interpose :

– Il y a une serrure à code. Si vous ne composez pas le bon chiffre à la première tentative, tout s'autodétruira à l'intérieur.

– Vous bluffez.

– Êtes-vous prêt à prendre le risque ?

Déjà Isidore a récupéré la mallette comme s'il voulait éviter à un enfant maladroit de se faire mal. Pawel Wozniak approche son revolver de la tempe du journaliste, ce dernier reste impassible.

– Cet objet m'appartient, dit simplement Pawel.

– C'est vous qui l'avez volé à Tristan Magnard, n'est-ce pas ? Et selon vous le propriétaire est… le dernier voleur. C'est un raisonnement comme un autre. Mais dans ce cas pour l'instant c'est nous les propriétaires. Et c'est nous qui avons le code.

Isidore n'a pas lâché la mallette, sans tenir compte du revolver qui le vise. Il s'assoit dans le fauteuil de PRAUB et poursuit d'un ton nonchalant :

– J'imagine la scène. Au moment de l'attaque du phare, vous avez repéré que Tristan Magnard filait par un petit couloir transversal. Vous l'avez poursuivi, n'est-ce pas ?

Pawel Wozniak écoute, l'esprit aux aguets. Près de lui, son garde du corps attend qu'on lui donne des directives.

Isidore poursuit tranquillement.

– … Tristan Magnard vous a conduit sans le savoir à son cabinet secret et là vous avez pu entrer avant que la porte ne se referme.

Béatrice semble très intéressée.

– Comment le savez-vous ? demande le frère du Cyclope avec nervosité.

– Je le déduis de votre comportement actuel, répond Isidore, très calme. Vous avez donc suivi Tristan dans son cabinet secret, vous l'avez menacé, il n'a pas voulu céder, vous lui avez tiré une balle dans le ventre, ça fait très mal, il a dû vous révéler la cachette, vous avez récupéré le coffre et vous avez laissé Tristan agoniser.

Pawel Wozniak reste impassible.

– … Votre silence est une réponse. Donc c'est vous qui avez récupéré la BQT lors de l'attaque du phare fantôme. Et vous alliez la remettre comme prévu à votre frère Darius. Mais quelque chose vous a empêché de le faire. Une envie de garder la BQT pour vous. Probablement pour être le chef à la place du chef…

L'homme en costard rose à tête de chien, voyant que le temps n'est pas à la bagarre, range son pistolet-mitrailleur mais montre ses poings. Sur chaque phalange est tatouée une lettre pour composer le mot : « DRÔLE » sur la main droite. « TRISTE » sur le poing gauche.

La violence : dernier argument des imbéciles.

Pawel Wozniak ne baisse pas son arme, il articule :

– Darius m'a toujours manqué de respect. J'ai toujours été le « petit frère ». Ma propre mère disait : « Tout ce que Darius a en plus, Pawel l'a en moins. » Du coup il m'appelait son « complémentaire ». Quand je faisais une erreur c'était automatique, il ajoutait : « Finalement, tu es plus con que plémentaire. » Ça le faisait beaucoup rire.

– Et Tadeusz en rajoutait, n'est-ce pas ? précise Isidore pour entretenir la tension.

– Non, Tadeusz n'était pas dupe. Tadeusz a toujours vu et su que Darius était un tyran. Mais lui il me disait : « Ne le combattons pas, utilisons-le. Il nous tirera en avant. » Et quand Darius m'insultait il me disait : « Il a besoin d'un bouc émissaire, frérot, ç'aurait pu être moi. »

Tout en parlant il baisse légèrement son arme.

– Quand j'étais sur le point de lui remettre la BQT, Darius m'a regardé avec mépris et il a dit : « Où étais-tu encore passé ? Ah, Pawel, tu es vraiment un poids mort, et je me demande si nous n'irons pas plus vite sans toi. »

– Ce n'est pas très urbain, reconnaît Isidore.

– Quelque chose c'est déclenché en moi et je me suis dit : « Darius ne mérite pas la BQT. »

– C'est logique, confirme Lucrèce qui a compris la manœuvre de son comparse. Vous aviez le trésor, vous étiez le plus fort.

Le frère cadet revit l'instant, le regard perdu dans ses souvenirs.

– Cette nuit-là, après l'échauffourée dans les sous-sols du phare, nous étions tous éprouvés. Il nous tardait que ça finisse. Darius avait pris de la cocaïne, il était nerveux et impatient. Tout l'agaçait. Nous avons repris les embarcations à moteur pour rejoindre la côte où Darius pensait retrouver les fuyards et leur trésor. Et là nous avons battu la lande en pleine nuit.

Béatrice est livide, elle respire par à-coups.

– À ce moment vous saviez que vous étiez potentiellement à la tête d'un empire, l'empire du rire, dit Lucrèce. C'est vous qui avez tué vos deux frères avec la BQT, dit Lucrèce. C'est vous le clown triste.

Isidore intervient :

– Allons Lucrèce. Si c'était le cas, il ne serait pas là en train de nous menacer.

– Il l'avait, il l'a utilisée, mais il l'a perdue, répond-elle en affrontant son comparse.

Excellente diversion. Donnons l'impression d'être en désaccord.

– Peut-être, mais il l'a perdue avant de l'utiliser.

Pawel finit par trancher :

– C'est votre collègue qui a raison. Quand les autres ratissaient la région de Carnac à la recherche des GLH je me suis retrouvé seul dans un coin pour examiner enfin le coffret.

Il laisse filer un silence.

– Et ?

– À ce moment quelqu'un a surgi par-derrière et m'a assommé. Quand j'ai repris connaissance, la BQT avait disparu.

Pawel Wozniak tient toujours son gros automatique dardé vers le petit groupe mais il semble pris par son récit.

– J'ai pensé que c'était quelqu'un du village. Alors deux jours plus tard, alors que Darius était rentré à Paris, je suis revenu à Carnac dans l'espoir de récupérer la BQT.

– Et… ? s'impatiente Lucrèce.

– Je suis tombé sur une sorte de milice de village armée de fusils de chasse, et dirigée par le curé. J'ai préféré renoncer. Ensuite je comptais revenir en force.

– Mais là-dessus il y a eu « l'incident Lucrèce Nemrod » à Versailles, n'est-ce pas ? rappelle Isidore.

– Vous êtes arrivée avec la boîte « Surtout ne lisez pas » chez ma mère. Cela nous a semblé dingue. Tadeusz et moi on n'en croyait pas nos yeux.

– Vous avez bien dissimulé votre surprise, reconnaît-elle.

– Ça a changé la donne. Tadeusz a pensé que c'était vous la clef. Il a pris ses renseignements.

– Elle avait déjà le micro posé par ceux de la BQT sous l'aquarium, vous l'avez installé où le vôtre ? Dans le pot de fleurs ? ironise Isidore.

– Moi j'ai pensé à suivre votre portable. Et je constate que j'ai doublement fait le bon choix ; grâce à vous, Lucrèce, j'ai retrouvé la BQT *et* le nouveau repaire de la GLH.

Pawel Wozniak saisit d'un coup Lucrèce par le bras, le lui tord en arrière et pose le revolver sur son menton.

– Maintenant, assez perdu de temps je veux le code de la mallette !

– N'y comptez pas, dit tranquillement Isidore.

– À trois je vais tirer.

– Je ne cède jamais ni aux ultimatums ni aux menaces, reprend le journaliste scientifique. Vous pouvez la tuer.

Au moins me voilà fixée sur l'importance qu'il m'accorde

– Un…

– C'est une question de principe, je considère que si l'on cède une fois on est fichu pour la vie.

Il me laisserait tuer pour un simple secret d'enquête !

– Deux…

Je l'ai surestimé. C'est un homme décevant. Comme les autres.

Alors, toujours sans les regarder, Isidore se place différemment pour avoir Béatrice derrière lui. Comme s'il voulait la protéger. Le geste semble naturel.

Comme j'ai pu être naïve. Comment ai-je pu croire un instant que j'avais la moindre importance à ses yeux ? Il n'a enquêté avec moi que pour son projet de roman. Il s'en fiche de moi.

Pawel Wozniak relève le canon de l'automatique.

– OK. Vous avez gagné. Je cède.

Isidore Katzenberg ouvre d'un coup la mallette, sort le boîtier bleu marqué « BQT » et « Surtout ne lisez pas », et l'ouvre d'un coup pour révéler son contenu.

Les yeux de Pawel Wozniak et de son garde à tête de chien ne peuvent se détacher du feuillet où sont inscrites les trois phrases.

La surprise est totale sur les deux visages qui lisent de gauche à droite les petites lettres qui forment des mots qui forment des phrases qui forment des idées.

Tout d'abord les deux hommes restent tétanisés. Un long moment. Puis ils commencent à sourire, à pouffer, puis à s'esclaffer. Et leur rire monte très vite.

152.

« Du haut de leur pommier, deux pommes observent le monde.
– Regarde-moi tous ces humains ridicules, dit l'une, ils se battent, ils manifestent, personne n'a l'air de vouloir s'entendre avec son voisin. Un de ces jours, c'est nous, les pommes, qui dirigerons la Terre.
– Qui ça, "nous" ? répond l'autre pomme. Les rouges ou les jaunes ? »

Blague GLH n° 511 905.

153.

Leur rire augmente, monte en puissance, en longs éclats sonores, puis en hoquets…

Pawel Wozniak commence à baisser son arme pour essuyer ses larmes.

Ils sont pliés, cherchent leur respiration, s'étouffent, et repartent à grand fracas.

Face à eux les deux journalistes et la Grande Maîtresse de la GLH les observent, fascinés.

Les deux hommes rient longtemps. Ils se tiennent l'estomac, le rire est devenu douloureux, mais il grimpe encore, jusqu'à un sommet, avant de se calmer un peu, et de s'apaiser.

C'est alors qu'un coup de feu claque. Rapidement suivi d'un autre.

La première balle a perforé le front de Pawel Wozniak qui est tombé raide en arrière. La seconde balle a traversé le crâne de son garde du corps à tête de chien. Comme ce dernier a eu le réflexe de se protéger le visage de ses deux mains, la balle a traversé l'os sous le tatouage « TRISTE ».

Les deux journalistes se retournent.

Béatrice a récupéré un pistolet des fauteuils de PRAUB. Ses mains tremblent. Elle laisse tomber l'arme.

Les yeux de Lucrèce n'arrivent pas à quitter le coffret « BQT ».

L'objet est par terre, le feuillet qui a voleté est tombé, face écrite vers le sol.

Isidore se penche lentement, saisit le papier et le retourne.

NON !

Le journaliste scientifique abaisse ses lunettes et lit les trois phrases.

Il sent alors monter une irrépressible envie de rire.

Il s'esclaffe, glousse, rit très fort puis hoche la tête.

– Voilà, voilà, voilà, dit-il comme s'il venait d'accomplir un saut en parachute.

– Ça ne vous fait rien ? demande Lucrèce, incrédule.

– Je vous l'avais dit, Lucrèce. Ça ne marche que sur ceux qui y croient. Ces deux-là sont morts d'une balle dans la tête et pas d'un rire qui tue, que je sache.

Lucrèce est intriguée. Ses yeux n'arrivent pas à quitter le papier qu'Isidore tient toujours entre ses doigts.

Se pourrait-il qu'il ait raison ? Se pourrait-il qu'il soit suffisamment fort pour résister à la blague qui tue... Je dois savoir !

Après une hésitation elle inspire un grand coup pour se donner du courage, saisit le papier et pose ses yeux sur les caractères bâtons.

Elle lit alors les trois phrases.

La première : « Restez en dehors de cette affaire. »

La deuxième : « Sinon la prochaine fois ce sera l'authentique BQT. »

La troisième : « Et alors vous mourrez réellement de rire. »

– Ce n'est pas la vraie. C'est juste un avertissement, reconnaît Isidore.

Zut, on s'est fait avoir.

154.

« Deux hommes vont à la chasse au gorille. Le premier dit au second :
– Bon, alors tu restes là avec le fusil et le chien, moi je monte dans l'arbre. Quand je secouerai l'arbre le gorille tombera. Le chien a été spécialement dressé pour foncer et lui mordre les couilles. Tu profiteras de la surprise du gorille pour arriver avec la corde et l'attacher bien serré.
– Bon d'accord, mais à quoi sert le fusil dans ce cas ? dit le second.
– Si jamais c'est moi qui tombe de l'arbre... tu abats aussitôt le chien. »

Blague GLH n° 134 437.

155.

Quelques heures plus tard, ils reprennent leurs valises et Béatrice en personne les dépose à la gare la plus proche.

– Partez. Continuez l'enquête. Et trouvez qui est le clown triste, dit-elle. Rapportez-moi le coffret qui contient la vraie BQT. C'est moi qui vous le demande, en tant que Grande Maîtresse d'un ordre dont vous faites désormais partie. Et puis c'était la condition de votre initiation. Vous devez tenir parole.

Elle a prononcé ces mots avec une rage mal contenue.

Isidore semble préoccupé.

– Avant de mourir, Tristan m'a demandé de vous transmettre quelque chose, dit-il.

– Quoi ?

– Juste une phrase qu'il a murmurée à mon oreille avant de lâcher son dernier souffle.

– Laquelle ?

– « Je t'aime Béatrice. Continue. »

La Grande Maîtresse de GLH demeure immobile. Une larme roule lentement sur sa joue.

Une sonnerie retentit sur le quai. Déjà les portes mécaniques se referment, le train démarre.

Le paysage défile autour d'eux. Des vaches paissent sans lever le nez. Elles ont perdu le goût d'observer les trains depuis que le TGV a dépassé les 200 kilomètres-heure.

Isidore Katzenberg range ses bagages puis s'installe en position du lotus. Il soulève lentement les paupières.

– Vous faites quoi, une méditation les yeux ouverts ?

– Non, quelque chose de nouveau que m'a appris récemment ma nièce Cassandre, elle appelle ça « l'ouverture des cinq sens », qui permet de se plonger dans le présent en analysant toutes les informations que capte notre cerveau. Un, la vue. Deux, le son. Trois, le toucher. Quatre, l'odorat. Cinq, le goût.

– Quel intérêt ?

– Arrêter de penser au passé ou de se projeter dans le futur. Vivre l'ici et maintenant à fond dans son corps.

Intriguée, Lucrèce Nemrod adopte la même position sur le siège face à lui.

– Et alors, qu'est-ce qui arrive dans votre cerveau par votre ouverture des cinq sens ?

– La vue. Ici et maintenant je vois 1) vous Lucrèce, 2) le compartiment du wagon, 3) la fenêtre qui fait défiler le paysage, 4) très flou : le bout de mon nez.

Moi je vois Isidore. La porte qui s'ouvre et qui se ferme pour laisser passer des voyageurs qui passent. Je vois aussi le sigle TGV sur le napperon de la têtière.

Il ferme les yeux et poursuit :

– L'ouïe. J'entends : 1) ma voix, 2) le bruit du train, 3) un enfant qui braille dans le compartiment voisin, 4) ma propre respiration.

J'entends sa voix, le roulis du train, le vent de la vitesse contre la vitre, mon siège qui a un peu de jeu et qui grince.

Il marque un temps.

– Le toucher. Je perçois contre ma peau : 1) mes vêtements, 2) le tissu du siège, 3) le roulis du train.

Je sens mon soutien-gorge qui serre. L'attache dans mon dos qui gratte. Je sens ma bague sur mon pouce gauche.

Il inspire.

– L'odorat. Je perçois : 1) votre parfum, 2) l'odeur de votre peau, 3) l'odeur des aliments qu'ils mangent dans le compartiment voisin, 4) une sorte d'odeur d'ozone, probablement la climatisation du train.

Je sens son eau de toilette. Peut-être Chrome. *Je sens sa sueur. C'est une odeur plutôt agréable. Je sens l'odeur de mes cheveux. Zut, il faudrait que je les lave. Pourvu qu'ils ne frisent pas avec ce temps humide.*

Il claque la langue.

– Le goût. Dans ma bouche j'ai un reste de la saveur du thé vert qu'on nous a servi il y a dix minutes.

Moi je sens un arrière-goût de café. Du robusta.

– Et maintenant tous les cinq sens ouverts ensemble et plus une seule pensée du passé ou du futur. Le présent à son maximum.

Elle ouvre les paupières et sent l'instant.

J'aime cette seconde après avoir vécu des choses fortes. Non, il ne faut pas penser au passé. J'aime cette seconde avant que nous décou-

vrions la solution. Car je crois désormais que nous allons réussir. Non il ne faut pas penser au futur. J'aime cette seconde que je partage avec Isidore pour faire l'un de ces trucs de gosse.

Elle inspire, sent l'air pénétrer ses poumons. Elle veut se concentrer sur l'instant présent mais déjà son esprit papillonne. Sa bouche s'ouvre.

– Tristan Magnard a vraiment dit « Je t'aime Béatrice » avant de mourir ? demande-t-elle.

Il met du temps à répondre, puis détend ses jambes pour s'asseoir normalement.

– Non, mais c'était ce qu'il fallait que Béatrice entende. Si on peut faire plaisir avec un petit mensonge pourquoi s'en priver.

– Tristan a prononcé quels mots en réalité ?

– Un gargouillis incompréhensible. C'est le problème avec les comiques, parfois ils articulent mal.

La jeune femme se lisse les cheveux, puis renifle ses doigts pour en connaître l'odeur.

– Alors on fait quoi, maintenant ?

– Et si nous arrêtions l'enquête ? propose Isidore.

Il faut toujours qu'il essaie de me prendre à contre-pied. C'est un sport pour lui. Mais les arts martiaux m'ont appris la manière de gérer les attaques. Ne pas les bloquer mais au contraire les accompagner pour que l'adversaire se prenne dans son propre élan.

– Mmmh… et pourquoi pas après tout. Ce n'est que dans les romans qu'ils trouvent l'assassin, qu'ils trouvent le trésor, et qu'à la fin le couple de héros fait l'amour. Dans la réalité c'est : 1) on ne trouve pas l'assassin, 2) on ne trouve pas le trésor, 3) les héros dorment sur des lits séparés. Quant à l'article, je broderai un peu pour faire croire à de grandes révélations. Enfin, je ferai comme font les autres au *Guetteur Moderne*.

Un petit village traverse leur champ de vision à toute vitesse.

– Je plaisantais. Non, nous avons promis à Béatrice. Ce n'est pas pour la Thénardier, c'est pour la GLH. Nous sommes désormais membres, ça implique des devoirs.

– Vous prenez vraiment cette initiation au sérieux ?

– Dois-je vous rappeler que nous avons failli mourir ? Dans le canon du pistolet posé sur votre tempe il y avait une vraie balle. Donc oui je prends cela au sérieux. Nous trouverons la BQT.

Il ouvre son iPhone et relit des textes.

– Quelque chose me taraude à propos de ce clown triste, marmonne Lucrèce. Je suis sûre que nous l'avons déjà croisé. Même avec son nez rouge, il a dans le regard quelque chose de familier. Vous voulez faire quoi ?

– Comme au jeu des trois cailloux, pour battre l'autre il faut anticiper le coup de son adversaire. Pour l'instant nous n'avons fait que subir son jeu. Désormais c'est nous qui devons prendre l'initiative et lui imposer notre rythme. La meilleure défense c'est l'attaque. Le clown triste doit être en réaction par rapport à nos attaques et non le contraire.

– Ouais, c'est bien joli, mais concrètement on fait quoi ?...

Une montagne, un champ de colza et une rivière passent derrière la vitre.

Isidore réfléchit, puis plonge dans son fichier.

– Notons ce qu'on sait de lui. Le clown triste connaissait Darius, puisqu'il lui a dit au moment de lui remettre le coffret : « Ce que tu as toujours voulu connaître. » Ils se tutoient.

– Certes. Mais encore.

– Le clown triste était à Carnac au moment de l'attaque et du vol de la BQT. Donc il était soit costard rose, soit GLH.

– ... Soit habitant de Carnac.

– Habitant de Carnac ?

– Oui, pourquoi pas le curé, dit-elle. Le père Le Guern.

Le paysage accélère et dévoile une centrale nucléaire, un groupe de chasseurs, un château.

– Mais le curé de Carnac ne pouvait pas être dans la lande en train d'assommer Pawel puisqu'il était avec les GLH dans le tumulus souterrain.

– Et puis il ne pouvait pas être à Paris, a fortiori dans l'Olympia, reconnaît Lucrèce.

– Et puis il est trop corpulent pour correspondre à la silhouette du clown triste.

Ils réfléchissent.

– Prenons l'hypothèse costard rose. Que sait-on de l'attaque cette fameuse nuit ? questionne Isidore.

– Les costards roses étaient six à Carnac. Parmi eux Darius, Tadeusz, et Pawel. Plus le tueur à tête de chien. Ce qui fait quatre connus.

– Donc il en reste deux. C'est forcément l'un des deux, rétorque Isidore.

– Comment savoir lequel ?

Le journaliste scientifique relit ses notes.

– Si vous vous souvenez, Béatrice a parlé d'un homme moustachu et d'une femme. Une femme qui accompagne des hommes pour une expédition punitive est soit une tueuse professionnelle, soit…

– … très proche de l'un des membres. Vous pensez vraiment que le clown triste serait une femme ?

– Pourquoi pas. Maquillé, perruqué et avec un gros nez rouge on ne peut pas distinguer le sexe.

– Quel dommage qu'on n'ait pas un témoin de la scène. On pourrait lui faire revivre l'événement et…

– Mais ce témoin est en nous.

Lucrèce ne comprend pas.

– Nous n'avons pas besoin d'y être. Notre imaginaire, notre intuition, notre âme sont capables de se brancher sur cet instant inscrit dans le temps et l'espace.

Son côté mystique aura eu raison de lui. Et le contact avec son étrange nièce Cassandre, qui m'a l'air d'une illuminée de première, semble l'avoir perturbé.

Il se remet en position du lotus et ferme les yeux.

– Retour sur image. Mettons une caméra imaginaire à Carnac le fameux soir où Pawel et les costards roses ratissaient la lande à la recherche des fugitifs. Même technique que pour l'ouverture des cinq sens, mais au lieu de gérer le présent nous gérons un passé imaginaire. Et nous allons faire une reconstitution avec les éléments que nous possédons.

La jeune journaliste grimace, dubitative.

– Cent pour cent des gagnants du Loto ont pris un billet. Si on ne le fait pas on est sûrs de rien trouver, insiste-t-il.

Lucrèce s'installe à son tour en lotus et ferme les yeux pour faire apparaître des images sur son écran de cinéma cérébral. Elle veut montrer qu'elle est capable de prendre l'initiative et commence :

– Il fait nuit. Il tombe peut-être une pluie fine, comme souvent en Bretagne. Six silhouettes circulent avec des torches électriques. Il fait froid.

– Pawel tient sa torche. Le petit coffret de la BQT est probablement dans sa poche. Il est inquiet. Il est conscient d'avoir une patate chaude entre les mains, qui peut lui faire beaucoup de bien ou beaucoup de mal. Il est aux aguets.

– … Soudain surgit le clown triste qui serait donc…

– Comme au cinéma faites un plan rapproché. Qui est-ce donc ?

– … une femme habillée en costard rose et qui se ferait passer pour une amie de Darius.

– … Une femme énergique familière de la bande du Cyclope.

– … Une femme capable de violence.

– … Une femme dans une bande de comiques doit avoir un talent de comique.

– … Surtout si elle se fait passer pour un clown. Des femmes qui font les comiques dans l'entourage de Darius il n'y en a pas tant que ça.

Lucrèce ouvre les yeux.

– Bon sang ! Vous êtes génial, Isidore, s'exclame-t-elle. Comment n'y ai-je pas pensé plus tôt !

156.

« C'est un Américain et un touriste français qui discutent en haut d'un building. L'Américain dit au Français :

– Vous savez, à New York, il existe des secrets que ne connaissent que les vrais New-Yorkais. Par exemple les buildings sont si hauts que cela génère des turbulences. Les courants d'air circulant entre les tours

sont si forts qu'ils peuvent transporter un homme d'un building à un autre.
– Il ne faut pas me prendre pour un imbécile, dit le touriste. Je ne vais quand même pas croire à ce genre de sornette...
– Vous ne me croyez pas ? Hum, vous voyez cette fenêtre illuminée juste en face, dans le building de l'autre côté de la rue ?
– Oui, bien sûr. Vous n'allez pas me faire croire que vous pouvez y aller en vous faisant transporter par les courants d'air.
Là-dessus l'Américain se met sur le rebord de la fenêtre. Et hop, il saute, étend les bras, glisse en une courbe quasi parfaite et atterrit à la fenêtre du building d'en face. Puis de là-bas il crie :
– Vous voyez, les courants d'air sont assez forts pour soutenir le poids d'un homme. Allez-y, venez me rejoindre. Je vous attends ici.
Le touriste est sidéré. Cependant il monte sur le rebord de la fenêtre et hésite.
L'Américain lui crie :
– Laissez-vous porter, ça se fera tout seul.
Alors le touriste s'élance, étend les bras, fait vingt centimètres en avant et tombe en chute libre de 120 mètres de hauteur en hurlant.
En bas il finit en bouillie.
Alors, sur le building où se trouve l'Américain surgit une femme de ménage qui lui murmure :
– Tu es quand même un peu salaud quand tu as bu, Superman. »

Blague GLH n° 556 673.

157.

Théâtre Du Trou du Monde.

La plus grande salle, celle de 120 personnes, est remplie.

– Pas de téléphone portable, dit l'ouvreuse. Aujourd'hui nous enregistrons pour la télé, il ne faut pas le moindre risque de perturbation.

Le rideau s'ouvre et l'artiste surgit et commence sur un ton tonitruant son premier sketch, déclenchant aussitôt le premier rire qui va lui donner accès à tous les suivants.

Tout en égrenant ses gags les uns après les autres, Marie-Ange Giacometti remarque deux visages au premier rang.

Elle est troublée un dixième de seconde, elle a reconnu Lucrèce Nemrod et son collègue, le grand bonhomme chauve à lunettes qui avait fait le clown avec elle lors du spectacle d'hommage au Cyclope.

Elle a un léger frémissement mais ne se laisse pas déconcentrer, bien dans l'axe des deux caméras vidéo qui la filment sur son flanc gauche et son flanc droit.

Elle joue le sketch de la concierge. Le sketch de la femme obèse. Le sketch de l'accouchement difficile.

La salle est hilare, mais elle ne peut empêcher son regard de retourner vers Lucrèce et Isidore au premier rang, qui ont l'air réjouis comme des « spectateurs normaux ».

Plus qu'un sketch et ensuite elle saluera et pourra prendre une douche. Tel un cheval galopant dans la dernière ligne droite, elle accélère sur le final. Mais soudain se produit l'inconcevable. Au beau milieu d'un de ses sketches, alors que l'attention est à son paroxysme, Lucrèce Nemrod se lève et monte sur scène.

Sans la moindre gêne, l'intruse esquisse un petit salut à la salle comme si elle faisait partie du spectacle.

Les spectateurs sont surpris, mais ils applaudissent. Ils savent que dans un spectacle d'humour tout fonctionne sur les coups de théâtre.

Attaquée par surprise sur son propre terrain, Marie-Ange n'ose réagir.

Alors, sur un ton badin, Lucrèce en articulant exagérément prononce :

– Marie, Marie, Marie,… Ah ? Tu te souviens de notre séance de sadomasochisme quand on était jeunes toutes les deux au pensionnat ?

– Bien sûr bien sûr, ma « Lulu ».

– Eh bien nous allons la refaire, n'est-ce pas ? Ici devant tout le monde ! Ça te dirait ? Viens donc par là, n'aie pas peur, tu me fais confiance, n'est-ce pas ?

La salle rigole. Prisonnière du rire de son public persuadé qu'il s'agit d'un numéro prévu, Marie-Ange tend mécaniquement les deux bras pour se donner une allure comique.

Et Lucrèce Nemrod sort de sa poche une corde. Elle lui lie les mains dans le dos, puis l'assoit sur une chaise et lui entrave les chevilles.

La salle retient son souffle, intriguée. Puis la jeune femme sort d'une autre poche une paire de ciseaux et les montre au public qui, après une hésitation, choisit de rire et d'applaudir, puisqu'ils ont payé 20 euros précisément pour ça.

– Cela s'était passé un peu ainsi, tu te souviens Marie, mon ange adoré ?

– Tout ça est si lointain... si lointain... euh, ma Lulu, répond Marie-Ange, cherchant à masquer son malaise par un jeu excessif.

– Hmm... il y avait aussi un peu de public mais moins qu'aujourd'hui, n'est-ce pas, Marie Marie mon sucre d'orge ?

Lucrèce Nemrod coupe méthodiquement un par un tous les boutons de son chemisier.

Marie-Ange, ne sachant comment réagir, continue de sourire et de paraître détendue selon le principe cher à Talleyrand : « Quand cela nous dépasse, ayons l'air d'être les instigateurs. »

Lucrèce dégage le haut du chemisier, dévoilant le soutien-gorge noir en dentelle, puis passe les ciseaux sous l'élastique qui maintient les deux bonnets.

– Arrête, Lucrèce, murmure Marie-Ange. Tu n'es pas drôle. Ce soir tout est filmé.

Mais l'autre répond en élevant le ton :

– Hmm, et nous avions très chaud, ce soir-là, tu te souviens, Marie, ma petite tigresse de velours ?

– Très bien ma Lulu adorée.

– Ah, tu avais déjà le sens de l'humour. Et tu m'avais dit : « La clef de l'humour, c'est de surprendre. »

Alors Lucrèce coupe d'un coup l'élastique et Marie se retrouve torse nu, les seins à l'air face à son public.

– Vous savez ce qu'elle m'a dit ? « Arrête, Lucrèce, tu n'es pas drôle ! » Et vous public, vous trouvez ça drôle ?

La salle rit et applaudit pour gérer sa propre gêne.

– Tu vois que ça leur plaît, Marie mon ange. Alors laisse-toi faire, on va créer le clou du spectacle.

Après une hésitation, Marie-Ange décide de faire semblant de sourire.

Lucrèce sort un feutre et commence à lui dessiner un poisson. Puis elle écrit en dessous « POISSON D'AVRIL ».

– C'est aujourd'hui ! Quelle meilleure manière de fêter le 1er avril ? Tu ne trouves pas, ma Marie d'amour ? Alors on continue ?

Déjà elle approche les ciseaux du pantalon.

– Arrête Lucrèce, c'est en direct ce soir, tu ne te rends pas compte, murmure-t-elle avec de la rage dans la voix.

– Où est ton second degré ? Et puis regarde, ça leur plaît ! Personne ne dort dans la salle, je peux te l'assurer, n'est-ce pas, messieurs dames ? Allez, on encourage l'artiste.

Comme pour confirmer la salle émet une salve d'applaudissements enthousiastes.

– Tu me paieras ça, Lucrèce ! profère à voix basse la comique.

Mais déjà les ciseaux claquent.

– Mais enfin qu'est-ce que tu veux ? gronde-t-elle. Une vengeance ?

– Oui, d'abord. « L'enfer n'est pas suffisamment grand pour contenir la colère d'une femme bafouée. »

– Eh bien ça y est, tu l'as eue. Quoi d'autre ? Que veux-tu à la fin ?

Lucrèce commence à découper le bas du pantalon et remonte sur les cuisses.

– Je veux la BQT et je pense que c'est toi qui l'as, murmure-t-elle.

Alors Marie-Ange, saisie d'une énergie soudaine, se dégage de ses liens, bouscule Lucrèce et bondit vers les coulisses.

Le temps que les deux journalistes réagissent la comique a déjà disparu dans la coursive extérieure pour rejoindre la rue. Elle enfourche sa moto Harley Davidson rose et file dans la nuit.

Mais Lucrèce et Isidore ne veulent pas abandonner. Ils sont déjà sur ses traces dans leur Moto Guzzi-side-car.

La poursuite les lance dans Paris.

Cette fois elle ne m'échappera pas.

Mais Marie-Ange roule à tombeau ouvert et surtout se faufile plus facilement qu'un lourd side-car. Au coin d'un boulevard, au moment où le feu passe au vert, elle écrase la pédale de frein, laissant une longue traînée sur l'asphalte, juste avant le feu. Surprise par la manœuvre, Lucrèce répond avec retard, freine de toutes ses forces, mais à l'issue de sa longue glissade se retrouve de l'autre côté du boulevard au moment où le feu passe au vert.

Le temps de traverser, Marie-Ange n'est plus qu'un point qui s'escamote au loin. Lucrèce bloque sa poignée d'accélérateur au maximum, et le side-car avale le boulevard relativement désert à cette heure de la nuit.

Le point au loin se met à grossir.

Les automobilistes voient passer cette amazone à la poitrine nue et aux cheveux noirs flottant au vent, et plusieurs perdent le contrôle de leur véhicule, provoquant des petits accidents.

Ce qui rend la poursuite plus difficile encore.

Même les policiers n'osent intervenir. Tout le monde se range pour observer ces deux femmes qui foncent dans la ville sur leurs engins pétaradants comme deux cavalières de l'Apocalypse.

158.

« Un avocat et une blonde sont assis l'un à côté de l'autre dans un avion long courrier. L'avocat propose à la blonde de jouer à un jeu amusant. La blonde semble fatiguée et décline l'offre. Mais l'avocat insiste et explique que le jeu est très simple :

– Je vous pose une question, si vous ne connaissez pas la réponse, vous me donnez 5 euros et vice versa.

La blonde décline encore poliment, mais l'avocat persiste :

– OK, disons que si je vous pose une question dont vous ne connaissez pas la réponse, vous me donnez 5 euros. Mais si vous me posez une question et que je ne connais pas la réponse, je vous donne 100 euros.

Cette proposition pique la curiosité de la blonde, qui finalement accepte le jeu. L'avocat commence :

– Quelle est la distance entre la Terre et la Lune ?

La blonde ne dit pas un mot, ouvre son porte-monnaie, en sort un billet de 5 euros et le donne à l'avocat.

– À votre tour ! dit l'avocat, confiant.

La blonde demande :
– Qu'est-ce qui monte la côte avec trois pattes et la redescend avec quatre pattes ?
L'avocat ne sait pas trop quoi répondre, mais pour 100 euros, il décide que ça vaut la peine de chercher. Il sort son ordinateur portable, cherche dans son encyclopédie sur CD et dans toutes ses autres références : rien. Il se branche sur Internet en utilisant le service téléphonique par satellite de l'avion et fait une recherche dans toutes les bibliothèques et dans tous les sites d'énigmes imaginables : rien. Il envoie des courriels à ses amis : personne ne connaît la réponse. Au bout d'une heure, il réveille la blonde et lui remet 100 euros. Elle le remercie et se retourne pour se rendormir, mais l'avocat, un peu frustré, lui demande :
– C'était quoi la réponse ?
La blonde ne dit pas un mot, ouvre son porte-monnaie, en sort un billet de 5 euros et le donne à l'avocat. »

Blague GLH n° 974 432.

159.

Le side-car déboule devant une impasse. La Harley Davidson rose est couchée à terre, encore fumante, sa propriétaire ayant raté le coup de talon qui positionne la béquille.

L'endroit est désert et silencieux.

Lucrèce Nemrod et Isidore Katzenberg sondent les devantures des magasins de l'impasse. L'une attire leur attention :

À LA LANGUE DE BELLE-MÈRE, et au-dessous : « Farces et attrapes pour tous les âges ».

La porte n'est pas fermée, quelqu'un vient d'entrer sans avoir eu le temps de refermer.

Isidore et Lucrèce entrent. L'électricité ne fonctionne pas, Lucrèce retourne chercher une torche électrique au fond du side-car.

Lucrèce Nemrod avance, sa lampe de poche dans une main et son revolver dans l'autre. Derrière, Isidore marche comme un touriste qui suivrait un guide.

Marie-Ange avait évoqué son premier travail de vendeuse dans un magasin de farces et attrapes, c'était peut-être ici…

Une araignée géante surgit devant la jeune journaliste. Après un geste de répulsion, elle la touche et sent le caoutchouc. Dans l'éclairage de la torche elle projette une ombre géante sur le mur.

Elle marche sur un serpent du même genre.

Autour d'eux, dans le plus grand désordre, des masques, des paquets de boules puantes, des savons sauteurs, des bonbons au poivre, des tasses à thé mordeuses, des bouteilles de fluide glacial, des faux pansements avec clou dans le doigt, des dentiers claqueurs.

On dirait que personne n'est venu faire le ménage ici depuis longtemps, ou alors c'est un chaos voulu.

Ils avancent prudemment, éclairant de plus en plus d'objets étranges : sucres à mouches, cigarettes à pétard, excréments en plastique.

À un moment Isidore marche sur un coussin péteur. Aussitôt quelque chose bouge sur leur droite.

Lucrèce éclaire rapidement la zone et dévoile un gros chat à long pelage. Il bondit, activant des pots de moutarde d'où jaillissent des diables ricanants.

Le chat déguerpit vers le premier étage par un escalier.

Les deux journalistes frôlent des dentiers sur pattes qui se mettent à claquer dans une imitation de rire.

Toujours précédés par la lueur de la torche, ils gravissent l'escalier et aboutissent à une pièce remplie de mannequins et de déguisements.

Les mannequins grandeur nature semblent des personnages immobiles qui se moquent d'eux. Certains portent des masques de clowns plus ou moins rigolards.

Lucrèce fait signe à Isidore d'être plus silencieux.

Le faisceau lumineux fouille la pièce, sans rien trouver. Lucrèce fait alors mine de partir puis soudain se retourne et examine les mannequins un à un.

Elle touche un masque, puis le suivant… et alors qu'elle s'avance vers un clown aux cheveux verts, celui-ci émet une sorte de souffle saccadé.

Les deux femmes roulent au milieu des mannequins qu'elles renversent pêle-mêle. Elles essaient de se frapper avec tous les objets qui leur tombent sous la main. Le marteau mou qui fait « pouet-pouet », le buzzer à main qui lâche une décharge électrique.

Elles se tirent les cheveux, se mordent.

Isidore a sorti son téléphone portable et déclenché la fonction caméra.

– Mais qu'est-ce que vous faites Isidore ! s'exclame Lucrèce. Ce n'est pas le moment de filmer. Aidez-moi, vous voyez bien que j'ai un problème !

Alors, après avoir exploré plusieurs étagères, Isidore trouve du poil à gratter qu'il dépose dans le cou de Marie-Ange, et celle-ci, déconcentrée, se fait maîtriser.

Ils l'attachent à une chaise avec des langues de belle-mère, des guirlandes, des ceintures, des ficelles. Lucrèce prend un malin plaisir à serrer les liens sur ses seins, ses chevilles, ses poignets et ses cuisses.

– Comme au bon vieux temps du pensionnat, Marie-Ange.

– Qu'est-ce que tu veux à la fin, Lucrèce ?

– C'est toi qui as la BQT, n'est-ce pas ?

Marie-Ange se ferme. Son visage devient dur.

Lucrèce tire alors une plume du chapeau d'un Indien. Et commence à lui caresser la joue avec la pointe de la plume.

– C'est la punition qu'ils m'ont infligée à la GLH pendant l'initiation. Crois-moi sur parole, c'est insupportable.

Marie-Ange commence à frémir. Elle se mord la lèvre pour se retenir.

– Non, je suis chatouilleuse. Pas ça !

Lucrèce promène la plume sous ses bras. La tension monte, Marie-Ange éclate de rire, la supplie, mais la journaliste, impavide, poursuit son ouvrage. Elle semble repeindre l'épiderme de son ancienne amie, bientôt secouée de spasmes et de soubresauts, dans ses guirlandes bien serrées. Puis Lucrèce déchausse le pied droit et approche la plume de la voûte plantaire.

– Je vais parler !

La comique reprend sa respiration.

– Alors, où est la BQT ? gronde Lucrèce en l'empoignant par le col qu'elle a déjà déchiré.

Isidore intervient :

– Du calme, Lucrèce. Je sens que mademoiselle a envie de nous faire des confidences. Et puis nous ne sommes pas pressés, prenez votre temps, écoutons tranquillement comment tout a commencé.

– Mais...

– Tsss..., Lucrèce. Ne confondons pas vitesse et précipitation.

Il sort son calepin et saisit sur le bureau une bouteille d'eau. Il emplit un verre qu'il aide la prisonnière à laper.

Il va faire le coup du gentil puis du méchant flic.

– Nous ne sommes pas pressés, vraiment. Comment avez-vous rencontré Darius ? Il vous a repérée en tant que comique, n'est-ce pas ?

Marie-Ange déglutit.

– Non, pas en tant que comique mais en tant que maîtresse SM. Il m'a invitée dans son château près de Versailles. Là encore j'ai vu tous les gens du show-business. J'étais en train de fouetter son frère Pawel et Darius est arrivé. Il m'a dit qu'il aimait bien mon « style ».

– Amusant, reconnaît Isidore.

– Il m'a proposé de frapper son autre frère Tadeusz et je l'ai accroché à une croix de Saint-André et je l'ai travaillé. Darius était à côté, il m'encourageait. Puis ça l'a tellement excité qu'il est allé chercher une fille, il l'a suspendue par les bras et l'a fouettée à côté de moi.

– Darius était sadique ? demande Lucrèce, incrédule.

– Je ne sais pas où se situe le vrai sadisme, le spectacle seul semblait lui convenir, il demandait même à ses gardes du corps de procéder à sa place.

– Je vois, il existe même des sadiques fainéants, plaisante Isidore.

– Aucun n'a jamais porté plainte ? demande Lucrèce.

– Vous n'y pensez pas… C'était le Grand Darius, c'était « LE » Cyclope ! Les filles étaient venues de leur plein gré. Elles espéraient avoir des rôles dans ses films. Elles étaient déjà très fières de l'approcher.

– Toujours la même histoire, remarque Isidore, compréhensif. On devrait pourtant les avertir au cours Florent.

– Continue, intime Lucrèce.

– Après, avec Darius nous sommes montés dans sa chambre pour faire l'amour.

– Entre « bourreaux fatigués » ? ironise Lucrèce.

Elle prend un air hautain.

– Entre « dominants dans un monde de lâches » ! Nous étions deux prédateurs qui se reconnaissaient en tant que tels.

– Il y a tellement de proies et si peu de prédateurs…, reconnaît Isidore, plein de compassion.

– Je lui ai dit que je menais aussi une carrière d'humoriste et il m'a dit qu'il allait m'aider. J'ai rencontré tellement de producteurs qui m'ont fait des promesses non tenues… juste pour me sauter, lui au moins a tenu parole. Son frère Tadeusz m'a produite, il m'a donné accès à quelques-uns de ses copains journalistes qui étaient dans ses soirées. Ils ont rédigé des articles très élogieux sur moi.

– Très sympa, reconnaît Isidore.

– Mais Darius ne voulait pas que je devienne trop star, il avait peur que je lui échappe. Donc il m'a intégrée dans sa troupe de costards roses. J'étais la « fille » de leur bande.

– Et en même temps il te baisait.

– Ma collègue voulait dire qu'il faisait l'amour avec vous, rectifie Isidore.

– L'amour c'est beaucoup dire. Enfin… Darius avait un petit problème physiologique.

Elle semble gênée.

– Quoi ?

– Je ne sais pas si je peux le révéler. C'est comment dire… assez intime.

– Au point où tu en es ! lance Lucrèce en ricanant.

– En fait son problème sexuel était lié à une blague très précise. On aurait voulu l'inventer on n'aurait jamais osé…

Isidore semble plongé dans une profonde réflexion, puis il ressort son calepin et repasse toutes les blagues qu'il a notées depuis le début de l'enquête. Soudain il s'exclame :

– La blague du cyclope ! J'y suis Lucrèce. Darius n'avait qu'un seule testicule.

Marie-Ange confirme.

– Chez certains ça n'a pas de répercussions. Mais chez lui… enfin, il était incapable de faire l'amour normalement.

– On raconte qu'Hitler était lui aussi atteint de cette pathologie, mais on n'a jamais pu le vérifier, complète Isidore.

– Chez Darius c'était de naissance. Une pure coïncidence, avant l'accident qui lui a fait perdre son œil.

– Une blague peut conditionner une vie, marmonne Lucrèce. C'est peut-être pour ça qu'il était aussi violent avec les femmes… et dominant avec les hommes. Il avait quelque chose à compenser.

– Il avait surtout beaucoup besoin d'être rassuré. J'ai rarement vu un homme qui se détestait autant. À l'époque où nous vivions ensemble, il se levait le matin avec une énorme envie de se suicider. Il disait : « Je suis le pire des hommes, je mérite mille châtiments et personne n'ose me barrer la route. Qui osera ? » Et puis un jour, plus précisément le jour où il a été élu « le Français le plus aimé des Français » il a eu une fulgurance. Il m'a dit : « Toi Mimi, Bats-moi ! »

Isidore et Lucrèce se taisent, fascinés.

– Il était comme à la recherche de ses limites. Limites de la douleur, limites de lui-même. Le fait qu'il soit aimé par tant de gens alors qu'il se détestait à ce point ne pouvait être résolu que par une personne selon lui. Moi.

– C'est le pouvoir des femmes, sublimer les hommes, dit Isidore. Et peut-être les sauver d'eux-mêmes.

Mais qu'est-ce qu'il raconte ? Voilà qu'il commence à faire de la philosophie. Ce n'est vraiment pas le moment. Il m'énerve.

– Je lui ai fait très mal, et étrangement ce fut la période où il a pris le plus confiance en lui. Il a quitté ses autres maîtresses et je n'ai pas peur de dire qu'à l'époque j'étais sa seule femme de référence. Moi seule connaissais son côté sombre. Du coup il a pris confiance en lui. Il parlait de faire de la politique. Monter son parti. Et puis un jour alors que je le battais il a eu une illumination. Il n'a prononcé qu'une seule phrase : « Il me faut la BQT ! » Il m'a expliqué ce que c'était. Enfin il avait trouvé un nouveau projet à sa mesure. À partir de ce moment-là il a été obsédé par ce projet. Il en parlait jour et nuit.

– C'était quand même un sacré enfant gâté, murmure Lucrèce, déçue par cet homme qu'elle avait tant admiré.

– Il ne faut pas le juger. Par moments il était capable de grands élans généreux, désintéressés. Il pouvait lancer un artiste par pure passion pour son métier. Il aidait des associations caritatives sans rien attendre en retour, sans même en parler à la presse.

– … Il volait les sketches des autres et il récupérait les blagues libres de droits et les signait comme si c'étaient les siennes ! complète Lucrèce.

– Ce serait le caricaturer. Il n'a pas fait que ça. Il a inventé ses propres sketches, il a inventé ses propres blagues, il avait un talent d'improvisation indéniable et inégalé.

– Elle n'a pas tort, reconnaît Isidore. Si c'était aussi facile, n'importe qui l'aurait fait avant lui. Il a forcément apporté une grosse valeur ajoutée.

– Ses sketches étaient formidables ! Son complexe d'infériorité dû à son problème « cyclopéen » le rendait touchant. Il comprenait les douleurs des autres. C'était un homme bon.

Lucrèce a des doutes. Isidore semble prêt à revoir sa copie. Il sait qu'on ne peut juger un homme d'un bloc et qu'il faut entendre toutes les versions des gens qui l'ont connu avant de se faire une idée.

– Continuez sur la BQT. Donc vous étiez ce fameux soir à Carnac. Que s'est-il passé ?

– Oui, j'étais avec les Wozniak lors de l'attaque du phare fantôme. Je crois que Darius espérait une défense plus solide. Je vous jure, il espérait qu'ils seraient armés, il espérait qu'ils résisteraient, qu'ils lui tiendraient tête...

– Tout homme est à la recherche de l'élévation matérielle jusqu'au moment où il se prend une grande claque de la vie qui le rend plus humble, remarque Isidore.

– Mais la grande claque de la vie ne venait pas. Il n'y avait que moi qui le frappais mais sur ses ordres. Il cherchait en effet ses limites. Il avait déjà tué. Il avait déjà organisé les PRAUB. Il voulait voir s'il pouvait massacrer des dizaines de personnes en toute impunité.

– Il voulait aussi détruire les gens à qui il devait tout. Le complexe d'Œdipe qui veut qu'on tue le père qui vous a formé, énonce Isidore.

– Ou plutôt celui d'Eugène Labiche dans son *M. Perrichon*, rectifie Lucrèce en bonne élève. Il est tellement difficile de dire merci à ceux auxquels vous devez tout. L'histoire regorge de gens qui plutôt que la gratitude ont préféré le coup de poignard dans le dos.

– Sur l'île au phare fantôme, ç'a été terrible. Ceux de la GLH ne se doutaient de rien. Quand il a donné le signal j'ai reculé. Je suis restée en arrière, ils m'avaient mis une arme dans les mains mais je n'ai pas tiré. À un moment Darius l'a vu alors il m'a forcée à achever quelqu'un. Il m'a dit : « C'est autre chose que donner des fessées hein, poupée ? Désormais Mimi, c'est la fin de l'innocence, tu es notre complice. Tu es une vraie "costard rose". » Il avait pris une grande dose de cocaïne et il était dans une exaltation guerrière. Je me suis cachée dans un coin pour vomir.

– Vous n'avez pas été tentée de partir ? demande Isidore.

– J'étais à l'époque sous son emprise. Il me fascinait. C'était quand même « le Français préféré des Français ». L'homme qui faisait rire toutes les générations. Or je rêvais de devenir une comique célèbre. Et puis même si nous n'avions pas de sexualité je l'avais dans la peau... ces choses-là ne s'expliquent pas.

– Ça ne m'étonne pas de toi, glisse Lucrèce.

– Après en avoir tué beaucoup et en avoir fait fuir d'autres, Darius était dans une rage folle parce qu'il ne trouvait pas la BQT. Il disait « On ne va pas rentrer bredouilles ». Nous avons donc cherché et nous avons découvert qu'une bonne centaine avaient fui par un escalier dérobé. Darius nous traitait tous de nuls. Nous avons repris le bateau, nous sommes rentrés à Carnac, et nous avons ratissé les alentours des mégalithes. Darius pensait qu'ils se cachaient dans la forêt proche.

Marie-Ange s'arrête, haletante.

– À un moment… j'ai croisé son frère Pawel. Il avait son sac à dos, une torche et un pistolet-mitrailleur. Il semblait bizarre, je lui ai demandé ce qui n'allait pas. Il m'a dit que tout allait bien et qu'il était sûr qu'ils allaient trouver la BQT. Mais nous n'avons rien trouvé. Ensuite nous sommes rentrés à Paris. C'est tout.

Les deux journalistes l'observent en silence. Puis :

– Et moi je crois que vous mentez effrontément, mademoiselle Marie-Ange, dit Isidore d'un ton sec.

– C'est pourtant la vérité. Je vous le jure.

– Lucrèce, vous êtes prête pour une séance de chatouilles supplémentaire ?

– Cette fois je propose qu'on lui caresse l'extrémité des orteils.

Lucrèce arrache les bottes de clown et, levant un pied, s'apprête à en approcher la plume.

– Non, vous n'avez pas le droit.

La journaliste commence à manier la plume, provoquant un rire nerveux puis douloureux chez sa victime.

– Assez !

Elle reprend sa respiration difficilement.

– J'ai suivi Pawel de loin. Et soudain j'ai vu une silhouette bondir des fourrés et lui donner un grand coup avec une branche comme gourdin. J'ai tiré avec le pistolet-mitrailleur. L'agresseur a fui. Je suis arrivée et j'ai trouvé Pawel inerte, un petit coffret plat dans les mains.

– C'est toi qui as récupéré la BQT ! lance Lucrèce.

– Je l'ai eue en effet. Mais je ne l'ai pas gardée longtemps.

– Ne nous prends pas pour des imbéciles.

Déjà Lucrèce s'empare de la plume.

– Je ne savais pas quoi en faire et j'étais consciente que c'était une bombe qui risquait de détruire ceux qui la possédaient. Alors je l'ai… donnée.

– À qui ?

– À l'homme que j'aime, car je savais que lui saurait quoi en faire.

– Darius ?

– Non… L'« autre ».

– Je croyais que tu avais Darius dans la peau.

C'est Isidore qui répond à sa place.

– Vous n'écoutez pas, Lucrèce ? Elle vous a dit qu'il avait un problème. Donc elle l'aimait comme compagnon officiel et comme partenaire de jeux pervers, mais pour la vraie sexualité elle devait avoir l'autre…

– Qui à la fin ?

Isidore sourit.

Ça y est, il va recommencer à faire les réponses. Il m'énerve…

– Le costard rose avec des moustaches qui n'était ni l'un des frères, ni l'homme à tête de chien. Donc forcément il s'agit d'un humoriste ami de la famille. Quelqu'un qui n'a plus de moustache actuellement mais qui en a eu une. Hum… je crois savoir qui…

Lorsqu'il lâche son nom, Marie-Ange, étonnée, reconnaît que c'est bien lui.

– Bien, maintenant que je vous ai tout dit pouvez-vous me libérer ? demande la comique en pleine déroute.

Alors Lucrèce s'avance vers son ex-fiancée de jeunesse, l'embrasse longuement sur la bouche et s'éloigne en lançant :

– Joyeux poisson d'avril, Marie-Ange.

160.

« C'est Maurice qui part en croisière. Or son bateau coule. Il n'y a que deux survivants, lui et Julia Roberts, la célèbre actrice américaine. Ils montent dans une chaloupe de survie et arrivent à rejoindre une île déserte. Le premier soir ils établissent un bivouac, recherchent de la nourriture,

allument un feu et s'endorment, épuisés. Le deuxième jour, ils discutent, améliorent leurs conditions de survie, cherchent un moyen d'appeler des secours. Le troisième jour, ils discutent encore plus et le quatrième jour ils font l'amour. Le matin du cinquième jour, Maurice la rejoint près du feu pour le petit déjeuner et semble confus. Il lui dit :
– J'ai une demande très particulière à vous faire, mais vous n'êtes pas obligée d'accepter.
– Dites toujours, Maurice.
– Eh bien, si ça ne vous gêne pas, j'aimerais, juste quelques minutes, juste un instant, avoir l'autorisation de vous appeler... Albert.
L'actrice ne comprend pas et se demande où il veut en venir.
– Je vous appelle Albert et vous me répondez comme si vous étiez Albert. D'accord ? Ne me posez pas de question, faites juste cela pour me faire plaisir. Cela me comblerait.
La jeune femme est un peu surprise, mais accepte, puisque ça a l'air si important pour lui.
– OK.
Alors Maurice fait un grand sourire puis s'élance d'un coup avec enthousiasme :
– Allô Albert, ici Maurice. Mon petit Albert tu ne devineras jamais avec qui j'ai couché hier soir ? Tiens-toi bien, ouais, hier soir je me suis tapé Julia Roberts... en personne ! »

Extrait du sketch *Ma vie est un naufrage*,
de Darius WOZNIAK

161.

Il vit dans un pavillon luxueux sur l'île de la Jatte, à Neuilly, qui abrite un musée de tenues de clowns. Et aussi une collection de bustes en maquillages de cirque. Clown blanc, Auguste, clowns anglais, américains, français, italiens, espagnols, africains, indonésiens et même coréens.

– Je crois que vous ne saisissez pas les enjeux actuels. La guerre pour l'accession à la BQT n'est pas seulement la bataille finale de l'humour, c'est la bataille finale de... l'intelligence !

Le comique Félix Chattam s'approche d'un clown aux biceps hypertrophiés, en mousse plastique.

– Jadis, au tout début de l'histoire de l'humanité, le pouvoir appartenait à ceux qui maîtrisaient les muscles qui tenaient la massue. Et leur règne était assuré par la peur de recevoir des coups.

Puis il va vers un clown qui ressemble à un épouvantail.

– Ensuite le pouvoir échut à ceux qui maîtrisaient la terre servant à l'agriculture. Et leur règne était assuré par la peur de mourir de faim.

Félix passe à un nouveau mannequin, cette fois déguisé en curé.

– Puis le pouvoir est allé à ceux qui maîtrisaient les églises servant au conditionnement des fidèles. Et leur règne était assuré par la peur d'aller en enfer.

Il avance et désigne un clown gendarme.

– Puis le pouvoir est allé à ceux qui maîtrisaient les administrations en cadrant toutes les activités sociales. Et leur règne était assuré par la peur de la police, de la justice, de la prison.

Il désigne un clown en habits de bourgeois.

– Puis le pouvoir est allé à ceux qui maîtrisaient l'industrie produisant les objets censés nous rendre heureux. Et leur règne était assuré par le plaisir de conduire des voitures, ou de collectionner toutes sortes d'objets inutiles vantés par les publicités.

Il avance encore, et désigne un clown capitaliste, avec un gros ventre et un cigare aux lèvres.

– Puis le pouvoir est allé à ceux qui maîtrisaient les finances. Et leur règne était assuré par la promesse qu'en leur confiant l'argent on en gagnerait plus encore. Et leur règne était assuré par le plaisir de s'enrichir sans travailler.

Il se déplace et désigne un clown en tenue de reporter avec un appareil photo et une carte de presse.

– Puis le pouvoir est allé à ceux qui maîtrisaient les médias. Il suffisait dès lors de montrer son visage dans la lucarne de l'écran pour plaire aux femmes, et bénéficier de cadeaux et de privilèges même pas taxables. Celui qui passait à la télévision rentrait dans les familles et les influençait directement. Leur règne était légitimé par le plaisir d'être informé.

Enfin Félix Chattan parvient à une poupée clown en costard rose avec un masque qui ressemble étrangement à celui de Darius Wozniak.

– Maintenant le pouvoir appartient à ceux qui maîtrisent le rire des foules. C'est une sorte de sous-caste des gens des médias. Mais cette sous-caste est en fait une sur-classe. Et leur règne tient à leur capacité de faire oublier le malheur ou à le relativiser. Il tient aussi à leur capacité de divertir, dans un monde blasé et qui s'ennuie. La peur de l'ennui est devenue une peur essentielle. Et à mon avis, faire rire est actuellement le plus grand pouvoir, que personne ne surpassera.

– Mais ce ne sont que des… « amuseurs », riposte Lucrèce.

– Justement, c'est pour cela qu'on les sous-estime, et leur pouvoir est d'autant plus grand. Ce sont, ou plutôt… « nous » sommes devenus les vrais maîtres du jeu. De tous les jeux.

La troisième force. Éros, Thanatos,… Gelos.

– Et personne ne remet en question notre pouvoir. Contrairement aux politiciens, et même aux gens des médias. Nous sommes au-dessus des lois. Au-dessus de tout. Tenez, un indice de ce pouvoir invisible. N'avez-vous jamais remarqué que les politiciens, les économistes et même les scientifiques commencent toujours leur discours par une blague ? Pour capter la sympathie de l'auditoire. Sans humour, ils sont justes… fades.

– Nous en parlions encore récemment. Comme le sel. C'est un exhausteur de goût. Et le sel est devenu une addiction. Et le sel nous ronge, remarque Isidore Katzenberg.

Félix lâche un soupir.

- L'humour nous permet de conditionner l'auditoire dans la direction souhaitée. Nous avons eu avec Ronald Reagan le premier président acteur. Vous avez peut-être entendu qu'en Islande, ils ont élu comme maire de Reykjavík le comique Jon Gnarr, qui est leur comique le plus célèbre. Vous verrez, nous aurons bientôt un président comique dans une grande nation influente.

– Un clown à l'Élysée ou à la Maison-Blanche ? s'étonne Lucrèce.

Isidore répond une fois de plus à la place du suspect.

– Coluche s'était présenté aux élections en 1981 et avait été crédité de plus de 18 % de votes au premier tour. Au point qu'il avait réellement inquiété Mitterrand. Dans la semaine qui a suivi l'annonce de ce pronostic, le régisseur de Coluche, René Gorlin, a été assassiné. Dès lors Coluche a préféré retirer sa candidature.

– Vous faites un raccourci un peu rapide. Vous êtes sûr que les deux événements étaient liés ?

Félix étire un sourire entendu.

– Coluche a échoué parce qu'il était seul, c'était un simple artisan. Darius a étudié la candidature de Coluche. Je le sais, j'étais avec lui à visionner les documents d'époque. Il l'a analysée dans le détail. Il en a tiré les leçons.

Félix les invite à s'asseoir au salon.

– Comprenons bien la situation globale. Avant, l'humour était concocté par des artisans indépendants. Des gens faibles et sans ambition. Dès que sont apparus des enjeux économiques et politiques importants autour du rire, on ne pouvait plus laisser ce trésor à des gens qui ne savaient pas le gérer.

– Sébastien Dollin par exemple.

– Bien sûr : Sébastien Dollin, c'était un créateur fabuleux mais malheureusement trop gentil. Il jouait en respectant les règles, alors que le jeu consiste précisément à… tricher ! Ce genre de personnes sont nuisibles, elles troublent la partie.

– Il en est mort.

– Il est venu au PRAUB pour devenir millionnaire. Il aurait pu gagner. Il a joué et il a perdu.

Isidore Katzenberg préfère revenir sur le sujet de l'humour.

– On a assisté, poursuit Félix, à une concentration de grands groupes. Là encore Darius, quoi qu'on en dise, s'est révélé un visionnaire. Il avait anticipé le passage de l'artisanat à l'industrie de l'humour.

– Il a investi beaucoup d'argent pour créer Cyclop Production.

– Des sommes énormes. Je vous l'ai dit, c'était un visionnaire, il a compris qu'il fallait mettre beaucoup de kérosène dans le réservoir pour faire décoller la fusée.

Et le kérosène de Darius, ce n'était pas l'argent, mais cette énergie, Gelos, qui donnait une forme et un sens à l'argent… Comme si le pétrole fabriquait en avançant le tuyau chargé de le transporter… Prodigieux…

– Il a engagé des centaines d'auteurs pour écrire les gags, des metteurs en scène pour en travailler la présentation mais aussi des élèves des grandes écoles de commerce pour travailler sur le marketing, la communication, la distribution mondiale des sketches, des blagues, des films, des émissions télévisées. Il a été le premier à inscrire une société d'humour à la Bourse et à la faire entrer dans le cercle fermé du CAC 40.

Il a agi en vrai stratège de la bataille mondiale de l'humour.

– Et à l'image de son illustre prédécesseur et homonyme, le Darius empereur des Perses, il avait l'intention de créer un empire et de détruire tous ses concurrents, ajoute Isidore.

– C'est vrai, il a laissé beaucoup de cadavres derrière lui. Mais qui parle des cadavres des centaines de milliers d'ouvriers qui ont bâti la Grande Muraille ou le château de Versailles. Derrière chaque chef-d'œuvre il y a un cimetière. C'est le prix… normal à payer pour entrer dans l'histoire.

– Continuez.

– Darius était exigeant, perfectionniste, rigoureux. Aucun autre humoriste n'avait porté l'art de faire rire aussi haut.

Lucrèce hoche la tête, puis lâche simplement la question qui la taraude depuis le début.

– Et maintenant c'est vous le « successeur » de l'empereur. Vous avez tué Darius, n'est-ce pas ?

– Darius était mon mentor. Je lui dois tout. Il m'a formé. Il m'a intégré à son école. Puis à son théâtre. Puis à ses émissions de télé.

– … Puis à sa garde rapprochée des costards roses, complète insidieusement Lucrèce.

L'autre fait semblant de ne pas avoir entendu.

– Puis à la scène. Puis à la gloire. Il a été mon père. J'ai été son dauphin. J'ai partagé sa vie, j'ai été son second. La famille Wozniak m'a accueilli comme un fils.

Il a prononcé cela avec fierté.

– Et maintenant que les frères Wozniak sont morts, la survie de ce gigantesque empire de Darius est extrêmement compromise par l'absence de figure de proue. Or il n'y a plus que vous qui puissiez reprendre ce lourd mais ô combien gratifiant flambeau. Et c'est bien ce que vous a proposé la mère de Darius, n'est-ce pas ? demande Isidore.

Félix Chattam hausse les sourcils devant l'attaque frontale.

– En effet, maintenant que tous ses enfants sont morts, elle m'a demandé ce matin de devenir gestionnaire de Cyclop Production. Et elle va bientôt réunir les actionnaires pour que je sois désigné officiellement.

– Et vous possédez désormais la légitimité qu'apporte le pouvoir de la BQT ?

Il ne répond pas.

– Marie-Ange a avoué, poursuit Lucrèce. C'est vous qui avez récupéré la BQT. Car vous êtes son amant, n'est-ce pas ?

Il gagne un peu de temps en allumant une cigarette. Ce qui donne envie à Lucrèce d'en faire autant.

Je ne m'en étais même pas aperçue, toutes ces histoires de blagues m'ont fait oublier mon réflexe « cigarette » !

Il inspire longuement, puis lâche :

– Nous les comiques, nous avons des besoins sexuels plus importants que les gens « normaux ». Peut-être parce que nous sommes plus sensibles. Et puis l'humour est un puissant aphrodisiaque. Vous connaissez l'adage : « Femme qui rit, déjà à moitié au lit » ?

– Vous avez donc la BQT ? Répondez aux questions au lieu de tourner autour du pot, bon sang.

Lucrèce a frappé la table du plat de la main.

Félix Chattam prend son temps, se lève, va vers sa bibliothèque, fait semblant d'examiner des livres d'humoristes, puis parle sans les regarder.

– C'était ce fameux soir où nous sommes allés au phare fantôme. Il y a eu l'attaque. Et puis la fuite. Nous les avons poursuivis. Pawel avait le trophée. Je l'ai vu. Je l'ai suivi.

– Et alors vous l'avez assommé ? demande Lucrèce.

– Non, quand je l'ai trouvé il était déjà évanoui.

– Vous n'écoutez pas, Lucrèce, Marie-Ange nous a dit qu'elle avait vu quelqu'un l'assommer. Ils se sont entendus ensemble. Et Félix a pris la BQT.

À nouveau Lucrèce enrage que son collègue réponde à la place du suspect. Elle reprend l'initiative :

– Donc, vous avez été le dernier à avoir la BQT.

– En effet. Je savais cependant que si je la lisais je mourrais.

– Vous croyez à cette légende ? demande Isidore.

– Alors vous avez mis le coffret de côté et vous l'avez utilisé pour tuer Darius ? poursuit Lucrèce.

– J'avais déjà perçu tous les enjeux d'un tel objet.

– Vous en avez fait quoi alors ?! Parlez bon sang ! Où est la BQT !?

– Laissez-le parler, à la fin, si vous l'interrompez ça va être long, Lucrèce.

– C'est vous qui me dites ça, Isidore ? Alors que vous interrompez systématiquement les suspects pour me montrer que vous connaissez les réponses !

– Allez… Arrêtez de vous disputer tous les deux. Désormais les dés en sont jetés. Je n'ai plus rien à cacher.

Lucrèce s'impatiente.

– Que s'est-il passé après que vous avez récupéré la BQT ?

Isidore l'observe, puis lâche :

– Je vais vous dire, Lucrèce, ce qu'il s'est passé. Félix, malgré toute sa reconnaissance envers son mentor, ne le supportait plus. Il était amoureux de « votre » Marie-Ange et ça l'agaçait que sa fiancée flirte avec son chef.

Félix s'est immobilisé. Alors le journaliste continue de développer le scénario.

– … Darius devait être de plus en plus insupportable pour son entourage.

– Il piquait des colères insensées, il prenait des drogues de plus en plus fortes. Il n'avait plus la stature d'un chef d'entreprise, et a fortiori d'un maître d'empire.

– Donc vous avez utilisé l'un de ces déguisements de clown, celui du clown triste, et vous lui avez tendu la BQT en lui disant : « Voilà ce que tu as toujours voulu savoir », complète Lucrèce. Bien, voilà, tout est dit, nous avons résolu l'affaire. C'est Félix l'assassin. Nous n'avons plus qu'à le dénoncer à la police et écrire l'article.

Isidore Katzenberg pose la main sur le téléphone que vient de dégainer Lucrèce.

– Non.

– Quoi non ?

– Il ne nous aurait pas accueillis s'il était coupable. N'est-ce pas, Félix ?

Le comique approuve et souffle un nuage de fumée. Il tend à nouveau une cigarette à Lucrèce qui, pourtant énervée, refuse.

Il va me faire rechuter cet imbécile.

– Je viens d'une école de commerce. Je suis un gestionnaire. Je suis un type raisonnable. J'ai mis la BQT en lieu sûr, le temps de réfléchir.

– Et c'était quoi votre lieu sûr ?

– Le Théâtre de Darius. Il y a là-bas un coffre-fort moderne. Un coffre-fort dans la tête creuse d'une immense statue de deux mètres représentant Darius assis en tailleur en train de fumer le cigare.

La copie de la statue de Groucho Marx. Même ça, il l'a copié.

– En tant que bras droit et homme de confiance j'avais le code. C'est là que je l'ai cachée.

– Subtil. Comme ça, si jamais Darius la retrouvait, vous pouviez prétendre que vous aviez l'intention de la lui donner.

– Vous voulez dire que Darius recherchait la BQT et qu'elle était dans sa propre statue ! Dans sa tête ! s'étonne la jeune journaliste.

– J'avais enveloppé la BQT dans du papier journal. Il y avait beaucoup de choses dans ce coffre-fort. Elles aussi dans du papier journal. Ça n'attirait pas l'attention.

– Pour Darius, complète Isidore, c'était forcément quelque chose de difficile à obtenir, donc il ne pouvait imaginer que ce soit devant ses yeux, sans protection, chaque fois qu'il prenait de l'argent ou de la drogue.

Félix ne réagit pas au compliment.

– À ce détail près que quelqu'un l'a volée dans son coffre.

– Qui ? demande aussitôt la jeune journaliste.

– Je ne sais pas qui, mais je sais quand. Exactement quatre jours avant son décès. Plus précisément durant une partie de PRAUB. Les gens étant tous concentrés sur la partie, personne ne surveillait le bureau de Darius.

Tous ces suspects nous mènent en bateau. J'ai l'impression d'être dans une course à l'échalote. Et pourtant je sens que nous n'avons jamais été aussi proches du but. D'un autre côté ce type était le troisième de mon enquête. Si j'avais posé les bonnes questions on aurait pu éviter bien des péripéties. Évidemment la meilleure blague serait que ce soit le pompier, soit le premier suspect, qui ait la BQT. Si c'est le cas, 1) j'éclate de rire, 2) je le tue. Ce qui sera la preuve que posséder la BQT est vraiment mortel.

Isidore la questionne du regard.

Il pense la même chose que moi. À force de travailler ensemble nous allons peut-être arriver un jour à se parler par télépathie. Là je sens qu'il me demande : « Vous en pensez quoi, ma chère Lucrèce adorée ? » Je vais lui répondre avec un peu de télépathie. J'en pense, très cher Isidore, que l'instant serait propice à lui « péter la gueule pour lui faire avouer ce qu'il a fait de ce putain de petit coffre avec un morceau de papier à l'intérieur. »

Isidore hausse le sourcil droit.

Là il me dit : « La violence est le dernier argument des imbéciles. »

Il a une petite moue qu'elle interprète aussitôt : *« De toute façon je ne pense pas qu'il en sache plus. Il me semble sincère. »*

Elle regarde son poing.

De toute façon, même s'il dit la vérité, j'aime pas ce type et ça me ferait plaisir de lui éclater la tronche juste pour me défouler de toutes les tensions accumulées.

Cette fois Isidore souligne sa désapprobation en haussant aussi le sourcil gauche.

Ils se lèvent et font mine de partir.

– Vous avez trouvé la solution à mon énigme ? demande Félix avant de les raccompagner à la porte.

– Heu, rappelez-moi exactement ce que c'était ?

– « Un homme est à la recherche d'un trésor. À un moment il arrive à un carrefour d'où partent deux routes. Il sait que l'une mène au trésor et l'autre mène à affronter un dragon, et donc à la mort. Face à chaque route il y a un chevalier qui peut le renseigner, mais l'un ment systématiquement et l'autre dit toujours la vérité. Il ne peut poser qu'une seule question. Auquel des deux doit-il s'adresser et que doit-il lui demander ? »

– Bien sûr, dit Lucrèce. Il doit dire : « Demande à l'autre chevalier de me montrer le chemin qui mène à la mort. » Que la question soit posée à celui qui ment ou à celui qui dit la vérité, la réponse donnée désignera toujours le chemin du trésor.

– Pas mal, dit Félix. Pourquoi ne m'avez pas appelé pour me le dire ?

La journaliste a un petit sourire.

– En fait, c'est maintenant, en vous entendant mentir, que je viens de la comprendre.

162.

« Le directeur de la Banque de France est très intrigué par une vieille dame qui dépose régulièrement des sommes impressionnantes sur son compte. N'y tenant plus, il lui demande un jour :
– Je ne peux m'empêcher de me demander d'où vous vient tout cet argent, comment gagnez-vous votre vie ?
– C'est très simple : je fais des paris.
– Des paris ? Qui vous rapportent autant ? Quel genre de paris ?
– Eh bien par exemple… je vous parie 10 000 euros que vous avez les couilles cubiques.
– C'est une blague ?
– Non, monsieur, et si vous acceptez le pari je viendrai demain avec mon avocat et un témoin pour vérifier que j'ai raison.
Le directeur réfléchit rapidement, et songe qu'après tout c'est une grosse somme facilement gagnée.

– Très bien, je tiens le pari, à demain.
Le lendemain, la vieille dame arrive avec son avocat. Elle entre dans son bureau, ouvre la braguette du banquier, sort son sexe et l'examine avec une loupe.
– Eh bien, monsieur, j'ai perdu mon pari. Je vous apporterai les 10 000 euros demain.
Le directeur, pris de remords à l'idée de lui prendre une si grosse somme, lui dit :
– Enfin, madame, cela me gêne, oublions donc ce pari ridicule.
– Oh, ne vous inquiétez pas pour moi, j'avais parié 100 000 euros avec mon avocat que j'entrerais dans le bureau du directeur de la Banque de France, que j'ouvrirais sa braguette et lui tâterais le sexe sans qu'il essaye même de m'en empêcher. Et qu'après il afficherait un air ravi. »

Extrait du sketch *Ma vie est un naufrage,*
de Darius Wozniak

163.

Cimetière de Montmartre.

Isidore et Lucrèce marchent entre les tombes.

– Vous savez ce que je crois, Lucrèce ? Nous allons réellement arriver au bout de notre travail et ne rien trouver. Ni l'assassin, ni la BQT. Et dans mon roman je vais mettre la première enquête qui finit par… un échec des enquêteurs.

– Ce serait frustrant. Et pour nous et pour vos lecteurs. Quoi que ça n'ait jamais été fait. Ce serait… moderne.

Ils marchent et le ciel s'assombrit.

– Non, je plaisantais. Je ne vais pas baisser les bras, Lucrèce. Ce n'est pas mon style.

– Vous avez un plan B ?

Les nuages s'accumulent, poussés par le vent. Les arbres commencent à bruisser.

– Vous savez comment je faisais quand j'étais jeune ? Je testais une formule et si elle ne marchait pas j'essayais de faire l'exact contraire.

– Oui, et alors là c'est quoi le contraire de notre enquête ?

Ils traversent la zone des tombes d'aristocrates. Quelques corbeaux croassent en agitant leurs ailes anthracite.

– Je ne crois pas que Félix mente. Il nous a dit la vérité et du coup nous sommes dans les choux. Depuis le début nous suivons la BQT, nous avons trouvé le dernier endroit où elle a séjourné, et nous voilà désorientés, en fin de piste. Maintenant, ce qui a marché doit être abandonné. Nous sommes dans une impasse. Il faut prendre le problème à l'envers. Partir non plus de l'histoire de la victime, non plus de l'arme du crime, mais du point de vue de… l'assassin.

Lucrèce revient sur la minuscule tombe de Léviathan et pose une pâquerette sur l'emplacement de sa dépouille.

– Tenez, je vais vous poser une question qu'on a oublié de se poser depuis le début, ma chère Lucrèce. « Pourquoi le clown triste est-il triste ? »

Il s'arrête devant un caveau où s'alignent tous les noms d'une famille de vingt personnes.

– Je ne vous suis pas, Isidore.

– Quand nous trouverons ce qui motive ses actes, nous élaborerons un « piège à clown triste ». Comme pour les souris on met une tapette avec un morceau de gruyère.

Lucrèce inspire amplement.

– Dans ce cas la question n'est plus : « Pourquoi rit-on ? » mais… « Pourquoi est-on triste ? », dit-elle.

Un peu plus loin, une femme s'essuie les yeux devant une tombe.

– En trouvant à quoi sert le rire nous risquons de trouver à quoi servent les larmes.

Ils marchent dans les travées. Autour d'eux les tombent défilent.

– Je suis née ici, dit Lucrèce. Voilà ce qui me rend triste. Voilà pourquoi j'ai un rapport particulier à la mort. Voilà pourquoi j'ai toujours voulu être acceptée par les vivants. Voilà pourquoi j'aime revenir ici, sur le lieu de mon premier crime : naître. Et de ma première punition : être abandonnée.

Le journaliste hoche la tête, compréhensif.

– Et vous, Isidore, qu'est-ce qui vous rend triste ?

– Le Système avec un S majuscule. Je suis un anarchiste. Je ne supporte pas la hiérarchie. Je ne supporte même pas la hiérarchie dans le parti anarchiste. Ni Dieu ni maître. Ni syndicat, ni parti, ni groupuscule. J'ai toujours lutté contre les petits chefs. J'ai toujours refusé le système dominant-dominé. Or naturellement, il apparaît partout des chefs et la cour pour les vénérer.

– Bref, vous refusez de jouer le jeu social et ses…

– … Hypocrisies ? Oui. Je les ai dénoncées et du coup, par réaction, ils se sont toujours ligués contre moi.

Il n'est pas seulement misanthrope, il est aussi paranoïaque.

– Esclaves et tyrans enfin réconciliés dans l'agacement qu'ils me portaient. Bref, cette société humaine est dans son simple fonctionnement une source permanente de déceptions. Regarder les actualités à la télévision est mon acte de masochisme quotidien. Et je ne peux m'empêcher de l'allumer.

– Ce que vous appelez « L'Apothéose des cloportes » ?

– Je me perçois comme un rebelle en lutte contre un système dont personne ne semble voir la perversité. Une rage bout en moi qui ne pourra jamais s'éteindre.

Je crois que je commence à saisir une clef du personnage. Il est plus compliqué que je ne le pensais. En tout cas s'il est ainsi c'est parce qu'il compense quelque chose d'ancien et de profond.

Il a dû agacer beaucoup de monde avant de m'agacer.

Il n'a dû se faire que des ennemis.

Parce qu'il n'est pas comme les autres. Et il ne fait aucun effort ni pour plaire ni pour se sociabiliser.

Ça me rappelle une phrase qu'il a dite : « Je ne sais pas comment faire pour être heureux, mais je sais comment faire pour être malheureux : il suffit de vouloir faire plaisir à tout le monde. »

Les deux journalistes apprécient cet endroit, loin de l'agitation du monde.

– On se promène tous avec des blessures de jeunesse, Isidore, pourquoi ?

– Tous les enfants souffrent. C'est une loi du monde. Tout le monde prétend défendre la veuve et l'orphelin et c'est une blague. De manière planétaire les veuves sont abandonnées et les orphelins récupérés par des réseaux de prostitution.

Elle a un frisson.

– Et encore, nous n'avons vécu que des « petites contrariétés de confort ». D'autres subissent l'inceste, la maltraitance, la malnutrition, l'enrôlement dans des groupes fanatiques, le mariage forcé... Eux sont vraiment brisés dès le départ, souvent par leurs propres parents. Et sans possibilité de reconstruction.

– Quelle engeance sommes-nous donc...

– Une espèce jeune, qui reproduit sans cesse la violence de la génération précédente. Ça peut être sans fin. Parce que la violence est le seul système connu. Le reste c'est l'inconnu. Regardez les jeux vidéo qui marchent le mieux : ce sont ceux où l'on tue, où l'on fait souffrir les autres. La bataille, la guerre réveille quelque chose d'archaïque en nous. La fraternité est un concept nouveau, qui ne réactive rien de connu dans nos cellules. Il faut pour ça forcer notre nature profonde, s'éduquer soi-même.

Lucrèce s'arrête devant une tombe. Sur la photo, un type semble très content avec son chapeau et sa cigarette.

Et s'il avait raison. La violence, nous ne connaissons que ça. Ne pas être violent, être capable d'aimer réclame de l'imagination et de la créativité.

– À l'école, une fois, je m'étais fait casser la figure par un groupe de grands. J'étais allé voir le professeur et il m'a dit : « Et alors ? Tu n'as pas compris, la vie c'est la jungle. Personne ne t'aidera. Les plus forts et les plus agressifs détruisent les plus faibles et les plus sensibles. Tu n'as qu'à t'en prendre à Darwin. Et tu devrais dire merci à ceux qui t'ont cassé la figure car ils t'ont ainsi préparé à affronter plus tard le monde. »

Lucrèce donne un petit coup de pied dans un caillou qui s'en va voler plus loin.

– Nous sommes élevés dans la compétition, donc dans l'idée qu'il faut détruire les autres pour survivre.

– Je crois, oui. Nous sommes stressés dès la sortie du ventre de notre mère. Et malgré tout ce qu'on dit, la plupart du temps nos parents ne savent pas nous aimer, tout simplement parce qu'on ne le leur a jamais appris.

Et qu'ils n'ont pas été aimés eux-mêmes.

– Comment inventer à partir de zéro un sentiment qu'on ne connaît pas ?

Ils reviennent devant la tombe de Darius.

– Et lui ?

– Lui c'est pareil. Enfant pas aimé qui n'aime pas les autres. Cependant il a trouvé son système particulier de survie : faire rire.

– ... de « survie » ? reprend Lucrèce.

– Comme jadis les espèces ont muté pour s'adapter aux prédateurs ou aux conditions de vie difficile. Lui, sa mutation a été de développer un talent et de s'y investir à fond. Et la défense psychologique étant l'un des problèmes de l'évolution de notre espèce, il a été rapidement reconnu comme un héros.

– Mais au fond de lui rien n'était réglé. Il avait juste trouvé un mode d'adaptation immédiat, souligne-t-elle.

– Le petit enfant qui pleure était toujours présent en lui. Il devait avoir tellement besoin d'être rassuré. Le rire est une manière de compenser le manque d'amour.

Lui, il lui manquait un œil et... un testicule.

Les deux journalistes contemplent une fois de plus l'inscription sur la tombe :

« J'aurais préféré que ce soit vous dans ce cercueil plutôt que moi. »

Lucrèce Nemrod arrange l'un des multiples bouquets de fleurs déposés sur la tombe du comique, à côté de figurines, de papiers, de tee-shirts, de dessins, offrandes des admirateurs.

– Il y avait quand même un certain panache chez ce personnage, reconnaît Isidore. On ne peut pas aller aussi loin sans avoir du courage et de l'obstination.

– À mon avis à la fin il était blasé, il avait tout : argent, pouvoir, femmes, drogues, adulation des foules, soutien des politiciens. Suprême luxe : il pouvait même assassiner impunément.

– La BQT était son dernier objet de désir, précisément parce que c'était la seule chose inaccessible. Voilà la raison de toute cette force déployée pour l'obtenir.

Ils reprennent leur promenade dans les travées du cimetière de Montmartre.

– La question est : « Qu'est-ce que Darius a commis qui fait pleurer le clown triste » ? dit-il.

– La liste des suspects est longue. En dehors de ceux qu'on a rencontrés, Sébastien Dollin (qu'il a volé, ridiculisé et ruiné), Stéphane Krausz (qu'il a dépossédé de ses droits), les membres de la GLH (dont il a assassiné un nombre considérable de disciples et le Grand Maître), la Grande Maîtresse Béatrice (dont il a tué le compagnon), son frère Pawel (qu'il a toujours humilié), son frère Tadeusz (qu'il a toujours laissé dans l'ombre). Qui encore ?

– Les comiques qu'il a pillés, les familles des comiques morts dans les tournois de PRAUB…

– … Et on pourrait en plus ajouter les maffieux qui ont perdu de l'argent dans des paris, les politiciens auxquels il a fait des promesses qu'il n'a pas tenues.

– Félix Chattam. Darius couchait avec Marie-Ange. Félix avait envie d'avoir sa place de numéro 1 et de chef d'entreprise.

– Ce n'est pas Félix le clown triste.

Ils parviennent devant la tombe d'un autre comique célèbre, mort quelques années avant Darius.

– Vous savez Lucrèce, je vous ai menti.

– Quoi ?

Il va me révéler quoi ? Qu'il est marié ?

– Quand je vous disais que je connaissais le milieu de l'humour et qu'ils étaient tous sinistres, c'était une manière de faire mon intéressant en disant l'exact contraire de ce qui semble commun. Ça mérite vraiment un rectificatif. J'ai connu des comiques angoissés, colériques, violents, mégalomanes, mais ils ne formaient qu'une infime minorité. La plupart étaient, je dois le reconnaître, des gens formidables.

Eh bien voilà autre chose.

– J'ai connu des comiques qui étaient comiques sur scène « et » tristes dans la vie. Et j'ai connu des comiques qui étaient aussi drôles dans la vie que sur scène. Et… ces derniers étaient largement majoritaires.

De mieux en mieux.

– Je crois que pris individuellement ce sont des gens admirables, c'est le système qui les pourrit, en mêlant le métier, l'argent, la gloire et les médias. Au début, quand ces jeunes humoristes ont commencé, ils étaient probablement dans le plaisir simple de faire rire leur entourage.

Le vent forcit, tourmente de plus en plus les feuillages, sous un ciel lourd.

– Le clown triste ne rit plus depuis longtemps…, murmure Isidore les yeux fermés. À cause de Darius. Et il tue pour retrouver le rire.

– Vous êtes en transe, Isidore ?

– Le clown triste a tué Darius et Tadeusz. Sa vengeance est accomplie.

Soudain le ciel se fendille d'un éclair lumineux.

Isidore ouvre d'un coup les yeux.

– Non, ce n'est pas fini. Le clown triste va encore frapper.

– Votre intuition féminine, Isidore ?

– Non. Quelque chose de beaucoup plus précis. Ça ! dit-il en désignant un détail devant lui.

164.

« Trois semaines après le jour de ses noces, une femme téléphone au prêtre qui l'a mariée :
– Mon père, mon mari et moi nous avons eu une scène de ménage épouvantable.
– Calmez-vous, mon enfant, lui répond le curé, il ne faut rien dramatiser. Chaque mariage doit avoir sa première dispute. Ce n'est sûrement pas aussi grave que vous le pensez.
– Je sais, je sais, lui répond la mariée. Mais alors dans ce cas, mon père, juste un dernier conseil : qu'est-ce que je dois faire du cadavre ? »

Extrait du sketch *Problème de couple*,
de Darius WOZNIAK

165.

Elle regarde la télévision tout en tricotant un chandail de laine rose.

Oscillant mollement sur son rocking-chair, elle s'est à moitié assoupie.

Comme elle tourne le dos à la porte, elle ne voit pas la silhouette qui vient de pénétrer dans la pièce.

Elle tricote de plus en plus lentement.

L'intrus s'avance pour se placer face à elle.

C'est le clown triste.

Il a un gros nez rouge et une bouche en parenthèses, plus un dessin de larme sur la joue gauche.

– Voilà ce que vous avez toujours voulu savoir, profère-t-il, et avec ses gants blancs il tend la boîte marquée « BQT » et « Surtout ne lisez pas ».

Le rocking-chair cesse son mouvement de va-et-vient. Les mains abandonnent les aiguilles, posent le chandail rose. Elles frottent les yeux, prennent le coffre, le posent sur les genoux.

Puis les mains partent à la recherche de lunettes dans le panier à tricot, et en ramènent… un gros revolver

– Haut les mains !

Le regard du clown triste laisse passer un éclair de surprise, mais déjà son pied glisse sous la bascule et la soulève. Le rocking-chair part en arrière avec son occupante.

Sous le choc la perruque blanche de Lucrèce Nemrod est éjectée et révèle son visage grimé à la Anna Magdalena Wozniak, la mère de Darius.

La jeune journaliste un peu sonnée cherche son arme à tâtons, mais le clown triste a déguerpi avec le précieux coffret.

– Isidore ! Bloquez-le ! crie Lucrèce en relevant la longue robe qui la ralentit.

Le grand et large journaliste apparaît alors face au clown triste et lui barre la route de toute sa masse.

Le fuyard comprend qu'il ne peut passer, pourtant il tente une manœuvre étrange, il continue sa course vers Isidore puis, arrivé à son niveau, il se laisse attraper.

Isidore referme les bras et le plaque contre lui. Mais le clown triste a gardé les mains libres. Il appuie des deux doigts sur les côtes d'Isidore, ce qui provoque une chatouille fulgurante et le geste réflexe d'ouverture des bras.

Tandis qu'Isidore récupère son souffle, le clown appuie sur une petite poire et la marguerite qu'il a au col envoie une giclée d'eau citronnée qui l'aveugle. Isidore en jurant porte ses mains à ses yeux. Du coup la voie est libre et le clown triste déguerpit hors de la demeure, saute au volant d'une petite Smart et s'enfuit.

Les deux journalistes ont grimpé sur leur side-car. Lucrèce met les gaz et l'engin s'élance dans le sillage de la voiture.

Tout en roulant, Lucrèce fulmine contre son partenaire d'enquête :

– Pourquoi ne l'avez-vous pas arrêté, Isidore ! Vous le teniez !

– Il m'a fait des chatouilles. Je suis très chatouilleux. Je perds très vite tout contrôle.

– J'avais mis exprès une arme dans votre poche. Vous auriez pu au moins lui tirer dans les jambes pour le ralentir le temps que j'arrive.

– Contre une marguerite pulvérisant de l'eau citronnée, un revolver à plombs me semble disproportionné.

La Smart grille un feu rouge et disparaît à l'horizon. Les voitures surgissent de droite et de gauche. Lucrèce n'a que le temps de freiner.

– Bravo, Isidore, à cause de vous on l'a perdu. Votre « piège à clown triste » n'aura servi à rien.

– Tsss… comme vous êtes rapide à vous désespérer.

– Mais on l'a perdu ! On le tenait enfin. Maintenant c'est fichu. Fichu. Fichu !

Isidore ne se donne pas la peine de répondre. Il se contente de hausser les épaules, avec un air d'enfant grondé à tort.

Bon, j'ai été un peu dure. Je reconnais qu'on l'a retrouvé grâce à lui. Il a repéré sur la tombe de Darius l'emplacement du nom de Maria Magdalena, dernier nom laissé en suspens sur le caveau de la famille Wozniak, et il en a déduit qu'elle serait la prochaine victime. Et il ne s'est pas trompé. Mais bon sang, pourquoi fait-il les choses à moitié ?

– Alors puisque vous êtes si malin on fait quoi maintenant ?

– On va retrouver le clown triste pour une grande et franche explication finale. C'est toujours comme ça dans les romans.

Lucrèce Nemrod est abasourdie par son flegme.

– Et bien sûr vous savez qui il est et où il a filé ?

– En effet.

– Alors on fonce !

Il la retient.

– Tsss.... ne confondons pas vitesse et précipitation. Quelle heure est-il ? Minuit ? C'est l'heure où pour ma part j'aime aller pratiquer une activité complètement folle.

– Laquelle ?

– Dormir. Et demain matin, après une bonne douche et un bon petit déjeuner, on ira le chercher. Mais pour satisfaire votre curiosité d'ici là j'ai une petite information qui pourrait vous intéresser sur l'identité de ce personnage.

– Arrêtez de me faire languir.

– Eh bien ce n'est pas un clown triste mais « une clownesse triste ». Quand je l'ai serrée, j'ai senti ses seins, petits mais fermes sous son déguisement. Et quand vous verrez qui c'est, vous comprendrez tout.

166.

« Quelques jours après la rentrée des classes, on procède à la traditionnelle photo de classe. Le semaine suivante, l'institutrice essaie de persuader les élèves d'acheter chacun une photo.

– Pensez à l'avenir, vous serez bien contents de vous dire dans quelques dizaines d'années, quand vous serez grands, tiens c'est Françoise, elle est devenue médecin maintenant ! Et là c'est Sylvain, il est devenu ingénieur !

À ce moment, une petite voix au fond de la classe complète :
– Et aussi : Tiens, là c'est la maîtresse. La pauvre... elle est morte. »

Extrait du sketch *La Vie est une somme de petits instants délicats,*
de Darius WOZNIAK.

167.

Sol bleu et corridors blancs.

Ils prennent plusieurs couloirs, gris, puis gris clair, puis blancs. Quelques femmes en tenue blanche circulent, ne leur prêtant aucune attention. Des râles, des gémissements résonnent.

Une lumière blafarde tombe du plafond.

Ils parviennent devant une porte sur laquelle s'affiche une tête de mort suivie de : DANGER RADIATIONS.

Ils la contournent. Très discrètement, ils récupèrent des blouses blanches et entrent dans la salle des opérateurs. Personne ne se retourne. Ils sont plusieurs, attentifs, occupés à surveiller ce qu'il se passe derrière la vitre de contrôle : un homme en tunique de toile est couché sur un lit. Au signal, le lit glisse vers un cyclindre blanc. Seuls les pieds de l'homme dépassent.

Des machines se mettent bruyamment en marche.

Sur les écrans apparaît l'image d'un cerveau filmé en direct sous plusieurs angles par des caméras à rayons X couplées à des scanners et des caméras à positrons. Une voix, dans le micro de la salle de contrôle, récite tranquillement :

– BLAGUE 1 : « Une femme monte dans un bus avec son bébé. Le chauffeur lui dit : "Je n'ai jamais vu de bébé aussi laid de ma vie." La femme, furieuse, va s'asseoir au fond du bus et se tourne vers son voisin : "Le chauffeur vient de m'insulter !" Le voisin lui répond : "Allez tout de suite vous défendre, allez-y, allez-y, et ne vous inquiétez pas, je vous garde votre singe." »

L'homme servant de cobaye, après une infime seconde de surprise, éclate de rire dans son tunnel de plastique. Ses orteils sont agités de petits spasmes.

Sur le grand écran un point lumineux apparaît dans le cerveau.

La femme en blouse blanche qui a prononcé cette blague repasse au ralenti les images, et ce qui est apparu comme un flash s'avère être une ligne de lumière blanche qui part d'un point arrière du cervelet, remonte les hémisphères par les zones les plus fines du cortex, traverse le corps calleux et termine sa trajectoire dans les lobes frontaux.

La femme en blouse blanche approche à nouveau les lèvres du micro :

– BLAGUE 2 : « C'est une antenne de télévision qui est tombée amoureuse d'un paratonnerre. Alors elle lui demande "Dis, tu y crois toi, au coup de foudre ?" »

Le type à nouveau éclate de rire, un point blanc apparaît dans la carte de son cerveau et ses pieds tressautent.

Sur l'écran, le trajet de la blague, tel celui d'un vaisseau spatial, apparaît. De son lieu de décollage à son lieu d'atterrissage, en général à l'avant du cerveau.

– BLAGUE 3 : « Deux chasseurs marchent dans les bois quand l'un d'eux s'écroule. Il semble ne plus respirer et ses yeux sont fixes. Son compagnon appelle sur son portable les services d'urgence et dit : "Mon ami est mort ! que puis-je faire ?" Son interlocuteur répond : "Calmez-vous. Assurez-vous d'abord qu'il est bien mort." Il y a un silence, puis une détonation de fusil. Le chasseur reprend son téléphone et dit : "Voilà, c'est fait, et maintenant qu'est-ce que je fais docteur ?" »

À nouveau les orteils s'agitent. On entend un rire étouffé en provenance de l'extrémité du cylindre de plastique puis la femme en blouse blanche annonce :

– Ce sera bon pour lui. Merci à tous.

Le lit glisse dans l'autre sens, pour délivrer le cobaye.

Une assistante aide l'homme à descendre. Il hoquette encore en repensant aux blagues. Puis l'assistante et l'homme quittent la pièce et la femme en blouse blanche reste seule à observer les trajectoires lumineuses dans le cerveau.

– Pouvons-nous vous parler en tête à tête, docteur ?

Elle se retourne et reconnaît le journaliste.

– Nous avons fini l'interview pour votre journal il me semble, monsieur Katzenberg.

– J'ai encore une petite question afin de boucler l'enquête, mais je préférerais vous la poser dans votre bureau tranquille. Est-ce possible, docteur Catherine Scalese… ou peut-être devrais-je dire « Cathy la Belette Argentée »…

Elle hésite, regarde sa montre, puis déclenche l'interphone du service.

– OK, on fait une pause. J'ai une interview avec la presse. Je reviens dans 5 minutes. Dites au prochain cobaye d'attendre. Relevez tous les graphes.

Le Dr Catherine Scalese invite les deux journalistes à la suivre dans son bureau. C'est une pièce à la tapisserie fleurie. Sur les murs, s'alignent les portraits des savants qui ont travaillé sur les mécanismes de l'humour. Ils sont tous en blouse blanche et leurs regards déterminés évoquent des pionniers combattants, comme s'ils allaient traquer l'essence même de l'humour.

Derrière le fauteuil du Dr Scalese une citation est encadrée : « L'IMAGINATION A ÉTÉ DONNÉE À L'HOMME POUR COMPENSER CE QU'IL N'EST PAS. L'HUMOUR POUR LE CONSOLER DE CE QU'IL EST. » HECTOR-H. MUNRO.

La scientifique ferme la porte puis décroche le téléphone.

– Allô le standard. Personne pendant 5 minutes, je fais une petite interview pour des journalistes. Merci.

Puis tranquillement elle invite les deux journalistes à s'asseoir dans de grands fauteuils de cuir. Elle leur sert du jus d'orange dans deux grands verres, puis les fixe longuement, sans mot dire.

Enfin elle articule :

– Comment avez-vous fait pour me retrouver ?

– Hier au moment du choc, quand je vous ai eue dans mes bras j'ai senti votre odeur. Elle m'a rappelé notre première rencontre. J'avais été étonné que vous vous parfumiez pour aller travailler dans un laboratoire. Surtout avec *Tartine et Chocolat* ; c'est un parfum d'enfant. Je me suis dit : « Elle ne veut pas quitter l'enfance. »

– Vous êtes attentif.

– Et j'ai remarqué la topaze à votre oreille. On a beau être clown grimé on garde la même odeur et on n'enlève pas ses boucles d'oreilles.

– Vous êtes vraiment attentif.

– C'est mon métier. Avoir les cinq sens qui fonctionnent.

Elle a un sourire étrange, nullement déstabilisée.

– Alors nous allons pouvoir nous entendre. Être vraiment attentif, c'est la première, et peut-être la plus grand forme d'intelligence.

– Vous savez pourquoi nous sommes là avec ma collègue ?

– Je présume que c'est pour savoir où se trouve la BQT ?

– Et aussi pour savoir pourquoi vous avez tué Darius, ajoute Lucrèce d'un ton plus sec.

Le Dr Catherine Scalese ne semble pas surprise. Elle se sert un jus d'orange, ajoute de la grenadine, et boit à petites gorgées.

– Et nous avons d'autres questions à propos de l'assassi…

– Allons, Lucrèce, ne soyez pas désobligeante envers notre hôtesse….

Je rêve ! Il m'insulte devant un suspect !

– Catherine. Je peux vous appeler Catherine ? Voulez-vous nous aider à connaître la vérité sur l'affaire Wozniak ?

Elle se penche en arrière dans son grand fauteuil.

– Je veux bien vous dire la vérité, mais êtes-vous prêts à l'entendre, et surtout êtes-vous prêts à la comprendre ?

– Vous nous prenez pour des…

Mais Isidore la coupe :

– Sachez Catherine, qu'à partir de cette seconde, nous remettons les compteurs à zéro. Nous nous débarrassons de tout préjugé, de tout jugement, de toute arrière-pensée. Nous vous écoutons avec la seule volonté de comprendre la vérité.

Elle ne semble pas convaincue.

– Qu'ai-je à y gagner ? L'apaisement de mon âme ? Le respect de la vérité ? Le soulagement d'un lourd secret ? Je n'ai plus l'âge de croire à toutes ces balivernes.

Vite, il faut trouver la clef. Elle est prête à ouvrir la dernière porte mais elle veut qu'on l'aide. Comment donner envie à une telle femme de tout avouer ? La menacer de la police ? Trop simple. De lui faire perdre son emploi ? Elle a donné l'information : il faut observer. Son parfum est Tartine et Chocolat, *une odeur d'enfance. Donc la clef est dans son enfance. La clef de Tadeusz et des hommes est dans la mère, la clef de Catherine pourrait être…*

– Votre père, dit Lucrèce.

Le mot produit une décharge électrique chez Catherine Scalese.

– Quoi mon père ??

– Tout ça, c'est à cause de votre père.

Observer. Bien observer. Elle attend la clef. Tiens, peut-être que l'énigme de Félix Chattam sur les deux chevaliers devant les deux routes peut m'aider. Si je donne un mensonge et qu'elle ment j'aurai la vérité. Et si elle ne ment pas… j'aurai la vérité de toute façon.

– C'est votre père qui est la cause de la mort de Darius.

Cette fois la réaction de la scientifique est spectaculaire. Elle respire fort. Ses pommettes s'empourprent. Elle déglutit avec peine.

– Qu'est-ce que vous racontez là ?

– Votre père. Il a connu Darius, n'est-ce pas ?

– Vous êtes allés fouiner dans les archives de justice, c'est ça ? Tout ce qu'on y raconte est faux, archifaux !

Elle est maintenant en colère. Ses yeux flamboient.

Bingo ! la serrure commence à avoir du jeu.

– Mais pour qui vous prenez-vous, espèce de petite sangsue, pour aller fouiner dans des archives vieilles de plusieurs dizaines d'années et croire tout ce qui est dit dans les journaux ? Vous les journalistes, vous croyez à vos propres mensonges. Il est tellement facile de servir une fausse vérité…

Elle renverse par inadvertance une pile de dossiers.

Isidore n'a pas bronché.

– Calmez-vous, Catherine. Nous sommes venus précisément pour rétablir la vérité. Ce que les journaux ont raconté sur votre père est faux. Je le crois.

Enfin, il me suit, il m'accompagne dans le mouvement.

– Qu'est-ce que vous allez faire, vous allez me faire arrêter ? Ainsi sur les mensonges du passé s'ajouteront les injustices du présent !

Ouh là, ça marche trop bien. Il faut faire marche arrière et la rassurer.

– Nous sommes dans votre camp, reconnaît Isidore. Sinon nous ne serions pas là.

– Vous m'avez empêchée de…

… *de tuer Anna Magdalena Wozniak ?*

Elle s'arrête, comme si cette pensée avait été prononcée.

– Si je vous donne ma version des faits, vous me promettez de la publier telle que je vous la donnerai ?

– Parole de journaliste, dit Lucrèce.

– Bien sûr, nous sommes venus pour ça.

Elle hésite encore, puis :

– En fait, tout a commencé alors que j'avais 16 ans. À cette époque Darius en avait 17. Nous nous sommes aimés. Peut-être que tous les grands drames commencent par de petites histoires d'amour. C'est déjà une première blague, ne trouvez-vous pas ?

Isidore approuve.

– Mon père était devenu son ami. Ou plutôt, devrais-je dire, son professeur et son maître. Mon père avait choisi Darius comme on adopte un chien à la SPA. Par pitié. À l'époque, celui qui allait devenir le Cyclope n'était qu'un adolescent mal dégrossi plutôt paumé et agressif. Il n'avait aucun avenir autre que la prison ou la clochardisation. Par le plus pur des hasards sa mère connaissait mon père. Elle a insisté pour qu'il l'aide. Elle n'avait plus la patience de s'occuper de Darius, il était trop agressif et trop brutal.

– Votre père, c'était…

– Quand il l'a vu il m'a dit : « Aujourd'hui j'ai rencontré un jeune homme malheureux. Il n'a pour seul tort que d'être né au mauvais endroit, au mauvais moment. On ne peut pas lui en vouloir. Mais il a une toute petite petite prédisposition pour les farces. Alors on va arroser et faire pousser la graine de ce petit talent. »

– Votre père était donc…

– Sous le pseudonyme de Momo, mon père n'était pas qu'un comique, c'était aussi et surtout un maître dans l'art du rire, c'est-à-dire quelqu'un qui a des élèves et qui, comme le mot l'indique, les « élève ». À l'époque il s'occupait aussi de transmettre son savoir à une autre personne.

– Qui donc ? demande Isidore.

– Moi-même. Si bien que Darius et moi nous avons été « initiés à l'art d'être drôles » ensemble par mon père. Les deux graines ont poussé côte à côte. Pour certains exercices, mon père demandait que nous nous déguisions. Il nous rappelait l'origine même du comique : les clowns. Darius faisait le clown qui rit et moi le clown qui pleure. Apprendre ensemble nous a rapprochés, si bien qu'une idylle est née entre nous.

Catherine Scalese sort de son tiroir un nez rouge de clown et joue nerveusement avec.

– Un jour mon père nous a confié : « Quand vous serez prêts je vous présenterai à mon ami Stéphane Krausz, le grand producteur. Vous entrerez dans la GLH. Et un jour vous connaîtrez peut-être le plus grand secret qui existe pour les comiques du monde : la… B…Q…T. »

La femme semble revivre la scène à mesure qu'elle la décrit.

– « C'est quoi la GLH ? » ai-je aussitôt demandé. « C'est quoi la BQT ? » a demandé Darius. Mon père nous a tout révélé. Darius était bouleversé, il voulait à tout prix connaître le secret de la BQT. Et moi je voulais à tout prix entrer dans la GLH.

Sa main joue de plus en plus nerveusement avec le nez rouge qu'elle fait rouler entre ses doigts.

– Après ça les cours de comique se sont poursuivis, mais Darius n'était plus le même. Le secret de la BQT l'obsédait.

Elle inspire profondément.

– Et puis « c »'est arrivé…

– Darius a perdu un œil dans l'usine désaffectée ? anticipe Lucrèce, qui se souvient des propos d'Anna Magdalena Wozniak et qui veut aller plus vite qu'Isidore dans ses déductions.

– Ce n'était pas un accident !

Le Dr Catherine Scalese a prononcé ces mots avec une rage inattendue.

– Mon père avait vraiment pris Darius en affection. Il lui donnait plus de cours particuliers qu'à moi. Mais je ne voulais pas être en reste alors je les guettais de loin. Un jour, alors qu'ils étaient en train de réviser les exercices de jonglerie, je m'étais placée dans les coursives supérieures et je les observais. Ils parlaient. Et soudain Darius s'est mis en colère. Je les entendais. C'était à propos de la BQT. Darius menaçait mon père. Il disait : « Parle, dis-moi ce qu'est la BQT ou je te tue. » Mon père était petit et malingre. Darius était costaud et animé d'une rage étonnante. Si bien qu'à 17 ans à peine, il n'éprouva aucune difficulté à le maîtriser. Il l'a attrapé par le col et lui a placé la tête sous un pilon mécanique.

Catherine Scalese se tait, haletante, en proie aux images anciennes.

– Mon père ne comprenait pas, il pensait que c'était un accès passager. Mais l'autre se faisait de plus en plus menaçant et il répétait : « Parle ! Donne-moi le secret de cette blague qui tue ! Je veux savoir. » Mon père a refusé d'en dire plus. « VAS-TU PARLER ! JE TE PRÉVIENS JE N'HÉSITERAI PAS ! » Mon père a fini par avouer que personne, même au sein de la GLH, ne connaissait les mots de la BQT car ils étaient mortels. Darius ne voulait pas le croire, il était enragé, il répétait : « VAS-TU PARLER À LA FIN ? PARLE OU JE VAIS TE TUER. » Mon père a trouvé le courage de sortir une blague complètement décalée par rapport à la situation. Il a dit : « Poil au nez. » Darius n'a pas ri, il a hurlé une fois de plus : « TU SAIS, JE N'HÉSITERAI PAS. » Mon père, dont la tête était placée sous le pilon, a articulé : « Poil au bras. » Darius a dit : « TANT PIS ! TU L'AURAS VOULU. » Mon père a voulu dire : « Poil au... » Mais il n'a pu terminer cette dernière saillie. Darius a actionné la manette du pilon mécanique et l'énorme masse de fer s'est écrasée sur la tête de mon père et l'a pulvérisée comme une noix.

Elle respire par petites saccades nerveuses.

– J'étais hébétée, jusqu'au bout j'ai cru que cela ne se produirait pas, que c'était une sorte de saynète humoristique entre eux. Et quand le drame a éclaté, je m'attendais à voir une explication, un mannequin, du faux sang, une simulation. Mais ce n'était pas une simulation. C'était un assassinat pur et simple.

Le nez rouge craque entre ses doigts.

– Le choc a été si fort qu'une molaire de mon père… a… giclé de sa mâchoire et tel un projectile a frappé l'œil droit de Darius.

Le Dr Catherine Scalese se tait, le visage en fièvre.

– Et ensuite, que s'est il passé ? parvient à murmurer Isidore.

Elle boit une gorgée de jus d'orange à la grenadine.

– Je l'ai dénoncé à la police. Sur place les enquêteurs ont trouvé plusieurs indices qui corroboraient ma version, et quelques-uns qui auraient pu la mettre en doute. L'affaire est passée aux assises : Darius a été accusé d'« homicide volontaire avec préméditation » et mis en garde à vue.

– J'ignorais cet événement, reconnaît Lucrèce.

– Son frère, Tadeusz, et sa mère, Anna Magdalena, ont témoigné qu'ils étaient là au moment de l'événement, et ils ont donné évidemment la même version que Darius. « L'accident malheureux de la passerelle rouillée qui s'est effondrée ». Mais le pire était à venir, la défense de Darius lui-même. Il est arrivé devant le juge et il a dit :

« J'ai assassiné Momo parce qu'il détenait le secret de la blague qui tue et que je voulais à tout prix la connaître. »

Elle est à nouveau secouée d'un frisson.

– Puis il s'est arrêté et a attendu. Son avocat a d'abord pouffé de rire, puis deux ou trois jurés, étonnés. Puis, comme un incendie qui se propage, tous les jurés et le public se sont esclaffés. Si bien que le juge a été obligé de frapper du maillet pour obtenir le calme.

Le fameux coup de la « vérité que personne ne veut croire ». Ainsi donc Stéphane Krausz avait raison : les blagues sont des armes…

– Et comme il avait obtenu le premier rire, ce que mon père appelait en référence « la morsure exploratoire du requin », il avait gagné. Il a ajouté : « J'en ai profité pour me débarrasser de mon œil droit. J'avais trop d'yeux vous comprenez. Un c'est largement suffisant pour voir. » Il avait déjà un bandeau sur l'œil. Il l'a soulevé et dévoilé la cavité vide. Ce qui a provoqué une émotion chez les jurés et les spectateurs. Et il a conclu par : « Désormais on peut m'appeler le Cyclope. »

Le Dr Catherine Scalese pose le nez rouge et se passe la main sur le front.

– Le contraste entre cette horrible orbite vide et le ton guilleret de Darius a eu un effet détonnant. Cette fois l'hilarité a été générale. Même le juge et le procureur n'ont pu se retenir.

Il était quand même fort. Devant quelqu'un frappé d'un tel malheur on se dit qu'il est déjà suffisamment puni comme ça.

– Le rire a duré longtemps. Après, lorsque j'ai témoigné, les gens ne m'écoutaient plus. Certains essuyaient encore des larmes de rire. J'ai parlé d'une voix neutre. Je ne voulais rapporter que les faits tels que je les avais vus. Du coup ça ne faisait pas crédible.

Et en plus elle n'était pas drôle. Le public préfère ceux qui le font rire.

– Quand j'ai parlé de la « BQT » comme mobile du crime, les rires sont revenus, mais pas des rires sains, des rires moqueurs.

– Darius en avait fait une blague. Du coup le terrain était miné, dit Isidore.

– Et quand j'ai parlé de son œil crevé par la dent de mon père, alors là le public et le tribunal ont explosé.

– Le mécanisme du « rappel », commente Lucrèce qui a retenu l'enseignement GLH.

– Les jurés ont voté à l'unanimité pour la thèse de l'accident. L'un d'eux est même venu me dire qu'il ne faut pas voir le mal partout. Et il m'a tendu sa carte de visite : il était psychiatre.

Ses doigts tremblent, elle reprend le nez rouge et le triture.

– J'ai fait appel. Et là ç'a été encore pire. Le public venait pour entendre l'accusé si comique qu'on appelait déjà « le Cyclope ». Et Darius leur en a donné pour leur argent. Le deuxième procès a été du grand spectacle. Il a recommencé son truc de la Blague Qui Tue et du Cyclope mais comme si ça ne suffisait pas il a raconté notre formation commune au métier de clown, notre relation.

Le coup de l'homme qui n'a pas peur de révéler les vérités de sa vie privée.

– Il a dit qu'il me comprenait et qu'à ma place il ferait exactement la même chose : trouver un coupable, n'importe qui, pour apaiser la colère. Et il a conclu en disant : « Si ça peut te faire du bien, Cathy, je suis même prêt à le dire : oui, je suis coupable, oui ton père est mort par ma faute. »

Encore le truc de la vache d'Erickson. Vu qu'on les pousse dans une direction ils tirent naturellement dans la direction inverse.

– « … Et même je suis prêt à monter à la guillotine, au gibet ou sur la chaise électrique… je ne sais plus lequel des trois est actuellement à la mode. » Cette fois il a triomphé sous les rires et les applaudissements. Là encore je passais pour la « jalouse qui voulait nuire au jeune artiste rival » et lui pour le type qui n'était pas rancunier. Il m'a même envoyé un baiser à distance, en disant bien fort : « Allez, je ne t'en veux pas, Cathy, si tu as besoin d'aide n'hésite pas à m'appeler. Je serai toujours là pour toi au nom de l'estime que j'avais pour ton père et au nom… de ce que nous avons vécu ensemble. »

– Il s'exerçait devant son premier public, remarque Isidore, troublé lui aussi.

– Ma vie s'est arrêtée. J'ai fait une dépression. Je ne bougeais plus, je ne parlais plus. J'avais pris en grippe tout ce qui ressemblait de près ou de loin à des plaisanteries, des blagues, des comiques. Un jour est arrivé le groupe « Nez rouge et blouse blanche », ils m'ont vue prostrée et ont voulu me détendre en me faisant rire. Alors je les ai frappés, avec tout ce que j'avais sous la main.

Le nez rouge en plastique crève entre ses doigts. Elle le jette violemment dans la corbeille.

– Et puis j'ai rencontré un psychologue de l'hôpital. C'est lui qui a diagnostiqué ma maladie.

– L'agélastie ? demande Isidore.

– Exactement. Vous connaissez ?

– On a appris cela à la GLH. C'est Rabelais qui a inventé le mot, renchérit Lucrèce en élève zélée.

– Cette maladie prend différentes formes. Elle survient parfois après des traumatismes. Pour moi il s'agissait de la forme la plus aiguë. Plus aucun rire. Une allergie complète à l'humour. L'écoute de la moindre blague me provoquait des plaques d'urticaire. Un sketch à la télé me donnait des vertiges. Ce psychiatre m'a dit qu'il n'existait pas de traitement connu contre l'agélastie chronique, mais qu'il voulait tester une nouvelle thérapie douce à base de… lecture de tragédies.

– Génial, laisse échapper Isidore.

– Il me racontait des histoires déprimantes. Il me demandait de lire des œuvres qui finissent mal comme *Roméo et Juliette*, ou *Macbeth* de Shaekspeare, *Notre-Dame-de-Paris* de Victor Hugo, *La Case de l'oncle Tom* de Harriet Beecher-Stowe, *Des fleurs pour Algernon* de Daniel Keyes. J'adorais les histoires d'amour impossible, les récits où à la fin les héros mouraient assassinés ou se suicidaient. Cela me donnait le sentiment que je n'étais pas la seule à subir des injustices. Je fuyais tout ce qui était happy end ou récit drôle.

Catherine Scalese se lève et parcourt son bureau, fixant les photos de Sigmund Freud, Alfred Adler, Henri Bergson.

– Vous ne pouvez pas savoir ce qu'est une vie où l'on ne rit plus. En fait, rire est une réaction de digestion du malheur. Si on ne rit pas, on ne fait que l'accumuler dans son cerveau.

– Après votre dépression, vous êtes restée longtemps à l'hôpital ? s'informe Lucrèce.

– Quelques mois, et puis on m'a transférée. Je suis restée trois ans dans un centre de repos. Mon psychiatre n'a pas fait que me permettre d'assumer ma tristesse, il m'a enseigné la médecine. Il pensait qu'il fallait que je comprenne mon cerveau pour me soigner moi-même.

– Vous avez eu une histoire avec votre psychiatre ? demande Isidore.

Une fois de plus il vient de me griller sur la ligne. J'aurais dû y penser. Évidemment qu'elle a dû faire un transfert sur cet homme.

Catherine Scalese s'assoit dans un fauteuil plus proche d'eux.

– Il a été mon sauveur. À la sortie de l'hôpital j'ai voulu suivre des études de médecine. Et quand est venue l'année de ma thèse, mon psychiatre m'a conseillé de choisir comme sujet « le mécanisme du rire ». Pour lui, l'effet pouvait m'être bénéfique.

Et voilà à nouveau confirmée ma théorie sur les médecins qui choisissent comme spécialité le domaine de leur problème à régler. Les psychiatres sont fous. Les dermatologues ont des boutons. Les spécialistes du rire sont agélastes.

– J'ai écrit la thèse la plus complète sur le mécanisme du rire. Son histoire. Son action neurologique, physiologique, électrique, voire chimique. Jamais on n'avait écrit quelque chose d'aussi complet sur ce sujet qui semblait « léger ». 630 pages. Un journaliste m'a découverte et du jour au lendemain j'ai connu une petite célébrité. J'étais le sujet à la mode du moment.

– Un journaliste du *Guetteur Moderne* peut-être ? demande à tout hasard Lucrèce.

– Non, d'un magazine concurrent. *L'Instantané*, je crois. Et son article a donné envie au producteur Stéphane Krausz de me rencontrer. Quand je lui ai montré mes recherches sur la physiologie de l'humour il a été passionné. Il m'a proposé un petit voyage.

– Dans un coffre de voiture ? Avec les yeux bandés ? demande Isidore.

– Comment le savez-vous ?

– Continuez. Donc vous êtes allée sous le phare fantôme…

– Là, j'ai découvert la GLH, la fameuse GLH dont m'avait parlé mon père, et qu'il avait promis de me faire connaître un jour. À ce moment, j'ai eu clairement la sensation de me reconnecter à mon histoire, au moment précis où elle s'était brisée net : mon père m'avait promis la GLH, et elle était là. J'ai distinctement senti un verrou s'ouvrir dans ma tête. Après de longs échanges, ils ont mis en place un laboratoire exprès pour moi, et ils m'ont fourni des moyens considérables, ainsi qu'un accès à des informations déterminantes que j'ignorais sur la mécanique de l'humour.

– Vous avez été initiée ?

Elle hésite, puis avoue :

– En effet. Et j'ai tué une personne. La connaissance est à ce prix : la fin de l'innocence. Le duel de PRAUB a été rapide. Ma victime était un petit gros joufflu plutôt sympathique. Le pauvre garçon ne savait pas qu'il n'avait aucune chance contre moi, du fait de mon étrange maladie.

Elle hausse doucement les épaules.

– Et compte tenu de mon statut de chercheuse j'ai été l'une des rares personnes autorisées à entrer et sortir à ma convenance du phare fantôme. J'étais là le jour où Darius a demandé à être élu Grand Maître de la GLH. J'étais dans la masse des capes mauves. Il ne m'a pas reconnue. J'ai voté évidemment contre lui. Et je crois que son adversaire est passé à une voix près.

– Étiez-vous présente le jour de l'attaque ? dit Isidore.

– ... et j'ai fui avec les autres. Mais quand ils sont descendus dans le tumulus sous la chapelle Saint-Michel, moi j'ai préféré attendre dehors.

– Vous vouliez assassiner Darius, n'est-ce pas ? suggère Isidore.

– J'ai ramassé une branche, ils étaient tous dispersés en train de fouiller le coin avec des lampes torches et des armes. J'ai attendu de voir passer Darius. Il m'a semblé le reconnaître, alors j'ai frappé de toutes mes forces sur la tête.

– Mais ce n'était pas lui, c'était Pawel, dit Lucrèce.

– Exact. Cependant, au moment où il a chuté quelque chose est sorti de son sac à dos.

– La BQT ?

– Laissez-la parler, Lucrèce, dit Isidore.

Alors ça c'est la meilleure, c'est lui qui l'interrompt tout le temps pour faire le malin et il m'interdit de parler !

– Dans ma tête tout est allé très vite. Plus que la curiosité, la vengeance était dans mon esprit. Je me suis rappelé une blague de mon père : « Lorsque Dieu veut nous punir de nos actes il exauce nos vœux. » Et je me suis dit : « Je vais récupérer la BQT et je me vengerai de Darius en lui offrant ce qu'il a tant voulu posséder.

– Il suffisait de la laisser, et il l'aurait récupérée, signale Lucrèce.

– Non, je voulais que ce soit moi qui la lui donne en le regardant dans les yeux et en lui disant enfin : « Voilà ce que tu as toujours voulu savoir. » Je me suis penchée pour ramasser l'objet. Mais quelqu'un n'était pas loin. Une femme costard rose.

– Marie-Ange, annonce Lucrèce.

– Elle n'a distingué que ma silhouette dans l'obscurité mais elle a tiré dans ma direction. Tout s'est joué en une fraction de seconde, je n'ai pas pu saisir le coffre. J'ai fui. Je me suis cachée et j'ai observé ce qui se passait. Marie-Ange a récupéré le coffre BQT. Elle a appelé à l'aide en signalant que Pawel avait été assommé.

– C'est Félix qui l'a rejointe.

– Elle lui a montré la BQT et le corps gisant de Pawel. Ils ont discuté puis Félix a décidé qu'ils n'allaient pas donner le trophée à Darius mais le cacher. Ils étaient très excités. Je les ai parfaitement entendus parler. Elle a dit : « Si Darius découvre que tu as la BQT et que tu ne la lui as pas donnée il te tuera. » Et j'ai entendu Félix répondre : « Sauf si je la cache dans le coffre-fort de son théâtre. S'il la découvre, il ne pourra pas m'accuser de ne pas la lui avoir donnée. »

C'est la structure de pensée des blagues qui donne ce genre d'idées. Dire la vérité pour ne pas être cru. Cacher l'objet convoité chez la personne qui le cherche. Pas mal.

– Donc je savais qui possédait la BQT, je savais où elle était dissimulée, il me restait à la récupérer pour accomplir ma vengeance.

– Et vous vous êtes déguisée en « Cathy la Belette Argentée » ?

– Il me fallait une raison d'aller sur place pour pouvoir explorer. Paradoxalement c'est au moment du tournoi de PRAUB qu'il y avait le moins de systèmes de sécurité enclenchés et le moins de costards roses à l'affût. Tout le monde était trop fasciné par les duels. Donc je me suis inscrite avec l'idée d'explorer le théâtre pendant que les duels se déroulaient.

– Mais du coup vous participiez vous-même aux duels. Vous n'aviez pas peur de mourir ?

– Ma maladie d'agélastie m'immunisait. La formation de mon père, plus l'enseignement GLH, plus mes connaissances en physiologie du rire me donnaient un atout majeur. Je me sentais une guerrière en armure avec une longue épée au milieu d'hommes des cavernes armés de massues. Qu'avais-je à craindre des PRAUB ?

– C'était quand même mortel…, intervient Lucrèce.

– Mes adversaires n'étaient que des amateurs plus ou moins inspirés. Ils avaient toujours « peur ». Et dès qu'on a peur on a déjà à moitié perdu. Mon problème était paradoxalement de faire semblant de rire pour ne pas éveiller les soupçons.

– Et comment faisiez-vous pour faire monter le galvanomètre ?

– La pensée triste apporte autant d'émotion que la pensée joyeuse. Je mimais le rire et je pensais à mon père. Ainsi je pouvais décider du chiffre qui allait s'afficher sur l'écran.

Isidore est impressionnée par son assurance.

Il fallait vraiment qu'elle ait la rage pour faire ça.

– Grâce à mon petit succès dans les PRAUB j'étais dans la place. Je voyais mes ennemis en action sans qu'ils se méfient, je pouvais chercher le trésor directement dans leur tanière.

Le Dr Catherine Scalese esquisse un pâle sourire.

– J'y prenais goût. Le Gelos et le Thanatos réunis composaient un cocktail émotionnel explosif.

Sébastien Dollin n'avait aucune chance contre un tel adversaire.

– Donc, pendant l'immense tension des parties, vous exploriez les bureaux à la recherche de la BQT ?

– Et je l'ai trouvée. J'avais entendu Félix qui disait : « Je la garde planquée dans la tête. » Je n'avais pas tout de suite compris, je croyais que c'était une métaphore, et là encore la blague était qu'on prenait au second degré ce qu'il fallait prendre au premier. Elle était en effet dans sa tête. Ou du moins dans la tête de sa statue géante.

– Pas mal.

– Cependant je n'avais pas le code. J'ai dû m'y reprendre à plusieurs fois pour ouvrir cette satanée tête creuse.

– Nous avons tous des talents complémentaires, Catherine. Vous m'auriez demandé, je me serais fait un plaisir de vous rendre service, c'est le sujet de ma thèse les serrures, signale Lucrèce, soudain compatissante.

– J'ai réussi. Et j'ai pu récupérer la BQT.

À ce moment la porte s'ouvre et une assistante arrive, fébrile :

– On ne peut plus attendre, docteur Scalese, les cinq minutes sont largement dépassées. Le cobaye 154 est prêt. Il est déjà dans le scanner et on lui a injecté les traceurs.

– Ah ? Excusez-moi, dit la femme, je dois y aller. Le travail avant le plaisir.

La scientifique perçoit que les deux journalistes sont méfiants.

– Ne vous inquiétez pas. Je vous promets de revenir pour vous raconter la suite.

Isidore Katzenberg la regarde s'éloigner, puis se lève et va examiner un Philogelos dans la bibliothèque. Il en choisit un au hasard.

168.

« Un scientifique et un philosophe sont poursuivis par un lion. Le scientifique dit :
– Attention, selon mes calculs le lion est en train de réduire son écart, et il risque de bientôt nous rejoindre.
Alors le philosophe répond au scientifique :
– Cette information ne m'intéresse pas. Je ne cherche pas à courir plus vite que le lion. Je cherche juste à courir plus vite que… vous. »

Extrait du sketch *La Vie est une somme de petits instants délicats*,
de Darius Wozniak

169.

Lucrèce Nemrod relit la citation accrochée au mur :

– « L'IMAGINATION A ÉTÉ DONNÉE À L'HOMME POUR COMPENSER CE QU'IL N'EST PAS. L'HUMOUR POUR LE CONSOLER DE CE

QU'IL EST. HECTOR-H. MUNRO. » Vous savez qui était Hector-H. Munro ? demande-t-elle.

– Un ancien de l'Armée des Indes qui a écrit des nouvelles d'un humour noir anglais très grinçant. Cette phrase est très forte. Je crois qu'après Rabelais c'est lui qui a le mieux défini l'humour.

– Par moments, Isidore, je me demande si nous ne sommes pas un peu naïfs, reconnaît la jeune femme.

– Qu'est-ce qui vous fait penser cela ?

Isidore Katzenberg inspecte le bureau dans les moindres détails.

– La suspecte nous dit : « Attendez, je fais une petite course et je reviens », et les enquêteurs lui font confiance et attendent ! Même dans un film burlesque on n'oserait pas mettre une telle scène.

Isidore Katzenberg, ayant terminé d'examiner les recueils de blagues et en avoir noté certaines, s'avance vers une collection de nez rouges de différentes tailles posés sur des tiges en sous-verre.

Lucrèce regarde sa montre.

– Il n'est peut-être pas trop tard, si Catherine Scalese est encore au laboratoire nous pouvons l'avoir.

– Et vous voulez faire quoi, Lucrèce ? La ligoter et lui faire des chatouilles comme pour Marie-Ange ?

– L'arrêter.

– Nous ne sommes pas la police.

Il m'énerve.

– En tout cas la faire avouer ! Depuis le début j'ai enregistré la conversation et...

– Les témoignages audio ne sont pas des pièces à conviction valables. La justice considère qu'ils peuvent être trafiqués. Et, que je sache, elle ne s'est pas fait prier pour nous avouer qu'elle détenait la BQT.

La jeune journaliste tourne dans la pièce, agacée.

– Vous croyez vraiment qu'elle va revenir et nous donner la BQT ?

– Nous ne sommes pas là pour croire. Ce sont les prêtres et les mystiques qui croient. Nous sommes des journalistes scientifiques, nous voyons, nous écoutons, nous sentons, nous essayons de trouver des liens entre les événements et des témoignages pour comprendre la vérité.

Lucrèce Nemrod regagne son fauteuil et s'y laisse choir avec un soupir sonore.

– Bon sang, échouer si près du but, juste parce qu'elle nous a pris de court et que nous n'avons pas osé l'immobiliser ! C'est trop nul.

Isidore Katzenberg examine les livres sur les étagères du fond.

– Vous imaginez une vie sans rire ! Darius Wozniak, qui a offert des heures de rire à tellement de gens, l'a complètement ôté à une personne. Et c'est ce qui a causé sa mort.

Lucrèce Nemrod ne l'écoute pas.

– Elle nous a enfumés. Elle est rentrée chez elle ! Cherchons son adresse et allons la rejoindre. Ou donnons son signalement pour que la police la cueille.

La porte s'ouvre et le Dr Catherine Scalese revient avec un épais dossier sous le bras.

– Excusez-moi, dit-elle, j'espère que je n'ai pas été trop longue.

– Nous en étions à l'instant où vous avez ouvert le coffre de son théâtre et récupéré la BQT, lance Lucrèce, prise à contrepied.

– Mmmh… exact.

La spécialiste en physiologie du rire s'assoit derrière son bureau et leur propose à nouveau du jus d'orange.

– Et alors ? demande Lucrèce qui n'en peut plus. Vous avez lu la BQT ?

– Oui.

– Et ?? Qu'est-ce qui s'est passé ?

– Grâce à son agélastie, elle était immunisée contre le rire mortel et elle a survécu, répond Isidore. Catherine Scalese est une des rares personnes au monde à pouvoir lire la blague absolue sans dommage.

La scientifique hoche la tête.

– La blague de la BQT est vraiment extraordinaire. Surtout si on sait qu'elle a été écrite à l'époque du roi Salomon, il y a trois mille ans, par un simple humoriste amateur. Et son mécanisme est aussi prodigieux qu'une horloge de précision. Dès qu'on a lu la première phrase on est aspiré par la deuxième et complètement pris par surprise par la dernière qui vous achève et vous laisse pantois.

J'en peux plus. Il faut que je sache. C'est quoi cette maudite blague !!! C'EST QUOI ?

– Trois phrases : la phrase de tête, la phrase de ventre, la phrase de queue. Et les trois réunies forment le monstre mortel. Comme un être vivant. Comme un dragon. Ce Nissim était assurément un esprit en avance sur son époque.

– Et alors, c'est quoi !? demande Lucrèce, exaspérée.

– C'est assurément la meilleure blague que j'aie jamais entendue de ma vie. Alors que je n'avais plu ri depuis des années quelque chose en moi s'est débloqué. J'ai senti une démangeaison, une sorte de frémissement dans mon cerveau, et j'ai éclaté de rire. C'était comme si la pression accumulée depuis des années se libérait enfin. J'avais l'impression que ma tête était un volcan en éruption. J'ai ri, j'ai ri, j'ai ri. J'ai pleuré de rire.

– Et ??

– ... je ne suis pas morte. Si c'est ça qui vous intrigue. Accessoirement, je vous parle en ce moment.

– J'ai toujours su que ça ne pouvait pas marcher, signale Isidore.

– En tout cas j'étais guérie. Cette blague m'a guérie de mon agélastie !

– Donc ça marche ! s'émerveille Lucrèce.

– Non, ça ne marche pas, elle vient de vous le dire, elle l'a lue et elle est vivante, rétorque Isidore.

– Elle, ce n'est pas pareil, c'est une exception. Mais sur n'importe qui de normal la BQT est mortelle.

– Ça ne marche pas ! insiste le journaliste scientifique.

– Ça marche ! s'emporte Lucrèce.

– Non.

– Si.

Pourquoi il ne cède pas ? Il sait bien que j'ai raison. C'est parce qu'elle était immunisée qu'elle a juste éclaté de rire, sinon elle serait morte.

Le Dr Catherine Scalese les interrompt :

– Votre ami a raison, mademoiselle. Ça ne marche pas. Ce n'est qu'une très bonne, une excellente blague. C'est tout.

Je n'y comprends plus rien.

– Cependant la mythologie millénaire de la BQT, elle, existe bel et bien.

– Mais tous ces gens qui ont raconté des récits de mort par la lecture de la BQT…

– … ne sont finalement que des menteurs. Ce ne sont que des rumeurs, des histoires, des témoignages indirects jamais vérifiés, complète Isidore.

– Mais…

La spécialiste en physiologie du rire approuve.

– Désolée, mademoiselle, votre collègue a encore raison. C'est une très bonne blague mais ce n'est pas une blague mortelle. Si certains en sont morts, je peux vous affirmer que c'est parce qu'ils avaient des problèmes de santé énormes, et qu'elle a été la goutte d'eau qui a fait déborder le vase.

– Mais…

– Je sais, vous êtes déçue, je l'ai été moi aussi. Restait cependant cette croyance fermement ancrée dans beaucoup d'esprits. La légende de la BQT était vraiment le mythe de tous les humoristes. Et mon métier de médecin m'a appris que la croyance peut avoir une action sur le réel. Si on y croit vraiment, la chose devient vraie.

– Le besoin de croire est inversement proportionnel au besoin de vérité, soupire Isidore, résumant en une phrase des milliers d'années de guerres de religion. Pour ma part j'ai toujours pensé que les avions ne se maintiennent en l'air que par la croyance des passagers. Ils sont persuadés que c'est normal qu'un gros tas de tôle, de clous et de plastique soit plus léger que les nuages. Mais si un seul passager est effleuré par l'idée que ce n'est quand même pas très logique, alors... l'avion chute.

Lucrèce Nemrod devient nerveuse. Ses yeux verts semblent s'enflammer.

– Donc vous découvrez que la BQT ne tue peut-être pas..

– Mais je ne voulais pas lâcher mon scénario de vengeance. Dès lors, j'ai eu comme projet de transformer la légende en réalité.

– Quelle idée fabuleuse, appuie Isidore.

Bon sang, je ne rêve pas, il est en train de la draguer devant moi. Qu'est-ce qu'elle a de plus que moi. Je suis plus belle, plus jeune, plus fraîche. Elle... elle... est juste une femme complètement anodine. Même ses cheveux ne sont pas bien coiffés. Et ses mains ? Elle se ronge les ongles. Elle n'est même jamais allée chez une manucure. Ce n'est que son statut de scientifique qui l'impressionne.

La main du Dr Catherine Scalese replonge dans un tiroir et en sort un nez rouge qu'elle s'amuse à faire circuler sur ses doigts, preuve s'il en est qu'elle a appris à jongler.

– Et alors ? demande Lucrèce.

– Et alors... je l'ai fabriquée. J'ai inventé une vraie BQT qui tue vraiment ceux qui la lisent.

Les deux journalistes, abasourdis, échangent un regard flou.

– J'ai eu l'impression que je devais poursuivre, ou plutôt achever le travail commencé par Nissim Ben Yehouda il y a trois mille ans. Il avait trouvé le chemin, je devais aboutir. Et ce n'était possible que de nos jours. Je savais tout ce qui se passe dans un corps quand on rit. Je connaissais l'effet de chaque type de blague. J'avais pu assister au cheminement des blagues dans un cerveau au micron près

– Mais comment peut-on arriver à un tel prodige ? insiste Isidore.

– Le problème à surmonter était : le rire est très subjectif. On ne rit pas des mêmes choses selon le sexe, l'âge, la langue, le pays, l'intelligence.

Catherine Scalese se lève et sort d'un placard une grosse valise en métal à serrure électronique compliquée, semblable à un petit ordinateur.

Elle la pose sur la table.

– Voilà la vraie BQT, garantie mortelle pour tous ceux qui la liront.

Les deux journalistes, prudents, n'osent approcher.

Catherine Scalese se dirige vers un tableau blanc et prend un feutre.

– Comment ai-je résolu cette énigme insoluble ? Tout d'abord je me suis posé la question : « Comment faire rire vraiment très fort ? » Et j'ai trouvé la réponse. Elle se nomme : N_2O.

– C'est la formule du protoxyde d'azote, remarque Isidore.

– Bravo. Aussi nommé « gaz hilarant ». Ce gaz a été découvert par Joseph Priestley en 1776. Les gens se réunissaient alors pour en inhaler et rire ensemble. C'est le dentiste Horace Wells qui aura l'idée de l'utiliser comme anesthésiant en chirurgie dentaire. Mais déjà apparaît un risque d'asphyxie par manque de dioxygène. Du coup la version utilisée actuellement est mélangée au dioxygène.

– Le protoxyde d'azote est aussi utilisé comme gaz propulseur dans les bombes de chantilly, il me semble, rappelle Isidore.

– En effet, et comme dépoussiérant d'ordinateurs. Il entre même dans la composition du combustible de propulsion des fusées. Et certains l'utilisent comme drogue.

– Avec des effets secondaires…

Écoutez-les ces deux-là à étaler leurs connaissances. Je pense qu'on a encore affaire à une sadique qui fait exprès de nous faire languir.

– C'est le professeur Smith qui en 1992 a découvert les effets toxiques du gaz hilarant, notamment en trouvant l'origine de maladies issues de l'anesthésie.

– Ils avaient inhalé trop de protoxyde d'azote ?

– Disons, pour être simple, que ça entraînait des troubles nerveux et des problèmes respiratoires.

– Et vous avez augmenté les effets toxiques ?

Cette fois Catherine Scalese fait comprendre que la conclusion arrive trop vite. Elle a envie d'expliquer dans le détail son « invention ».

– J'ai eu l'idée de concentrer le protoxyde d'azote et de le coupler avec des gaz qui augmentent ses effets.

– Ainsi vous obteniez un rire chimique mortel ? dit Lucrèce qui ne veut pas être en reste.

– C'est le protoxyde d'azote, plus les gaz additifs, plus la blague qui donnent l'effet létal. La proportion de toxicité des différents ingrédients de mon cocktail est la suivante : 70 % pour le protoxyde d'azote, 20 % pour les gaz additifs et 10 % seulement pour la blague elle-même. Par comparaison avec la dynamite, je dirais que le protoxyde d'azote c'est la poudre, les gaz additifs forment la mèche, et la BQT… la flamme.

Isidore est fasciné par cette trouvaille.

– Je ne suis pas sûre d'avoir bien compris, avoue Lucrèce.

Isidore prend le relais pour expliquer :

– On peut considérer qu'une substance chimique agit sur les neurotransmetteurs comme des voitures que l'on embarque dans un ferry de 100 places. Quand on envoie un stimulus chimique normal de protoxyde d'azote, 70 voitures sont envoyées dans le ferry de 100 places. Si on ajoute un additif gazeux l'embarquement augmente de 20 nouvelles voitures. On a donc 90 voitures garées dans le ferry. Et si on ajoute en plus un stimulus intellectuel les 10 dernières voitures vont remplir le parking de 100 places. Du coup le parking – c'est-à-dire les neurotransmetteurs – est saturé et déclenche un événement : le ferry rempli de voitures quitte le port pour son dernier voyage sur le fleuve Styx.

– C'est exactement cela, confirme la scientifique.

– Suffisant pour tuer ?

– La saturation des neurotransmetteurs entraîne aussitôt une décharge nerveuse très puissante, qui elle-même déclenche la fibrillation du cœur. C'est si puissant même sur un cœur sain que cela provoque son arrêt brutal.

La scientifique note sur le tableau :

« PROTOXYDE D'AZOTE + ADJUVANT + BLAGUE =>FIBRILLATION =>ARRÊT CARDIAQUE »

Elle a résolu un problème intellectuel par une solution chimique. Cette femme devait être sacrément motivée.

Elle désigne la mallette.

– Le plus délicat a été la mise au point du coffret.

Catherine Scalese dessine l'objet en montrant l'emplacement des cartouches de gaz.

– J'avais testé le mélange gazeux qui mettait mes cochons d'Inde dans un état comateux, donc j'avais mes 90 % d'effet. Après les cochons d'Inde, je suis passée aux tests sur les lapins, puis sur les singes. Chaque fois ils étaient au bord de la mort, il manquait le petit coup de pouce final.

– « Le rire est le propre de l'homme », rappelle Isidore.

– Donc une inconnue quant aux 10 % décisifs.

– Extraordinaire, répète Isidore. Vous aviez la dynamite, la mèche, pas l'étincelle.

– Je n'avais plus le choix, mon premier cobaye humain a donc été celui à qui tous ces efforts étaient destinés : le Cyclope en personne.

Je le savais. C'était donc bien un assassinat. Et c'était bien avec la BQT.

Catherine Scalese continue sur un ton très professionnel

– Là encore ce n'était pas simple. Il ne fallait pas courir le risque que d'autres personnes lisent.

– Et vous avez eu l'idée du papier photosensible roulé qui noircit juste après la lecture.

– Ce n'était qu'un aménagement pratique, mais il fallait être sûre qu'il aurait envie de l'ouvrir. Là intervenait toute la dimension psychologique...

– Vous vous êtes donc déguisée en clown triste ?

– Une manière de lui rappeler le passé et, je l'espérais, de titiller sa curiosité. Même s'il ne reconnaissait pas mon visage, il reconnaîtrait le maquillage et le sourire.

– Et tout a fonctionné ?

– Au-delà de mes espérances. Il m'a dit : « Ma Cathy ! Extraordinaire de te retrouver après tant d'années ! Qu'es-tu devenue ? » Il me parlait comme si nous étions des amis d'enfance. Reconnaissons-lui cette qualité, il avait l'immense capacité de ne jamais être surpris, de ne jamais prendre les choses au premier degré, et de rester aimable avec ses pires ennemis. Il tuait, il trahissait, il humiliait, mais avec un petit sourire, une petite blague, un ton badin.

– Et vous lui avez dit : « Voilà ce que tu as toujours voulu connaître » ? suppose Lucrèce Nemrod.

Catherine Scalese se tourne vers la jeune femme.

– À mon grand étonnement ça a marché. Enfin, je l'ai compris aux actualités télévisées du lendemain.

– C'est donc vous qui avez inventé la vraie BQT, la vraie Blague Qui Tue, vous êtes géniale, reconnaît Isidore Katzenberg. Nissim Ben Yehouda serait fier de vous. Vous êtes meilleure que lui. Votre nom pourra figurer parmi les grandes scientifiques de l'Histoire, comme Marie Curie, Rosalyn Sussman Yalow ou Rita Levi-Montalcini.

Non mais je rêve. Il va bientôt la féliciter d'avoir commis un crime !

– Vous êtes une meurtrière ! rectifie Lucrèce.

Le Dr Catherine Scalese ne relève pas.

– Quand vous êtes venu me voir, monsieur Katzenberg, et que vous m'avez parlé de « mourir de rire » j'ai compris que j'avais enfin affaire à quelqu'un qui était sur la bonne piste.

– Je ne vous gêne pas au moins ? intervient Lucrèce.

– J'ai aussitôt pris mes renseignements et découvert qui vous étiez. J'ai été impressionnée.

– Venant d'une femme telle que vous, le compliment me touche, murmure Isidore en baissant la tête.

– Nous sommes des pionniers à notre manière, dans nos domaines respectifs. Et pour cette raison, les rapports sociaux sont plus difficiles pour nous que pour ceux qui se contentent de suivre et de copier.

Non mais... écoutez ces deux-là, ils roucoulent !

– Vous venez de nous avouer que vous avez tué un homme avec préméditation et de sang-froid. Et ayant goûté ce premier assassinat impuni vous n'avez pas hésité à utiliser votre « diabolique machine à tuer » contre une deuxième victime : Tadeusz Wozniak.

Le Dr Catherine Scalese consent à accorder un peu d'attention à la jeune journaliste.

– Il a fait un faux témoignage lors du procès sur la mort de mon père. Il devait payer.

– Et ensuite vous nous avez envoyé un coffre BQT au journal !

– Chacun joue sa partie, Lucrèce, intervient Isidore. Nous ne pouvons pas reprocher à l'adversaire de se défendre.

– C'était seulement pour vous dissuader de continuer. Je voyais bien que vous avanciez à pas de géant.

La jeune femme aux grands yeux verts ignore son collègue.

– Et vous n'avez pas hésité à vous attaquer à une femme âgée de 78 ans. Vous avez voulu tuer Anna Magdalena Wozniak !

Catherine Scalese a une moue blasée :

– Son faux témoignage a été le plus déterminant. Si elle s'était contentée de se taire, j'aurais peut-être gagné le procès. Et à cette heure Darius serait encore vivant.

– En prison ?

– Parfaitement, là où se trouve sa place légitime.

– Et du coup il n'y aurait eu ni sketches, ni carrière, ni théâtre pour les jeunes. Des millions de Français n'auraient pas ri, rappelle la jeune femme.

– Et aucun comique n'aurait été ruiné. Aucun duelliste de PRAUB n'aurait été tué, complète Isidore.

Et je serais morte suicidée dans la baignoire d'un pensionnat de jeunes filles.

Catherine Scalese caresse étrangement la mallette d'acier.

– Tout est rentré dans l'ordre. L'âme de mon père peut désormais dormir en paix.

La scientifique ouvre son tiroir et sort un nez rouge plus gros que les autres avec lequel elle joue.

– Maintenant vous savez tout. Ou presque.

Alors, à petits gestes lents et délicats elle manipule le petit clavier électronique qui sert de serrure à la valise d'acier. Les deux pênes se libèrent dans un claquement. Elle sort un petit coffret laqué de bleu et le tourne vers eux. Les trois lettres d'or qu'ils connaissent bien brillent. « BQT. »

Et au-dessous, en lettres stylisées : « Surtout ne lisez pas. »

Elle ajuste la sphère rouge sur son nez et, d'une voix nasillarde :

– Après tous vos efforts je trouve normal de satisfaire totalement votre curiosité. Voici donc « Ce que vous avez toujours voulu savoir ».

Avant même qu'ils aient eu la moindre réaction elle ouvre le coffret bleu tourné dans leur direction.

Aussitôt deux nuages de gaz gris sont puissamment propulsés dans un sifflement par deux orifices situés dans l'épaisseur du bois. Le nuage s'élargit et remplit très vite la pièce.

– Ne respirez pas, Lucrèce ! s'écrie Isidore. Sortons vite !

Lui-même se bouche le nez, imité par sa comparse qui le suit.

– Catherine est protégée ! Son nez rouge, c'est un masque à gaz ! crie à son tour Lucrèce.

La femme au gros nez rouge approuve.

– C'est en effet une de mes petites inventions brevetées : « le nez rouge-masque à gaz miniature », annonce la spécialiste en physiologie de l'humour de sa voix nasillarde.

En souriant, elle exhibe la clef de la porte.

– Comme je regrette de voir disparaître l'un des rares hommes qui semblaient pouvoir me comprendre. Mais je crains fort que vous ne me laissiez pas le choix. C'est votre faute, vous m'avez incitée à trop parler.

Lucrèce Nemrod ouvre la bouche pour aspirer un peu d'air. Elle regarde Isidore qui commence à suffoquer.

Quelques millions d'atomes en suspension franchissent l'orifice buccal de la jeune femme. Ils atteignent les poumons. Des poumons ils passent dans le sang. Le sang pulsé par le cœur remonte par les carotides jusqu'au cerveau.

Quelque part au fond de ses cellules, intervient alors le phénomène chimique décrit par Isidore. Les réceptacles de ses neurotransmetteurs sont saturés à 90 % de protoxyde d'azote.

Lucrèce Nemrod se sent une irrépressible envie de rire.

Le fou rire monte en elle comme la vapeur d'un geyser.

Non ! Il ne faut pas. Il faut tenir. Ce n'est qu'un produit chimique.

La jeune journaliste a envie de cogner mais elle n'en est pas capable et ses gestes mous sont ridicules. Son cœur se met à battre très vite. Elle voit qu'Isidore lui aussi commence à rire.

Catherine Scalese saisit le coffret avec le texte roulé. Cette fois ce n'est pas du papier photographique. Elle le pose devant leurs yeux.

– Voilà, je laisse la BQT à votre disposition. Si je puis vous donner un conseil : « Surtout ne la lisez pas. »

Lucrèce Nemrod plaque ses mains devant ses yeux et devant ceux d'Isidore.

Puis tranquillement le Dr Catherine Scalese sort de son bureau et referme la porte à clef.

Les deux journalistes n'ont rien pu tenter pour l'en empêcher.

Isidore essaie de repousser la main de Lucrèce pour voir le coffret sur la table. La jeune femme le tire alors par la manche.

Elle essaie d'articuler :

– C'est… l'étincelle de la dynamite. Si vous lisez… la BQT… Ha ! Ha ! Ha !

Ils se livrent à une sorte de danse-combat au ralenti, Isidore essayant d'approcher le coffret et Lucrèce essayant de le retenir.

Mais le journaliste trébuche et s'effondre. Il commence à se tordre par terre, alors que Lucrèce bave en frappant le sol du poing en espérant que la douleur refoulera l'effet hilarant du gaz.

– Ha ! Ha ! Ha !

– Hi ! Hi ! Hi !

Leur souffle devient éructation, leurs battements cardiaques s'accélèrent. Isidore réussit à se relever en s'aidant du pied du fauteuil et s'avance à nouveau vers le bureau où trône la blague, déroulée, offerte, mortelle.

Elle essaie de le retenir.

– Ha ! Ha ! Ha !… NON… Hou ! Hou !… SURTOUT ISIDORE… Ha ! Ha ! NE LISEZ PAS !

170.

« Trois souris blanches dans une cage font le point sur leurs travaux respectifs.
La première dit :
– Moi je suis une grande scientifique. Ma spécialité c'est la physique : j'ai dans ma cage une grande roue reliée à une dynamo. Et je pense établir une loi sur le fait que plus on court vite dans la roue, plus la lumière de la petite ampoule reliée à la dynamo augmente.
La seconde dit :
– Pfff, ce n'est rien. Moi aussi je suis une scientifique encore plus forte. Ma spécialité c'est la géométrie. J'ai mis au point une formule mathématique pour trouver très rapidement le chemin dans n'importe quel labyrinthe. Grâce à cette formule on va pouvoir gagner un temps considérable.
La troisième dit :
– Vous plaisantez, c'est nul. Ma découverte est bien plus importante. Moi mon domaine c'est la psychologie, et plus spécialement la "psychologie animale". Eh bien vous ne me croirez peut-être pas, mais je suis arrivée à conditionner un être humain pour qu'il m'obéisse. C'est le principe du réflexe conditionné. Il suffit que je presse une manette qui déclenche une sonnerie, et l'humain m'apporte aussitôt de la nourriture. »

Extrait du sketch *Nos amis les animaux*,
de Darius WOZNIAK.

171.

Le bureau du Dr Scalese résonne de leurs rires. Les scientifiques célèbres figés dans des poses ridicules sur les photographies sous cadre semblent se moquer d'eux.

Isidore Katzenberg essaie toujours d'atteindre le bureau où la lampe éclaire le papier déroulé, objet de toutes les convoitises.

Elle a dit que ce n'était pas du papier photographique, songe Lucrèce avec ce qui lui reste de neurones en état de fonctionner sereinement. *Il ne se détruira donc pas à la lumière.*

Catherine Scalese a reconnu qu'il y avait trois phrases.

La tête.

Le ventre.

La queue du monstre.

Et si on le lit, le Dragon crache sa flamme qui allume la mèche et fait exploser la cervelle.

Roulant sur le sol, Lucrèce attrape la jambe d'Isidore qui essaye de se traîner vers le bureau. Sans pouvoir cesser de rire, ils se battent avec mollesse :

– Laissez-moi lire, Lucrèce ! Ha ! Ha ! Ha !

– Jamais, il ne faut pas ! Hi ! Hi ! Hi !

– Je veux savoir ! Hou ! Hou ! Hi ! Hi !

Isidore pleure à grosses larmes mais il s'avance malgré tout inexorablement vers la blague.

Ainsi voilà son point faible. La curiosité.

Je suis plus forte que lui. Moi je peux accepter de ne pas savoir.

L'image du Saint Michel doré de l'église du mont Saint-Michel qui terrasse le Dragon. Vient alors visiter l'esprit de la jeune femme.

Cette fois l'épée est son esprit.

L'amour pour épée.

L'humour pour bouclier.

Elle a lu cette phrase dans un livre, et en cet instant ces mots prennent un sens particulier.

L'amour pour épée.

Elle sait que c'est grâce à son amour pour Isidore qu'elle pourra trouver l'arme qui lui fera surmonter sa curiosité.

Lucrèce plonge dans son esprit et se souvient de tous les moments où elle a su vaincre ses pulsions primaires. Quand elle était avec Marie-Ange et que cette dernière la faisait souffrir.

Voilà le frein, comme Stéphane Krausz nous l'a enseigné.

Je dois visualiser cet instant terrible de mon passé.

Je dois revoir le moment où Marie-Ange m'a attachée, celui où elle m'a bandé les yeux, celui où elle m'a mis un bâillon

« POISSON D'AVRIL ».

Voilà à quoi servent les souvenirs traumatisants. À ne pas avoir envie de lire les blagues mortelles.

Elle se visualise en armure et bouclier, armée d'une épée tel l'archange saint Michel, et elle enfonce la lame dans la tête du Dragon. Et celui-ci ouvre sa gueule pour agoniser.

Elle lance de toute sa gorge un cri de guerre :

– POISSON D'AVRIL !

Et dans un sursaut d'énergie se lève et fonce vers la blague qu'elle déchire en quatre morceaux.

Isidore Katzenberg encore riant se précipite aussitôt et essaye de les regrouper comme un puzzle.

Alors, tout en riant elle aussi, Lucrèce Nemrod les déchire en débris de plus en plus minuscules cependant qu'Isidore essaie encore de les assembler en un puzzle de plus en plus compliqué.

Cette double activité de l'absurde déclenche un nouveau fou rire chez les deux journalistes qui se laissent choir au sol, épuisés.

Après un long moment, Lucrèce, hoquetant toujours, parvient à se relever pour tenter d'aller ouvrir la fenêtre, mais celle-ci est sans poignée ni possibilité d'ouverture. Elle prend une chaise et la lance mollement contre la vitre où elle rebondit.

Isidore de son côté se traîne vers la collection de nez rouges et brise le verre. Ils n'ont pas de filtre.

Lucrèce Nemrod essaie de défoncer la porte mais le panneau est très solide et ses muscles très faibles. Isidore décroche le téléphone du bureau.

– Ha ! Ha ! Ha !... Allô, la police ? Venez nous libérer, nous sommes enfermés dans l'hôpital Georges-Pompidou, section Neurologie. Ha ! Ha ! Ha !

Mais à l'autre bout du fil le policier croit à une plaisanterie et lui raccroche au nez.

Isidore Katzenberg essaie à nouveau avec les pompiers et obtient le même résultat.

– Ha ! Ha ! il faut appeler des gens de confiance. Je vais essayer quelqu'un d'autre, dit Isidore en tentant de se souvenir d'un numéro et surtout en essayant maladroitement de le composer sur les touches qui s'enfuient devant ses doigts. La pièce est toujours saturée de protoxyde d'azote.

– Je ne sais combien de temps les secours mettront à venir. Maintenant il faut penser à des choses tristes, dit-il.

– La crise économique ?

Il éclate de rire.

– Ha ! Ha ! Ha ! Attention, dit-elle en se reprenant, si vous me faites trop rire je peux crever. Essayez de trouver quelque chose de triste.

– Le réchauffement climatique ?

À nouveau elle éclate de rire.

– Ha ! Ha ! Hi ! Hi ! Vous devez utiliser les mêmes trucs qui vous permettent de vous retenir de jouir quand vous faites l'amour, dit-elle.

– Pour me retenir de jouir je pense à la Thénardier.

À nouveau elle éclate de rire et commence à avoir le cœur qui tape fort dans sa poitrine.

– Ha ! Ha ! Ha ! Vous allez me tuer Isidore. Vite quelque chose de triste.

– Je ne sais pas, pensez à la mort de vos parents.

À nouveau elle éclate de rire.

– Ha ! Ha ! Hou ! Hou ! Vous oubliez que je suis orpheline ! Mes parents m'ont abandonnée dans un cimetière !

– Zut.

Il éclate de rire lui aussi.

– Ça y est, j'ai trouvé quelque chose de très triste.

Il le lui souffle à l'oreille, et enfin ils parviennent à apaiser leur rire. Leurs deux cœurs se calment, mais ils sont toujours traversés de soubresauts et de spasmes de rire.

Alors Lucrèce a une idée. Se souvenant de la technique d'Isidore pour la sauver dans le théâtre de Darius elle réunit la BQT en petit tas de confettis et allume le papier. La petite flamme prend. La fumée monte vers le détecteur de fumée et… ne déclenche rien.

Elle approche du papier enflammé du détecteur qui ne réagit pas. Probablement hors d'usage.

Cette fois-ci nous sommes fichus. Surtout ne pas rire de cette situation ridicule.

Mais c'est alors que la porte est défoncée d'un coup.

Les deux journalistes sont surpris par leur sauveur.

C'est Jacques Lustik, le « Capitaine Jeu-de-Mots » et gardien de la salle souterraine du « *Comico Inferno* ». Il pénètre d'un pas déterminé dans la pièce sans lâcher l'outil qui lui a permis de les libérer : un extincteur grand modèle.

– Excusez-moi d'avoir un peu tardé, dit-il. Sur ordre de Béatrice, je vous suis depuis votre départ du mont Saint-Michel. Plus précisément c'est votre porte-clef-rire automatique qui nous sert de balise pour savoir ce que vous faites. Mais j'ai eu un petit contretemps qui m'a ralenti, c'est rapport au…

Lucrèce Nemrod bondit sur lui et le bâillonne de la main.

Il allait sortir une blague pour terminer sa phrase.

On ne joue pas avec des étincelles dans une poudrière.

Isidore, comprenant la réaction de sa collègue, lui ajoute une épaisseur de phalanges pour être sûr qu'aucun mot ne filtre.

Les yeux du « Capitaine Jeu-de-Mots » roulent d'étonnement.

La jeune femme, en essuyant ses larmes, en cherchant sa respiration, arrive à articuler :

– Non, s'il vous plaît, Jacques. Par pitié, retenez-vous… pas la moindre petite blague, pas le moindre jeu de mots. Si vous avez quelque chose à nous dire, il faut que ce soit triste, tragique ou démoralisant, d'accord ?

172.

« Un jour, une petite fille demande à sa mère :

– Dis maman, comment ils sont nés les tout premiers parents ?

– Eh bien, lui répond sa maman, c'est Dieu qui a créé les premiers humains, Adam et Ève. Ils ont eu des enfants qui plus tard sont devenus parents à leur tour et ainsi de suite. C'est de cette manière que s'est formée la famille humaine.

Deux jours plus tard, la fillette pose la même question à son père. Celui-ci lui répond :

– Tu vois, il y a des millions d'années, les singes ont évolué lentement jusqu'à devenir les êtres humains que nous sommes aujourd'hui.

La petite fille, toute perplexe, retourne aussitôt voir sa mère :

– Maman ! Comment c'est possible que tu me dises que les premiers parents ont été créés par Dieu et que papa me dise que c'était des singes qui ont évolué ?

La mère lui répond avec un sourire :

– C'est très simple ma chérie. Moi je t'ai parlé de ma famille et ton père te parlait de la sienne. »

Extrait du sketch *La Guerre des sexes comme si vous y étiez*, de Darius WOZNIAK.

173.

Le dauphin Ringo retombe en éclaboussant tout autour de lui. Le deuxième dauphin, Paul, s'élance aussitôt pour monter encore plus haut.

Le requin George, pour sa part, agacé par tout ce tapage, s'est caché dans un coin tout au fond de la citerne, reconstruite, consolidée et réaménagée.

Isidore Katzenberg est assis à son bureau face à un sunlight récupéré dans une brocante de matériel de cinéma. Il a nettement amélioré le décor depuis la fin des travaux.

Même si la piscine centrale est toujours aussi vaste et profonde, il a donné à son lieu de vie un aspect plus exotique. Palmiers, cocotiers, dunes de sable, plantes grimpantes ont envahi l'espace de son loft.

Les écrans sont plats et larges. Au centre, le plus grand affiche en permanence « l'Arbre des Possibles », ce site Internet où n'importe qui peut venir nourrir les visions du futur de ses propres idées présentées comme les feuilles de l'arbre. Toutes ces propositions d'avenir forment un végétal foisonnant de couleur indigo sur fond noir.

Isidore Katzenberg porte un casque audio sur les oreilles, branché sur son iPhone.

Dans ses oreilles, la musique du film *Jonathan Livingstone le Goéland*.

Il essaie de se souvenir de tous les instants forts de leur enquête sur la BQT.

Il sort d'une valise un par un plusieurs objets qu'il place sur le bureau devant lui.

Un sachet de crêpes de Carnac, un jouet en plastique représentant un dériveur identique à celui qui les a menés sur l'île au phare, une peinture représentant le roi Salomon, un masque blanc d'apprenti GLH affichant une mimique neutre, une carte postale des menhirs alignés à Carnac, une carte postale du mont Saint-Michel une photo de l'Archange terrassant le dragon, un petit buste de Groucho Marx en toge, une photo de Darius, une photo de sa tombe, une photo d'Henri Bergson. Il réunit plusieurs recueils de blagues, Philogelos de tous les pays et de toutes les époques. Enfin il observe un gros nez de clown.

Il pianote sur le clavier, notant en première phrase : « Pourquoi rions-nous ? »

Il sourit, satisfait d'avoir posé l'incipit qui servira de base de construction de son histoire.

Sa main joue avec le nez rouge de clown, tentant de le faire rouler sur chaque doigt, puis le jette en direction de la piscine géante. Avant même que la boule rouge ait touché les flots, un dauphin, John, a surgi, trop content qu'on lui propose un nouveau jeu. Les deux dauphins Ringo et Paul le rejoignent et s'envoient la balle joyeusement.

Isidore Katzenberg réfléchit. Il pense qu'il ne faut pas enfiler les phrases comme les perles d'un collier, il faut suivre la pensée globale du plan et des couches d'intrigues.

Il pense qu'il doit inventer son propre artisanat adapté aux romans qu'il veut écrire : des polars de science avec du suspense.

Il se dit que tout travail de créateur se ramène à la création de la vie. Il faut penser à l'histoire comme à un être vivant : le squelette d'abord, qui est l'intrigue et qui fait tenir le récit debout. Ensuite se greffent les organes qui sont les grandes scènes qui font circuler le sang, l'air et les hormones dans l'intrigue. Puis viennent les muscles : les petites scènes qui transmettent la tension de l'histoire. Ensuite, quand le squelette est équilibré, que les organes fonctionnent, que les muscles donnent la force, on peut poser sur l'ensemble la peau, comme une toile qui enveloppe le tout pour qu'on ne voie pas ce qui vit dessous.

Mais il songe qu'il lui faut un style simple et efficace, comme celui des blagues. Pas de fioritures, pas de bijoux tape-à-l'œil comme des phrases longues et alambiquées. Juste une peau solide tendue sur la géométrie secrète du squelette.

Le journaliste scientifique, potentiellement romancier, prend un crayon et un stylo et, tout en écoutant l'ample musique symphonique de *Jonathan Livingstone le Goéland*, il dessine une sorte de silhouette qui est pour lui la « forme globale de son histoire ». Avec des pieds, des cuisses, un ventre, un nombril, des bras, un cou, une tête… un sexe.

Puis, dans ce plan de corps, il place des phrases aux endroits qui lui paraissent judicieux.

« Pourquoi rit-on ? » au niveau des pieds.

Il joue un instant avec son stylo, puis cette fois au niveau du mollet droit : « Qui a tué Darius ? »

Au niveau du mollet gauche : « Comment peut-on tuer en vase clos sans laisser de trace ? »

Puis il ajoute, au niveau du genou droit : « Premières pistes. »

Au niveau du sexe : « Trois énergies :

– Éros : le sexe.

– Thanatos : la mort.

– Gelos : le rire. »

Et il fait irradier les trois énergies dans l'ensemble de son roman-organisme.

En caractères plus larges sur le cœur : « PEUT-ON MOURIR DE RIRE ? »

Au niveau des intestins : « PRAUB, les duels qui digèrent les humoristes pour les transformer en cadavres. »

Au niveau du front : « GLH, l'héritage sacré issu de la nuit des temps. »

Au niveau des fesses : « Le milieu du show-business parisien. »

Plus il réfléchit, plus il se demande si le drame de Darius n'est pas d'avoir été artificiellement propulsé par un système qui crée des stars pour mieux les sacrifier.

Le système les gonfle, les gave d'argent, de pouvoir, de cocaïne, de sexe, après quoi, comme de grosses dindes de Noël bien obèses, on se nourrit de leur mort dont on fait des spectacles.

Isidore Katzenberg jette le masque blanc en direction des dauphins et l'un d'eux glisse son rostre dans l'élastique et semble l'arborer comme s'il en avait compris l'usage.

Les masques, voilà le piège. Les stars confondent leur masque et leur vrai visage. Dès lors qu'elles ne sont plus dans le réel, elles sont fichues.

Le milieu de l'humour est peut-être plus cruel encore parce que le pouvoir y est plus fort.

Darius Wozniak assurément a été éduqué dans l'humour des lumières, il a basculé dans l'humour des ténèbres, mais a obligé une troisième énergie à naître : Catherine Scalese.

À sa manière elle a inventé une nouvelle voie d'évolution de l'humour : « l'humour bleu ».

Il note au niveau de la gorge : « Docteur Catherine Scalese ».

Elle, elle a tout compris à l'humour. Elle a été éduquée comme un clown, elle a saisi le mécanisme profond du rire, elle l'a poussé à son paroxysme. Elle mériterait plus encore que Béatrice de devenir Grande Maîtresse de la GLH.

Il réfléchit, examine son plan dessiné.

Non, Béatrice est la meilleure Grande Maîtresse parce qu'elle est connectée à la source non pas du rire mais de la blague écrite. Et elle tient la loge dans l'endroit le plus merveilleux du monde, là où le sol n'est ni une île ni une terre mais les deux à la fois. Le mont Saint-Michel est déjà en lui-même une blague géologique.

Il revient sur son clavier et pianote :

« Tout travail de création d'un roman ressemble à la fabrication d'un être vivant. »

Donc… « Tous les romans peuvent se résumer à une… grande blague. »

Puis il ajoute : « Et si toute vie humaine n'était qu'une blague ? »

« Et si toute forme de vie n'était qu'une blague ? »

« Et si l'humour était le plus haut niveau de conscience de l'esprit ? »

« Et si le sens de l'évolution de toute forme de vie était précisément de devenir "toujours plus drôle" ? »

Cela le laisse songeur.

Soudain on sonne.

Il déclenche le nouveau système d'ouverture à distance.

Lucrèce surgit au milieu de l'île centrale.

Elle prend la passerelle et vient vers lui.

Lucrèce Nemrod est vêtue d'un chemisier avec un motif de dragon transpercé d'une épée, cette fois non plus chinois mais vénitien. Elle porte une minijupe et des chaussures à talons hauts. Ses longs cheveux châtain clair sont ordonnés en coiffure complexe de boucles accroche-cœurs.

Elle l'embrasse sur le front.

– Alors ? demande Isidore sans autre préambule.

La jeune femme jette sur son bureau le numéro du *Guetteur Moderne*. Sur la couverture, en grosses lettres rouges, est placardé : « LE GRAND SECRET ». Et en dessous, en caractères à peine moins gros : « RÉVÉLATIONS EXCLUSIVES SUR LA MORT DU CYCLOPE ».

Isidore lève sur elle des yeux surpris.

– Vous êtes donc parvenue à convaincre la Thénardier de le publier ? Je ne pensais pas que vous y arriveriez, bravo, Lucrèce.

Il saisit le magazine et examine la couverture. Un cliché des dernières secondes publiques de Darius à l'Olympia. L'artiste est en train de saluer en soulevant son bandeau, révélant le petit cœur rose au fond de sa cavité oculaire.

– Dire que ce geste était finalement la solution de toute l'enquête, soupire-t-il. Tout le monde le plaignait pour son handicap physique alors que c'était la preuve de son crime. Même le petit cœur pourrait être une allusion à son histoire d'amour avec Catherine Scalese. Tout était dans l'œil et sous nos yeux depuis le début. Voilà la blague.

Il ouvre le journal à la page de l'article. Il découvre alors une photo de la tombe de l'humoriste, et en lettres blanches sur fond noir : « DISPARITION DE DARIUS WOZNIAK, NOTRE DOCUMENT-CHOC. »

Une enquête exclusive de Christiane THÉNARDIER aidée sur le terrain par Florent PELLEGRINI. »

Avant qu'Isidore ait pu lancer la moindre remarque, Lucrèce Nemrod prend les devants :

– C'était la condition sine qua non de la publication de l'article. Christiane Thénardier avait besoin de se refaire une crédibilité, depuis le temps que tout le monde se moquait du fait qu'elle n'avait jamais écrit une ligne de toute sa vie.

– Et Florent Pellegrini ? C'est lui qui a écrit l'article ?

– Non, c'est moi. Mais la Thénardier a dit que pour toutes les enquêtes criminelles sérieuses, le public était habitué à lire des articles signés Florent Pellegrini. C'était, pour reprendre son terme exact, « un gage de crédibilité ».

– Je vois.

– Ils m'ont quand même créditée en fin d'article.

Isidore Katzenberg remarque en effet qu'à côté de la répétition des deux signatures en bas de page est inscrit en caractères plus petits, en italiques et entre parenthèses : *(Documentation Lucrèce Nemrod).*

– C'est mieux que rien. Et puis il y a 31 feuillets et ils me les payent pour une fois correctement. Très correctement même. Ils m'ont augmentée : je suis payée désormais 50 euros le feuillet. Ça met un peu de beurre dans mes épinards.

Isidore se tait. Il parcourt le début de l'article en mode lecture rapide.

– Et ce n'est pas tout. La Thénardier a accepté de rembourser toutes les notes de frais, restaurants, hôtels et essence.

Son enthousiasme n'est pas communicatif.

– Pour un article qui fait la couverture du magazine, ça me semble un minimum, lâche Isidore.

Lucrèce Nemrod poursuit :

– Christiane Thénardier m'a félicitée. Elle m'a même dit qu'on pourrait envisager un jour ma titularisation. Elle m'a promis qu'elle allait en parler aux chefs des étages du dessus.

Le journaliste scientifique tourne la page et s'arrête sur un intertitre : DARIUS EST MORT DE RIRE SUR SCÈNE COMME LE GRAND MOLIÈRE DANS *LE MALADE IMAGINAIRE.*

– C'est de vous ça ?

– Non, c'est une idée de Pellegrini.

– Je vois. Les grands artistes meurent à la tâche sur scène. La souffrance en sacrifice pour divertir les autres. Très héroïque. Très bonne idée d'angle d'attaque.

Il se moque de moi. Il n'a pas entendu la promesse de la Thénardier, ou alors il pense qu'elle ne tiendra pas parole. Pourquoi faut-il qu'il gâche tout ?

Irritée, Lucrèce Nemrod essaie de récupérer le magazine.

– Je n'aurais pas dû venir. Je savais que c'était une erreur. Finalement je préfère que vous ne lisiez pas la suite.

– Si, au contraire, ça m'intéresse de plus en plus.

– Non, je vais vous dire ce qu'il y a dedans. 1) Que Darius était un forcené du travail. 2) Qu'il était arrivé à réconcilier les générations par le rire. 3) Qu'il essayait de faire émerger et d'encourager les jeunes talents. 4) Qu'il ne prenait plus assez soin de lui car il était tout dévoué à sa mission de faire du bien à ses contemporains. 5) Qu'il était à la recherche de la blague parfaite et que son exigence professionnelle était de l'ordre du comportement maniaque. 6) Que c'est probablement à cause de cette exigence excessive et de cette recherche de perfection qu'il est mort sur scène.

– Vous n'évoquez rien de l'affaire Catherine Scalese ?

– J'ai tout raconté à la Thénardier dans le détail.

– Et ?

– Je lui ai proposé de le mettre dans les termes qui lui sembleront le moins susceptibles de nous attirer des ennuis de justice. Elle m'a dit textuellement : « Hors de question de ternir l'image de Darius, surtout au moment où l'on examine la possibilité de transporter sa dépouille au Panthéon. »

Isidore Katzenberg hoche lentement la tête, le visage fermé.

– Allons, Isidore, nous le savons bien. La vérité n'est pas publiable. Et puis de toute façon personne ne veut la connaître.

La Thénardier m'a dit textuellement : « Calomnier Darius c'est perdre des lecteurs. »

– Au moins ç'a le mérite d'être clair. Personnellement, j'aime bien découvrir les mensonges qu'on sert au grand public quand je suis l'un des rares à savoir la vérité. C'est un plaisir délicat.

Isidore Katzenberg pose le magazine, et se dirige vers le bassin où approchent déjà du bord ses dauphins. Il leur jette des harengs.

– Elle a dit : « Darius, c'est l'espoir pour des milliers de jeunes de réussir alors qu'ils vivent dans des banlieues misérables. Ils veulent tous être comme lui. Et vous allez leur dire que c'était un homme cynique et blasé ? Un mégalo cocaïnomane narcissique ? »

– On l'a bien révélé pour le footballeur argentin Diego Maradona qui était aussi l'idole des jeunes, et ça n'a pas créé de révolution. D'ailleurs il est resté tout aussi populaire.

– Ce que les spectateurs peuvent accepter pour le football, ils ne peuvent l'accepter pour le rire. Les comiques sont plus sacrés que les footballeurs.

Isidore ne répond pas, il continue de nourrir ses cétacés.

– La Thénardier a ajouté : « Vous voulez faire quoi, mademoiselle Nemrod, la révolution ? Ce pays est fragile. Une majorité de sondés qui disent que le Cyclope était le citoyen le plus formidable, ça signifie que c'est l'opinion d'au moins 20 millions de personnes, et vous voudriez leur dire que ce sont des naïfs incapables de reconnaître un type bien d'un salaud ! »

– La Thénardier n'a pas tort. On ne peut pas dire aux masochistes qu'ils aiment souffrir. On ne peut pas dire aux cons qu'ils sont cons. Sinon ils se vexent.

Isidore Katzenberg revient à son bureau, reprend le magazine, pêche une phrase au hasard dans l'article :

– « … Darius, cet artiste monumental dont l'œuvre comique restera à jamais gravée dans la mémoire collective. » Quand même, Lucrèce, vous n'avez pas l'impression d'en avoir fait un peu trop ? Connaissant la vérité vous auriez pu, comment dire, être un peu plus dans la « retenue ».

– Une fois qu'on a trouvé le titre et l'accroche, il paraît que la vérité n'est qu'un élément pour alimenter le dossier. Et que ce n'est pas le plus important dans un article. Vous n'allez pas me reprocher d'avoir vendu mon âme ?

Le journaliste hoche la tête, compréhensif. Elle s'énerve.

– Désolé, Isidore, moi je suis encore dans le système ! Je dois gagner ma vie, je suis obligée d'écrire ce qu'on me demande d'écrire et non pas… cette fichue vérité qui n'intéresse personne et qui en plus n'est pas… crédible.

– Dans ce cas, quel intérêt de la chercher ?

– Peut-être que je ne pensais pas découvrir ce qu'il s'est réellement passé à l'Olympia.

Isidore Katzenberg tourne le dos, s'en va chercher dans son réfrigérateur un quartier de bœuf pour son requin George

– Vous vous sous-estimez, Lucrèce. Moi je n'ai jamais douté de l'aboutissement.

Elle s'assoit, contrariée. Puis elle reprend le magazine, comme si elle craignait qu'il lise l'article en entier.

– Et vous, dans votre roman, vous en êtes où, Isidore ?

Il jette le quartier de viande et le requin approche, ouvre ses mâchoires équipées d'une double rangée de dents acérées et le déchire d'un seul coup de gueule.

– Il sera l'exact contraire, ou plutôt l'exact complémentaire de votre travail. Je dirai la vérité et personne ne la croira. Mais au moins elle sera écrite quelque part. Et puis j'aurai attiré l'attention des gens sur une question qui semble anodine mais qui en fait est cruciale : « Pourquoi rions-nous ? »

– Et votre réponse est ?

Il va vers sa chaîne hi-fi.

« Aquarium », du *Carnaval des animaux* de Camille Saint-Saëns, jaillit des haut-parleurs.

Isidore Katzenberg se déshabille, enfile des lunettes de protection et va plonger dans le bassin.

Il nage avec les dauphins. Le requin George, de son côté, fait semblant de mener un combat difficile contre le quartier de bœuf.

Il m'énerve.

Alors Lucrèce Nemrod à son tour se déshabille et, en slip et soutien-gorge, plonge dans la piscine. Elle le rejoint et se maintient en surface par des petits mouvements de pieds.

– Avant que je ne déchire en petits morceaux la BQT vous l'avez entrevue, n'est-ce pas ?

– La première phrase.

– Alors c'est quoi la tête du dragon ?

– Il vaut mieux que je ne vous le dise pas, vous seriez... déroutée.

– Je veux savoir. Juste la première des trois phrases. Sans protoxyde d'azote et sans les deux phrases suivantes elle n'aura pas d'effet.

– Détrompez-vous. La première phrase est déjà très puissante et très déroutante. Je n'ose imaginer ce qu'étaient la deuxième et la troisième.

– Vous vous moquez de moi, Isidore ?

– OK, je l'avoue, je ne l'ai pas vue. Et nous ne la verrons jamais.

À quel moment je peux considérer qu'il me parle sérieusement ? Est-ce qu'il me ment ? Est-ce qu'il a peur de ma réaction ?

– Je me suis renseigné, dit-il. Catherine Scalese n'est plus revenue à l'hôpital Pompidou. Elle a officiellement disparu.

– De toute façon elle a réalisé sa vengeance. Qui restera impunie.

Elle voit passer un dauphin, elle le reconnaît ; c'est John. Il lui propose son aileron et elle découvre le plaisir de se laisser tirer par l'animal.

J'adore. C'est fantastique.

Puis le dauphin la dépose près d'Isidore.

Le journaliste s'immobilise et la regarde fixement. Il passe une main délicate dans ses longs cheveux mouillés. Elle se laisse faire.

– Vous savez Lucrèce, il faut que je vous remercie. Cette enquête m'a beaucoup appris. Et notamment que je pouvais ne plus enquêter seul.

– Vous savez Isidore, je crois que je dois aussi vous remercier. Cette enquête m'a beaucoup appris. Et notamment que pour ma part je pouvais enquêter… seule. Tout du moins sans vous.

Ils se défient du regard.

– Lucrèce, et si je vous proposais de venir vous installer ici pour vivre avec moi, accepteriez-vous ?

Elle s'approche, lui dépose un petit baiser sur la bouche puis lance :

– Non, merci. Je préfère qu'on reste amis. J'ai déjà retrouvé un autre studio à louer, j'y ai apporté mes affaires. J'ai même racheté un poisson rouge. Une carpe impériale du Siam grosse comme ma main. Elle se nomme Léviathan 2. Je suis certaine qu'elle vous plaira quand vous viendrez prendre le thé… chez moi.

Il ne sourit plus.

– Et si je vous proposais de faire une partie de trois cailloux pour décider de cela ? Si vous gagnez, vous repartez dans votre studio avec votre Léviathan 2 et on prend le thé de temps en temps. Si je gagne, vous venez vous installer dans mon château d'eau et vous vivez avec moi.

– M'installer ?

– Quelques jours. Juste pour qu'on se connaisse mieux.

– Quelques jours ? Carrément ! Eh bien c'est tout ou rien chez vous, Isidore.

– C'est plus drôle, non ?

Lucrèce Nemrod hésite, puis accepte de relever le défi. Ils sortent de l'eau, s'installent au bord du bassin, prennent chacun trois allumettes qu'ils cachent, puis tendent le poing fermé.

– Zéro, commence-t-elle.

– Un, répond-il.

Ils ouvrent la main et les deux mains sont vides.

– Bravo, Lucrèce. Bien deviné. Mais cela ne fait que commencer.

– C'est étrange, j'ai l'impression de continuer une sorte de tournoi de PRAUB, reconnaît-elle en posant victorieusement une allumette pour n'en conserver que deux pour la suite du duel.

– Deux esprits qui dansent ensemble, ça ressemble forcément à un duel. Et puis ce sont toujours les trois mêmes énergies qui agissent : Éros, Thanatos et Gelos.

Lors de la deuxième confrontation elle annonce :

– Trois.

– Quatre, suit-il.

Il ouvre sa main qui contient trois allumettes. Elle ouvre sa main… vide.

– Joli coup, reconnaît-il.

Le jeu se poursuit et Lucrèce annonce :

– Quatre.

– Trois.

Cette fois Isidore gagne. Il pose une allumette devant lui et, reprenant la main, parle le premier.

Il annonce deux et elle un. Et c'est encore lui qui gagne.

– Deux victoires chacun. Celle-ci sera décisive, annonce-t-il.

Ils joignent leurs deux poings fermés, qu'ils mettent en contact. Isidore attend un moment avant de lancer son annonce.

– Un, déclare-t-il.

Lucrèce sonde son regard, inspire, ferme les yeux.

– Deux, répond-elle.

Il ouvre sa main qui contient une allumette. Elle ouvre sa main et dévoile elle aussi une allumette. La jeune femme a gagné.

– Vous avez gagné et j'ai perdu, Lucrèce. Je vous ai sous-estimée et j'ai eu tort. Bien fait pour moi.

Je n'avais jamais entendu un homme prononcer cette phrase. C'est peut-être là où il est très fort, le moteur d'Isidore est aussi équipé de la marche arrière.

– Mais pas seulement là-dessus. Je me suis aussi trompé et sur bien d'autres choses.

– Quoi donc ? Allez-y, vous commencez à m'intéresser.

Il faut qu'il paye pour m'avoir repoussée.

– Je vous disais que je n'aimais pas les blagues et en fait depuis cette enquête j'apprécie énormément cette activité qui semble dérisoire et inutile. C'est même désormais extrêmement important pour moi. Je crois que l'humour est le plus haut niveau de spiritualité. Quand on a tout compris, on rit.

Il affiche un air désolé.

– Quoi d'autre ?

– Et je crois aussi que désormais je vous... apprécie vraiment...

« Apprécier » ? Dire qu'il m'aime lui écorcherait la gueule ?

– ... beaucoup, ajoute-t-il.

À ce moment un dauphin, Ringo, jaillit de l'eau et en retombant envoie une gerbe d'eau compacte qui trempe Lucrèce d'un coup. Isidore se lève et rapporte une serviette sèche et tiède qu'il dépose sur ses épaules.

Il l'enveloppe dans le moelleux du tissu éponge, la serre dans ses bras et, avant qu'elle ait pu exprimer le moindre avis sur la question, l'embrasse dans le cou, puis remonte vers son menton, et l'embrasse fougueusement, et longtemps. Lucrèce se laisse faire. Puis, lorsque Isidore décolle ses lèvres des siennes, Lucrèce le regarde longuement.

Le temps s'arrête. Leurs regards sont mêlés, chacun attendant que l'autre ose briser le silence.

Isidore réagit le premier. Tout commence par une étincelle au fond de ses yeux, que Lucrèce remarque, et qui n'était pas là la seconde d'avant. Un tout petit feu follet, qui danse au fond de la pupille. Et qui allume le même au fond du regard vert émeraude de Lucrèce. Et qui fait naître, au coin de sa joue, la fossette imperceptible, la légère tension du muscle de la joue, presque la naissance d'un sourire, qui se répercute alors sur la joue d'Isidore. Là, tout s'accélère, sautant même l'étape du sourire, Isidore éclate de rire. Lucrèce suit.

Les deux journalistes sont pris d'un fou rire qui dure longtemps, déchargé de toutes les tensions accumulées depuis le début de leur enquête.

– Là, si nous avions respiré du protoxyde d'azote nous serions morts, glousse-t-elle.

– … ou pas, rétorque-t-il comme s'il prolongeait le jeu des trois cailloux.

Ils rient encore.

– Je crois que moi aussi je suis capable de reconnaître mes erreurs et de faire marche arrière. Je vais finalement revenir sur ma décision, dit la jeune journaliste. Je vais rester une semaine. Pas un jour de plus. J'amènerai Léviathan 2. Je suis sûr qu'il s'entendra très bien avec George, Ringo, John et Paul. Mais que ce soit bien clair, Isidore, il y a aura trois règles : 1) Interdiction de me toucher. 2) Interdiction de me réveiller 3) Interdiction de…

Il lui pose un doigt sur la bouche.

– Je pense que je suis incapable de respecter autant d'interdits, reconnaît-il. La tentation sera trop forte.

– … Dans ce cas je tiens à vous prévenir, si vous insistez, je serai capable… de céder.

– Vous ne me faites pas peur, mademoiselle Nemrod.

– Ah, encore une chose. Juste pour le principe. Suppliez-moi de rester.

– Je vous en supplie, Lucrèce, voulez-vous rester ici avec moi ? Un peu plus longtemps…

– D'accord pour 15 jours.

– 16 ?

– D'accord mais on ne dépasse pas trois semaines, répond-elle.

Ils se regardent et sont à nouveau saisis d'une crise de fou rire. Lucrèce perçoit qu'il a renoncé à toute prétention.

C'est comme s'il s'était débarrassé de ce qu'il avait en trop et qui l'alourdissait, pour me donner ce que j'ai en moins et qui me manque. Après tout c'est peut-être ça une « vraie rencontre ». Deux complexes qui se compensent. Un complexe d'abandonnite qui rencontre un misanthrope.

À nouveau il la frictionne et lui masse les épaules. Alors elle se retourne d'un coup, lui saisit les joues à pleines mains et plaque ses lèvres sur les siennes en un baiser long et profond qui leur coupe le souffle.

Puis avant qu'il ait repris ses esprits elle le plaque au sol d'une prise de Lucrèce-kwondo. Son corps contre le sien, ses lèvres à quelques souffles des siennes, elle murmure :

– J'ai envie de faire l'amour avec vous, tout de suite, Isidore.

– Aujourd'hui c'est vous qui décidez, répond-il.

Alors elle lui retire ses derniers vêtements, le caresse longtemps, l'embrasse sur tout le corps.

Qu'est-ce qu'on peut perdre comme temps en préliminaires !

Les trois dauphins et le requin s'approchent, intrigués.

Du peu que perçoit le dauphin Ringo, il lui semble que les deux corps des humains à la peau rose s'unissent pour ne former qu'un seul animal à huit pattes et à deux têtes.

Pour mieux distinguer la scène, les dauphins se tiennent dressés hors de l'eau tout en essayant de rester le plus discrets possible.

George essaie à son tour de sauter hors de l'eau, il perçoit bien qu'il se passe quelque chose de nouveau et d'intéressant sur la berge. Mais la position lui est inconfortable et il se dit que ce serait mieux pour lui de les voir faire ça dans l'eau.

Comme si les humains l'avaient entendu, ils roulent jusqu'au bassin, chutent dans l'eau et poursuivent une étrange danse aquatique.

Les dauphins et le requin peuvent tourner autour pour les voir sous tous les angles. Les deux corps roses semblent flotter, alors qu'ils se réunissent à nouveau.

Ils rient longtemps, de joie et de bien-être.

Ils reviennent à la nage sur la berge, sous les cris d'encouragement des dauphins qui ont décidé de faire pareil… même s'il n'y a pas de femelle parmi eux. Et d'ailleurs ils aguichent aussi le requin, qui, intimidé, préfère se terrer au fond de la piscine.

Puis, alors que les deux humains se hissent sur la berge pour retomber, épuisés, sur le flanc, Lucrèce remarque en souriant :

– Finalement les scientifiques se sont trompés, on peut faire l'amour *et* rire en même temps.

– Il suffit de trouver la bonne personne pour accomplir cette performance, reconnaît-il.

– Vous ne m'avez pas répondu, alors selon vous pourquoi rions-nous ?

Il prend quelques secondes pour réfléchir, puis :

– Peut-être qu'à certains moments de lucidité nous nous apercevons que rien n'est aussi grave qu'on nous le dit. Alors brusquement nous prenons de la distance. Notre esprit se détache pour gagner un peu de recul et se moquer de nous-mêmes.

– Pas mal. Ça expliquerait que les animaux ne rient pas. Ils souffrent mais ne possèdent pas cette arme de défense dans leur panoplie.

Comme pour tenter de la contredire les dauphins se livrent à des concerts de piaillements qui pourraient bien être des rires.

Isidore Katzenberg cherche une formule plus synthétique susceptible de résumer le fruit de ses réflexions, et conclut :

– Nous rions pour fuir le réel.

Tout est en Un (Abraham)
Tout est Amour (Jésus-Christ)
Tout est sexuel (Sigmund Freud)
Tout est économique (Karl Marx)
Tout est relatif (Albert Einstein)
Tout est humour (Isidore Katzenberg).

Postface

À l'origine du *Rire du Cyclope*, une petite histoire étrange qui m'est arrivée alors que j'avais 17 ans. J'avais commencé depuis un an l'écriture des *Fourmis* et le roman ne fonctionnait pas pour des raisons que je n'arrivais pas à expliquer. Quand je le donnais à lire à mes amis je voyais bien qu'il leur tombait des mains, ou qu'ils ne trouvaient jamais le temps de le finir. Il faut dire que le manuscrit faisait quand même 1 500 pages (à l'époque j'étais dans l'admiration de *Dune* de Frank Herbert et de *Salammbô* de Flaubert, et j'aimais les grands récits épiques, les batailles, le souffle de l'aventure). Quelque chose n'allait pas, mais je n'arrivais pas à définir quoi.

Le déblocage s'est produit lors d'une excursion en montagne, dans les Pyrénées. Nous étions huit. Après avoir affronté une pluie glacée et géré la crise d'asthme de l'une des personnes du groupe, nous étions arrivés à une heure du matin (alors que nous avions prévu d'arriver à 17 heures, de jour) dans un refuge en altitude. Nous avions froid, faim, nous étions épuisés, nos pieds étaient en sang, nos doigts gelés, et il nous semblait entendre des loups au loin.

Dans le ciel, pas de pleine lune, pas d'étoiles, juste la lueur de nos lampes de poche.

Nous nous sommes réunis en cercle serré comme tous les animaux en état de détresse, et l'un des membres de notre petite expédition a proposé que, « pour nous réchauffer l'esprit, nous lancions un concours de blagues ».

Après que chacun eut lancé la sienne, souvent minable (nous nous forcions à rire par politesse), pour oublier la faim et le froid, l'un d'entre nous demanda : « Vous connaissez l'histoire de la balle de tennis jaune ? » Nous avons secoué la tête, nous attendant à une devinette facile. Et il a commencé à raconter :

– « C'est un type qui vient de passer son Brevet d'études supérieures et termine premier. Pour le récompenser son père lui propose de lui offrir un vélo. Mais le jeune homme dit :

– Écoute, Papa, c'est très gentil, évidemment que j'ai toujours rêvé d'avoir un vélo, mais si tu veux vraiment me faire plaisir, ce que je voudrais, c'est autre chose.

– Quoi donc ?

– Une balle de tennis jaune.

Le père s'étonne :

– Mais tu ne joues pas au tennis.

– Non.

– Et tu ne veux pas plutôt une boîte de plusieurs balles ?

– Non plus. Juste une balle de tennis. Mais en revanche je la veux précisément de couleur jaune.

– Et tu vas en faire quoi ?

– Papa, tu m'as demandé ce que je voulais, je te réponds, maintenant, si ça te gêne de ne pas comprendre le sens de ce cadeau, tu peux m'offrir le vélo, mais ce n'est pas ce qui me ferait le plus plaisir.

Le père, bien qu'étonné, obtempère et offre la balle.

Quelques années plus tard, le jeune homme réussit son baccalauréat avec mention Très Bien. Le père veut lui offrir une moto. Mais le fils lui répond que même s'il sait que tous les jeunes rêvent de cela, lui préfère autre chose. Une balle de tennis jaune.

– Quoi, encore ça ? Mais qu'as-tu fait de la première ? Et puis tu ne joues toujours pas au tennis il me semble.

– Papa, ne me pose pas de questions, un jour je t'expliquerai. Si tu veux vraiment me faire plaisir c'est la seule chose dont j'ai vraiment envie. Une balle et une seule, de tennis, de couleur jaune.

Le père obtempère et offre l'objet convoité.

Le fils fait des études de médecine et sort premier de sa promotion. Le père veut lui offrir un studio pour qu'il s'installe près de son université. Mais là encore le fils dit qu'il préfère, plutôt qu'un studio, une balle de tennis jaune.

– Tu ne veux toujours pas me dire pourquoi ?

– Un jour je t'expliquerai.

Puis le fils se marie, le père veut lui offrir une voiture mais pour le mariage le fils dit qu'il préfère une balle de tennis jaune.

– Tu ne joues toujours pas au tennis ? Tu ne veux pas pour changer en avoir une blanche ? Tu ne veux pas une boîte de 6 balles jaunes ? Ça nous ferait peut-être gagner du temps ?

– Non, juste une. Et de couleur jaune.

Une fois de plus le père offre la balle.

Et puis le fils a un accident. Il est grièvement blessé. Le père fonce à l'hôpital et le médecin lui dit que c'est très grave, que le fils ne s'en remettra pas, il ne passera pas la nuit.
Le père, affolé, rejoint son fils qu'il découvre enroulé dans des bandages avec des tuyaux qui le relient à des appareils.
– Comme c'est affreux ! Mon fils !
Mais sous les bandages une voix faible murmure :
– Papa, je sais pourquoi tu es là. Demain je serai mort et tu as le droit de savoir.
– Mais ne dis pas de telles horreurs. Il faut que tu vives !
– Non, le médecin m'a dit que c'était fichu. Par contre je t'attendais pour te révéler le secret.
– Mais non, mon fils, ça n'a aucune importance.
– Si, Papa, toutes ces années où tu as voulu m'offrir un vélo, une moto, un studio, une voiture et où chaque fois j'ai préféré une balle de tennis jaune, en fait c'est pour une raison très précise. Approche ton oreille de ma bouche. Je vais te confier ce grand secret. En fait, si je voulais une balle de tennis jaune c'est parce que... Argggghhhh !
Et il meurt. »

Quand notre ami a eu fini de parler, un terrible silence est tombé. Et puis on lui a tous sauté dessus pour lui faire des chatouilles et le punir de nous avoir autant frustrés.

– Salaud ! Comment as-tu pu nous mener en bateau comme ça ! Et pour en arriver là !

Pourtant il s'était passé là quelque chose qui me semblait passionnant.

Durant tout le récit, nous avions fini par oublier toutes les douleurs de la marche en montagne, nos ampoules, nos pieds en sang, la crise d'asthme de notre copine, les loups. Nous étions tous tellement préoccupés par cette balle de tennis jaune que c'était devenu la chose la plus importante du moment.

Et puis nous avions réellement vécu une émotion au moment de la chute de la blague. Ce qui explique que nous lui soyons tombés dessus au lieu de nous contenter des rires de politesse qui avaient accueilli la chute des blagues banales. Nous avions vécu quelque chose de physique grâce à une simple histoire.

Dans ma tête, la chose a provoqué un flash. « *Voilà le grand secret du suspense,* me suis-je dit. *Créer une "balle de tennis jaune".* »

Dès lors j'ai réécrit *Les Fourmis* avec une « balle de tennis jaune » : la cave mystérieuse. Une famille héritait d'une maison avec une cave fermée. Les personnes qui y allaient disaient : « Ce que j'ai vu est tellement incroyable que je ne peux pas vous dire ce que c'est. » Du coup le livre fonctionnait avec l'imaginaire du lecteur. C'est le lecteur qui sans le savoir fabriquait à chaque voyage d'un personnage dans la cave ce qu'il voyait et ne voulait pas dire parce que c'était trop extraordinaire.

Une blague m'a donc fait comprendre l'art du conteur.

Et à mon avis tout bon récit peut se résumer à une bonne blague.

L'*Ulysse* d'Homère : un type qui met des dizaines d'années à voyager sur un bateau en Méditerranée pour ne pas retrouver sa femme et qui après lui dit : « J'espère que tu ne m'as pas trompé ! »

Le Comte de Monte-Cristo d'Alexandre Dumas : un type qui se donne un mal fou pour accomplir une vengeance, et qui après se demande si finalement il n'aurait pas mieux fait d'y renoncer.

Madame Bovary de Flaubert : une blonde de province qui ne fait que des bêtises parce qu'elle s'ennuie.

Notre-Dame-de-Paris de Victor Hugo : un bossu handicapé mental qui tombe amoureux d'une danseuse tsigane et qui s'étonne qu'elle le repousse.

Par la suite je me suis demandé quel était le génie qui avait inventé l'histoire de la balle de tennis jaune et qui était devenu sans le savoir mon « maître en récit ».

J'ai essayé de remonter à la source. J'ai cherché et trouvé plusieurs versions de cette blague. Notamment « Le paravent chinois ». Qui fonctionne en système inversé.

C'est un jeune homme qui dit à son père . « Je voudrais bien savoir ce qu'est cette histoire de paravent chinois dont on ne doit pas parler dans la famille. » Alors son père lui donne un grand coup de poing, un coup de pied et le met dehors, avec l'approbation de sa mère. Il se réfugie chez sa fiancée avec qui il s'apprête à se marier. Juste après la cérémonie, sa femme demande pourquoi ses parents ne sont pas là. Il répond que c'est parce qu'il a évoqué l'histoire du paravent chinois. À ce moment sa femme annule le mariage et le quitte aussitôt. Se rabattant sur son travail, il fait part de ses malheurs à son patron. Celui-ci lui demande pourquoi tout le monde le rejette et il dit que c'est parce qu'il veut savoir ce qu'est « l'histoire du paravent chinois ». À cet instant son patron devient fou, saisit un coupe-papier et le lui plante dans le cœur. Au moment de mourir, le type demande au médecin pourquoi tout le monde veut lui cacher cette histoire de paravent chinois ? Et le médecin, traversé d'un élan de rage, débranche les machines qui lui permettaient de rester en vie. »

Combien de gens ont enrichi cette « mécanique de la balle de tennis jaune » ? C'est merveilleux de se dire que ces blagues transforment tous ceux qui transmettent en conteurs et en inventeurs. Les blagues sont vraiment la base du roman.

Je n'ai jamais trouvé l'inventeur de la balle de tennis jaune mais j'ai trouvé la passion des blagues, un art littéraire déprécié, ignoré, considéré comme « bon pour les enfants ou les beaux-frères bavards en fin de dîner ».

J'ai commencé il y a cinq ans à réfléchir à une manière de transmettre cette passion et cette sagesse des blagues (personnellement j'ai beaucoup de difficulté à les retenir) et j'ai écrit « Là où naissent les blagues », l'une des nouvelles publiées dans *Paradis sur mesure.* Comme par hasard, en demandant aux lecteurs internautes quelle était leur nouvelle préférée, celle-ci est arrivée dans le peloton de tête (en deuxième position derrière « Demain les femmes »).

Voilà la genèse du *Rire du Cyclope.*

Parallèlement, je voulais prolonger les aventures d'Isidore et Lucrèce, parce que j'aime bien ces deux personnages. À certains moments, un auteur devient ami avec les êtres qu'il a inventés et il a envie de les retrouver. Alors j'ai lié « Là où naissent les blagues » et « Les enquêtes d'Isidore et Lucrèce ».

p-s 1 : Les Personnages et les situations de ce récit étant purement fictifs, toute ressemblance avec des personnes ou des situations existantes ou ayant existé ne saurait être que fortuite.

p-s 2 : Cependant je tiens quand même à remercier tous mes amis humoristes professionnels qui m'ont raconté la vie dans les coulisses du métier de comique : la concurrence, les producteurs, les enjeux financiers, mais aussi la mécanique des sketches.

p-s 3 : L'anecdote de la salle dont les spectateurs ne rient pas, est réelle. Elle est survenue à l'humoriste belge Richard Reuben. Il a vraiment vécu 1 heure 30 de spectacle devant un public nombreux et totalement neutre. La salle était en fait remplie de figurants payés pour ne pas rire, et ce pour une émission de télévision.

p-s 4 : Un grand merci à l'ensemble des internautes qui sont venus sur www.bernardwerber.com déposer et sélectionner des blagues.

REMERCIEMENTS

Richard Ducousset, Françoise Chaffanel-Ferrand, Muguette Vivian, Reine Silbert.

Gilles Malençon, le Dr Patrick Bauwen (pour les passages médicaux), Stéphane Krausz, Franck Ferrand (pour certains passages historiques), Sébastien Drouin, Isabelle Doll, Pascal Le Guern, Sébastien Tesquet, Mélanie Lajoinie (Webmaster du site « Esra on line »), Gustave Parking, Marc Jolivet, Christine Berrou, Jonathan Werber, Sylvain Timsit (Webmaster du site bernardwerber.com).

MUSIQUES ÉCOUTÉES DURANT L'ÉCRITURE DU ROMAN :

Symphonie des planètes, Gustav Holst.
Man of our Time, Genesis.
Resistance, Muse.
Burn, Deep Purple.
Shine on your Crazy Diamond, Pink Floyd.
Gymnopédies, d'Erik Satie.
Jonathan Livingstone, Neil Diamond.
Aquarium, Camille Saint-Saëns.

REMERCIEMENTS

Richard Ducousso, François [illegible] Gérard [illegible] Marguerite [illegible] Sibert.

Gilles [illegible] le [illegible] pour les passages [illegible] Stéphane [illegible] pour certains passages [illegible] Sébastien [illegible] Pascal [illegible] Sébastien [illegible] Mélanie [illegible] Christine [illegible] Sylvain [illegible] site [illegible].

MUSIQUES ÉCOUTÉES [illegible]

[illegible]

[illegible] Floyd.

[illegible]